Sandy Brandt

The Tale of Wycca

Hunt

(Band 2)

SANDY BRANDT beschäftigt sich seitdem sie 15 Jahre alt ist mit englischer Geschichte, speziell mit Tudor Dynastie. Ihre Bücher entführen Leser*innen in lebhafte Fantasywelten, in denen die Charaktere sich ihren dunkelsten Ängsten stellen.
Auf Instagram und TikTok (@sandybrandt_autorin) tauscht sie sich gerne mit ihren Leser*innen aus.

SANDY BRANDT

THE TALE OF WYCCA

Hunt

ROMAN

VAJONA

Dieser Artikel ist auch als E-Book und Hörbuch erschienen.

THE TALE OF WYCCA: Hunt

FSC
www.fsc.org
MIX
Papier aus verantwortungsvollen Quellen
FSC® C014138

Product footprint
CO_2 Neutral
PBN-CFMCP-015258
www.preferredbynature.org

Druck und Verarbeitung:
FINIDR, s.r.o.
Lípová 1965
737 01 Český Těšín
Czech republic

Lektorat und Korrektorat: Madeleine Seifert
Umschlaggestaltung: Julia Gröchel,
unter Verwendung von 123rf
Satz: VAJONA Verlag, Oelsnitz,
unter Verwendung von Motiven von Canva

VAJONA Verlag
Carl-Wilhelm-Koch-Str. 3
08606 Oelsnitz

ISBN: 978-3-98718-132-0

Für dich, wenn du wie Tyresian
auf der Jagd nach einem
Für Immer bist.

Jage auch in der Dunkelheit.

Wycca, der, die. [witʃɐ]

Genmutation. Ein Mensch mit der entsprechenden Genmutation (umgangssprachlich *Wycca*) unterscheidet sich durch drei Merkmale von einem normalen Menschen:

1. Äußere Mutation

Die Augenfarbe eines Wycca kann in jeder Farbe auftreten.

2. Innere Mutation

Das Herz des Wycca gleicht von der Form her einem Stern (größeres Zentrum in der Mitte, acht dünne, wegführende Streben). Im Normalzustand ist das Organ zu einem winzigen Punkt zusammengeschrumpft. Bei starken Gefühlen schwillt es an (s. h. *Ableben*). Herz und Blut eines Wycca sind schwarz.

3. Psychische Mutation

Wycca verfügen über besondere, vom Geist ausgehende Fähigkeiten. Bekannt sind folgende Ausprägungen der Gedankenkontrolle: Pyrokinese (Feuer entzünden), Kryokinese (Wasser gefrieren lassen), Aerokinese (Kontrolle über Luft), Ferrokinese (Kontrolle über Magnetismus und Energie) und Biokinese (Einfluss auf biologische Systeme).

Lebensspanne: Mit der Vollendung des vierundzwanzigsten Lebensjahres ist der Alterungsprozess der Wycca beendet und die Lebensspanne unbegrenzt.

Merkmale des Körpers: Die Magie der Wycca liegt in ihrem Blut und schützt somit Haut, Fleisch und Muskeln vor äußeren Einwirkungen. Die Knochen weisen eine höhere Dichte auf und sind weniger anfällig für Verletzungen.

Ableben: Sollte ein/e Wycca sein/ihr Leben beenden wollen, muss sein/ihr Herz durchbohrt werden. Im Normalzustand ist dies jedoch nicht möglich (s. h. *2. Innere Mutation)*. Der Tod tritt darüber hinaus nur durch die Einwirkung anderer Wycca-Kräfte ein.

Nachfahren: Wenn zwei Wycca Nachfahren bekommen, wird die Mutation ausnahmslos weitervererbt. Wird ein Wycca mit einem Menschen gepaart, besteht für jedes Blut eine fünfzigprozentige Chance auf Dominanz. Entweder trägt der Nachkomme dominantes Wycca-Blut und besitzt alle Genmutationen wie ein Vollblut-Wycca oder der Nachkomme besitzt dominantes Menschenblut. Die Genmutation kann jedoch bei folgenden Generationen auftreten, besonders wenn Menschenblut erneut mit Wycca-Blut vermischt wird.

Was bisher geschah ...

Nach dem Tod seiner Familie wird der Wycca Raevan unfreiwillig König des Landes Lyzara. Die Trauer und der Verrat derer, die an dem Attentat beteiligt waren, hinterlassen ihre Spuren. Rae hat seine Kräfte – Pyrokinese, Kryokinese und Biokinese (Gedankenkontrolle) – nicht unter Kontrolle.

Am anderen Ende der Stadt erhält der Wycca Tyresian den Auftrag, den König zu töten. Doch im letzten Moment entscheidet er sich dagegen und die beiden werden Freunde. Gemeinsam mit Raes Freund Pray machen sich die drei auf die Suche nach der Blutkrone, die beweisen soll, dass Raevan der rechtmäßige König ist.

Kurz bevor das Veri stattfindet, lernt Rae die Menschenfrau Azalea kennen und verliebt sich in sie. Doch er ist verheiratet und auf Ehebruch mit dem König steht die Todesstrafe. Dennoch kann er seine Gefühle nicht unterdrücken und die beiden kommen sich näher. Die Vorzeichen stehen schlecht: Nach dem erfolgreichen Abschluss des Veri leuchtet der Mond blutrot am Himmel.

Bei einem Angriff der Menschen sterben mehrere Wycca und die Stimmung im Land wird angespannter. Rae konzentriert sich verstärkt auf die Suche nach der Blutkrone, um seinen Anspruch auf den Thron zu untermauern. Zusammen mit seinen Freunden wird er fündig. Dabei verletzt Raevan seinen Freund Pray schwer, weil er seine Kräfte nicht unter Kontrolle hat. Rae beschließt, dass er kein König sein sollte, und will abdanken.

Bevor er seinem Onkel Enyas die Nachricht überbringen kann, wird dieser brutal ermordet. Kurz darauf findet Rae mithilfe der Blutkrone heraus, dass er nicht der rechtmäßige Erbe ist.

Das kann nur bedeuten, dass sein Vater nicht mit ihm blutsverwandt war. Von seiner Cousine Rebecah erfährt er, dass Enyas sein richtiger Vater war und Rebecah seine ältere Halbschwester ist. Damit hat sie den ersten Anspruch auf den Thron und steckt hinter den Attentaten der Menschen, die sie benutzt, um Unruhe zu stiften.

In einem Kampf kann Rae sie besiegen und Rebecah wird festgenommen. Doch die gläserne Garde, deren Anführer Rebecah ist, zweifelt an Rae als rechtmäßigem Herrscher. Er nutzt seine Fähigkeit der Gedankenkontrolle, um sie umzustimmen.

Nach dem Triumph gelingt es Raevan, seinen Blutrat von der ersehnten Scheidung zu überzeugen, damit er Azalea heiraten kann.

Doch noch in derselben Nacht dringt jemand in das Zimmer der Königin ein und tötet sie.

PROLOG

Tyresian Joyce sollte das Herz stehen bleiben, während er die Spitzen seiner Haare blutrot färbte.

Er hatte die ersten Monate seines Lebens im Palast gebraucht, um sich an den morgendlichen Trubel zu gewöhnen, den die Bediensteten und Bewohner mit sich brachten. Inzwischen war er immun gegen jedes Geschrei, jedes Poltern oder das gelegentliche Donnern an seiner Tür, das einen ungeduldigen Besucher ankündigte.

Nur einen solchen Schrei hatte er noch nie gehört.

Mitten in der Bewegung blieb er stehen, den schwarzen Plastikpinsel in der einen, die blonden Strähnen in der anderen Hand. Der Schrei hallte durch seinen Körper und unterbrach den Rhythmus seines Herzens.

Hatten sie etwas übersehen? Hatte Rebecah Tennyson noch Verbündete, die sich gegen Raevan verschworen hatten, um ihm den Thron zu rauben?

In den letzten Wochen, seit Rae seine Cousine eingesperrt und die gläserne Garde auf seine Seite gebracht hatte, war das Leben im Palast friedlich gewesen. Aber wenn jemand gegen den König intrigierte …

Ty warf den Pinsel ins Waschbecken und riss sich das Handtuch von den Schultern, das Farbspritzer auf seiner nackten Brust verhindern sollte. Ohne nachzudenken, rannte er in den Flur.

Der Rest des Palastes schlief friedlich – im Gegensatz zu Ty wurden die meisten nicht von schlafraubenden Albträumen geplagt. Er blieb kurz stehen, vergrub seine nackten Zehen im roten Teppich und lauschte. Die Stille hauchte ihm ihren kalten Atem in den Nacken.

Ein Schluchzen erklang, dicht gefolgt von einem weiteren Schrei, der wie Eiskristalle in seinem Blut prickelte. Sofort sprintete er los. Angst schlang sich um seinen Brustkorb, hielt ihn in einem Würgegriff gefangen, dämpfte Farben und Geräusche.

Bis er erkannte, dass das Schluchzen nicht aus Raes Zimmer kam.

Sondern aus dem nebenan.

Ty stürmte in den Raum. Durch das offene Fenster an der gegenüberliegenden Wand drangen die ersten Vogelrufe durch die zugezogenen Vorhänge. Das fröhliche Gezwitscher verlor sich in der grauen, nebligen Dunkelheit.

Wieder ertönte das Schluchzen und Tys Kopf fuhr herum. Hinter der angelehnten Tür zum Nebenzimmer kauerte eine Frau auf dem Boden. Ruckartig hob und senkte sich ihr Brustkorb, während sie ihren Nacken mit den Armen umschlang, sich vor und zurück wiegte.

Tyresians Sicht verschwamm, alles verengte sich auf diesen einen Punkt. Benommen hob er eine Hand und stieß die quietschende Tür auf. Das Schluchzen der Frau übertönte alles andere, wie Nägel auf einer Tafel. In Tys Kopf schwirrten die Gedanken wie vom Rauch benebelte Bienen.

Vor ihm erstreckte sich das Schlafzimmer der Königin. Ihr Bett lag im Licht der durchs Fenster einfallenden Sonne, deren erste Strahlen sich golden über den reglosen Körper ergossen.

Als hätte dieser Anblick einen Alarm ausgelöst, kehrten die Geräusche um Tyresian zurück, prasselten wie ein Hagelschauer auf ihn ein. Das Schluchzen der Frau, die vor dem Bett kniete, dröhnte in seinen Ohren, und als wären die Vögel vor dem Fenster wütend über diese Misstöne, schrien sie dagegen an.

Ty hatte in seinem Leben viele Tote gesehen. Für einige war er selbst der letzte Anblick gewesen. Nach dem ersten Mord hatte er gelernt, den Teil von sich loszulassen, der im Angesicht des

Todes etwas fühlte. Er hatte eine Mauer zwischen sich und seine Taten gezogen.

Als er an das Bett trat und den roten Strich am Hals des leblosen Körpers betrachtete, drängte ihn auch jetzt eine betäubende Kraft, diese Mauer zu errichten. Den Teil auszuschalten, der für das Donnern in seinem Kopf und die Enge in seiner Brust verantwortlich war.

Doch das, was vor ihm lag, war kein fremder Körper. Vor ihm lag die Leiche der Königin von Lyzara.

Raevans Frau. Katleem.

Schritte ertönten aus dem Nebenraum. Tys Muskeln spannten sich an, aber er konnte den Blick nicht abwenden. Katleem Tennysons Haar lag ausgebreitet wie ein roter Fächer auf dem Samtkissen. Ihre Lider schimmerten blassviolett, sodass die Adern darunter hervortraten. Ihre Hände ruhten seitlich am Kopf, die Finger gekrümmt, als hätte sie sich gerade irgendwo festgekrallt.

»Was bei den toten Dichtern …« Raes Stimme ließ Ty zusammenzucken, und er blickte auf. Sein Freund hatte offenbar die erstbeste Kleidung angezogen und trug eine Mischung aus Trainingshose und Wollpullover. Er machte einen taumelnden Schritt vorwärts. Entsetzen erfüllte den Raum, verdichtete die Luft und ließ die Körper der Anwesenden ungläubig erstarren. Ein Schatten huschte über Raes Gesicht, verdunkelte es so sehr, dass Ty automatisch nach seinem Arm griff.

»Nicht.«

Doch Raevan schüttelte ihn ab, stolperte zum Bett und kniete sich auf die Matratze. Fahrig tastete er Katleems Hals, ihr Gesicht und die Handgelenke ab, wobei er unverständliche Worte murmelte, die immer hektischer wurden. Als er ihren Kopf anhob, sackte dieser leblos zur Seite. Rae zuckte zusammen und stieß einen erstickten Laut aus, der sich in die Stille mischte – ein Echo der Unwirklichkeit, das sich unaufhaltsam ausbreitete und alles in einen fahlen Nebel hüllte. Entsetzen stand in seinen Augen, als wäre er eine seiner Leinwände, auf die jemand Bilder des Schreckens und des Verlustes bannte. Zitternd vergrub Rae die Hände in seinen schwarzen Locken.

Hinter Ty erklang erneut ein Schluchzen. Katleems Hofdamen waren eingetroffen und fielen sich gegenseitig in die Arme.

Eine von ihnen war Azalea.

Ihre Augen stachen aus dem blassen Gesicht hervor und sie krallte ihre Fingernägel in die dünne Haut ihrer Armbeuge. Fragend erwiderte sie Tys Blick und er nickte leicht. Mit zusammengekniffenen Lidern grub sie die Nägel so tief, dass es ihr die Blutzufuhr abschnüren musste. Aber sie rührte sich nicht. Stattdessen sah sie Ty aus schimmernden Augen an und deutete anschließend mit dem Kinn in Richtung des Königs.

Sie konnte sich ihm nicht nähern. Nicht hier, nicht vor Zeugen.

Und schon gar nicht unter diesen Umständen.

Aber Rae brauchte jemanden. Ty riss sich zusammen, atmete tief durch und hockte sich neben seinen Freund. Behutsam legte er ihm eine Hand auf die Schulter.

Raes Kopf zuckte in seine Richtung, und sofort schlug Ty eine Hitzewelle entgegen, die ihn zurücktaumeln ließ. Der Geruch von verbranntem Stoff stieg ihm in die Nase und für einen Moment befürchtete er, der König würde sie alle mit seiner Feuerkraft zu Asche verbrennen.

»Rae«, flüsterte Ty so leise, dass es niemand hören konnte. Erkennen blitzte in den silbrig glänzenden Augen auf und der wilde Ausdruck wich einer Schwere, die sich lähmend um Tys Herz schloss.

Raevan sog zittrig die Luft ein. »Sie ist tot.« Die kratzige Stimme, die seine Kehle verließ, drang zu den Hofdamen hinter ihnen durch und sie heulten auf. Behutsam, als würde er eine Seite in einem Buch umblättern, strich Rae seiner Frau das rote Haar aus der Stirn. Tränen fielen auf ihr blasses Gesicht.

Das Zimmer füllte sich mit Bediensteten. Sie scheuchten die anderen hinaus, redeten auf den König ein, er müsse von der Königin wegtreten. Die Ärzte müssten sie untersuchen.

Rae schüttelte den Kopf und strich mechanisch über Katleems Wange, schickte sie alle weg. Die ganze Zeit ließ Ty seine Schulter nicht los, betrachtete die Szene vor sich, unfähig, sich zu bewegen.

Die Minuten verschwammen. Er wusste nicht, wie lange sie dasaßen. Irgendwann ersetzten Polizisten die Bediensteten. Auch sie forderten den König auf, das Zimmer zu verlassen – bestimmter als vorher.

Rae ignorierte sie.

Erst als sich eine andere vertraute Stimme einmischte, sah er auf.

»Komm schon, Raev.« Pray fasste ihn am Arm. »Du musst sie ihren Job machen lassen. Wir können nichts weiter tun.«

Und als verfügte Pray über Kräfte, die niemand anderes besaß, stand Raevan auf. Benommen wie eine Puppe, die ohne Hilfe nicht laufen konnte, stolperte er hinter Pray her, ließ sich von ihm stumm ins Wohnzimmer führen und aufs Sofa verfrachten.

Stimmen aus dem Nebenzimmer drangen zu ihnen durch und Begriffe wie *Leichenflecke*, *Strangulation* und *Totenstarre* kratzten über Tys Trommelfell. Auch Rae schien sie zu hören. Er stützte die Ellenbogen auf die Oberschenkel und vergrub seine Finger in den Haaren, bedeckte seine Ohren.

Ty setzte sich neben ihn. Der grobe Stoff des Sofas rieb über die nackte Haut an seinem Oberkörper. Auf der anderen Seite ließ Pray sich auf die Armlehne sinken und sah mit starrem Blick in Richtung der Polizisten. Er biss so fest auf seine Unterlippe, dass sie weiß anlief.

»Was ist passiert?«, flüsterte er.

Kopfschüttelnd fuhr Ty sich mit beiden Händen durchs Gesicht. »Ich hörte den Schrei und bin hergekommen. Da lag sie schon so da.«

Alarmiert sah Pray zu Raevan, der sich jedoch noch immer nicht regte. Er schien in seiner eigenen Welt.

»An ihrem Hals …«, begann Pray, aber in dem Moment kam einer der Polizisten aus dem Schlafzimmer zu ihnen.

Im Gegensatz zu den anderen trug er keine Uniform. Doch wären seine koordinierte und starre Körperhaltung nicht Beweis genug, ließ die Marke, die an einer Kette um seinen Hals hing und auf der eine Eule zwischen den Buchstaben R und R prangte, keine Zweifel.

Mit kerzengerader Haltung kam er vor ihnen zum Stehen. »Eure Majestät.« Leicht neigte er den Kopf. Das kantige Gesicht verriet keine Regung. Auch nicht, als er vergeblich darauf wartete, dass Rae ihn ansah. »Ich habe ein paar Fragen.«

In Tys Rücken schwoll das Ticken der Wanduhr in der darauffolgenden Stille an. Er schluckte.

Doch ehe sich die Stille weiter ausdehnte, hob Raevan den Kopf und straffte beim Anblick des Polizisten die Schultern. Trotz der lächerlichen Mischung aus Wollpullover und Trainingshose erkannte Ty die trainierte Haltung eines Mannes, der jahrelang eine Krone auf seinem Haupt balancieren musste. Mit stechendem Blick taxierte er schweigend den Polizisten.

Dieser erwiderte ihn. »Wo wart Ihr letzte Nacht?«

Sofort sprang Ty auf. »Ernsthaft?« Das Wort donnerte grollend hervor. Er und der Polizist standen Brust an Brust und Hitze schoss schmerzhaft wütend durch Tys Körper. Trotz seiner beachtlichen Größe überragte der Polizist ihn um einige Zentimeter und dessen violette Augen funkelten. Für einen Moment glaubte Ty, er würde ebenfalls die Beherrschung verlieren.

Aber er wandte nur den Blick ab und sah zu Rae. »Bitte beantwortet meine Frage«, sagte er im stoischen Tonfall.

»Seine Frau wurde gerade tot aufgefunden«, presste Ty zwischen zusammengebissenen Zähnen hervor und stellte sich wieder vor den Wycca, sodass er ihm den Blick auf Rae versperrte.

Der Polizist machte keine Anstalten, Ty aus dem Weg zu räumen. Stattdessen betrachtete er ihn aus diesen hellvioletten Augen. »Deshalb muss ich auf eine Antwort bestehen.«

Wieder setzte er zu einer Erwiderung an, doch Rae unterbrach ihn. »Lass gut sein, Ty.« Seine Stimme kroch träge wie Nebel über die Distanz zwischen ihnen.

Nicht ohne den Polizisten noch einmal wütend anzufunkeln, wandte Ty sich zu seinem Freund um. Dieser hob das Kinn und verschränkte die Hände im Schoß.

»Warum wollen Sie das wissen?«

»Im Zimmer fanden wir die Durchschrift eines Briefs«, sagte er und legte dabei den Kopf schräg. »Wusstet Ihr, dass die Königin Euch fürchtete?«

Rae regte sich nicht. Nur seine Fingerknöchel traten stärker hervor. »Ja.«

Die Augenbrauen des Polizisten zuckten für eine Sekunde in die Höhe. »Bitte sagt mir, wo Ihr letzte Nacht wart.«

Schwer schluckend sah Rae zur Seite, starrte auf das Fenster, dessen Vorhänge irgendwer in den vergangenen Minuten geöffnet haben musste. Sein Kiefer mahlte.

»Majestät«, sagte der Polizist mit Nachdruck. »Ich muss auf eine Antwort bestehen.«

Ty wechselte einen besorgten Blick mit Pray, der ihm deutlich zeigte, dass sie eine ähnliche Ahnung hegten: Rae war allein gewesen. Die Nacht, in der die Frau, die er verlassen wollte, ermordet worden war, hatte er ohne Zeugen verbracht.

Als ihm das bewusst wurde, öffnete Ty den Mund. Aber jemand anderes kam ihm zuvor.

»Er wird eine Antwort geben.« Azalea stand mit verschränkten Armen in der Zimmertür. Sie hatte sich umgezogen, trug ihr übliches Outfit in Violett, passend zu den Augen des Polizisten. Obwohl die Kleidung ihre schmalen Schultern betonte, erinnerte ihre Haltung an einen Türsteher, der bereits beim Eintreten seines Gastes Ärger erwartet hatte und nun nicht enttäuscht wurde. Mit festen Schritten marschierte sie in den Raum. »Und ich werde sein Alibi gern bestätigen«, fügte sie leiser hinzu, sobald sie dicht genug bei ihnen war. »Nur nicht hier.« Ihre hellblauen Augen huschten zur Seite. Doch niemand der anderen Polizisten schenkte ihr Beachtung.

Raevans Kopf zuckte in Azaleas Richtung, wie ein Tier, das eine Falle zuschnappen hörte. Ty konnte es ihm nicht verübeln.

Hatte er die letzte Nacht wirklich mit Azalea verbracht? Wenn jemand davon erfuhr, wäre das ihrer beider Todesurteil.

»Azalea«, sagte Rae und schüttelte den Kopf.

Sie erwiderte seine unausgesprochene Warnung mit einem wackligen Lächeln. »Keine Sorge. Er wird dein Alibi – und alles Weitere – vertraulich behandeln. Nicht wahr?«, fragte sich an den Polizisten gewandt.

Dieser presste die Lippen aufeinander – nicht erfreut, dass sich eine Person ins Gespräch eingemischt hatte. Der Muskel an seinem kantigen Kiefer zuckte.

Ty hatte genug. Er würde nicht zusehen, wie Rae seinen Kopf verlor. Er würde alles aufklären und seinem Freund selbst ein Alibi verschaffen. Aber vorher musste er Azalea zum Schweigen bringen. »Weshalb sollte er das tun?«

»Weil es seine Polizistenehre von ihm verlangt. Und«, fügte Azalea mit einem Lächeln hinzu, bevor sie besagtem Polizisten eine Hand auf den Unterarm legte, »weil seine Schwester ihn darum bittet. Richtig, Coleus?«

Verblüfft sah Ty von Azalea zu dem Wycca und wieder zurück. Er hatte gewusst, dass ihr Zwillingsbruder ein Wycca war. Jetzt, da er ihn genauer betrachtete, fiel ihm auf, dass sie dieselbe Augenform besaßen und dass seine Haare zwar eine Nuance heller waren, aber den gleichen Wirbel aufwiesen.

Coleus legte seine Hand auf die seiner Schwester. »Richtig.« Selbst ihre Stimmen klangen ähnlich, auch wenn seine dunkler war. Aber sie hatten dieselbe Stimmfarbe. »Dennoch werde ich keine Rücksicht nehmen, sollte es etwas geben, das meine Ermittlungen in diesem Mordfall behindert.« Mit diesen Worten nahm er Azaleas Hand von sich und straffte die Schultern.

Und er besitzt dieselbe Arroganz wie seine Schwester, ergänzte Ty in Gedanken. Am liebsten hätte er mit den Augen gerollt.

»Jemand hat die Königin getötet.« Coleus richtete sich auf und sah Rae an. »Im Moment, Eure Majestät, seid Ihr unser Hauptverdächtiger.«

KAPITEL 1

Es würde Krieg mit Ashland geben.

Der Gedanke begleitete Rae seit Wochen.

Er lehnte sich auf dem unbequemen Stuhl zurück und sofort richteten sich fünf Augenpaare auf ihn. Mit einem tiefen Atemzug ignorierte er sie, strich sich die schwarzen Locken nach hinten und sah zur Decke.

Wie er diese vorsichtigen Blicke der anderen hasste.

So verhielten sie sich seit seinem Kampf mit Rebecah. Seitdem er an die Öffentlichkeit gegangen und seine Kräfte offenbart hatte.

Alle, bis auf eine.

Schnell biss er die Zähne zusammen und lenkte seine Gedanken auf etwas anderes. Doch sofort dachte er an die Beerdigung, die morgen stattfinden würde, und seine Atmung beschleunigte sich. Gleichzeitig drohte ihn eine Kälte zu überschwemmen, die in seinem Brustkorb schmerzte. Nein, das war nicht besser.

»Möglicherweise ist es ratsam, die Beisetzung zu verschieben«, sagte Mary-Ann. Sie rieb mit ihren Fingern über den milchig weißen Stein in ihrer Hand, als würde die glatte Oberfläche sie beruhigen. »Nur so lange, bis die Vorwürfe ausgeräumt sind.«

Bei den Worten richtete sich auch das letzte der sechs Augenpaare auf Rae. Tyresian jedoch sah ihn nicht mit diesem ängstlichen Blick an wie die anderen. Stattdessen brannte Sorge in den bunten Iriden. Doch Rae wusste, dass er sich zu Mary-Anns Vorschlag nicht würde äußern müssen.

»Unmöglich«, warf Tahnee sofort ein. »Wir haben die Beerdigung für die Ermittlungen der Polizei herausgezögert. Die Königin ist seit vier Wochen tot. Je länger wir warten, desto mehr zerreißt sich das Volk den Mund. Es wird Zeit, dem ein Ende zu setzen. Einen Abschluss zu finden.«

»Aus den Augen, aus dem Sinn«, präsentierte Mikael eine seiner Alte-Männer-Weisheiten und tätschelte Tahnee mit einem milden Lächeln die Hand. Sie erwiderte sein Lächeln, wie immer dankbar, sobald ihr Ziehvater sie lobte.

Rae unterdrückte ein Schnauben.

»Aber bis der König nicht von allen Vorwürfen freigesprochen ist«, sagte Mary-Ann und ihr Blick streifte Rae, »könnte es wirken, als …«

Offenbar wusste sie nicht, wie sie den Satz beenden sollte.

»Als würden wir etwas vertuschen«, half Rae ihr auf die Sprünge und verschränkte die Arme vor der Brust.

Sofort senkte Mary-Ann den Kopf, als wäre es ihr unangenehm, diesen Gedanken überhaupt zuzulassen. Feine Schweißperlen bedeckten ihren Nacken – vor Nervosität?

»Das denkst du doch, oder?«, fragte er die Wycca mit den violetten Haaren. Sie war mit Ty zusammen das neuste Mitglied im Blutrat und nur wenige Jahre älter als er, sodass er irgendwann während der letzten Sitzungen dazu übergegangen war, sie bei ihrem Vornamen zu nennen.

Mary-Ann presste die Lippen aufeinander, hob jedoch den Kopf, um ihm in die Augen zu sehen. »Ich glaube nicht, dass Ihr für den Tod der Königin verantwortlich seid, wenn das Eure Frage ist, Eure Majestät«, sagte sie fest.

»Niemand von uns tut das«, warf Landon ein. Früher hatte der Wycca eine scharfe, schneidende Stimme gehabt. Doch seit einigen Wochen erinnerte er an die ausgeblichenen Seiten eines alten Buchs. Vielleicht war das dem Tod seiner zwei besten Freunde zuzuschreiben. Oder der Tatsache, dass er nun, da Enyas und Claudette tot waren, vom restlichen Rat aufgrund seines hohen Alters isoliert war.

Mary-Ann nickte zustimmend und rieb sich über die Stirn. »Dennoch finde ich es bedenklich, Beweise zu vernichten. *Besonders* im Hinblick auf Eure Unschuld, Majestät.« Sie griff nach ihrem Wasserglas und trank es in wenigen Zügen leer.

Rae verstand, was sie sagen wollte. Er wusste besser als jeder andere im Raum – abgesehen von Ty –, dass er nicht für Katleems Tod verantwortlich war. Und möglicherweise könnten Spuren ebendiese Unschuld bezeugen.

»Beweise vernichten«, wiederholte Sunara und klang, als würden die Wörter bitter auf ihrer Zunge schmecken. »Es ist der Körper unserer Königin, von dem wir hier sprechen. Ein Körper, der es verdient hat, zur Ruhe gebettet zu werden.«

»Aber wenn –«

»Das reicht, danke, Mary-Ann«, unterbrach Rae sie leise. Mittlerweile musste er nicht einmal mehr seine Stimme erheben. Nach der Demonstration seiner Kräfte und dem kurz darauffolgenden Tod seiner Frau behandelten sie ihn ohnehin wie eine tickende Zeitbombe. Raevan setzte sich aufrecht hin und legte die Unterarme auf den unebenen Holztisch. Die geschnitzten Figuren stachen unangenehm in seine Haut. »Ihr habt recht. Alle. Dennoch … Es ist meiner Frau gegenüber nicht fair, wenn sie auf ihren Frieden verzichten muss, nur weil man mir die Schuld zuweisen will. Das ist meine Verfehlung, nicht ihre. Sie soll nicht auch noch im Tod unter mir leiden müssen.« Er holte kurz Luft und spürte, wie Ty ihn von der Seite ansah. Ein Zeichen dafür, dass er nicht so ruhig war, wie gehofft. »Die Beisetzung findet morgen wie geplant statt.«

Für einen Moment herrschte Ruhe. Dann räusperte sich Landon.

»Wir haben noch immer keine Antwort von dem König und der Königin aus Ashland erhalten. Nicht, seit …«

»Seit dem Brief, in dem sie schrieben, dass sie den Botschafter aus Lyzara abziehen werden und kein Staatsbürger Lyzaras ihr Land betreten dürfte, bis ich mich schuldig bekenne. Ich weiß.« Rae hatte nie das beste Verhältnis zu seinen Schwiegereltern gehabt. Er nahm an, das lag zum einen an seiner Vergangenheit und zum anderen daran, dass er sich keine Mühe gegeben hatte, ihnen zu imponieren. Er hatte all seine Kraft auf Katleem verwendet.

Und am Ende hatte sich ihre Zuneigung in Hass gewandelt.

Schlimmer. Sie hatte ihn gefürchtet. Das hatte die Durchschrift des Briefs, den man bei ihr gefunden hatte – und der neben anderen Dingen den Verdacht auf Raevan nährte – bewiesen. Wieder schnitten scharfkantige Eissplitter in seine Brust, bohrten sich beim Atmen in seine Lunge.

»Wir wissen nicht, wie das Königspaar die Beerdigung auffassen wird«, ergänzte Landon.

»Wenn der König und die Königin wussten, dass Eure Majestät kurz vor der Scheidung stand, könnte das zu zusätzlichen Spannungen führen«, warf Tahnee ein.

»Wir haben keine Beweise dafür, dass sie diese Information erreicht hatte«, erwiderte Sunara.

»Und so sollte es bleiben«, ergänzte Mikael und die anderen nickten zustimmend.

Bei diesen Worten spannten sich Raes Muskeln an. Wieder einmal fragte er sich, ob es nicht besser wäre, wenn sie sein Volk von der geplanten Scheidung informierten. Niemand würde an Raevans Unschuld zweifeln, wenn sie wüssten, dass Katleems Tod auch den Untergang seiner eigenen Träume herbeigeführt hatte.

»Ein Krieg mit Ashland –«

»Ich nehme an, es gibt noch immer keine Entscheidung hinsichtlich dieser Frage.« Raes Worte unterbrachen Tahnee, doch er machte sich keine Vorwürfe. Diese Diskussion führten sie seit Katleems Tod immer wieder und er war es leid.

Katleems Eltern bestanden darauf, dass er den Mord gestand. Und auch, wenn er alles tun würde, um einen Krieg zu verhindern, wäre diese Lüge die letzte Option.

»Eure Majestät«, sagte Mikael nach einer Weile beschwichtigend. Dabei hatte Rae nicht einmal einen Funken Wut in seine

Worte gelegt. Es war lediglich eine Feststellung gewesen. »Ihr müsst verstehen, dass diese Entscheidung – besonders so kurz nach dem Tod der Königin – Zeit beansprucht.«

Er hatte nichts anderes erwartet. Lag es wirklich nur daran, dass Ashland besänftigt werden musste? Oder genoss der menschliche Part des Blutrats es, ihn zappeln zu lassen? Rae fragte sich, ob es anders wäre, wenn Enyas noch am Leben wäre. Er würde ihm beistehen. Oder? Er war gegen eine Scheidung gewesen, aber nun, da diese nicht mehr nötig war, würde er Rae sicher nicht verwehren, Azalea zu heiraten. Nicht, wenn das alles war, was dieser wollte.

Immerhin war Enyas sein Vater gewesen.

Der Gedanke kam plötzlich und Rae erwartete, eine Art Schmerz zu verspüren. Darüber, dass er diese Tatsache erst nach Enyas' Tod erfahren hatte. Aber es nistete sich nur ein dumpfes Pochen hinter seiner Stirn ein, als wäre der Gedanke zu groß, als dass sein Verstand damit umgehen könnte.

Es spielte ohnehin keine Rolle.

Niemand wusste, dass Raevan nicht der wahre Sohn des letzten Königs war und somit in der Thronfolge nicht an erster Stelle stand. Niemand außer seinen Freunden und Rebecah.

Seine Cousine, die ihn hatte töten wollen. Rae hatte erwartet, dass sie ihr Wissen mit der Öffentlichkeit teilen würde. Doch seitdem man sie in die Schwarze Festung gesperrt hatte, schwieg sie. Aus Angst, dass ein Wort von ihr Rae dazu bringen würde, den Hinrichtungsbefehl zu unterschreiben? Ahnte sie, dass er mit sich haderte und das Dokument unangetastet auf seinem Schreibtisch lag? Da es außer ihm keine Zeugen gab, konnte der Blutrat in diesem Fall nicht ohne seine Einwilligung handeln.

»Der König wünscht eine schnelle Entscheidung«, sagte Ty und meldete sich damit zum ersten Mal in der Sitzung zu Wort. Er war niemand, der sich an sinnlosen Diskussionen beteiligte – außer es ging um Dinge wie das Tragen von Hüten oder ausschweifende Feiern. »Ihr hattet ihm die Scheidung bewilligt. Ich sehe nicht, weshalb man ihm verwehren sollte, Azalea Blackwall zu heiraten. Besonders, da das Land eine menschliche Königin verlangt.«

Im Stillen bewunderte Rae seinen Freund dafür, wie schnell er sich an die Sprechweise des Rats angepasst hatte. Nur wenn sie allein waren, hörte man seinen Worten an, dass er nicht am Hof, sondern in der Sternengasse aufgewachsen war.

Rae erwartete, dass Mikael das Wort ergreifen würde, doch Sunara kam ihm zuvor. Sie stützte sich mit den Händen auf dem gewaltigen Holztisch ab und spreizte die Finger. »Das Gesetz ist eindeutig. Ein Gesetz, das der König selbst unterzeichnet hat, falls ich Euch daran erinnern muss. Es besagt, dass der Blutrat der anderen Spezies im Todesfall des Monarchen oder der Monarchin einen neuen Partner für den Hinterbliebenen wählt.«

Rae zog die Hände unter den Tisch und ballte sie zu Fäusten. Er musste nicht an seinen eigenen Fehler erinnert werden. Obwohl – wie hätte er ahnen können, dass in der Nacht, in der er das Dokument unterschrieb, der Mord an seiner Frau die geplante Scheidung nichtig machen würde?

»Im Falle einer Scheidung hättet ihr seine Wahl ohnehin akzeptieren müssen«, beharrte Ty.

Es stimmte: Sie war bereits genehmigt worden, bevor das Dokument, das es dem Blutrat ermöglichte, seine nächste Frau für ihn zu wählen, in Kraft getreten war. Doch eine genehmigte Scheidung war keine vollzogene. Und da Katleem vorher gestorben war und Rae diesen Fall in seiner Verhandlung nicht bedacht hatte, lag es in der Hand des menschlichen Blutrats.

Sie mussten seiner Wahl nicht mehr zustimmen. Raevan würde sich ihnen beugen müssen, wenn sie entschieden, wer seine nächste Frau werden würde.

Bei dem Gedanken bohrte Rae seinen Zeigefinger so fest auf eine der geschnitzten Holzfiguren, dass der Schmerz zuckend seine Hand durchfuhr.

»Lass gut sein«, sagte er zu Ty, um sich von dem Gefühl abzulenken. »Der Rat weiß von meinem Wunsch.« Mit zusammengekniffenen Lippen nickte er ihnen zu. »Und ich habe meine Position deutlich gemacht. Die Beisetzung der Königin wird morgen stattfinden. Die Obduktion ist abgeschlossen und die Polizei hat dem zugestimmt.« Wenigstens wusste niemand aus dem Rat, weshalb die Polizei von Raes Unschuld überzeugt war. Dass es an einem Alibi lag, das frei erfunden war. Er hatte die Nacht nicht mit Azalea verbracht. Doch Coleus Blackwall – der leitende Ermittler – vertraute der Zeugin. »Ich würde sagen, damit ist die heutige Sitzung beendet.«

Ohne auf Zustimmung zu warten, stand er auf und wandte sich ab. Dabei hörte Rae, wie ein einzelner Stuhl zurückgeschoben wurde. Er musste sich nicht umdrehen, um zu sehen, wer ihm folgte.

Er wusste immer, wer ihm Rückendeckung gab.

Deshalb wartete er einen Moment an der Tür, bis Ty zu ihm aufschloss. Danach ließ er sie ins Schloss fallen und atmete tief durch.

»Ich muss dringend hier raus.« Müde rieb er sich über die Augen. Seit er Enyas' Leiche gefunden hatte, schien es, als hätte er keinen Augenblick mehr für sich gehabt. Dabei lag dessen Tod Monate zurück. »Bitte sag mir, dass du Zeit hast.«

Ty strich sich durch die blonden Haare und seine Finger blieben in den bunten Spitzen hängen. Das Rot war mittlerweile ausgeblichen und erinnerte eher an ein zartes Rosa. Er warf einen kurzen Blick auf seine goldene Armbanduhr. »In einer Viertelstunde treffe ich mich mit der Garde. Aber danach habe ich frei.«

Sie sahen beide aus dem grauen Sprossenfenster. Der Frühling hatte mit seinen grünen Fingern Besitz von der Natur ergriffen, aber die Tage waren noch immer zu kurz, als dass Rae das Gefühl hatte, die Zeit reichte aus. Wenn Tys Treffen mit der Garde beendet wäre, würde das Tageslicht lange verschwunden sein.

»Schon gut«, sagte Rae und winkte ab. »Die Kinder warten auf dich. Ich muss ohnehin mit Swier sprechen.« Als Botschafter Lyzaras in Ashland war Eustace Swier am besten über die Stimmung dort informiert. In letzter Zeit sprach Rae häufiger mit dem alten Mann als mit Tyresian oder Pray, geschweige denn Azalea.

»Sicher?« Ty zog zweifelnd eine Augenbraue in die Höhe. »Meine Mitbewohner können warten, wenn du Ablenkung brauchst.«

Rae wusste das Angebot zu schätzen, besonders da Tyresian die Kinder ungern allein ließ. Doch er hatte ohnehin genug zu tun. »Sicher.« Er schlug seinem Freund leicht mit der Faust gegen die Schulter. »Wir sehen uns morgen.«

Bei dem Gedanken überkamen ihn trotz seiner leichthin gesprochenen Worte Zweifel. Morgen würde Katleems Beerdigung stattfinden. Dann wäre sie endgültig fort.

Doch er konnte Ty nicht bitten, die Nacht bei ihm zu verbringen wie ein verängstigtes Kind, nur weil er sich vor dem morgigen Tag fürchtete. Nicht, wenn wirklich Kinder auf seine Gesellschaft warteten.

Auf Rae hingegen warteten andere Dinge: Die Sorge darüber, wie er seinem Volk helfen konnte, einem Krieg mit Ashland zu entgehen.

Also ging er, bevor Ty auffallen konnte, dass Raes Körper beim Weggehen vor Unsicherheit schwankte wie eine einzelne Pflanze im Angesicht eines Tornados.

Tyresian biss die Zähne so fest zusammen, dass sein Kiefer gegen den Schmerz protestierte. Besser das, als die Worte rauszulassen, die sich in seinem Inneren anstauten.

Durchatmen, befahl er sich. *Sie testen dich nur. Weil sie eingebildete, verwöhnte Drecksäcke sind, die …*

Durchatmen. Mit angespannten Muskeln hob er eine Hand, deutete auf Lio, der ihn mit einem überheblichen Grinsen ansah. Hinter ihm zogen blassgraue Wolken auf, bedeckten den blauen Himmel. Am anderen Ende des Trainingsgeländes ragten die weißen Palastmauern hervor.

»Noch einmal«, befahl Ty. »Und dieses Mal solltest du das Ziel treffen. Nicht die hundert Meter darum.«

Natürlich übertrieb er. Lios Feuerball hatte einen guten Teil der zwei Meter langen Trainingswand schwarz verrußt zurückgelassen. Aber dennoch.

Vielleicht seid Ihr blind, Lord Joyce, hatte Lio gespottet, nachdem Ty von ihm verlangt hatte, das nächste Mal besser zu zielen. *Aber mein Feuerball hat das Ziel eliminiert.*

Die anderen hatten gelacht und Tyresian angesehen, als wäre er ein dummer Junge. Seine Wangen kribbelten vor Hitze, obwohl der Wind zugenommen hatte und über seine Haut strich.

Das Ziel und mindestens fünf weitere Menschen oder Wycca, wenn sie danebengestanden hätten, hatte Ty erwidert, nachdem er tief durchgeatmet hatte und sich vorstellte, wie die Luft sein Innerstes abkühlte. *Also, noch einmal.* Immerhin war die Garde der Kopf der gesamten Armee Lyzaras. Sollte es zu einem Krieg kommen, würden sie die anderen, im Land verstreuten Truppen, anführen.

Jetzt rollte Lio mit den Augen und machte keine Anstalten, Tys Befehl auszuführen. In diesem Moment überkam ihn das altbekannte Gefühl, das ihn oft in der Sternengasse befallen hatte, bevor er sich einen Namen machen konnte. Als hätte jemand in seinen Brustkorb gegriffen und all seine erbärmlichsten Komplexe hervorgezogen, um sie ins Rampenlicht zu stellen.

So verlief das Training seit Wochen. Zu Beginn hatten die Mitglieder der gläsernen Garde seine Befehle kommentarlos ausgeführt. Selbst als sie herausgefunden hatten, dass Ty keine aktiven Kräfte besaß. Vielleicht fürchteten sie, er würde sich beim König beschweren. Doch da Tyresian Rae niemals noch mehr Arbeit aufbürden würde, als dieser ohnehin hatte, wurde ihnen schnell klar, dass sie allein Ty Rechenschaft schuldeten.

Und ab da hatte sich ihre Haltung gewandelt.

Das Brennen in seinen Wangen weitete sich auf seinen Brustkorb aus und er ballte die Hände zu Fäusten. Er wusste, er konnte ihnen helfen. Die ersten Wochen hatten sie wirklich an ihren Kräften gearbeitet und waren besser geworden.

»Das Ziel«, wiederholte Ty und zeigte auf das feuerfeste X auf der Wand, wobei er Mühe hatte, die Faust lockerzulassen. »Jetzt.«

Lio schnaubte, formte jedoch eine tennisballgroße Feuerkugel zwischen seinen Händen. Schon in dem Moment, als er ihn nach vorn schnellen ließ, wuchs er weiter an. Und als er auf die Wand traf, hatte er eher die Größe eines Fußballs. Bei der Explosion strömte Hitze in Tys Richtung, bis seine Haut unangenehm prickelte.

»Du musst die Verbindung beibehalten, wenn du ihn von dir wegschickst«, sagte er zu Lio. »Du gibst deiner Kraft im Moment des Loslassens freie Kontrolle über dich.«

Schwarzes Blut schoss in Lios Wangen. »Macht es gern vor, wenn Ihr könnt.«

Tys biss sich so fest auf die Wange, dass er Blut schmeckte. Egal, wie hilfreich seine Tipps waren – und das würde er nicht anzweifeln, immerhin hatte er Raevan ebenfalls trainiert –, sie würden ihn niemals akzeptieren. Dabei wussten sie nicht einmal alles über ihn.

Natürlich hatten einige ihn damals bewacht, als Rebecah Tennyson das Kommando gehabt hatte und er neu am Hof gewesen war. Doch die Garde hatte nie den Grund oder Tyresians wahre Herkunft erfahren. Und das sollte auch verdammt noch mal so bleiben.

Aber dafür musste er sich Respekt verschaffen. Er spannte jeden Muskel seines Körpers an, sodass er nicht zitterte, als er vortrat und sich vor Lio aufbaute. Dieser wich leicht zurück und rümpfte die Nase.

»Ich will«, sagte Ty fest und ließ den Wycca nicht aus den Augen, »dass du dich zusammenreißt, deine beschissene Kraft kontrollierst und das Ziel triffst. Bevor einer dieser Feuerbälle jemand Unschuldiges erwischt.«

»So wie das Feuer des Königs?«

Tys Kopf zuckte in die andere Richtung. Die Worte kamen nicht von Lio, sondern von Zeke, einem breitgebauten Wycca mit Eiskraft. Die restlichen Mitglieder der Garde verstummten.

Selbst das hämische Lachen erstarb. Mit zusammengekniffenen Augen fixierte Tyresian Zeke, der von einem Fuß auf den anderen trat, als würde er bereits bereuen, etwas gesagt zu haben.

»Ihr habt es doch auch gesehen«, sagte er schließlich an seine Kollegen gewandt. »Er hat die gesamte Palastseite zerstört, als er unsere Befehlshaberin angegriffen hat.« Sein Blick huschte umher, aber seinen Worten haftete nichts Fragendes an.

Er war sich sicher.

Die anderen kauten auf ihren Lippen, runzelten die Stirn oder sahen zu Boden. Ty trat von Lio zurück und drehte sich zu Zeke. Der Palast, der in der Ferne aufragte, war so weit entfernt, dass er von hier aus unmöglich die Stelle im Gemäuer erkennen konnte, die Rae vor Wochen mit seiner Feuerkraft eingerissen hatte. Dennoch glaubte Ty, die neuen Steine ausmachen zu können, die in einem strahlenden Weiß heller leuchteten als der Rest.

»Rebecah Tennyson ist eine Hochverräterin«, stellte er klar. »Und als solche hat sie versucht, den König zu töten.«

Die anderen nickten zustimmend. Doch die Bewegungen waren träge, als spräche er mit Schlafwandlern, denen er wie ein Mantra immer dasselbe eingebläut hatte und die seine Worte nun im Kopf wiederholten.

Das Herz in seiner Brust schlug schneller, wie ein Schmetterling, der sich in einem Spinnennetz verfangen hatte. Mit verengten Augen sah er von einem zum anderen, während der Himmel sich über ihnen zuzog. Die kühle Luft biss sich in seine Haut.

An dem Tag, als Raevan und Rebecah gekämpft hatten, musste er zum ersten Mal die Biokinese einsetzen, um die Gedanken der Garde zu verfälschen. Die Krieger hätten sich sonst zugunsten ihrer Befehlshaberin gegen ihn gewandt. Und es war Rae gelungen.

Zumindest hatten sie das bisher angenommen.

Als würde er Tys Zweifel nähern wollen, schüttelte Zeke den Kopf, schwieg jedoch.

»Ihr seid für heute entlassen«, sagte Ty, bevor Zeke mehr Schaden anrichten konnte. »Wir sehen uns morgen bei der Beerdigung.«

Murmelnd zogen sie ab. Einen Moment lang starrte Ty Zeke nach, dessen blonde Locken zwischen den anderen hervorstachen.

Ty dachte an die Albträume, die ihn nachts wachhielten; an die Sorgen, die sich in seinen Geist fraßen. Wie sicher war Raes Biokinese? Würde die Garde an dem festhalten, was er ihnen eingepflanzt hatte? Oder könnten Zekes Zweifel sich in ihren Köpfen einnisten?

Bevor es so weit kam, mussten sie dringend etwas unternehmen. Denn das Letzte, was Lyzara gebrauchen konnte, war ein Volk, das nicht nur einen Krieg mit dem Nachbarland fürchtete, sondern auch seinen eigenen König.

KAPITEL 2

Nach dem dreistündigen Telefonat mit Swier, wusste Rae nicht wohin mit der rastlosen Energie, die seinen Körper füllte. Die Sorgen fraßen sich wie Käfer tief in sein Herz und es gab nur einen Menschen, mit dem er sie teilen konnte.

Als er aus dem Palast trat, warf er einen Blick zum Himmel. Die Wolken hingen tief, doch noch war von Regen keine Spur. Stattdessen sammelte sich eine kribbelnde Wärme auf seiner Haut. Schnellen Schrittes lief er zu den Barken, die am Ufer eines Seitenarms der Mandalay bereitstanden. Sobald die Wachen ihn sahen, bereiteten sie eines der Boote vor und ließen ihn an Bord. Da die Schwarze Festung nur auf diesem Weg zugänglich war, gab es keine Möglichkeit, seinen Besuch zu verheimlichen. Aber er vertraute darauf, dass die Wachen Stillschweigen bewahrten.

Im Flusswasser spiegelten sich die grauen Wolken wider und leichte Wellen erschütterten das Boot. Obwohl die Fahrt nicht lang dauerte, verdunkelte sich der Himmel weiter, bis sie am massiven Tor ankamen, das auf Befehl der Wache geöffnet wurde. Sie trieben hindurch und legten am Ufer der anderen Seite an. Die Dunkelheit herrschte noch nicht, dafür hatte die Umgebung mittlerweile eine bläuliche Färbung angenommen – die letzte Farbe, bevor das Schwarz Einzug hielt. Rae liebte diesen Farbton und er nahm sich vor, ihn in einem seiner nächsten Gemälde zu verwenden.

Die Wachen halfen ihm aus dem Boot und er sah zu dem Gebäude in der Mitte der Anlage hinauf, das der Festung ihren Namen schenkte.

Die gesamte Schwarze Festung bestand aus einer meterhohen, alles umringenden Mauer und mehreren einzelnen Gebäuden, die auf der von künstlichen Sandwegen durchzogenen Rasenfläche verteilt standen. Manche dieser Gebäude beherbergten Wachen, andere dienten als Lager für Rüstungen und Waffen. Eine der Bauten – ein flacher Komplex aus verblichenen Ziegeln – verbarg ihren Großteil unterirdisch und bestand aus kargen Zellen, die älter waren als die Tennyson-Dynastie.

Der schwarze Turm in der Mitte – ein Gebäude mit Türmen an allen vier Ecken – war das älteste Bauwerk der Schwarzen Festung. Die nachtschwarzen Ziegelsteine hatten ihren Namen zu verantworten.

Rae schritt auf den Turm zu und ließ sich von den Wachen die Türen öffnen. Die hohen, mit Holz und Stuck verzierten Wände erinnerten daran, dass das Gebäude ursprünglich nicht als Gefängnis, sondern als Unterkunft für Monarchen gedacht war. Auch heute gab es keine Kerker, karge Räume oder Gitter. Dennoch regte sich bei seinen Besuchen etwas in Raes Magen, als würde eine Maus in seinen Eingeweiden wühlen. Er drehte den Armreif an seinem Handgelenk hin und her und stieg die Stufen der Wendeltreppe hinauf in den ersten Stock. Nur die vielen Schlösser, die sich in der richtigen Reihenfolge öffnen ließen, verrieten, wozu das Gebäude diente.

»Sie hat keine Probleme gemacht«, sagte der Wachmann, während er die Schlüssel umdrehte, und wirkte dabei außer Atem. Vielleicht mussten sie die Anzahl der Schlösser reduzieren, bevor einer von ihnen eine Gewerkschaft gründete.

»Danke«, sagte Rae und ließ sich die Tür aufhalten. Im Vorbeigehen rümpfte er die Nase – der Wachmann roch unangenehm nach Schweiß. Doch sobald er die Tür schloss, verschwand der Geruch.

Auf dem Sofa in der Mitte des Raumes saß Rebecah. Bei Raes Anblick ließ sie ihr Buch auf den Schoß sinken und legte einen Finger zwischen die Seiten. Sie lächelte nicht, zeigte wenig Regung. Aber das tat sie nie, wenn er sie besuchte.

»Ich hatte dich nicht so früh zurückerwartet.« Rebecah bettete ihr Buch auf einem Kissen neben sich. Ihr braunes Haar hatte sie zu einem losen Knoten auf dem Kopf befestigt, aber Rae entging nicht, dass es stumpf im künstlichen Schein der Lampe wirkte. Auch fehlte ihrer Haut Farbe. Dabei durfte sie in Begleitung der Wachen täglich für eine Stunde auf dem Gelände der Festung spazieren.

Rae nahm sich einen der Stühle und drehte ihn mit der Lehne nach vorn. »Ich habe mit Swier gesprochen«, sagte er und setzte sich ihr gegenüber.

Rebecah richtete sich auf. »Und?«

»Ashland lässt sich nicht besänftigen. Nicht, solange ich nicht gestehe«, sagte er und rieb sich über die Stirn.

Seine Cousine – nein, *Halbschwester* – führte die Hand an den Mund, ließ sie jedoch direkt wieder sinken. Rae bemerkte ihre bis aufs Bett abgekauten Fingernägel. Zu Beginn seiner Besuche hatte sie Handschellen getragen, doch mittlerweile verzichtete er auf diese Vorsichtsmaßnahme.

Wenn Rebecah ihm schaden wollte, könnte sie es auf andere Art tun. Dafür bräuchte sie ihre Kräfte nicht. Ein Wort über ihr wahres Verwandtschaftsverhältnis würde genügen.

»Sie sind überzeugt, dass du es warst«, sagte Rebecah.

»Ja.« Sein Körper fühlte sich schwer an, als er es aussprach, so als hätte er keine Energie mehr, gegen die Bedeutung dieses Wortes anzukämpfen. Er senke den Blick und ertappte sich dabei, wie er erneut an dem Armreif spielte. Sofort ließ er es los. Rebecah hatte ihm das Schmuckstück zum Geburtstag geschenkt – *bevor* sie seinen Tod geplant hatte.

Als er aufsah, betrachtete Rebecah den goldenen Armreif stirnrunzelnd. Rae erwartete, dass sie fragen würde, weshalb er ihn noch trug – beinahe wünschte er sich, sie würde ihn darauf ansprechen. Dann müsste er zu einer Antwort ansetzen, von der er selbst nicht ahnte, welche Gestalt sie annehmen würde.

Doch Rebecah wandte den Blick ab und fragte stattdessen: »Und glaubst du weiterhin, ich hätte etwas damit zu tun?«

Das war ebenfalls eine gute Frage. Die Wahrheit lautete: Er hatte keine Ahnung. Er gab es ungern zu, aber Rebecah war schlauer als er. Deshalb wusste er nicht, was er denken sollte. Sie hatte mehr Verbündete besessen, als Rae und die anderen je wissen würden, und war skrupellos vorgegangen.

Doch als Katleem starb, hatte sie in der Schwarzen Festung gesessen. Rae sah sich in dem Zimmer um. Es war eines von dreien, allesamt besser ausgestattet als achtzig Prozent der Wohnungen in Avastone. Lediglich die vergitterten Fenster und die Wachen vor der Tür machten deutlich, dass es sich um ein Gefängnis handelte. Rebecah durfte sich innerhalb ihrer Räumlichkeiten frei bewegen und hatte einmal am Tag bewachten Ausgang – solange sie sich unauffällig verhielt.

Bis Rae ihren Hinrichtungsbefehl unterschrieb.

War sie deshalb immer freundlich zu ihm, wenn er sie besuchte? Weil sie hoffte, er würde weiterhin zögern?

Doch *freundlich* war das falsche Wort. Rebecah nahm kein Blatt vor dem Mund, wenn sie miteinander sprachen. Sie verhielt sich … wie früher. Als wäre nichts vorgefallen.

Vielleicht kam Rae aus diesem Grund - ohne das Wissen seiner Freunde - hierher. Keiner der anderen verstand, weshalb er Rebecah bisher verschont hatte. Er konnte ihnen nicht erklären, dass er sich mit ihr verbunden fühlte.

Mit einer Mörderin.

»Ich glaube«, sagte Rae und fuhr langsam mit dem Zeigefinger erst über seine Unter- dann über seine Oberlippe, »du weißt mehr, als du zugibst.«

Rebecah schnaubte. Sie griff zu einem Glas Wasser, das auf ihrem Tisch stand und nahm einen großen Schluck. Ihre Hände – früher so beständig – zitterten und brachten das Wasser zum Beben. »Ich zumindest weiß, dass du einen Krieg nur verhindern kannst, indem du Ashland davon überzeugst, dass *du* es nicht warst.«

»Das versuche ich ja«, sagte er aufgebracht und stützte die Ellbogen auf die Oberschenkel. »Mein Alibi überzeugt sie nicht.«

Grunzend stieß Rebecah die Luft durch die Nase aus und schüttelte den Kopf. Dieses Mal zitterten ihre Hände nicht, als sie das Glas mit einer energischen Bewegung zurückstellte. »Das Alibi, das der Bruder deiner Geliebten aufgenommen und dem Rest der Polizei versichert hat, es sei wahr, aber niemandem sagt, worum es sich dabei handelt – *das* überzeugt Ashland nicht? Sag bloß.« Als würde sie es nicht ertragen, ihn dabei auch nur anzusehen, starrte sie auf die gegenüberliegende Zimmerwand.

Ihre Worte trieben Rae die Hitze in die Wangen. Wenn man es so sagte … Nur Azaleas falsches Geständnis, dass sie die Nacht zusammen verbracht hatten, hatte Coleus Blackwall davon abgehalten, weitere Ermittlungen gegen Raevan einzuleiten. Alles, was zwischen ihm und schlimmeren Vorwürfen stand, war ein falsches Alibi.

Weshalb er dem niemals zugestimmt hätte, wenn es sich bei dem Polizisten nicht um Coleus gehandelt hätte. Da dieser ebenso wenig wollte, dass seine Zwillingsschwester wegen Ehebruchs mit dem König hingerichtet wurde, hatte er die Worte für sich behalten und der restlichen Polizei versichert, der König könne unmöglich am Tatort gewesen sein.

»Woher weißt du das?« Eigentlich sollte Rebecah solche Neuigkeiten in der Festung nicht erfahren.

Sie zuckte mit den Schultern und schaute wieder in seine Richtung. »Ich habe genügend Freunde.«

Rae presste die Lippen aufeinander. »Und du wunderst dich, dass ich glaube, du hängst da irgendwie mit drin.«

»Sag mir lieber, ob es stimmt. Du warst nicht wirklich so leichtsinnig und hast die Nacht mit ihr verbracht, oder?«

»Das geht dich nichts an.« Wenn es nur so gewesen wäre! Dann würde er, wenn ihre Lüge aufflog, wenigstens in dem Wissen sterben, eine Nacht mit Azalea gehabt zu haben. Aber so würde er grundlos sterben.

Rebecah schnalzte mit der Zunge und verschränkte ihre Beine. »Gut, dann sag ich dir jetzt etwas.« Sie beugte sich zu ihm vor, wobei ihre kantigen Gesichtszüge in dem Licht schärfer wirkten als sonst – wie Messer, die man unter der Rüstung trug. »Du weißt, was du zu tun hast. Der einzige Ausweg, Ashland zu überzeugen, bist du persönlich. Nicht Swier, der ohnehin auf der Seite der Menschen steht. Keine Beteuerungen der Polizei. Wenn du einen Krieg mit Ashland verhindern willst, dann mach dich sofort auf den Weg. Wie damals, als du Katleem angefleht hast, dich zu heiraten.«

»Ich kann nicht.«

»Du *willst* nicht. Das ist ein Unterschied.«

Möglicherweise stimmte beides. Rae rieb sich die Augen und schüttelte den Kopf. »Sie sind schutzlos, Bex – Rebecah«, korrigierte er sich schnell, als ihm ihr alter Spitzname entfleuchte. »Weißt du, was da draußen los ist?«

»Ich hatte in letzter Zeit nicht das Vergnügen.«

Er ignorierte die Spitzen in ihrer Stimme. »Es gibt täglich Auseinandersetzungen zwischen Menschen und Wycca, die nicht selten tödlich enden. Mikael berichtete von Gerüchten, nach denen es den Menschen vom westlichen Kontinent irgendwie gelungen ist, Kontakt zu Leuten aus Lyzara aufzunehmen.« Der westliche Kontinent – ein Verbund mehrere Länder, die alle ausschließlich von Menschen regiert wurden. Dorthin waren Prays Eltern geflohen. Für ein Leben dort hatten sie ihren einzigen Sohn zurückgelassen. »Was ist, wenn es ihnen gelingt, hier ein Netzwerk aufzubauen? Sollte ich das Land verlassen, ist Tyresian der Einzige, dem ich im Rat vertrauen kann. Falls Lyzara angegriffen wird, und ich bin in Ashland …« Er wollte sich nicht ausmalen, was das bedeuten konnte.

»Mary-Ann ist ebenfalls vertrauenswürdig«, warf Rebecah ein. »Und Mikael würde dich nicht hintergehen.«

»Und die anderen?«

»Sie sind Menschen.«

Rae sog die Unterlippe zwischen die Schneidezähne und nickte. »Eben.« Die Wahrheit dieser Worte drückte ihn nieder. Sie gehörten einer anderen Spezies an und allein deshalb durfte er ihnen nicht trauen. »Ich will doch nur, dass Frieden herrscht.

Wie schaffe ich es, dass Frieden herrscht?« Ein Kloß bildete sich in seinem Hals und er schaute sich in dem Zimmer um, als fände er hier die Antwort.

Die Räume sahen genauso aus wie zu dem Zeitpunkt, als man Rebecah hier eingesperrt hatte. Er hatte den Wachen lediglich aufgetragen, einen Stapel Bücher aus ihrem Zimmer zu holen, die sich ordentlich aufgereiht auf einer Kommode stapelten, da es kein Regal für sie gab.

Rebecah schien ebenfalls keine Antwort auf diese Frage zu haben. Seufzend stand Rae auf. »Ich muss los.« Er strich sein Hemd glatt, das nach der Ratssitzung und dem anschließenden Telefonat zerknittert war.

Rebecah erwiderte nichts. Er ging zur Tür und klopfte, um der Wache zu bedeuten, ihn rauszulassen.

Noch während er die Schlüssel im Schloss hörte, drehte er sich zu Rebecah um.

»Warum hilfst du mir?« Das fragte er jedes Mal. Und jedes Mal entgegnete sie das gleiche.

»Warum kommst du mich besuchen?«

Er war sich sicher, dass keiner von ihnen je eine Antwort darauf haben würde.

Rae hatte sich vorgenommen, direkt ins Bett zu gehen, sobald er auf seinem Zimmer war. Doch ein Zettel, der unter seiner Tür hindurch geschoben worden war, machte ihm einen Strich durch die Rechnung.

Einen sehr willkommenen Strich, bei dem sein Herz wie wild zu klopfen begann.

Geh zu den Ställen.

Auch ohne Signatur würde er die Handschrift überall wiedererkennen. Seit dem ersten Brief, den Azalea ihm geschrieben hatte, hatten sich die Bögen und Zacken ihrer Buchstaben in seinen Geist gebrannt.

Doch er hatte sich geschworen, sich von ihr fernzuhalten. Trotz Katleems Tod war er theoretisch noch verheiratet und dank des neuen Gesetzes war es ihm nicht erlaubt, seine Frau selbst zu bestimmen. Auch würde ein Treffen in der Öffentlichkeit mit ihr die Gerüchte weiter anheizen.

Aber vielleicht wollte sie ihn gar nicht treffen?

Geh zu den Ställen. Dort konnte alles auf ihn warten. Sie konnte ihm etwas hinterlassen haben.

Sich selbst möglicherweise. Seine Gedanken wanderten zu einer Azalea, die in einem durchscheinenden Kleid inmitten von mehreren Heuballen saß und in der Dunkelheit auf ihn wartete.

Seine Handflächen wurden feucht. Schnell steckte er den Zettel in die Hosentasche und schlüpfte aus dem Zimmer. Keine der Wachen hielt ihn auf, doch es war nicht so wie früher. Damals ließen sie ihn passieren, weil Enyas es befohlen hatte.

Heute wagte niemand, sich seinen Befehlen zu widersetzen. Nicht, nachdem er ihnen seine Kräfte demonstriert hatte.

Die Ställe lagen abseits und vom Weiten stieg Rae die Mischung aus Heu, Stroh und Leder in die Nase. Obwohl er den Geruch schon immer beruhigend fand, konnte er dem Reiten nie viel abgewinnen. Er bevorzugte die Schnelligkeit eines Sportwagens, auch wenn er nicht die Leidenschaft für Autos hegte wie Pray.

Angekommen, schaltete er die tragbare Elektrolampe neben dem Eingang ein und sofort begann sein Kopf zu pochen. In den Außengebäuden gab es noch keine Wycca-Energie. Der Umbau im Palast war in den letzten Monaten zum Erliegen gekommen – etwas, das er schnell wieder ändern musste. Er durchschritt das Gebäude und murmelte den schnaubenden Pferden beruhigende Worte zu, als er an ihren Boxen vorbeilief.

Azalea war nirgends zu finden. Stirnrunzelnd nahm er den Zettel aus der Hosentasche und las ihn erneut. Die Nachricht war eindeutig. Aber was sollte er hier? Wieder lief er auf und ab, bis ihm auffiel, dass eine der Boxen leer war. Und dort auf dem Boden lag ein weiterer Zettel.

Es waren Zeilen aus einem Lied der menschlichen Sängerin, die Tyresian und er zu Prays und Azaleas Missfallen so gern hörten. In dem Song führte das lyrische Ich sein Gegenüber zu einem See, an dem mehrere Dichter gestorben waren. Rae kannte die Textzeile und hatte sich oft gefragt, ob die Sängerin von demselben See sprach, in dem zwölf Dichter vor Jahrhunderten Selbstmord begangen hatten. Noch immer huldigten die Wycca dem See bei jedem Nachtgottesdienst. Doch er hatte dazu keine Quelle finden können. Mittlerweile wusste niemand mehr, wo sich dieser See befand.

Umso überraschender, dass sich unter der Textzeile, verpackt in einem sich reimenden Rätsel, eine Wegbeschreibung befand.

Rae lächelte. Er liebte Gedichte und Geheimnisse und dass Azalea ein solches für ihn hinterlassen hatte, wärmte seine Brust. Er band seine Haare nach hinten – mittlerweile waren sie so lang, dass die Locken sein Kinn berührten – und sammelte sich Sattel und Zaumzeug zusammen.

Er brauchte eine Weile, bis er eines der Pferde gesattelt hatte – bisher hatte er nur anderen dabei zugesehen. Doch sobald er in die Nachtluft hinausritt und die Kälte in seiner Brust kribbelte, fühlte er zum ersten Mal seit Langem Zuversicht. Er hatte den Himmel selten so klar gesehen. Nichts auf dem Weg deutete an, dass er richtig war, das machte ihn so sicher: Azalea hegte keinen Zweifel, dass er das Gedicht verstand, und sie war nicht der Typ dafür, ihm weitere Hinweise zu hinterlassen.

Entweder er kam oder nicht.

Nach mehreren Feldwegen ritt er durch einen Wald und ließ das Pferd im Schritt weitergehen, aus Angst, sich in dem dunklen Gehölz zu verletzen. Die Nacht roch nach Tiermoschus und Kiefern, gemischt mit dem erdigen Geruch des Waldbodens. Das Unterholz raschelte und vereinzelt stoben Vögel aus dem Dickicht, während eine rufende Eule aus den Schatten sang.

Das Pferd unter seinen Beinen schwitzte, doch bevor er zweifeln konnte, tauchten die ersten Lichter auf. Rae stieg ab und führte das Tier die letzten Meter durch dichtes Gestrüpp, bis sich der Wald zu einer Lichtung auftat, auf der sich ein Weiher erstreckte. Unzählige warmweiße Lampions säumten das Ufer, sodass die umstehenden Bäume zitternde Schatten auf die Umgebung warfen, als würden sie einen wilden Tanz aufführen.

»Gefällt es dir?« Azaleas dunkle Stimme ließ ihn aufsehen. Erst jetzt entdeckte er ihre regungslose Gestalt am Waldrand. Ein paar Meter weiter graste ihr Pferd friedlich im leichten Schein des Mondes.

»Wunderschön«, hauchte Rae und konnte den Blick nicht von ihr abwenden. Sie trug nicht das Kleid aus seiner Vorstellung, sondern eine einfache Hose und eine Strickjacke, die sie viel realer wirken ließ und sein Herz sofort zum Flattern brachte. Ihre Haare hatte sie zu einem Zopf zusammengebunden. Alles in ihm schrie danach, sie in die Arme zu schließen. Immer, wenn er sie in ihrem üblichen Outfit am Hof sah – dem Tüllrock und dem passenden Oberteil – schien sie wie eine Fata Morgana. Wunderschön, aber unerreichbar.

Sie lachte ihr hartes Lachen – als würde jemand Kieselsteine ins Wasser werfen.

»Ich dachte, du könntest etwas Entspannung gebrauchen. Vor morgen.«

Der Wald hinter ihnen schien ein lebendiges Wesen zu sein – kein stummer Beobachter, sondern Dunkelheit gefüllt mit den Geräuschen der Nacht, und Rae drehte den Kopf, auf der Suche nach wachsamen Augenpaaren. Der Schatten der Bäume fiel wie ein dichtes Netz über den Boden. Der See lag still da, ein Spiegel, der die Spannung in der Luft zu reflektieren schien. Raes Augen huschten durch die Dunkelheit der Bäume, auf der Suche nach Zeichen, nach verborgenen Beobachtern. Ein Gefühl der Unsicherheit, die er nicht abschütteln konnte, kroch über seine Haut.

»Keine Sorge«, beruhigte Azalea ihn und kam auf ihn zu. »Wir sind allein. Ich bin schon seit Stunden hier, wenn mir jemand gefolgt wäre, hätte er längst die Lust verloren. Und das Rätsel löst niemand außer dir.« Sie lächelte leicht und dieses Lächeln befreite Rae aus seiner Starre.

Er befestigte die Zügel des Pferdes am Zaumzeug, sodass es ungestört Grasen konnte, und kam ihr entgegen. Die Lampions erhellten einen Teil ihrer Gesichtszüge, hüllten andere dafür in Schatten, ließen sie wie ein expressionistisches Kunstwerk wirken. Es juckte Rae in den Fingern, diese Version von ihr auf die Leinwand zu bringen.

»Du meinst, das alles«, er deutete zu den Lichtern, »ist für mich?«

»Und für mich. Offensichtlich.« Sie ließ sich zu Boden sinken und klopfte auf den Platz neben sich und Rae setzte sich zu ihr. Noch immer hielten sie Abstand, aber gleichzeitig spürte er ihre Nähe wie das lodernde Flackern eines offenen Feuers. Ihre Anwesenheit, so nah und unerreichbar, war wie ein Lied, das er nicht singen durfte.

Seine Hand zitterte. Es wäre leicht, dem Drang nachzugeben. Sie an sich zu ziehen und zu küssen. Doch die Wahrheit der tödlichen Konsequenzen hielt ihn zurück. Hier im Wald würde sie niemand sehen, aber ihn beschlich das Gefühl, damit eine Schleuse zu öffnen, die sich nicht wieder schließen lassen würde. Ihre Berührungen waren wie eine Droge und allein Azaleas Gegenwart ließ ihn vor Verlangen danach zittern.

Er wandte seinen Blick ab, bevor er eine Dummheit beging. »Ist das wirklich der See der toten Dichter?« Mit dem Kinn deutete er zu dem Gewässer, das im Licht des Sternenhimmels schimmerte.

Azalea schnaubte. »Eher die Pfütze der komatösen Möchtegern-Poeten.« Sie nahm einen Kieselstein und warf ihn ins Wasser und die Reflexion zerbarst.

Raes Lachen durchbrach die Stille des Waldes und trug eine Woge der Befreiung mit sich. Die Last der vergangenen Wochen schien von seinen Schultern zu fallen. Die Pferde schauten bei dem Geräusch in seine Richtung, als würden sie sich über den Lärm beschweren. Eine Weile saßen sie schweigend da, warfen Steine in den See und zupften Grashalme ab. Irgendwann lehnte Azalea sich zurück, stützte die Hände hinter sich ab und sah ihn an.

»Worüber möchtest du reden?«

Eine einfache Frage. Doch es gab so viele Themen, über die er *nicht* sprechen wollte – die Beerdigung, die Mordanschuldigungen, die Ermittlungen, Ashland, die Heiratserlaubnis – dass eine Antwort schwerfiel.

»Hast du weitere Briefe erhalten?«

Sofort verdüsterte sich Azaleas Gesicht, als würde der Schatten aus dem Wald auf sie übergehen. »Ich habe dir gesagt, dass ich mich darum kümmere.«

Abwehrend hob Rae eine Hand, während er sich mit der anderen abstützte. »Ich habe nichts Gegenteiliges behauptet.«

»Gut.«

Er wartete einen Moment, doch sie sprach nicht weiter. »Also?«

Seufzend warf sie den Kopf in den Nacken. »Ja. Ja, es kamen weitere Briefe.«

Er schluckte. »Schlimm?«

Sie zuckte mit den Schultern, aber ihr Kiefer verhärtete sich. »Das Übliche. Ich hätte eine glückliche Ehe zerstört. Ich wäre eine Schlampe.« Rae zuckte zusammen, doch Azalea ließ ihn nicht darauf eingehen. »So viele Morddrohungen, dass ich einen weiteren Schrank bräuchte, um sie unterzubringen.«

Rae ballte die Hände zu Fäusten, während Hitze seinen Nacken emporstieg und seine Wangen erreichte. Eine Welle aus Scham und Wut durchflutete ihn, störte den Frieden, den er nur Augenblicke zuvor gefunden hatte.

Es hätte ihn nicht überraschen sollen, dass seine Gefühle für Azalea nicht unentdeckt blieben. Immerhin brachen sie wie ein Leuchtfeuer aus ihm heraus, wann immer er sie ansah. Gepaart mit dem ungelösten Mordfall überschlugen sich die Gerüchte in Lyzara. Manche gingen so weit, dass sie Katleems Tod als Selbstmord darstellten. In den Tod getrieben – nicht von einem untreuen Ehemann, sondern von einer ruhmsüchtigen Menschenfrau, die dem König schöne Augen machte.

Die Scham fraß sich tiefer in Raes Eingeweide.

Als könnte Azalea seine Gedanken lesen, schnaubte sie. »Am liebsten würde ich mich auf die Mauern des Palastes stellen und sie fragen, wer ich wirklich bin. Denn scheinbar entscheide nicht ich darüber.«

»Du solltest vorsichtiger sein, wenn du rausgehst. Nimm Wachen mit. Und hör auf, die Armenviertel zu besuchen – die Spenden kann jemand anderes dort hinbringen. Außerdem können wir eine Gegendarstellung veranlassen«, sprudelte es auf Rae heraus. Er wedelte mit den Händen, unterstrich seine Worte. Schon seit Wochen war es ihm ein Dorn im Auge, das Azalea die Drohbriefe auf die leichte Schulter nahm. »Üble Nachrede ist –«

»Rae«, unterbrach Azalea ihn und trotz des Schattens auf ihrem Gesicht zuckte ihr Mundwinkel. »Ich bin keines deiner zerbrochenen Dinge. Du musst mir nicht helfen.«

Er ließ die Hände sinken. »Ich weiß. Aber ich –«

»Du willst allen helfen, schon verstanden«, beendete sie seinen Satz. »Doch ich komme klar.«

»Ich will gar nicht allen helfen«, murmelte er. »Und was soll das heißen, zerbrochene Dinge?«

»Vergiss es«, sagte sie kopfschüttelnd und das Lächeln vertiefte sich. »Lass uns über etwas anderes reden. Ich habe mit Melia gesprochen. Wusstest du, dass sie in den letzten Jahren nicht gealtert ist?«

Ahnte sie, dass dies das einzige Thema war, was Rae von seinen Sorgen ablenken konnte? »Pray hat mir davon erzählt und vor ein paar Wochen habe ich ebenfalls mit ihr geredet.« Er rieb einen Grashalm zwischen seinen Fingern, um die Energie loszuwerden, die ihn bei der Erinnerung daran ergriff. Melia war ein Mensch und nicht – oder nur sehr langsam – gealtert. Und wenn sie zukünftig nicht älter wurde, wäre sie vielleicht …

Unsterblich.

Er schloss den Grashalm fest in seiner Faust ein und spürte seinen Puls an seinem Handgelenk pochen. Wenn Melia nicht alterte, bedeutete dies, dass es da draußen ein Mittel gab, mit dem man Menschen unsterblich machen könnte. Rae setzte sich in den Schneidersitz, nur um danach wieder die Beine auszustrecken, weil sie vor Aufregung kribbelten. Der Gedanke an die Möglichkeiten, die sich damit böten, ließ ihn zitternd vor Sehnsucht zurück.

Azalea sah zum Himmel. Mittlerweile waren Wolken aufgezogen, die jeden Blick auf die Sterne verhinderten. Hin und wieder kam der Mond zum Vorschein – ein normaler Mond, silbrig glänzend. Der Blutmond war lange verschwunden und bisher hatte niemand eine Erklärung für sein Anhalten geliefert. »Sie sagt, sie erinnert sich nur schemenhaft an das, was dieser Beck mit ihr gemacht hat. Aber ich glaube, das ist ein Schutzmechanismus.«

Rae öffnete die Faust und wischte den zerquetschten Grashalm am Boden ab, um sich einen neuen zu pflücken. Langsam drehte er ihn von einem Finger zum anderen und zog die Unterlippe zwischen die Zähne. »Könnte sein. Sie wirkt sehr … zerbrechlich.«

Sofort spannte sich Azaleas Körper an. »Weil sie ein Mensch ist?«, fragte sie scharf und sah statt zum Himmel direkt zu ihm. Im Licht der Lampions glänzten ihre Augen dunkler – wie ein tosender Wasserfall.

Rae grinste bei dem Anblick und hob eine Augenbraue. »Genau. Menschen halten einfach weniger aus als Wycca.« Lässig schnippte er den Grashalm zur Seite.

Ihre Augen funkelten, doch ihr Mundwinkel zuckte. »Unsere Körper mögen Schwächen haben. Aber ich wette, mein Geist ist tausendmal stärker als deiner, *Majestät.*« Sie stieß sich vom Boden ab und stand auf.

Er gab einen protestierenden Laut von sich. »Das ist kein Grund, dich auch nur einen Schritt von mir zu entfernen.«

»Dann folge mir doch«, sagte sie zwinkernd und ehe er sich rühren konnte, zog sie sich mit einer fließenden Bewegung die Strickjacke von den Armen.

Sein Mund wurde trocken. Unter der Jacke trug sie ein Top, dessen hellblauer Stoff sich an ihren Körper schmiegte. Einen

Moment lang konnte er nicht anders, als der Spur ihres Schlüsselbeins mit den Augen zu folgen.

»Wollen wir sehen, wer den stärkeren Geist hat?« Azaleas Worte rissen ihn aus seiner Trance. Sie drehte sich um, kickte ihre Schuhe von den Füßen und marschierte auf den Weiher zu.

Rae rappelte sich auf und lief ihr hinterher. Sein Körper verriet sehr deutlich, dass sein Geist keineswegs stark genug war, sich gegen die Anziehung zwischen ihnen zu wehren. Als er am Ufer ankam, stand sie bereits bis zu den Knien im Wasser.

»Bist du verrückt?« Noch während er sprach, zog er sich die Schuhe aus und warf seine Jacke zu Boden. Sofort überzog Gänsehaut seine Arme unter dem T-Shirt. »Hier draußen herrschen gerade mal zehn Grad.«

Azalea wanderte ungerührt weiter, auch wenn sie langsamer wurde. Fluchend zog er seine Socken aus und krempelte die Hose hoch, obwohl das wenig nützen würde.

»Das Wasser ist bestimmt …« Zischend zog er die Luft ein, als das kühle Nass seine Zehen bedeckte. Das Wort *eiskalt* erstarb auf seiner Zunge.

Azalea, die bis zur Hüfte im See stand, drehte sich zu ihm um. »Wenn du dich zu *zerbrechlich* fühlst, bleib ruhig da.«

Er konnte ihren Gesichtsausdruck von hier nicht mehr erkennen, aber ihre Stimme triefte vor Spott.

Sofort regte sich etwas in seinem Magen. Das war die Frau, in die er sich verliebt hatte. Furchtlos, mit einer scharfen Zunge. Damals hatte er geahnt, dass er die Welt niederbrennen würde, um zu ihr zu gelangen. Und jetzt lag nur ein alberner Weiher zwischen ihnen. Also hielt er die Luft an und stieg ins Wasser. Die ersten Schritte sendeten brennende Kälte durch seinen Körper, doch nach ein paar Metern ergriff die Taubheit von seinen Füßen Besitz und seine Haut gewöhnte sich langsam daran.

Bis das Wasser beinahe bis zu seiner Hüfte reichte. Er wusste, der nächste Schritt wäre der schlimmste und alles in ihm sträubte sich dagegen. Ein paar Meter weiter wartete Azalea auf ihn; das Wasser durchnässte bereits ihre Haarspitzen. Jetzt erkannte er das herausfordernde Lächeln, das ihren linken Mundwinkel in die Höhe zog. Sie wusste genau, weshalb er haderte. Die Kälte kroch langsam seinen Schritt hoch.

»Und diese kleine Wanderung ins Wasser soll was beweisen?«, forderte er sie heraus und hob zweifelnd die Augenbrauen, obwohl er sich nicht halb so selbstsicher fühlte. Immerhin schrie ihm sein bestes Stück in diesem Moment zu, es nicht zu tun. »Dafür musst du mir schon etwas mehr zeigen.«

Mit diesen Worten holte er tief Luft und sprang vorwärts platschend ins Wasser. Bevor er untertauchte, hörte er noch Azaleas Schrei, doch dann wurde alles gedämpft. Die Kälte umschloss ihn und das Wasser rauschte in seinen Ohren. Als er auftauchte, fror er zwar, aber das Schlimmste war überstanden.

Dachte er.

Er hatte nicht damit gerechnet, direkt vor Azalea wieder aus dem Wasser zu kommen.

Sie musste ebenfalls untergetaucht sein. Ihr Zopf hatte sich gelöst, sodass ihre Haare schwarz und dick herabhingen, und Wassertropfen von ihrer Stirn und ihrem Kinn perlten wie kleine Kristalle. Auf ihren Armen breitete sich eine Gänsehaut aus, doch gleichzeitig strahlte sie Hitze aus, wie eine offene Flamme.

Rae schluckte und seine Kehle wurde eng. Er wollte etwas sagen, um die Spannung zu lösen, aber sein Mund war zu trocken. Hatte die Kälte des Wassers eben noch wie Nadeln seine Haut zerstochen, spürte er jetzt nur entfernt den sanften Zug des Windes.

Sie stand direkt vor ihm. Das hellblaue Oberteil hatte eine dunklere Farbe angenommen, klebte wie eine zweite Haut an ihr und er musste sich beherrschen, um nicht mit der Hand über ihre Rundungen zu fahren. Er fühlte sich verloren, als gäbe es nichts, an dem er sich festhalten konnte. Die Welt unter ihm schwankte.

Azaleas Mund stand offen und ihre Augen wirkten glasig. Rae wusste, er sollte sich losreißen und laufen. So weit und schnell er konnte. Stattdessen machte er einen Schritt auf sie zu. Sie waren sich so nahe, dass die vor Kälte aufgerichteten Härchen auf seinem Unterarm ihre Haut berührten. Ein Zittern durchlief ihn.

»Du bist wohl doch stärker als gedacht.« Azalea klang atemlos. Ihr Blick glitt über seinen Körper, wo das T-Shirt an seiner Haut klebte. Sie wirkte ebenso von der Welt losgelöst wie er.

»Wäre ich auch nur einen Deut schwächer«, erwiderte Rae und spürte, wie die Muskeln in seinem Körper vibrierten, »würde ich dich packen, dir die Klamotten ausziehen und dich hier und jetzt nehmen.«

Sie schluckte, wandte den Blick aber nicht ab. »Ich würde dich lassen.«

Er schloss die Augen, sperrte den Schmerz in seinem Körper ein, der ihn bei ihren Worten ergriff.

Eine sanfte Berührung an seinem Arm brachte ihn dazu, wieder die Lider zu öffnen. Azaleas Fingerspitzen lagen auf seiner Haut. Sie war so dicht, dass er die winzigen Wasserperlen auf ihrer Schulter sehen konnte. Ihr Duft nach Flieder vermischte sich mit dem moosigen Geruch des Sees.

»Meinst du, es wird immer so sein?«, flüsterte sie, obwohl niemand in der Nähe war, der sie hören konnte. »Das Glück ein Fingerbreit entfernt, bis es mit einem Blinzeln verschwindet?«

Bei dem Schmerz in ihrer Stimme schluckte er den Kloß in seiner Kehle hinunter und fuhr langsam mit den Fingerspitzen ihren Oberarm entlang. »Ich verspreche dir«, sagte er mit Nachdruck und versuchte, ruhig zu atmen, »dass es besser wird. Ich werde dafür sorgen, dass du alles Glück dieser Welt bekommst. Weil du es verdient hast.«

Sie lächelte zittrig. Dann schlugen ihre Zähne leicht aufeinander und ihr Blick huschte zum Ufer. »Wir sollten raus, bevor sich einer von uns noch wichtige Körperteile abfriert.«

»Ich habe eine andere Idee.« Er ließ die Hand von ihrem Oberarm ins Wasser sinken. Tief holte er Luft, tastete sich langsam vor, zu der heißen Atem, der in seiner Lunge lauerte und darauf wartete, auszubrechen. Doch er nahm nur ein bisschen, ließ die Luft ausströmen, hüllte sich darin ein.

Das Wasser um sie herum erhitzte sich und Azaleas Zittern legte sich.

»Du schummelst«, sagte sie lachend.

Er erwiderte ihr Lachen und plätscherte mit den Fingern im lauwarmen Wasser. Die letzten Monate hatte er genutzt, um Tys Trainingseinheiten weiter fortzusetzen, und war immer besser darin geworden, seine Kräfte zu kontrollieren. Manchmal war es fast wie früher.

»Komm.« Er hielt ihr eine Hand hin. »Ich trockne dich draußen.«

Sie stiegen aus dem Wasser und setzten sich auf den Rasen. Bevor Azalea ihre Jacke wieder überzog, nutzte Rae seine Kraft, um ihre Kleidung zumindest nicht mehr triefen zu lassen. Wenn er sie berühren würde, wäre das durchaus effizienter. Gerade wollte er es ihr – ganz uneigennützig – vorschlagen, da knackte es hinter ihnen im Wald. Sofort spitzten die Pferde ihre Ohren.

»Scheiße.« Fluchend sprang Rae auf die Beine. »Wir müssen verschwinden.« Wenn sie jemand hier allein sah, wäre es egal, dass nichts zwischen ihnen passiert war. Wenn die Öffentlichkeit davon erfuhr, wären sie geliefert. Das bewiesen die Drohungen bereits jetzt.

Doch Azalea blieb sitzen, sah nur mit einem leichten Lächeln zu ihm auf.

»Würde es dich stören, wenn ich noch zwei weitere Männer zu unserem Rendezvous eingeladen hätte?«

Bevor Rae ihre Worte begreifen konnte, trat eine Gestalt aus dem Wald auf die Lichtung.

»Verdammt.« Prays Stimme durchdrang die Dunkelheit. »Wenn ich mir Zecken eingefangen habe, ist das *deine* Schuld, Azalea.«

Sie lachte.

Dann kam eine zweite Gestalt zum Vorschein. »Huh, ich hatte nicht so eine romantische Stimmung erwartet. Und ich gestehe, einen Vierer hatte ich auch noch nicht. Aber keine Sorge, ich bin für alles offen.«

»Ich hätte nicht geglaubt, dass du zugibst, in dem Bereich unerfahren zu sein, Ty«, sagte Raevan, dessen Herz sich wieder beruhigt hatte.

»Es gibt für alles ein erstes Mal«, erwiderte Ty und kam mit Pray näher.

Rae wandte sich an Azalea. »Du hast sie herbestellt?«

Sie nickte. »Aber ich habe ihnen gesagt, der Weg sei kurz, sodass sie später kommen.«

Rae lachte, als Ty schnaubend stehen blieb. »Ohne Witz«, bestätigte er und holte einen Zettel hervor. »*Macht euch bei Einbruch der Nacht auf den Weg*«, las er ab. »*Es sollte nicht allzu lange dauern*. Vielen Dank dafür«, sagte er mit gekräuselten Lippen an Azalea gewandt.

Diese zuckte mit den Schultern. »Ich hab dich letztens darüber klagen hören, dass du zu viele Törtchen isst. Ich dachte, ich tue dir einen Gefallen.«

»Ah, sie ist teuflisch.« Ty grinste Rae an. »Ich weiß, warum du sie magst.«

Rae zwang sich zu einem Lächeln, aber gleichzeitig verknotete sich sein Magen. »Warum hast du sie eingeladen?«, fragte er Azalea. Etwas an der Tatsache störte ihn. Wollte sie nicht mit ihm allein sein? Traute sie ihm nicht?

»Ich weiß, meine Präsenz kann schon eine sehr aufheiternde Wirkung haben«, sagte sie zwinkernd, »aber ich dachte mir, dass du an einem solchen Abend deine Freunde bei dir haben möchtest.«

Und damit sprach sie das einzig Richtige aus, um Raes Laune zu bessern.

Bis spät in die Nacht saßen sie am See und unterhielten sich über alles, was nicht mit dem morgigen Tag zusammenhing. Ty wusste, dass Rae sich wegen der Beerdigung sorgte, doch erst als er Azaleas Nachricht gelesen hatte, hatte er begriffen, wie ernst es war. Und so war er nach einem Abstecher zu Hause zu Pray gefahren, um gemeinsam Azaleas Anweisungen zu folgen. Nun war er froh, seinem Freund noch einen unbeschwerten Abend zu bescheren.

Auch wenn er diesen mit seiner Nachricht dämpfen musste.

Sie waren gerade am Palast angekommen – Pray und Azalea waren vorgegangen, um keinen Verdacht zu erregen – und Ty nutzte die Chance, um Rae abseits der Wache zur Seite zu nehmen.

Etwas verwirrt musterte dieser seinen Freund. »Ich verbringe auch gern Zeit mit dir, aber ich denke, unsere Freundschaft ist intim genug.«

Ty grinste. »*Zu intim* gibt es nicht. Hör mir einen Moment lang zu.« Er erzählte Rae von Zeke und den Zweifeln, die dieser hegte.

Mit jedem Wort verlor Raes Gesicht mehr Farbe. »Du meinst, er ahnt etwas? Hat er gemerkt, als ich …« Er sprach den Satz nicht zu Ende und das war auch besser so. Bei der Stimmung, die momentan herrschte, war Ty sich sicher, dass der König *dieses* Geheimnis mit ins Grab nehmen sollte.

Ty schob die Lippe von rechts nach links und überlegte. »Keine Ahnung. Er schien verwirrt.« In den letzten Stunden hatte er über Zekes Bemerkung nachgedacht. Er hatte wie jemand gewirkt, der plötzlich aus dem Schlaf gerissen worden war und sich mit aller Mühe an einen Traum erinnern wollte, der ihm durch die Finger rann.

Langsam nickte Rae und fuhr immer wieder mit seinem Finger über den Armreif an seinem Handgelenk. »Ich will mit ihm reden. Ohne dass der Rest der Garde etwas mitbekommt.«

»Morgen Abend, nach der Trauerfeier.« Ty hatte sich bereits einen Plan zurechtgelegt. »Ich habe ihm gesagt, dass ich ihn sprechen will. Wir treffen uns auf dem hinteren Teil des Trainingsgeländes. Kommst du da ungesehen hin?«

Er nickte und atmete tief ein. »Danke, Ty.«

Tyresian berührte ihn an der Schulter. »Dank mir erst, wenn wir wissen, was los ist.«

Nach ihrem Gespräch verschwand Rae im Gebäude, während Ty sich auf den Weg zu seinem Haus machte. Er übernachtete nur selten im Palast und hatte ein besseres Gefühl, wenn er abends heimkam. Doch dieses Mal nagte Sorge an seinen Eingeweiden und er wusste, das hatte ausnahmsweise nichts mit seinen Mitbewohnern zu tun.

Was, wenn Zeke wirklich etwas ahnte? Würde er zu seinem König stehen?

Ty glaubte, die Antwort zu kennen. Und sie gefiel ihm nicht.

KAPITEL 3

Die Beerdigung verlief nicht so schlimm, wie Rae befürchtet hatte.

Es kam weitaus schlimmer.

Er ertrug die Prozedur, die finsteren Gesichter der Trauergäste, das Gemurmel, die vielsagenden Blicke, während er sich fragte, ob irgendwer ahnte, was in ihm vorging. Es war schwer zu entscheiden, was ihm größere Bauchschmerzen bereitete: Diejenigen, die ihn beäugten, als sei er ein Mörder oder diejenigen, die Azalea mit den Augen erdolchten, als hätte sie sie persönlich angegriffen.

Mit Sicherheit nahmen sie alle an, er wäre froh, seine Frau losgeworden zu sein. Inmitten der Flut der argwöhnischen Blicke kapselte er sich immer weiter ab – wie ein Fels in einem tosenden Meer. Mittendrin, aber kein Teil davon. Das Abendlicht brach sich auf Katleems goldenem Sarg und Rae schwankte leicht, als seine Gedanken ihn in die Vergangenheit zu einer anderen Beerdigung tragen wollten. Er richtete seinen Blick auf das Foto seiner Frau, das auf einer Staffelei stand, doch sein Inneres war ein Geflecht von Erinnerungen, die sich zu einem Knoten aus Schuld verflochten. Die Gedanken, die seinen Geist durchstreiften, waren ein komplexes Mosaik aus verpassten Gelegenheiten und unausgesprochenen Worten. Er hasste die Art und Weise, wie sie im Streit auseinandergegangen waren. Die Worte hatten wie Pfeile durch die Luft geschnitten, unsichtbare Narben in ihre gemeinsamen Jahre gerissen.

Seine Finger glitten über die Oberfläche seines Armreifens. Katleem zu lieben war nie Teil des Abkommens gewesen, aber sie hatten dennoch sechs Jahre miteinander geteilt. Hätte man ihn nicht gezwungen, sie zu heiraten, wären sie vielleicht Freunde gewesen.

Rae wusste, dass er sich die Schuld an all dem geben musste und niemand anderem. Er hatte sie auf Knien angefleht, hatte ihrer beider Unglück damit eingeleitet, als hätte er den ersten Dominostein in einer ganzen Reihe von Pech angestoßen. Er hatte die Maske nicht länger tragen können, von der sie geglaubt hatte, sie zu mögen.

Und er hatte sich in Azalea verliebt. Weshalb auch sie nun in Gefahr schwebte.

Deshalb ertrug er die vorwurfsvollen Blicke und das misstrauische Getuschel hinter seinem Rücken. Denn er würde niemals zugeben, wie sehr es ihn schmerzte, Katleem in dieses Unglück, das sein Leben war, gestürzt zu haben.

Er hielt seine Rede, folgte dem Trauermarsch durch die Stadt, sah zu, wie sie Katleems Sarg ins Grab hinabließen und ignorierte die Stimmen, die der Wind zu ihm trug.

»… Tod nur ein paar Wochen, nachdem er seine Cousine eingesperrt hat.«

»Habt ihr die Fernsehübertragung gesehen? Wind, Feuer und Eis? Wenn ihr mich fragt, kann niemand bei solchen Kräften bei Verstand bleiben …«

»… schon merkwürdig, dass sie ihn zuerst befragt haben …«

»… Kräfte …«

»… Macht …«

»… keine Kontrolle.«

Er so ausgelaugt, dass er ihnen beinahe zugestimmt hätte. Auch er fürchtete sich. Aber er würde niemals jemandem mit Absicht Schaden zufügen, der es nicht provozierte.

Doch ein König, der sich rechtfertigte, war nicht das, was Lyzara brauchte. Sie verdienten Stärke.

So in Gedanken versunken, verpasste er beinahe das Zeichen des Redners, das ihm verdeutlichte, dass er nun er der Reihe war. Mit festem Schritt ging Rae zu der großen, aus Ton gefertigten

Vase, in der ein bunter Blumenstrauß steckte. Er nahm den Strauß hervor, um ihn ins Grab zu werfen – ein verschwenderischer Brauch der Menschen. Das Wasser aus der Vase benetzte seine Hände, doch er richtete seinen Blick nur auf den goldenen Sarg in dem Loch vor ihm.

Bis er das Keuchen und die aufgeregten Rufe hörte. Stirnrunzelnd drehte er sich zur Menge, ehe er begriff, dass sie *ihn* ansahen.

Seine Hände.

Verwirrt starrte er hinab. Das, was er für Wasser gehalten hatte, war stattdessen rote Farbe, die seine Handflächen bedeckte.

»Euer König ist ein Mörder!« Rae konnte nicht ausmachen, woher der Ruf stammte. Es kümmerte ihn nicht. Augenrollend wischte er sich die rote Farbe an der Hose ab und schüttelte den Kopf – musste er sich nun auch mit Aktivisten rumschlagen?

Seine Garde setzte sich sofort in Bewegung, um den Schuldigen zu finden. Doch Rae nahm an, derjenige hatte sich längst aus dem Staub gemacht. So eine Aktion roch noch Feigheit.

»Entschuldigt die Unterbrechung«, sagte er laut und rieb erneut seine Handflächen an seiner Hose. Zähneknirschend betrachtete er seine Hände – die Farbe löste sich nicht. »Ich –«

Ein Schuss ertönte. Rae duckte sich. Ein Schrei zerriss die Luft. Als er wieder aufsah, hatte die Menge sich an einer Stelle geteilt. Auf dem Boden lag der leblose Körper einer jungen Frau.

»Für jeden Tag, an dem der König sich weigert, seine Tat zu gestehen«, erklang wieder die Stimme, dieses Mal verstärkt durch ein Mikrofon, »stirbt sein Volk.«

Ein Kribbeln durchfuhr Raes Körper. Das Flüstern des Verdachts schwebte wie gespenstische Nebelschwaden durch die Menge. Es war in den zusammengepressten Lippen, den zurückweichenden Blicken und den sorgenvollen Falten auf den Stirnen verankert – die Furcht, dass die Schatten der Anklage, die den

Thron umrankten, vielleicht nicht nur Schatten waren. Er starrte von seinen roten Händen in die Gesichter seiner Leute.

Und Furcht starrte zurück.

Der Wind hatte zugenommen und Rae schloss den leichten Mantel enger um sich. Die Geschehnisse des Vormittags hafteten an seinem Geist wie schwarzer Schimmel. Er klappte den Kragen hoch, um sich vor der kalten Luft im Nacken zu schützen.

»Wohin des Weges, hübscher Mann?«

Schuldbewusst zuckte Rae zusammen und bemühte sich um ein sorgloses Lachen, bevor er zu Tyresian aufsah, der an seine Seite joggte.

»Zum Trainingsplatz geht es dort entlang«, informierte Ty ihn und deutete in die entgegengesetzte Richtung. »Nur, falls du Nachhilfe über dein eigenes Grundstück brauchst.«

»Ich wollte einen Spaziergang machen. Den Kopf frei kriegen.« Er beschleunigte seine Schritte.

»Spaziergang zum Polizeirevier, was?«

Rae biss die Zähne zusammen, wurde aber nicht langsamer. »Blödsinn«, murmelte er.

»Rae«, Ty fasste ihn am Arm, »tu das nicht.«

Rae schüttelte ihn ab. »Keine Ahnung, wovon du redest.« Den Blick nach vorn gerichtet, marschierte er weiter.

»Dann willst du kein falsches Geständnis bei der Polizei ablegen?«

»Ich mache einen Spaziergang. Mehr nicht.«

»Sie haben den Kerl doch gefasst. Es gibt keinen Grund –«

»Es gibt *tausend* Gründe!« Ruckartig blieb Rae stehen. »Eine Frau ist gestorben. Ashland droht mit Krieg, wenn ich mich nicht stelle. Das Volk *fürchtet* sich.«

Ty hob so langsam eine Augenbraue an, dass Rae ihn am liebsten eine Ohrfeige verpasst hätte. »Ich informiere das Wörterbuch darüber, dass *tausend* nun *drei* bedeutet.«

»Ich hab dafür heute keine Geduld, Ty.« Mit zusammengepressten Lippen lief Rae weiter. Doch erneut hielt Ty ihn auf.

»Schon gut. Ich bleib ernst. Hör mir zu.« Er wartete, bis Rae ihn widerwillig ansah. »Ich verstehe, dass du das tun willst. Du willst ihnen helfen, weil es ausweglos scheint – deine Spezialität.«

Rae öffnete den Mund, um etwas zu erwidern, aber dann erinnerte er sich an Azaleas Worte. *Ich bin keines deiner zerbrochenen Dinge. Du musst mir nicht helfen.* War es das, was er versuchte? Irreparables zu reparieren?

»Aber sie haben den Kerl doch schon gefasst«, fuhr Ty fort. »Es ist vorbei.«

Immerhin damit hatte er recht. Die gläserne Garde hatte den Verantwortlichen noch auf der Beerdigung festnehmen können. »Und du glaubst, er bleibt der Einzige? Was, wenn er nicht allein war? Wenn morgen der Nächste wegen mir stirbt?«

Ty schnaubte. »Die Frau ist nicht *wegen dir* gestorben.« Wieder legte er eine Hand auf Raes Arm, aber dieses Mal nicht, um ihn aufzuhalten. »Sie ist tot, weil ein Irrer auf sie geschossen hat. Du wirst dich nicht für ein Verbrechen verantworten, das du nicht begangen hast. Das wäre eine Lüge.«

»Wahrheit ist doch nur was für Idioten.« Rae schluckte. »Und wenn es zum Krieg kommt?« Die Frage verließ seinen Mund, ehe er sich bremsen konnte. Unsicher sah er sich um, aber es war niemand in Hörweite. Niemand außer Ty, dessen bunte Augen einen weichen Zug annahmen.

»Wird es nicht. Wir finden einen Weg. Einen, der dich nicht ins Gefängnis bringt.«

»Katleems Eltern werden nicht lockerlassen. Sie sind überzeugt, dass es meine Schuld ist.«

»Dann suchen wir weitere Beweise.«

»Und wenn es keine gibt?«

Tys Griff um Raes Arm wurde fester; seine Fingernägel bohrten sich durch den dünnen Mantel. »Du verstehst mich nicht, Rae. Ich habe einen Eid geschworen, dich zu beschützen. Und ich …« Er zögerte, leckte sich über die Lippen und sah zur Seite, ehe er Rae wieder ins Gesicht blickte. Seine bunten Augen glühten. »Zwingst du mich, es auszusprechen? Scheiße, ich bin dein Freund. Ich lasse nicht zu, dass du dein Leben für eine Lüge wegwirfst. Jetzt komm mir nicht mit *›mein Leben für das meines Volkes‹*, klar?« Seine Stimme schwoll an, als wüsste er, dass Rae ihn unterbrechen wollte. »Du und deine Kräfte sind das Einzige, was zwischen möglichen Usurpatoren steht.«

Ein Lachen stahl sich aus Raes Mund, so schnell, dass es wie ein Grunzen klang. »Usurpatoren? Ziemlich edle Worte für einen Jungen aus der Sternengasse.«

Ty grinste. »Ich lerne dazu. Sind wir uns also einig? Keine vorschnellen Entscheidungen?«

Rae seufzte. »Wenn es keine andere Möglichkeit gibt …«

»Dann eskortiere ich dich persönlich aufs Revier, versprochen. Aber vorher gibt es noch das Problem mit Zeke, das du beheben kannst.« Er legte einen Arm um Raes Schultern und schob ihn in die Richtung des Trainingsplatzes – weg von der nahenden Straße, die zum Polizeirevier führte.

»Meine Spezialität. Probleme lösen«, sagte Rae trocken.«

»Exakt.«

Augenrollend gab Rae seinen Widerstand auf und machte sich gemeinsam mit Ty auf dem Weg zum Trainingsplatz. Eine einsame Figur stand inmitten des Schotterplatzes und bohrte seine Schuhspitze in die Steinchen. Als er Tyresian sah, wühlte er seinen Fuß wieder in den Schotter. Doch dann blickte er erneut auf.

»Eu-eure Majestät.« Seine Augen weiteten sich und er versank in eine Verbeugung. Unsicher spähte er unter blonden Wimpern zu ihm auf.

Rae bedeutete ihm, sich aufzurichten, und musterte den Wycca. Er hatte ihn ein paarmal gesehen, aber nie mit ihm gesprochen. Auch jetzt wusste er nicht genau, wie er es angehen sollte. Seine Gedanken kreisten noch immer um den heutigen Vorfall. Trotz Tys Worten war er nicht davon überzeugt, dass es einen anderen Weg gab, als sich der Polizei zu übergeben. Der Gedanke löste ein Brennen in seinem Brustkorb aus und die Hitze lockerte seine Zunge.

»Lord Joyce sagte mir, ihr hegt Zweifel an meiner Herrschaft.« Am besten verschwendete er keine Zeit.

Sofort schoss dem Wycca das schwarze Blut in die Wangen. »N-niemals«, stammelte er. Seine bronzefarbenen Augen huschten zu Tyresian und wieder zurück.

Rae hatte nach dem heutigen Tag keine Lust auf Spielchen. Seine Haut fühlte sich aufgeraut an, als hätten die ängstlichen Blicke seines Volks sich daran gerieben wie ein Drahtschwamm. Die Energie in seinem Inneren floss unruhig und es dauerte nur einen Moment, bis er die Verbindung zu dem Wycca vor sich fand. Die Neuronen schwirrten durch seinen Kopf, luden das Band zwischen ihnen elektrisch auf.

Der Geschmack einer bitteren Lüge benetzte Raes Zunge wie ein Tropfen Medizin.

Aus irgendeinem Grund heizte das seine Wut an. Der Mann vor ihm gehörte seiner Garde an. Der Wache, die geschworen hatte, ihn zu schützen. Und am Tag der Beerdigung seiner Frau besaß er die Frechheit, seinem König ins Gesicht zu lügen.

Die Muskeln in seiner Hand spannten sich an und er hatte alle Mühe, ruhig zu bleiben.

»Knie nieder.« Die Worte verließen seinen Mund ohne sein Zutun. Der Mann haderte nicht. Für Ty mochte es aussehen, als würde er einen normalen Befehl ausführen, aber dem war nicht so. Rae spürte, welche Verbindungen im Gehirn des Wycca aktiv wurden, und ließ seinen eigenen Willen dort einfließen.

Zeke sank auf ein Knie.

Raes gesamter Körper drohte vor Kraft zu explodieren, doch er konzentrierte sich.

Du bist nicht das, was sie sagen, beschwor er. *Du hast es unter Kontrolle.*

»Du hast einer Hochverräterin gedient. Rebecah Tennyson hat verdient, was sie bekommen hat.«

»Ja, Eure Majestät.« Wieder wirkte es, als würde er die Worte von allein sprechen.

»Du bist deinem König treu ergeben.«

»Ja, Eure Majestät.«

Mit aller Kraft richtete er seine gesamte Aufmerksamkeit auf die Verbindung. Dieses Mal konnte er keine Lüge schmecken.

Der Wycca vor ihm sagte die Wahrheit.

Zumindest das, was er dafür hielt.

Ein letzter Gedanke fehlte noch. »Niemand, der ihm dient, hat etwas vor Raevan Tennyson zu befürchten.« Dieses Mal spürte er es deutlich: den Widerstand im Gehirn des Wächters. Raes Arm zitterte, sein Kiefer schmerzte, als er die Fähigkeit darauf ausrichtete, mit seinem Geist gegen den des Wycca anzukämpfen.

»Am Tag, als die Befehlshaberin verletzt wurde«, sagte Zeke außer Atem. »Da habe ich etwas gespürt.« Er schwankte, kämpfte ums Gleichgewicht.

»Du hast nichts gespürt«, widersprach Rae und drängte weiter gegen den elektrischen Strom, der durch Zekes Kopf floss. *Es gab nichts. Da war nichts*, dachte er mit aller Kraft. In dem Moment sah er sie deutlich vor sich: Die Stromstöße, die von ihm auf Zeke übergingen und sich in dessen Gehirn einnisteten wie Fremdkörper.

»Da war nichts«, wiederholte Zeke, etwas verwirrt. Seine Augen kreuzten sich, bis er schielte. Dennoch ließ der Widerstand nach. Als hätte Rae mit aller Kraft gegen eine Wand gedrückt und sie mit seinem bloßen Körper durchbrochen. Ein Prickeln flutete seine Adern. Jetzt brauchte Rae nur leichten Druck auszuüben, dachte die letzten Worte, die nötig waren.

»Ich fürchte meinen König nicht«, sagte Zeke voller Überzeugung.

Rae ließ los. Es war, als würde man ein zu schweres Gewicht nach langer Zeit ablegen. Seine Muskeln kribbelten und seine Sicht war gestochen scharf. Und wenn es noch zehn Wände zu durchbrechen gälte – er würde sie in diesem Moment allesamt niederreißen können.

Zeke hob den Kopf. »Ich danke Euch für die Unterredung, Eure Majestät.«

Dieser nickte. »Ihr dürft aufstehen.«

Der Wycca schien wacklig auf den Beinen, als er sich an Ty wandte. »Darf ich gehen, Mylord?«

»Wir sehen uns morgen.«

Sie warteten ab, bis Zeke außer Hörweite war. Erst dann stieß Rae laut den Atem aus.

»Scheiße«, zischte er und schüttelte seine schmerzenden Hände. »Scheiße.« Er hatte keine Ahnung, was er sonst sagen sollte. Die ganze Anspannung fiel von ihm ab und ließ seine Knie wacklig zurück.

»Du sagst es«, stimmte Ty ihm zu und starrte ihn aus riesigen, bunten Augen an. »Was bei den toten Dichtern war das?«

Rae schluckte, rieb sich über die Arme. »Biokinese.«

»Scheiße«, wiederholte Ty hauchend. »Hast du … Ist er … Sorry.« Er schüttelte den Kopf, als müsste er ihn freibekommen. »Bist du dir sicher, dass es funktioniert hat?«

»Für den Moment. Du musst auf ihn achtgeben.« Vor seinem inneren Auge sah er seinen eigenen Gedanken in Zekes Geist aufblitzen, wie ein Tropfen Grau in einem Eimer weißer Farbe.

Ty nickte und starrte zu der Stelle, an der Zeke verschwunden war. »Ist es schwer?«

Rae, der sich über die Arme rieb, hielt in der Bewegung inne und sah stattdessen auf seine Hände hinab. Sie zitterten leicht und noch immer klebte ein Rest der roten Farbe an ihnen. »Es ist anstrengend«, gab er zu. »Als hätte ich mit zu schweren Gewichten trainiert. Aber …« Das Gefühl von Kontrolle rauschte durch seinen Körper. Es fühlte sich an, als hätte er eine Flasche Schnaps auf ex gekippt. »Es war berauschend, Ty.«

Er ließ die Hände sinken und sah seinem Freund direkt in die Augen. Rae war sich sicher, dass er das vor niemand anderem zugegeben hätte. Weder vor Pray noch vor Azalea. Gleichzeitig schwor er sich, diese Fähigkeit niemals bei einem von ihnen anzuwenden, da es sich anfühlte, als hätte er Zekes dunkelste Geheimnisse aus dessen Kopf geradewegs mit spitzen Krallen hervorgezerrt. »Ich hatte die volle Kontrolle über ihn.«

»Das ist Wahnsinn.« Ty klang nicht ängstlich. Stattdessen weiteten sich seine Augen und nach einem Moment der Unsicherheit lächelte er.

Rae strich sich die Haare zurück, die der Wind ihm ins Gesicht trieb. »Ich muss es dir nicht sagen, oder? Das, was passiert ist …«

»Erfährt niemand. Ich bin ja nicht verrückt.«

»Gut. Danke.«

»Hör auf, dich wegen jeder Kleinigkeit zu bedanken.«

»Okay. Dann nicht danke.«

Ty lächelte sein schiefes Lächeln und Raes Herzschlag beruhigte sich. Er fürchtete ihn nicht. Trotz allem, was er getan und gesagt hatte.

Außer Atem verschränkte Ty die Hände in seinem Nacken und stieß lautstark die Luft aus. Es war so kühl, dass ein blasses Atemwölkchen sichtbar war. »Weißt du eigentlich, was du mit dieser Fähigkeit alles tun könntest?« Mit schräggelegtem Kopf schaute er zu Rae.

Dieser nickte langsam. »Ja. Obwohl ich mir sicher bin, dass ich an andere Dinge denke als du.«

»Hast du von diesem supergeheimen Stripclub in der Diamantenstraße gehört, in den man nur mit Passwort kommt?«

»Beweis A«, sagte Rae trocken und deutete auf Ty. »Ich habe an andere Dinge gedacht.«

»Zum Beispiel?«

»Es gibt da ein Königspaar, das ich von meiner Unschuld überzeugen muss.«

»Auch eine gute Idee.«

In Gedanken versunken nickte Raevan und gemeinsam machten sie sich auf den Weg zum Palast.

Dass man mit Raes Fähigkeit weitaus schlimmere Sachen anstellen konnte, als unerlaubt einen Club zu betreten oder jemanden von der Wahrheit zu überzeugen, sprach keiner von ihnen aus.

Aber Raevan war sich sicher, dass sie es beide wussten.

KAPITEL 4

Tyresian ahnte, dass Ratssitzungen für Rae ein rotes Tuch waren. Und er konnte es nachvollziehen. Sein Freund hatte nie um den Thron gebeten, durfte bei wichtigen Entscheidungen seine Meinung sagen, aber am Ende hatte er wenig Mitspracherecht. Er besaß ein Vetorecht – wie damals bei den Strafen, die er nicht verhangen hatte –, doch wenn er den Blutrat nicht auf seiner Seite hatte, war er beinahe handlungsunfähig.

Deshalb hatte Ty nicht gezögert, als Rae ihn gefragt hatte, ob er Teil des Rats werden möchte, obwohl er wusste, als was für eine Bürde der König die Sitzungen ansah. Damals hatte Ty nicht geahnt, dass es ihm anders ergehen würde.

Er genoss die Ratssitzungen in vollen Zügen. Niemals hatte er erwartet, in Angelegenheiten, die Lyzara betrafen, mitentscheiden zu dürfen.

Soll das Reiseverbot für Menschen in die westlichen Kontinente aufgehoben werden?

Ja.

Soll die Kameraüberwachung an öffentlichen Orten weiter ausgebaut werden?

Nein.

Braucht Avastones Innenstadt Sperrstunden?

Zur Hölle, nein.

Es war nicht so, dass er oft die Meinung der anderen teilte, weshalb er bei Abstimmungen häufiger verlor, als ihm lieb war. Dennoch ließ er sich nicht unterkriegen.

Besonders nicht, wenn er einen Vorteil für sich witterte.

»Es gibt eine letzte Abstimmung«, sagte Mikael in seiner monotonen Stimme, bei der Ty es Rae nicht verübeln konnte, dass ihm die Augen zufielen. Er trat dem König unauffällig unter dem Tisch gegen das Schienbein und Rae setzte sich blinzelnd aufrecht hin. »Die geplante Eröffnung der Akademie steht bevor und wir haben noch immer keinen Konsens wegen des … beschränkten Zutritts gefunden.« Er räusperte sich und faltete die Hände auf dem Tisch.

»Du meinst das Verbot für Wycca, die Schule zu betreten«, erwiderte Landon scharf.

Ty hob überrascht die Augenbrauen. Der betagte Wycca schien seit dem Tod seiner Freunde wie in Watte gehüllt und bekam wenig von seiner Außenwelt mit. Doch dieses Thema weckte ihn aus seinem Dornröschen-Schlaf.

Abwehrend hob Mikael die Hände. »Kein Verbot«, widersprach er.

»Zumindest nicht permanent«, ergänzte Tahnee mit ihrer ruhigen Stimme. Sie war in den meisten Fällen auf Mikaels Seite, besonders bei der Akademie vertrat sie mit aller Vehemenz ihre Ansichten. Immerhin waren die beiden für die Eröffnung der Schule, die den Menschen vorbehalten war, verantwortlich.

Das Konzept war nicht neu. Nur hatte es bisher solche Akademien ausschließlich für Wycca gegeben. Alle anderen Schulen – für diejenigen, die sich den Besuch ihrer Kinder auf den elitären Akademien nicht leisten konnten – standen sowohl Menschen als auch Wycca offen. Aber jeder wusste, dass man Wycca auf die Akademien schicken sollte, wenn man das Beste für seinen Nachwuchs wollte.

Tahnee beugte sich vor und strich sich das dunkle Haar aus der Stirn. »Es geht darum, den Kindern einen sicheren Ort zu bieten, an dem die Wycca weniger Einfluss haben. Sollte sich jemand aus der Regierung für interne Angelegenheiten interessieren, reicht eine Terminabsprache und die Beschränkung wird zeitweilig aufgehoben.«

Allein bei ihren trockenen Worten verlor Tyresian jegliches Interesse für ihre *internen Angelegenheiten*.

Landon verschränkte die Arme vor der Brust. »Ich habe Mary-Anns Stimmrecht und kann euch versichern, dass sie ihre Meinung nicht ändern wird.« Die Wycca lag seit einigen Tagen krank im Bett, soweit Ty wusste.

Seufzend sah Tahnee zu Tyresian. »Wir wollen einen Ort schaffen, an dem die Kinder sich nicht mit anderen Wycca vergleichen müssen.«

Ihm gegenüber zuckte Rae mit den Schultern. »Für mich spricht nichts dagegen.«

Tahnee lächelte. »Danke, Eure Majestät.« Doch sofort sah sie wieder zu den anderen. Sie wusste, dass es selten von Raevan abhing. »Also? Können wir noch einmal darüber abstimmen? Sunara?«

Als sie ihren Namen hörte, zuckte die Menschenfrau zusammen. Blinzelnd sah sie in die Richtung ihrer Kollegin. Sie schien beim Anblick von Mary-Anns leerem Stuhl in eine Art Tiefschlaf versunken.

»Natürlich«, sagte sie, obwohl Ty sich nicht sicher war, ob sie mitbekommen hatte, was vor sich ging.

Bevor die anderen etwas erwidern konnten, hob er eine Hand. »Ich hätte noch eine Frage.«

Tahnees Augen weiteten sich überrascht. Bisher hatte er bei diesem Thema auf der Seite der anderen Wycca gestanden und für Nein gestimmt. Immerhin lagen die Proteste gegen Rae nicht lange zurück und einen Ort zu schaffen, zu dem der Wycca-Anteil des Rates keinen Zugang hatte, schien gefährlich. Doch mittlerweile wussten sie, dass nicht die Menschen allein für den Ärger verantwortlich, sondern von Raes Cousine-Schrägstrich-Halbschwester angeführt worden waren.

Außerdem hatte Ty seine eigenen Pläne.

»Ja, bitte?«, fragte Mikael höflich. Seitdem Ty in den Blutrat aufgenommen worden war, verhielt er sich ihm gegenüber immer so.

Tyresian ließ sich nicht blenden. Er erinnerte sich zu gut an den gierigen Ausdruck in Mikaels Gesicht, als Ty ihm von der Blutkrone erzählt hatte. Er hatte Rae davon berichtet, aber der war unbeeindruckt gewesen.

»Der menschliche Blutrat hat schon immer einen Hebel gesucht, um den Wycca-Herrscher besser im Griff zu haben«, hatte er gesagt. »Trudow ist wie ein Fähnchen im Wind, auf seinen Vorteil bedacht. Deshalb hat er auch als einziger Mensch für meine Scheidung gestimmt.«

Ty ließ sich nicht beirren. Er hatte beschlossen, Mikael Trudow mit seinen eigenen Waffen zu schlagen.

»Das letzte Mal, als es um beschränkten Zutritt zu Akademien ging«, sagte er langsam und nutzte mit Absicht denselben Wortlaut, den Mikael gewählt hatte, »hieß es, dass sich daran nichts ändern lässt. Regeln sind Regeln.« Er deutete auf den alten Mann und malte Anführungszeichen in die Luft. »Wenn ich mich richtig an die Worte erinnere.«

Mikael Trudow lächelte, wobei seine Lippen gänzlich verschwanden. »Ihr habt ein gutes Gedächtnis.«

»Ich frage mich«, fuhr Ty unbeirrt fort, »ob wir nicht für meinen Fall eine Ausnahme machen können, wenn für die menschliche Akademie ebenfalls neue Regeln aufgestellt werden.«

Mikaels Lächeln wurde härter. Er wusste, dass Ty ihn in der Hand hatte.

Wie oft hatte er in den letzten Monaten darum gebeten, dass seinen Mitbewohnern der Zutritt an einer der Wycca-Akademien gestattet wurde? Und wie oft hatte der Mann vor ihm gesagt, dass sie keine Ausnahme machen konnten, nur weil Tyresian plötzlich ein Lord war?

Die Regel, die besagte, dass es nur adligen Wycca erlaubt war, die Akademien zu besuchen. Natürlich gehörte auch eine gewaltige Summe Schulgeld dazu. Geld, das Ty bereit war zu zahlen und mittlerweile aufbringen konnte. Aber es scheiterte daran, dass seine Mitbewohner zwar bei ihm lebten, jedoch nicht mit ihm verwandt waren.

Als Waisen aus der Sternengasse kannten die meisten nicht einmal ihren Nachnamen und würden niemals eine passende Abstammung aufweisen können.

Die anderen Wycca im Rat waren nicht bereit, die Regeln zu brechen – Rae wäre fast an die Decke gegangen, als sie von Tradition sprachen –, aber gegen eine Ausnahme hatten sie nichts einzuwenden.

Anders als Mikael und seine Kreatur Tahnee. Und auch Sunara hatte sich auf die Seite der beiden Menschen geschlagen.

Ty hatte gewartet, bis sich eine Gelegenheit bot, das zu erreichen, was er wollte. Er mochte nun ein Lord sein, doch er fand noch immer jeden Weg.

»Ich will, dass meinen Mitbewohnern ein Platz an der hiesigen Akademie zur Verfügung gestellt wird«, sagte er fest.

Sofort öffnete Landon den Mund, doch Ty hob eine Hand. »Als Ausnahme. Die Regeln bleiben davon unberührt.«

Stille senkte sich über sie, bis Mikael bedächtig nickte. »Ich denke, in diesem Fall können wir die Regel etwas dehnen«, sagte er und sah von Tahnee zu Sunara. Letztere starrte jedoch wieder abwesend vor sich hin.

Ty lächelte, als hätte er nicht gerade gehört, wie der alte Mann seiner Bestechung zugestimmt hatte. »Dann denke ich, dass wir abstimmen können.«

Es folgte das offizielle *Steine in den Topf werfen*, wie Tyresian es nannte. Der Ausgang war wenig überraschend: vier Stimmen für Ja, drei für Nein.

Mikael, voller Vorfreude, wollte die Sitzung beenden, da ergriff Rae das Wort.

»Es gibt noch eine Sache zu klären. Ich habe einen Gast eingeladen.« Ohne abzuwarten, stand er auf und ging zur Tür.

Verwirrt sah Ty ihm hinterher. Rae hatte ihm nichts davon erzählt. Und in dem Moment, als der Gast den Raum betrat, wusste er auch, weshalb.

»Lord Coleus Blackwall«, stellte Raevan den Mann vor, obwohl jeder im Raum schon Bekanntschaft mit dem Wycca gemacht hatte. »Da es ein paar wichtige Angelegenheiten gibt, dachte ich mir, die Anwesenheit des leitenden Polizisten im Mordfall meiner Frau könnte hilfreich sein.« Er bot Coleus einen Stuhl an, doch bevor dieser sich setzen konnte, erhob Mikael sich und streckte die Hand aus.

»Coleus, schön dich wiederzusehen.« Beim Handschlag klopfte er ihm freundschaftlich auf die Schulter. »Dein Vater hat mir nicht gesagt, dass du zurzeit am Hof bist.«

Ty verdrehte in Raes Richtung die Augen und dieser nickte wissend. Mikael und Lord Blackwall waren alte Bekannte, und der Mann war während der letzten Wochen nicht müde geworden, zu betonen, dass er Coleus Blackwall schon als Kind gekannt hatte.

»Dann war euch ja auch Lady Azalea nicht fremd, als sie hier an den Hof kam. Hättet ihr uns nicht vor dem ganzen Ärger bewahren können?«, hatte Ty ihn eines Tages gefragt, als er das angeberische Getue von Trudow nicht mehr ertragen hatte. Danach war der alte Mann rot angelaufen und hatte gestottert, dass Azalea, anders als Coleus, nie viel mit ihrem Vater – und somit Trudow – unternommen hätte.

Rae hatte gelacht und behauptet, er wollte sich nur rausreden und keine Verantwortung für das übernehmen, was Azaleas Präsenz am Hof ausgelöst hatte.

»Warum sollte sein Vater Euch über die Anwesenheit seines Sohnes informieren?«, warf Ty nun ein. »Es sei denn, Lord Blackwall benötigt einen Babysitter.« Fragend sah er den Wycca an.

»Eigentlich ist es Detective Chief Inspector«, sagte dieser und legte Trudow ebenfalls eine Hand auf die Schulter – um sich dann unauffällig aus dem Handschlag zu winden und sich zu setzen. »Aber Coleus reicht aus.« Er lächelte in die Runde und Ty musste sich zurückhalten, nicht erneut die Augen zu verdrehen.

Wenn man Azalea Glauben schenkte, war ihr Bruder fürsorglich, willensstark und zielstrebig. Bisher hatte Ty nicht gewusst, dass all das Synonyme für *Arschloch* sein mussten.

Vielleicht verhielt er sich anders, wenn man mit ihm verwandt war, aber wann immer Tyresian mit ihm sprach, kam er nur zu dem einen Schluss: Coleus Blackwall war einer dieser eingebildeten Aristokraten, die sich sowohl auf ihre Abstammung als auch auf ihr Wycca-Blut und nicht zuletzt ihre Fähigkeiten etwas einbildeten.

Was eine Schande war, denn mit dem kantigen Gesicht und den dunkelbraunen Haaren, in Verbindung mit den violetten Augen, erinnerte er Ty an die Büsten von Herrschern des antiken Griechenlands. Als er den Gedanken das erste Mal gehegt hatte, war er überrascht darüber gewesen – bisher hatte er nicht gewusst, dass er für Kunst eine Schwäche hatte.

»Ich habe den Detective hergebeten, um uns auf den neusten Stand der Ermittlungen zu bringen«, sagte Rae und stützte sich mit beiden Händen auf dem Tisch ab. »Da ich die nächsten Wochen nicht hier sein werde, hielt ich es für das Beste, wenn alle über die derzeitigen Untersuchungen im Bilde sind.«

Sobald Rae die Worte ausgesprochen hatte, wurden Stimmen laut. Doch es reichte eine erhobene Hand des Königs und sie alle verstummten. Tyresian blickte Rae unentwegt an. Denn auch, wenn er so etwas geahnt hatte, hatte Rae ihm nichts von den Plänen verraten.

»Ich werde nach Ashland reisen, um den König und die Königin persönlich von meiner Unschuld zu überzeugen.«

Ty musste nicht nachfragen, was Raes Meinungswechsel herbeigeführt hatte. Die Biokinese bei Zeke hatte bewiesen, wozu er fähig war. Doch dass er Tyresian nichts davon gesagt hatte, wunderte ihn. Und, wenn er ehrlich zu sich war, verursachte das Wissen ein Stechen in seiner Magengegend.

»In dieser Zeit ist es wichtig, dass die Ermittlungen weiterlaufen. *Und* dass die Regierung an der Aufklärung beteiligt ist. Immerhin haben wir alle ein Interesse daran, den Mörder der Königin zu finden. Bisher stand Detective Chief Inspector Blackwall mit mir in Kontakt. Da das von Ashland aus nicht möglich sein wird, brauche ich einen Ersatz.«

»Natürlich, Majestät, betreue ich den jungen Coleus liebend gern –«

»Ich habe an Lord Joyce gedacht«, unterbrach Rae Mikael und deutete dabei auf Tyresian. »Der Detective hat sich einverstanden erklärt, Lord Joyce an den Ermittlungen zu beteiligen. Immerhin ist er der Befehlshaber der gläsernen Garde.«

Verräter, schoss es Ty durch den Kopf. Er fixierte Rae, der das gar nicht zu bemerken schien. Der König sah überall hin, nur nicht zu seinem Freund.

Deshalb hatte er ihm nichts gesagt. Weil er wusste, dass Ty dem nicht zustimmen würde. Zumindest nicht, wenn sie allein waren.

Hier, vor dem Blutrat, wagte er es nicht, Rae die Dinge an den Kopf zu werfen, die er ihm gern sagen würde.

Das würde später folgen.

»Da wir das geklärt haben«, fuhr Rae fort, obwohl natürlich überhaupt nichts geklärt worden war, »möchte ich den Detective bitten, uns in die neusten Entwicklungen einzuweihen.«

Detective Lord Chief Was-auch-immer Blackwall nickte wichtig. »Leider verhält es sich so, dass wir an der Leiche keine auffälligen DNA-Spuren finden konnten.«

Rae zuckte bei dem Wort *Leiche* zusammen, doch in Anwesenheit der anderen konnte Ty seinem Freund nicht beistehen.

»Und auch die Aussagen der Hofdamen helfen uns nicht weiter, weil niemand etwas gehört oder gesehen hat. Dafür konnten wir den Abend vor der Ermordung weitestgehend rekonstruieren. Wir wissen von dem Gespräch zwischen den Majestäten. Ebenso wissen wir von ihren Hofdamen, dass diese Unterhaltung nur kurz andauerte und die Königin anschließend allein in ihrem Zimmer blieb, um den Brief zu verfassen, der Ihnen allen bekannt sein dürfte.«

Ty schluckte, denn bei dem Brief handelte es sich um das Beweisstück, das Raevan als potenziellen Täter dastehen ließ. Er kannte die Worte mittlerweile auswendig.

Er ist nicht mehr der Mann, den ich geheiratet habe. Ich fürchte mich vor dem, wozu er in der Lage ist.

Vielleicht habe ich meine Meinung geändert.

Katleen

»Wir wissen nicht, an wen der Brief geschickt wurde«, fuhr Coleus fort.

Nicht offiziell. Sie alle ahnten, dass es nur einen Empfänger hatte geben können: das Königshaus in Ashland. Weshalb das Königspaar von Raes Schuld überzeugt war.

Blackwall räusperte sich, ehe er weitersprach. »Lediglich die Durchschrift liegt uns vor. Danach suchte die Königin den Blutrat auf, um über die bevorstehende Scheidung zu sprechen.«

Fünf Sechstel vom Blutrat, dachte Ty bitter. Das Biest von Königin hatte ihn absichtlich von diesem Treffen ausgeschlossen – sicher, weil er Raes Freund war und sie hinter seinem Rücken intrigieren wollte. Aber das war sinnlos gewesen.

»Um sich rückzuversichern«, korrigierte Mikael. »Ob die Scheidung der Wahrheit entsprach.«

»Sie war aufgelöst«, sagte Tahnee und ihre Nasenflügel bebten. »Wollte es nicht glauben. Es dauerte mindestens eine halbe Stunde, in der sie an meiner Schulter geweint hat, ehe wir sie beruhigen konnten.« Sie nickte in die Runde, auch in Tys Richtung, obwohl sie wissen musste, dass er nicht dabei gewesen war.

Blackwall notierte sich Mikaels und Tahnees Worte auf einem Block. »Danach muss sie zurück auf ihre Zimmer gegangen sein. Mehr wissen wir nicht. Wie gesagt, die DNA-Spuren belegen die Begebenheiten des Abends, Weiteres leider nicht.«

»Aus diesem Grund wird Lord Joyce bei den Ermittlungen zur Seite stehen«, sagte Rae. »Er kennt sich am Hof aus und somit steht der Polizei die gläserne Garde zur Verfügung.«

Chef Chief Charmeur Blackwall lächelte Ty an. »Ich freue mich auf die gemeinsame Arbeit.«

Ty erwiderte das Lächeln und kniff die Lider zusammen, während es in seinem Inneren rumorte. »Die Freude ist ganz meinerseits.«

»Wenn das deine Rache dafür ist, dass ich dich vor beinahe einem Jahr töten wollte«, knurrte Ty und deutete mit dem Finger auf Rae, »ist das ziemlich nachtragend, Tennyson.«

»Jetzt setz dich erst mal hin.«

Doch Ty hatte nicht die nötige Ruhe, um zu sitzen. Er lief in dessen Zimmer auf und ab und bedachte Rae dabei mit bösen Blicken.

»Ich weiß gar nicht, was dein Problem ist«, warf Pray ein, der eine von Raes Leinwänden in den Händen hielt und sie mal nach links, mal nach rechts drehte, während er sie betrachtete. »Ich muss zu der langweiligen Einweihungsfeier von Trudows Akademie gehen. Du darfst einen Mord aufklären. Wenn sich einer beschweren müsste, dann ich.«

Ty schnaubte. »Ach ja? Du nimmst doch sicher deine Freundin mit, ihr habt einen netten Tag, adoptiert gleich noch eines der süßen kleinen Kinder an der Schule, teilt euch ein Stück Sahnetorte und seid in zwei Stunden wieder weg. Ich hingegen werde tagelang an Inspektor Wichtig gekettet sein.«

»Du weißt schon, dass die Kinder an der Akademie nicht zum Verkauf stehen, oder?«, fragte Rae zweifelnd und folgte Tys unruhigem Auf- und Abgehen mit dem Kopf.

»Warum sollten Melia und ich ein Kind adoptieren wollen?«, fragte Pray, ohne den Blick von der Leinwand zu nehmen. Mittlerweile hatte er sie einmal im Kreis gedreht.

Ty wedelte mit der Hand in seine Richtung. »Na ja, du kannst sie doch noch immer nicht anfassen.«

»Das ist wahr«, sagte Rae und warf den Kopf so weit zurück, dass er kopfüber über die Sofalehne zu Pray sah.

»Diese Kausalkette weist ziemlich viele Lücken auf.« Er hielt das Bild von sich weg. »Kannst du mir jetzt sagen, wie rum das gehört? Ich komm nicht drauf, was das darstellen soll.«

Seufzend stand Rae auf, um zu Pray zu gehen und ihm die Leinwand aus der Hand zu nehmen. Er drehte sie um hundertachtzig Grad und stellte sie wieder auf die Staffelei.

»Und jetzt zu dir«, sagte er und wandte sich mit erhobenem Finger an Ty. Dadurch, dass er seine Lesebrille aus dünnem Golddraht trug, wirkte er wie ein strenger Großvater. »Ich weiß, dass du Coleus nicht leiden kannst. Aber ich tue das nicht aus einer Laune heraus. Ich werde Hunderte Kilometer weit weg sein und ich will nicht, dass alle Informationen zuerst an Mikael und seine Kreatur Tahnee gehen. Ich habe niemanden mehr in der Regierung, dem ich vertrauen kann. Außer dir.«

Die Worte nahmen Ty den Wind aus den Segeln. Abgesehen von der Zusammenarbeit mit Blackwall bot die Aufgabe auch eine Chance – wäre er derjenige, der Katleems Mörder fand, wäre ihm nicht nur der Respekt der Garde sicher. Er wäre mehr als nur Raes Freund, dessen Titel allein daher rührte. Gelang es ihm, würde er in die Geschichtsbücher eingehen.

Ty blieb an einer der Kommoden in Raes Zimmer stehen und zog verschiedene Schubladen auf. Notizbücher in der einen, Weingummitüten zwischen herumrollenden Stiften in der anderen. »Du kannst einem ziemlich leicht ein schlechtes Gewissen einreden.«

Rae grinste. »Danke.«

»Das war kein Kompliment.«

»Ich nehme, was ich kriegen kann.«

Augenrollend öffnete Ty das nächste Fach und entdeckte ein Foto, das er grinsend hervorholte. »Oh, wie süß.« Er hielt es hoch, sodass Pray es auch sehen konnte. »Guckt euch die braunen Locken an – und diese Grübchen. Entzückend.«

Pray lachte. »Eifersüchtig, Joyce?«

Ty besah das Bild genauer. Rae und Pray waren höchstens acht oder neun Jahre alt, hatten die Arme um die Schultern des anderen gelegt und lachten über irgendetwas. »Ein wenig, ja«, sagte er ehrlich und verstaute das Foto wieder dort, wo er es her hatte. Leichthin zog er die nächste Schublade auf und stutzte. »Findest du es so schlau, *die* hier aufzubewahren?« Als wäre sie giftig, angelte er die Blutkrone aus der Schublade und ließ sie an einem Finger baumeln.

Unberechtigt war seine Abneigung gegen die Krone nicht. Auch jetzt spürte er das Surren, das von ihr ausging und von Magie sang. Früher war die Welt voll davon gewesen – bevor sie größtenteils verboten und in die Sternengasse verdrängt worden war.

Schulterzuckend tat Rae Tys Bedenken ab. »Hier erwartet sie niemand. Immerhin glauben sie, dass die Krone im Feuer deines Hauses zerstört wurde. Und außerdem – mit dem kaputten Edelstein kommt keiner auf die Idee, dass sie echt ist.«

Rae war nicht beunruhigt, weil der menschliche Blutrat von der Krone wusste, die seine wahre Herkunft bewies. Sie ahnten, dass an den Gerüchten etwas dran sein könnte, doch konnten es nicht beweisen.

Ty strich mit dem Finger seiner freien Hand über den zerstörten Rubin. Er hatte ihn an der Wand seines nun abgebrannten Hauses zerschmettert, um Raevans Blut für den magisch verschlossenen Durchgang zu nutzen. Ein schlechtes Gewissen hatte er deswegen nicht. Immerhin hatte er so Wrens und sein eigenes Leben gerettet. Außerdem nutzte Rae die Blutkrone ohnehin nichts. Im Gegenteil – sie bewies viel eher, dass Raevan Tennyson *nicht* der rechtmäßige Thronerbe war.

Er sah zu Rae, dieser blickte jedoch in die andere Richtung und schnalzte mit der Zunge. »Lasst uns auf die drängenderen Probleme konzentrieren«, sagte er und mied den Anblick der zerstörten Krone. Möglicherweise erinnerte sie ihn ebenfalls an das, was sie symbolisierte. »Ich bin nicht ewig weg. Vielleicht kann ich in wenigen Tagen zurückkehren.«

Pray drehte sich stirnrunzelnd von dem Bild – noch immer war nicht zu erkennen, was es darstellte – zu Rae. »Glaubst du, Katleems Eltern so schnell zu überzeugen, weil du persönlich dort auftauchst? Sie denken, du bist schuldig.«

Sofort senkte Ty den Blick. Auch, wenn er schon seit einigen Monaten keine romantischen Gefühle mehr für Pray hegte, fiel es ihm schwer, den Menschen anzulügen.

»Ich habe Katleem dazu gebracht, mich zu heiraten. Alles ist möglich«, sagte Rae, der Tys Problem nicht zu teilen schien, unbekümmert.

Keiner von ihnen hatte den *Testlauf* der Biokinese an Zeke erwähnt. Ty hatte den Wycca die vergangenen zwei Tage beobachtet und konnte nicht feststellen, dass dieser misstrauisch oder ängstlich wirkte. Anscheinend funktionierte Raes Fähigkeit. Doch das war nichts, was Pray erfahren sollte. Ty war sich sicher, dass Pray – obwohl er Raes bester Freund war – nicht begeistert wäre.

»Nun gut.« Rae klatschte in die Hände. »Genug rumgesessen. Ich muss packen. Und soweit ich weiß, habt ihr auch noch Aufgaben.«

Und damit schmiss er sie aus seinem Zimmer. Erst später fiel Ty ein, dass er ihnen nicht verraten hatte, was auf der Leinwand zu sehen war.

KAPITEL 5

Die Entscheidung, sein Königreich zu verlassen und in das feindliche Ashland zu reisen, lag wie ein düsterer Schatten über Raes Gedanken. Er hatte sich angekündigt, doch man hatte nicht auf seine Nachricht reagiert. Sie glaubten, er sei schuldig – ein Fluch, dem er sich stellen musste.

Der Schatten verdüsterte sich weiter, wenn er an die Frau dachte, die vor zwei Tagen ihr Leben verloren hatte. Ein Pfeil bohrte sich tief in sein Herz. Egal, was Ty glaubte – am Ende war es seine Schuld gewesen. Sie hatten den aus Ashland stammenden Mann verhaftet, doch noch immer fürchtete Rae, jemand machte die Drohung des Mörders wahr und tötete weiter. Allein deshalb rumorte es in seinem Magen, wenn er an die bevorstehende Abreise dachte. Aber die Pflicht rief lauter als der Klang seiner eigenen Reue.

Ein Klopfen an der Tür lenkte Rae ab. Er stand auf und öffnete, wobei ihm sofort der Geruch nach Schweiß in die Nase stieg.

»Man schickt mich, um die Koffer zu holen, Eure Majestät.« Die Wangen des Bediensteten schlackerten blass, als er zittrig Luft holte.

Rae verengte die Augen. Vielleicht musste er mit jemandem über das Arbeitspensum der Angestellten sprechen. Erst die erschöpfte Wache in der Schwarzen Festung und nun dieser Wycca.

»Sie stehen gleich da vorn.« Rae deutete zu den schweren, an der Wand aufgereihten Koffern. Er hatte keine Ahnung, wie viel

Kleidung er mitnehmen musste, deshalb hatte er von allem etwas eingepackt.

Der Wycca nickte und nahm den ersten Koffer in die Hand. Unter dem Gewicht schwankte er.

»Vorsicht«, warnte Rae. »Vielleicht sollten wir Verstärkung holen.«

Der Bedienstete winkte mit der freien Hand ab, doch gleichzeitig schwankte er wieder, sodass der Koffer lautstark auf den Boden traf. Rae sprang nach vorn, um ihn zu stützen.

»Langsam«, schnaufte er und stützte das Gewicht des kräftigen Mannes.

»Eure Majestät, ich –«

Doch Rae sollte nicht erfahren, was er sagen wollte. Mit einem kratzenden Würgen erbrach er schwarzes Blut auf den Boden.

Da es schon spät war, nahm sich Ty eines von Prays Autos, um nach Hause zu fahren. Das Anwesen, das Raevan ihm zusammen mit dem Titel übergeben hatte, lag eine zwanzigminütige Autofahrt vom Palast entfernt. Fünf Minuten davon brauchte er allein, um von der Grundstücksgrenze bis zu der gewaltigen Villa zu fahren, die seit mehreren Monaten nicht nur *sein* Zuhause, sondern auch das seiner Mitbewohner war.

Ty parkte auf dem mit Kieselsteinen ausgelegten Vorplatz und schaltete den Motor aus. Sofort sprang die Außenbeleuchtung der Veranda an und er lächelte. Er schloss das Auto und machte sich auf den Weg zum Haus, aus dem Geräusche drangen. Links an einem der Apfelbäume quietschte die Schaukel im Wind, die er gemeinsam mit Morla, Wren und Tara angebaut hatte. Noch bevor er die Stufen zur Veranda hochgestiegen war, riss jemand die Tür auf.

»Randi hat behauptet, du kommst nicht mehr, aber ich hab gesagt, du hast es versprochen«, sagte Morla anstelle einer Begrüßung und drehte sich zu jemandem im Haus um. »Siehst du!«, rief sie – wahrscheinlich an Randi gewandt. Dann sah sie wieder zu Ty. »Sie meinte, du hast es vergessen, aber das stimmt nicht, oder?«

Er wuschelte ihr durch die blonden Haare, die dank des teuren Shampoos, das Ty auf die Einkaufsliste gesetzt hatte, nicht mehr dreckig und verfilzt waren. Der braungraue Stoffwolf in ihrer Hand hingegen sah so abgenutzt aus wie eh und je.

»Lass mich erst mal reinkommen«, sagte er – größtenteils, um sich Zeit zu verschaffen, denn er war sich nicht mehr sicher, was er Morla für den heutigen Abend versprochen hatte. Im Vorbeigehen strich er mit den Fingerspitzen über die dunkelroten Ziegelsteine der Hauswand. Ein Tick, den er sich angewöhnt hatte. Als müsste er sichergehen, dass das Haus wirklich existierte.

Für viele der adligen Höflinge wäre das Anwesen sicher nicht schick genug – wahrscheinlich einer der Gründe, weshalb es so lange leer gestanden hatte. Die Klinker hatten mit der Zeit eine ungleichmäßige Farbe angenommen, waren stellenweise vom Wind und Regen beschädigt, und auf dem Dach sammelte sich Moos, während das Grundstück verwildert war.

Doch Ty liebte alles daran: von den knorrigen Apfelbäumen neben den dornigen Brombeersträuchern über das Unkraut, das am Mauerrand wucherte, bis hin zu dem Brandfleck an der Küchendecke.

Rae hatte zusätzlich zu einer Reinigungskraft eine Wycca engagiert, die tagsüber nach den Kindern sah und ebenso eine Hauslehrerin. Ty hatte kurz gemurrt – immerhin waren seine Mitbewohner die letzten Jahre auch so zurechtgekommen –, aber er musste zugeben, dass das Haus dadurch viel besser aussah. Besonders die jüngeren Kinder wirkten weitaus zufriedener, weil jemand sich mit ihnen beschäftigte, wenn Ty nicht da war.

Morla führte ihn ins Wohnzimmer, wo ein Großteil seiner Mitbewohner vor dem Fernseher saß – sie liebten die abendlichen Soaps – und ein anderer Teil lautstark Tischkicker spielte.

»Sag's ihnen«, verlangte Morla und zeigte zum Kickertisch, an dem sich Yannis und Tara ein Duell mit Wren und Randi lieferten. Eine Tatsache, die Ty ziemlich unfair fand, wenn man bedachte, dass Yannis und Tara zehn Jahre alt waren und Wren und Randi vierzehn und fünfzehn.

Ty war sich nicht sicher, was Morla meinte, weshalb er die Arme vor der Brust verschränkte und die vier von oben bis unten musterte. Er sah einen nach dem anderen an und an der Art und Weise, wie sie die Blicke senkten, erkannte er, dass er auf dem richtigen Weg war. Die Stille wuchs an. Wren trat unruhig von einem Fuß auf den anderen. Mit unbewegtem Gesichtsausdruck zog Ty eine Augenbraue hoch.

Wren warf beide Arme in die Luft. »Okay, wir haben sie nicht mitspielen lassen«, rief er und schüttelte den lockigen Kopf. »Aber sie hat nun mal keine Chance.«

»Deshalb hat Tyresian versprochen, heute mit mir im Team zu spielen«, sagte Morla und schob die Unterlippe vor. »Richtig?« Mit den orangefarbenen Augen sah sie zu ihm hoch.

Ah, richtig. *Das* hatte er versprochen. Er nickte zustimmend. »Also?«, fragte er in die Runde. »Wer will verlieren?«

Am Ende hatte Ty gemeinsam mit Morla gegen jeden seiner Mitbewohner gespielt. Wren und Randi erwiesen sich als die schwierigsten Gegner und als Ty und Morla endlich mit nur einem Tor Vorsprung gewannen, forderten sie direkt eine Revanche.

»Ein Spiel noch«, gestattete er. »Aber dann hab ich eine Ansage zu machen.«

Als er nach einer Niederlage die Neuigkeiten verkündete, waren die meisten nicht so begeistert, wie er gehofft hatte.

»Und da müssen wir jeden Tag hin?«, fragte Yannis und zog die Nase kraus.

Ty rollte mit den Augen. Die Kinder hatten keine Ahnung, was für ein Privileg der Besuch der Akademie darstellte. »Jeden verdammten Tag«, bestätigte er. »Und wen ich beim Schwänzen erwische, wird mir Rede und Antwort stehen müssen.«

Sofort erstarb das Murren.

Morla, die neben Ty auf dem Sofa hockte, zog die Beine enger an den Körper und ließ ihren Stoffwolf an seinem Arm auf und ab tapsen. Normalerweise erlaubte er diese Art der Nähe zu seinen Mitbewohnern nicht. Doch mit einem komischen Gefühl im Magen stellte er fest, dass es ihm nicht mehr so viel ausmachte wie früher.

Bei den toten Dichtern, er war weich geworden.

»Ich auch?«, fragte Morla und gähnte herzhaft.

Ty schüttelte den Kopf. »Die Akademie ist erst ab zehn. Du wirst noch zwei Jahre warten müssen.«

Wieder schob sie die Unterlippe vor – ein sicheres Zeichen für ihre Unzufriedenheit. Doch Ty unterbrach sie, bevor sie ihrem Ärger Luft machen konnte.

»So, jetzt verschwindet. Ich will meine Ruhe haben.«

Er beobachtete, wie sie nacheinander widerwillig abzogen und in ihre Zimmer gingen. Obwohl die Räume im Haus ausreichten, dass jeder sein eigenes Zimmer haben konnte, schliefen sie fast alle gemeinsam.

Ty wartete ab, bis auch der Letzte verschwunden war, und blieb noch weitere zehn Minuten sitzen. Er erweckte gern den Anschein, dass er länger aufblieb als sie. Doch an den meisten Tagen war er so kaputt, dass er schon bald folgte.

Als er Morla auf dem Reisebett in seinem Zimmer entdeckte, war er nicht überrascht. Er hob ihren Wolf vom Boden auf, legte ihn neben das Mädchen ins Bett und ließ sich dann erschöpft in sein eigenes fallen.

Erschrocken wich Rae vor dem Blutschwall zurück und der Wycca sackte leblos zu Boden. Fluchend rannte er aus seinem Zimmer.

»Ein Arzt!«, rief er und fühlte sich mit einem Mal zurückversetzt in die Nacht, als Ty in sein Zimmer gestürmt gekommen war, um ihn zu töten. »Schnell!«

Es dauerte nicht lange, bis die Wachen aufmerksam wurden. Nur wenige Minuten später kam Adleen Christie, die Oberärztin des Palasts, die Treppe hochgestürmt.

»Hier.« Rae führte sie in sein Zimmer. Sofort lief Doc Christie zu dem auf dem Boden liegenden Wycca, tastete dessen Hals ab und besah die Pupillen. Gerade wollte Rae fragen, wie er helfen konnte, da stand sie auf und sah ihn aus grauen Augen an. Etwas zittrig strich sie sich die blonden Strähnen aus dem blassen Gesicht.

»Was ist los?«, fragte Rae verwirrt.

Sie schüttelte den Kopf. »Er ist tot, Eure Majestät.«

Wie betäubt starrte Rae auf den leblosen Wycca. »Aber eben ...« *Eben hat er doch noch gelebt,* wollte er sagen, bis ihm auffiel, wie lächerlich das klang. So funktionierte das Leben: In einem Moment atmete man und im nächsten hörte man damit auf.

Zumindest, wenn man ein Mensch war.

Doch dieser Mann besaß schwarzes Blut, das ihn vor den meisten Todesursachen schützen sollte.

Benommen verfolgte Rae vom Rand aus, wie Doc Christie Anweisungen gab und ihre Angestellten den Toten auf eine Bahre legten. Sein Körper wurde mit einem weißen Tuch bedeckt und anschließend weggetragen. Noch immer dröhnte ein betäubendes Summen durch Raes Kopf, als wäre sein Körper damit überfordert, passende Gedanken zu formen.

»Eure Majestät?« Die Ärztin näherte sich ihm. Rae brauchte einen Moment, ehe er scharf sehen konnte. Er fühlte sich, als wäre er unter Wasser. »Ich muss Euch bitten, mit mir zu kommen. Jemand muss Euch untersuchen.«

Kurz war er sich nicht sicher, ob er sie unter dem Surren in seinem Kopf richtig verstanden hatte. Doch sie sah ihn weiterhin auffordernd an. Verwirrt zog er die Stirn kraus. »Wieso?«

Doc Christie presste die Lippen aufeinander, ehe sie sagte: »Seht selbst.«

Benommen folgte Rae ihr die Treppe hinunter ins Erdgeschoss und von dort aus in den Westflügel. Es war spät, sodass außer den Wachen niemand ihren Weg kreuzte. Bevor sie den Teil des Palastes betraten, der als Krankenstation für die Höflinge diente, hielt die Ärztin inne.

»Ihr solltet die hier aufsetzen«, sagte sie und streckte ihm eine medizinische Maske entgegen. »Zur Sicherheit.«

Stirnrunzelnd nahm er die Maske, widersprach jedoch nicht. Gehorsam setzte er sie auf und folgte durch die doppelflügelige Tür.

Sobald er den Saal betrat, schlug Rae ein drückender Gestank entgegen, als wäre er geradewegs in die Umkleidekabine von sportbegeisterten Pubertierenden gelaufen. Der Geruch stand im scharfen Kontrast zu den weiß gefliesten Wänden und Böden sowie den silbrig glänzenden Geräten, die ein monotones Piepen von sich gaben. Vor langer Zeit hatte man dafür gesorgt, dass der Trakt des Palastes den höchsten medizinischen Ansprüchen genügte und den zwei Krankenhäusern in Avastone in nichts nachstand. Bei den wenigen Gelegenheiten, die Rae hier verbracht hatte, hatte es nach Desinfektionsmittel und Gummi gerochen. Doch heute überdeckte der Gestank nach Schweiß alles Weitere.

Er schaute zu den Fenstern, die die Dunkelheit von draußen einluden. Ein paar waren geöffnet und eigentlich erwartete Rae eine Brise frische Luft. Doch der Gestank ließ nicht nach. Sein Blick fiel auf die Betten, die untereinander durch Vorhänge abgetrennt waren.

Es waren mehr belegt als je zuvor.

Direkt auf dem ersten Bett entdeckte er Mary-Ann. Ihre violetten Haare hingen ihr strähnig ins Gesicht, klebten an der Atemmaske, die sie trug. Unter der Decke hob und senkte sich ihr Brustkorb beschwerlich.

»Kann ich …«, begann Rae, schüttelte dann den Kopf. Er wusste nicht, was er sagen sollte. »Was ist mit ihr, Doc?«

»Das erkläre ich Euch gleich.« Erschöpft lotste sie ihn durch den mittleren Gang zu einem der angrenzenden Räume. Auf einem der Betten erkannte Rae den Wachmann aus der Schwarzen Festung wieder. Insgesamt waren sieben Betten belegt.

Die Ärztin schloss die Tür hinter ihnen und das röchelnde Geräusch der schwer atmenden Patienten erstarb. Von hier aus konnte man durch eine Scheibe in den Krankensaal sehen und Rae beobachtete die geisterhafte Szenerie.

»Setzt Euch. Ich muss Eure Temperatur messen.«

Benommen tat Rae, was sie sagte. Nachdem sie ein Fieberthermometer an seine Stirn gehalten, seinen Rachen und merkwürdigerweise seinen Nacken untersucht hatte, lehnte sie sich zurück. Erst jetzt fiel Rae auf, wie tief ihre Augenringe waren.

»Was ist hier los, Doc?«

»Ihr zeigt keine Anzeichen. Das ist gut. Aber wir wissen nicht, wie lang die Inkubationszeit ist.«

»Inkubationszeit von *was*? Was haben diese Leute?«

»Wycca«, korrigierte sie und schaute zu dem Fenster. »Bisher sind ausschließlich Wycca betroffen.« Sie holte tief Luft und sah Raevan an. »Wir nennen es *Schwarzer Schweiß*.«

Rae schüttelte den Kopf. »Noch nie gehört.«

»Das könnte daran liegen, dass uns diese Erkrankung bis vor Kurzem unbekannt war. Die Wache in Eurem Zimmer war der neunte Erkrankte, von dem wir wissen.«

Er dachte an die belegten Betten und eine Vorahnung schlich sich wie ein kalter Geist in seinen Verstand. »Da draußen liegen nur sieben.«

Sie nickte. »Vor drei Tagen hatten wir den ersten Todesfall.«

Ruckartig stand Rae auf, strich sich die Haare zurück und verschränkte die Hände hinter dem Kopf. Unfähig, etwas zu erwidern, wandte er sich zum Fenster und sah hinaus. Schließlich drehte er sich wieder zur Ärztin um. »Warum hat mich niemand informiert?«

»Zunächst dachten wir, dass es sich um eine besonders starke Grippe handelt. Mary-Ann war die Erste, die mit Symptomen zu mir kam. Ich gab ihr Medikamente, doch es wurde nicht besser. Sie ist seit zwei Tagen hier auf der Station und seit beinahe sechsunddreißig Stunden nicht mehr ansprechbar.«

»Und die anderen?«

»Die ersten zeigten ähnliche Verläufe. Aber plötzlich … Die

Zeit, bis sie beatmet werden müssen, scheint sich immer mehr zu verkürzen. Die ersten Symptome treten auf und wenige Stunden später sind sie bewusstlos.«

»Der Bedienstete in meinem Zimmer war nicht bewusstlos«, erinnerte Rae sie. »Er war tot.«

Doc Christie nickte. »Er ist der zweite Fall. Mittlerweile haben sich zwei Verläufe eingependelt. Entweder die Patienten zeigen Symptome und verlieren innerhalb weniger Stunden das Bewusstsein, sodass sie beatmet werden müssen. Oder ...«

Scharf zog er eine Augenbraue hoch. »Oder?«

»Sie sterben innerhalb kürzester Zeit. Zur Mittagsstunde laufen sie noch durch die Hallen des Palastes. Und abends sind sie tot.« Ihre grauen Augen wurden hart.

Rae schluckte. Er hatte nie von einer derartigen Krankheit gehört. »Was ist mit denen, die die ersten Stunden überstehen? Mary-Ann und die anderen?«

»Wir wissen es nicht. Bisher ist niemand wieder aufgewacht.«

»Scheiße.« Der Fluch entfuhr ihm, bevor er darüber nachdenken konnte. Entschuldigend sah er zur Ärztin, doch die schien lange über den Punkt hinaus, sich an solchen Dingen zu stören.

»Ihr sagt es.«

Rae ließ die Arme sinken und stützte sich an der Wand ab. Er wusste nicht, ob er ansonsten noch lange aufrecht stehen könnte. Er verstand, warum Doc Christie ebenfalls auf einem der Stühle saß.

Es gab Krankheiten, die Wycca befielen, ja. Es waren dieselben, die auch Menschen bekamen: Viren und Bakterien, die ihr Immunsystem belasteten. Aber nie mehr als das.

Wycca starben, wenn man ihr Herz durchbohrte. Oder wenn andere Wycca ihre Kräfte gegen sie richteten. Doch nicht an einer Krankheit.

»Was sind die Symptome?«

»Starkes Schwitzen, daher der Name. Dann Fieber, ein geröteter Rachen und schwarze Flecken an Hals und Nacken, verbunden mit Juckreiz.«

Deshalb hatte sie ihn dort untersucht. Automatisch fasste Rae sich an die Stelle unter seinem Haaransatz.

»Ihr zeigt keine Symptome, aber ich kann nicht ausschließen, dass sich das ändert. Euer Kontakt mit dem Infizierten ist nicht lange her.«

»Aber er ist nicht der Einzige gewesen.« Rae berichtete von seinem Ratstreffen mit Mary-Ann, bei dem sie bereits kränklich gewirkt hatte – jetzt, da er die Symptome kannte, wurde ihm das bewusst. Dann erzählte er von der Begegnung mit der Wache in der Schwarzen Festung.

Sofort stand Doc Christie auf und lief zu ihrem Schreibtisch. »Wann wart ihr dort?«

Rae nannte ihr den Tag und mit gefurchter Stirn machte sie sich fahrig Notizen und überprüfte ihren Kalender.

»Ihr könntet Glück haben«, sagte sie und strich sich die klebrigen Haarsträhnen aus der Stirn. »Bevor wir wussten, was los ist, haben wir die Patienten ohne Schutzmasken behandelt. Niemand von uns erkrankte, weshalb wir davon ausgehen, dass manche immun sind.«

»Also trifft die Krankheit nur Wycca und davon nicht jeden?«

»Das können wir nicht mit Sicherheit sagen. Dass bisher nur Wycca infiziert sind, könnte Zufall sein.«

»Sollten wir die anderen nicht warnen?«, fragte er. »Wenn es ansteckend ist.« Immerhin lebten sie im Palast dicht an dicht. Und auch, wenn er sich immer bemüht hatte, menschliche Vertreter an den Hof zu holen, waren die meisten Wycca.

»Kennt Ihr Euch in Geschichte aus, Eure Majestät?«

»Wieso? Glauben Sie, die Krankheit hält sich von Einserschülern fern?«

Ihr Mundwinkel zuckte leicht, doch sie schien zu erschöpft, um ernsthaft zu lächeln. »In der Vergangenheit gab es viele Krankheiten. Wenn wir eines daraus gelernt haben, dann, dass Panik nicht hilfreich ist. Bisher sind wenige derer erkrankt, mit denen die Infizierten Kontakt hatten. Wir isolieren die Kranken und diejenigen mit Symptomen. Alles andere würde zu Unruhe führen.« Mit ernstem Ausdruck rieb sie sich über die gefurchte Stirn. Es schien, als wäre sie in den letzten Minuten um Jahre gealtert.

»Sie verheimlichen mir doch etwas«, sagte Rae. »Spucken Sie es schon aus.«

Die Ärztin biss sich auf die Lippe, holte dann aber tief Luft. »Eure Majestät, ich … Ihr wisst, ich bin keine Politikerin. Doch ein weiterer Grund, weshalb wir das Ganze für uns behalten sollten, ist der, dass bisher nur Wycca betroffen sind.«

Rae zog die Augenbrauen dicht zusammen und beugte sich ein Stück vor, als könnte er in ihren Worten so eine Bedeutung entdecken, die ihm entgangen war. »Weil sie uns dann meiden würden«, sagte er vorsichtig. Er dachte an die Innenstadt Avastones, die um diese Jahreszeit von Menschen und Wycca gleichermaßen bevölkert wurde. Es stimmte: Wüsste die Bevölkerung von der Erkrankung, wären die Menschen im Umgang mit den Wycca sicher nervös. Aber war das Grund genug, um eine tödliche Krankheit zu verschweigen?

»Nicht nur das. Aber ja, meiden wäre noch die harmlose Reaktion. Die Leute könnten in Panik verfallen und auch nicht infizierte Wycca als Bedrohung ansehen.« Ihre Stimme klang angespannt, ein Drahtseil, das in Schwingung versetzt wurde.

Raes Puls beschleunigte sich bei dem Tonfall, ohne dass er wusste, warum. Selbst wenn dem so wäre, begriff er nicht, weshalb die Ärztin so besorgt aussah. »Und der andere Grund?« In seinem Magen bildete sich ein Knoten.

Der Doc rieb sich über die Oberarme. »Wenn die Krankheit wirklich nur Wycca befällt«, sagte sie leise und steckte die Hände in die Taschen ihres Kittels, »lässt sie sich hervorragend als Waffe einsetzen.« Das letzte Wort hauchte sie nur noch, als befürchtete sie, jemand belauschte das Gespräch.

Unfähig, etwas zu erwidern, zog Rae seine Ellbogen dicht an den Körper, als könnte er sich damit so klein wie möglich machen. Doch er wusste, dass es vor den Worten der Ärztin kein Entkommen gab.

Sie hallten in Raes Ohren nach, selbst nachdem er die Krankenstation verlassen hatte. Auf dem Weg durch den Gang verhärtete sich der Knoten in seinem Magen und seine Handflächen wurden klamm.

Eine Krankheit, die man als Waffe nutzen konnte …

»Wem aus der Regierung Ihr vertraut, ist Eure Sache, Majestät«, hatte die Ärztin gesagt. »Aber denkt dran, dass jeder seine Freunde und Verwandten informieren wird, um sie in Sicherheit zu bringen. Und das zieht einen Rattenschwanz nach sich.«

Er wusste, was das bedeutete. Verriet er es einem, erfuhren sie alle davon. Und dann würden die Fälle eintreten, die Doc Christie befürchtete.

Die ganze Nacht wälzte er sich hin und her und suchte nach einer Lösung. Er musste sein Volk beschützen – doch wie sollte ihm das von Ashland aus gelingen? Aber wenn er nichts tat, würden weitere Attentäter folgen. Oder Ashland würde einen Krieg beginnen.

Eine Krankheit, die man als Waffe nutzen konnte …

Schweißgebadet sprang Rae auf und stellte sich vor das geöffnete Fenster, atmete die kühle Nachtluft ein. Doch seine spitzen Gedanken, die sich in seinen Verstand bohrten, verschwanden nicht.

Er hatte schon einmal von einer Waffe gehört. Eine Waffe, die in Avastones Straßen geschmiedet wurde. Was, wenn es sich dabei nicht um ein Schwert handelte. Was, wenn etwas schiefgegangen war? Wenn jemand diese Krankheit entwickelt hatte, um *ihn* zu töten, und jetzt andere infiziert waren?

Rae blickte hinaus, zu den Lichtern seiner Stadt. Er erinnerte sich an eine Zeit, als er alles dafür gegeben hätte, kein König zu sein. Doch mittlerweile verstand er, was es bedeutete, Verantwortung zu übernehmen.

Sollte diese Krankheit wirklich etwas mit ihm zu tun haben, würde er alles dafür tun, sein Volk zu beschützen.

Auch wenn das hieß, es anzulügen.

KAPITEL 6

Erschöpft ließ Rae sich gegen die Wand sinken. Er hatte gehofft, dass ihn ein letzter Besuch vor seiner Abreise im Krankenflügel in seiner Entscheidung bestärken würde, doch das Chaos in seinem Inneren verflocht sich nur weiter. Wie konnte er sein Königreich so zurücklassen?

Von den Kranken hatte bisher niemand eine Besserung gezeigt. Im Gegenteil: Drei Patienten waren seit seinem letzten Besuch eingeliefert worden. Und die Ärzte wussten nicht, wie sie ihnen helfen konnten.

»Oh.« Die überraschte Stimme ließ ihn aufsehen. Sunara war um die Ecke gekommen und wie festgefroren bei seinem Anblick stehen geblieben. »Ich hatte keine Ahnung, dass Ihr hier seid, Majestät.«

Woher denn auch? Doch Rae hatte keine Kraft für eine sarkastische Antwort. »Was tut Ihr hier?«

Das Krankenpersonal hatte beschlossen, dass niemand außerhalb des engsten Familienkreises der Erkrankten von ihnen wissen sollte. Und soweit ihm bekannt war, lebte Sunaras Familie nicht am Hof.

»Ich …« Sie schüttelte den Kopf. »Nicht wichtig. Entschuldigt mich.«

Bevor Rae reagieren konnte, drehte sie sich um und verschwand schnellen Schrittes. Dabei stieß sie gegen Pray, der gerade um die Ecke bog.

Scharf sog er die Luft ein. »Hey, Achtung.«

Sunara entschuldigte sich kurz angebunden und eilte davon,

ohne sich umzudrehen. Pray kam mit gehobener Augenbraue auf Raevan zu.

»War sie im Krankensaal?«

Rae schüttelte den Kopf. »Aber ich denke, sie wollte gerade reingehen, bevor sie mich sah.« Egal, was er gestern Nacht beschlossen hatte – im Morgengrauen hatte er Pray, Tyresian und Azalea in alles eingeweiht. Sie versprachen stillschweigen, mit Ausnahme von Azaleas Bruder. Coleus Blackwall war als Wycca ein mögliches Opfer der mysteriösen Krankheit. Doch Azalea hatte Rae bereits verraten, dass er sich dennoch nicht vom Hof fernhalten würde.

»Dann stimmt es wohl, was man sich erzählt.« Pray blickte in die Richtung, in die Sunara verschwunden war.

Fragend sah Rae seinen Freund an.

»Na ja, du weißt schon. Dass Sunara eine Affäre mit einem Wycca hat, die sie geheim halten möchte.«

»*Das* erzählt man sich?« Rae hatte nichts von diesem Gerücht gehört.

Schulterzuckend lehnte Pray sich neben ihn an die Wand. »Dir wahrscheinlich nicht. Aber wenn man ein Chamäleon ist, wie ich und sich überall unbemerkt untermischen kann, bekommt man einiges mit.«

Rae sah schnaubend an Pray hinab. Er trug eine orange-schwarz gemusterte Schlaghose und dazu ein silbriges Hemd. Unzählige Ketten lagen wie so oft um seinem Hals. »Du magst verschiedene Farben wie ein Chamäleon annehmen können, aber unauffällig bist du sicher nicht, mein Freund.«

Pray grinste, doch dann wurde er wieder ernst. »Ich nehme an, ihr ist es unangenehm, weil sie Teil des menschlichen Blutrats ist.«

»Als ob mich das interessiert.« Rae verzog den Mund und stieß geräuschvoll die Luft aus. »Lass uns gehen, ich soll in wenigen Minuten abfahren.«

Gemeinsam liefen sie durch den Westflügel in Richtung der Eingangshalle. Die letzten Vorbereitungen für Raes Abreise waren im vollen Gange und überall herrschte Gewusel. Er hielt nach Tyresian Ausschau, doch der war nirgends zu sehen. Währenddessen ging Rae noch einmal alle wichtigen Punkte mit Pray durch.

»Der Jahrestag der Herzenskriege steht an«, sagte er und band sich im Gehen die Haare zusammen. »Ich hoffe, dass ich dann wieder hier bin, doch wenn nicht, musst du für mich einspringen. Nichts Besonderes, beim Fest ein wenig mit den adligen Familien plaudern und – Moment, was haben Sie da?«

Ruckartig blieb er stehen und streckte automatisch die Finger nach einem vorbeilaufenden Wycca aus, ehe er sich besann und die Hand zurückzog.

Der Wycca blinzelte ihn träge an und ließ den Arm sinken, den er eben noch zu seinem Nacken gehoben hatte.

Um sich an den schwarzen Flecken dort zu kratzen.

Rae fluchte. »Sie müssen mitkommen«, befahl er im leisen Tonfall, damit niemand der Umstehenden etwas davon mitbekam. »Sofort.«

Der Wycca wollte protestieren oder zumindest nachfragen, bevor ihm bewusst wurde, mit wem er da sprach. Rae nickte in Richtung des Westflügels, bedeutete dem Mann, voranzugehen. Er musste ihn schleunigst von den anderen isolieren.

»Majestät!« Der Ausruf ließ Rae zusammenzucken. Hatte jemand die schwarzen Flecke auf dem Hals des Wycca entdeckt?

Er drehte sich um, um den Leuten zu versichern, dass alles in Ordnung war. Doch sein Blick fiel auf eine Wycca, die sich schwer atmend auf einer antik anmutenden, übergroßen Vase abstützte. Ihre verdrehten Augen zuckten.

Aber *sie* hatte ihn nicht gerufen. Bevor er sich regen konnte, stieß die Stimme von eben einen erstickten Schrei aus. Rae entdeckte sie hockend vor einem weiteren Wycca, der auf dem Boden kniete und geräuschvoll schwarzes Blut erbrach.

Schwindel ergriff Rae. Ein Klirren ließ ihn zusammenzucken. Die Vase war umgekippt und mit ihr die andere Wycca. Schwer röchelnd lag sie auf dem Boden. Die Umstehenden schrien erschrocken auf, wichen zurück.

»Hol die Ärzte«, wies Raevan Pray scharf an. »Es ist alles gut«, versicherte er den anderen. »Wir werden –«

»Er atmet nicht!« Die Wycca, die neben dem Mann kniete, schaute ihn aus riesigen Augen an.

»Wir müssen ruhig bleiben.« Seine Stimme wurde lauter, um sich über das aufgebrachte Gemurmel Gehör zu verschaffen. Doch ehe er weitere Anweisungen geben konnte, brach der Wycca mit den schwarzen Flecken auf dem Hals neben ihm zusammen.

Unfähig, irgendetwas zu tun, sah Rae sich um. Was ihn am meisten ängstigte, waren nicht die panischen Blicke der anderen.

Sondern die Tatsache, dass er mindestens fünf weitere Wycca entdeckte, auf deren Stirn sich Schweißperlen sammelten.

Obwohl die Ärzte nur wenige Minuten brauchten, um in die Eingangshalle zu gelangen, war es für die zusammengebrochenen Wycca zu spät. Die Nachricht über die mysteriöse Krankheit hatte bereits die Stadtgrenze erreicht, als Rae noch mit dem Blutrat über das weitere Vorgehen stritt – und verlor. Missmutig starrte er aus dem Fenster der Limousine.

»Ihr seid zu wichtig, als dass wir das Risiko einer Infektion eingehen können«, hallte Mikaels Stimme in seinem Kopf wider. Dass er bisher nicht erkrankt war und wahrscheinlich nicht erkranken würde, interessierte die anderen nicht.

Und so wurde seine Reise nach Ashland nicht länger aufgeschoben. Erschöpft lehnte er den Kopf an die kühle Scheibe. Wenigstens würde er in Ashland etwas unternehmen können. Gegen die Krankheit war er machtlos. Dennoch prickelte sein Körper unangenehm und die Hitze nahm zu. Erst als er seine Jacke auszog und seine nackten Oberarme am Leder des Sitzes klebten, wurde ihm bewusst, an welche Situation ihn das Ganze erinnerte.

Das letzte Mal hatte er mit seinem Vater in einem ähnlichen Wagen gesessen. Der Anfang vom Ende.

Er schloss die Augen, versuchte, diesen Gedanken zu unterdrücken. Heute würde es anders sein. Er hatte von Ty persönlich ausgewählte Wachen dabei. Alles würde gut werden.

Außer diese Krankheit ist speziell für dich geschaffen. Der Gedanke stach stärker zu, als erwartet. Rae krallte die Hände in die Oberschenkel. Es konnte auch ganz andere Gründe geben.

Mit einem Kloß im Hals beobachtete er, wie der Palast hinter ihm verschwand. Ty würde den Mord an Katleem aufklären und Pray behielt die Regierungsgeschäfte im Auge. Er selbst musste das Königspaar von Ashland von seiner Unschuld überzeugen.

Die Sorgen über diese scheinbar unlösbaren Aufgaben bevölkerten Raes Gedanken wie Schatten, flüsternd und ungreifbar, und er versuchte, die Kontrolle zu behalten. Das Sonnenlicht fiel in schrägen Strahlen durch die Fenster der Limousine und er wartete auf dem Rücksitz darauf, dass sie die hinter sich ließen, die er liebte. Als würde die Zeit auf Zehenspitzen um das Auto schleichen, während er im Wagen saß, im Zwielicht zwischen Flucht und Ankunft. Wenigstens hatte Azalea zugestimmt, Avastone zu verlassen, solange er nicht in Lyzara weilte.

Draußen rauschten die Fachwerkhäuser von Avastones Innenstadt vorbei und stirnrunzelnd dachte Rae an die Unterhaltung zurück. Azalea hatte erstaunlich schnell zugestimmt, wenn man bedachte, dass sie ansonsten sturer war als sie alle zusammen.

Mit polterndem Herzen schlug er gegen die Glasscheibe, die den Fahrerbereich abtrennte, ehe ihm einfiel, dass er einfach auf den Knopf drücken musste, um sie herunterzulassen.

»Biegen Sie rechts ab«, befahl er, sobald der Fahrer ihn hörte.

Dieser warf ihm einen besorgten Blick im Rückspiegel zu. »Die Kolonne –«

»Geben Sie über Funk Bescheid, dass sie am Stadtrand warten sollen.«

»Aber –«

»*Jetzt.*«

Bei Raes entschlossenem Tonfall erstarben weitere Widersprüche. Wie befohlen, bog der Fahrer ab und Rae lotste ihn in Richtung Osten. Die Limousine polterte über die löchrigen Straßen und er krallte die Finger in die Ledersitze. Wäre er nicht so beschäftigt gewesen, wäre ihm viel früher aufgefallen, dass Azaleas Zustimmung, sich in Sicherheit auf dem Landsitz ihrer Familie zu bringen, sein Misstrauen hätte erwecken sollen. Wann war sie jemals der Gefahr aus dem Weg gegangen?

Es dauerte keine zehn Minuten. Als Rae das Gittertor entdeckte, das den großen Hof von der selten befahrenden Straße abgrenzte, wies er den Fahrer an, am Rand zu parken.

»Sie warten hier«, befahl er und schlug die Tür hinter sich zu. Als er über die Straße ging, wich er einem Schlagloch aus, das groß genug war, um darin zu versinken. Kurz horchte er. Möglicherweise tat er Azalea unrecht und sie war seit Stunden auf dem Weg aus der Stadt. Doch dann dachte er wieder an ihre unschuldige Miene …

Kinderlachen drang zu ihm durch. Es stammte von dem Hof hinter dem Tor. Zielsicher steuerte Rae darauf zu.

Inmitten der heruntergekommenen Fassaden und schäbigen Dächern erstreckte sich der vergessene Hinterhof. Zwischen den grauen, mit Graffiti übersäten Wänden eingepfercht, als hätte die Zeit ihn übersehen. So hatte Rae ihn in Erinnerung, seitdem er hier bei einer Charity-Aktion Winterkleidung verteilt hatte. Er hatte gewusst, dass Azalea seither regelmäßig diesen Ort besuchte, um die Spenden aus dem Palast zu verteilen.

Aber er hatte nicht geahnt, was sie aus diesem Fleck trostloser Einöde gemacht hatte. Alte Reifen sind zu improvisierten Blumenbeeten geworden, in denen tapfere Pflanzen ihre Köpfe emporreckten, und ein Vorhang aus Tüchern flatterte im Wind. Die rostigen Metallstühle, die auf einem Berg alter Möbel vor sich hin gerottet hatten, strahlten in bunten Farben, blühten wie vergessene Blumen in staubiger Erde. Auf ihnen saß eine Gruppe Kinder um einen Holztisch herum, zusammengeschustert aus zurückgelassenen Brettern. Darauf standen Kerzen in leeren Gläsern, die jemand mit farbigem Papier beklebt hatte. Und hinter dem Holztisch saß Azalea.

In ihren schlanken Händen hielt sie ein Buch, aus dem sie den Kindern, die an ihren Lippen hingen, vorlas.

Rae stahl sich unbemerkt näher. Die Spannung, die eben noch seinen Körper beherrscht hatte, war verraucht. Die Szenerie zog ihn an, wie Worte in alten Büchern, die eine Brücke zu einer Welt schlugen, die zwischen den Zeilen lauerte.

Weder Azalea noch die Kinder bemerkten ihn. Sie waren gefangen, genau wie er.

Sein Brustkorb fühlte sich zu eng an und er schluckte. Nie im Leben würde er Azalea zwingen, diesen Ort nicht mehr zu besuchen. Hier drohte ihr keine Gefahr.

Er erlaubte sich einen letzten Blick auf sie und wandte sich zum Gehen. Da entdeckte er drei Männer, die den Hof betraten. Ebenso wie die anderen schienen sie Rae, der am Rand zwischen den mit Blumenerde gefüllten Reifen im Schatten einer durchlöcherten Markise stand, nicht zu bemerken. Die feinen Härchen an seinen Armen stellten sich auf, als einer der Männer dem anderen den Ellbogen in die Seite stieß und auf Azalea deutete.

»Wir haben dir gesagt, du sollst verschwinden.« Bei den dröhnenden Worten des Mannes sah Azalea auf. Ihre Miene verfinsterte sich augenblicklich.

Die Männer traten dichter an sie heran. »Du hast mir nicht gesagt, dass sie eine Wycca ist«, sagte einer von ihnen.

»Quatsch, das ist die Hure des Königs.«

Raes Muskeln spannten sich an.

»Sieh dir ihre Augen an«, erwiderte der andere. »Eine Wycca. Kommt hier her und verbreitet diese Krankheit.«

»Egal, wer sie ist«, sagte der Dritte. »Wir haben ihr schon beim letzten Mal gesagt, sie soll verschwinden.« Bedrohlich machte er einen Schritt auf sie zu.

Azalea klappte mit einer Ruhe, die an Raes Nerven zerrte, das Buch zu und legte es auf den improvisierten Tisch. Sie fixierte die

Männer, einen nach dem anderen, stand auf und wischte sich den Dreck von der schwarzen Hose.

»Geht bitte«, sagte sie mit fester Stimme – nicht zu den Männern, sondern zu den Kindern. Verwirrt warfen die Kinder ihr Blicke zu, doch sie besaß genug Autorität, dass sie schnellen Schrittes vom Hof verschwanden.

»Und jetzt«, sagte Azalea und straffte die Schultern, »sag mir noch einmal, wie du mich gerade genannt hast.«

»Wycca-Hure«, spuckte der Mann aus und mit einer Schnelligkeit, die Rae überraschte, sprang er vorwärts und schloss seine Hand um Azaleas Kehle.

Die Hitze in Rae brannte in seinen Muskeln, als er aus dem Schatten lief, den Mann am Arm packte und ihn mit einer ruckartigen Bewegung von Azalea wegriss. Er schmeckte Metall auf der Zunge, während das Blut in seinen Ohren rauschte. Mit voller Wucht rammte er dem Mann das Knie zwischen die Beine, sodass dieser aufstöhnte und zu Boden ging.

Sein Körper bebte, als er sich zu den anderen beiden umdrehte. Mit großen Augen stolperten sie einen Schritt zurück.

»Wenn ihr flieht«, warnte Rae mit einer Stimme, die an eine Gruft erinnerte, »jage ich euch.«

Dann wandte er sich an Azalea. Ihre zerzausten Haare hingen ihr ins Gesicht und ihre Hand zitterte leicht, als sie sich Dreck von der Wange wischte.

Das Rauschen in Raes Ohren nahm zu. »Bist du verletzt?«

Bevor sie antworten konnte, grunzte der Mann hinter ihm. »Die Wycca-Schlampe kommt aus dem Palast.« Rae hörte, wie er sich aufrappelte. »Sie verbreitet diese Krankheit überall. Irgendjemand muss sie ja aufhalten.«

Azalea machte einen Satz nach vorn, stieß Rae dabei zur Seite. »Du widerlicher Bastard«, knurrte sie mit funkelnden eisblauen Augen.

Der Mann holte aus, aber Rae packte ihn in der Bewegung und fixierte seine Arme.

»Hey!« Er wollte sich losmachen, aber Raes Griff war fest, während die Hitze durch seinen Körper peitschte. Dieses Mal bekämpfte er es nicht. Stattdessen ließ er sie in seine Hände fließen. Die Augen des Mannes weiteten sich und Schweiß trat auf seine Stirn.

»Sie ist keine Wycca«, sagte Rae ruhig. Seine Haut brannte, doch das war nichts im Vergleich zu dem, was der Mann spürte. Zischend stieß er die Luft aus, zog an seinen Armen wie eine Maus, die in die Falle getappt war. »Ich hingegen …« Er verstärkte den Druck seiner Hände. »Denk dir eine Krone und einen netten Anzug zu den schwarzen Haaren.«

Er war sich unsicher, ob der Mann dazu noch in der Lage war. In seinem abgenutzten T-Shirt und mit den ungekämmten Haaren dauerte es sicher eine Weile, bis man Rae erkannte. Aber die Männer hinter ihm keuchten auf.

Die Hitze wollte sich in seinem gesamten Körper ausbreiten, Rae jedoch konzentrierte sich, lenkte sie auf seine Hände. Der Mann wimmerte und Rae drückte fester zu.

»Ich würde vorschlagen, du entschuldigst dich.«

Er stieß einen keuchenden Laut aus. Stirnrunzelnd neigte Rae-van seinen Kopf dichter.

»Ich habe dich nicht verstanden.« Der Geruch von verbrannter Haut stieg ihm in die Nase, doch er ließ nicht los. Wie von allein breitete sich das Lächeln auf seinem Gesicht aus, das er sonst vor der Öffentlichkeit verbarg.

Der Mann schauderte. »Entschuldigung«, brachte er hervor. Es klang, als würde er gleich ohnmächtig werden.

Lächelnd ließ Rae ihn los und er stolperte rückwärts.

»Geht doch.«

Auf den Armen des Mannes prangten Brandblasen in Form zweier Hände. An manchen Stellen verfärbte sich die Haut schwarz verbrannt.

Rae zwang sich, ruhig zu atmen. »Ich werde mich jetzt umdrehen und um diese Frau kümmern. Danach seid ihr besser verschwunden. Denn wenn ich euch rennen sehe«, er bedachte jeden Einzelnen von ihnen mit einem langen Blick, »könnte das meinen Jagdinstinkt wecken.«

Niemand regte sich. Erst als er sich zu Azalea umdrehte, hörte er, wie sie Reißaus nahmen.

Kurz schloss Rae die Augen, sperrte die Wut und die Hitze weg, die seinen Körper schüttelten. So wollte er Azalea nicht gegenübertreten.

Doch als er sie ansah, war die Furcht von eben verschwunden. Stattdessen beobachtete sie die weglaufenden Männer mit einem kalten Funkeln in den Augen.

»Sie waren schon einmal hier«, sagte sie und deutete ruckartig mit dem Kopf in die Richtung, in die sie verschwunden waren. »Aber ich hatte nicht gedacht, dass sie es ernst meinen.« Als sie die Arme vor der Brust verschränkte, ballte sie die Hände zu Fäusten. »Ihnen passt nicht, dass ich mit den Kindern hier spreche. Und einer von ihnen muss mich wegen meiner Augen für eine Wycca gehalten haben.« Ihr Kiefer zuckte. Als ihr Blick wieder auf Raes traf, öffnete sie den Mund und sie ließ die Arme sinken. »Rae«, flüsterte sie. »Du zitterst.«

Vorsichtig legte sie ihm eine Hand auf den Arm. Unter ihrer Berührung entspannten sich seine Muskeln schlagartig. Wieder musste er an eine Droge denken – wenn Azalea von ihm entfernt war, fühlte er sich jedes Mal wie auf Entzug. Erst wenn er sie bei sich wusste, konnte er entspannen.

Sanft legte er seine freie Hand auf ihre. »Es tut mir leid. Ich kann nicht klar denken, wenn du in Gefahr bist. Die Leute drehen langsam durch. Auch wegen dieser verdammten Krankheit.«

Sie lächelte ihm beruhigend zu. »Ich werde mir ein anderes Auto besorgen und so schnell wie möglich zu meinen Eltern fahren. Dieses Mal wirklich. Versprochen.«

Doch ihre Worte hatten nicht den gewünschten Effekt. Stattdessen zog sich sein Herz zusammen, als würde ein Vakuum in seinem Brustkorb entstehen. Sein Griff um ihre Hand wurde fester. »Nein.«

»Was meinst du?«

»Ich werde nicht für Frieden sorgen können, wenn ich weiß, dass du in Gefahr schwebst. Im schlimmsten Fall brenne ich aus Versehen Ashland nieder.« Er sah ihr in die Augen. »Du kommst mit mir. Keine Widerrede.«

KAPITEL 7

Pray musste zugeben, dass Tyresian recht behalten sollte mit dem, was er vor einigen Tagen gesagt hatte. Die Eröffnung der Akademie machte Spaß. Eine Tatsache, die er der Abwesenheit reicher Wycca, aber vor allem Melia zu verdanken hatte.

Er hatte nicht damit gerechnet, dass sie ihn begleiten würde; noch immer blieb sie am liebsten für sich.

Pray warf einen Blick vom Kuchenbuffet über die Schulter. Die Eröffnung der Akademie war ein buntes Treiben mit lachenden Gestalten, Kindern, die Ballontiere herumtrugen und dem Aufblitzen von Kuchengabeln. Melia stand etwas abseits, umfasste mit der rechten Hand ihren linken Oberarm und kaute auf ihrer Unterlippe. Eine Gruppe Kinder lief lachend an ihr vorbei und ehe sie in ihre Nähe kamen, wich sie ein paar Schritte zur Seite.

Immer darauf bedacht, niemanden zu berühren.

Mit zwei Tellern in den Händen kehrte er zu ihr zurück und reichte ihr einen davon.

Vorsichtig nahm sie eine der Gabeln aus seiner Hand. »Danke«, sagte sie leise und roch an dem Stück Torte.

»Zitrone.« Er steckte sich einen Bissen in den Mund und verfluchte Ty dafür, dass dieser das hier vorhergesehen hatte. Na ja – auf keinen Fall würden sie ein Schulkind adoptieren.

Abwesend beobachtete Pray eine Frau in einem edelaussehenden Hosenanzug, die ein geschäftig wirkendes Ehepaar herumführte. Die Frau hatte ihren Blazer ausgezogen und fächelte sich Luft zu. Auch Pray schwitzte und dabei trug er eine weitgeschnittene Stoffhose und ein luftiges Hemd, das ihm jedoch bereits an den Armen klebte.

»Ist dir nicht warm?« Von der Seite sah er Melia an. Über einem blassrosa Shirtkleid trug sie einen schwarzen Cardigan und dazu Strumpfhosen.

Ohne von ihrem Teller aufzusehen, schüttelte sie den Kopf. Sie hatte die Torte nicht angerührt, sondern schob nur einen Bissen mit der Gabel hin und her.

»Sicher? Ich kann deine Jacke tragen, wenn du sie ausziehen willst.«

»Nein.« Das Wort schoss aus ihrem Mund, noch ehe Pray zu Ende gesprochen hatte. Als wäre sie überrascht von ihrer eigenen Vehemenz, sah sie auf. Ihre braunen Augen weiteten sich und sie fuhr sich mit einer Hand über den Nacken. »Entschuldigung«, murmelte sie.

»Du musst dich nicht entschuldigen.« Er wusste nicht, was er Falsches gesagt hatte, doch das spielte keine Rolle. Beinahe hätte Pray ihre Schulter berührt, besann sich aber rechtzeitig. Noch immer bekam jeder, der Melia anrührte, einen Stromschlag verpasst. Ob Beck, der sie vierzehn Jahre in seinem Kerker gefangen hielt, das beabsichtigt hatte oder ob es eine Nebenwirkung der Experimente war, wussten sie nicht. »Es ist alles gut.«

Melia schloss die Augen, als wäre sie frustriert – mit ihm? Mit sich selbst? Pray konnte es nie genau sagen. Jahrelange Gefangenschaft und Experimente eines verrückten Wycca hatten ihre Spuren bei Melia hinterlassen. Häufig beobachtete Pray, wie sie sich in sich selbst zurückzog. Doch er kannte sie mittlerweile gut genug, um eine Strategie entwickelt zu haben, sie wieder in die Realität zurückzuholen.

»Du siehst übrigens toll aus«, sagte er und verkniff sich ein Lächeln, als ihre Lider aufploppten und ihre Wangen passend zum Kleid rosa anliefen. Es war nicht gelogen: Die Farbe betonte ihre von der Sonne gebräunte Haut und ließ ihre braunen Haare schimmern.

»Danke.« Ihre Wangen leuchteten. »Azalea hat es mir geschenkt.« Sie strich den Stoff mit der freien Hand glatt und mied dabei Prays Blick. »Sie sagte, es wird Zeit, sich der Tradition zu widersetzen. Dass auch Menschen Kleider anziehen sollten.«

Das klang nach Azalea. Er würde mit ihr reden müssen, ob sie es wirklich für nötig hielt, Melia direkt in ihren Kampf mit reinzuziehen. Dabei war es schön, dass Melia Anschluss fand – bisher hatte sie außer mit Pray und den anderen nur mit den Ärzten gesprochen. So erfuhr zumindest nicht jeder von ihrem Geheimnis. Er hatte keine Ahnung, wie die Allgemeinheit reagieren würde, wenn sie herauskam, dass Melia scheinbar nicht alterte.

Gleichzeitig wusste Pray, dass es nur eine Frage der Zeit war, bis auch der Rest des Hofs erkannte, was für eine warmherzige Persönlichkeit in Melia schlummerte. Er sollte diesen Tag herbeisehnen. Doch wenn er ehrlich war, fürchtete er ihn.

Mittlerweile war er sich zwar sicher, dass Melia gern mit ihm zusammen war – immerhin verhielt sie sich in seiner Gegenwart gelöster als bei anderen –, aber vielleicht war es nur das: Sie fühlte sich bei ihm wohl. Er war derjenige gewesen, der sie gerettet und sich um sie gekümmert hatte.

Und am Ende, so fürchtete Pray, war das alles, was sie zu ihm zog.

Bei dem Gedanken verknotete sich sein Magen und er lenkte seine Aufmerksamkeit auf ihre Umgebung. Viel hatte er bei der Veranstaltung bisher nicht zu tun gehabt. Mikael hatte das Band feierlich durchgeschnitten, ein paar der zukünftigen Schüler und Schülerinnen hatten gesungen und Pray hatte höflich geklatscht, für Fotos posiert und anschließend Torte besorgt.

Die erste exklusive Schule für Menschen lockte neugierige Besucher an, sodass der Innenhof gut gefüllt war und die Lautstärke minütlich anstieg. Hier und da hörte Pray bei den Gesprächen Sorge über die Krankheit, die die Ärzte *Schwarzen Schweiß* nannten, heraus. Doch da bisher nur Wycca befallen wurden, schlug sich das nicht auf die ausgelassene Stimmung nieder. Pray sah zu Melia, die ein paar Bisse der Torte runterbekommen hatte und schwer atmend neben ihm stand.

Er berührte ihren Teller, damit sie zu ihm aufsah. »Ich wollte mich drinnen umsehen«, log er. »Kommst du mit?«

Dankbar nickte sie und gemeinsam machten sie sich auf den Weg durch die glänzend polierte Flügeltür, die ins Innere der Akademie führte. Sobald sich die Tür hinter ihnen schloss, verstummte die Geräuschkulisse. Bei dem guten Wetter hielten die meisten Gäste sich draußen auf.

Pray wartete, bis Melia ihre Torte aufgegessen hatte, und stellte den Teller auf einen Tablettwagen. Gemeinsam schlenderten sie durch die breiten Gänge und Pray genoss den Geruch nach frischgesägtem Holz und neuer Farbe. Ein großes Gemälde zeigte die Geschichte der Menschheit. Es erinnerte ihn an die Wandmalerei in dem Untergrund Avastones, der zur Blutkrone geführt hatte. Auch dort war ein Teil ihrer Geschichte verewigt worden. Hier lag der Schwerpunkt der Darstellung jedoch nicht auf den Herzenskriegen, sondern die Zeit davor. Sogar die Ausbildung der Sentry war abgebildet.

Wie es wohl sein musste, ein Überbleibsel dieser Spezies zu sein? Keine Wycca, aber auch nicht ganz Mensch, da bei den Sentry ihre eigene Magie in den Adern floss. Magie, die ihnen zuflüsterte, Wycca zu töten. Die Blackwalls waren einige der wenigen Familien, von denen bekannt war, dass sie von den Sentry abstammten. Doch die richtigen Sentry – die, die man ausgebildet hatte, um zu morden –, waren lange ausgestorben.

»Ich weiß nicht, ob ich eine exklusive Schule für Menschenkinder gutheißen soll«, sagte Melia und fuhr mit dem Zeigefinger über eine der an der Wand angebrachten Plaketten, auf denen die Namen der großzügigen Spender standen.

Pray zuckte mit den Achseln. »Es gibt auch reine Wycca-Schulen.« Er sah sich um. Hier im Flur war niemand außer ihnen. »Warum also nicht?«

»Hm.« Melia ging weiter und begutachtete die eingerahmten

Urkunden an den Wänden. »Ich wünschte, das wäre nicht nötig. Getrennte Schulen«, fügte sie hinzu.

Pray sah sie an und verkniff sich ein Kopfschütteln. Manchmal überraschte sie ihn. Immerhin war sie von einem Wycca jahrelang gefangen gehalten worden. Dennoch zeigte sie nie einen Funken Wut gegenüber den Wycca allgemein.

Für diese Gutmütigkeit würde er sie am liebsten in die Arme schließen. Gleichzeitig fragte er sich, ob etwas mit ihm nicht stimmte. Denn *er* war sehr wohl wütend: Auf die Wycca im Palast, die ihn von oben herab behandelten; auf die Wycca der Vergangenheit, die die Gesetze zu ihren Gunsten verbogen hatten; und zu guter Letzt auf die Wycca allgemein, dafür, dass sie seine Eltern gezwungen hatten, aus diesem Land zu fliehen und ihn zurückzulassen.

Natürlich war er auch wütend auf seine Eltern, doch das stand auf einem anderen Blatt.

»Es ist aber nötig«, sagte er härter als geplant. Sein steifer Nacken schmerzte, als er sich umdrehte, und das entfernte Gelächter einer Frau stach unangenehm in seinen Ohren. Kopfschüttelnd atmete er tief durch. Diese Art von Wut war sinnlos. »Komm, lass uns den Rundgang machen und dann verschwinden.« Sie hatten ihre Pflicht erfüllt und Pray sehnte sich nach der Ruhe seines Zimmers. Mit dem Daumen deutete er auf den Gang links von ihnen und setzte sich zeitgleich in Bewegung. Melia schloss zu ihm auf.

»Ich wollte ohnehin noch nach Mary-Ann sehen«, sagte sie.

Überrascht hob Pray die Augenbrauen. »Ich wusste nicht, dass ihr befreundet seid.«

Melia zuckte mit den Schultern. »Sie ist eine der wenigen Wycca, die meine Anwesenheit bemerkt. Das will ich mir nicht verderben.« Sie lächelte ihn leicht von unten an.

Er verzichtete, sie darauf hinzuweisen, dass Mary-Ann ohnehin nicht bei Bewusstsein war. Das Schicksal der erkrankten Wycca blieb weiter ungewiss. Etwas, von dem er wusste, dass es Raev die Abreise erschwert hatte. Aber was sollte er schon tun?

Bei dem Gedanken an seinen Freund biss Pray sich auf die Unterlippe. Die Königin und der König von Ashland waren von seinem Besuch sicherlich nicht begeistert. Schon gar nicht, wenn sie erfuhren, dass Raev nicht kam, um ihren Anschuldigungen recht zu geben.

Am liebsten hätte Pray ihn begleitet. Die letzten Jahre hatte er stets an seiner Seite gestanden. Wenn Rae in Flammen stand, fraß sich die Hitze ebenfalls in Prays Haut. Aber er musste hier die Stellung für ihn halten. Seine Hände kribbelten und er steckte sie in die Hosentasche. In Gedanken versunken ging er neben Melia entlang, achtete nicht auf seine Umgebung. Kurz bevor sie an der nächsten Ecke ankamen, blieb er stehen. Sein Herz hatte einen Satz gemacht, als hätte er eine Treppenstufe übersehen.

»Pray?« Mit gerunzelter Stirn sah Melia zu ihm auf.

Er stutzte, kniff die Augen zusammen und öffnete den Mund. Hatte sein Verstand ihm einen Streich gespielt? Er hatte nicht auf die Rahmen und Plaketten an den Wänden geachtet, dennoch glaubte er, ein schwaches Funkeln wahrgenommen zu haben.

Das konnte nicht sein. Nicht hier. Das war eine Schule für Menschen und es war unmöglich, dass …

»Pray, was ist los?« Melias Stimme wurde höher und sie sah sich nervös um.

»Ich dachte«, langsam drehte er sich um, »ich hätte etwas gesehen. Nichts Schlimmes.« Oder? Er ging ein paar Schritte zurück und suchte die Wand ab, an der sie vorbeigelaufen waren.

Fotografien, Urkunden, Plaketten und …

Mit klopfendem Herzen blieb er vor einem quadratischen Bilderrahmen stehen und streckte die Hand aus. Der Rahmen hing weit oben und ging zwischen den anderen beinahe unter. Bevor seine Fingerspitzen das Glas berührten, zog er sie im letzten Moment wieder zurück.

»Ist das ein Penny?« Melia trat neben ihn und hob ebenfalls eine Hand.

»Nicht.« Automatisch griff Pray nach ihrem Arm und bekam direkt einen Stromschlag. Zischend ließ er los. »Tut mir leid«, sagte er. »Nur … fass es lieber nicht an.«

»Wieso? Was soll das sein?«

Pray trat so dicht, dass er die kleine Plakette auf dem Bilderrahmen lesen konnte. *Von einem anonymen Spender.* Der Penny selbst sollte ihm fremd sein – darauf war nicht Raes Gesicht abgebildet, dafür aber ein Muster aus sich überlappenden Kreisen und Dreiecken.

Doch er kannte diesen Penny. Hatte ihn schon einmal gesehen. Bei der Erinnerung durchflutete ihn Hitze und seine Muskeln zitterten. »Du weißt von den magischen Artefakten bei Beck.«

Sobald Pray den Namen aussprach, spannte Melia sich an. Steif nickte sie. »Ich durfte sie niemals ansehen.«

Das war Pray neu. Melia ging nie genauer auf ihre Zeit im Kerker ein. »Ich glaube … dieser Penny stammt von dort.«

Stirnrunzelnd trat Melia dichter. Pray musste sie nicht noch einmal warnen, den Rahmen nicht zu berühren. Er hatte keine Ahnung, wie bedrohlich dieser Penny sein mochte, aber er war nicht grundlos in dem Kerker mit gefährlichen magischen Artefakten gewesen.

»Bist du dir sicher?«

»Nein. Ja. Zuerst nicht, aber … spürst du das?« Er hielt die Luft an, um kein Geräusch von sich zu geben. Ein leises Summen, wie weit entferntes Murmeln, drang zu ihm. Und es schien direkt aus dem Bilderrahmen zu kommen.

Magie.

»Ich spüre nichts«, sagte Melia und trat noch dichter. Ihr nackter Arm streifte beinahe Prays Haut und er roch den Duft von Minze.

»Vielleicht liegt es an deiner eigenen Magie im Körper, dass du es nicht merkst«, sagte er und musste sich zwingen, regungslos zu bleiben und sich nicht an sie zu lehnen. Das brächte ihm nur einen weiteren Stromschlag – und möglicherweise sogar noch mehr Ärger – ein.

»Also stammt dieser Penny aus der Sammlung der gefährlichen magischen Artefakte?«, fragte Melia.

Pray nickte. »Das letzte Mal, als ich dort war, habe ich ihn gesehen. Zu hundert Prozent. Könnte jemand aus der Akademie mit Beck in Verbindung stehen?«, fragte er an Melia gewandt.

»Ich wüsste nicht, weshalb. Beck verachtet Menschen.« Sie krallte ihre Hände in ihre Oberarme.

»Und der Rat hat hart dafür gekämpft, dass kein Wycca das Gebäude betritt«, sprach er seine eigenen Gedanken aus. »Warum also ein magisches Artefakt aufhängen?«

»Aber wie …« Melias Stimme verlor sich im Gang, während sie beide den Bilderrahmen betrachteten. Er wusste, was sie sagen wollte.

Wie kam ein magischer Penny in eine Schule, in der Wycca der Zutritt verboten war? Und warum hatte man ihn hier aufgehängt? Etwas regte sich in seinem Magen, als würde ein Tier an seinen Eingeweiden nagen.

Hier stimmte was nicht. Und er musste dringend herausfinden, was es war.

KAPITEL 8

Ashland bot mit seinen hohen Klippen, grau zerklüfteten Bergen und alten Burgen wirklich einen beeindruckenden Anblick. Rae könnte es jedoch weitaus mehr genießen, wenn man ihn nicht wie einen Hund draußen in der Kälte stehen lassen würde.

»Es tut mir unendlich leid, Eure Majestät«, entschuldigte Swier sich erneut und erntete – ebenfalls erneut – missbilligende Blicke der umstehenden Wachen. »Man hatte mir versichert, die Prozedur würde nicht lange dauern.«

Raevan verkniff sich einen Kommentar. Wenigstens hatten seine Gastgeber ihn nicht direkt verhaften lassen. Etwas, was ihnen laut Swier durchaus in den Sinn gekommen war. Doch als König von Lyzara genoss Rae diplomatische Immunität – ganz gleich, was Katleems Eltern glaubten über ihn zu wissen.

Da sie ihn also nicht direkt in einen Kerker sperren konnten, nahm Rae an, dass sie ihn zumindest angemessen empfangen würden. Doch stattdessen ließ man ihn mit seinem Gefolge draußen in der Kälte an einem Seiteneingang warten. Da das Schloss auf einer steilen Klippe erbaut war und man den Weg nur zu Fuß bewältigen konnte, parkten die Autos auf einem Sandplatz weiter unten.

Anders verhielt es sich mit dem Haupteingang, worauf ihn eine der Wachen mit einem verkniffenen Lächeln hinwies. Aber der wäre ihm untersagt.

Rae steckte seine Finger in die Taschen des dünnen Mantels. Zum einen, weil er Angst hatte, dass sie ihm abfroren und zum anderen, weil er kurz davor stand, den dämlich grinsenden

Wachen den Mittelfinger zu zeigen. Nicht sehr königshaft. Hätte er geahnt, dass es in Ashland um diese Jahreszeit noch so eisig war, hätte er sich etwas anderes angezogen.

Aber er hatte nicht erwartet, so viel Zeit im Freien zu verbringen.

Unauffällig sah er sich zu seinem Gefolge um, das ebenfalls fror. Zwischen ihnen stach Azaleas blasses Gesicht hervor. Schnell schaute er wieder weg. Sie hatte keine eigene Wechselkleidung dabei – natürlich nicht, immerhin hatte sie nicht damit gerechnet, ihn zu begleiten – und trug daher Klamotten der menschlichen Angestellten.

Als er verkündet hatte, dass sie mitkommen würde, war er sich seiner Sache ziemlich sicher gewesen. Doch jetzt, während er zu dem Schloss aus grauem Stein und den unzähligen, spitz in die Luft ragenden Türmen hinaufsah, zweifelte er an seiner Idee. Er hatte den Vorschlag, Azalea zu heiraten, nie öffentlich gemacht. Dementsprechend dürfte niemand in Ashland ihre Geschichte kennen. Doch Gerüchte reisten schnell …

Unruhig trat er von einem Fuß auf den anderen, während die Sorge in seine Magengrube kroch und sich dort festsetzte.

Jedoch nicht genug, um Azalea wieder wegzuschicken.

Die grün lackierte Seitentür öffnete sich und eine der Wachen erschien mit unbeteiligter Miene. »Ihr dürft eintreten.«

Raevan verkniff sich ein sarkastisches *Danke* und nickte stattdessen. Er ließ seinen Botschafter sowie einige der Bediensteten, die sein Kommen ankündigten, vorgehen und folgte in einen kahlen Gang. Der Boden und die Wände bestanden aus grobem Stein und der Wind pfiff durch die Spalten. Das Wappen der Stuarts – eine goldene Harfe auf blauem Untergrund – war in den Stein eingearbeitet, doch ansonsten verzichtete man auf Dekor.

Nach wenigen Schritten legte sich ein kribbelnder Druck auf Raes Brustkorb, dessen Intensität ihn einen Moment schwanken ließ, und der sich innerhalb von Sekunden in seinem Kopf festsetzte. Im Palast in Avastone gab es mittlerweile so wenig Elektrizität, dass er vergessen hatte, wie schmerzhaft sie für ihn war. Oder waren die Kopfschmerzen mit der Zeit heftiger geworden?

Unauffällig rieb er sich über die Schläfe, übte dort Gegendruck aus, während er den Bediensteten folgte. Er erwartete, auf eines der Gästezimmer gebracht zu werden, doch stattdessen führte man ihn weg von den Stimmen in einen winzigen Raum, in dem ein Bett und ein Schreibtisch standen. Ehe Rae wusste, wie ihm geschah, schloss man die Tür hinter ihm.

Stirnrunzelnd drehte er sich um. Ein ungutes Gefühl in ihm aufkeimte. Würden Emeretia und Carlisle Stuart das Risiko eingehen und seine Immunität ignorieren? Trotz der Anschuldigungen gegen ihn wäre das ein Vergehen, das nicht folgenlos bleiben könnte.

Aber Rae sorgte sich weniger um sich selbst – die Tür bestand aus Holz und es würde keine Mühe kosten, sie aufzubekommen – als um die anderen. Doch es blieb keine Gelegenheit, länger darüber nachzudenken. Die Tür öffnete sich und ein Mann im weißen Kittel trat ein.

Beinahe hätte Rae geschnaubt. Beim Anblick des Schutzhelms samt Visier, der an einen Kämpfer aus dem All erinnerte, gab es keinen Zweifel, dass Ashland von dem Schwarzen Schweiß erfahren hatte.

»Bitte setzen Sie sich.« Der Helm dämpfte die Stimme des Arztes.

Rae zog die Augenbrauen hoch. »Wie bitte?«

»Setzen Sie sich.«

Etwas an dem Ton brachte ihn dazu, die Arme vor der Brust zu verschränken und einen Schritt auf ihn zu zumachen. »Ich bin der König von Lyzara«, erinnerte er den Mann. Bei den Worten wirbelten seine Haare und der Kittel des Arztes auf. »Das mag Ihnen entfallen sein. Aber ich bestehe darauf, dementsprechend behandelt zu werden. Falls Ihnen hier niemand die Etikette beigebracht hat, sprechen Sie mir gern nach: Wenn Ihr Euch setzen würdet, Majestät, erkläre ich Euch, warum wir hier sind.«

»Es ist diese Untersuchung oder zwei Wochen Isolationshaft.«

Mittlerweile bauschten sich die dünnen Vorhänge vor dem Fenster. »Mein Blutrat wird eine Haft nicht gutheißen. Egal, welches Adjektiv ihr davorsetzt.«

Unter dem Helm ließ sich, bis auf unnachgiebige grüne Augen, nichts erkennen. Rae machte einen weiteren Schritt auf den Arzt zu, zwang ihn, zu ihm aufzusehen. Mit verengten Lidern lächelte Rae ihn an. Der Stoff der Vorhänge schlug gegen die Wand und der Blick des Mannes huschte in die Richtung des Fensters.

Rae dämpfte seine Kraft nicht. »Ich schlage vor, Sie sprechen meine Worte von eben nach. Und beten Sie lieber zu den Wissenschaftlern, dass Sie ein gutes Gedächtnis besitzen. Denn ich wiederhole mich nur ungern.« Das Surren der Lampe ließ seine Kopfschmerzen anschwellen und zerrte das Biest in ihm schneller zu Tage, als ihm lieb war.

Der Arzt schluckte hörbar. »Wenn Ihr Euch bitte setzen würdet, Majestät«, brachte er steif hervor, »dann kann ich Euch untersuchen, wie es mir aufgetragen wurde.«

Geht doch, dachte Rae und stieß den Atem aus. Sofort erstarb der Wind. »Weshalb?«, fragte er, setzte sich jedoch auf den Stuhl am Schreibtisch.

»Wie man uns mitteilte, geht in Lyzara eine Krankheit um.« Der Arzt holte verschiedene Instrumente aus seiner Tasche und breitete sie auf dem Tisch aus.

Skeptisch beäugte Rae etwas, das aussah wie ein doppelter Korkenzieher. Keine Ahnung, was der Arzt damit vorhatte, aber an *ihm* würde er das Ding sicher nicht ausprobieren. »Eine Krankheit, die für Wycca gefährlich ist. Soweit ich informiert bin, leben in diesem Schloss ausschließlich Menschen.« Zwar gab es vereinzelte Wycca in Ashland, aber der Aufenthalt am Hof war ihnen untersagt.

»Eine reine Vorsichtsmaßnahme.«

Rae ließ die Untersuchung über sich ergehen – vor allem, weil der Korkenzieher nicht zum Einsatz kam –, doch er erinnerte den Arzt am Ende daran, dass er ungern länger in diesem schäbigen Zimmer warten würde. Scheinbar zeigte dies Wirkung, denn nach kurzer Zeit erschienen zwei Wachen, die ihn hinausgeleiteten. Mittlerweile fühlte Rae sich von der Fahrt und der Untersuchung ausgelaugt und freute sich darauf, unter die Dusche zu springen und etwas Frisches anzuziehen. Außerdem musste er herausfinden, wo und wie man sein Gefolge untergebracht hatte.

In Gedanken versunken nahm er den Weg gar nicht wahr und fand sich plötzlich im Thronsaal wieder. Mehrere Wandlampen strahlten ein gelbliches Licht aus, blendeten ihn. Die Elektrizität hämmerte stärker als zuvor von innen auf seinen Schädel ein. Rae schluckte und atmete tief gegen den Schmerz an.

»Seine Majestät Raevan Tennyson der Erste. König von Lyzara«, verkündete jemand und sofort herrschte Stille im Saal. Um ihn herum standen mehrere Menschen – sicher die wichtigen Lords und Ladys des Landes – und begafften ihn. Der Raum mit Wänden aus grob behauenem Felsen erinnerte an eine mittelalterliche Burg. Rae schmeckte die Luft auf der Zunge – wie Metall, das man zu lange draußen stehengelassen hatte.

Überrumpelt schaute er nach vorn. Nur wenige Schritte weiter – der Thronsaal war nicht weitläufig – saßen Carlisle und Emeretia Stuart auf zwei mattgolden glänzenden Thronen.

Das letzte Mal hatte Rae seine Schwiegereltern bei den Feierlichkeiten rund um das Veri gesehen und nur kurz mit ihnen gesprochen. Selbst zur Beerdigung ihrer Tochter waren sie nicht angereist – ein deutliches Zeichen. Jetzt fiel ihm wieder auf, wie viel Ähnlichkeiten Katleem und ihre Mutter besaßen. Nur hatte Katleem ihn, bis auf wenige Ausnahmen, nicht so finster angesehen.

Er verbannte die Erinnerung an seine verstorbene Frau und riss sich zusammen. Seit seinem Eintreffen diente alles der Machtdemonstration und würde er jetzt die Fassung verlieren, käme das Lyzara nicht zugute. Bedächtig schritt er auf das Königspaar zu und blieb ein paar Meter entfernt stehen. Da Raevan und die Stuarts den Rang besaßen, war er nicht zu einem

Zeichen der Demut – wie beispielsweise einer Verbeugung – verpflichtet. Doch als Gast in ihrem Land neigte er den Kopf, wobei der Druck gegen seine Stirn zunahm.

»Eure Majestäten«, sagte er und sah wieder auf. »Es ist schön, Euch wiederzusehen.«

Beide beobachteten ihn mit stoischen Mienen. Rae atmete tief durch. Er hatte sich auf einen kühlen Empfang eingestellt. Jedoch gab es auch für die Herrscher von Ashland eine gewisse Etikette zu bewahren, wenn sie keinen Streit mit Lyzara provozieren wollten. Immerhin hatten sie keinerlei Beweise, die ihren Verdacht gegen ihn erhärteten.

»Danke, dass Ihr mich und mein Gefolge empfangt.«

Die Königin nickte. »Der Anstand gebietet es«, sagte sie nur.

»Auch«, warf ihr Mann lauter ein, »wenn uns nicht klar ist, weshalb Ihr diesen Besuch auf Euch genommen habt. Bedenkt man die Vorwürfe, seid Ihr in unserem Land nicht willkommen.«

»Deshalb bin ich hier. Es wird Zeit, die Vorwürfe auszuräumen. Wie Ihr wisst, ermittelt die Polizei von Lyzara ohne Unterlass in dem Fall Eurer Tochter. Meiner Ehefrau«, fügte er hinzu. »Und ich denke, dass meine Anwesenheit hier haltlose Gerüchte endgültig ausräumen wird.«

Der König schnaubte und sah zur Seite, als könnte er Raes Anblick nicht ertragen. Rae hingegen war beeindruckt: Ein solches Schnauben hätte Enyas ihm nie durchgehen lassen.

Bei dem Gedanken an seinen Onkel durchfuhr ihn ein Stich – der schmerzhafter wurde, als eine Stimme in seinem Kopf flüsterte: *Vater. Nicht Onkel.*

Schnell riss er sich zusammen. »Da Ihr mich empfangen habt, gehe ich davon aus, dass Ihr ebenso an Frieden interessiert seid wie ich.«

Die dunklen Augen von Carlisle Stuart ließen ihn direkt an seinen Worten zweifeln, doch Emeretia neigte den Kopf. Im Gegensatz zu ihrem Mann sah sie nicht mehr wütend aus – sondern einfach nur traurig. Rae rief sich in Erinnerung, dass sie ihre Tochter verloren hatte.

»Das sind wir. Das waren wir immer. Ansonsten hätten wir damals einer Heirat niemals zugestimmt.«

»Und bis heute sind wir uns nicht sicher, ob das nicht ein Fehler war«, warf ihr Mann ein.

»Ich versichere Euch, dass Katleem ein gutes Leben in Lyzara geführt hat. Unser Volk hat sie geliebt.« Das war nicht gelogen. Wenn das nicht während ihrer Lebzeit deutlich gewesen war, dann spätestens bei den vernichtenden Blicken, die das Volk Rae bei ihrer Beerdigung zugeworfen hatte.

»Ein gutes Leben«, murmelte Carlisle. »Leider kein sehr langes.«

»Das Schicksal liegt nicht in meiner Macht. Ebenso wie es nicht in Eurer lag, Attentäter aus Ashland vom Töten in meinem Land abzuhalten.« Er starrte sie mit schmalen Augen an und seine Stimme klang belegt vor unterdrückter Wut, bei der Erinnerung an die unschuldig ermordete Frau. Die Anklage knisterte zwischen ihnen, brannte auf seiner Zunge.

»Wir haben von dem Vorfall gehört«, erwiderte Carlisle Stuart. »Dann seid Ihr deshalb hier? Um zu gestehen?«

Rae zwang seine Finger auseinander, um sie nicht zur Faust zu ballen. »Es gibt nichts zu gestehen. Ich weiß nicht, warum Ihr davon ausgeht, ich hätte Katleems Tod gewollt. Denn das ist eine Lüge.«

»Vielleicht nicht gewollt. Aber Katleem stand mit uns im Kontakt. Und sie berichtete uns von Euren Kräften. Ungeheuerlich, selbst für einen Wycca.«

Die Worte sirrten durch Raes Körper und der Vorwurf in ihnen prickelte wie tausend kleine Nadelstiche in seinem Herzen. Sofort fühlte er sich zurückversetzt in den Moment, als er seinem Volk die Kräfte, die in ihm schlummerten, offenbart hatte.

Vorher hatte er nicht einmal die Erlaubnis vom Blutrat eingeholt, geschweige denn, sie vorgewarnt. Nach Claudettes und Enyas' Tod fühlte er sich ohnehin nicht mehr mit ihnen verbunden. Und so war er im frühen Morgengrauen vor die Kameras getreten, um seinem Volk die Wahrheit zu erzählen.

Zumindest teilweise. Er verschwieg weiterhin die Biokinese und auch die Offenbarung der Blutkrone. Und dennoch spürte er es in den Tagen danach: Am Hof, im Palast, bei Presseterminen, auf dem Weg dorthin – die misstrauischen Blicke begleiteten ihn überall. Schon vorher hatte seine Kraft alle anderen in den Schatten gestellt, doch nun? Nun war er eine Abstrusität, eine Gefahr. Zu mächtig, um zu existieren.

In den vergangenen Wochen hatte er die Blicke abgeschirmt, sich ein Schutzschild zugelegt. Doch genau das machte ihn einsamer als je zuvor.

Wenigstens, erinnerte er sich, *wissen sie nichts von Katleems Brief.* Offenbar hatte sie den jemand anderes geschickt.

»Dann beruht Euer Verdacht auf der Tatsache, dass ich über mehr Kraft verfüge, als angenommen?«, fragte Rae, wobei er sich bemühte, die Klinge aus seiner Stimme fernzuhalten, die sich in seinen Ton geschlichen hatte. Die Kopfschmerzen wuchsen ins Unerträgliche und er war es leid, zu beteuern, seine Frau nicht getötet zu haben.

Carlisle Stuart wedelte nur mit der Hand, als würde er eine lästige Fliege verscheuchen und beugte sich vor. »Unser *Vorwurf*«, korrigierte er laut, »beruht auf der Tatsache, dass Ihr Euch nicht unter Kontrolle habt. Sagt, fürchtet Euer Volk Euch ebenso?«

Rae starrte ihn unbewegt an, ließ das ungewohnte Silber seiner Augen wirken. Wie konnte dieser Mann millimetergenau seine größte Angst punktieren? »Wenn Ihr eine Kostprobe wünscht, fragt nur.«

»Dürfte ich daran erinnern«, mischte sich die Königin ein, »dass Wycca-Kräfte in der Hauptstadt verboten sind?«

Doch Carlisle Stuart nahm den Blick nicht von Raevan. »Ich denke, für den Moment können wir eine Ausnahme machen.«

Was wollte dieser Mensch damit erreichen? Glaubte er wirklich, Rae würde hier im Thronsaal die Kontrolle verlieren? Vor einem Jahr hätte er ihn bloßstellen können, doch mittlerweile gab es selten Momente, in denen die Kräfte ihn überwältigten. Selbst unter dem Einfluss der Kopfschmerzen, die ihn plagten, würde ihm eine solche Demonstration gelingen.

Er deutete eine Verbeugung an. »Mit Vergnügen.« Immerhin schadete es nie, dem Nachbarland zu verdeutlichen, dass man nicht wehrlos war. Mit einem tiefen Atemzug schloss er die Augen und rief sich Tys Worte in Erinnerung. Langsam tastete er sich in sein Innerstes vor.

Zunächst kam der Wind, den er mit einem gezielten Atemzug befreite. Er ließ ihn sanft über seine Haut fahren, ehe er ihn von sich schickte, sodass er durch den Thronsaal fegte. Rae öffnete die Augen, beobachtete sein Werk. Die Menschen murmelten leise, als der Wind durch ihre Haare fuhr.

Dann griff er nach dem Eis in seinem Brustkorb, lenkte es auf seine Fingerspitzen und ließ kleine Kristalle zu Boden rieseln.

Zum Schluss das Feuer. Mittlerweile hatte er erkannt, weshalb das Feuer immer zuerst aus ihm herausbrach, selbst, wenn er es nicht wollte. Es floss in seinen Adern, direkt unter der Haut, lauerte in seinem gesamten Körper. Jetzt ließ er zu, dass die Hitze aus ihm barst. Glut sammelte sich im aufkeimenden Wind, drehte Kreise im Thronsaal. Die Luft heizte sich auf. Die Eiskristalle, die eben am Boden geglitzert hatten, schmolzen und den umstehenden Menschen traten Schweißperlen auf die Stirn. Der gesamte Raum glühte, doch Rae ließ nicht nach. Nicht, bis …

»In Ordnung.«

Er schloss die Hand zur Faust, sperrte die Hitze wieder ein und sah zu Carlisle Stuart. Auch ihm lief der Schweiß von den Schläfen und seine Haut hatte sich dunkelrot gefärbt. Seine gefasste Miene verriet nichts, jedoch entging Rae nicht das Zittern seiner Hand, als er sich die verschwitzten grauen Haare aus der Stirn rieb.

»Ich kann für Abkühlung sorgen«, sagte Rae mit einem höflichen Lächeln, das schärfer ausfiel als geplant. »Wenn Euch das zu heiß war.«

Carlisle Stuart presste die Lippen aufeinander. »Beeindruckend.«

Schweigend starrten sie einander an und Rae war sich sicher, dass der Mann eine Entscheidung traf.

Kurz tastete Rae nach der Verbindung zwischen sich und dem König. Er spürte das Misstrauen, die Angst und etwas, das er nicht einordnen konnte. Vielleicht sollte er den Moment mit dem Königspaar nutzen und seine vierte Kraft einsetzen, um ihre Meinung über ihn zu ändern. Doch die Verbindung verblasste wie ein dünner Faden und er war sich nicht sicher, ob er nach der Reise und dem heutigen Tag in der Lage wäre, die Biokinese zu steuern. Besonders, da die Elektrizität an ihm zupfte, als wäre er ein zu straff gespanntes Seil, das zu zerreißen drohte.

Besser, er verschob es auf morgen.

»Ich habe Euch bewiesen, dass ich es kontrollieren kann. Wenn Ihr mir also nicht vorwerfen wollt, meine Frau vorsätzlich getötet zu haben …« Er sah beide herausfordernd an. Ihm einen kaltblütigen Mord anzuhängen – dem König des Nachbarlandes – war nichts, was man leichtfertig tun konnte. Niemand von ihnen widersprach ihm. »Dann hoffe ich, können wir meinen Besuch nutzen, das Band unserer Länder neu zu knüpfen.«

»Meine Frau hat recht«, sagte Carlisle schließlich. »Im Grunde wollen wir alle nur eines. Frieden.«

»Deshalb bin ich hier«, bestätigte Rae.

»Dann freuen wir uns, Euch als Gast an unserem Hof begrüßen zu dürfen.«

»Es ist mir eine Ehre.«

KAPITEL 9

Frustriert warf Ty das Messer von sich. »Wisst ihr eigentlich, dass es eure beschissene Kraft ist, die zwischen Leben und Tod entscheiden kann, wenn es zum Krieg kommt?«

Die Wycca vor ihm tauschten ein paar Blicke untereinander. Einige scharrten mit den Füßen über den Rasen. Ansonsten bekam er keine Reaktion.

Wieder war ein Tag vergangen, an dem niemand von ihnen irgendwelche Fortschritte gemacht hatte. Sie besaßen ihre Fähigkeiten, aber schienen nicht daran interessiert, sie zu trainieren.

Wenn das so weiterging, würde Ty dafür sorgen, dass Rae sie alle rausschmiss. Er hatte die Schnauze voll. Sein Freund war erst gestern in Ashland angekommen, aber Ty zählte bereits die Stunden, bis Raevan wieder in Lyzara sein würde.

»Guten Abend zusammen.«

Ihm entfuhr ein Schnauben bei der Stimme hinter in seinem Rücken. Erst musste er sich von den Wycca der gläsernen Garde demütigen lassen und nun spazierte Chefkoch Blackwall auf die Trainingsfläche, als würde ihm dieser verfickte Platz gehören. Seine Hände steckten dabei in den Taschen einer perfekt gebügelten schwarzen Hose.

Mit gestrafften Schultern zog Ty eine Augenbraue hoch. »Können wir helfen?«

Blackwall lächelte und Ty war überrascht, wie menschlich ihn das wirken ließ. Er hätte nicht gedacht, dass griechische Statuen lächeln konnten.

»Danke, dass Ihr fragt«, sagte Blackwall und sah sich um. »Tatsächlich, ja.«

Ty rollte mit den Augen. »Wir sind gerade beim Training.«

»Und *wir* ermitteln gerade«, erwiderte er leichthin. »So, wie ich den König verstanden hatte, *gemeinsam*.«

Erwischt. Ty war Azaleas Bruder die vergangenen Tage aus dem Weg gegangen. Er wusste, dass es nicht ewig so weitergehen konnte und dass er Rae etwas versprochen hatte. Doch wann immer er Coleus Blackwall sah, schrie alles in ihm nach Flucht.

Er kannte solche Wycca. Aus der Sternengasse und hier im Hof. Coleus war einer der Kerle, die ihren Titel wie eine Rüstung trugen und die sich insgeheim freuten, wenn andere sich an dem Metall schnitten.

»Wenn Ihr meine Hilfe benötigt«, erwiderte Ty, »müsst Ihr einen Moment warten, bis ich fertig bin.«

»Ich hatte gehofft, die Garde kurz befragen zu dürfen. Falls es euch nichts ausmacht«, sagte er an die aufgereihten Wycca gewandt.

Als Blackwall sie musterte, stellten sie sich aufrechter hin. Zeke und Piama strichen sich sogar über ihre zerknitterten Trainingsklamotten.

»Wir stehen zu Diensten, Detective«, sagte Lio und die anderen nickten zustimmend, während Ty seinen Würgereiz unterdrückte. *Schleimer*.

»Hervorragend. Ich weiß, Sie wurden alle bereits befragt und das muss Ihnen wie reine Zeitverschwendung vorkommen.«

»Keineswegs, Detective.«

Ty blinzelte nur, unentschieden, ob er sich übergeben oder einfach gehen sollte.

»Ich möchte wissen, ob Ihnen seitdem etwas eingefallen ist. Das können Kleinigkeiten sein, die unwichtig erscheinen. Jemand Unbekanntes, den Sie im Palast gesehen haben. Ein Alarm, der Ihnen merkwürdig vorkam. Etwas in der Art.«

Die Garde schüttelte den Kopf. Hätte Coleus Ty gefragt, hätte er ihm sagen können, dass es sinnlos war. Niemand von ihnen hatte in der Nacht etwas Verdächtiges mitbekommen. Er selbst hatte sie zehnmal gefragt, nachdem die Polizei sie verhört hatte.

»Detective«, Piama trat vor und schaute sich unsicher um, wobei ihre dunklen Haare in der untergehenden Sonne glänzten, »wenn ich etwas sagen dürfte?«

»Sicher.«

»Ich weiß, sie alle suchen nach einem Motiv, aber … was, wenn es keines gibt?«

Ty runzelte die Stirn. »Was meinst du?«

Doch sie sah Coleus an. »Jeder denkt, die Königin wurde ermordet, weil sie – nun ja – die Königin war. Aber was, wenn es an ihrem Blut lag?«

»Habt ihr etwas in der Art gehört?«, hakte Blackwall nach.

Piama schüttelte den Kopf und strich sich eine der glatten Strähnen hinters Ohr. »Nein. Ich meine, nicht direkt.«

»Bitte führen Sie das aus.«

Hilfesuchend sah Piama sich zu den anderen um. Die meisten schauten mittlerweile zu Boden. Nur sie blieb aufrecht stehen.

»Ich habe nie etwas gegen die Königin gehört«, sagte sie. »Aber die Stimmung wandelt sich. Es gibt Gerede, auch im Palast. Dass die Menschen … dass man härter durchgreifen müsste. Besonders der König.«

»Warum habt ihr mir das nicht gesagt?«, wollte Ty wissen. Er selbst hatte nichts davon mitbekommen, aber das mochte daran liegen, dass er nicht nur Raevans, sondern auch Prays Freund war.

Aber ihm antwortete ohnehin niemand.

»Möglicherweise ist die Königin einfach diesem Gerede zum Opfer gefallen«, führte Piama aus.

Tys Kopf schnellte in die Höhe. Und auch Coleus' strenger Ausdruck milderte sich keinen Deut bei der Wortwahl der Wycca. Seine intensiven Augen durchbohrten sie mit tief verwurzelter Missbilligung.

»Die Königin ist keinem *Gerede* zum Opfer gefallen«, erwiderte er hart. »Sie wurde getötet. Und wenn Sie glauben, dass es aus diesem Grund geschah, erwarte ich, dass Sie das der Polizei – oder Ihrem Vorgesetzten – berichten.«

Piama schluckte. »Ja, Detective.«

»Das gilt für alle hier.«

Die anderen strafften die Schultern und nickten zustimmend.

»Gut. Sie sagen, es gibt dieses Gerede im Palast. Aber meistens bleibt es dabei. Haben Sie auch noch von etwas anderem gehört?«

Piama Wangen röteten sich und sie verlagerte nervös ihr Gewicht, biss sich auf die Lippe, während Blackwall weiterhin den Blick auf sie richtete.

»Es gibt einen Club. In der Diamantenstraße.«

»Der Name?«

»Ich weiß es nicht.« Hilfesuchend schaute sie sich zu den anderen um, doch die schüttelten mit dem Kopf. »Ich war nie dort.«

»Und was passiert in diesem Club?«

»Ich habe nur Gerüchte gehört. Es gibt Versammlungen für … für Wycca, die daran glauben, dass sie über den Menschen stehen sollten.«

Blackwall ließ sich nichts anmerken. »Kann noch jemand Genaueres zu diesem Club sagen? Wem er gehört, wo er sich befindet?«

Niemand erwiderte etwas.

»Gut, ich –«

»Die Befehlsha… Rebecah Tennyson wusste davon«, platzte es aus Lio raus.

»War sie jemals dort?«, fragte Blackwall scharf.

»Nein, sie … hielt nichts von solchen Ansichten. Sie hatte von dem Club erfahren und wollte dagegen vorgehen. Das war, bevor der König sie wegsperrte.«

»Raevan Tennyson hat sie zurecht weggesperrt«, warf Zeke ein. »Sie war eine Hochverräterin und hat bekommen, was sie verdient hat.«

Die anderen warfen ihm stirnrunzelnd einen Blick zu. Ty konnte es ihnen nicht verübeln. Zekes Worte wirkten auswendig gelernt. Doch immerhin schien Raes Fähigkeit zu funktionieren.

»Aber sie war nicht *nur* schlecht«, warf Piama ein.

»Sie war eine Hochverräterin«, erwiderte Zeke, dieses Mal lauter. Piama zuckte zusammen.

»Schon gut«, mischte sich Ty ein.

Zekes Gesicht schien schwarz anzulaufen und seine Augen stachen auffällig hervor. »Ich bin meinem König treu ergeben.«

»Ich sag ja nur«, fuhr Piama fort und knete ihre Hände, »dass an dem Tag, als der König gegen Rebecah Tennyson gekämpft hat –«

»Scheiße!« Überrascht sprang Lio, der neben Zeke stand, zur Seite.

»Helft ihm!« Ty stürzte nach vorn und packte Zekes Arme, als dieser unkontrolliert zitternd zu Boden ging. Piama griff fluchend unter seine Schultern.

»Ihr dürft ihn nicht festhalten.« Coleus schob sich zwischen den anderen hindurch und drückte die Arme weg, die sich nach Zeke ausstreckten. »Sonst verletzt er euch und sich selbst.«

Mittlerweile lag Zeke zuckend, wie nach einem Stromstoß, auf dem Rasen.

Die Mitglieder der Garde wichen zurück.

»Ist es die Krankheit?«, fragte Lio und wich automatisch weiter zurück.

»Er schwitzt nicht«, beruhigte Ty ihn, konnte aber seinen Blick nicht von dem zuckenden Zeke abwenden. »Jemand muss den Doc holen«, befahl er. »Die anderen verschwinden!«

Dieses eine Mal hörten sie auf ihn. Doch Ty hatte keine Ahnung, wie lange es dauern würde, bis die Ärztin hier draußen aufs Feld kam.

»Seine Augen«, sagte Coleus und deutete auf Zeke.

Ty folgte seinem Blick. Zekes Augen waren komplett weiß und sein Hinterkopf schlug immer wieder schmerzhaft auf den Boden.

»Können wir etwas tun?« Schweiß sammelte sich auf Tys Stirn. Ein dissonantes Konzert aus surrenden Käfern und aufgeregtem Rufen füllte die Luft. Das Rascheln der Blätter und das dumpfe Grollen entfernten Verkehrslärms verschmolzen zu einem verstörenden Hintergrundrauschen.

Blackwall rieb sich über die Lippen. »Hatte er so etwas schon einmal?«

»Nicht, dass ich wüsste.«

Speichel lief Zeke aus dem Mund, doch das Zittern wurde langsam weniger. Ty sah zum Palast, der in weiter Ferne schien. »Der Doc kommt sicher gleich.«

Der Wind strich gespenstisch über seine Haut. Ansonsten regte sich nichts. Selbst das Surren, das eben noch sein Trommelfell in nervenaufreibende Schwingungen versetzt hatte, schien verstummt.

»Nicht mehr nötig«, sagte Coleus und seine Stimme ließ Ty vom Palast wegsehen. »Er ist tot.«

KAPITEL 10

Die Nacht hatte den Palast in einen schattenhaften Kokon gehüllt, der in Prays Augenwinkel lauerte, als er das Anwesen hinter sich ließ. Das Flüstern des Windes kroch unter den Saum seines Pullovers und er zitterte. Jeder Schritt auf dem rauen Pflaster schien ein Echo seines eigenen, zu schnellen Pulsschlags zu sein. Es war merkwürdig, sich nachts allein aus dem Palast zu schleichen. Normalerweise wurde Pray bei solchen Gelegenheiten von Raevan und Tyresian begleitet und als er mit eingezogenem Kopf durch die Dunkelheit huschte, fühlte er sich seltsam leer. Dabei sollte er mittlerweile daran gewöhnt sein, dass Ty die meiste Zeit in seinem eigenen Haus schlief. Und ebenso daran, dass Raev auf diplomatischer Mission unterwegs war, denn sein Freund hatte in den vergangenen Monaten gezeigt, dass er durchaus in der Lage war, das Land zu reagieren.

Wenn man ihn ließ.

Die Laternen warfen ihre schwindenden Lichtkegel auf den unebenen Weg, der zu den Garagen führte. Die Nacht verdichtete die Stille, und das Rauschen des Windes begleitete jeden Schritt, als flüsterten die Schatten über Prays inneren Zweifel, diesen Weg allein anzutreten.

»Ich hätte nicht gedacht«, drang eine Stimme hinter ihm durch die Dunkelheit und ließ ihn zusammenzucken, »dass du einer von denen bist.«

Er biss sich auf die Unterlippe, drehte sich langsam um. Obwohl er wusste, wer ihn erwartete, schlug sein Herz beim Anblick der schwach erleuchteten Melia schneller.

Kurz öffnete er den Mund, schloss ihn aber wieder. Jede Ausrede würde alles nur schlimmer machen. Also sagte er stattdessen die Wahrheit.

»Ich dachte, dass mich niemand erkennen würde.« Er deutete an sich hinab. Nachdem er seinen gesamten Kleiderschrank erfolglos nach dezenter Kleidung durchwühlt hatte, hatte er sich eine schwarze Hose und einen Kapuzenpullover von Raev geborgt, bei dem der Saum ausgefranst war. Die Kapuze nahm Pray nun ab.

Melia verschränkte die Arme und sah zur Seite. Sie hatte die Lippen fest aufeinandergepresst und Pray konnte unmöglich sagen, was in ihr vorging. Doch als sie ihn wieder ansah, glänzten ihre braunen Augen entschlossen.

»Du kannst allein zu Beck gehen«, sagte sie und krallte ihre Finger in ihre Oberarme, »aber ich frage mich, wie du überhaupt in den Kerker kommen willst.«

Es überraschte ihn nicht, dass sie wusste, welches Ziel dieser Ausflug hatte. Immerhin hatten sie den Penny gemeinsam entdeckt. »Es gibt einen Eingang durch die Kanalisation …«

Sofort schüttelte sie den Kopf und er verstummte. »Der, durch den du das letzte Mal gekommen bist? Beck hat das Abflussgitter direkt verschlossen.«

Innerlich fluchte Pray. Gleichzeitig fragte er sich, woher Melia davon wusste. Hatte sie das als unbemerkte Beobachterin in ihrer Rolle als Gefangene mitbekommen? Oder hatte Beck sich mit ihr unterhalten, während er ihren Körper für seine Experimente nutzte? Sie erzählte nie etwas über ihre Zeit im Kerker und Pray wusste nur das, was er sich zusammengereimt hatte.

»Es gibt weitere Eingänge«, verriet sie. »Doch die sind mit Fallen gespickt, die selbst Wycca außer Gefecht setzen.«

»Du willst mir sagen, dass mein einziger Weg in den Kerker darin besteht, dich mitzunehmen?«, mutmaße Pray.

Melia schüttelte den Kopf und kniff die braunen Augen zusammen. »Ich will dir sagen, dass du froh sein kannst, wenn ich dich noch mitnehme, nachdem du mich zurücklassen wolltest.« Beim Wort *zurücklassen* verzog sich ihr Mund und auch Pray missfiel der Klang. Niemals würde er sie *zurücklassen*.

»Ich wollte dich nicht in Gefahr bringen.«

Sie trat einen Schritt auf ihn zu. »Und das ist lobenswert. Aber nicht vorausschauend. Denn was glaubst du, würde ich tun, wenn Beck dich erwischt? Auf deiner Rettungsmission wäre ich in viel größerer Gefahr.« Mit dem Kopf bedeutete sie ihm, loszugehen, und schritt direkt voran.

Etwas benommen starrte Pray ihr hinterher. Er hatte sich so lange nur auf Raev – und seit fast einem Jahr auch auf Ty – verlassen, dass ihm der Gedanke, Melia könnte etwas unternehmen, wenn ihm was zustieße, gar nicht gekommen war.

Sie bemerkte sein Zögern und drehte sich zu ihm um, sodass ihre braunen Haare in einem Bogen hinter ihr her flatterten. Kurz stellte er sich vor, mit den Fingern über ihren Scheitel zu streichen, und sofort durchzuckte ihn ein Stromschlag, als hätte er sie wirklich berührt.

»Kommst du?« Auffordernd zog sie eine Augenbraue hoch, doch das feine Lächeln auf ihren Lippen zitterte wie das letzte Blatt im Herbst, das sich an einen Ast klammerte.

Melia war sich unsicher. Wusste sie denn nicht, dass Pray ihr überall hin folgen würde, wie ein Seemann einer Sirene? Selbst wenn er blindlings an einem Felsen zerschmettern würde.

Ihre Unsicherheit befreite ihn aus der Starre und er lotste sie zur Garage. Um die Strecke zu Fuß zurückzulegen war die Nacht nicht lang genug.

»Du würdest mich retten kommen?« Er bemühte sich um einen sorglosen Tonfall, heftete aber den Blick aufs Panel für den Eingangscode, obwohl er die Zahlen im Schlaf eingeben könnte.

»Natürlich.« Sie antwortete, ohne zu zögern, und dieses Mal war ihre Stimme so fest, dass Pray automatisch von dem Panel aufsah. Melia lächelte ihn an. Pray kam sich vor, als stünde er an einer Klippe und würde in die Tiefe schauen, so schmerzhaft kribbelte sein Körper. »Immerhin hast du mich ebenfalls gerettet.«

Das Kribbeln verschwand. Stattdessen presste sich sein Brustkorb zusammen, als wäre er die Klippe hinabgestürzt. Er bemühte sich um ein halbes Lächeln, doch nie hatte sich jemandes Dankbarkeit so sehr wie ein Messer angefühlt, das seine Lunge punktierte.

Auf der Fahrt sprachen sie wenig. Melia sagte ihm, wo er parken sollte, und dann gingen sie noch ein ganzes Stück zu Fuß weiter. Pray konnte nicht einmal sagen, wo genau in Avastone sie sich befanden. In der Dunkelheit wirkten alle Häuser gleich – vielleicht liefen sie im Kreis.

Irgendwann siegte seine Neugierde. »Woher weißt du, in welche Richtung es geht? Hast du den Kerker mal verlassen?«

Zielsicher trat Melia um die nächste Kurve. »Nein.«

Sie schritten durch eine enge Gasse mit heruntergekommenen Reihenhäusern und verwitterten Eingängen. Hier und da brannte Licht, obwohl es mitten in der Nacht war. Hinter einem Fenster beleuchtete eine grellweiße Lampe eine Küche, in der ein Mann den Abwasch machte. Pray fragte sich, was für ein Leben wohl jenseits der Fensterscheibe stattfand. War der Mann ein Mensch oder ein Wycca? War er glücklich? Oder plagten ihn nachts Albträume, sodass er getrieben in der Wohnung umherlief und sich über das dreckige Geschirr hermachte, um sich abzulenken?

In Gedanken versunken lief Pray beinahe an Melia vorbei, die stehen geblieben war, um sich in der engen Gasse umzusehen. Als sie niemanden entdeckte, öffnete sie in Sekundenschnelle eine verzogene Holztür und scheuchte Pray hinein, bevor sie sie wieder schloss. Kurz drückte sie mit beiden Händen gegen das Holz, als müsste sie sich abstützen. Ihr Atem beschleunigte sich.

»Wir müssen das nicht tun«, erinnerte Pray sie und steckte die Hände in die Hosentasche – ansonsten hätte er beruhigend ihren Arm gedrückt.

Doch Melia straffte die Schulter und drehte sich zu ihm um. »Schon gut«, sagte sie. »Es ist nur merkwürdig, diesen Weg zu gehen. Zurück … in den Kerker.« Sie biss sich auf die Lippe und stieß sich von der Tür ab. »Der Untergrund verläuft parallel zu den alten Straßen Avastones, über die wir gerade gelaufen sind. Deshalb kenne ich den Weg.«

»Durftest du dich frei bewegen?«, fragte Pray erstaunt. Die wenigen Informationen, die Melia mit ihm teilte, sog er auf wie ein Schwamm.

Doch bei seinen Worten verdunkelten sich ihre Augen und sofort bereute er die Frage.

»Wir müssen da lang«, sagte sie anstelle einer Antwort und deutete an ihm vorbei.

Pray bohrte nicht nach und sah sich in dem Haus um, das sie betreten hatte. Es schien eine Art Lager zu sein: Leere Kartons lagen umgekippt verteilt im Raum und weitere stapelten sich an der Wand. Eine gefährlich aussehende Holztreppe verschwand in der Dunkelheit eine Etage tiefer.

»Sie führt in den Kerker.« Melias leise Stimme schmiegte sich an die Finsternis. Kein Flüstern, aber gedämpfter als vorhin. Sie ließ Pray nicht vorgehen, sondern bedeutete ihm, ihr zu folgen. Die Treppe knarrte warnend, doch die Stufen hielten stand.

Auch hier unten lagerten mehrere Kartons, von denen Melia ein paar zur Seite schob. Pray eilte zu ihr, um zu helfen, und gemeinsam legten sie einen schmalen Spalt in der Betonwand frei.

Zischend stieß er die Luft aus. »Gut, dass ich nicht breit gebaut bin.« Der Spalt war gerade groß genug, dass er seitlich hindurch passen würde.

»Lass mich vorgehen.« Melia tastete an den Ecken und Kanten entlang und schob ihren Körper in die Öffnung. Dabei blieb sie mit ihrem Wollpullover am Stein hängen und löste ihn mit den Fingern. »In dem Gang sind Fallen installiert, die ausgelöst werden, wenn man unvorsichtig ist.« Sie zog den Kopf ein und kurz darauf verschwand sie in der Dunkelheit. Pray folgte direkt, wobei er die Luft anhalten musste und dennoch schmerzhaft an dem aufgerauten Stein entlang kratzte.

Der steinerne Gang dahinter war ihm sofort vertraut – er hatte eindeutig zu viel Zeit in Avastones Untergrund verbracht. Doch da dieser Ausflug im Gegensatz zu seinem ersten geplant war, hatte er sich vorbereitet. Er packte die Taschenlampe aus und reichte sie Melia, die sie dankend annahm. Schweigend setzten sie ihren Weg fort.

Nach einigen Metern blieb sie stehen und streckte ihren Arm seitlich aus, sodass Pray innehielt. »Du musst dir jetzt genau meine Schritte einprägen.« Sie deutete auf den Boden vor sich. »Die Sprengfallen lösen aus, sobald man darauf tritt.«

Obwohl sie ihm von den Fallen erzählt hatte, schluckte Pray. Doch natürlich hatte Beck dafür gesorgt, dass seine wertvollen Artefakte vor Dieben geschützt waren. Er war wie ein Drache, der feuerspeiend auf einem Goldschatz saß. Und Pray würde dem Drachen nur zu gerne ein Schwert zwischen die Rippen rammen.

»Bereit?«, fragte Melia. Mit einem tiefen Atemzug gewappnet nickte er.

Bedächtig setzte sie den ersten Schritt. Bei jeder Bewegung hielt sie kurz inne, ging sicher, dass Pray wusste, wo er seinen Fuß hinsetzen durfte. Erst dann lief sie weiter. Nach zehn Schritten atmete sie erleichtert auf.

»Geschafft. Es kommen noch zwei Fallen, aber die hier war die schwierigste.«

Am liebsten hätte er wieder gefragt, woher sie all das wusste, doch er hielt sich zurück. Wenn sie es ihm erzählen wollte, hätte sie es getan.

Bei der nächsten Falle mussten sie sich eng an die Wand gedrückt vorwärts bewegen, um die installierten Giftpfeile nicht auszulösen. Ein paar Meter weiter gab es ein Kraftfeld, das Melia durch einen im Stein verborgenen Hebel außer Gefecht setzte.

Lächelnd drehte sie sich zu ihm um. »Das waren alle. Jetzt noch ein kleines Stück.«

Das Licht der Taschenlampe wackelte an den Wänden, während sie eilig weiterliefen. Entfernt entdeckte Pray eine andere Lichtquelle. Sie mussten es beinahe geschafft haben.

Auch Melia schien das zu wissen. Ihre Schritte beschleunigten sich, bis sie mit der Schuhspitze an dem unebenen Boden hängen blieb. Zischend stieß sie die Luft aus.

Gleichzeitig ertönte ein kaum wahrnehmbares Klicken.

Prays Herz setzte aus. Er stürzte nach vorn, ein Schrei zerriss seine Kehle. Mit der Schulter stieß er Melia weg. Ehe er das Gleichgewicht wiederfinden konnte, schoss ein scharfer Schmerz durch seine Seite und ließ ihn nach hinten taumeln.

Melia schlug sich die Schulter an der harten Steinwand auf. Der Aufprall hallte durch ihren Körper, doch sie spürte keinen Schmerz. Prays Schrei raubte ihr jede Empfindung, wie der Ruf einer Todesfee, der ihr das Leben aussaugte. Zurück blieb schwarzes Entsetzen. Blinzelnd richtete sie sich auf. Milchige Schleier durchwirbelten ihre verschwommene Sicht, und ihr Kopf dröhnte. Durch die Nebelschwaden hindurch entdeckte sie Pray, der an der Wand zu Boden sank.

Aus seinem Bauch ragte ein langes Metallrohr, so dick wie ihr kleiner Finger.

Übelkeit stieg in ihr auf. Nicht wegen der Wunde – sie hatte über die Jahre viele Verletzungen gesehen, größtenteils bei sich selbst –, aber beim Anblick von Prays schmerzverzerrten Gesicht.

»*Nein.*« Das gekeuchte Wort brach aus ihrer Kehle aus. Sie krabbelte zu ihm, riss sich ihre Hose an den unebenen Steinen auf. Mit den Händen wollte sie seine blassen Wangen umfassen, doch besann sich im letzten Moment – ihre Berührung würde ihm nur weitere Schmerzen bereiten.

»Schon gut«, keuchte Pray. »Ist nicht schlimm.« Seine brüchige Stimme verriet die Lüge.

Melia schüttelte den Kopf, unfähig, etwas zu sagen, ohne dass ihr Tränen die Worte raubten. Entsetzt starrte sie auf das Metallstück. Durch den schwarzen Pullover war schwer zu erkennen, ob Blut bereits den Stoff tränkte.

»Warum hast du das getan?«, fragte Melia verzweifelt. »Die Magie in meinen Adern hätte mich sicher vor Schlimmerem bewahrt.« Sie konnte nicht einmal die Stange aus Prays Körper ziehen, aus Angst, dass sie den Strom, der in ihr floss, weiterleitete.

»Im Gegenteil.« Die Stimme ließ sie zusammenzucken. Merkwürdig, wie schnell sie sich an ihre Abwesenheit gewöhnt hatte, und das, obwohl es genau diese Stimme gewesen war, die sie über zehn Jahre lang jeden Morgen geweckt hatte. Die sie jahrelang beinahe als Einzige gehört hatte.

Sie drehte sich um und starrte in das zerfurchte Gesicht von Beck.

»Das Neo in der Metallspitze hätte dir mehr Schaden zugefügt als dem Menschen.«

Melia rappelte sich auf und stellte sich vor Pray. »Rühr ihn nicht an.« Der Puls dröhnte in ihren Ohren.

Becks Mundwinkel zuckte. Sie kannte jede seiner Regungen, jeden Gesichtsausdruck. Freude, Wut, Trauer. Er war ihr Spiegel gewesen in den letzten Jahren. Ihr Folterknecht, aber auch ihre einzige Gesellschaft.

»Dann wird er sterben, mein Liebstes.«

Bei dem Kosenamen versteifte sie sich. Wie oft hatte sie ihn gehört? Sofort verschwamm ihre Sicht und sie lag wieder auf der metallenen Liege unter dem Licht der grellen Deckenlampen. Blinzelnd riss sie die Augen auf. Neben ihr lag der Körper eines nackten Mannes. Schwarze Blasen hatten sich auf seiner Haut gebildet. Sein Mund stand zu einem grausigen Schrei geöffnet, die Augen weit aufgerissen, aber leblos. *Der andere Mensch hat wieder nicht überlebt. Sie sind alle so viel schwächer als du, mein Liebstes.*

Eine andere Erinnerung, ein anderer Tag oder ein anderes Jahr. Die Schreie einer Frau, die langsam verebbten. Über die letzten Wochen hinweg waren sie Melia vertraut geworden, doch jetzt wurden sie immer leiser, bis sie erstarben. *Sie war stark, aber nichts im Vergleich zu dir. Deshalb bist du mein Liebstes.*

Die Erinnerungen zerrten an ihr, drohten, sie in die Tiefe zu ziehen. Das hatte sie in den letzten Jahren immer häufiger getan: Sie war abgetaucht, hatte sich in ihrem eigenen Kopf versteckt, um auszublenden, was mit ihr geschah.

Aber jetzt hielt sie sich mit aller Kraft an der Oberfläche. Beck würde dasselbe nicht mit Pray anstellen. Das würde sie nicht zulassen.

»Ich schwöre dir, Beck«, sagte sie und biss die Zähne fest aufeinander. »Wenn du ihm etwas antust, bringe ich mich um.«

In seinen Augen blitzte Furcht auf. Sie kannte ihn, auch wenn er das nicht wahrhaben wollte. Und eine seiner größten Ängste war schon immer gewesen, sie zu verlieren.

Sein Liebstes.

»Ich hatte nicht vor, dem Menschen Leid zuzufügen«, sagte er und zog die Augenbrauen hoch. Die eine stand immer etwas höher als die andere. Eine Nachwirkung des Fluchs, der ihn vor Jahrzehnten getroffen und sein Gesicht verunstaltet hatte. Der Fluch, der ihn an diesen Kerker band. »Deshalb solltest du mich ihn verarzten lassen. Ansonsten wird er sterben.«

Sie haderte, wusste aber, dass er recht hatte. Pray hatte eine Weile nichts mehr gesagt. Wahrscheinlich war er ohnmächtig geworden. Sie hatte keine Wahl.

»Glaub nicht, dass ich es nicht ernst meine«, warnte sie Beck, ehe sie zur Seite trat.

Er schnaubte, bückte sich jedoch, um Pray aufzuheben.

Sie ließ Beck nicht aus den Augen, während er vorging und Pray ins Labor brachte. Ein Beben durchzog ihre Adern wie der eiskalte Griff der Angst, der sich fest in ihrem Inneren verankerte. Ein feines Zittern, das nicht nur ihre Haut, sondern auch ihre Gedanken durchdrang, wirbelte wild wie aufgeschreckte Vögel umher. Das Surren der umstehenden Gerätschaften wuchs an. Sie hätte nicht gedacht, dass sie diesen Raum noch einmal betreten müsste. Freiwillig zurück an den Ort ihres Leids kommen würde.

Beck legte Pray auf einer der Liegen ab und Kälte überzog Melias Haut. Der Anblick würde ihr ewig Albträume bescheren. Sie ging an seine Seite und rieb sich mit einer Hand über den Mund, sperrte den Schrei dort ein, der auszubrechen drohte.

Im nächsten Moment spürte sie einen leichten Druck an ihrem freien Handgelenk, der sofort wieder nachließ. Als sie nach unten sah, schüttelte Pray sich von den Nachwirkungen des Stromschlags. Er hatte sie berührt. Nur den Hauch eines Augenblicks lang. Dennoch wurde ihr sofort wärmer.

»Es wird alles gut«, flüsterte sie.

Kurz tauchte ein wackliges Lächeln auf seinem Gesicht auf, wie ein Blitz, der die Dunkelheit erhellte. Dann schrie Pray auf. Da Melia auf sein Gesicht konzentriert war, hatte sie nicht gemerkt, dass Beck den Metallstab entfernt hatte.

»Was tust du?«, rief sie aufgebracht. Der Stab fiel klirrend zu Boden.

»Deinem Menschen das Leben retten«, knurrte Beck und schnitt den Pullover auf, um eine gelbe Flüssigkeit auf Pray zu tröpfeln. Seine Haut gab einen zischenden Laut von sich. Melia wollte erneut protestieren, doch Prays Gesichtszüge entspannten sich.

»Das Neo befindet sich noch in seinem Kreislauf, aber ohne Magie in seinen Adern wird es keinen Schaden anrichten.« Beck holte aus einer Schublade Nadel und Faden.

Sofort griff Melia danach. »Das mache ich.«

»Dann zieh dir besser Handschuhe an, mein Liebstes«, erwiderte er, überließ ihr die Sachen jedoch. »Sonst bringst du ihn noch selbst um.«

Sie kniff die Lippen aufeinander, zog sich aber die dicken Gummihandschuhe über, die auch Beck getragen hatte, wenn er an ihr experimentiert hatte.

Sie trat an Prays andere Seite und setzte den ersten Stich. Was immer Beck ihm gegeben hatte, schien zu wirken. Er zuckte zusammen, doch seine Wangen bekamen wieder etwas Farbe.

»Ich wusste nicht, dass du das kannst«, sagte er, während er sich auf ihr Gesicht konzentrierte anstatt auf ihre Hände.

Sie lächelte leicht. Zu ihrer Erleichterung schwieg Beck hinter ihr. Er wusste, dass Melia Wunden versorgen konnte, weil sie ihre eigenen behandelt hatte. Beck hatte sie liebend gern aufgeschnitten, doch selten wieder zusammengenäht.

»Du solltest liegen bleiben«, sagte sie zu Pray, als sie fertig war. Doch er verdrehte die Augen und setzte sich auf. Sofort richtete er seinen Blick auf Beck, der abseits stand und sie beobachtete.

»Hast du mir das Leben gerettet, weil du kaputte Ware nicht versteigern kannst oder weil es sich nicht lohnt, deine kranken Experimente an einem beschädigten Menschen durchzuführen?« Prays Stimme war hart.

Beck zuckte lediglich mit den Schultern. »Weder noch. Ich habe dein Leben gerettet, weil ich mein Liebstes zurückwill.« Sein Blick huschte zu Melia und sie versteifte sich. Natürlich würde er sie nicht wieder gehen lassen.

»Daraus wird leider nichts«, erwiderte Pray und seine Hände, die die Liege umklammerten, spannten sich an, bis die Sehnen hervortraten.

Beck schnalzte mit der Zunge. »Als ob du viel ausrichten könntest.« Abwesend kratzte er sich am Arm. »Wenn ich mich richtig erinnere, lauteten deine damaligen Worte, dein Gesicht würde das Letzte sein, was ich sehe. Leere Versprechen oder arbeitest du noch an einem Plan?« Bevor Pray etwas erwidern konnte, hob Beck eine Hand. »*Deine* Worte hingegen nehme ich sehr ernst, mein Liebstes«, sagte er an Melia gewandt. »Ich will nicht, dass du dir was antust.«

»Dann lass uns gehen.«

Er schüttelte den Kopf. »Davon hätte ich ja nichts.«

»Wir machen einen Deal. Gib uns Informationen und ich –«

»Melia, nein.« Prays Stimme durchschnitt die ihre wie ein Messer. »Wage es nicht.«

Beck lächelte leicht. »Darum geht es euch also? Informationen?«

»Du hattest etwas in deiner Sammlung, das nun woanders ist. Wir wollen wissen, wie es dorthin kam.«

Entsetzt starrte Pray sie an. Dabei wollte er doch genau das, oder nicht? Wissen, weshalb der Penny in der Akademie gelandet war.

Becks Augen leuchteten auf. Er war ein Forscher, und die Artefakte in seiner Sammlung dienten seiner Arbeit. Er behütete seinen Besitz mit allen Kräften. So war es auch bei Melia gewesen.

Er sah zur Seite, kratzte sich an der Schläfe. »Ich weiß, wovon ihr sprecht«, sagte er langsam. »Nur ein Gegenstand hat in den letzten Monaten diesen Kerker verlassen.«

»Dann hast du den Penny verkauft? An einen Menschen?«

»Als ob«, höhnte er. »Verkauft? Er wurde gestohlen.«

Melia runzelte die Stirn. »Hier wurde noch nie etwas gestohlen.«

»Mit Ausnahme von dir, mein Liebstes.«

»Wir haben sie nicht gestohlen, sondern befreit«, knurrte Pray.

Beck machte eine abschätzige Handbewegung. »Der Punkt ist, ich glaube, wir können uns auf einigen. Ich verrate euch, *wer* den Penny entwendet hat. Im Gegenzug sorgt ihr dafür, dass ich ihn wiederbekomme.«

Pray sah verwundert aus. »Du willst ihn wieder? Aber warum?«

Ungeduldig schnalzte Beck mit der Zunge. »Zum einen, weil er gestohlen wurde. Zum anderen, weil er in meinen Privatbesitz gehört.«

»Aber du wolltest ihn doch verkaufen.«

»Der Penny in der Ausstellung ist ein Duplikat. Das Original befand sich in meinen Privaträumen. Der Dieb stahl zuerst die Fälschung, doch das muss ihm bewusst geworden sein, sodass er auch das Original mitnahm.«

Nachdenklich kaute Melia auf ihrer Unterlippe. Der Penny schien besonders zu sein, wenn Beck ihn nicht der Öffentlichkeit preisgeben wollte.

Das ahnte auch Pray. »Welche magische Kraft besitzt er?«

»Das geht dich nicht im Geringsten etwas an. Haben wir einen Deal?«

»Wir erhalten Informationen und im Gegenzug bringen wir dir den Penny?«, wiederholte Pray. Nickend streckte er den Arm aus. »Einverstanden.«

Beck ergriff seine Hand. »Und wenn es euch misslingen sollte«, fügte er mit einem Grinsen hinzu, »begibt Melia sich freiwillig wieder in meine Obhut.«

Sofort riss Pray seine Hand weg. »Kommt nicht infrage.«

Beck lachte. »Das ist nur eine Versicherung. Wer weiß, wie viel Mühe ihr in die Wiederbeschaffung steckt, immerhin erhaltet ihr die Informationen im Voraus. Wenn der Penny wieder in meinem Besitz landet, lasse ich Melia in Ruhe. Ansonsten erwarte ich, dass mein Liebstes zu mir zurückkehrt.«

»Niemals.« Entschlossen schüttelte Pray den Kopf. Allem Anschein nach hatte er nicht mit dieser Forderung gerechnet.

Anders als sie. Immerhin hatte sie unzählige Menschen in all den Jahren hier unten sterben sehen. *Nur mein Liebstes überlebt*, hatte Beck ihr immer wieder ins Ohr geflüstert, wenn er sie auf der Bahre festschnallte. *Du bist etwas Besonderes.*

Vor Pray würde sie es nicht zugeben, aber in diesen Momenten hatte sie sich nichts weiter gewünscht, als normal zu sein. Sterben zu können, wie die anderen auch.

»Pray«, sagte sie leise.

Sein sonst so sanftes Gesicht verhärtete sich, doch in seinen braunen Augen lag ein flehender Ausdruck. »Das ist nicht dein Ernst.«

»Wir wissen, wo der Penny ist. Es wird nicht schwer werden, ihn zu bekommen. Es ist nur seine Versicherung.«

Doch Pray schüttelte vehement den Kopf. »Du hast die Magie nicht gespürt. Kennst du seine oberste Regel in diesem Kerker?« Abfällig sah er zu Beck. »*Fasst nichts an.* Es wird nicht möglich sein, den Penny einfach einzustecken. Richtig?«

Beck schürzte die Lippen. »Nur, wenn du einen qualvollen

Tod sterben willst. Ich hatte den Penny in einem Bilderrahmen aufbewahrt, doch selbst den kann man nicht ohne grausame Qualen berühren. Die Magie ist zu stark.«

»Und wie hast du ihn in den Rahmen und in dein Büro bekommen?«

Ein widerliches Grinsen schlich sich auf die Züge des Wycca. »Ich hatte mehrere Menschen, die mir auf diesem Weg beistanden.«

Melia wurde übel, denn sie ahnte, warum Beck *mehrere* Menschen dafür gebraucht hatte. »Und der Dieb?«

»Benutzte seine Windkräfte. Als er den Rahmen aus dem Kerker schleuderte, war es für mich zu spät. Wie ihr wisst, bin ich hier gefangen.«

»Wenn wir keinen Weg finden …«, sagte Pray und seine Hände um die Bahre drückten noch fester zu. Doch scheinbar fehlten ihm die Worte, um den Satz zu beenden.

Aber Melia wusste, dass sie keine Wahl hatten. »Entweder hat ein Wycca den Penny heimlich dort platziert. Oder irgendwer hat unwissentlich Kontakt mit jemandem, der der Akademie schaden will. Du weißt genauso gut wie ich, dass wir die Informationen haben *müssen*. Die Kinder in der Schule … sie sind ansonsten alle in Gefahr.«

Pray presste die Lippen aufeinander. »Es wird anders gehen.«

Doch sie schüttelte den Kopf. »Dafür haben wir keine Zeit.« Entschlossen wandte sie sich an Beck, streckte ihre Hand aus. »Ich bin einverstanden.«

Seine Augen leuchteten auf. »Wir müssen den Vertrag binden, das weißt du«, erinnerte er sie.

Sie war nicht überrascht. In den letzten Jahren hatte sie häufiger mitbekommen, wie Beck seine Abmachungen besiegelte. Dennoch zuckte ihre Hand zurück und ihre Kehle schmerzte, als sie sagte: »Dann los.«

»Ihr rührt euch besser nicht vom Fleck«, warnte Beck, ehe er das Labor verließ, um alles Nötige zu holen.

»Ich hätte dem niemals zugestimmt«, sagte Pray, sobald der Wycca den Raum verlassen hatte. Mit zittrigen Händen strich er sich die braunen Locken aus der Stirn.

»Ich weiß.«

»Wir finden einen anderen Weg …«

»Und welchen? Pray, der König ist in Ashland, weil er beweisen muss, dass er keinen Mord begangen hat. Währenddessen sucht Tyresian nach der Wahrheit und der verbliebene Blutrat wird niemals auf uns hören. Und dann ist da noch die Krankheit, um die sie sich kümmern müssen. Wir sind die Einzigen, die etwas zum Schutz dieser Menschen unternehmen können.«

Er kaute auf der Innenseite seiner Wange und presste die Fingerknöchel gegen seinen Mund. Schließlich schüttelte er den Kopf. »Nicht auf deine Kosten.«

Etwas regte sich in ihrem Magen. Gleichzeitig wurden ihre Knie weich, so als würde sie jeden Sinn für Gleichgewicht verlieren. Sie stützte sich an der Bahre ab, ihre Hand nur Zentimeter von Prays entfernt. »Wir müssen alle Opfer bringen.« Ihre Augen brannten und sie sah nicht von der Bahre auf. Wäre sie normal – kein Experiment von Beck – könnte sie jetzt mit ihren Fingern über Prays Hand streichen.

Aber aus irgendeinem Grund hatte er sie hier unten auseinandergenommen und wieder zusammengesetzt, bis sie etwas anderes war. Kein Mensch.

»Melia …«

Bei seiner sanften Stimme sah sie auf. Sofort verdunkelte sich Prays Gesicht. Sie hatte den Schmerz in ihren Augen zu spät vertrieben und er hatte für einen Moment freie Sicht darauf gehabt.

Doch bevor er etwas sagen konnte, kam Beck zurück. Sofort richtete Melia sich auf und auch Prays Schultern spannten sich an.

In der einen Hand hielt er ein vergilbtes, dickes Pergament und in der anderen eine schwarze Feder.

»Ich habe es vorbereitet«, sagte er und überreichte ihr die Pergamentschriftrolle. Schnell las sie die Zeilen durch.

Vereinbarung zwischen Beck Stoker und Melia

Der genannte Wycca liefert die gewünschten Informationen über die gesuchte Person, im Gegenzug wird ihm der vermisste Penny, der aus der Sammlung entwendet wurde, zurückgebracht. Sollte dies nicht innerhalb von dreißig Tagen geschehen, begibt sich Melia freiwillig erneut in die Obhut des genannten Wycca.

»Deine Unterschrift«, sagte Beck und hielt ihr die schwarze Feder entgegen. Sein Name stand bereits in geschwungenen Lettern dort.

Ihre Hand zitterte, als sie die Feder nahm. Doch das war der einzige Weg. Vorsichtig setzte sie ihren Namen unter das Dokument und starrte für einen Moment die wenigen Buchstaben an. Kein Nachname. Daran konnte sie sich nicht erinnern. Sie war sich nicht einmal sicher, ob der Name *Melia* wirklich aus ihrem Gedächtnis entsprang. Vielleicht hatte Beck ihn ihr gegeben. Doch sie traute sich nicht, nachzufragen.

Ihr Name war ihr einziger Besitz.

Als könnte sie so den Gedanken verbannen, reichte sie Beck schnell das Pergament, sodass sie es nicht länger ansehen musste. »Gut.« Sie verschränkte die Arme, um das Zittern zu verbergen. »Jetzt die Informationen. Wer hat den Penny gestohlen?«

Bedächtig rollte Beck das Dokument zusammen und strich mit dem Daumen über die runde Öffnung. »Er war vermummt. Ich kenne seinen Namen nicht.«

»Was? Aber du hast gesagt –«

»Dass ich euch sage, was ich weiß. Es war ein Wycca, so viel war sicher. Er kam nicht wegen des Pennys, zumindest glaube ich das. Er kam, um mir meine Forschung abzukaufen.«

Stirnrunzelnd zog Pray eine Augenbraue hoch. »Deine Forschung?«

»Vielleicht, Mensch, erinnerst du dich noch an die Schreie deiner Freunde, als ihr mich zum ersten Mal in diesem Kerker besucht habt. Ich habe Forschungen mit Cruas betrieben.« Ein Lächeln stahl sich auf Becks Lippen.

Kurz zuckte Pray nach vorn, als würde er ihn angreifen wollen, doch als Melia genauer hinsah, saß er still da.

Aber das Zucken erinnerte Melia an etwas. »Du sagtest, das Neo hätte bei mir mehr Schaden angerichtet. Ist das –«

»Das Ergebnis jahrelanger Forschung. Ich habe ein neuartiges Cruas entwickelt, das sich künstlich herstellen lässt und einen weitaus größeren Schaden anrichtet als das Original. Ich taufte es Neo-Cruas und befand mich in dessen Fertigstellung, als der Unbekannte kam und mir anbot, den gesamten Bestand zusätzlich zu meinen Aufzeichnungen abzukaufen.«

»Zu einer hohen Summe, nehme ich an«, sagte Pray säuerlich.

»Ansonsten hätte ich niemals zugestimmt. Wie du weißt, hege ich den Wunsch, aus diesem Kerker zu entkommen. Ein Unterfangen, das mit Geld leichter zu bewerkstelligen ist. Leider musste ich dafür meine gesamte Forschung aufgeben. Alle Aufzeichnungen, Tagebücher, Ergebnisse … er hat nichts zurückgelassen.«

»Und dieser Wycca hat den Penny gestohlen?«

Beck nickte. »Er konnte wohl nicht widerstehen.«

»Und wie sollen wir den Kerl jetzt finden? Deine Informationen sind nichts wert.« Verzweiflung kroch wie Ungeziefer in Prays Stimme.

»Ich kann euch ein Detail nennen. Eine Tätowierung auf der Rückseite seiner Hand. Ein Zirkuszelt.«

»Das reicht nicht«, sagte Pray fest. »Hätten wir das vorher gewusst –«

»Ein Vertrag ist ein Vertrag«, unterbrach Beck ihn und klopfte auf die Schriftrolle. »Findet meinen Besitz. Oder sie«, er deutete auf Melia, »*wechselt* den Besitzer.«

Melia schlang die Arme um den Brustkorb und Pray biss hörbar die Zähne zusammen.

Er hatte sie reingelegt und sie war darauf reingefallen. Dabei kannte sie Becks Tricks schon so lange. Am Anfang hatte sie seinen Worten noch Glauben geschenkt, wenn er ihr etwas versprach. *Lauf, du bist frei.* Und wenn sie rannte, warteten Überraschungen auf sie: die Fallen in den unterirdischen Gängen. Monster, die mit Wycca-Blut unglaubliche Kräfte entwickelten.

Irgendwann war sie nicht mehr gerannt, wenn er ihr die Freiheit versprochen hatte.

Du bist nicht nur zäh, sondern auch schlau, mein Liebstes.

Doch es war keine ausgeklügelte Taktik, die dahintersteckte.

Sie hatte einfach aufgegeben. Bis zu dem Tag, als plötzlich Prays Gesicht vor ihren Gitterstäben aufgetaucht war. Er hatte sie gerettet.

»Du warst nicht ehrlich«, sagte sie nun bestimmt. »Du weißt, der Vertrag spürt so etwas.«

Becks Kopf zuckte in ihre Richtung, als wäre sie eine nervtötende Fliege. »Was willst du tun? Du hast bereits unterschrieben.«

»Gib mir Yumi. Als Wiedergutmachung für deine Lüge.«

Mit zu Schlitzen zusammengekniffenen Augen sah Beck sie an. Doch dieses Mal senkte sie die Augen nicht.

Ich bin frei. Du hast keine Kontrolle mehr über mich. Dennoch breitete sich eine Gänsehaut auf ihren Armen aus, je länger er sie ansah. Sie kannte diesen Blick. Er glaubte noch immer, sie wäre sein Besitz. Er war ein Wycca – unsterblich. Und Melia? Alterte sie auch weiterhin nicht, würden sie ewig Zeit haben. Sie las es in seinen zusammengekniffenen Augen: Er war sich sicher, dass sie irgendwann wieder ihm gehören würde.

Schließlich zuckte er mit den Schultern. »In Ordnung. Nehmt sie mit. Aber wenn ich in dreißig Tagen meinen Besitz nicht zurückhabe, seid ihr beide wieder hier.«

Ihr Hals fühlte sich steif an, als sie nickte und in Richtung Tür ging. »Komm«, sagte sie zu Pray. »Lass uns verschwinden. Er weiß nicht mehr.« Sie wollte dringend von hier weg.

Pray stand von der Bahre auf, folgte ihr jedoch nicht. »Einen Moment noch.« Mit starrer Miene wandte er sich an Beck. Sobald er dem Wycca direkt gegenüberstand, versteifte sich sein gesamter Körper und er ballte die Hände an den Seiten zu Fäusten. »Ich gehe nicht, ohne Informationen darüber, was du mit ihr angestellt hast.«

Zu ihrer Überraschung lachte Beck. »Hast du mir nicht zugehört, Mensch? Ich habe meine Forschung *verkauft*. Alles.«

Prays Augen wurden riesig. »Aber … du musst doch wissen …«

Beck schüttelte den Kopf. »Es waren vierzehn lange Jahre. Glaubst du, ich merke mir jede Spritze, die ich ihr injiziert habe? In meinen Forschungen mag es eine Lösung für ihren Zustand geben. Aber ohne meine Aufzeichnungen werdet ihr sie nie erfahren.«

Die Fäuste an seinen Seiten zitterten. »Du verdammter –«

»Lass gut sein.« Melia hielt ihn am Arm fest. Zum Glück trug sie noch immer die Gummihandschuhe. »Es ist sinnlos.« Dennoch schaute sie zu Beck. »Dann ist es wahr?« Sie musste einfach fragen. »Ich altere nicht?«

»Eine unbeabsichtigte Nebenwirkung.« Er grinste.

Für einen Moment befand Melia sich nicht im Labor. Stattdessen stand sie an einer Schlucht und schaute in den schwarzen Abgrund, der *Für immer* flüsterte. Die Worte jagten sie wie ein Albtraum.

Pray schien das zu spüren, denn er wollte erneut auf Beck losgehen. Doch Melia verfestigte ihren Griff um seinen Arm. Schwer atmend streckte Pray seine Finger. Unter ihren Händen spürte sie, wie sich seine Armmuskeln anspannten. Dann fiel sein Blick auf ihre Hand und er ließ sich mit einem finsteren Feuer in den Augen wegziehen.

An der Tür drehte er sich um. »Mein Versprechen gilt übrigens noch immer.«

Melia wartete Becks Antwort nicht ab. Stattdessen verließ sie eilig das Labor und warf auf dem Weg die Gummihandschuhe beiseite – der Geruch erinnerte sie zu sehr an früher. Am liebsten würde sie sofort fliehen, aber es gab noch eine Sache zu erledigen.

Immerhin hatte jemand sie befreit.

Nun schuldete sie jemand anderem denselben Gefallen.

Sie führte Pray zu einer angrenzenden Tür und hob die Hand zum Knauf. Doch ehe sie ihn berührte, ließ sie sie wieder sinken. Ihr Herz klopfte unregelmäßig, als wäre sie auf der Flucht.

Feigling.

»Würdest du sie öffnen?« Sie brachte es nicht über sich, freiwillig zurück in ihr altes Gefängnis zu gehen. Auch wenn sie wusste, dass sie nicht bleiben würde.

Noch nicht.

Pray drehte den Türknauf mit mehr Kraft als nötig. »Wer ist diese Yumi?« Seine Stimme war tiefer als sonst, seine Schritte schwerer. »Eine Mitgefangene?«

Doch bevor sie antworten konnte, stürmte etwas auf sie zu – wie ein rotbrauner Blitz. Erfreut bückte Melia sich.

»Hey, meine Kleine.« Vorsichtig strich sie dem Hund über das samtige Fell. Dann sah sie von unten zu Pray auf und er verdrehte die Augen.

»Nicht dein Ernst«, murmelte er, hockte sich aber ebenfalls hin. »Du hast unseren Vorteil ausgenutzt, um einen Hund zu retten? *Das* ist Yumi?«

Wie zur Zustimmung bellte die Hündin und verdichtete sich dabei zu einer dunklen Rauchwolke. Überrascht wich Pray zurück und Melia lachte.

»Sie ist nicht gefährlich, keine Angst.« Sobald Yumi aufhörte zu bellen, verfestigte sich ihr Körper wieder zu einem normalen Hund. »Beck hat an ihr Experimente durchgeführt, genau wie an mir.«

Kurz sah sie in den Raum vor sich. Er war winzig und an der Seite lagen noch immer ihre Laken und Handtücher, auf denen sie jahrelang geschlafen hatte. Pray folgte ihrem Blick und sofort verdüsterten sich seine Augen, als wüsste er, was er da vor sich sah.

Schnell hob Melia Yumi hoch, um das Thema zu wechseln. »Sie ist die Einzige, die bei meiner Berührung keinen Stromschlag bekommt«, erklärte sie. Yumi legte ihre kleinen Pfoten auf Melias Schulter, als wolle sie sie festhalten. Ihre dreieckigen Stehohren huschten hin und her. »Keine Sorge«, murmelte Melia. »Wir holen dich hier raus.«

Schnellen Schrittes verließen sie den Kerker durch den offiziellen Eingang und liefen dann durch die dunklen Gassen. Yumi schnupperte aufgeregt. Es war das erste Mal seit langer Zeit, dass sie draußen war, und Melia spürte ihre Aufregung.

»Ich würde gern noch etwas an der Luft bleiben«, sagte sie, als Pray den Weg zu ihrem geparkten Auto einschlug. »Du kannst fahren, wenn du möchtest. Ich gehe später zu Fuß.«

»Willst du denn allein sein?« Er sah Melia direkt in die Augen. Seine angespannten Schultern ließen ihn größer wirken und so, wie er dastand, machte er den Eindruck, als würde er sie vor einer unsichtbaren Gefahr abschirmen wollen.

Aus irgendeinem Grund musste Melia daran denken, wie er vor ihr aus dem Palast geschlichen war. I*ch dachte, dass mich niemand erkennen würde*. Tatsächlich sah er in dem schwarzen Kapuzenpullover anders aus als sonst. Aber das hieß nicht, dass sie ihn nicht erkennen würde.

Das würde sie immer.

Aus irgendeinem Grund trieb ihr der Gedanke Hitze in die Wangen.

»Ich möchte Yumi etwas Auslauf gönnen«, gestand sie. »Und … durchatmen. Ohne gestört zu werden.«

Ein Schatten huschte über Prays Gesicht, doch er nickte. »In Ordnung.« Er wandte sich ab. »Dann gehe ich.«

»Was? Nein!« Wieder streckte sie automatisch die Hand aus und erwischte ihn am Arm. Bei dem elektrischen Schlag zuckte Pray zurück und sie verfluchte sich. »Es tut mir leid.«

»Nicht schlimm.« Doch er sah nicht überzeugend aus.

»Nicht nur der Stromschlag«, erklärte Melia sich. »Das, was ich gesagt habe. Ich will allein sein. Aber das schließt dich mit ein.

Wenn du willst.« Warum fühlte sie sich, als wäre sie kilometerweit gerannt?

Pray sah für einen Moment skeptisch aus, doch der Schatten war verschwunden. Stattdessen leuchteten seine braunen Augen.

»Sicher?«

Vehement nickte sie. »Natürlich.«

Und mit einem Mal lächelte Pray und es schien, als würde er damit die gesamte Stadt erhellen.

»Komm«, sagte er und deutete mit dem Kopf voraus. »Ich weiß, wohin.«

Er führte sie zu einer abgelegenen Wiese in einem Park, der um diese Uhrzeit beinahe leer war. Melia setzte Yumi ab und die kleine Hündin schnüffelte direkt aufgeregt.

»Schau dich ruhig um«, sagte Melia zu ihr und sofort preschte sie los.

»Versteht sie, was du sagst?« Pray sah Yumi skeptisch hinterher, die im Zickzack über die Wiese flitzte.

Achselzuckend beobachtete Melia die Hündin. »Mindestens so viel wie jeder andere Hund. Aber ich glaube, da ist noch etwas. Sie trägt Magie in den Adern.«

»So wie du.«

Langsam nickte sie. Zu mehr war ihr Körper nicht imstande. Die Zeit im Kerker hatte sich während der Wochen im Palast wie ein verschwommener Albtraum angefühlt, doch nach dem Besuch heute war es wieder real. Nun hatte sie Gewissheit: Sie alterte nicht. Würde es wahrscheinlich nie tun. Plötzlich fühlten sich ihre Beine wahnsinnig schwer an und sie setzte sich seufzend auf den kühlen Rasen. Pray tat es ihr gleich.

Es war mitten in der Woche und außer der entfernten Geräusche der Stadt hörte sie nur gelegentlich eine Taube gurren. Sie atmete tief ein, genoss den Geruch des feuchten Grases. Alltägliche Geräusche und Gerüche – und doch war sie jedes Mal so dankbar, sie wahrnehmen zu dürfen.

»Es tut mir leid, dass ich Becks Bedingungen zugestimmt habe«, sagte Melia, als die Stille zwischen ihnen anhielt. Das sah

Pray gar nicht ähnlich. Normal hatte er immer etwas zu erzählen, lachte und machte Scherze. Doch nun saß er im Schneidersitz da und zupfte Grashalme ab. »Wir hätten ansonsten niemals die Informationen erhalten.«

Schnaubend schnippte er den Grashalm zur Seite. »Mir ging es bei diesem Ausflug nie um diesen blöden Penny. Nicht nur.«

Überrascht sah sie ihn an. »Was meinst du?«

»Natürlich müssen wir herausfinden, was es damit auf sich hat. Aber das hätten wir auch auf andere Art und Weise machen können.«

»Worum ging es dann?«

Kurz krallte Pray seine Hände in den Rasen, als wollte er den Boden aufreißen. Im nächsten Moment sprang er auf. Weiter hinten auf der Wiese hielt Yumi in ihrer Bewegung inne und ihre spitzen Ohren zuckten in Prays Richtung. Sie sah aus wie ein Fuchs mit Ringelrute.

Melia sah ihn von unten an. »Pray?«, fragte sie zögerlich und schlang die Arme um die angezogenen Beine.

Doch er schwieg, schloss nur immer wieder seine Hände zu Fäusten. Melia wünschte, sie könnte ihn berühren, ihn beruhigen. Aber das blieb ihr verwehrt. Langsam richtete sie sich auf, machte einen Schritt auf ihn zu. »Was ist los?«

Für einen Moment beobachtete er Yumi, die nun, da keine Gefahr drohte, wieder den Boden abschnüffelte. Dann drehte er sich zu ihr um.

Seine braunen Augen glänzten wild, als wäre er ein eingesperrtes Tier, das keinen Ausweg sah. Ähnlich hatte er ausgesehen, als sie ihn damals zwischen den Gitterstäben gesehen hatte. Wieder zuckte ihre Hand, doch dieses Mal hielt sie sich zurück.

»Natürlich ist mir der Rest der Welt nicht egal. Aber«, zittrig holte er Luft und rieb sich mit der rechten Hand über den Brustkorb, »daran habe ich nicht gedacht. Wir müssen an die Forschung kommen. Um herauszufinden, was er mit dir gemacht hat.«

»Um etwas über den Strom zu erfahren«, mutmaßte sie.

Pray leckte sich über die Lippen, verschränkte die Arme. »Und über die … Unsterblichkeit.«

Darum ging es ihm also. Pray war mit einem Wycca aufgewachsen. Rae war für ihn wie ein Bruder und Ty sein bester Freund.

Natürlich würde er die Chance, ewig zu leben, nutzen wollen.

Sie wusste nicht recht, was sie sagen sollte. Der Gedanke, dass ihrer eigenen Unsterblichkeit war noch immer neu und ungreifbar, sodass sie nicht lange darüber nachdenken wollte. Unsterblichkeit bedeutete unendlich viel Zeit. Aber auch unendliche viele Verluste.

Pray schluckte. Irgendetwas hatte er noch auf dem Herzen.

»Na los«, sagte Melia und hätte ihn am liebsten angestupst. »Spuck's schon aus.«

Er verzog den Mund. »Ich hab Angst, dass es zu kitschig klingt.«

»Ich mag kitschig.« Sie lächelte leicht und hoffte, so seine Stimmung zu heben.

Geräuschvoll atmete er aus. »Es ist das, was Beck gesagt hat. Mit dem Besitzerwechsel.« Er presste die Lippen aufeinander. »Ich will dir helfen. Aber du sollst wissen, dass ich nie … ich will dich nicht bevormunden. Und wenn es irgendwann einmal so wirkt, dann sag es mir bitte.«

Melia schüttelte den Kopf. »Auf die Idee wäre ich bei dir nie gekommen. Obwohl …« Spielerisch warf sie ihm einen bösen Blick zu. »Dann hättest du mich nicht aus dem Weg schubsen dürfen, als die Falle auslöste.«

Anstatt auf ihren Witz einzugehen, wurde Pray ernster. »Ich wollte einfach nicht, dass du noch mehr leiden musst«, flüsterte er.

Melias Kehle zog sich zusammen. Es war, als würden seine Worte wie warmes Wasser durch ihren Körper spülen und alle Gedanken mit sich nehmen.

Pray holte tief Luft, als müsste er sich konzentrieren. »Was passiert, wenn wir uns nicht an den Vertrag halten?«

»Wenn *ich* mich nicht an den Vertrag halte«, verbesserte Melia ihn. »Du hast nicht unterschrieben. Das Pergament ist in Magie getränkt, ebenso die Feder. Immer, wenn ein Vertrag erfüllt ist, verschwindet die Tinte und das Pergament kann neu beschrieben werden.«

»Und wenn der Vertrag nicht erfüllt wird?«

»Stirbt derjenige, der Vertragsbruch begangen hat.«

Pray wurde blass, doch er sah nicht überrascht aus. »Du hast nicht vor, den Vertrag einzuhalten, sollten wir versagen, richtig?«

Sie lächelte schwach. »Am besten«, sagte sie leise, »finden wir so schnell wie möglich den Kerl mit der Tätowierung auf der Hand.« Denn sie würde eher sterben, als zu Beck zurückzukehren.

KAPITEL 11

Im Laufe des nächsten Tages musste Raevan feststellen, dass Blut – und dessen Farbe – in Ashland einen gewaltigen Unterschied machte.

Nachdem man ihn in seine Unterkunft gebracht und er das spärlich eingerichtete Zimmer samt winzigem Bad begutachtet hatte, wollte er direkt nachsehen, wie man seine Landsleute behandelte. Doch die Wachen auf dem Flur verbaten ihm, die Unterkunft zu verlassen.

»Anweisungen des Königs«, teilte ihm eine Frau mit. »Zu Eurer eigenen Sicherheit.« Und damit schlug sie ihm die Tür vor der Nase zu.

Fassungslos starrte Rae auf das zitternde Holz. Zu *seiner* Sicherheit? *Na klar,* dachte er spottend. Dieses Schloss wurde ausschließlich von Menschen bewohnt. Er könnte sie schneller töten, als sie überhaupt begreifen würden.

Kurz zog er in Erwägung, die Tür mit einem Windstoß aufzusprengen, doch entschied sich dagegen. Die Stuarts wollten ebenso wenig einen Krieg wie er. Und solange dem so war, würden sie seinem Gefolge nichts anhaben. Das Schlimmste, was passieren konnte, war, dass man sie zu zehnt in einen Besenschrank zum Übernachten sperrte. Angesichts seines eigenen Zimmers nicht abwegig, dachte er, als die Dielen unter seinen Schritten laut knarzten.

Unruhig tigerte er in dem kahlen Raum auf und ab. Einmal wollte er auf den angrenzenden Balkon, um frische Luft zu schnappen, doch das Scharnier quietschte so laut, dass er die Tür direkt wieder schloss. Außerdem musste er ohnehin befürchten, dass der Balkon baufällig war.

Er schlief die ganze Nacht nicht, wälzte sich hin und her, mit dem Verdacht, dass man ihm extra kratzige Laken aufgezogen hatte. Mit jeder Sprungfeder, die in sein Kreuz drückte, wuchs seine Wut, bis er im Morgengrauen aus dem Bett sprang, sich anzog und zur Tür marschierte.

»Ich werde nun dieses Zimmer verlassen«, verkündete er der Wächterin, ehe sie etwas sagen konnte.

Sie zog eine Augenbraue hoch. »In Ordnung.« Mit leichter Verzögerung trat sie zur Seite und ließ Rae passieren, bis ihm einfiel, dass er keine Ahnung hatte, wie der Weg aussah.

Der Wächterin schien das aufzufallen. »Folgt mir.«

Sie führte ihn in einen lang gezogenen Speisesaal, in dem bereits ein rechteckiger Tisch gedeckt war. Trotz der vielen Stühle saß die Königin allein dort. Als Rae eintrat, sah sie auf.

»Setzt Euch.« Sie deutete auf einen der freien Stühle und Rae nahm Platz. »Ich sollte Euch informieren, dass wir für heute Abend ein Fest geplant haben.« Sie spießte sich mit der Gabel ein Stück Honigmelone auf, doch anstatt es sich in den Mund zu schieben, verzogen sich ihre feinen Lippen zu einem Lächeln. »Wir haben Euer Gefolge bereits eingeladen.«

Rae schloss den Mund, denn eben diese Frage lag ihm auf der Zunge. Stirnrunzelnd sah er zu, wie die Königin sich wieder ihrem Frühstück widmete und ihn ansonsten ignorierte.

Das war sein erster Anhaltspunkt dafür, dass sich der Hass der Stuarts nicht auf sein gesamtes Land richtete.

In den nächsten Stunden erhaschte er immer wieder einen Blick auf seine Leute: vertieft im Gespräch mit einem der Gastgeber; freudig erregt, als man ihnen Kleidung für den heutigen Abend anbot; neugierig einen Blick in die große Halle werfend, in der die Vorbereitungen für das Fest liefen.

Verwundert darüber, dass sie ein so großes Interesse zeigten – immerhin gab es solche Anlässe ebenso in Lyzara –, begab sich Rae am Abend in seine eigene Unterkunft, um sich zurechtzumachen. Eigentlich hatte er nach Azalea Ausschau gehalten, sie aber den ganzen Tag über nicht zu Gesicht bekommen. Das würde sich in wenigen Stunden ändern, da war er sich sicher. Azalea würde sich einen solchen Trubel niemals entgehen lassen.

Auch ihm hatte man Kleidung auf sein Zimmer gebracht. Mit hochgezogenen Augenbrauen betrachtete er die schwarze Hose und den Samtgehrock in derselben Farbe. Der Schnitt entsprach der Mode Ashlands, sonst konnte er nichts Außergewöhnliches feststellen. Er hatte erwartet, dass sie ihm ein rotes Kostüm mit Teufelshörnern rausgelegt hätten.

Auf der Feier begriff er, dass sie genau das getan hatten. Nur ohne, dass er etwas dagegen unternehmen konnte.

Sein erster Gedanke, als er die Halle betrat, war: *weiß*. Jeder im Raum trug weiß. Weiße Kleider mit verschiedenfarbigen Ornamenten, weiße Anzüge und Gehröcke, weiße Schuhe …

Automatisch drehten sich alle Köpfe in Raes Richtung. Sofort verbarg er seine Überraschung und schritt aufs Königspaar zu, das auf den Thronen saß. Dabei bemerkte er die Kulisse, die am Rand aufgebaut war: eine Art Burg mit mehreren Treppen und einem länglichen Balkon.

»Die Kleidung steht Euch ausgezeichnet«, sagte die Königin anstelle einer Begrüßung. »Unser Schneider hat ein gutes Augenmaß.«

»Und eine interessante Vorstellung von farblicher Einheit«, erwiderte Rae trocken.

Carlisle Stuart lächelte schmallippig. »Ist es bei Euch am Hof nicht Tradition, dass sich Wycca anders kleiden als Menschen?«

Rae erwiderte das falsche Lächeln. »Veraltet. Fragt gern die Hofdamen, mit denen ich angereist bin. Sie werden Euch bestätigen, dass die Menschen bei uns mittlerweile Röcke tragen.«

Carlisle öffnete den Mund, doch seine Frau legte ihm eine Hand auf den Oberschenkel. Dabei sah sie zu Rae. »Wie überaus fortschrittlich von Euch.«

Rae glaubte, trotz ihres sanften Tons, etwas wie Wut in ihren

Augen zu entdecken. Aber sie blinzelte und zeigte zu der Kulisse, die ihm bereits aufgefallen war.

»Das Stück beginnt gleich. Ihr nehmt doch teil, richtig?«

Mit geneigtem Kopf deutete er eine Verbeugung an. »Wenn Ihr wünscht.«

»Ich nehme an, Ihr erinnert Euch an meine jüngste Tochter? Neeris«, rief Emeretia lauter und eine Frau mit dunkelbraunen Locken hob den Kopf, als sie ihren Namen hörte. Sie sagte etwas zu den zwei Männern, mit denen sie sich unterhielt, ehe sie auf sie zu schritt. Ihre Locken schienen noch zu hüpfen, als sie bereits still stand.

»Eure Majestät«, sagte Neeris und neigte den Kopf.

»Prinzessin«, erwiderte Rae und wühlte in seinen Erinnerungen nach einem Bild, das mit der Frau vor ihm übereinstimmte. Doch es war schon zu lange her, dass er sie bei seiner Hochzeit gesehen hatte.

»Wenn Ihr mir folgen würdet.« Neeris führte ihn zu dem weiß gestrichenen, mit verschiedenfarbigen Blüten verzierten Turm. Rae sah sich um, hielt Ausschau nach Azalea, konnte sie jedoch nirgends entdecken. Langsam machte er sich Sorgen.

»Mögt Ihr Theaterstücke?«, fragte Neeris ihn, während die Schauspieler und Schauspielerinnen hinter der Kulisse aufblitzten und die restlichen Anwesenden sich einen geeigneten Platz suchten.

Von der Seite sah Rae die Prinzessin an. Zu seiner Erleichterung entdeckte er nur wenige Ähnlichkeiten zu Katleem. Neeris' Haare waren von einem dunkleren Braun und ihr spitzes Gesicht zeichneten härtere Züge.

»Natürlich.« In etwa so sehr wie Ratssitzungen und Bankette.

»Ihr langweilt Euch also zu Tode. Interessant.«

Überrascht sah er sie an.

Neeris lachte leise. »Ihr habt kein halb so gutes Pokerface, wie Ihr denkt.« Ehe Rae etwas erwidern konnte, nickte die Prinzessin in Richtung der Kulisse. »Das Stück wurde übrigens extra für

Euch einstudiert. Es trägt den Titel *Die Grausamkeit der unerwiderten Liebe.*«

Seine geweiteten Augen wurden von dem sich verdunkelnden Licht verborgen. Die Scheinwerfer richteten sich auf die Burg und die ersten Gesichter tauchten auf. Innerhalb weniger Sekunden erkannte Rae Azalea. Er wusste nicht, ob es Absicht oder Zufall war – vielleicht bildete er es sich auch nur ein –, aber er hätte schwören können, dass man den hellsten Spot auf sie richtete.

Kurz darauf erkannte er andere Frauen und Männer aus seinem Gefolge. Offenbar hatte man sie gebeten, mitzuspielen. Sie trugen weiße Kleider mit goldenen Masken und Schärpen, auf denen verschiedene Begriffe standen. Azaleas hatte die Aufschrift *Beharrlichkeit.*

Es war ein einfaches Theaterstück. Die Männer und Frauen auf der Burg spiegelten positive Eigenschaften wider und nach kurzer Zeit betraten andere Schauspieler die Kulisse. Sie trugen Schärpen mit negativen Merkmalen und stürzten sich in den Kampf, um die Guten aus der Burg zu entführen, die sich vehement wehrten. Eigentlich war es eher eine Art Spiel als ein Theaterstück, obwohl einiges einstudiert war – am Ende gewannen die Guten und die Schlechten zogen verbittert allein von dannen.

Die Grausamkeit unerwiderter Liebe.

»Hat es Euch gefallen?«, fragte Neeris, als das Licht wieder eingeschaltet wurde.

Rae zuckte mit den Schultern. »Zur Abwechslung wäre es unterhaltsam, wenn die anderen eine Chance gehabt hätten. Ich finde nicht, dass *Verachtung* eine durch und durch negative Eigenschaft ist«, sagte er und deutete auf den Mann, der die entsprechende Schärpe trug. »Manches hat es verdient, verachtet zu werden. Ebenso denke ich nicht, dass Gnade immer positiv ist.« Er dachte an Rebecah, die dank seiner *Gnade* in der Schwarzen Festung festsaß.

Erwies er ihr wirklich Gnade? Oder war er nur feige?

»Ihr habt ein graues Moralverständnis«, merkte Neeris an. »Wie steht Ihr zu Eifersucht?« Sie zeigte auf einen Mann, der ebendiese Eigenschaft darstellen sollte.

Ein Stich fuhr durch Raes Herz. Der Mann hatte sich wie die anderen zum Tanz aufgestellt und seine Partnerin war ausgerechnet Azalea.

Misstrauisch sah er zu Neeris, die ihn jedoch aus unschuldigen Augen ansah.

Sie können es nicht wissen, redete er sich ein. *Nur der Blutrat wusste davon. Katleem hat ihren letzten Brief nicht an ihre Familie geschickt.*

Oder? Was wusste er schon, in was für einem Austausch seine Frau und deren Schwester gestanden hatten? Er hatte nie gefragt. Es war ihm egal gewesen. Und dann waren da noch die Gerüchte …

Mit zusammengebissenen Zähnen beobachtete Rae Azalea, die über das Parkett schwebte und dabei ebenso wie die anderen eine Menge Spaß zu haben schien.

»Eifersucht«, wiederholte er langsam und wandte mit aller Kraft seinen Blick ab, »ist eine sinnlose Emotion. Sie beeinflusst die eigene Psyche und niemals das Verhalten derer, die das Gefühl auslösen.«

Zu seiner Überraschung lachte Neeris laut auf. »Meine Schwester erzählte, ihr seid ein Verfechter großer Worte.«

Sofort wurde er hellhörig. »Wie nah standet Ihr Katleem nach all den Jahren?«

Doch ehe sie antworten konnte, traten Carlisle und Emeretia zu ihnen.

»Wir möchten mit Euch anstoßen«, sagte Letztere und hielt ihm ein hohes Glas mit goldener Flüssigkeit entgegen. Er wusste nicht, was Ashland zum Feiern trank. Lyzara importierte zu solchen Anlässen einen Schaumwein aus einer winzigen Region vom Kontinent, die die edelsten Trauben anpflanzte. Doch da das Land unter ausschließlicher Wycca-Herrschaft stand, betrieb Ashland keinen Handel mit ihnen.

Rae nahm das Glas entgegen und hielt es gleichzeitig mit den anderen in die Höhe.

»Auf den Frieden«, prostete Carlisle.

»Auf den Frieden«, wiederholte Rae und nahm einen Schluck. Das Getränk hatte weitaus weniger Kohlensäure als angenommen und beim Geschmack der Säure schüttelte er sich, trank jedoch aus. Nicht zuletzt, weil er hinter den anderen noch immer auf die Tanzenden zu Azalea sehen konnte.

Er wusste, dass es keinen Grund zur Eifersucht gab. Er hatte die Worte nicht leichtfertig gesprochen, sondern glaubte fest daran.

Eifersucht war sinnlos.

Doch das änderte nichts an dem Brennen in seinem Magen. Abwesend griff er nach einem weiteren Glas, das der Kellner ihm reichte. Schnell gewöhnte er sich an die schale Kohlensäure, der Säuregeschmack jedoch blieb.

Natürlich musste er auch tanzen und wie es sich gehörte, bat er Neeris, ihn zu begleiten. Dass er keine Chance haben würde, mit Azalea zu tanzen, war ihm von an Beginn klar gewesen. Ebenso wusste er, dass sie sich ihm nicht nähern konnte. Seinen Kopf konnte er mit diesem Wissen in den Momenten, wenn sein Blick auf ihr amüsiertes Lachen fiel, beruhigen.

Nur sein Herz war nicht überzeugt.

Dadurch trank er mehr, als es in einem anderen Szenario der Fall gewesen wäre, und es dauerte nicht lange, ehe die Säure in seinem Magen sich unangenehm seinen Rachen hochzog. Mit einem Blick auf die Uhr beschloss er, dass es ohnehin an der Zeit war, zu gehen.

»Bitte entschuldigt mich«, murmelte er an Neeris gewandt und verfrachtete sie mit einer Drehung an den Rand der Tanzfläche. »Ich sollte ins Bett.«

Ihr Lächeln verblasste und sie hielt ihn an der Hand fest. »Seid doch kein Spielverderber.« Sie zog die Augenbrauen zusammen, bis eine Falte zwischen ihnen entstand.

Rae bemühte sich um ein höfliches Lächeln. »Wenn Ihr wollt,

dass ich mich bei dem Ausritt morgen auf dem Pferd halte, müsst Ihr mir meinen Schlaf gönnen.«

»Noch ein Tanz?«

Das Lächeln beanspruchte seine Muskeln in den Wangen ungemein. »Hier sind fünfzig Männer, die liebend gern mit Euch tanzen würden.«

»Aber keiner von Ihnen ist wie Ihr.«

Er ließ die Zähne aufblitzen und mit einem Mal strengte ihn das Lächeln nicht mehr an – es war das Gesicht des Teufels, das Enyas ihm verboten hatte. »Und das«, erwiderte er, ehe er sich bremsen konnte, »ist Euer Glück.« Bevor er noch etwas Dummes tun konnte, wandte er sich um und verschwand schnellen Schrittes zwischen den Gästen.

Dabei überraschte es ihn nicht, dass zwei Wachen vom Flur ihm folgten. Er ignorierte sie – größtenteils, weil ihm auf den letzten paar Metern immer schwindeliger wurde. Schnell ließ er sich seine Tür öffnen und verschwand im Zimmer.

Dort ging er zuerst ins Bad, um sich kaltes Wasser ins Gesicht zu schaufeln. Der Alkohol brannte in seinen Adern. Wie viele Gläser hatte er getrunken? Anscheinend mehr, als er sich bewusst gewesen war.

Einige Minuten blieb er im Bad, lehnte seine Stirn gegen die kühlen Fliesen, doch auch das brachte keine Linderung. Kurzerhand machte er sich an der quietschenden Tür zum Balkon zu schaffen und stolperte an die frische Luft. Etwas zittrig hielt er sich am Gitter fest und atmete tief ein. Der behangene Himmel schien dichter als sonst und normalerweise würde ihn der Anblick der Schlucht unter sich in seinem betrunkenen Zustand beunruhigen. Doch sein Blut prickelte, als hätte der Alkohol in Ashland andere Auswirkungen auf seinen Körper.

Etwas, wogegen er rebellierte.

Ohne Vorwarnung übergab er sich über die Brüstung und scheuchte ein paar Tauben aus den umliegenden Tannen auf.

Benommen schaute Rae nach unten, doch in der Dunkelheit war wenig zu erkennen. Bäume verbargen die verschlungenen

Wege zum Schloss, nur der Sandparkplatz, wo die Autos seiner Gefolgschaft standen, leuchtete Dank mehrerer Solarlampen heller. Er hoffte, dass gerade niemand den Weg von dort zum Schloss nahm und nun von seinem Mageninhalt überrascht wurde.

Angewidert wischte er sich über den Mund. Normalerweise trank er nie so viel, dass er sich übergeben musste.

»Sehr majestätisch.«

Erschrocken drehte er sich zur Balkontür. Doch da war niemand.

Azaleas Lachen erklang in der Dunkelheit. »Hier drüben.«

Er wandte seinen Kopf zur rechten Seite und entdeckte sie auf dem nebenstehenden Balkon. Stirnrunzelnd sah er sie an und sofort breitete sich Sorge in seinem Magen aus.

»Sag mir nicht, dass sie dir das Zimmer neben meinem gegeben haben«, brachte er hervor und wischte sich den Schweiß von der Stirn. Nach dem Theaterstück wäre das der letzte Nagel in seinem Sarg.

Doch zu seiner Erleichterung schüttelte Azalea den Kopf. »Tatsächlich habe ich darum gebeten«, sagte sie mit einem feinen Lächeln. »Sie sind hier sehr zuvorkommend. Ich habe den Kammerdiener nach einem Zimmer mit größerem Bad gefragt und aus irgendeinem Grund war er ganz versessen darauf, mir weitere Wünsche zu erfüllen. Und als ich angedeutet habe, dass ich mich nachts häufiger unsicher fühle, hat er mir direkt die Zimmer neben dir gegeben.«

Rae schnaubte. »Klar, weil du so ängstlich bist.«

Ihm war nicht entgangen, dass sie von *Zimmern* im Plural gesprochen hatte. Offenbar waren ihre Gemächer weitaus größer als seine eigenen. Er vermutete, dass es den anderen Menschen ebenso ging. Gut, dass er nur wenige Wycca mit auf die Reise genommen hatte.

»Und wie«, sagte Azalea und ihr Lächeln blitzte in der Dunkelheit auf. Sie trug nicht mehr das Kleid von vorhin, stattdessen ein weites T-Shirt, das ihr Schlüsselbein entblößte. Ihre dunklen

Haare flossen über ihre Schulter, als sie sich auf der Brüstung nach vorn lehnte. »Es ist ein fremdes Land«, wisperte sie und Rae konnte sich nur allzu gut vorstellen, wie der Kammerdiener an ihren Lippen gehangen hatte, und darauf aus gewesen war, ihr jeden Wunsch zu erfüllen. »Und ich bin zum ersten Mal hier. Wenn es also etwas gibt, damit ich mich sicherer fühle …«

»Schon gut«, unterbrach Rae sie. »Hab schon verstanden. Der arme Kerl hatte keine Chance.«

Er erwartete, dass sie wieder lachte, doch stattdessen furchte sie die Stirn. »Warum so ernsthaft? Liegt es daran, dass du gerade einer armen Taube die Nacht vermiest hast?« Sie deutete auf den Abgrund.

»Nicht mein strahlendster Moment«, murmelte Rae.

Azaleas Mundwinkel zuckte. »Und das nach nur vier Gläsern Schaumwein.«

Vier. Er war sich sicher gewesen, nicht so viel getrunken zu haben, und offenbar hatte er recht behalten. Dabei fühlte es sich nach mehr an, sodass er nicht hatte sagen können, wie viele Gläser es gewesen waren.

Im Gegensatz zu Azalea.

Was bedeutete …

»Du hast mitgezählt?«

»Wie viel Alkohol du getrunken hast oder wie viele Tänze du mit dieser Prinzessin getanzt hast?«, fragte sie, doch ehe er antworten konnte, winkte sie ab. »Vergiss es. Die Antwort auf beide Fragen lautet *Ja*. Wenn du denkst, du wärst der Einzige, dem die Situation Schmerzen bereitet, irrst du. Es ist auch für mich nicht leicht, dich mit einer fremden Königstochter zu sehen.«

»Ich würde es ändern, wenn ich könnte.«

»Ich weiß. Und das ist der einzige Grund, weshalb ich hier bin.«

»Sicher?«

»Was meinst du?«

Unsicher schluckte Rae. Doch der Gedanke hatte sich seit der Feier in ihm festgesetzt wie eine Zecke. Statt Blut sog er seine

Selbstsicherheit aus seinem Körper. »Ich habe dich gesehen. Und nicht nur dich – auch die anderen Menschen. Meinst du nicht, es würde dir hier besser gehen? In Ashland?« Er dachte an die Drohbriefe, die sie erhalten hatte und an ihre letzte Begegnung mit den Männern auf dem Hinterhof. In Lyzara war sie ständiger Gefahr ausgesetzt.

Einen Moment schwieg sie. »Vielleicht«, antwortete Azalea zögernd, als würde sie überlegen. Sie würde nie lügen, um seine Gefühle zu schonen, und dafür allein liebte er sie bereits. »Aber das war nie mein Ziel. Wenn ich hierbliebe, wäre es ein Privileg aufgrund meiner Herkunft. Oder deiner Zuneigung«, fügte sie mit einem Blick in seine Augen hinzu.

Er nickte ruckartig. »Ich könnte es dir ermöglichen«, sagte er und obwohl seine Stimme zitterte, wusste er, dass er es tun würde. Menschen durften nicht nach Ashland auswandern. Aber mit seiner Erlaubnis könnte sie hierbleiben. »Ich würde es tun, falls du willst. Auch, wenn das bedeutet, dich nie wiederzusehen. Wenn es dein Wunsch ist, reicht ein Wort und ich lasse dich frei.«

Denn hier in Ashland wäre sie das. Sie könnte erfolgreicher sein, als sie es je für möglich gehalten hätte. Azalea war einer der schlausten Menschen, der ihm je begegnet war. In Ashland würde sie niemand mit einem Wycca vergleichen. Sie könnte es bis an die Spitze schaffen.

Es würde ihn zerstören. Aber wenn es ihr Wunsch wäre, würde er alles tun, um es ihr zu ermöglichen.

Doch Azalea schüttelte vehement den Kopf. »Ich bin keine Gefangene. Anders als manche Menschen in Lyzara. Wenn ich hierbliebe, wäre ich eine Heuchlerin. Ich würde sie zurücklassen.«

Rae hatte über sein Volk selten als Gefangene nachgedacht. Manchmal, wenn er an Prays Eltern erinnert wurde, vielleicht. Aber das vermied er weitestgehend. Doch es stimmte. Die Menschen hatten nicht die Möglichkeit, in ein Land zu ziehen, in dem keine Wycca herrschten. Waren sie deshalb Gefangene?

»Außerdem«, fuhr sie fort und ihre Augen glänzten fiebrig, »will ich mit dir zusammen sein. Mit dir für die kämpfen, die es nicht können.«

Ihre Stimme heizte sein Innerstes auf. »Dann …« Doch die Worte in seinem Kopf verliefen sich, als er etwas aus dem Augenwinkel sah. Stirnrunzelnd blickte er hinunter zu dem Sandparkplatz, auf dem ihre Autos standen. Mehrere schwarze Gestalten huschten von einem Wagen zum anderen.

Azalea schien sie ebenfalls entdeckt zu haben, denn sie blieb still.

Gemeinsam beobachteten sie die Menschen. Aus der Entfernung war schwer zu sagen, was sie dort taten.

»Durchsuchen sie die Autos?«, flüsterte Azalea, obwohl sie so weit weg waren, dass sie unmöglich jemand hören konnte.

Rae nickte. Den Verdacht hatte er auch. »Wir haben nichts dort, was sie interessieren könnte.« Gleichzeitig beschlich ihn eine Ahnung. »Meinst du, sie haben mir etwas ins Glas gekippt, um mich abzulenken?«

Azalea sog die Unterlippe zwischen die Zähne. »Sie haben dir nur zum Anstoßen direkt ein Glas gereicht. Wenn dem so wäre, hätten sie alle Gläser präparieren müssen.«

Sie hatte recht. Und dennoch wurde er das Gefühl nicht los, etwas zu übersehen. Die Figuren auf dem Parkplatz schienen mittlerweile fertig zu sein, denn sie verschwanden in Richtung Schloss.

»Offensichtlich ist aber«, sagte Azalea, als sie außer Sichtweite waren, »dass sie nicht ganz so vertrauensvoll sind, wie sie vorgeben.«

Rae dachte an sein Vorhaben. Deshalb war er hier: Um ihre Meinung zu ändern und zu zeigen, dass sie ihnen vertrauen konnten. Nur musste er dafür seine Kräfte einsetzen. Kurz erwog er, Azalea davon zu erzählen. Doch etwas hielt ihn ab.

»Das bedeutet für uns, wir müssen vorsichtig sein«, sagte er schließlich nur.

KAPITEL 12

Im Gegensatz zu Tyresian schien Coleus Blackwall sich nicht viele Gedanken um den toten Gardisten zu machen. Für ihn war es ein kränklicher Wycca gewesen, der seine Altersgrenze noch nicht überschritten hatte.

»Bis dahin sind einige anfälliger für solche Dinge«, hatte er zu Doc Christie gesagt, als wüsste diese das nicht.

Ty hingegen konnte an nichts anderes denken. Denn Zekes Tod bedeutete, dass Raes Fähigkeit gefährlicher war, als sie bisher angenommen hatten. Und er durfte sie keinesfalls einsetzen.

Noch am Abend hatte er versucht, mit Rae Kontakt aufzunehmen, doch das gestaltete sich als schwierig. Bis er Landon gefunden und dieser ihm die Nummer gegeben hatte, unter der der Botschafter Swier zu erreichen war, hatte es mehrere Stunden gedauert. Als es so weit war, herrschte Nacht und es ging niemand mehr ans Telefon.

Am nächsten Morgen versuchte Ty es erneut, bis jemand ranging. Doch offenbar hatte Rae zu dem Zeitpunkt bereits das Schloss verlassen. Tyresian traute sich nicht, die Nachricht mündlich überbringen zu lassen, also legte er wutentbrannt auf. Nach kurzer Überlegung schrieb er stattdessen einen Brief, den er an Swier adressierte, auf dem jedoch stand, dass er nur Raevan Tennyson oder Azalea Blackwall ausgehändigt werden durfte. Wenn Rae beschäftigt war, würde so wenigstens Azalea Bescheid wissen.

Nun hoffte er, dass der Brief Rae rechtzeitig erreichte, bevor er etwas Dummes anstellte, das nicht mehr rückgängig zu machen war – wie zum Beispiel den König von Ashland töten. Erschöpft legte er sich in sein Bett, um den Schlaf der vergangenen Nacht nachzuholen.

Gefühlt hatte er gerade die Augen geschlossen, als es an seiner Tür klopfte. Ty nahm an, dass derjenige schon länger vor seinen Zimmern stand, denn sein Unterbewusstsein hatte das Klopfen geschickt als den Beat eines Schlagzeugs verpasst, das er in seinem Traum spielte. Verschlafen setzte er sich auf, tapste zur Tür und fragte sich augenreibend, seit wann er den Wunsch verspürte, Drums zu spielen.

So brauchte er einen Moment, ehe er begriff, wer da vor seiner Tür stand. Am liebsten hätte er sie direkt wieder zugeschlagen. Coleus Blackwall hob gerade die Hand, um erneut zu klopfen, ließ sie nun aber sinken. Er trug eine perfekt gebügelte Jeans zu einem perfekt gebügelten schwarzen Polohemd und runzelte bei Tyresians Anblick die – nun nicht mehr perfekt gebügelte – Stirn.

»Hast du noch geschlafen?« Sein Blick huschte von Tys Gesicht zu seiner nackten Brust und Ty hob erstaunt die Augenbrauen, als sich ein dunkler Schimmer auf Coleus' Wangen legte.

War da etwa jemand keine nackte Haut gewohnt?

»Nein. So empfange ich grundsätzlich Besuch.« Mit einer Hand griff er nach der Tür und wollte sie wieder zuschlagen.

Coleus hielt seinen tadellos geputzten Stiefel dazwischen. »Du stammst aus der Sternengasse. Ich brauche deine Hilfe, diesen Club zu finden.«

Langsam schaute Ty von Coleus' Stiefel an ihm hoch, bis er ihm ins Gesicht sah. »Wer sagt das? Azalea?«

»Meine Schwester verrät keine Geheimnisse. Ich bin der leitende Ermittler in einem Mordfall. Denkst du wirklich, ich durchleuchte nicht jeden Einzelnen im Palast?«

Ty riss die Tür weiter auf, sodass Coleus' Stiefel sie nicht mehr berührte. »Du kannst unmöglich die Biografie eines jeden hier auswendig kennen.«

»Richtig. Nur die der Interessanten.«

Die Worte kitzelten in Tys Nacken, als hätte Coleus sie dorthin geflüstert. Sofort schüttelte er sich, um das Gefühl loszuwerden.

»Die Sternengasse ist nicht die Diamantenstraße«, sagte Ty.

»Und ein Apfel ist keine Birne. Dennoch gehe ich davon aus, dass jemand, der sich mit Äpfeln auskennt, auch weiß, was eine Birne ist.«

»Hörst du eigentlich bei dem zu, was da den ganzen Tag deinen Mund verlässt oder schaltest du nur zwischendurch mal rein?« Entnervt wandte er sich ab, um in sein Zimmer zu gehen.

Coleus hielt ihn an der Schulter fest. Bei der fremden Hand auf seiner nackten Haut durchfuhr ihn ein Blitz. Sofort riss Ty sich los und machte einen Schritt rückwärts. Abwehrend hob Blackwall die Hände.

»Sorry«, sagte er direkt. »Aber ich will wissen, was du weißt. Denn wenn es wahr ist und dieser Club existiert, muss ich handeln. Etwas Derartiges darf in Avastone nicht existieren.«

Ty verschränkte die Arme. So hatte er den Wycca gar nicht eingeschätzt. Er hatte nicht über ihn nachgedacht als jemand … mit Gefühlen. »Du bist nicht der Einzige, dem etwas an Menschen liegt.«

Blackwalls violette Augen wurden hart. »Dann hilf mir.«

Entnervt atmete Ty aus. »Gut. Aber ich sitze nicht hinten.«

»Wie bitte?«

»Wir brauchen ein Auto. Und ich werde in einem Polizeiwagen nicht hinten sitzen.«

Coleus grinste und Ty fragte sich, ob er irgendetwas ausbrütete – das warme Gefühl in seinem Inneren ließ ihn an Fieber denken.

»Geht klar.«

Ty lotste Coleus zu seinem Anwesen. Sobald der Motor erstarb, stieg er aus. Er wollte dem Polizisten befehlen, im Auto zu warten, doch ehe er etwas sagen konnte, stand Blackwall neben ihm.

»Wer wohnt hier?«

»Bekannte.« Ohne sich umzusehen, lief er zur Haustür und schloss auf. »Nach mir«, sagte er und trat ein.

Da es vormittags war, herrschte weniger Trubel im Haus als sonst. Die älteren Kinder gingen dank der *Ausnahme* nun zur Schule. Natürlich kam ihnen als Erstes Morla entgegen. Bei Coleus Anblick blieb sie mit offenem Mund stehen.

»Wer bist du denn?«, hauchte sie.

Zu Tys Überraschung hockte Blackwall sich hin. »Ich bin Coleus. Und wer bist du?«

Anstatt zu antworten, schnaubte Morla. »Das ist ein komischer Name.«

Argwöhnisch schnellte Tys Blick zu dem Polizisten. Wenn er Morla gegenüber gemein wurde, wäre ihre Zusammenarbeit schneller beendet, als der Kerl *Detective* sagen konnte.

Doch wieder überraschte er Ty, indem er das Mädchen anlächelte. »Ich weiß. Ich wurde nach einer Pflanze benannt.«

Morlas Augen weiteten sich. »Ist die hübsch?«, hauchte sie.

»Ziemlich. Aber auch giftig.«

Sie kicherte. »Du bist auch hübsch.«

»Das Kompliment kann ich nur zurückgeben.«

»Ich bin Morla.«

»Freut mich, dich kennenzulernen, Morla.« Coleus streckte ihr seine Hand hin. »Soll ich dir ein Geheimnis verraten? Freunde nennen mich Cole.«

»Darf ich dich auch so nennen?« Unbeholfen schüttelte sie Coleus' Hand.

»Sicher.«

Morla strahlte übers ganze Gesicht.

»So, genug geplaudert«, mischte Ty sich ein und drehte Morla an der Schulter in Richtung Wohnzimmer. »Wir wollen loslegen.«

»Aber –«

»Hast du nicht irgendwelche Aufgaben zu erledigen?«

»Ich muss immer die doofen Sachen machen, wenn die anderen in der Schule sind.«

»Ich diskutiere nicht«, sagte Ty und besah sie mit einem strengen Blick. »Ich muss jetzt arbeiten. Und dafür brauche ich Ruhe.« Er wandte sich an Coleus. »Hier entlang.« Gemeinsam gingen sie zu der Treppe, die ins Obergeschoss führte.

»Arbeitest du mit Cole so wie damals mit Liam?«, rief Morla ihnen hinterher. Und dann: »Hat jemand meinen Stoffwolf gesehen?«

Ty ignorierte sie und lief, ohne sich umzudrehen, weiter geradeaus. Nicht zuletzt, weil er wusste, dass ihm das Blut ins Gesicht geschossen war.

»Hier rein«, murmelte er und hielt Coleus die Tür zu seinem Zimmer auf, das dieser sofort in Augenschein nahm.

Ty lockerte seine Schultern und ging direkt zu einem der hohen Bücherregale. Anders als Rae bestückte er es nicht mit gammelnden Gedichtbänden, sondern mit Unterlagen der Kinder, seinen eigenen und denen, die er von seinen Eltern geerbt hatte.

Zielsicher zog er einen der schwarzen Hefter hervor.

»Ist das dein Zimmer?«

Ty brummte unbestimmt und ließ den schweren Ordner auf seinen Schreibtisch fallen.

»Wer schläft in dem Extrabett?«

»Wechselt.« Ohne aufzusehen, schlug er den Ordner auf und beugte sich darüber.

»Liam?«

»Unter anderem.« Ty blätterte durch die Unterlagen. Irgendwo gab es Aufzeichnungen über die Bar- und Clubbesitzer der Stadt, das wusste er. Als seine Eltern die Sternengasse noch geleitet hatten, führten sie genaue Protokollierungen über das Nachtleben Avastones, auch außerhalb der Gasse.

»Dann besitzt Liam so einen Stoffwolf?«

Ertappt drehte Ty sich um. »Mach den bloß nicht kaputt«, warnte er und streckte auffordernd den Arm aus. »Morla hat vor Kurzem ihre Feuerkräfte entdeckt.«

»Da will ich lieber nichts riskieren.« Blackwall behielt den Wolf dennoch in der Hand, kam aber zu Ty zum Schreibtisch. »Nach was suchen wir?«

»*Ich* suche nach einer Liste.«

»*Du* bist kein Teamplayer, was?«

»*Du* stehst mir im Licht«, war alles, was Ty erwiderte, während er weiterblätterte.

Coleus schnaubte, doch das war Ty egal. Er hatte gefunden, wonach er gesucht hatte: eine Liste mit den Clubs und Bars in Avastone samt ihren Besitzern. Er nahm den Zettel hervor und entdeckte, dass weitere folgten. Seufzend überflog er sie, bis er die Diamantenstraße fand.

Doch auch hier nahm die Liste kein Ende.

»Ich hoffe, du bist nicht so ein Schreibtischpolizist«, sagte Ty und wedelte mit dem Papier vor Coleus herum. »Das wird ein langer Spaziergang.«

Der zog die Augenbrauen hoch. »Du willst die alle abklappern?«

»Hast du eine bessere Idee?«

»Sicher. Zeig mal her.«

Unwillig reichte Ty ihm die Liste. »Ich will ja deine minutenlange Erfahrung im Dienst nicht infrage stellen«, sagte er gedehnt und musterte Coleus Erscheinung von oben bis unten. »Aber die meisten davon sind nicht unbedingt Clubs, in denen Polizisten willkommen sind. Du wirst nichts wiedererkennen.«

Coleus legte den Zettel auf den Schreibtisch und stützte sich mit einer Hand auf dem Holz ab, während er sie durchsah. Er hatte sehnige Hände und elegante Finger, mit denen er sicherlich …

Sofort wandte Ty den Blick ab. *Ja*, dachte er entnervt, *Michelangelos* David *hat auch schöne Hände. Aber du träumst auch nicht davon, von* denen *berührt zu werden*.

Und Coleus Blackwall konnte man getrost ebenso in die Kategorie *Gefühllos wie Stein* stecken, da war er sich sicher.

Zumindest war dem so gewesen, bevor Ty die Unterhaltung mit Morla beobachtet hatte.

»Vielleicht habe ich keine Ahnung von den Clubs«, sagte Blackwall abwesend und fuhr mit dem Zeigefinger über die

Liste der Clubs und danach über die der Besitzer in der rechten Spalte. »Aber ich erkenne Namen wieder, mit denen ich zu tun hatte.«

Ty nickte. Das war gar nicht so blöd. »Such nach jemandem, der wegen Gewalt gegen Menschen auffällig geworden ist«, schlug er vor.

Coleus brummte zustimmend, vertieft in die Liste. Ungeduldig tippte Ty mit dem Finger auf den Schreibtisch.

»Wer ist Liam?«, fragte Blackwall plötzlich.

»Was?« Verwirrt streckte Ty die Hand nach dem Blatt Papier aus, doch Coleus hielt es fest. »Der steht da nicht drauf.«

»Wieso nicht? Bist du dir sicher, dass du ihn so gut kennst?« Mit gerunzelter Stirn musterte er Ty.

»Er ist ein Mensch«, erwiderte dieser. »Sollte ihm in der Diamantenstraße ein Club gehören – was ich nicht glaube –, wäre er kein Verdächtiger.«

»Wenn du es sagst.« Zweifelnd schob der Polizist den Mund hin und her.

»Wo steht denn sein Name?« Jetzt war Ty neugierig – er hatte mit dem Menschen nur eine Nacht verbracht und nicht viel Zeit darauf verschwendet, ihn kennenzulernen. Es war das erste – und letzte – Mal gewesen, dass er einen Mann mit hierher genommen hatte, weil Morla und die anderen nicht aufgehört hatten, Fragen zu stellen. Seitdem verbrachte er solche Nächte in seinem Zimmer im Palast.

Coleus stopfte den Stoffwolf zwischen seinen Arm und Körper und hielt sich mit beiden Händen die Liste vors Gesicht. Doch Ty sah an der Seite ein kurzes Lächeln aufblitzen. »Nirgendwo, ich war nur neugierig«, gab er ungeniert zu.

Ty sah ihn mit gefurchter Stirn. War der Kerl verrückt? »Ist das so ein Polizisten-Ding?«

Coleus ließ das Papier sinken und grinste breiter. »Vielleicht.« Sein Blick fiel wieder auf die Liste und mit einem Mal erlosch das Grinsen. »Hm.«

»*Hm* ist keine Aussage. Benutze deine Große-Jungs-Worte.«

Pfeifend sog Coleus die Luft zwischen die Lippen. »Für wie wahrscheinlich hältst du es, dass auf dieser Liste jemand steht, den wir kennen, der aber nie etwas von einem Club erzählt hat, den er besitzt?«

»Wäre schon ein großer Zufall.«

»Sehe ich ebenso.« Coleus deutete mit dem Finger auf einen Namen weiter unten.

Ty stellte sich neben ihn und sah, wen er meinte. »James Barrow«, las er laut vor. »Woher kenne ich den Namen?«

»Ich nehme an, du hast ihn im Palast aufgeschnappt. Vielleicht bei meiner Schwester. *Ich* kenne ihn von meinen Gehaltsabrechnungen.«

Tys Augen weiteten sich. »Barrow, wie in *der Polizeidirektor* Barrow?«

»Genau der.«

»Ich wusste nicht, dass man als Polizeidirektor von Avastone so schlecht verdient, dass man einen Nebenjob braucht.«

»Ein Nebenjob, der nirgendwo angemeldet ist«, ergänzte Coleus.

»Bist du dir sicher? Vergiss, was ich gefragt hab«, fügte Ty schnell hinzu, bevor er antworten konnte. »Du überprüfst jeden. Hab ich vergessen.«

»Nein. Ja. Ich meine, das tue ich, aber Barrow hatte ich ohnehin mehr als einmal durchleuchtet.«

Das kam Ty merkwürdig vor, doch er hakte nicht weiter nach. »Und seine Einstellung Menschen gegenüber?«

Coleus' Miene wirkte verschlossen, dennoch antwortete er. »Würde passen. Ich traue ihm keinen Mord zu, aber ein Club, in dem sich Gleichgesinnte treffen? Möglich ist es.«

»Dann sollten wir uns dort umsehen.«

»Ach, jetzt gibt es plötzlich ein *Wir*?«

»Für eine Nacht? Da stört mich ein *Wir* nicht.« Bevor Coleus etwas erwidern konnte, entzog Ty ihm den Stoffwolf. »Und du schleimst dich nicht weiter bei Morla ein.«

Protestierend hob Coleus die Arme, doch Ty lief bereits die

Treppe nach unten, um Morla ihr Kuscheltier zurückzugeben. Dennoch ließ Blackwall es sich nicht nehmen, sich zu Morla herunterzubeugen.

»Wenn du Hilfe mit dem Feuer brauchst«, flüsterte er ihr geheimnistuerisch ins Ohr – so laut, dass Ty und die anderen Mitbewohner, die sich mit ihr im Wohnzimmer versammelt hatten, ihn hörten, »sag Bescheid. Tyresian weiß, wo er mich findet.«

Danach setzten sie sich wieder ins Auto und fuhren los, doch aus irgendeinem Grund gingen Ty Coleus' Worte nicht aus dem Kopf. Erst als sie die Hauptstraße erreichten, begriff er, wieso.

Es war das erste Mal gewesen, dass der Wycca seinen Namen ausgesprochen hatte. Ihm war nicht klar, weshalb es ihm auffiel. Und warum der Klang sich wie ein summendes Echo in seinem Kopf festsetzte.

»Ich wusste bisher nicht, dass du auch eine Kein-Arschloch-Seite hast«, sagte Ty und knibbelte an der Innenverkleidung des Autos.

»Ich wusste nicht, dass ich überhaupt eine Arschloch-Seite besitze«, erwiderte Coleus belustigt und setzte den Blinker ganz vorschriftsgemäß.

Ty schnaubte. »Ich bitte dich. Dieses *Ich-bin-der-wichtige-Polizei-Inspektor-Boss-Getue.*«

»Detective Chief Inspector«, verbesserte Blackwall ihn.

»Sag ich doch.«

»Das ist kein Getue. Das ist mein Job.«

»Und Arroganz ist eine Voraussetzung für diesen Job?«

Coleus warf einen Blick in den Rückspiegel, bevor er kurz zu Ty sah, um sich danach wieder auf die Straße zu konzentrieren. »Hör zu, wenn es für dich so rüberkommt – schön. Aber so verhalte ich mich in meinem Beruf – und weißt du was? Es funktioniert. Falls du wissen willst, warum, verrate ich es gern. Es würde dir sicherlich bei deiner gläsernen Garde helfen.«

»Was soll das jetzt heißen?« Ahnte Blackwall doch, dass Zekes Tod fremdverschuldet war? Nein, das konnte nicht sein.

Ausschließlich seine Freunde wussten etwas über Raes Fähigkeit der Biokinese – und dass er sie bei Zeke angewandt hatte, war nur Ty bekannt.

Coleus seufzte. »Nichts.« Als er erneut blinken wollte, kam er gegen den Scheibenwischer und sie quietschten über das trockene Glas. Er fluchte verhalten.

Eine Zeit lang schwiegen sie.

»Gut, ich beiße an. Warum?«, fragte Ty schließlich.

»Sie akzeptieren dich nicht«, antwortete Coleus prompt, als hätte er gewusst, dass Ty zu neugierig war, um nicht nachzufragen. »Du spielst ihnen jemanden vor, der du nicht bist.«

Damit hatte er nicht gerechnet. Aber wenigstens bedeutete dies, dass Blackwall sich über Zeke keine Gedanken machte. »Ich bin ihr Befehlshaber. Das muss ich nicht spielen.«

»Aber das ist nicht alles. Und du tust so, als wäre es das.«

Schnaubend verschränkte Ty die Arme vor der Brust. »Wenn du das sagst«, murmelte er. Gleichzeitig dachte er an die Blicke seiner Garde. Die Herabschätzung. Das Gelächter. Den Trotz in ihren Stimmen. Sofort prickelten seine Wangen. Sie sahen ihn nicht als ihren Befehlshaber an – sie nahmen ihn ja nicht einmal als gleichwertig wahr. Als trüge er noch immer den Mantel mit der losen Naht aus der Sternengasse, den er gestohlen hatte.

Coleus sagte nichts weiter, sondern parkte das Auto abseits vom Palast. »Ich werde mich beim Club umsehen und prüfen, ob Barrow dort ein- und ausgeht. Wenn ja, werden wir nicht ungesehen reinkommen.«

»Du gehst nicht ohne mich«, warnte Ty.

»Versprochen«, sagte er und aus irgendeinem Grund glaubte Ty ihm. »Ich werde lediglich beobachten. Sobald ich mir sicher bin, gehen wir rein.«

Ty stieg aus und sah zu, wie Coleus wendete. Erst, als das Auto außer Sichtweite war, bemerkte er, dass er dem Wagen die ganze Zeit hinterher gestarrt hatte – und dabei Coleus' violette Augen vor sich sah.

Am nächsten Morgen ging es Raevan besser. Der Alkohol hatte keine Nachwirkungen – noch ein Indiz dafür, dass es etwas anderes war, das ihm zugesetzt hatte.

Seine Laune wäre jedoch heiterer, wenn sie nicht in den frühen Morgenstunden losgeritten, sondern gefahren wären. Sein Hintern tat so weh, dass er sich bei jedem Schritt des Pferdes verspannte. Merenburg, Ashlands Hauptstadt, bestand im Gegensatz zu Avastone aus zu einem Verbund geschlossenen Ortschaften. Dazwischen lagen hektarweise Felder, hügelige Landschaften und Wälder, alles durchzogen von weitläufigen Seen. Sie folgten einem der Berge und Rae schluckte, als es auf der anderen Seite steil hinunter ging – am liebsten hätte er sich an die Mähne des Pferdes geklammert.

Doch seine Furcht wurde begraben von einem prickelnden Gefühl in seiner Magengegend, als er den See erblickte, der eingeschlossen zwischen den Hügeln lag. Die Sonne hatte sich an der steinigen Landschaft vorbeigekämpft und streckte ihre Finger nach dem Wasser aus. Der Wind ließ die Oberfläche zittern und so glänzte der See an einigen Stellen weißlich, an anderen grau.

Noch nie hatte Rae etwas Friedlicheres gesehen. Sofort türmten sich Worte in ihm auf, formten sich zu Kreuzreimen, überschlugen sich in Parallelismen. Es juckte ihn in den Fingern, die Strophen zu Papier zu bringen, und doch …

Kam ihm der Gedanke an Avastone, sein Zuhause. Die verbogenen Dächer der alten Fachwerkhäuser; die gewellten Kopfsteinpflasterstraßen; der Hafen voll mit bunten Fischernetzen. Er wusste, würde er ein Gedicht über Ashlands Natur schrieben, wären es Zeilen getränkt in theatralische Metaphern – während die Gedichte über Avastone ihn immer mit einer düsteren Sehnsucht erfüllten. Er wagte einen Blick nach vorn, auf die Reiterin mit den dunklen Haaren, und wusste sofort, was von beidem er bevorzugte.

Vor allem Avastones Trubel würde ihm fehlen. Und die Straßen, auf denen man mit dem Auto fuhr, anstatt zu reiten.

Er besaß keine Handschuhe für einen solchen Ausflug, sodass er sich welche hatte leihen müssen und das abgewetzte Leder war zu eng und kratzte auf seiner Haut. Wenigstens war die Runde so groß, dass weder auffiel, dass er Azalea mitgenommen hatte, noch, dass er nicht mit den vorderen Reitern mithalten konnte.

Schweiß lief ihm trotz des kühlen Winds über die Stirn, aber er wagte es nicht, zu fragen, wann dieser Ausflug endlich enden würde.

»Ihr solltet Euch entspannen.«

Überrascht sah Rae auf. Er hatte das Gefühl, seit Stunden mit niemandem geredet zu haben, und war zu konzentriert darauf gewesen, sich im Sattel zu halten, als dass er auf die Leute in seiner Umgebung hatte achten können. Nun entdeckte er die schlanke Reiterin neben sich, deren braune Locken, die unter dem Helm hervorblitzten, dieselbe Farbe besaßen wie das Fell ihres Pferdes. Prinzessin Neeris sah in den Reitklamotten älter aus als zweiundzwanzig und irgendwie konnte Rae in diesem Moment nachvollziehen, weshalb Katleem sie stets als Wildfang bezeichnet hatte. Ihre Wangen leuchteten von dem kalten Wind.

»Entspannen«, wiederholte Neeris, als wäre Rae schwer von Begriff. »Wenn Ihr euch versteift, wird Euer Hintern nur noch mehr schmerzen.«

»Danke für den Tipp, Prinzessin«, sagte Rae kurz angebunden. *Entspann dich*, war in dieser Situation etwa so hilfreich wie *Sei nicht wütend*, wenn man knapp vor dem Explodieren stand.

Zu seiner Überraschung lachte sie. »Geht mit den Bewegungen des Pferdes mit und arbeitet nicht dagegen an.«

Das war schon etwas hilfreicher. Doch für seinen Hintern kam der Rat zu spät.

Wieder lachte Neeris, als ahnte sie, was er dachte, so wie gestern Abend. »Keine Sorge, wir sind gleich da. Reitet ihr bei Euch nie?«

»Nicht, wenn es sich vermeiden lässt.«

»Aber Ihr besitzt Pferde?«

»Sicher.«

»Doch Ihr bevorzugt Autos.«

Aus dem Augenwinkel – mehr traute er sich nicht zu – warf er ihr einen Blick zu. »Warum unterhaltet Ihr Euch mit mir?« Seitdem der Ausflug begonnen hatte, wurde er von Carlisle und Emeretia ignoriert. Lediglich sein eigenes Gefolge hatte ein Auge auf ihn – und natürlich Azalea. Sie vermieden es jedoch, miteinander zu sprechen. Davon abgesehen war sie eine weitaus bessere Reiterin als er und führte die Prozession die meiste Zeit mit an.

»Ihr seid unser Gast«, sagte Neeris.

»Das ist für andere kein Grund.« Er wollte ihre Eltern nicht direkt angreifen.

»Vielleicht interessiert mich einfach der Mann, der meine Schwester geheiratet hat.«

»Ihr wollt also meine Geheimnisse erfahren«, mutmaßte er.

»Keine Sorge. Ich glaube nicht, dass Ihr etwas mit Katleems Tod zu tun habt.«

»Ach nein?«

»Nein. Und es sind nicht Eure Geheimnisse, an denen ich interessiert bin. Sondern die meiner Schwester.« Ohne seine Antwort abzuwarten, trieb sie ihr Pferd an und galoppierte davon.

Verwirrt starrte Rae ihr hinterher. Doch er hatte keine Möglichkeit, ihr zu folgen, es sei denn, er wollte die Schmach eines Sturzes über sich ergehen lassen.

Zu seinem Glück behielt Neeris recht und nach wenigen Minuten schlugen sie endlich ihr Lager auf. Man half ihm aus dem Sattel, gab ihm zu trinken und führte ihn zu einem Zelt, das Bedienstete im Vorfeld aufgebaut hatten. Abgesehen von dem Schweigen des Königspaares wurde er heute besser behandelt als bei seiner Ankunft.

Das Zelt war doppelt so hoch, wie er groß war, und mit jeglichem Komfort ausgestattet. Vielleicht meinten die Stuarts, was sie sagten, und waren wirklich an Frieden interessiert.

Umso besser, das würde seine Aufgabe weitaus erleichtern. Immerhin hatte er die Biokinese bisher selten angewandt. Doch er spürte, dass es heute an der Zeit war.

Als er gewaschen, umgekleidet, mit dem Gröbsten versorgt und erholt war, brach draußen die Dämmerung an. Man führte ihn durchs Lager, in dem mehrere Feuer brannten, bis hin zu vier imposanten Stühlen, deren Transport sicher nicht unkompliziert gewesen war. Bis auf einen waren sie bereits belegt. Carlisle und Emeretia saßen neben ihrer Tochter, die – als sie Rae entdeckte – auf den leeren Stuhl deutete. Er kam auf die drei zu und neigte den Kopf.

»Euer Land ist wirklich traumhaft«, sagte er und wusste, dass das genau die Art von Kommentar war, die Enyas von ihm erwartet hätte.

»Dann wartet erst einmal unsere Unterhaltungskünste ab«, sagte Neeris zwinkernd.

Rae hob die Brauen, erwiderte aber nichts, sondern setzte sich. Einen Augenblick später traten ein Mann und eine Frau vor sie, verbeugten sich und begannen mit einer imposanten Feuershow. Zwischenzeitlich befürchtete Rae, dass sie bei ihren Kunststücken den umstehenden Wald in Brand setzen würden, doch die beiden schienen alles unter Kontrolle zu haben. Als sie fertig waren, folgte eine Gruppe Tänzer.

Rae musste zugeben, dass die Show unterhaltsam war, auch wenn er langsam fror und ihm ein Abend im Schloss lieber gewesen wäre. Doch er klatschte gemeinsam mit den anderen und meldete sich sogar freiwillig, als die Tänzer sich am Ende ihrer Show mit den Feuerkünstlern zusammentaten und jemanden brauchten, der einen der brennenden Reifen hielt. Er sollte den Ring hoch in die Luft halten und mithilfe zweier Tänzer wurde die Feuerkünstlerin durch den Ring befördert wie ein Seehund. Geschmeidig kam sie auf der anderen Seite wieder auf und verbeugte sich fürs Publikum.

Bei all dem Applaus entging ihm jedoch nicht, dass Carlisle Stuart ihn nicht einen Moment aus den misstrauisch zusammengekniffenen Augen ließ. Er fragte sich, was der König mit all dem hier bezweckte. Glaubte er Rae, wenn er versicherte, nicht für Katleems Tod verantwortlich zu sein?

Und wenn nicht – was erhoffte er sich dann von Raes Anwesenheit?

Am Ende des Abends war Rae so ausgelaugt, dass er vergaß, weshalb er eigentlich in Ashland war. Erst, als er auf dem Bett in seinem Zelt lag, fiel ihm wieder ein, dass er nicht mit seinem Charme zu überzeugen brauchte.

Er hatte andere Mittel.

Langsam streckte er seine Finger unter der Decke, als würde er Turnübungen machen. Mit geschlossenen Augen tastete er sich mit seinem Geist vorwärts, ließ sich auf das Knistern der fremden Nervensysteme ein, die ihn umgaben. Blind, wie er hier im Zelt war, strömten sie wie ein Wasserfall auf ihn ein, drohten ihn zu ertränken. Sein Atem ging angestrengt, je stärker er sich konzentrierte. Im Geist verfolgte er die Strecke zum Zelt des Stuart Königs und das Prickeln stieg an, zwickte in Raes Haut. Der König besaß eine immense Präsenz. Rae war sich sicher, dass er noch nicht schlief. Stattdessen arbeitete Stuarts Gehirn auf Hochtouren – er schmeckte beinahe die Elektrizität auf der Zunge, die von dessen Neuronen ausging.

Ein Knacken lenkte ihn ab. Nicht in seinem Kopf, sondern vor dem Zelt. Die Verbindung erstarb und Rae fluchte. Wer zum Teufel schlich mitten in der Nacht an seinem Zelt entlang?

Zu aufgekratzt, um zu schlafen, stand er auf, zog sich eine Jacke über und trat hinaus.

Nur um zwischen den Bäumen Prinzessin Neeris verschwinden zu sehen.

War sie es gewesen, die ihn abgelenkt hatte? Warum schlich sie so spät im Dunkeln im Wald herum?

Rae sah sich im Lager um. Weiter hinten saßen ein paar Wachen, doch es war offensichtlich, dass sie weder mit einer Gefahr rechneten, noch, dass sie Neeris Verschwinden bemerkt hatten. Sie reichten eine Zigarette herum – die Asche glühte bei den Zügen im Dunkeln.

Raes Gedanken wirbelten wie fallende Blätter im Herbstwind umher. Was verbarg die Prinzessin? Mit klopfendem Herzen schlich er sich an die Stelle des Waldes, an der sie verschwunden war. Kurz warf er einen Blick über die Schulter. Niemand interessierte sich für ihn. Er würde nur schauen, ob er Neeris finden konnte …

Die Dunkelheit webte einen dichten Teppich zwischen den Bäumen, sodass Rae nach einigen Schritten bereute, keine Taschenlampe mitgenommen zu haben. Der unebene Boden brachte ihn beinahe zum Stolpern. Wenn es keinen triftigen Grund gab, würde sich niemand hier raus trauen. Was Neeris' Ausflug umso verdächtiger wirken ließ.

Obwohl er nur kurz nach ihr den Wald betreten hatte, hörte er nichts außer dem gelegentlichen Ruf eines Uhus und dem Rascheln von versteckten Wildtieren. Im Unterholz knackte es und er zuckte zusammen. Doch das Geräusch kam von weiter weg.

Kopfschüttelnd über seine irrationale Furcht lief er weiter. Sicher lachte gerade ein Fuchs über seinen Schrecken.

Wieder ein Knacken. Dieses Mal lauter.

Rae sah sich um und kniff die Augen zusammen. Leuchtete in der Ferne ein Licht? Er atmete tief ein und machte einen Schritt darauf zu.

Da schmeckte er es auf der Zunge.

Rauch.

KAPITEL 13

Bevor Rae begriff, was vor sich ging, ertönte ein Schrei.

»Feuer!«

Rae wirbelte herum. Der Ruf kam aus der Richtung ihres Lagers. Dort, wo Azalea schlief.

Sofort rannte er los, stieß Äste aus dem Weg, ignorierte die Dornen, die seine Kleidung aufrissen. Als er auf die Lichtung brach, sah er sich schwer atmend um. Flammen fraßen sich von Osten durch die Bäume, trieben auf die Zelte zu. Noch hatten sie das Lager nicht erreicht, aber ihnen blieben nur Minuten. Die Menschen stoben aus ihren Zelten, stolperten blind durch die von den Flammen erhellte Dunkelheit.

Die Hitze breitete sich wie ein unsichtbares Ungeheuer in der Luft aus, der Atem einer unaufhaltsamen Bestie, die bereit war, alles zu verschlingen. Raes Herz hämmerte einen wilden Rhythmus in seinem Brustkorb. Er konnte Azalea nicht entdecken. War sie noch im Zelt? Der Rauch verdichtete sich und er hustete. Die Geräusche des Knisterns und das Zischen der Flammen schwollen zu einem unheilvollen Chor an, der an seinen Nerven zerrte. Die Zeit dehnte sich, zog sich zusammen, der Rauch hüllte ihn ein, eine undurchdringliche Wand aus Chaos, die seinen Atem erstickte und seine Sinne trübte. Er musste Azalea finden.

In dem Durcheinander griff Rae blind nach der Kraft in seinem Inneren. Ein gewaltiger Windstoß brach aus ihm heraus, stieß gegen das Feuer, trieb es weg vom Lager. Raes Haut kribbelte vor Hitze und Panik, bis er zwischen den anderen ein Paar eisblauer Augen entdeckte. Die Menschen auf der Wiese schauten schweratmend von Rae zu den Flammen, die mit krachendem Lärm den Wald vor sich vernichteten. Azalea stand bei den anderen, eine Hand ausgestreckt, als wollte sie Rae erreichen. Trotz des Rauchs füllte sich seine Lunge mit Luft und er stieß erleichtert den Atem aus. Stumm nickte er ihr zu.

Inmitten des tosenden Windes und des berstenden Feuers drang die Stimme von Emeretia Stuart zu Rae durch.

»Neeris? Wo bist du?«

Erschrocken schaute Rae zu den zurückgedrängten Flammen. Sie wanderten nicht in die Richtung, in die Neeris verschwunden war, aber …

Er erinnerte sich an das Knacken von vorhin – er hatte das Feuer gehört, bevor es im Lager bemerkt worden waren. Mit einem mulmigen Gefühl im Magen sah er über die Schulter, dorthin, von wo er gekommen war. Auch dort züngelten Flammen in die Höhe, fraßen sich durch die Bäume.

Und irgendwo mitten im Inferno war Neeris.

Rae schwankte. Das Feuer in der Ferne ragte weit in den Himmel. Mit einem Windstoß – egal wie kräftig – konnte er es nicht löschen. Und in welche Richtung sollte er es zwingen? Neeris konnte überall sein.

Niemand wusste, dass er ihr Verschwinden bemerkt hatte. Keiner von ihnen ahnte, dass sie im Wald war.

»Prinzessin Neeris ist nicht in ihrem Zelt«, meldete eine der Wachen und Königin Emeretia stieß einen erstickten Laut aus.

Rae wandte sich ab, biss sich auf die Lippe. Wenn er schwieg, könnte Neeris sterben. Aber vielleicht war sie auch schon tot und sein Eingreifen wäre sinnlos …

Im seichten Rauch, der noch immer zu ihnen drang, blickte Rae ein Paar brauner Augen entgegen. Er blinzelte und sie verschwanden. *Einbildung.* Stattdessen setzte sich ein nagendes Gefühl in seinem Magen fest. Die Krallen bohrten sich tiefer, als er versuchte, die Stimme in seinem Inneren zu ignorieren.

Katleems Stimme. Sie würde ihm nie verzeihen, wenn er ihre kleine Schwester den Flammen überließ.

Doch seine Windkräfte würden hierfür nicht ausreichen.

»Sie muss im Wald sein.« Carlisle Stuart lief zu seinen Wachen, bellte Befehle in einem Tonfall, der an ein verlorenes Schiff im Sturm erinnerte. »Ich komme mit euch«, sagte er und trieb die Menschen in Richtung des brennenden Waldes.

»Das ist zu gefährlich, Majestät«, wandte einer von ihnen ein.

Rae stimmte stumm zu. Die Flammen, die er vom Lager weggetrieben hatte, schlossen sich den anderen an. Der Wald brannte lichterloh.

Mit einem Kloß im Hals rieb er sich über die vom Rauch tränenden Augen. Wenn er jetzt nicht handelte, wäre es ohnehin zu spät. Sein Magen zog sich zusammen. Er hatte keine Wahl.

»Bleibt, wo ihr seid«, befahl er. Ein Teil von ihm bemerkte König Carlisle, dessen Gesicht sich bei dem herrischen Tonfall verzog. Doch Rae ignorierte ihn, konzentrierte sich stattdessen auf den eisigen Atem in seiner Lunge.

Es war, als würde er den Stift einer Granate entfernen. Keine Kraftanstrengung, wie es die Biokinese verlangte. Kein Zerren – dafür ein Loslassen.

Das Letzte, was er sah, bevor sein Körper explodierte, war Azalea.

Sie schüttelte leicht den Kopf. Aber es war zu spät.

Das Eis brach aus ihm heraus. Kälte hüllte ihn ein, schlang sich um die nahestehenden Bäume, floss über den Boden. Die Luft erstarrte zu einem frostigen Nebel, und die Dunkelheit des Waldes wurde von einem blendenden Weiß-Blau verschluckt. Die Zeit stand still, als Raes Kräfte den Wald in eine eisige Symphonie verwandelten. Der Frost zog über die Baumkronen, bedeckte die Erde mit einer glitzernden Schicht. Das Feuer zischte und knisterte, schmolz das Eis und erstickte dann im Wasser.

Außer Atem stand Rae inmitten dieser gefrorenen Welt, seine Augen verfolgten den Tanz der Flammen mit dem Eis. In wenigen Sekunden war es vorbei. Das Eis gewann.

Raes Herz schlug unruhig in seiner Brust. Der Wald lag ausgestorben da – die Bäume abgebrannt, der Boden verrußt, während Wasser von den schwarzen Ästen tropfte.

Um ihn herum herrschte Stille. Er spürte die Blicke aller Anwesenden in seinem Nacken. Der Wald vor ihm barg keine Geheimnisse mehr – kilometerweit eröffnete der verlorene Kampf der Flammen gegen das Eis die Sicht auf die Zerstörung. Raes Atem rasselte in seiner Brust und die Blicke der anderen brannten wie eine offene Wunde auf seiner Haut. Niemand regte sich.

Schritte erklangen. Im nächsten Moment rannte Neeris auf sie zu – triefend und außer Atem warf sie sich in die Arme ihrer Mutter.

Rea schluckte. Langsam wandte er sich an Carlisle Stuart, der ebenfalls die Arme um seine Tochter schlang, aber den Blick nicht von Rae abwandte. Seine Miene zeigte keine Regung und Rae fragte sich, ob die Offenbarung seiner wahren Macht dünnen Fäden des Vertrauens zwischen ihnen zerstört oder etwas anderes geweckt hatte.

Rae hatte erwartet, dass der Ausflug abgebrochen werden würde. Doch die Stuarts wiesen die Wachen lediglich an, den Wald nach übrig gebliebenen Feuerherden abzusuchen, und alle anderen, sich in die Zelte zu begeben.

Rae verzichtete, sie darauf hinzuweisen, dass keine Flamme das eisige Inferno überlebt haben könnte. Dessen war er sich sicher. Stattdessen verbrachte er die Nacht in dem unbequemen Bett, wälzte sich von einer Seite auf die andere und fragte sich, ob er das Richtige getan hatte.

Er hatte Neeris' Leben gerettet – aber zu welchem Preis? Die Art von Macht hatte er bisher selbst seinem eigenen Volk vorenthalten.

Die Sonne ging auf und noch immer nagte die Sorge in Raes Eingeweiden. Es war höchste Zeit, alle Zweifel aufseiten der Stuarts aufzuräumen und nach Lyzara zurückzukehren. Mit diesem Wissen trat er aus dem Zelt.

Und fand sich dem König von Ashland gegenüber.

»Ich wollte Euch gerade aufsuchen«, sagte Carlisle Stuart. Seine starre Körperhaltung verriet nicht, was in seinem Inneren vorging.

»Ist etwas passiert?« Automatisch wanderte Raes Blick umher. Der Geruch von verbranntem Holz gemischt mit einer durchregneten Nacht hing in der Luft. Doch ansonsten schien nichts außergewöhnlich.

Stuart schüttelte den Kopf. »Meine Leute haben keine weiteren Flammen entdecken können.«

»Weiß man, was das Feuer ausgelöst hat?«

»Waldbrände im Sommer sind nichts Seltenes.«

Rae runzelte die Stirn. Heute Morgen strich die Luft erfrischend kühl über seine Haut. Und dann war da noch die Tatsache, dass das Feuer aus zwei Richtungen gekommen zu sein schien.

»Ich habe nach den Ereignissen der Nacht lange mit meiner Frau gesprochen«, unterbrach Carlisle Stuart Raes Gedanken und nickte in Richtung Emeretia, die gemeinsam mit Neeris an einem Frühstückstisch weiter hinten saß. »Wir sind zu einem Entschluss gekommen.«

»Entschluss?«, wiederholte Rae, der noch immer an das Knacken im Wald dachte, als er Neeris gefolgt war.

»Ja, wir … Lasst es uns am besten direkt verkünden.« Stuart hob eine Hand und ließ sie in der Luft hinter Raes Rücken schweben, um ihn vorwärtszutreiben. Verwirrt ließ Rae sich in Richtung der beiden Frauen schieben, die aufstanden, um auf ihn zuzukommen.

Carlisle Stuart räusperte sich. »Wenn ich alle hier her bitten darf«, rief er mit seiner kräftigen Stimme. Ins Lager kam Bewegung. Sowohl diejenigen aus Ashland als auch Raes Gefolge versammelten sich.

»Ich möchte Euch danken, Raevan«, sagte Emeretia und neigte den Kopf. »Ihr habt meiner Tochter das Leben gerettet.«

In ihrem Gesicht suchte Rae nach Anzeichen dafür, dass sie

ihn fürchtete. Der Wind, der durch den verkohlten Wald um sie herum pfiff, sang das Lied von Verderben. Doch ihre Miene schien aufrichtig.

»Ich bin froh, dass es Neeris gut geht.« Er sah zu der Prinzessin. Sie wirkte nicht wie der Wirbelwind der letzten Tage, sondern eher, als wäre sie selbst in einen Tornado geraten. »Was hattet Ihr überhaupt im Wald zu suchen?« Im gestrigen Trubel hatte er keine Möglichkeit gehabt, sie zu fragen.

»Ich konnte nicht schlafen«, sagte sie und mied dabei Raes Blick. Die braunen Locken fielen ihr ins Gesicht.

Etwas setzte sich in seinem Kopf fest – ein flüchtiger Gedanke, der ein Pochen verursachte, den er aber nicht greifen konnte. Rae sah zu der Stelle des Walds, an der Neeris verschwunden war. Sie lag genau in der anderen Richtung von seinem Zelt.

»Ruhe.« Carlisle Stuarts Stimme brachte die Umstehenden zum Schweigen. »Ich danke euch. Letzt Nacht war ein Schock für mich und meine Frau. Aber besonders für Prinzessin Neeris.« Er legte einen Arm um seine Tochter, die noch immer auf den Boden starrte. »Zum Glück ging es glimpflich aus. Dank unseres Gastes.« Er ließ Neeris los und wandte sich an Rae, streckte ihm eine Hand aus. Überrascht griff Rae danach und Stuart legte seine zweite Hand um beide, schloss Raes ein. »Ihr seid mutig, Raevan Tennyson, das muss ich Euch lassen. Wir bewundern Mut hier in Ashland.«

»Vielen Dank, Eure Majestät.«

»Der König von Lyzara«, sagte Carlisle nun lauter und gut verständlich für die Umstehenden, »ist hier, weil er den Frieden unserer Länder bewahren will.«

Raevan sah in die Menge und sein Blick fiel auf Azalea, so wie immer. Als wären seine Augen daran gewöhnt, dass er Ausschau nach ihr hielt. Sie trug einfache Hosen und ein längeres, dunkelblaues Oberteil, das sie sich geliehen haben musste. Auch ihre Augen lagen auf ihm und ihr Mundwinkel zuckte kurz. Dachte sie dasselbe wie er? Würde es doch einfacher werden, den König und die Königin von seiner Unschuld zu überzeugen? Sie wusste nicht, dass er plante, sein Ziel mit der Biokinese zu erreichen, aber vielleicht wäre das gar nicht nötig.

»Auch wir wollen Frieden«, fuhr Carlisle Stuart fort. »Und wie kann man Frieden besser bewahren als durch eine Hochzeit?«

Die Augen noch immer auf Azalea gerichtet, sickerten die Worte langsam zu Rae durch.

Eine Hochzeit.

Ruckartig drehte er den Kopf in Carlisles Richtung, doch der sah zu seiner Tochter.

»Neeris, Liebling. Komm zu uns«, bat er.

Sie neigte den Kopf, machte einen Schritt auf sie beide zu.

Raes Herz klopfte ihm bis zum Hals.

»Als Zeichen des guten Willens und der Freundschaft zwischen unseren Ländern schlagen wir eine Vereinigung der Königshäuser vor. Eine Vereinigung zwischen Prinzessin Neeris von Ashland und Raevan Tennyson, König von Lyzara.«

Überrumpelt konnte Rae einen Moment nur dastehen. *Hör auf, sie anzustarren*, befahl eine Stimme in seinem Kopf. Doch er konnte seinen Blick nicht von Azalea abwenden, deren Gesicht jegliche Farbe verlor.

»Eure Majestät?«

Neeris' Worte ließ ihn zusammenzucken. Schnell riss er sich zusammen und sah sie an.

Lächeln, hörte er die Stimme in seinem Kopf wieder und dieses Mal war er sich sicher, dass sie wie Enyas klang. *Und zwar wie ein König, nicht wie der Teufel.* Er bemühte sich, zu tun, was die Stimme verlangte. Sein Kiefer schmerzte.

»Was für ein großzügiges Angebot«, presste er zwischen dem Lächeln hervor. »Ich würde sofort zustimmen«, log er mit klopfendem Herzen weiter. »Wäre da nicht mein Blutrat. Er trifft solche Entscheidungen für mich.« Und gerade war Rae dafür sehr, sehr dankbar.

»Aber da Euer Blutrat nichts gegen die Ehe mit Katleem hatte, sollte er dieser zustimmen, meint Ihr nicht?«, fragte Carlisle mit hochgezogenen Augenbrauen.

»Da gehe ich von aus«, sagte Rae. Der Boden unter ihm schwankte. »Doch das Gesetz verbietet es mir, eine solche Entscheidung im Alleingang zu treffen. Ich werde mich umgehend mit meinem Rat in Verbindung setzen.«

»Dann werden wir das Urteil Eures Rates abwarten«, sagte Carlisle und bedeutete gleichzeitig einem Bediensteten, ihnen Gläser zu bringen. Er reichte erst Rae und anschließend seiner Tochter eines, bevor er seins anhob.

»Bis dahin trinken wir auf Freundschaft«, verkündete er laut. »Und auf eine baldige Hochzeit!«

»Auf eine baldige Hochzeit«, echoten die Umstehenden.

In Raes Hals bildete sich ein Kloß. Er hob das Glas an seinen Mund, trank jedoch nichts. Stattdessen huschte sein Blick erneut zu Azalea.

Doch die war verschwunden.

KAPITEL 14

Raevan wartete, bis alle Geräusche um sie herum erstarben. Dann zog er sich seinen dunklen Kapuzenpullover über, band die Haare zusammen, versteckte sie unter die Kapuze und schlich sich aus seinem Zelt. Ein paar Schritte weiter konnte er Wachen entdecken, die um eines der Lagerfeuer herum saßen. Es würde noch mehr geben, jedoch größtenteils hier, wo die Königsfamilie schlief.

Den ganzen Tag über waren die Stuarts mit Rae durch die Gegend geritten, hatten ihm das Tal gezeigt, die Seen, die Flüsse. Auch hatten sie das Ausmaß des Brandes begutachtet – kilometerweit waren Bäume abgebrannt und es herrschte eine traurige Leere.

Doch er konnte sich auf nichts davon konzentrieren. Der Frieden mit Ashland war zum Greifen nah. Alles, was er dafür tun musste, war der Hochzeit zuzustimmen. Die Zeit hielt ihn gefangen in einem Kreislauf, der immer wieder auf das Gleiche hinauslief. Heute, acht Jahre zuvor – es spielte keine Rolle. Der Tod seines Bruders hatte eine Spirale von Entscheidungen ausgelöst, die Rae nicht treffen wollte.

Neeris zu heiraten, bedeutete Frieden. So wie damals bei Katleem. Und wie das ausgegangen war, spürte er nun am eigenen Leib.

Den ganzen Tag über bekam er Azalea nicht zu Gesicht. Doch er musste mit ihr sprechen. Bevor der Blutrat von dem Antrag erfuhr.

Ihr Zelt lag abseits und Rae musste aufpassen, keine Geräusche zu machen. Hier und da waren ein paar der Bediensteten unterwegs, aber mit seinem schwarzen Kapuzenpullover beachtete ihn niemand. Vor Azaleas Zelt blieb er einen Moment stehen, ging sicher, dass er nicht beobachtet wurde. Dann schlüpfte er hinein.

Ihre Unterkunft war kleiner, gerade hoch genug, sodass er stehen konnte. Doch wenigstens war sie allein. Seine Augen brauchten einen Moment, um sich an die Dunkelheit zu gewöhnen.

»Du solltest nicht hier sein.« Die Stimme ertönte aus der linken Ecke und Rae zuckte zusammen.

»Ich wollte dich nicht wecken.« Langsam offenbarten sich ihm die Umrisse. Azalea saß auf einer Pritsche, die Knie dicht an den Körper gezogen.

»Hast du nicht.«

Unschlüssig blieb er stehen. Er fühlte sich, als hätte er dieses Gespräch schon so oft geführt.

Azalea legte das Kinn auf ihre Knie. »Was willst du, Raevan?«

»Dich.«

Leicht schüttelte sie den Kopf. Ihre Haare schienen in der Dunkelheit pechschwarz und reichten bis auf die Pritsche.

In Raes Hals bildete sich ein Kloß. Bevor sie etwas sagen konnte, machte er zwei Schritte bis er vor ihr stand. Dann sank er auf die Knie, sodass sie auf Augenhöhe waren.

»Ich will nur dich. Immer.« Seine Worte ertranken in der Verzweiflung.

Azalea biss sich auf die Unterlippe und schaute zur Seite. Ihre Augen glitzerten. Doch als sie ihn wieder ansah, war ihre Stimme fest. »Vielleicht sollten wir einsehen«, flüsterte sie, »dass es nicht möglich ist.« Rae hörte, wie sie schluckte und dann für einen Moment die Augen schloss. »Mit mir wird es kein Happy End geben, Raevan.«

Er ertrug es nicht. Nicht die Trauer in ihrem Gesicht und auch nicht die Distanz zwischen ihnen. Sanft legte er eine Hand auf ihre. Sofort schlug sie die Augenlider auf.

»Und wenn ich dafür sorgen kann?«

Leicht verwirrt sah Azalea von seiner Hand auf. »Du hast bei dieser Wahl kein Mitspracherecht mehr. Selbst wenn die Entscheidung aufgeschoben ist – der Blutrat wird der Hochzeit mit der Prinzessin zustimmen. Warum auch nicht? Es ist perfekt.« Ihre Stimme brach bei dem letzten Wort und Rae zuckte zusammen.

Vorsichtig strich er mit den Fingerspitzen über ihren Handrücken. Natürlich hatte sie recht. Aber … »Ich kann sie umstimmen.«

Wieder schüttelte Azalea den Kopf. »Du wartest seit Wochen auf ihre Erlaubnis.«

»Nicht den Blutrat«, widersprach er. Obwohl … wenn es ihm bei den Stuarts gelang, wäre dies der nächste Schritt. »Den König und die Königin von Ashland. Ich sorge, dass sie den Frieden mit Lyzara bewahren *und* ihr Angebot zurückziehen. Von sich aus.«

»Rae«, sagte sie sanft, als fürchtete sie, ihn zu verletzen, »das wird dir nicht gelingen.«

»Vertraust du mir?«

Sie legte den Kopf schräg, betrachtete ihn wie eine Leinwand, ehe sie antwortete: »Ja.«

»Dann glaub mir. Ich kann sie umstimmen. Morgen schon.«

Azalea erwiderte die Berührung seiner Hand, strich ebenfalls mit ihren Fingerspitzen über seine Haut. »Wenn nicht«, sagte sie leise, doch Raevan legte ihr sofort einen Finger an den Mund, um sie zum Schweigen zu bringen.

Schnell bemerkte er seinen Fehler. Bei der Berührung ihrer Lippen durchfuhr ihn ein Stromschlag.

Sie nahm seinen Finger nicht weg, sprach stattdessen einfach weiter, sodass ihr heißer Atem auf seine Haut traf. »Wenn nicht, vergiss alles, was ich je gesagt habe. Ich kann nicht ohne dich leben, Rae. Und ich will es auch nicht. Selbst wenn du sie heiratest«, sie holte zittrig Luft, »*will* ich dich. Es kümmert mich nicht, dass ich dafür den Kopf verlieren könnte.«

»So weit wird es nicht kommen.«

»Versprich es mir«, forderte sie. »Versprich mir, dass ich nicht ohne dich leben muss. Egal, wie es ausgeht.«

Ein Ziehen breitete sich in seinem Magen aus. »Ich verspreche es.«

»Gut.« Kurz berührte ihre Zungenspitze seinen Finger, der an ihrem Mund lag. Hitze sammelte sich in seiner Mitte und er keuchte.

Vorsichtig zog er mit seinem Zeigefinger eine Linie von ihren Lippen über ihre Wange und an ihrem Hals hinunter.

Azalea legte ihre Hände um seinen Nacken, zog ihn zu sich. Sie verschmolzen miteinander und endlich fand sein Mund ihren.

Ihre Finger glitten unter seinen Pullover und er atmete tief ihren Duft ein, spürte, wie sich seine Härte gegen sie drückte.

Bei den Sternen, er würde es bereuen, aber …

»Warte«, keuchte er und griff nach Azaleas Hand.

»Lieber nicht«, sagte sie heiser und wollte weitermachen.

Doch er rappelte sich auf, obwohl seine Muskeln protestierten. »Das ist nicht richtig.«

»Sagt wer?«

»Ich werde nicht dein Leben riskieren.«

»Ich habe dir schon einmal gesagt, dass das meine Entscheidung ist. Wenn du so argumentieren willst, dann nimm *dein* Leben.«

Sie hatte recht. Und wäre es nur sein eigenes, würde er es freudig für eine Nacht mit ihr hingeben. »Ich verspreche dir, ich habe eine Lösung. Schon bald.«

Sie schnaubte, wirkte aber nicht wütend, sondern eher belustigt. »Ich könnte dich zum Bleiben bewegen.«

»Bei den Sternen«, sagte er verzweifelt, »und wie du das könntest. Aber du hast gesagt, du vertraust mir. Vertrau darauf, dass ich einen Ausweg kenne.«

»Das mag sein, doch was spricht dagegen, diesen Teil hier vorzuziehen? Also, warum nicht?«

Rae hockte sich aufs Bett und strich ihr eine Haarsträhne hinters Ohr. »Weil – und das sage ich mit dem größtmöglichen Respekt – das hier ein billiges Zelt in einem Lager voller Feinde ist, in dem du keinen Laut von dir geben dürftest. Und wenn es so weit ist«, raunte er dicht an ihrem Ohr, »dann will ich dich hören. Ich will die ganze Nacht und den ganzen Tag Zeit haben, um dich dazu zu bringen, meinen Namen so oft zu stöhnen, dass deine Lippen keinen anderen Laut mehr kennen.«

Zu seiner Befriedigung färbten sich Azaleas Wangen bei den Worten dunkelrot. Doch ein kleines Lächeln stahl sich auf ihr Gesicht.

»Dafür schuldest du mir ein Gedicht, Raevan Tennyson«, sagte sie und küsste ihn flüchtig auf den Mund. »Ein sehr versautes Gedicht.«

Er lachte heiser und stand von ihrer Pritsche auf. »Versprochen.«

Am nächsten Morgen fühlte Rae sich wie gerädert. Er ahnte, woher seine Katerstimmung rührte.

Heute würde es so weit sein. Als er sein Zelt verließ, erwartete die Königsfamilie von Ashland ihn an einem reichlich gedeckten Tisch.

»Ihr seht nicht erholt aus«, stellte Neeris fest, als er sich ihnen gegenübersetzte. »Hattet Ihr schlechte Träume?«

»Ich bin es nicht gewohnt, in einem Zelt zu schlafen«, sagte er ehrlich.

»Ach nein? Oder liegt es daran, dass Euch die Vorstellung einer Ehe mit mir nicht behagt?«

Bei ihren Worten erwachte Hitze in Raes Magen, die sich wie ein schwer in seinem Körper ausbreitete. Seine Muskeln spannten sich an und seine Finger gruben sich tiefer in die Armlehnen des Stuhls. Er war nicht das Spielzeug einer verwöhnten Prinzessin – schon gar nicht, nachdem er sie aus dem verdammten Wald gerettet hat. Es wurde dringend Zeit, dem hier ein Ende zu setzen.

»Eure Schwester nannte Euch stets einen Wildfang«, erwiderte er und nahm sich eine Traube. »Ich befürchte lediglich, dass Euch das Leben an meinem Hof nicht zusagt.«

»An Eurem Hof gibt es Kämpfe, Rätsel und Morde«, entgegnete Neeris ungerührt und griff ebenfalls nach den Trauben, um sich eine in den Mund zu stecken. »Das Paradies für einen Wildfang.«

Rae starrte sie an. Sie war wie ausgewechselt – wieder die toughe Prinzessin und ganz anders als das Mädchen, das schweigend neben ihrem Vater stand, als dieser ihre Verlobung verkündete.

»Neeris«, ermahnte ihre Mutter scharf.

Nein, Rae konnte nicht zulassen, dass diese Prinzessin an seinen Hof kam. Nicht nur, weil dann seine Zukunft mit Azalea auf dem Spiel stand, sondern auch, weil sie Ärger bedeutete. Er konnte nicht sagen, was es war – aber sie verheimlichte etwas.

Jetzt oder nie.

Während er so tat, als würde er eine Blaubeere inspizieren, tastete er nach der Verbindung zu König Carlisle und fand sofort die elektrisch pulsierenden Fäden, die von ihm ausgingen. Ein bitterer Geschmack legte sich auf Raes Zunge. Lag es an seiner Anwesenheit, oder gefiel dem König nicht, wie Neeris sich verhielt? Rae tastete sich weiter vor, bis er die Neuronenverbindungen fand, von denen der Missmut ausging. Heiße Wut pulsierte hier – mehr, als der König sich anmerken ließ. Doch der Grund dafür blieb Rae verborgen. Er konzentrierte sich, sammelte seine eigenen Gedanken. Er müsste die Neuronen verändern, so, wie er es bei Zeke getan hatte. Schweiß trat ihm auf die Stirn.

»Eure Majestät.« Sofort verließ ihn seine Konzentration. Diese Stimme zog seine gesamte Aufmerksamkeit auf sich. Auch wenn er sich in diesem Moment zum ersten Mal wünschte, sie nicht zu hören.

Er sah über die Schulter. Azalea stand direkt hinter ihm. Ihr ausdrucksloses Gesicht ließ nicht erahnen, was sie gestern Nacht in ihrem Zelt getrieben hatten. Dennoch spürte Rae Hitze in sich aufsteigen.

»Was wollt Ihr hier?« Carlisles Stimme war schärfer als sonst.

Stirnrunzelnd sah Rae ihn an. Nichts hatte darauf hingedeutet, dass Katleem sich ihren Eltern anvertraut hatte. Dennoch beäugte Carlisle Azalea wie ein lästiges Insekt.

»Ich habe eine Nachricht für meinen König«, sagte sie und hielt ihm einen Brief hin. Er war bereits geöffnet.

»Muss das jetzt sein?«, fragte er und versuchte Azalea zu verdeutlichen, dass es ungünstig war. Und außerdem gefährlich.

»Die Nachricht schien dringend«, erwiderte sie und sah ihm fest in die Augen. Dabei drückte sie ihm den Umschlag gegen die Brust.

Verwirrt nahm Rae den Brief. »Danke.«

»Ihr könnt jetzt gehen«, sagte Carlisle sofort und schickte Azalea mit einer ruppigen Handbewegung weg. Sie presste die Lippen aufeinander, verschwand jedoch.

Neugierig öffnete Rae den Umschlag und zog ein Papier hervor.

NICHT!, stand dort in großen Buchstaben. Und darunter: Z. ist tot.

Raes Herz schlug ihm bis zum Hals. Er kannte nur eine Person, deren Namen mit Z anfing. Zeke, der Wächter der gläsernen Garde.

Ruckartig stand er auf. »Bitte entschuldigt mich.« Ohne auf eine Antwort zu warten, eilte er davon. Doch er lief nicht zu seinem Zelt, sondern direkt auf den dunklen Haarschopf zu, der abseits vom Lager zwischen den Zelten hervorblitzte.

Die anderen sahen ihm verwirrt hinterher, aber er konnte sich keine Gedanken darum machen. Er musste mit Azalea sprechen, mehr nicht. Das war immerhin nicht verboten.

»Woher hast du den?«, fragte er sie sofort.

Sie sah sich um, doch die anderen waren zu weit weg, um sie zu verstehen. Dennoch sprach sie leise.

»Ein Bote aus dem Schloss kam zu mir. Er sagte, jemand hätte unzählige Male dort angerufen und darauf bestanden, den König von Lyzara zu sprechen. Als er eingesehen hat, dass es zwecklos war, hatte er verlangt, eine Nachricht zu überbringen – an dich oder an mich.« Sie deutete auf die beiden Namen auf dem Umschlag. Tatsächlich stand dort Azalea Blackwall oder Rae-van Tennyson. »Der Anrufer wollte wohl sichergehen, dass der Brief einen von uns so schnell wie möglich erreicht.«

»Weißt du, von wem die Nachricht ist?«, fragte Rae.

»Ich kann es mir denken. Nur einer deiner Freunde würde es wagen, die Leute im Schloss des Nachbarlandes zu terrorisieren.«

Damit hatte sie recht. »Ich muss mit Ty sprechen«, sagte Rae fest. »Sofort.«

»Das wird erst im Schloss möglich sein. Und ich nehme an, die Telefone dort werden abgehört, sobald du sie benutzt.«

Das befürchtete er auch. »Ich habe keine andere Wahl. Diese Nachricht – wenn sie bedeutet, was ich denke …«

»Hat es etwas mit deinem Versprechen von gestern Nacht zu tun?«, wollte Azalea wissen. »Sag mir die Wahrheit.«

Rae dachte an die möglichen Konsequenzen der Nachricht. Er konnte nicht lügen. »Ja.«

»Dann denke ich, habe ich ein Recht darauf, zu erfahren, was vor sich geht. Eure Majestät«, fügte sie hinzu – wahrscheinlich für den Fall, dass ihnen jemand zuhörte. Oder um ihm zu verdeutlichen, wie ernst es ihr war.

Rae schluckte und sah von dem Brief in seiner Hand zur Seite. Wenn Zeke wirklich tot war … war es seine Schuld. Kälte breitete sich von seinen Fingern aus, floss durch seinen Körper. Zunächst dachte er, es seien seine eigenen Eiskräfte, die unkontrolliert wüteten. Doch die Kälte war anders – sie fraß sich durch seine Adern bis in seine Seele, als würde sie verhindern wollen, dass er etwas fühlte.

Er hatte einen Unschuldigen getötet. Einen Wycca, der sein Leben in seinen Dienst gestellt hatte. Der einen Eid geschworen hatte, ihn zu beschützen.

Er hatte Zekes Leben bereitwillig aufs Spiel gesetzt, ohne einen weiteren Gedanken daran zu verschwenden.

Azalea hatte recht.

Er schuldete ihr die Wahrheit.

KAPITEL 15

Melia stellte sich auf die Zehenspitzen, um über die Gruppe von Touristen, die von einem leicht genervt aussehenden Tourführer durch die Einkaufspassage geschleust wurden, hinwegzusehen. Es dauerte einen Moment, ehe sie Pray entdeckte, da sie nach dem gelben Pullunder mit blauen Punkten Ausschau gehalten hatte, den er vorhin getragen hatte. Doch wie es schien, hatte ihn die Frühlingssonne – die die Temperaturen hier in der Innenstadt sicher auf die zwanzig Grad zutrieb – ins Schwitzen gebracht. Nun hatte er den Pullunder über den Arm gelegt und trug ein schlichtes weißes Hemd, dessen oberste Knöpfe offen standen. Nur die weite blaue Hose deutete noch auf seinen ungewöhnlichen Klamottengeschmack hin.

Auch er hielt Ausschau und als er sie entdeckte, brach ein Lächeln auf seinem Gesicht aus, das ihr Herz zum Stolpern brachte. Zwar war es ihr Körper, der mit Elektrizität auf andere reagierte, aber Prays Lächeln hatte zweifellos dieselbe Macht.

Geschmeidig bahnte er sich seinen Weg durch die Menge, die an diesem sonnigen Tag das Verhalten an den Tag legte, das Innenstädte seit jeher verstopfte: träge im Weg rumstehen. Auffallend viele Menschen bevölkerten die Straßen, dafür begegneten sie weniger Wycca. Viele waren auf der Hut, da die Krankheit noch immer Opfer forderte.

»Und?«, fragte Pray, doch Melia schüttelte bereits den Kopf. Sein Lächeln schwand und verriet ihr, dass er ebenfalls nicht fündig geworden war.

»Die Frau sagte, sie erinnere sich nicht daran, das Motiv schon mal gestochen zu haben«, berichtete Melia und strich sich die verschwitzten Haare aus der Stirn. »Aber sie würde mir ein Zirkuszelt auf den Handrücken tätowieren, wenn ich das wollte. Als ich ihr gesagt habe, dass ich kein Tattoo will, wurde sie ziemlich unfreundlich, da bin ich gegangen.«

Pray seufzte. »Meiner war netter und hat angeboten, sich mein Gesicht auf den Hintern tätowieren zu lassen, wenn ich ihm meine Nummer gebe.«

Sie stieß ein prustendes Lachen aus und Prays Mundwinkel zuckte.

»Und?«, wollte sie wissen. »Hast du?«

»Ich habe ihm stattdessen Tys Nummer gegeben, ihn aber gewarnt, dass er sicher nicht der Erste mit dem Tattoo ist.« Pray sah sich einen Moment um und lüftete dann mit der freien Hand sein Hemd. »Wollen wir eine Pause einlegen?«

Melia nickte dankbar. Seit Stunden klapperten sie die Tätowierer in Avastones Innenstadt ab, auf der Suche nach jemandem, der sich an das Zirkuszelt-Tattoo auf dem Handrücken erinnerte, von dem Beck gesprochen hatte. Doch bisher waren sie nicht fündig geworden. Dabei war es ihre einzige Spur.

Pray hatte mit dem Blutrat – einem Mann namens Mikael Trudow – gesprochen und ihn unauffällig nach dem Penny in der Akademie gefragt. Dieser schien jedoch nicht zu wissen, woher das Artefakt stammte. Daraufhin hatte Pray sich nicht getraut, dem älteren Mann weitere Einzelheiten über den Penny zu verraten. Immerhin war die Wahrscheinlichkeit hoch, dass es sich bei dem anonymen Spender um einen Wycca handelte. Und wenn sich rumsprach, dass von dem Geldstück eine Gefahr ausging, konnte es böses Blut geben. Außerdem hatten sie ohnehin keinen Weg gefunden, den Penny von der Wand zu nehmen, ohne dabei das Zeitliche zu segnen. Melia befürchtete, dass jemand aus der Akademie den Bilderrahmen berühren könnte, doch Pray hatte sich beruhigt.

»Er hängt recht weit oben und fällt zwischen den anderen Rahmen nicht auf. Ich wüsste keinen Grund, weshalb ihn jemand anfassen sollte«, hatte er gesagt.

Nun führte Pray sie zu einem kleinen Eiscafé und sie setzten sich auf die schmale Terrasse unter einen der Schirme. Da sie sich nach all den Jahren in Gefangenschaft nie sicher war, welchen Geschmack sie bevorzugte – und Pray das wusste –, bestellte er für sie.

»Ich kenne niemanden, der keine Erdbeeren mag«, sagte er, als der Kellner mit zwei riesigen Eisbechern zurückkam, auf dem neben Sahne und Schokosoße mehrere Erdbeeren drapiert waren.

Zwei Spatzen saßen auf dem weiß gestrichenen Palisadenzaun, der die Terrasse umgab, und in dem Baum über ihnen sangen Amseln. Etwas weiter entfernt ratterten die Räder eines Doppeldeckerbusses über die holprigen Straßen. Der Mann platzierte das Eis vor ihnen und der Geruch der Schokolade gemischt mit dem der Früchte stieg Melia in die Nase.

Pray sagte irgendetwas, aber seine Stimme ging in dem Rauschen unter, das plötzlich in Melias Kopf einsetzte.

»Ich glaube«, unterbrach sie ihn, »ich war schon einmal hier.«

Sofort schloss Pray den Mund. Seine Augen wurden groß. »Bist du sicher?«

Mit einem seltsam flatternden Gefühl im Herzen sah sie sich um. Es war eine Mischung aus dem Geruch und den Geräuschen gewesen, die ihre Erinnerung wie einen kurzen Blitz in ihren Gedanken hatte hervorstechen lassen. Doch genauso schnell war sie wieder verschwunden.

Zurück blieb dieses merkwürdige Gefühl der Vertrautheit.

Sie leckte sich über die Lippen. »Es fühlt sich so bekannt an.«

Abwartend betrachtete Pray sie. Melia wusste, dass er gern mehr Fragen stellen würde. Darüber, wie ihre Gefangenschaft war. Doch daran wollte sie sich nicht erinnern. Und an das Leben davor *konnte* sie sich nicht erinnern.

In den vierzehn Jahren Folter hatte sie ihre Erinnerungen in dem düsteren Kerker verloren.

Nur ihr Name war geblieben.

Pray hatte versucht, etwas über ihre Gefangennahme herauszufinden, doch da die Geschäfte in der Sternengasse nicht öffentlich waren, hatte nichts darüber in den Zeitungen gestanden. Danach war er dazu übergegangen, Vermisstenanzeigen zu durchforsten.

Melia hatte nie nachgefragt, wie diese Suche lief. Denn seitdem waren mehrere Monate vergangen. Wenn Pray etwas gefunden hätte, hätte er es ihr gesagt.

Was bedeutete, dass niemand Melia vermisste.

Sie war allein.

Natürlich hatte sie Pray, aber sie machte sich nichts vor. Dass er sie unterstützte, war seiner Hilfsbereitschaft zu verdanken und irgendwann würde sie ohne ihn auskommen müssen. Sie ließ es sich nicht anmerken, aber vor diesem Tag fürchtete sie sich.

»Wir können uns umsehen«, schlug Pray vor. »Schauen, ob dir etwas bekannt vorkommt.«

Doch das Gefühl von eben verblasste bereits. Das Zwitschern der Amseln schrillte nur noch laut in ihren Ohren und der Geruch des Eisbechers kniff zu süß in ihre Nase.

Kopfschüttelnd nahm sie ihren Löffel. »Schon gut. Ich …« doch sie hielt inne. Hinter Pray reihten sich mehrere Geschäfte aneinander, über denen sich Wohnungen mit Balkonen befanden.

Einer von ihnen war blau.

Der Tisch wackelte gefährlich, als Melia aufsprang und darauf zu lief.

»Warte!« Pray kramte in seiner Hosentasche, sicher, um das Eis zu bezahlen, doch Melia rannte an ihm vorbei.

Sie ignorierte die Menschen und Wycca, deren Weg sie abschnitt, und bremste vor dem Kleidungsgeschäft, über dem der blaue Balkon ragte.

»Entschuldigung«, hörte sie Pray hinter sich zu jemandem sagen, dann kam er neben ihr zum Stehen. »Was bei den Sternen war das denn?«

Melia zeigte auf den Balkon. »Ich kenne ihn. Ich glaube, ich war schon einmal dort oben.«

Mit hochgezogenen Augenbrauen sah Pray zum Balkon. »Lass es uns rausfinden.« Sofort machte er einen Schritt auf den Laden zu, doch er kam nicht weit. In dem Moment taumelte ein Mann rückwärts aus dem Gebäude. Er stolperte, blieb jedoch aufrecht. Erschrocken wichen Melia und Pray zur Seite, als ein weiterer Mann folgte – offenbar der, der ihn geschubst hatte.

»Das nennt man Hausrecht«, donnerte der zweite Mann und baute sich vor dem anderen auf. »Solange diese Seuche umgeht, lasse ich keine Wycca in meinen Laden.«

Der Wycca hatte sich wieder gefangen und machte einen Schritt auf den Mann zu. Mit Wucht drückte er ihm seinen Zeigefinger gegen die Brust.

»Das kannst du nicht machen«, zischte er. »Das ist illegal.«

Viele der Umstehenden wandten ihre Blicke ab und gingen weiter, doch einige Schaulustige blieben stehen.

»Kümmert mich nicht«, erwiderte der Mann und schlug die Hand des Wycca weg. »Verschwinde.« Er drehte sich um, um zurück in seinen Laden zu gehen.

»Sonst was?«

Ruckartig blieb der Mann stehen, fasste sich an die Brust. Nicht wegen der Worte des Wycca, begriff Pray einen Moment später, als er das leichte Knistern um sie herum spürte.

Der Wycca hatte dem Mann einen Stromschlag versetzt.

Er keuchte taumelnd.

»Hey.« Pray trat zwischen die beiden. »Was soll der Scheiß?«

»Misch dich nicht ein, Mensch«, sagte der Wycca und spuckte zur Seite. Wieder fuhr ein Knistern durch die Luft und der Ladenverkäufer stolperte gegen die Hauswand, an der er sich abstützte.

Pray versperrte dem Wycca die Sicht. »Ich würde sagen, du gehst besser.«

Er grinste nur und im nächsten Moment zuckte Pray so heftig zusammen, dass er sich auf die Zunge biss. Die Härchen auf seinem Arm stellten sich auf, geladen von der Elektrizität.

»Pray!« Melia stürzte nach vorn und griff den Arm des Wycca, der überrascht zusammenzuckte.

»Verpiss dich, Schlampe.« Er stieß sie hart zur Seite und Melia schwankte.

Ein paar der Umstehenden riefen protestierend, aber niemand traute sich, einzugreifen.

Sofort lief Pray auf sie zu, um sie aufzufangen, musste sie jedoch loslassen, als der Strom seinen Körper durchrüttelte.

»Alles in Ordnung?«

Sie strich sich über die Stelle am Brustkorb, wo der Wycca sie erwischt hatte, nickte aber. Sofort richtete sie den Blick auf den Wycca, der sich die Hand rieb, mit der er Melia geschlagen hatte.

Der Mann hatte sich mittlerweile wieder erholt und Pray öffnete den Mund, um vorzuschlagen, dass nun alle ihrer Wege gingen, da zog der Kerl ein Messer.

Die Spitze der Klinge funkelte durchscheinend blau.

Beim Anblick der Waffe wichen die Schaulustigen weiter zurück.

»Komm näher«, knurrte der Mann und hob das Messer an. »Und sag das noch einmal.«

Die Augen des Wycca huschten von dem Cruas zum Mann, zu den Umstehenden und wieder zurück. Er reckte den Nacken und trat einen Schritt weg.

»Hey!« Der Ruf ließ Pray zusammenzucken. »Waffe runter. Sofort.«

Er entdeckte die zwei Polizisten – Wycca, eine Frau und einen Mann – auf sie zukommen. Schnell machten die anderen sich aus dem Staub. Der Ladenbesitzer ließ das Messer sinken.

»Er hat mich angegriffen!« Energisch zeigte er auf den Wycca.

»Lassen Sie die Waffe fallen«, wiederholte der Polizist. »Jetzt.«

Doch der Mann schien zu aufgebracht. Anstatt das Messer loszulassen, deutete er damit in die Richtung des Wycca. »Erst, wenn Sie ihn festnehmen!«

»Legen Sie die Waffe auf den Boden!«

»Sodass er mich wieder angreifen kann?«, rief der Mann.

Der Polizist warf seiner Kollegin einen Blick zu. Sie blinzelte und im nächsten Moment fiel das Messer klirrend auf den Fußboden. Der Mann fluchte und schüttelte seine Hände, die feuerrot glühten.

Sofort lief der Polizist auf ihn zu, legte ihm Handschellen an.

»Moment«, mischte Pray sich ein. »Er hat nichts getan. Der«, er deutete auf den Wycca, »hat ihn angegriffen.«

»Ich sehe hier nur *eine* Waffe«, erwiderte der Polizist, während seine Kollegin das Messer aufhob. Mit gefurchter Stirn drehte sie es im Sonnenlicht, betrachtete das Cruas.

»Wir haben es gesehen«, sagte Melia. »Er hat ihm zuerst einen Stromschlag verpasst.«

Der Wycca von vorhin schnaubte. »Ihr spinnt wohl. Ist doch nicht mein Problem, wenn der alte Mann Herzprobleme hat. Ich habe nichts getan.«

Die Polizisten wechselten untereinander einen Blick. »Gibt es hier jemanden, der das bezeugen kann?«, fragte die Polizistin. Doch die meisten Umstehenden waren geflohen und die restlichen schüttelten ängstlich die Köpfe.

»Wir sind drei gegen einen«, sagte Pray entrüstet. »Reicht das nicht?«

»Zwei«, korrigierte die Polizistin. »Da er involviert war.« Sie deutete auf den Verkäufer. »Und dass sich zwei Menschen auf die Seite eines anderen Menschen schlagen, ist nicht verwunderlich.«

»Das hat damit nichts zu tun«, protestierte Melia.

Die Polizisten ließen sich nicht beeindrucken. »Wir haben ihn mit einem Messer in der Hand erwischt. Das ist eindeutig.«

»Aber –«

»Ihr könnt gern aufs Revier kommen und eine offizielle Aussage machen«, unterbrach der Polizist sie und schob den Mann vor sich her. Die Polizistin folgte. Sofort wollte Pray hinterher, aber Melia hielt ihn auf.

»Das bringt doch nichts«, sagte sie.

»Rae muss davon erfahren«, murmelte er. »So etwas geht gar nicht.«

»Raevan ist in Ashland. Das ist das dringendere Problem.«

Aber da war Pray sich nicht sicher. Sein Kiefer knirschte, als er den Polizisten hinterher sah, die den Mann in ein Auto setzten. Tief atmete er ein. »Ich … tut mir leid«, sagte er und stieß den Atem aus. »Willst du da noch rein?« Er deutete auf den Laden. »Vielleicht weiß jemand da drin, wer da oben wohnt.«

Melias Blick wanderte zu dem blauen Balkon. »Ein anderes Mal«, sagte sie entschlossen. »Gerade haben wir Wichtigeres zu tun.«

»Ach ja?«

»Die Hand des Mannes«, sagte sie. »Hast du sie nicht gesehen?«

»Ich war eher mit den potenziell tödlichen Stromstößen beschäftigt«, gab er zu.

Melia fuhr mit dem Zeigefinger über ihren linken Handrücken. »Er hatte dort verwischte Tinte. Und da habe ich mich gefragt …«

In dem Moment begriff Pray. »Wie viele Leute sich den Handrücken tätowieren lassen.«

Sie nickte. »Genau. Was ist, wenn es kein Tattoo war, was Beck gesehen hat, sondern ein Stempel?«

»Wir suchen keine bestimmte Person mit einem Tattoo«, sagte Pray langsam. »Sondern einen Club, in dem unser Jemand war.«

Melia lächelte. »Ganz genau.«

KAPITEL 16

Der Rest des Tages sowie der Rückweg verliefen für Rae wie im Rausch. Seine Gedanken wirbelten tornadogleich durcheinander. Carlisle Stuart sprach unentwegt von der Hochzeit und alle Umstehenden schienen ebenfalls davon auszugehen, dass dies der Ausweg wäre. Gleichzeitig schwebte Azaleas Gesicht vor Raes innerem Auge, als er ihr beichtete, dass er die Letzte seiner Fähigkeiten vor ihr geheim gehalten hatte. Enttäuschung legte sich wie ein Schatten über sie und Rae befürchtete, dass ihm dieser noch lange folgen würde.

Er musste mit Ty sprechen. Wenn er erfuhr, was wirklich mit Zeke geschehen war, gab es vielleicht einen Ausweg. Möglicherweise war der Wächter ja an der mysteriösen Krankheit gestorben. Nur, warum hatte Ty ihm dann so dringend die Nachricht überbringen wollen?

Die Sorgen lenkten ihn vom Rückweg ab und ehe er sich versah, befand er sich in dem Gästezimmer auf dem Schloss. Die Dunkelheit des anklopfenden Abends drängte gegen die Fensterscheiben, malte den staubigen Sekretär vor ihm grau. Raes Hand schwebte über dem Telefon. Azalea hatte recht – sicherlich hörte man jedes seiner Gespräche ab. Doch er hatte keine Wahl.

Da Ty kein eigenes Telefon besaß, dauerte es eine Weile, bis man ihn fand. Aber dann hörte Rae endlich die vertraute Stimme am anderen Ende.

»Ja, ich werde allein mit ihm sprechen. Was?«, hörte er ihn entfernt vom Telefon sagen. »Ich brauche keinen Aufpasser und der König hat sicherlich ebenfalls befohlen, dass wir nicht gestört werden. Den Blick können Sie sich sparen, schließen Sie die Tür hinter sich. Vollidiot«, sagte Ty und seine Stimme war nun lauter – er hatte den Hörer aufgenommen. »Dein Personal ist wirklich unglaublich nervig, weißt du das?«

»Ty.« Rae atmete erleichtert aus. Die Stimme seines Freundes zu hören, war, als würde er wieder nach Hause kommen. Als hätte er sich die vergangenen Stunden inmitten eines Sturms befunden und erfuhr erst jetzt Ruhe.

»Du verpasst hier eine ganze Menge.« In Tys Stimme schwang Sorge mit.

»Du hier ebenfalls«, sagte Rae schnell, bevor er etwas Unbedachtes sagen konnte. »Der König und die Königin sind wirklich sehr zuvorkommend. Und überaus an unserem Leben interessiert.«

Am anderen Ende der Leitung herrschte Stille. Er wartete einen Moment ab.

»Das klingt ... nett«, sagte Ty und Rae atmete erleichtert aus. Offenbar hatte er verstanden, dass sie abgehört wurden.

»Ich habe deinen Brief heute erhalten. Bis dahin hatte ich nicht mit schlechten Nachrichten gerechnet.«

»Was glaubst du, wie erstaunt ich war«, erwiderte Ty. »Immerhin war ich live dabei.«

Rae schluckte. »Wie ... ist es passiert?«

»Ganz schnell. Wir hatten gerade ein sehr wichtiges Thema angesprochen und *zack* ... war es vorbei.«

»Ein wichtiges Thema?«

»Für das Training haben wir über vergangene Ereignisse gesprochen. Ereignisse, die bei ihm scheinbar in Vergessenheit geraten sind. Es war, als hätte dieses Gespräch etwas ausgelöst.«

Kälte ergriff Rae. »Dann meinst du ... es hängt zusammen?« Mehr traute er sich nicht zu sagen. War seine Biokinese schuld an Zekes Tod?

»Ohne Zweifel.«

Rae war, als bekäme er keine Luft. Die Dunkelheit von draußen kroch tiefer in sein Herz und gleichzeitig schien sie ihn wie einen schweren Mantel zu umgeben – bleiern und undurchdringlich. Zekes Gesicht tauchte in seinen Gedanken auf – der Zweifel, der in seinen Augen leuchtete. Zweifel an Rae.

Jetzt wusste er, dass sie berechtigt gewesen waren.

Die Hand, die den Hörer umklammerte, zitterte. Mit der anderen stützte er sich auf dem Sekretär ab und schloss die Augen.

»Deshalb ist es wenig ratsam, es zu wiederholen.« Tys Stimme war das Einzige, was ihn für einen Augenblick aus dem Schatten seiner Schuld ziehen konnte. »Egal, wie gut der Grund ist.«

So eine verdammte Scheiße. Rae unterdrückte ein Fluchen. Natürlich konnte er seine Fähigkeit nicht erneut einsetzen. Nicht, wenn er das Risiko des Todes eingehen musste.

»Bist du noch dran?«

»Ja, ich bin hier.«

»Hast du mich verstanden?«

»Ja.«

»Und wirst du darauf hören?«

Rae atmete tief durch. Bei jedem anderen würde er direkt zustimmen. Doch Ty kannte ihn. Er wusste von der Dunkelheit, die manchmal in Rae lauerte. »Ich muss das besprechen.« Immerhin war die Biokinese seine einzige Chance.

»Tu das.«

Einen Moment herrschte Stille. Dann …

»Rae?«

»Hm?«

»Ich will nicht klingen wie ein Kind, das man allein zu Haus gelassen hat, aber … komm bald zurück, ja?«

Rae lehnte den Kopf an die Wand hinter sich und fuhr sich über die Stirn. »Ich bin so schnell wieder da wie möglich.«

»Gut. Deine Pflanzen sind nämlich schon eingegangen.«

Er stieß ein Schnauben aus. »Ich beeil mich.«

Nachdem sie aufgelegt hatten, ging er zurück auf sein Zimmer, doch die stickige Luft dort und die wabernde Elektrizität lockten nur die altbekannten Kopfschmerzen hervor. Raes Knie gaben beinahe unter ihm nach, als er zur Balkontür taumelte und so heftig an dem morschen Holz riss, dass sie sich aus den Angeln löste. Er gab sich nicht die Mühe, sie wieder einzuhängen, sondern ließ die Tür zur Seite fallen, um so schnell wie möglich frische Luft zu bekommen.

Auf dem Balkon umklammerte er die Brüstung, doch noch immer waren seine Knie weich. Ergeben sank er zu Boden und presste die Hände flach auf den kühlen Stein.

Wieder schlich sich das Bild von Zeke in seinen Kopf – Details, von denen er gar nicht wusste, dass sein Gehirn sie gespeichert hatte. Die blonden Wimpern, die zweifelnd verzogenen Lippen, die Augen, die unruhig hin und her huschten. Auf der Suche nach Hilfe?

Am Tag, als die Befehlshaberin verletzt wurde. Da habe ich etwas gespürt. Das waren Zekes Worte gewesen. Warum hatte er nicht den Mund halten können? Weshalb hatte er seine Befürchtungen aussprechen müssen?

Vielleicht war er einfach ein ehrlicher Mann gewesen.

Der Gedanke schnitt Rae tief ins Herz. Denn das bedeutete, dass er einen von den Guten getötet hatte.

Das war es, was ihn am meisten zu schaffen machte. Er hatte vorher getötet – nicht nur einen Mann, sondern mehrere. Sie alle hatten es verdient gehabt.

Zeke war unschuldig gewesen.

Wieder hallten die Worte des Wycca in Raes Kopf nach, doch dieses Mal erinnerte er sich an etwas anderes: die Elektronen, die in Zekes Gehirn umherzischten. Und die Stromstöße, die von ihm auf Zeke übergegangen waren und sich in dessen Gehirn Bahn gebrochen hatten.

Er erinnerte sich an das Gefühl von Macht.

Rae ballte die Hände zu Fäusten. Seine Fingernägel gaben ein gänsehauterregendes Geräusch von sich, als sie über den Stein schabten.

Es überraschte ihn nicht, dass kurze Zeit später die Tür auf dem angrenzenden Balkon geöffnet wurde und Azalea ins Freie trat. Als sie Rae am Boden sitzen sah, hörte er sie schlucken.

»Dann ist es wahr. Der Mann ist gestorben, weil du diese Fähigkeit an ihm eingesetzt hast.« Keine Frage. Ihre wissenden blauen Augen glänzten in der Dunkelheit, als sie sich an der Brüstung mit beiden Armen abstützte.

Rae konnte sie nur anstarren. Es gab nichts zu sagen.

»Sind wir deshalb hier?«, wollte sie wissen. »Um … es zu wiederholen?«

»Ich dachte, das sichert uns den Frieden.« Seine Stimme kratzte rau in seiner Kehle. Er wollte den Frieden und … Azalea. Er war sich sicher gewesen, mit dieser Fähigkeit all seine Ziele zu erreichen. Wie sollte er seinem Volk jetzt noch helfen? Mit einer Hochzeit, sodass sie erneut abhängig von Ashland waren?

Vom Balkonboden schaute er auf und sein Blick streifte den Mond. Hier, hunderte Kilometer von seinem Zuhause entfernt, spürte er die Leere, die ihn wie ein Windhauch ergriff und ihn in einem Wirbel aus Kälte und Einsamkeit zurückließ. In solchen Momenten vermisste er seine Familie. Nicht die, die er gefunden hatte – Pray, Ty, Azalea und auch Melia –, sondern die, die er verloren hatte.

Seinen Bruder. Seine Eltern. Enyas. Ob einer von ihnen ihm bei der Biokinese hätte helfen können, wenn er sie gelassen hätte?

Er würde es nie erfahren. Rae war ein Überbleibsel, ein einsames Stück verkohltes Papier, eine herausgerissene Seite aus einem Buch, das längst verschollen war.

Er wollte allen anderen beistehen – aber wusste nie, sich selbst zu helfen.

»Rae.« Azaleas leise Stimme ließ den eisigen Wind in seinem Inneren verstummen. »Komm zurück zu mir.«

Kopfschüttelnd ärgerte er sich über sich selbst. Manchmal versank er in der Düsterheit seiner Gedanken, dass er allein nur schwer zurückfand.

Nun blickte er vom Mond zu Azalea, die noch immer an der Brüstung stand. Sie wirkte ebenso erschöpft wie er und unter ihren Augen bildeten sich dunkle Ringe.

»Bei den Sternen«, stieß er hervor. »Ich würde dich jetzt unglaublich gern küssen.«

»Ich wüsste nicht, was dich davon abhalten sollte. Du bist der König.«

Rae schnaubte und wollte etwas erwidern, doch im nächsten Moment kletterte Azalea auf die Brüstung. Mit rasendem Herzen sprang er auf.

»Bist du verrückt?«

Sie hockte mit den Füßen auf dem Geländer und stützte sich mit einer Hand rechts von sich ab. »Sag du es mir.« In der Dunkelheit stahl sich ein Lächeln auf ihr Gesicht, das eine eindeutige Antwort auf Raes Frage lieferte. Ehe er auch nur einen Schritt machen konnte, richtete sie sich auf.

Sie schwankte und Raes Herz blieb stehen. Ihre Haare wehten im Wind.

Doch sie fiel nicht.

Sie sprang.

Man hatte Azalea in ihrem Leben auf vieles vorbereitet. Betrachtete man ihre Familiengeschichte, war das unvermeidbar. Sie war eine Menschenfrau in einer Dynastie von Sentry und hatte einen Zwillingsbruder, der ein Wycca war. Bereits mit zwölf Jahren wusste sie, was das bedeutete. Man bereitete sie darauf vor, dass ihr Bruder immer der Stärkere sein würde, der Schlauere, der Gefragtere.

Deshalb hatte Azalea trainiert. Sie war wendiger geworden, hatte Bücher verschlungen, sich von den Wycca-Frauen abgeschaut, wie man sich zu verhalten hatte, um wirklich *gesehen* zu werden.

Man hatte sie darauf vorbereitet, dass der Makel *Mensch* immer an ihr haften würde. Und dann waren da noch die Vorbereitungen der letzten Jahre gewesen.

Sie hatte sich all dem gestellt.

Aber auf Raevans Kräfte hatte sie niemand vorbereiten können.

Und alles, auf das Azalea sich nicht vorbereiten konnte, nährte den Stoff in ihr, aus dem ihre Ängste entsprangen. Tagsüber verbarg sie diesen Teil die meiste Zeit. Es war, wie sie Rae einmal gebeichtet hatte – sie war ein Mensch und konnte sich keine Schwäche erlauben. Doch nachts … Für manche waren die dunklen Stunden, wenn die Welt durchatmete, eine Erholung. Für Azalea waren sie oft reine Folter. Tagsüber löschte das Licht die Schatten ihrer Angst aus. Aber sobald es dunkel wurde, gab es keine Helligkeit, hinter der sich die Schatten verstecken konnten.

Da erwachte sie meistens in ihr – die Furcht. Sie entfaltete sich zwischen ihren ruhelosen Gedanken und knotete sich wie ein Seil um ihr Herz.

So war es ihr heute ergangen. Und wie so oft in letzter Zeit, war sie nicht überrascht, dass es Rae ähnlich erging.

Azalea kannte nur einen Weg, um mit ihrer Angst umzugehen. Man musste sich ihr stellen. Und als sie auf der Brüstung ihres Balkons hockte, tat sie genau das.

Der Sprung war vorüber, ehe sie Zeit hatte, länger darüber nachzudenken. In dem einen Moment hatte sie noch Halt, im nächsten war er verschwunden. Sie landete auf den Füßen, schürfte sich beim Abstützen die Handgelenke am rauen Boden des baufälligen Balkons auf.

»Scheiße.« Rae stieß angestrengt den Atem aus und zog sie zu sich hoch. »Mir wäre fast das Herz stehen geblieben. Du wirst für meinen Tod verantwortlich sein, das schwöre ich dir bei den toten Dichtern.«

Azalea rieb sich die Handgelenke an der Hose, um die Steinchen abzustreifen. »Halt deine Dichter mal lieber da raus, die haben schon genug gelitten.«

»Hast du gemerkt, wie der Balkon gewackelt hat?« Rae streckte seine Finger aus und nahm ihre Handgelenke in seine Hände. Prüfend besah er die Schrammen im schwachen Mondlicht. »Ich dachte, wir stürzen ab.« Vorsichtig wischte er mit seinem Ärmel den Dreck weg und strich mit den Fingerspitzen darüber.

Ein Blitz durchfuhr sie und sie zuckte zusammen. Raes Augen weiteten sich.

»Tut's weh?«

Kopfschüttelnd betrachtete Azalea erst ihre Hände in seinen und dann sein Gesicht. Die silbernen Augen blickten ihr sorgenvoll entgegen.

»Nein«, sagte sie ehrlich und konnte die nächsten Worte nicht stoppen, die aus ihrem Mund flossen. »Deine Berührung hat einfach diese Wirkung auf mich.« Sie merkte selbst, wie atemlos sie klang. Verwundert über ihren Körper, der seine ganz eigenwilligen Entscheidungen traf.

Raes Mundwinkel zuckte. Dann grinste er ohne Zurückhaltung. »Das hast du noch nie zugegeben.«

»Dein Ego wird schon genug gestreichelt, o mächtiger Wycca-König.« Sie wollte scherzen, doch die letzten Worte kamen härter heraus als geplant. »Es tut mir leid«, sagte sie sofort beim Anblick von Raes steinerner Miene. »Meine Worte haben die Angewohnheit, sich auf der Zunge in Messer zu verwandeln.«

Rae schüttelte den Kopf und atmete tief durch. Dabei ließ er ihre Hände los. »Ich hätte es dir früher sagen sollen.«

Azalea nickte. Sie war nicht dafür geschaffen, ihre Meinung für sich zu behalten. »Warum hast du es nicht getan?« Die entscheidende Frage. Warum hatte er ihr die Biokinese verheimlicht? Ihr fiel nur eine Antwort ein. Eine Wahrheit, die alles zerstören würde.

»Ich hatte Angst, du würdest mich fürchten.«

Überrascht zog sie die Augenbrauen zusammen. »Oh.« Damit hatte sie nicht gerechnet. »Ich fürchte die Biokinese«, gab sie zu. »Aber niemals dich.«

»Aber ich fürchte mich.« Seine Stimme war so leise, dass der Wind sie beinahe davontrug. »Vor mir.«

Die Worte waren so ehrlich, dass Azalea das Gefühl hatte, in eine offene Wunde zu sehen. Rae verschränkte die Arme vor der Brust und sah zum Nachthimmel.

Sanft legte sie ihm eine Hand auf den Unterarm. Sofort

spannte er sich an. »Dann musst du dich deiner Angst stellen.« Das war es, was sie gelernt hatte.

Langsam schaute Rae vom Nachthimmel zu ihr herunter und legte die Stirn in Falten. »Das sagst du immer.« Er zog eine Augenbraue in die Höhe. »Es gibt auch einen anderen Weg. Man kann seine Ängste akzeptieren. Das Leben muss kein ewiger Kampf sein.« Vorsichtig, als fürchtete er, dass sie fliehen würde, hob er eine Hand an ihre Wange. »Begibst du dich deshalb leichtsinnig in solche Gefahren und springst von Balkonen? Nur, um gegen deine Ängste zu kämpfen?«

Azalea dachte an ihre Vergangenheit. Ihr Drang, besser zu werden.

Du bist exzellent, für einen Menschen, Azalea.

Eure Tochter ist für einen Menschen wirklich schlau.

Dafür, dass sie ein Mensch ist, steht sie ihrem Bruder in nichts nach.

Sie schluckte das Gefühl herunter, das in ihr aufstieg, und biss die Zähne zusammen, um das monotone Trommeln in ihrem Kopf loszuwerden, das diese Gedanken auslösten. Das Klopfen begleitete sie stets durch die verlassenen Straßen in ihrem Geist, wann immer sie die Selbstzweifel einholten.

»Wenn ich nicht kämpfe«, sagte sie mit schmerzendem Kiefer, »habe ich das Gefühl, aufzugeben.« Und das war keine Option. Wenn sie aufgab, wer würde dann für die Menschen kämpfen? Sie dachte an ihren kleinen Bruder, Juncus. Er war so jung, dass er nicht begriff, dass das Leben als Mensch zweitrangig war – und wenn es nach Azalea ging, würde er auch niemals damit konfrontiert werden.

Schon während der Schwangerschaft hatten ihre Eltern gehofft, dass Juncus Wycca-Blut in sich tragen würde. Als sich das Gegenteil herausstellte, versuchten sie ihre Enttäuschung so gut es ging zu verbergen.

Doch weder ihr Vater noch ihre Mutter waren gute Lügner.

Azalea hatte sich geschworen, für Juncus da zu sein. Für das Leben zu kämpfen, das er verdiente.

Dafür tat sie, was getan werden musste.

Raes silbrige Augen glänzten. Er nahm seine Hand von ihrer Wange und umfasste ihre Oberarme. Dann schloss er sie in eine Umarmung.

Sie war so überrumpelt, dass sie einen Moment nur dastand. Sie hatten sich schon häufiger berührt, sich geküsst, aber noch nie hatte er sie so umarmt.

Als wären sie mehr als zwei Fremde, die sich zuerst hassten und dann verliebt hatten. Mehr als zwei Liebende, die ihren Kopf füreinander riskierten.

Es war, als wären sie Freunde.

Azaleas Herz schlug schmerzhaft gegen ihren Brustkorb. Rae umschlang sie noch immer. Langsam hob sie die Arme und erwiderte die Geste, was ihn dazu veranlasste, sie fester an sich zu drücken.

Ihr Kopf ruhte auf seiner Brust. »Wenn man nicht schwimmt, geht man unter, oder nicht?«, führte sie ihre Gedanken weiter aus.

Raes Locken streiften ihre Wange. Er schüttelte den Kopf. »Man kann sich auch treiben lassen.«

So hatte Azalea es nie betrachtet.

Sie standen eine ganze Weile da, eng umschlungen in einer Umarmung, an die sie sich noch lange erinnern würde. Immer wieder schlichen sich quälende Gedanken in ihren Verstand. Ihr war klar, dass Rae deshalb hier war – um die Biokinese bei dem Königspaar Ashlands anzuwenden. Würde er das noch tun wollen, obwohl er sie damit töten könnte?

Was geschah, wenn dem so war?

Und was geschah, wenn er es *nicht* tat?

Doch immer, wenn die Gedanken sich auf ihre Zunge schleichen wollten, drückte Rae sie wieder fester und sie zerfielen wie Staub.

Also schloss sie die Augen und erinnerte sich stattdessen an ihren eigenen Grundsatz: Die Dinge geschehen, wie sie geschehen müssen.

KAPITEL 17

Du bist nicht nervös. Bei den Sternen, du hast keinen Grund, nervös zu sein. Du bist nicht …

»Bist du nervös?«

»Nein«, stieß Ty schnaubend hervor.

»Kein Grund dafür«, stimmte Coleus ihm zu und reckte den Nacken erst nach links und dann nach rechts. »Ich habe alles beobachtet. Barrow kommt nicht hierher – und wenn, sollte er besorgt sein, dass wir *ihn* sehen. Nicht andersherum. Immerhin hält er den Laden geheim.«

Die Diamantenstraße erstreckte sich wie ein leuchtendes Band entlang der nächtlichen Straßen. Die Luft pulsierte mit dem Rhythmus der Musik, die aus den zahlreichen Clubs und Bars drang. Jedes Gebäude erzählte eine eigene Geschichte, ein Versprechen von Vergnügen und flüchtiger Euphorie.

Ty nickte und verkniff sich weitere Worte. Barrow konnte ihm egal sein. Der Kerl kannte ihn ja gar nicht. Nicht egal waren ihm jedoch Coleus' entblößte Brust sowie die Tatsache, dass er sich durch die Straßen Avastones bewegte, als würde ihm die Stadt gehören. Sie waren mittlerweile in der Diamantenstraße angekommen und die Strahler, die an den Häuserfronten angebracht waren, machten der Partymeile alle Ehre. Regenbogenfarbene Lichter brachen sich auf dem vom vergangenen Regen nassen Kopfsteinpflaster. Coleus drehte sich kurz zu Ty um und sein Gesicht leuchtete erst blau, dann rot, violett, gelb und dann wieder rot. Wie immer steckten seine Hände in den Hosentaschen, während er elegant einem Hydranten auswich.

Es sollte Ty egal sein. Bei den toten Dichtern, es *war* ihm egal. Er fing nichts mit einem Wycca an, ganz gleich, wie muskulös dessen Oberkörper war. Oder wie violett seine Augen funkelten, wenn er Ty ansah, und wie sich sein Mund langsam …

Fest biss er die Zähne aufeinander. Gut, es war ihm nicht egal. Aber das änderte nichts.

Im Schein einer der Straßenlaternen blieb Coleus stehen. Die Partygänger wichen ihm aus – er teilte die Menge, als wäre er ein Fels in der Brandung. »Wie findest du die?« Er zeigte auf die beiden silbernen glitzernden Sterne, die er sich auf die Brustwarzen geklebt hatte. »Passend zu deinen Haaren, als hätten wir uns abgestimmt.«

Tatsächlich hatte Ty seine Haarspitzen heute Morgen silbern gefärbt.

»Und du glaubst, so kommen wir rein?«, fragte Ty und legte eine überhebliche Miene auf, um nicht auf Coleus' offenes, weißes Hemd zu starren. Oder viel eher auf das, was darunter zum Vorschein kam.

»Es kommt nicht auf das Outfit, sondern auf das Passwort an. Aber mit den Klamotten fallen wir weniger auf. Es scheint eine Art Zirkus-Thema zu sein.«

»Und das Passwort?«

»Hat kein Zirkus-Thema.«

»Witzig. Wie lautet es?«

Abrupt blieb Coleus stehen, sodass Ty beinahe in ihn reinlief. Blitzschnell drehte er sich zu ihm um.

»Bist du heute schlecht gelaunt?«

Ty wich einen Schritt zurück. »Ich mag keine Geheimnisse.« Eine Gruppe Betrunkener lief an ihm vorbei und grölte ihm ins Ohr. Es waren deutlich mehr Menschen und dafür weniger Wycca unterwegs.

Coleus verschränkte die Arme vor der Brust. »Gut. Dann sag ich dir alles, was ich weiß. Der Club heißt *Artist* und ist für alle offen, aber nur, solange man das Passwort kennt. Das lautet diese Woche *Breakfast-Club*. Das weiß ich von einem Kerl, den ich mal wegen Drogen verhaftet habe und der mir noch etwas schuldig war. Barrow ist zwar der Besitzer des Clubs, aber Geschäftsführer ist jemand anderes, eine Frau namens Camille. Du siehst unglaublich gut aus in diesem Outfit, türkis solltest du öfter tragen, das steht dir. Und es gibt diverse Aufführungen im Club, über die ich bisher nichts erfahren konnte.« Mit diesen Worten setzte er sich wieder in Bewegung.

»Ich … Was?« Ty joggte einen Moment später hinter ihm her.

»Sie müssen besonders sein, da das *Artist* dafür bekannt ist, aber mehr konnte ich nicht darüber erfahren.«

»Du findest, ich sehe gut aus?«

»Überrascht dich das? Ich dachte, das wüsstest du.«

»Natürlich.«

Coleus zuckte mit den Schultern und von einem Moment auf den anderen lächelte er und erinnerte Ty damit mehr denn je an eine lebendig gewordene griechische Statue.

»Dann ist ja alles geklärt. Da wären wir.« Geschäftig deutete er auf das Gebäude vor ihnen, das sich äußerlich nicht von den anderen in der Diamantenstraße unterschied. Das Neonlicht tanzte wie ein unsichtbarer Pinsel über die steinerne Oberfläche. Ein Aufblitzen von Grün und Pink umrahmte die mit Graffiti besprayte Tür. Ein leiser Bass pulsierte durch die Luft, versprach eine Reise in eine Welt, in der die Nacht lebendig war.

Mit hochgezogener Augenbraue sah Coleus zu Ty. »Bereit?«

Die Worte tummelten sich auf Tys Zunge, doch er fürchtete sich vor dem, was am Ende dabei rauskommen würde. Also nickte er nur.

Er hatte seine Regeln. Und daran würde Police Chief Ich-mache-dir-unerwartet-Komplimente Blackwall nichts ändern.

Auch nicht, wenn sich Tys Innerstes plötzlich ganz warm anfühlte.

Sobald sie den Club betraten, suchte Coleus automatisch die Umgebung nach illegalen Geschäften ab. Ein Reflex, der ihm bisher zwar Dutzende unangenehme Überraschung erspart, aber auch viel Ärger eingehandelt hatte. Die Wände des Clubs waren mit rot-goldenen Tüchern behangen, sodass man – passend zu dem Stempel, den sie am Eingang erhalten hatten – das Gefühl hatte, sich in einem Zelt zu befinden. Über den gesamten Raum, nahe an der Bühne, spannte sich ein dünnes Drahtseil, das von einer Leiter samt Plattform an der Wand aus zu erreichen war und Cole fragte sich, wozu es diente. Auf den ersten Blick gab es nichts Unerlaubtes zu entdecken. Er fand nicht einmal den obligatorischen, zwielichtigen Kerl am Rand der Menge, der sich sein nächstes Opfer für den Verkauf seiner Pulver und Tabletten aussuchte.

Vielleicht lag es daran, dass dieser Jemand neben ihm stand. Aus dem Augenwinkel warf Cole Tyresian einen Blick zu. Er wusste, dass der Wycca keine weiße Weste hatte – immerhin stammte er aus der Sternengasse –, doch irgendwie hatte er das bei ihren letzten Begegnungen verdrängt.

Schnell sah er wieder weg. Er hatte keine Ahnung, was in ihn gefahren war, als er Tyresian gesagt hatte, er sähe gut aus. Natürlich entsprach es der Wahrheit. Doch wenn er kurz über seine Worte nachgedacht hätte, bevor sie aus seinem Mund gestolpert waren, hätte er sich eher die Zunge abgebissen, als es auszusprechen. Und dass Tyresian nichts erwidert hatte, ließ ein brennendes Gefühl in seinem Magen zurück.

Ablehnung, erkannte Coleus bitter. Er war noch nie bei jemandem abgeblitzt – unmöglich, da er niemals jemandem zu nahe kam – und auch, wenn er äußerlich ruhig wirkte, hallte das Gefühl wie ein dumpfer Schmerz in ihm nach.

»Wir sollten uns aufteilen«, schlug Tyresian vor. Auch er durchleuchtete den Club und Cole fragte sich, wonach er Ausschau hielt. Das Gebäude war recht überschaubar und füllte sich langsam mit Gästen, deren Outfits weitaus auffälliger waren als sein eigenes. Die Gäste – Menschen und Wycca, Frauen und Männer – trugen knappe, körperbetonte Kleidung in schrillen, glitzernden Farben, versetzt mit Perlen und Federn. Links und rechts gab es jeweils einen Tresen und direkt vor ihnen die Bühne, die jedoch leer war.

»In Ordnung. Misch dich in ein paar Gespräche ein. Versuch herauszufinden, was für eine Stimmung herrscht.« War dies wirklich ein Sammelplatz für eine Szene menschenverachtender Wycca? Bisher wirkte der Club auf ihn wie ein normaler Treffpunkt zum Feiern.

»Dafür solltest du vielleicht eine andere Haltung annehmen«, sagte Tyresian.

Stirnrunzelnd sah Cole ihn an. »Wie bitte?«

»Du kannst dir noch so viele Sterne auf die Brustwarzen kleben.« Er machte eine Handbewegung, die Coles gesamten Körper einschloss. »Aber alles an dir schreit *Polizist*.«

Er wusste nicht, ob es beabsichtigt war, jedoch trafen Tyresians Worte ihn wie winzige Messer in die Brust. Sofort hallte Calvins Stimme durch seinen Kopf.

Wenn du nicht so fixiert auf deine Karriere wärst, hättest du vielleicht Zeit zum Üben gehabt. Dann müsste ich das nicht tun.

Wahrscheinlich war Tyresian deshalb so perplex gewesen, als Cole ihm das Kompliment gemacht hatte. Weil er bemerkt hatte, wie unbeholfen er in Bezug auf solche Dinge war.

»Ich weiß ja nicht, wie es unter deinem Hemd aussieht«, erwiderte er deshalb spitzer als nötig, »aber ich besitze nur *zwei* Brustwarzen.«

Sofort drehte er sich um und mischte sich unter die Menge. Trotz seiner Wut versuchte er, Tyresians Rat zu befolgen. Immerhin wollte er sein Ziel erreichen. Auch wenn er Barrow bei seiner Observation nie zu Gesicht bekommen hatte und mittlerweile vermutete, dass seinem Boss der Club zwar gehörte, er aber nur als Inhaber fungierte, hatte er ein schlechtes Gefühl. Nicht zuletzt wegen dem, was zwischen Barrow und Natalia vorgefallen war. Er hatte nie die Wahrheit herausfinden können, aber, bis dahin war ihm die junge Menschenfrau als niemand vorgekommen, der einfach die Ausbildung abbrach. Bis sie einen Abend allein mit Barrow verbracht hatte.

Cole bestellte sich einen Drink und belauschte ein paar Gespräche an der Bar, ehe er sich in eine der Sitznischen zurückzog, um von dort die benachbarten Gäste auszuhorchen. Doch niemand von ihnen schien sich an diesem Abend mit Menschen oder deren Rechten zu beschäftigen. Selbst die mysteriöse Krankheit rückte in den Hintergrund. Stattdessen zog sich ein anderes Thema wie eine rote Blutspur durch die Gespräche.

Als er zurück zu Tyresian ging, der ebenfalls in einer der Nischen saß, erkannte er, dass dieser ähnliche Diskussionen angehört haben musste. Seine Lippen waren zu einem schmalen Strich zusammengepresst und er mahlte mit dem Kiefer, während er lustlos mit einem Zahnstocher auf eine Kirsche in seinem Drink einstach.

Cole setzte sich ihm gegenüber. »An der Stelle deines Freundes würde ich im Moment keine Beliebtheitsumfrage starten.« Er vermied es absichtlich, das Wort *König* auszusprechen, für den Fall, dass jemand zuhörte.

Tyresian schnaubte und fuhr damit fort, seine Kirsche in dem halb leeren Glas zu zerstechen. »Hab noch nie so einen Schwachsinn gehört«, murmelte er.

»Weißt du, woher die Gerüchte stammen?« Bei beinahe jedem Gespräch hatte er das Gleiche herausgehört. Furcht. Dem König solle es irgendwie gelungen sein, die Haltung seiner Garde zu beeinflussen. Jetzt rätselten alle, wie er das getan haben könnte und was die Gerüchte bedeuteten. Hatte er ihnen gedroht? War es einfach ein gut einstudierter Gehorsam? Hatte der König seine immense Macht demonstriert, so wie die Neuigkeiten aus Ashland suggerierten?

Tyresian lehnte sich zurück. Mittlerweile schwammen rote Kirschenstücke zerfetzt in seinem Glas. »Ja.«

Das hatte Cole geahnt. Immerhin hatte er erlebt, wie die gläserne Garde auf Tyresian reagierte. Sie respektierten ihn nicht. Da war es nicht schwer vorstellbar, dass sie sich über ihn hinwegsetzten und solche Gerüchte verbreiteten.

»Ist da etwas dran?« Es war nicht nur reine polizeiliche Neugierde, die ihn fragen ließ. Immerhin war seine Schwester in diesem Moment mit besagtem König in einem fremden Land unterwegs. Azalea vertraute Raevan Tennyson und ihr Urteil reichte Cole normalerweise aus. Diese Gerüchte über ihn nahmen immer andere Formen an, doch eines hatten sie alle gemeinsam: Der König war gefährlich.

Bei der Frage verdunkelten sich Tyresians bunte Augen und für einen Moment befürchtete Cole, er würde eines seiner Messer ziehen und es allein für diesen kleinen Zweifel auf ihn richten.

»Nein.«

Cole nickte, denn er wusste aus Verhören, dass es fürs Erste besser war, seinem Gegenüber in dem Glauben zu lassen, er hätte einen überzeugt.

Interessant, dachte er.

Gerade wollte er zu einer weiteren Frage ansetzen, da erregten zwei Personen hinter Tyresian seine Aufmerksamkeit. Stirnrunzelnd sah er ihm über die Schulter.

»Was tun denn deine Freunde hier?«

Blitzschnell drehte Tyresian sich um. Als er die zwei Menschen entdeckte, entspannten sich seine Schultern sofort. Er sprang auf und lief auf die beiden zu.

»*Ich geh mal eben hin*«, murmelte Cole zu sich selbst und stand ebenfalls auf. »*Nein, bleib ruhig hier, ich komm gleich wieder.*« Oder war das jetzt zu viel verlangt? Aber wahrscheinlich konnte man von jemandem aus der Sternengasse keine Manieren erwarten.

Tyresian klopfte Pray zur Begrüßung auf die Schulter. Das breite Grinsen, das sich dabei auf sein Gesicht stahl, hatte er bei dem Wycca noch nie gesehen.

»Was tut ihr hier?«, fragte er und sah zu Melia, die sich sichtlich unwohl fühlte. Trotz der Hitze trug sie langärmlige Klamotten und knete ihre Hände.

»Die Frage kannst du mir auch gleich beantworten«, sagte Pray und sah sich um. »Aber nicht hier.« Sein Blick flackerte zu Cole, der sich neben Tyresian stellte. »Offiziell oder Vergnügen?«, fragte Pray ihn.

»Weder noch.« Er deutete auf ihre Sitznische. »Dort sind wir ungestörter.«

Zu viert setzten sie sich. Cole war der Letzte, der zum Tisch kam und nahm neben Melia, gegenüber von den beiden anderen, Platz.

»Woher kanntet ihr das Passwort?«, fragte Tyresian und trank den Rest seines Drinks, dieses Mal, ohne die Kirsche zu malträtieren. Cole entging nicht, dass er, seitdem Pray Lucent den Club betreten hatte, wie ausgewechselt wirkte. Seine bunten Augen huschten nicht mehr ständig hin und her und seine gesamte Körperhaltung schien entspannter. Auf diese Weise hatte er ihn noch nicht erlebt, nicht einmal mit den Kindern, die ihm offenbar so viel bedeuteten.

In Coles Bauch rumorte es. War das der Grund, weshalb Tyresian nicht auf ihn einging? Weil er in jemand anderes verliebt war?

Melia und Pray wechselten stirnrunzelnd einen Blick. »Welches Passwort?«

»Ich dachte …« Fragend sah Tyresian zu Cole.

»Man braucht ein Passwort, um reinzukommen. Eigentlich.« Zumindest hatte er das in den letzten Nächten beobachtet. Und auch sie waren nach einem gefragt worden. Merkwürdig.

Pray zuckte mit den Schultern. »Uns haben sie so reingelassen.«

»Aber ihr wusstet offenbar von dem Zirkus-Thema«, sagte Cole und deutete auf Prays paillettenbesetzte dunkelrote Jacke, die er über der nackten Brust trug.

Pray blinzelte ihn einen Moment verständnislos an. »Nein.«

Coles Ohren wurden heiß und Tyresian stieß ein prustendes Lachen aus.

»Jetzt sag schon«, drängte er. »Weshalb seid ihr hier?«

Melia und Pray berichteten von dem Penny in der Akademie, der Spur zu Beck, die schließlich hierhergeführt hatte.

»Als Melia herausgefunden hat, dass es sich nicht um ein Tattoo, sondern um einen Stempel handelte, haben wir den richtigen Club schnell gefunden«, schloss er.

»Dann hängt in der menschlichen Akademie ein magisches Artefakt, ohne dass jemand davon weiß?«, hakte Cole nach.

Pray nickte. »Weder Mikael Trudow noch einer der anderen ist sich sicher, wie er dort gelandet ist. Ich wollte nicht weiter drängen, aus Angst, dass jemand auf die Idee kommt, ihn abzuhängen.«

»Es ist gefährlich, ihn zu berühren«, fügte Melia hinzu.

»Glaubt ihr, der Penny hängt deshalb dort?«, fragte Cole. »Weil ein Wycca irgendetwas damit plant?«

»Es ist schon ein ziemlicher Zufall, dass jemand ein unbekanntes magisches Artefakt in die menschliche Akademie einschleust«, sagte Pray.

»Ich glaube nicht an Zufälle.« Cole verschränkte die Arme über der Brust.

»Eben.«

Nachdenklich sah er sich um. Bestand die Möglichkeit, dass der Penny und der Mord an der Königin zusammenhingen? Cole berichtete Pray und Melia von Tyresians und seinen eigenen Forschungen im Mordfall Katleem Tennyson.

»Dann haben uns beide Spuren hierhergeführt«, sagte Melia.

»Scheint so.« Cole kaute auf seiner Unterlippe herum. »Wir suchen also jemanden, der Aufträge annimmt, die in die Sternengasse führen. Neo-Cruas«, sprach er das Wort aus. Bisher hatte er nie davon gehört. »Findet ihr nicht, ihr hättet das jemandem erzählen sollen? Wenn dieses neue Cruas so gefährlich für Wycca ist und es eine Person gibt, die über die gesamte Forschung dieses Becks Bescheid weiß?« Unruhig tippte er mit der Fußspitze auf den Boden und auch seine Finger machten sich selbstständig, klopften nacheinander auf den Tisch. Unter hochgezogenen Augenbrauen schaute er zu Tyresian.

»Sieh mich nicht so an«, sagte dieser abwehrend und rückte ein Stück von Pray ab. »Ich hatte keine Ahnung, was die zwei treiben.« Er verschränkte die Arme vor der Brust und sah seinen Freund vorwurfsvoll an.

»Tut mir leid«, sagte dieser zerknirscht. »Ich wollte dir nicht noch mehr aufhalsen.«

»Dann hast du jetzt die Gelegenheit, es wiedergutzumachen«, sagte Cole und zeigte auf Pray. »Siehst du die Wycca dort?« Unauffällig deutete er zu der blonden Frau am Tresen. Pray nickte. »Das ist Camille, die Geschäftsführerin. Geh hin. Bezirz sie. Und finde heraus, ob sie jemanden kennt, der Aufträge annimmt, die einen in die Sternengasse führen.«

»Einen Dieb«, ergänzte Tyresian.

Prays Augen weiteten sich. »Warum ausgerechnet ich?«

Weil du offenbar eine weitaus verführerischere Wirkung ausstrahlst als ich, wenn es nach Tyresian geht, dachte er bitter. »Weil mir gesagt wurde, dass ich immer wie ein Polizist wirke.«

»Das ist wahr«, pflichtete Tyresian ihm bei.

Cole ignorierte ihn. »Und er«, er zeigte auf Tyresian, »ist zu überheblich. Sie würde ihm nicht trauen.«

»Woher weißt du das?«

»Menschenkenntnis.« Er hatte den Club lange genug observiert und Camille bei ihren Raucherpausen vor der Tür beobachtet.

Seufzend stand Pray auf und fuhr sich durch die braunen Haare, bis sie leicht verwuschelt abstanden. »Also gut.« Er zupfte seine Jacke zurecht und bahnte sich einen Weg durch die tanzende Menge.

»Frag sie nach einer Zigarette«, zischte Cole noch.

Es überraschte Ty nicht, dass die blonde Wycca sofort auf Prays Flirtversuche einging. Nach wenigen Minuten saßen sie gemeinsam an der Bar und hatten die Köpfe zusammengesteckt.

Ty wandte den Blick ab und sah zu Melia. Ihr verschlossenes Gesicht verriet keine Regung und es war unmöglich, zu sagen, was in ihr vorging. Pray hatte ihm verraten, dass die beiden nur Freunde waren, doch dass Pray mehr wollte, war kaum zu übersehen. Er fragte sich, wie die Menschenfrau darüber dachte – besonders, da sie unsterblich war. Würde sie sich auf eine Beziehung mit jemandem einlassen, der eine begrenzte Zeit auf Erden hatte?

Sein Blick huschte zu Coleus, der ungeduldig mit den Fingern auf die Tischplatte klopfte. Schnell schaute er wieder weg. Mittlerweile konnte er sich nicht mehr einreden, dass seine Nervosität daher rührte, dass Coleus ein Polizist war. Umso glücklicher war er gewesen, als Pray und Melia den Club betreten hatten – allein mit dem Wycca fühlte er sich ungeschützt, als stünde er unbewaffnet inmitten von Orlenas magisch veränderten Tieren.

Kurz darauf kam Pray zurück und schob sich auf die Bank neben Ty. »Du hast den Falschen geschickt, Genie«, sagte er an Coleus gewandt.

»Wieso? Du hattest sie eindeutig um jeden deiner beringten Finger gewickelt.«

Pray wedelte mit besagten Fingern vor dessen Nase. »Spielt keine Rolle. Ja, es gibt in diesem Club jemanden, der zwielichtige Aufträge annimmt. Aber man findet ihn im VIP-Bereich, in dem – Überraschung – ausschließlich Wycca erlaubt sind.«

»Es gibt einen VIP-Bereich?« Ty sah zu Coleus. Bei seinem ersten Rundgang war ihm nichts Derartiges aufgefallen. Niemand hatte einen separaten Raum erwähnt. Stattdessen spekulierten sie darüber, ob Rae seine Garde folterte, um sie gefügig zu machen. Unwillkürlich schloss Ty die Hände zu Fäusten. Die Gerüchte waren schlimm genug, doch was ihn beinahe zur Weißglut trieb, war, dass sie sicher nicht entstanden wären, wenn nicht *er* für die gläserne Garde verantwortlich gewesen wäre.

»Von einem VIP-Bereich hast du nichts gesagt«, wandte er sich an Coleus, um sich von dem bitteren Gedanken abzulenken.

Dieser schüttelte den Kopf. »Davon habe ich nichts gewusst. Wo soll der sein?«

»Hinter der Tür dort.« Pray zeigte auf eine silberne Tür in Richtung Eingang. »Aber macht euch gar nicht erst die Mühe. Sie ist verschlossen. Offenbar so VIP, dass jedes Mitglied seinen eigenen Schlüssel besitzt.«

»Scheiße.«

»Du sagst es.«

Sie alle schwiegen für einen Moment, bis Melia sich leise zu Wort meldet.

»Ich könnte das Schloss knacken.«

Überrascht sahen die anderen sie an und Röte stieg ihr ins Gesicht.

Pray schüttelte den Kopf. »Dann meldet sich die Lampe da oben. Siehst du?« Er deutete zu einem roten Licht direkt über der Tür.

»Woher weißt du, wie man Schlösser knackt?«, wollte Ty wissen. Er drehte sich auf der Sitzbank zu Melia.

Doch die senkte den Kopf und nestelte am Saum ihres schwarzen Tops, in das Glitzerfäden eingearbeitet waren. Dafür besah Pray ihn mit einem warnenden Blick, woraufhin Ty ihm einen Kuss zuwarf. Natürlich wollte er Melia nicht zwingen, die Folter, die sie durch Beck erfahren hatte, erneut zu durchleben, aber man durfte ja wohl noch Fragen stellen.

»Ich nehme an, die Chefin besitzt einen Schlüssel?«, fragte Coleus nach einer Weile.

Pray, der gerade seine Hand so platzierte, dass er Ty dezent den Mittelfinger zeigte, wandte sich dem Polizisten zu. »Sicher. Sie hat ihn mir gezeigt – rechte Hosentasche. Aber sie ist kein Anfänger. Da kommt selbst Ty nicht ran.«

»Und was ist, wenn sie abgelenkt ist?« Coleus' Blick huschte zur Bühne und dann zu Pray. »Ich hoffe, du besitzt ein gesundes Rhythmusgefühl.«

Melia rieb die Handballen aneinander und warf Ty einen nervösen Blick zu. »Meinst du, es funktioniert?«

Nachdem Coleus mit einem Wycca gesprochen hatte, der für die Technik verantwortlich war, waren er und Pray hinter der Bühne verschwunden. Im Club herrschte mittlerweile reges Treiben und die Musik wummerte durch den Raum, um die Leute auf die Tanzfläche zu drängen.

»Ein Versuch ist es wert.« Vor allem war er neugierig, was Coleus plante. Wenn alles gut verlief, würde Ty davon jedoch nicht viel mitbekommen, sondern seine Chance nutzen, um den Schlüssel von dieser Camille zu stehlen.

Melia biss sich auf die Unterlippe, nickte aber.

»Wenn es losgeht«, sagte Ty langsam, »kommst du dann klar?« Er hatte nicht viel Zeit mit der unsterblichen Menschenfrau verbracht, wusste aber, dass sie in der Mitte von größeren Ansammlungen leicht in Panik verfiel.

Doch sie sah entschlossen aus. »Pray ist ja in der Nähe«, sagte sie und sah zur Bühne.

Ty lächelte. »Du magst ihn.«

Sofort fingen ihre Wangen Feuer. »Natürlich. Er ist mein Freund.«

Am liebsten hätte Ty geschnaubt, doch dann fiel ihm ein, dass er wirklich der Letzte war, der sich über verkorkste Beziehungen lustig machen durfte. Er sollte sein Karma nicht weiter strapazieren.

Im nächsten Moment wurde ohnehin die Musik leiser gedreht und das bunte Licht im Saal gedimmt. Mehrere Strahler richteten sich auf die Bühne. Der Wycca von eben, mit dem Coleus gesprochen hatte, trat hinter dem Vorhang hervor.

»Meine Damen und Herren, Menschen und Wycca«, sagte er und seine durch das Mikrofon verstärkte Stimme hallte durch den Club. Er trug nur eine Weste, gepaart mit einer kurzen, engen Hose. »Wir haben heute eine Sondervorstellung für Sie im Angebot. Zum ersten Mal im *Artist* begrüßen wir …« Für einen Moment sah er verwirrt aus und steckte seinen Kopf durch den Vorhang hinter sich. Durch das Mikro hörte man Stimmen, die miteinander diskutierten, und das Publikum lachte, als gehörte das bereits zur Show. Der Wycca sah wieder nach vorn und räusperte sich. »Wir begrüßen das schillernde Duo!«

Die Lichter wurden weiter gedimmt und nur zwei Spots beleuchteten die Bühne. Ein Stiefel tauchte zwischen den Vorhängen auf, dann begann die Musik. Zuerst einzelne, leichte Pianoklänge, zu denen sich die Stiefelspitze bewegte. Dann wurde ein Paar Hände durch den Vorhang geschoben und klatschten im Takt, der langsam schneller wurde. Das Publikum, das sich größtenteils vor der Bühne versammelt hatte, klatschte sofort bereitwillig mit. Der Bass setzte ein, die Musik beschleunigte und plötzlich trat jemand zwischen den Vorhängen hervor.

Im ersten Moment hielt Ty ihn für einen Fremden. Der Mann trug einen weiten, dunkelblauen Anzug, seine Haare waren stark gegelt nach hinten gekämmt und mit blauem Glitzer überzogen. Erst als er ihm ins Gesicht sah, erkannte Ty Coleus, der dem Publikum zuzwinkerte. Er bewegte sich im Takt der Musik, hielt einen Arm hoch und streifte sich langsam den linken Handschuh ab. Das Publikum grölte, als er lasziv mit den Fingern wackelte. Der zweite Handschuh folgte direkt und Coleus warf beide in die Menge, wo es kurz einen Tumult gab, wer sie fangen durfte.

Entgeistert sah Ty zu, wie der Wycca seinen Körper zur Musik wiegte und die zwei einzelnen Knöpfe an seinem Sakko löste. Darunter trug er nur eine Krawatte und die beiden Sterne, die seine Brustwarzen bedeckten. Die Menge vor ihm jubelte. Er vollführte eine Drehung und riss den Vorhang auf, hinter dem Pray zum Vorschein kam. Er trug noch immer seine rotschillernde Jacke, doch dazu einen weiten, schwarzen Rock und einen kleinen Hut. Im Gegensatz zu Coleus wirkte er nicht begeistert, in die Sache mit reingezogen worden zu sein, aber davon ließ dieser sich nicht abhalten. Er griff Prays Hand, zog ihn auf die Bühne und drehte ihn im Kreis, wobei Prays Mundwinkel zuckten. Coleus lüftete Prays Hut und verbeugte sich vor ihm. Das Publikum lachte, als dieser voranging und Pray mit einem verführerischen Augenaufschlag zum Folgen aufforderte. Sie stolzierten passend zur Musik, bis Coleus sich umdrehte, seine

Finger unter die Schultern des Sakkos schob und es langsam auszog. Als der Stoff zu Boden fiel, grölte die Menge.

Ty hatte einen Teil von Coleus Brust unter dem offenen Hemd gesehen, doch nun stand er oberkörperfrei auf der Bühne. Automatisch wanderten seine Augen weiter. Die blaue Hose saß so tief, dass er die Muskeln sehen konnte, die dort zu einem V zusammenliefen.

Sein Mund wurde trocken.

»Ty?« Melias zaghafte Stimme ließ ihn zusammenzucken. »Du solltest …« Sie deutete hinter vorgehaltener Hand auf Camille, die sich an den Rand des Publikums gesellt hatte und mitklatschte.

»Oh. Richtig.« Er schüttelte den Kopf, stand auf und schlich sich an den klatschenden Leuten vorbei, um sich unauffällig Camille zu nähern. Dabei gab er sich Mühe, sich zu konzentrieren und nicht zur Bühne zu sehen. Camille stand rechts vor ihm und sah zur Show, doch ihr Blick schweifte immer wieder ab. Ganz die Chefin, die alles im Griff hatte.

Ty sah nach oben und Prays starrte ihn fragend an. Leicht schüttelte er den Kopf. *Noch nicht genug.*

Er sah seinen Freund innerlich aufseufzen. Mittlerweile tanzten die beiden einen nicht wirklich synchronen Tanz, doch nun schlang Pray die Arme um Coleus und fuhr mit den Fingern über dessen entblößte Brust, sodass er breit grinste.

Kurz vergaß Ty, weshalb er überhaupt hier war. Hitze durchfuhr ihn. Aber nicht die angenehme, *verdammt-ist-das-heiß* Hitze. Stattdessen stach sie zu wie ein glühendes Messer.

Ein Pfiff riss ihn aus der Starre. Camille hatte ihre Finger zwischen die Lippen gelegt und stieß einen weiteren Pfeifton aus. Jetzt oder nie. Ty ging an ihr vorbei, rempelte sie dabei an, um ihr entschuldigend eine Hand auf die linke Schulter zu legen.

»Sorry«, rief er über den Lärm hinweg. Camille winkte ab. Gleichzeitig griff Ty mit zwei Fingern in ihre Hosentasche und stolperte dann weiter, als wäre er betrunken. Unbemerkt ließ er den Schlüssel in seine eigene Tasche gleiten.

Jetzt musste er schnell sein. Er durchquerte den Club bis zu der silbernen Tür und sah kurz zurück. Camille war noch immer abgelenkt. Gut. Er drehte den Schlüssel im Schloss und schlüpfte hinein.

KAPITEL 18

Als die Tür wieder ins Schloss fiel, erstarben die Geräusche von draußen. Stattdessen drang eine andere Musik zu Ty: etwas Gedämpftes, Laszives, träge wie eine Schlange. Er folgte den Klängen eine Treppe hinunter und der Geruch von Zigarren und Gras stieg ihm in die Nase. Unten angekommen, weitete sich ein kahler Flur zu einem runden Raum mit mehreren, durch Vorhänge abgetrennte Sitznischen. Hier gab es keine bunten Lichter, dafür spärlich erleuchtete Dunkelheit, durchzogen von Rauch und Parfüm. Ty rümpfte die Nase.

Ein paar Leute standen im Raum um ein Podest verteilt, auf dem verschiedene Männer und Frauen tanzten. Ty hörte das Klimpern von Ketten – wohl eine ähnliche Mode wie oben, bei der die meisten mit Perlen besetzte Ketten trugen. Doch zwischen den Körpern der Umstehenden konnte er das nicht erkennen.

»Kann ich helfen?« Ein Mann in schwarzer Livree tauchte neben ihm auf.

Ty riss sich zusammen und wedelte mit dem Schlüssel, durch dessen Ring er seinen Zeigefinger geschlungen hatte. »Ich suche jemanden.«

»Wenn Sie mir sagen, wer dieser Jemand ist, kann ich Ihnen helfen«, bot der Mann an. »Wenn Sie keine Vorstellung haben, sagen Sie mir doch, was Ihnen gefällt. Dann finden wir jemanden.«

»Genau genommen suche ich jemanden, der mir etwas beschafft. Etwas, das nicht mir gehört.«

Die Augen des Mannes weiteten sich. »Wenn dem so ist«, murmelte er und deutete auf eine der Nischen, dessen Vorhänge nicht geschlossen waren, »warten Sie dort. Ich werde sehen, ob ich Ihren Jemand auftreiben kann.«

Mit einem mulmigen Gefühl ging Ty zu der Nische, deren Vorhang der Mann in der Livree anschließend zuzog. Der rote Stoff dämpfte Lichter und Musik und er kam sich vor, als wäre er in einem Kokon gefangen. Kurz versicherte er sich, dass er seine Messer bei sich trug.

Der Vorhang wurde wieder geöffnet und ein hagerer Wycca mit perlmuttschimmernden Augen trat ein. Er beäugte Tyresian, der sich seine Überraschung über das bekannte Gesicht nicht anmerken ließ, und setzte sich ihm gegenüber.

»Tyresian Joyce«, sagte der Wycca und leckte sich über die schmalen Lippen. »Oder ist es mittlerweile Lord Joyce? Entschuldige, ich bin mit diesen Gepflogenheiten nicht vertraut.« Er sagte *Gepflogenheiten*, als handelte es sich dabei um das Fantasiewort eines Dreijährigen.

»Matty«, erwiderte Ty und zog die Oberlippe hoch. »Mit dir hatte ich nicht gerechnet.«

Er hatte den Wycca seit mehreren Jahren nicht gesehen. Damals war er einer der Ersten gewesen, die sich in Tys Haus niedergelassen hatten. Er war ein paar Jahre jünger, aber hatte zu dem Zeitpunkt bereits lange auf der Straße gelebt. Als Matty mit sechzehn ausgezogen war, hatte Ty ihn nie wieder gesehen.

Bisher.

»Die Leute nennen mich jetzt Matt«, sagte Matty und verschränkte die Arme vor der Brust. Er trug schlichte Klamotten, die auf einen zu hohen Preis schließen ließen.

Ty grinste und lehnte sich ein Stück vor. »Aber für mich wirst du immer der kleine Matty bleiben, der aus Angst vor den Spinnen im Badezimmer schläft.« Trotz seines unbekümmerten Auftretens dachte er fieberhaft nach. Matty war für den Handel mit Beck engagiert worden? Weshalb so plötzlich, nachdem er jahrelang von der Bildfläche verschwunden war?

Matty verzog den Mund. »Was willst du, Tyresian?«

»Ich wusste nicht, dass du in meinem Geschäftsgebiet wilderst.« Die Worte sollten ihn aus der Reserve locken, doch bei der Wahrheit, die in ihnen lag, fraß sich eine Hitze in Tys Magen und er schluckte. Wie lange war es her, dass er zuletzt die Sternengasse gesehen hatte?

Kopfschüttelnd ließ Matty sich zurücksinken und breitete die Arme auf den Sitzlehnen aus. Seine gespreizten Beine nahmen den halben Raum ein. »So läuft das nicht und das weißt du. Du bist raus, seit Monaten. Niemand hat dich mehr in der Sternengasse gesehen, das hat sich bis außerhalb der Stadtgrenzen herumgesprochen und eine Menge Leute angelockt, die deinen Platz einnehmen wollten.«

Das stimmte. Tyresian war nicht nur für den illegalen Waffenhandel bekannt gewesen, sondern auch dafür, Wege in jedes gesicherte Gebäude zu finden. Für Diebstähle jeglicher Art hatte er Wren und die anderen benutzt und sich so einen Ruf aufgebaut. Natürlich musste diese Lücke gefüllt werden, nachdem er gegangen war. Die Hitze nagte weiter an ihm, fraß ein Loch in Tys Eingeweide und ließ eine Leere zurück, die brannte.

»Und du hast gewonnen«, mutmaßte er.

»Offensichtlich.«

Als wäre er gelangweilt, betrachtete Ty seine Fingernägel. Er hatte Matty nie leiden können. Schon als Kind war er arrogant gewesen, obwohl er nichts gehabt hatte, auf das es sich etwas einzubilden galt. Insgeheim war er damals froh, dass der Wycca ausgezogen war. Auch hatte er nie großes Talent gezeigt, was ihr Geschäft anging. Offenbar hatte sich das nicht geändert, wenn Pray recht hatte. Beck sprach von jemandem, der trotz eines klaren Auftrags etwas anderes hatte mitgehen lassen – den Penny – und das zeugte von Schlamperei. Ty hätte das niemals erlaubt.

Er musterte den Mann vor sich von oben bis unten. Seine Füße steckten in glänzenden braunen Lederschuhen und die schwarzen Socken, die darüber herausschauten, schienen aus

Seide zu sein. »Bei einem deiner Aufträge hast du etwas mitgenommen, das nicht dir gehört.«

»Du meinst das hier?« Matty steckte die Hand in die Brusttasche seines gestreiften Hemdes – er hatte schon immer einen schlechten Geschmack gehabt – und zog einen Penny hervor. Mit einer lässigen Bewegung schnippte er ihn in Tys Richtung, der ihn reflexartig auffing.

Im schwachen Licht der Lampen betrachtete er das Geldstück. Er hatte es nie zuvor gesehen, doch die Einkerbungen stimmten mit Prays Beschreibung überein. »Und das Original?«

Mattys Augenbrauen hoben sich überrascht, aber er fasste sich schnell wieder. »Habe ich meinem Auftraggeber geschenkt. Sie hat herausbekommen, dass ich gestohlen habe, und war nicht glücklich. Da dachte ich mir, das würde sie milde stimmen.«

»Sie?«

Sofort schoss Matty das schwarze Blut in die Wangen. »Vergiss es.«

Amateur, dachte Ty. Wenn er weiter bohrte, würde Matty ihm wahrscheinlich aus Versehen die Adresse seiner Auftraggeberin verraten.

»Weiß Devon, dass du in der Nähe der Sternengasse deine Geschäfte treibst?«

Matty schlug die Beine übereinander. »Devon selbst hat mir den Job besorgt. Anscheinend kann er mich leiden.« Ein schleimiges Grinsen schlich sich auf sein Gesicht. »Im Gegensatz zu dir.«

Daher rührte also der Wind. Devon hatte die Chance genutzt und sich wieder einen Laufburschen zugelegt. Einen, der ihn nicht verraten würde.

»Sag mal, stimmt es, dass er dich bestohlen und dein Haus zerstört hat?« Mattys Augen glänzten. Genüsslich leckte er sich über die Lippen und dunkle Flecken bedeckten seinen Hals und seine Wangen.

Ty ballte die Hände zu Fäusten. »Wer ist dein Auftraggeber, Matty?«

Er lehnte sich zurück und schüttelte den Kopf. »Du kennst die Regeln, Tyresian. Ich gebe nichts preis. Was kümmert es dich überhaupt? Du bist raus aus dem Geschäft. Devon hat dein Zelt abreißen lassen. Genau genommen hat er es verbrannt und daraus eine richtige Feier gemacht. Wenn du willst, schicke ich dir Fotos.«

»Devon kümmert mich einen Scheiß.« Tys Kehle kratzte.

»So redet ein schlechter Verlierer«, sagte Matty mit einem miesen Grinsen. »Hast du nicht immer getönt, die Sternengasse würde irgendwann dir gehören?«

Mit einem Satz sprang Ty auf ihn zu und holte im selben Moment die Klinge aus seiner Tasche, um sie auf Mattys Hals zu richten. Doch bevor er ihn erreichte, wurde er zurückgeschleudert.

Der Wycca lachte. »Netter Versuch. Ich kenne dich und deine Tricks, Tyresian. Auch nach Jahren noch.«

Ty versuchte, seine Wut zu verbergen. Der Wind, mit dem Matty sich einen Schutzschild verschafft hatte, ließ seine Haare flattern. »Nur aus diesem Grund hat Devon dir überhaupt den Zutritt zur Sternengasse gewährt und dir diesen Job besorgt. Das ist dir hoffentlich klar.«

»Nimm dich nicht wichtiger, als du bist.« Matty strich sich über die hochgerutschten Ärmel. »Und jetzt entschuldige mich. Manche von uns haben Jobs zu erledigen. Ich werde mich übrigens mal an Camille wenden. Sie lässt zu viel Dreck hier rein.« Mit diesen Worten stand er auf.

Ty biss die Zähne zusammen. »Immerhin weiß ich, dass man zu braunen Schuhen keine schwarzen Socken trägt.« Mit Genugtuung beobachtete er, wie Mattys Gesicht erneut dunkel anlief. Ohne etwas zu erwidern, verschwand er aus der Sitznische.

Kleine Ratte. Das war alles, was Matty war. Beim Gedanken daran, wie er durch die Sternengasse stolzierte, überkam Ty Übelkeit. Er würde sein jetziges Leben nicht gegen sein altes tauschen wollen und doch …

Doch vermisste er die Sternengasse an manchen Tagen mehr, als ihm lieb war. Aber er wusste, dass Devon ihn nie wieder einen Fuß in die Straße setzen lassen würde.

Mit einem tiefen Atemzug trat er ebenfalls aus der Nische heraus. Was für ein verschwendeter Abend. Niemand in diesem Club schien sich an Menschen zu stören, das hatte Prays Auftritt bewiesen. Also hatten Coleus und er ihre letzte Spur verloren. Und Matty würde Ty freiwillig nichts verraten, sodass auch Prays und Melias' Hinweise ins Leere verliefen.

Er steckte sein Messer ein und wollte wieder zur silbernen Tür gehen, als das Aufblitzen von Metall seine Aufmerksamkeit auf sich zog. Da waren die Tänzerinnen und Tänzer auf dem Podest, ebenso das Klimpern von Ketten. Doch dieses Mal sah Ty sie auch.

Die Tänzerinnen und Tänzer waren mit schwerem Metall an den Füßen am Boden gefesselt. Stirnrunzelnd sah Ty sich um, aber offenbar war diese Szenerie allen bekannt, sodass sich niemand daran störte. Er schaute den Umstehenden so unauffällig wie möglich in die Augen.

Wycca. Sie alle waren Wycca. Während die Tänzer …

Er wagte einen Blick. Er war sich sicher, dass es sich bei ihnen um Menschen handelte. Angekettete Menschen. Ihm fielen Prays Worte von vorhin wieder ein – dass er und Melia kein Passwort gebraucht hatten, um den Club zu betreten. Ob das etwas zu bedeuten hatte?

Was ging hier vor sich?

Die silberne Tür öffnete sich und ein Wycca mit breiten Schultern und kurz geschorenen Haaren trat ein. Sofort zog Ty den Kopf ein und verfluchte Coleus. Hatte er nicht gesagt, sein Boss würde nicht herkommen? Offenbar hatte er sich geirrt.

Die Gäste begrüßten Barrow lautstark und der Kerl grinste überheblich, ließ sich auf die Schulter klopfen und schüttelte mit großen Gesten Hände.

Konnte Ty riskieren, an ihm vorbei zur silbernen Tür zu gelangen? Oder würde Barrow ihn erkennen? Sie hatten nie miteinander gesprochen, aber er hielt es für möglich, dass der Polizeichef mindestens so gründlich war wie Coleus. Und dann wusste er mit Sicherheit, wer Ty war.

»Ist da oben was für uns dabei?«, fragte einer der Wycca Barrow.

Dieser schüttelte den Kopf. »Heute nicht.«

Noch immer wurde er von zu vielen Personen umringt, sodass er nicht von der Tür wegtrat. So konnte Ty nicht abhauen.

Er wischte sich die schwitzenden Hände an der Hose ab und sah sich um, bis er einen dunklen Gang entdeckte, der aus dem Raum hinausführte. Unauffällig schlich er dorthin, um sich zu verstecken. Doch der Gang war nicht lang, sondern endete nach wenigen Schritten an einer verschlossenen Tür.

Was soll's, dachte Ty und holte sein Messer hervor. Dann würde er eben in einer Besenkammer warten. Besser, als von Barrow entdeckt zu werden. Schnell knackte er das Schloss und schlüpfte hinein. Die schwere, oben und unten mit Gummi verstärkte Tür gab beim Schließen keinerlei Geräusche von sich, sodass Ty sich sicher genug fühlte, nach dem Lichtschalter zu tasten und für Beleuchtung zu sorgen, solange er hier wartete.

Eine alte Glühbirne tauchte den Raum in orangefarbenes Licht. Stirnrunzelnd fuhr Ty mit dem Finger über die Oberfläche aus Holz. Das war keine Besenkammer, sondern ein Büro, ohne Fenster und lediglich mit einem Schreibtisch und zwei Stühlen ausgestattet. Die Luft schmeckte abgestanden und Staub kitzelte ihn in der Nase. Sofort juckte es Ty in den Fingern. Wenn er schon einmal hier war …

Er ging um den Tisch herum und zog die Schubladen auf. In den ersten beiden fanden sich nur langweilige Dokumente – Rechnungen, Informationen über das Gebäude und das Grundstück, Kontoauszüge. Ty entdeckte den Namen James Barrow. Das hier musste sein Büro sein. Dabei hatte Coleus gesagt, dass er nur der Besitzer war und Camille die Geschäftsführerin. Aber vielleicht bezog sich das auf die obere Etage.

Die dritte Schublade war verschlossen. Ty grinste. Erwischt. Er nahm sein Messer, um das Schloss zu knacken, doch es gelang ihm nicht. Er würde einen Schlüssel brauchen. Oder …

Er hasste es, Spuren zu hinterlassen, aber er war zu neugierig. Also nahm er seine Klinge und fuhr damit zwischen der Schublade und dem kleinen Spalt entlang. Dann drückte er gegen den Messergriff, nutzte ihn als Hebel und stemmte das Fach auf. Es knackte und ein Stück Holz löste sich. Das würde er nicht vertuschen können.

Doch beim Anblick, der sich ihm bot, bereute er es keine Sekunde. Er nahm die Fotos hervor und blätterte sie durch. Es handelte sich eindeutig um Menschen. Frauen und Männer. Manche eher Mädchen und Jungen, nicht älter als sechzehn. Einige von ihnen hatten Striemen auf dem Rücken, andere geschwollene Finger. Ein Junge, noch keine zwanzig, starrte verzweifelt in die Kamera. Über seine Brust zog sich ein langer, roter Schnitt.

Beim nächsten Bild stockte Ty der Atem. Das konnte nicht … Schnell steckte er es ein und legte die anderen zurück in die Schublade. Er würde seinen Einbruch zwar nicht komplett vertuschen können, aber wenn er das Fach so gut es ging wieder schloss, wäre es nicht allzu auffällig. Vielleicht würde Barrow es übersehen. Nur dieses eine Foto konnte er nicht zurücklassen. Das brachte er nicht übers Herz.

Mit einigem Ruckeln schob er die Schublade wieder ins Fach, wobei ein Klimpern ertönte. Ty hielt er inne. Beim Durchsuchen der Bilder war ihm nichts aufgefallen, was ein solches Geräusch machen würde. Kurz warf er einen Blick zur Tür. Barrow könnte jeden Moment kommen, aber dann hätte er ohnehin keine Möglichkeit, sich zu verstecken. Das Risiko sollte sich wenigstens lohnen. Also zog er die Schublade erneut hervor, bis sie sich komplett löste und er in die hinterste Ecke sehen konnte.

Das lag sie.

So weit hinter den anderen Dingen versteckt, dass sie nicht auffiel und leicht in Vergessenheit geriet, wenn man nicht darauf achtete. Mit klopfendem Herzen nahm er die feine Goldkette aus der Schublade und hielt sie ins Licht. Das Medaillon daran glitzerte.

Bescheiden und loyal.

Er starrte die eingravierten Worte an. Er hatte sie schon einmal gelesen. Das Medaillon schon einmal gesehen.

Das konnte nicht sein. Doch wenn er an die Fotos dachte … Was hatte Piama gesagt? Vielleicht gab es kein Motiv, das mit der Königin zusammenhing. Vielleicht wurde sie einfach getötet, weil sie ein Mensch war.

Ty konnte den Blick nicht abwenden. Das war eindeutig Katleems Kette. Hatte niemand bemerkt, dass sie fehlte? Wahrscheinlich nicht. Er wusste, welche Mengen an Schmuck Rae besaß. Wenn Katleem auch nur annähernd so viel gehabt hatte, würde ein einziges fehlendes Stück nicht auffallen.

Kurz überlegte Ty, ob es schlau war, sie mitzunehmen. Dann würde Barrow mit Sicherheit wissen, dass jemand hier gewesen war. Und außerdem war es ein Beweisstück, das ihn mit Katleem in Verbindung brachte. Also packte er sie zurück, so weit nach hinten in die Schublade wie zu dem Zeitpunkt, als er sie entdeckt hatte. Dann schob er sie wieder zu und richtete das vordere Brett mit dem Schloss, sodass der Einbruch nicht direkt ins Auge stach.

Er musste hier weg. Den anderen erzählen, was er entdeckt hatte.

Dass es der Polizeichef gewesen war, der Katleem getötet hatte.

KAPITEL 19

Schweigend saß Ty in Coleus' Wagen, starrte aus dem Fenster. Er würde gern etwas sagen, aber Coleus' angespannter Kiefer verriet, dass dieser nicht auf eine Unterhaltung aus war. Als Ty die anderen eingesammelt und ihnen alles erzählt hatte, hatte sich die Miene des Wycca mit jedem Satz verdunkelt.

Melia war die Erste gewesen, die nach Tys Bericht ihre Worte wiederfand. »Dann war es der Polizeichef?« Mit großen, braunen Augen sah sie in die Runde. »Er hat die Königin getötet?«

Ty konnte nicht antworten. Er blickte zu Pray, dessen Gesicht jegliche Farbe verloren hatte. Sie beide kannten Barrow nicht, aber der Gedanke, dass Katleem das Opfer eines kranken Menschenhassers geworden war, bereitete Ty Übelkeit.

Das hatte sie nicht verdient.

Nach einigen Minuten der Stille meldete sich Coleus zu Wort. Trotz seiner angespannten Haltung war sein Tonfall gefasst. »Du musst mit aufs Revier kommen.« Er sprach eindeutig mit Ty, sah ihn jedoch nicht an. Stattdessen hatte er die Arme verschränkt und starrte auf einen Punkt an der gegenüberliegenden Mauer. »Ich muss deinen Bericht offiziell aufnehmen.«

»Ist das nicht gefährlich?«, warf Pray ein. Sein Blick huschte zu Ty.

Coleus' Kiefer zuckte, als würde ihn irgendetwas an Prays Worten stören. »Ich werde den Bericht niemandem zeigen, ehe ich nicht beschlossen habe, wie wir vorgehen. Aber wenn es so weit kommt, brauchen wir etwas Handfestes. Und Tyresians Aussage ist alles, was wir haben.«

Also hatte Ty sich mit Coleus in dessen Wagen gesetzt und war nun auf dem Weg zum Revier – das erste Mal in seinem Leben freiwillig. Abwesend sah er aus dem Fenster, beobachtete die Lichter, die vorbeizogen. Sollte er Coleus von dem Foto in seiner Tasche erzählen, das er gefunden hatte? Möglicherweise wusste er bereits davon. In der Spiegelung der Scheibe erhaschte Ty einen Blick auf seinen angespannten Kiefer.

Nein, besser er behielt es erst einmal für sich.

Beim Revier angekommen, stiegen sie schweigend aus. Coleus marschierte zielstrebig auf den Eingang zu, doch Ty zögerte.

»Was ist, wenn mich jemand sieht?« Er war nicht scharf darauf, dass von seiner Anwesenheit hier erfuhr.

»Um die Uhrzeit sind nur wenige auf der Wache.« Es waren die ersten Worte, die er sprach, seitdem sie losgefahren waren. »Und in dem Aufzug wird niemand denken, dass wir offiziell hier sind.« Er öffnete die Tür und trat ein, ohne sich nach Ty umzusehen.

Seufzend folgte er. Tatsächlich saß nur ein Wycca bei der Anmeldung, obwohl Ty glaubte, weitere Stimmen aus den angrenzenden Räumen zu hören.

Coleus beugte sich über den Tresen und begrüßte den Wycca dahinter mit einem Handschlag.

»Wo warst du denn unterwegs?«, fragte dieser und beäugte das exzentrische Outfit von oben bis unten.

Mit einer lässigen Geste fuhr Coleus sich durch die vom Glitzer blauschimmernden Locken. »Es gibt da einen Club«, sagte er unbekümmert. »Verrückte Geschichte. Ich war nur so blöd und habe meinen Haustürschlüssel im Büro vergessen.«

Der Wycca am Tresen lachte. »Böse Überraschung.«

»Du sagst es.« Coleus klopfte mit den Knöcheln auf das Holz und wandte sich dann ab. »Bin gleich wieder da.« Er winkte Ty zu sich, der noch immer am Eingang stand. Sofort richtete sich der Blick des fremden Wycca auf ihn und Ty widerstand dem Drang, ihm die Zähne zu zeigen. Polizisten machten ihn verdammt noch mal nervös.

Coleus schien dieses Problem nie zu haben. Lässig steckte er die Hände in die Hosentaschen und marschierte voran, als trüge er seine übliche akkurate Kleidung und keine tief sitzende blaue Hose, die so viel von seinem Körper entblößte, dass selbst Ty beeindruckt war.

Sie liefen an mehreren Türen vorbei bis zu einem großen Büro mit vielen Fenstern. Sobald sie drinnen waren, schloss Coleus die Jalousien sowohl nach draußen als auch zum Flur.

Ty lehnte sich gegen den massiven Schreibtisch und sah sich um. Auf dem Tisch stand ein Bild von Azalea und ein weiteres von den Zwillingen gemeinsam mit einem kleinen Jungen. Das musste der jüngste Blackwall sein. Er war ebenso ein Mensch wie Azalea. Wie es sich wohl für Coleus anfühlte, der einzige Wycca in der Familie zu sein. Fühlte er sich besonders? Überlegen?

Einsam?

Tys Blick huschte zu dem Wycca, der ein paar Schritte auf ihn zu kam. Er nahm einen Block vom Tisch und dann einen Kugelschreiber aus einer angeschlagenen Tasse, auf der *I ♥ me* stand.

Ty unterdrückte ein Schnauben und wandte sich stattdessen Coleus zu. Die Tasse beantwortete seine unausgesprochene Frage eindeutig.

Blackwall setzte sich an den Schreibtisch, den Stift in der Hand, und sah ihn auffordernd an. Schnell wiederholte Tyresian alles, was er in dem Keller des Clubs gesehen hatte. Dabei ließ er nur das Foto in seiner Tasche weg, berichtete dafür aber von den anderen, die noch in der Schublade verweilten. Dadurch, dass er die Geschichte bereits erzählt hatte, brauchten sie nicht lange. Als er fertig war, faltete Coleus die beiden Zettel in der Mitte und verstaute sie in seinem Schreibtisch.

»Und jetzt?«, wollte Ty wissen.

Blackwall stand auf und ging um den Tisch herum. Wieder steckte er dabei die Hände in die Hosentaschen und Ty hatte alle Mühe, seinen Blick von der tief sitzenden Hose abzuwenden.

»Ich habe einen Freund in der Abteilung für organisiertes Verbrechen. Möglicherweise kann ich mich an ihn wenden.«

»Und du glaubst, der stellt sich gegen Barrow?« Mit hochgezogener Augenbraue sah er Coleus an.

»Wenn er die Beweise sieht, wird ihm keine andere Wahl bleiben.«

Ty schnaubte und sofort verhärtete sich Coleus' Gesicht wieder.

»Was?«, fragte dieser angriffslustig.

»Wie sagt man so schön? Eine Krähe hackt der anderen kein Auge aus.«

»Wir sind nicht alle gleich, weißt du?« In den Taschen ballte er die Hände zu Fäusten. »Keiner von uns ist wie Barrow.«

Tyresian dachte an seine letzte Begegnung mit einem Polizisten, als er Wren freikaufen musste. Damals hatte er Schmuck von Rae gestohlen – was diesem bewusst gewesen war, wie Ty später festgestellt hatte –, um Wren zu befreien, der sich beim Diebstahl hatte erwischen lassen. Es hatte keine fünf Minuten gedauert, da hatte der Polizist sich das Schmiergeld eingesteckt.

In der Sternengasse wickelte man illegale Geschäfte ab, ja. Aber niemand von ihnen gab vor, etwas zu sein, was er nicht war. Dahingegen wimmelte es bei der Polizei von Wycca, die nach außen hin das Gesetz vertraten und dabei die Korruption im Blut hatten wie andere Alkohol.

»Entschuldige, wenn ich alternative Erfahrungen gesammelt habe«, erwiderte Ty und konnte das Gift nicht aus seiner Stimme heraushalten, das seine Zunge bei den Gedanken benetzte.

»Kann ich mir vorstellen. Sicher nicht grundlos.«

»Was soll das jetzt heißen?«

Coleus hob eine Hand und zählte ab. »Diebstahl, Verkauf von illegalen magischen Artefakten, Waffenhandel …« Auffordernd sah er Ty an, als erwartete er, dass dieser widersprach. Vielleicht hoffte er auch, ihn mit seinem Wissen überraschen zu können. Doch Ty hatte geahnt, dass Coleus besser informiert war, als er bisher hatte durchblicken lassen.

»Gut, ich habe miese Dinge getan.« Wenigstens schien er

nichts von den Morden zu wissen, die Ty begangen hatte. »Grausamere, als du dir vorstellen kannst.«

»Ich habe schon eine Menge Scheiß gesehen.«

»Vielleicht haben wir denselben Scheiß gesehen. Nur standen wir dabei auf unterschiedlichen Seiten.«

»Möglicherweise.«

Angestrengt stieß Ty den Atem aus. »Gut, dass wir das geklärt haben. Lass uns gehen, ich glaube, du hast wenig Lust, dem Kerl da vorn zu erklären, was wir hier so lange in deinem nicht einsehbaren Büro treiben und –«

Doch er kam nicht dazu, das weiter auszuführen. Ein verwundertes Funkeln trat in Coleus' Augen. Er machte einen großen Schritt auf Ty zu und plötzlich lag dessen Mund auf seinem.

Kurz darauf stand er wieder am Schreibtisch gelehnt, die Hände in den Hosentaschen, als wäre nichts gewesen. Die beiden starrten sich an. In Tys Magen herrschte Chaos, als hätte jemand einen Sprengsatz gezündet.

Dann blickte er in die violetten Augen des Wycca.

»Ich muss gehen.« Ohne eine Antwort abzuwarten, lief er an Coleus vorbei und verließ die Polizeistation.

Tyresian war weich geworden. Die Zeit mit Pray und Raevan, das Leben mit den Kindern auf dem Anwesen, die gemeinsamen Abende vor dem Fernseher. Was hatte er da erwartet? Erst hatte er seine Mitbewohner zu nah an sich rangelassen und nun das.

Coleus Blackwall.

Einen Polizisten.

Damit würde Schluss sein. Er machte sich nicht die Mühe, sich den Namen des Menschen zu merken, den er mit auf sein Zimmer nahm. Es war viel zu lange her, dass er mit einem Fremden geschlafen hatte.

Er zog dem Mann das Shirt über den Kopf und ließ gleich darauf sein eigenes zu Boden fallen. Dann presste er seine Lippen auf dessen Brustkorb, küsste eine Spur an den Bauchmuskeln entlang und drückte ihn dabei auf das Sofa hinter sich.

Der Mann wollte etwas sagen, aber Ty war nicht in der Stimmung für Gespräche. Er legte ihm einen Finger auf die Lippen, brachte ihn zum Schweigen. Der Fremde sog stattdessen an seinen Fingerspitzen. Ty beugte sich über ihn, spürte die heiße Haut an seiner eigenen.

»Oh.«

Die Stimme ließ Tyresians Schultermuskeln verkrampfen.

»Tut mir leid. Ich hatte geklopft. Mir war nicht klar, wie schnell man jemanden abschleppen kann.«

Der Mann unter ihm drehte den Kopf, sah zur Tür. Ty musste sich nicht umdrehen, um die Stimme wiederzuerkennen.

»Lasst euch nicht stören.« Coleus Blackwall klang gefasst wie immer. Einen Moment später schlug die Tür zu.

Ty schloss die Augen, atmete tief ein. Der Mann unter ihm lachte und die Bewegung sandte Schockwellen durch Tys Körper. Doch sie löschten nicht die Gedanken aus, die sich in seinem Kopf festgesetzt hatten.

Ignoriere es einfach, beschwor er sich. *Er ist nicht dein Problem.*

Mit einem Knurren stieß er sich vom Sofa ab. Wem wollte er etwas vormachen?

»Tut mir leid«, sagte er und zog sich sein Shirt über. »Wenn du schlau bist, hältst du dich von mir fern.« Damit verschwand er aus seinem Zimmer und ließ den Kerl zurück. Im Flur sah er sich um, strich sein Shirt glatt und fuhr sich durch die Haare. Coleus war sicher auf dem Weg zum Ausgang. Er lief zur Treppe und wäre dort beinahe in ihn hineingerannt.

Als hätte Coleus damit gerechnet, hier auf Ty zu stoßen, nickte er ihm nur kurz zu und wollte dann weitergehen.

Ty hielt ihm am Arm fest.

»Du musst mir nichts erklären«, sagte Coleus und machte sich von ihm los. Seine violetten Augen huschten dabei zu einem Punkt hinter Ty. »Ich habe dich vor«, er sah auf seine Armbanduhr, »vierzig Minuten geküsst. Und jetzt hast du jemand anderes in deinem Schlafzimmer. Ich kenne mich nicht allzu gut aus, aber meiner Auffassung nach könnte das ein Rekord sein. Wie auch immer, die Botschaft ist eindeutig.« Er nahm die ersten Stufen der Treppe, doch Ty folgte ihm.

»So ist das nicht.« Sofort verfluchte er sich für die Worte, weil er selbst keine Ahnung hatte, *wie* es denn war.

»Lass uns das einfach vergessen.«

»Ich schlafe nicht mit einem Wycca«, brach es aus Ty raus, weil er aus irgendeinem blöden Grund unbedingt eine Erklärung abliefern wollte.

Coleus blieb stehen. Doch jetzt zeichnete sich auf seinem Gesicht zum ersten Mal Wut ab. »So etwas Dämliches habe ich noch nie gehört.«

»Du musst es nicht verstehen«, sagte Ty schroff, verschränkte die Arme und zog die Schultern hoch. »Ich wollte dir eine Erklärung liefern. Und da ist sie.« Er breitete die Hände aus.

Coleus schüttelte den Kopf, als könnte er nicht glauben, welche Unterhaltung er da führte. »Ich brauche keine Erklärung. Genau genommen brauche ich gar nichts von dir. Also entschuldige mich.« Und damit stolzierte er davon.

Ty sah ihm hinterher und fragte sich, weshalb er nicht einfach jemand anderes sein konnte.

An diesem Abend brauchte er nicht lange zu überlegen, wessen Schlafzimmer er aufsuchen wollte. Die Begegnung mit Coleus ließ ihn mit brennendem Brustkorb und unruhigem Herzen zurück und in diesem Zustand konnte er unmöglich nach Hause. Es gab nur zwei Personen auf der Welt, die er in dieser Verfassung ertragen konnte. Eine davon war in Ashland.

»Bist du allein?« Vorsichtig streckte Ty seinen Kopf durch die Tür.

»Ich wollte gerade zu dir kommen«, sagte Pray und winkte ihn rein.

»Nicht nötig.« Ty hielt seine Tasche hoch. »Ich hab meine Übernachtungssachen dabei. Brettspiele, Wahrheit oder Pflicht und ein Kissen für die Kissenschlacht.«

Pray schnaubte. »Was ist wirklich in der Tasche?«

»Der Saft des Lebens.«

»Ah.« Er zog wissend eine Augenbraue hoch. »Deiner oder meiner?« Was übersetzt bedeutete: *Whiskey oder Gin?*

»Sieh nach.« Ty ließ die Tasche auf den Boden sinken und Pray öffnete sie, um die zwei Flaschen hervorzuziehen.

»Beides. Gefällt mir.«

»Das wusste ich schon immer.« Er ließ sich auf den bequemen Sessel bei der Sitzgruppe fallen. Im Gegensatz zu den teuren Möbeln in Raes Zimmer – und auch in Tys eigenem, da musste er sich nichts vormachen – bescherten einem die in Prays Räumen keine Rückenschmerzen. Er besaß ein ausgeblichenes türkisfarbenes Sofa, dessen letzte Intention es war, zu irgendeinem anderen Möbelstück im Zimmer zu passen – schon gar nicht zu den zwei beigen Cordstoff-Sesseln. An der Armlehne war der Stoff so sehr abgenutzt, dass er durchscheinend wirkte.

Augenrollend holte Pray Gläser aus einer gefährlich wackelnden Vitrine und sprang schwungvoll über den Rücken des Sofas, um ihnen einzuschenken. »Gibt's einen Grund für deinen Besuch?«, fragte er und reichte Ty das Whiskeyglas.

Schnell nahm er einen Schluck und genoss das leichte Brennen in der Kehle. Das war so viel besser, als sich Gedanken über Coleus Blackwall zu machen. Über dessen dämliche Angewohnheit, mit den Händen in den Hosentaschen zu laufen und seine lächerlichen Grübchen und diese unglaublich weichen Lippen, die …

Pray schnippte mit dem Finger vor seinem Gesicht herum und er zuckte zurück. Sofort weiteten sich die Augen seines Freundes.

»Scheiße«, stieß er hervor. »Du sahst gerade aus wie ein Schaf. Sag mir nicht, dass dieser Blick bedeutet, was ich denke, was er bedeutet.«

Ty schüttelte den Kopf und trank noch einen großen Schluck. »Keine Ahnung, wovon du redest«, murmelte er.

»Aha.« Prays Tonfall war trocken. Mit einem goldlackierten Fingernagel schnippte er gegen sein Glas und es gab ein melodisches *Pling* von sich. »Dann erzähl mir, was du heute getrieben hast.« Er setzte sich auf die Sofalehne und fuhr mit den Fingern an einer der bunten Ketten um seinen Hals entlang.

Nichts Spezielles, schoss es durch Tys Kopf. Doch als er den Mund öffnete, entfleuchten ganz andere Worte. »Ich habe Coleus Blackwall geküsst.«

Kurz schien Pray den Satz zu verarbeiten. Dann nahm er einen großen Schluck Gin, den er im Mund hin und her schob, ehe er ihn die Kehle runterfließen ließ. »Du hast Coleus Blackwall geküsst«, wiederholte er, als wollte er sichergehen, richtig verstanden zu haben.

»Na ja, eigentlich hat er mich geküsst.«

Er hob die Augenbrauen und nickte anerkennend. »Und dann?«

»Bin ich abgehauen.«

Prays Augenbrauen sanken wieder und stattdessen runzelte er die Stirn. »Warum?«

Ty trank sein Glas leer, stellte es auf den niedrigen Couchtisch und stand auf. Kurz überkam ihn der Impuls, die Hände in die Taschen zu stecken, doch dann erinnerte er sich an Coleus und warf sie in die Luft. »Keine Ahnung.« Er drehte sich einmal um sich selbst, als stünde irgendwo in Prays Zimmer die Antwort. Aber alles, was er fand, waren zusammengewürfelte Möbel, deren beste Tage während der Herzenskriege gewesen sein mussten. Er ging zu einer Kommode, strich mit dem Finger übers morsche Holz.

»Warum, bei den verfluchten toten Dichtern, ist hier eigentlich alles Secondhand?«

»Ty.« Bei Prays drängendem Tonfall war er froh, ihm den Rücken zugekehrt zu haben. Tys Kehle zog sich zusammen. »Ich bin dein Freund. Rede mit mir.«

Mit einem tiefen Atemzug ging er sicher, dass die Worte nicht so wackelig klangen, wie sein Herz sich fühlte. »Ich hatte Panik, okay?« Er schaute zu Pray, sah aber wieder weg, als er den wissenden Ausdruck in dessen Augen erkannte.

Immerhin war es Pray gewesen, der zum ersten Mal ausgesprochen hatte, was Ty tief in seinem Inneren schon lange wusste. Damals, im Club von Orlena, hatte Pray ihn als Feigling betitelt, weil Ty Beziehungen mit Wycca mied. Und wenn er den Gedanken zuließ, wusste er, dass sein Freund recht hatte.

Beziehungen mit Menschen waren unverbindlich. Sie alterten – Ty nicht. Allein die Tatsache setzte dem Ganzen ein Ende. Spätestens der Tod würde sein Übriges tun.

Seufzend lehnte er sich gegen die Kommode, sodass er Pray ansah, der sein Glas aufs Sofa neben sich stellte und die Beine anzog. »Das ist doch nicht schlimm«, sagte er im versöhnlichen Tonfall. »Du kannst mit Coleus sprechen und –«

»Er hat mich danach erwischt, wie ich einen anderen Menschen mit auf mein Zimmer genommen habe.« Während der Stille, die folgte, legte Ty seine Hände in seinen Nacken und starrte überall hin, nur nicht zu Pray.

»Ach, *Ty*«, seufzte er nach ein paar Sekunden.

Ty sog die Unterlippe zwischen die Zähne. Irgendwie schafften es diese beiden Worte, ein Kribbeln hinter seinen Augen auszulösen. Anschließend fuhr er sich mit den Händen durchs Gesicht. Er wusste nicht, was er sagen sollte.

Pray offenbar auch nicht, denn stattdessen leerte er sein eigenes Glas, winkte Ty wieder heran und schenkte ihnen beiden nach. Mit dem Alkohol im Blut wurden sie in Prays Zimmer nach kurzer Zeit zu unruhig. Der Palast bot nicht genügend Ablenkung, weshalb sie sich auf in die Diamantenstraße machten.

Später sollte Ty vage Erinnerungen an einen Wycca haben, der versprach, sich sein Gesicht auf den Hintern zu tätowieren. Aber bereits, als er nach Hause kam und sich auf dem grässlichen Sofa sinken ließ, vermischten sich die Erinnerungen zu einer einzelnen bunten Masse.

Pray gegenüber hatte die Decke bis ans Kinn gezogen und starrte ihn an.

Mit einer trägen Bewegung griff Ty in die Tasche seiner Jogginghose und zog den Penny hervor – die Fälschung, die Matty ihm überlassen hatte. Er schnalzte mit der Zunge, um Prays Aufmerksamkeit zu bekommen.

»Ein Penny für deine Gedanken«, sagte er grinsend und schnippte das Geldstück zu ihm rüber. Anstatt ihn zu fangen, traf er auf Prays Stirn und er grunzte missbilligend.

»Vielleicht solltest du deine Angst ignorieren und einfach springen«, sagte er schließlich und gähnte.

Obwohl Ty müde – und betrunken – war, wusste er, wovon Pray sprach. Er brauchte eine ganze Weile, bis er eine passende Antwort hatte.

»Und wenn ich springe und es keinen Boden gibt?«

Doch Pray war bereits eingeschlafen.

Oder er hatte keine Antwort.

Am nächsten Morgen brannte Tys Rücken und als er in den Spiegel sah, brauchte er einen Moment, um zu begreifen, woher der Schmerz stammte.

Gähnend stellte Pray sich neben ihn. Auch sein Oberkörper war nackt. Mit dem Finger fuhr sein Freund über die schwarzen Linien, die sich von seiner linken Brust bis hinunter kurz vor seinen Hosenbund zogen.

»Dann laufen wir wohl ab jetzt alle im Partnerlook herum, was?«, sagte Pray und gähnte erneut herzhaft.

Ty drehte sich, betrachtete seinen Rücken. Die Tätowierung zog sich über die gesamte Wirbelsäule: Die Mondphasen, ähnlich derer, die Raes Unterarm zierten.

Pray kratzte sich an seiner geröteten Haut. Er hatte sich die Phasen ebenfalls tätowiert, jedoch waren sie dort minimalistischer, einfache Kreise und Halbkreise.

»Offenbar waren wir gestern Nacht nicht nur betrunken, sondern auch ziemlich sentimental«, sagte Pray und verabschiedete sich ins Bad.

Ty betrachtete das neue Tattoo auf dem Rücken noch länger. Er erinnerte sich an das, was Rae ihm zu seinem Tattoo erzählt hatte. Dass es seine Angst, irgendwann allein zu sein, symbolisierte. Und Pray ihm versichert hatte, dass es niemals so weit kommen würde.

In diesem Moment fühlte Tyresian sich eigenartig leer. Nicht, weil er allein war. Sondern im Gegenteil: Weil er wusste, dass es nie so weit kommen würde. Diese Gewissheit ließ ihn federleicht zurück.

KAPITEL 20

Wenn man sich so sehr vor etwas fürchtete, dann würde es auch irgendwann eintreffen. Davon war Azalea seit ihrer Kindheit überzeugt.

Kinder liefen lachend an ihr vorbei, zeigten sich gegenseitig ihre ergatterten Preise vom Dosenwerfen. Sie fragte sich, wann sie zum letzten Mal die Art von Unbeschwertheit verspürt hatte.

Der Wind wehte ihren Rock um die Beine. An einem Hof, der nur von Menschen bewohnt wurde, war ein solches Statement eigentlich nicht nötig. Aber sie war an diese Kleidung gewöhnt und seitdem man ihr ihre eigenen Klamotten nachgesandt hatte, fühlte sie sich weniger nomadenhaft.

Obwohl ihr nicht kalt war, bekam sie eine Gänsehaut. *Furcht*. Was für ein unnötiges Gefühl in einer Welt, in der es nicht mehr darauf ankam, der Schnellste oder Stärkste zu sein. Mittlerweile sollte ihr Verstand von diesen Urinstinkten verschont bleiben.

Sie rieb sich über die Arme, lächelte den Kindern zu und lenkte sich mit dem bunten Treiben des Volksfests ab. Aber immer wieder wanderte ihr Blick zu Raevan.

Es war eigenartig, dass er mitten in einer Königsfamilie stand und doch so viel herrschaftlicher aussah als sie alle. Dabei trug er keine Krone oder auffallenden Schmuck. Er war in seinem üblichen, dunklen Anzug gekleidet und hatte die Ärmel hochgekrempelt, sodass Azalea sein Tattoo entdeckte.

Sie erwischte Neeris dabei, wie diese Raes Unterarme musterte, als er an dem Stand mit den verschiedenhohen Basketballkörben einen der Bälle versenkte. Die Sehnen traten unter der

Haut deutlich hervor. Neeris jubelte, doch Rae lächelte nur leicht und strich sich dann durch die Haare. Azalea beobachtete, wie sich seine Finger durch die Strähnen bewegten. Möglicherweise hatte sie eine Schwäche für Raevans Haare und dachte an das Gefühl von seinen Händen in *ihren* Haaren.

Sofort beschleunigte sich ihr Herzschlag.

Furcht. So sinnlos in dieser entwickelten Welt.

Neeris sagte etwas zu Rae und während er ihr zuhörte, ließ er den Blick schweifen, als suchte er die Wiese ab, auf der der Kirmes aufgebaut war … bis er sie sah. Sofort leuchteten seine silbernen Augen auf.

In Azaleas Magen kribbelte es.

War das wirklich ihre Empfindung oder war das …

Nein. Das würde er nicht tun. Obwohl ihr Verstand jegliche Alternative ausschloss, wurde ihr Mund trocken.

Sie biss fest die Zähne zusammen. *Nein*, verbot sie sich jeden weiteren Gedanken daran. Nur weil Raevan diese Fähigkeit besaß, bedeutete das nicht, dass sie sich in ihm geirrt hatte. Er würde die Biokinese nicht einsetzen, um den König und die Königin von Ashland zu beeinflussen, geschweige denn, ihr Leben damit riskieren.

Dann würde er diese Kraft sicher auch nicht bei ihr anwenden.

Neeris zog Rae weiter zum Riesenrad und Azalea verkniff es sich, ihnen zu folgen. Sie würde ohnehin nichts tun können. Und Rae würde sie nicht hintergehen.

Und wenn er keine Wahl hat?

Sie hasste die Stimme in ihrem Kopf, die ihr solche Dinge zuflüsterte. Doch es war nicht leicht, sie zum Schweigen zu bringen, weshalb sie sich abwandte. Sie musste ihnen nicht auch noch zusehen. Ihr Blick fiel auf das Spiegellabyrinth. Schulterzuckend ging sie darauf zu. Warum nicht?

Davor hatte sich eine kleine Schlange gebildet, da nach jedem Besucher kurz gewartet wurde, ehe der folgende losgehen durfte. Irgendwann war Azalea an der Reihe und der Mann am Einlass ließ sie eintreten. Zu Beginn hörte sie vom Weiten noch Kindergelächter, doch nach einigen Schritten ins Labyrinth verebbten alle Geräusche. Die Kinder vor ihr mussten eine andere Abzweigung genommen haben.

Je tiefer sie in das Spiegelkabinett eindrang, desto verwinkelter wurde es und desto mehr Spiegel standen sich gegenüber. Ihr eigenes Gesicht starrte sie tausendfach an und für einen Moment starrte sie grimmig zurück.

Ob sie als jemand anderes glücklicher wäre? Wenn sie das Blut ihres Bruders besäße oder eine veränderte Haarfarbe, andere Augen?

Einen anderen Willen?

Schritte hinter ihr rissen sie aus der Trance. Jemand hatte denselben Weg eingeschlagen wie sie. Schnell setzte sie sich in Bewegung. Die Minuten der Stille in dem Labyrinth waren beruhigend und sie hatte keine Lust, sich den Weg mit jemandem zu teilen. An einer Abzweigung blieb sie stehen, überlegte, welche Richtung sie einschlagen sollte.

In dem Moment fiel ihr die Abwesenheit der Geräusche auf.

Möglicherweise hatte derjenige, der eben noch hinter ihr gewesen war, einen anderen Weg gewählt.

Die Augen ihres Spiegelbilds verengten sich.

Ist doch möglich, redete sie sich stumm zu. *Du bist paranoid. Selbst schuld.*

Sie entschied sich für den linken Weg und ging weiter.

Die Schritte hinter ihr setzten erneut ein. Ruckartig blieb sie stehen.

Stille.

Ihr Brustkorb zog sich zusammen.

Nur ein Zufall. Doch auf ihren Handflächen sammelte sich Schweiß.

Sie schlug einen schnelleren Gang an. Die einzelnen Schritte folgten ebenfalls in kürzeren Abständen. Wieder blieb sie stehen. Von weiter weg ertönte Kinderlachen, aber ansonsten legte sich die Abwesenheit der Geräusche gespenstisch auf ihre Nerven.

Sie machte sich nicht mehr die Mühe, ruhig zu bleiben. Azalea rannte los.

Und jemand folgte ihr.

»Lasst uns in Eure Zukunft sehen«, schlug Neeris vor und zog Rae am Arm in Richtung eines bunt bemalten Wohnwagens. »Das wird sicher lustig.«

Widerwillig folgte er ihr. Zum einen, weil seine Kopfschmerzen mittlerweile Nägeln glichen, die man unter seine Schädeldecke gebohrt hatte. Er wünschte sich nichts sehnlicher, als dieses Fest zu verlassen und weit weg im Wald – fern jeglicher Elektrizität – für ein paar Minuten Ruhe zu haben.

Und zum anderen, weil er nicht glaubte, dass irgendetwas in seiner nahen Zukunft *lustig* sein würde. Genau genommen fürchtete er sich vor der Zukunft. Aber da er nicht fliehen konnte, beugte er sich seinem Schicksal. Er glaubte ohnehin nicht, dass es irgendwen gab, der in die Zukunft sehen konnte. Zumindest nicht mit einer größeren Einsicht als andere.

Zum Beispiel hätte jeder den Anruf erahnen können, den Rae heute Morgen erhalten hatte. Immerhin war es nur eine Frage der Zeit gewesen, bis man auf dem Kontinent von der Krankheit erfuhr, die in Lyzara wütete. Und dass die anderen Länder einen Einreisestopp für Wycca aus Lyzara verhängten, war keine Überraschung. Wahrscheinlich hätte er auch mit der Nachricht von Doc Christie rechnen müssen, dass die Krankenhäuser in Avastone mittlerweile so überfüllt waren, dass sie auf andere ausweichen mussten. Denn auch, wenn im restlichen Land Krankheitsfälle auftraten, war es nirgendwo so schlimm wie in Avastone.

Hier schien sie ihren Ursprung zu haben. Ein weiteres Indiz für Raes Theorie, dass er daran schuld war. Er bot sowohl Doc Christie als auch dem Blutrat an, direkt nach Hause zu kommen, doch sie waren sich alle einig: Raevan könnte ohnehin nichts unternehmen.

Das sollte ihm seine Abwesenheit aus ihrer Sicht erleichtern, das wusste er. Aber diese Worte machten es nur schlimmer. Er hatte das Gefühl, dass sich eine schwarze Wolke näherte und er nichts dagegen tun konnte. Sie alle würden von ihr verschluckt werden.

Doch sie hatten recht. In Avastone war er nutzlos. Hier in Ashland konnte er etwas bewegen. Also folgte er Neeris widerwillig zu dem Wahrsager.

Im Wagen roch es nach verbranntem Weihrauch und Lavendel, was ihn in seinem Glauben bestärkte – war das nicht der Geruch von Heuchlern?

»Raevan Tennyson«, sagte eine raue Stimme und ein Mann erhob sich von einem Sitzpolster in der Ecke des Wagens.

Rae ließ sich nicht anmerken, dass der Mann ihn überraschte. Mit der Nennung seines Namens hatte er gerechnet, immerhin war seine Anwesenheit heute kein Geheimnis und sein Aussehen markant genug. Doch in seinem Kopf hatte er sich eine alte, runzlige Menschenfrau ausgemalt, die getrocknete Kräuter in ihre verfilzten Zöpfe flocht.

Keinen Wycca mit weißblonden Haaren und goldenen Augen.

»Ich habe Euch erwartet«, sagte er und neigte den Kopf. Dann sah er zu Neeris. »Prinzessin, ich werde Euch mit Freude die Zukunft voraussagen. Doch mein Geschäft benötigt Ruhe. Ich muss Euch bitten, für die Sitzung mit König Tennyson meinen Wagen zu verlassen. Danach seid Ihr an der Reihe.«

Neeris verzog den Mund – vielleicht hatte sie mit einer gemeinsamen Zukunft gerechnet –, doch tat, was der Wycca ihr sagte. Sobald die Tür geschlossen war, blickte Rae zum Wahrsager.

»Seid Ihr aus Lyzara?« In Ashland lebten nur wenige Wycca. Nach den Herzenskriegen waren die meisten nach Lyzara ausgewandert, da sie dort mehr Rechte genossen als in Ashland. Für den Mann wäre es möglich, mit seinem Wagen über die Grenze hin- und zurückzufahren, wohingegen das für Menschen verboten war. Seit den Kriegen gab es ein Abkommen, dass es Menschen aus Lyzara verbot, ohne die Erlaubnis des Königs und seines Rats auszuwandern.

Aus diesem Grund mussten Prays Eltern über den Ozean fliehen.

Der Wycca lächelte. »Ich stamme von dieser Insel.«

Rae verdrehte die Augen. »Nicht sehr präzise.«

»Ich kann präzisere Aussagen zur Zukunft als zur Vergangenheit machen.«

»Na gut.« Seufzend setzte Rae sich auf die Polster. Zwischen ihm und dem Wahrsager wackelte die klappbare Tischplatte, auf der mehrere Schüsseln mit getrockneten Kräutern standen. »Was braucht ihr dafür? Oder besser *wie viel*?« Er holte sein Notizbuch heraus, in dem er sein Geld aufbewahrte.

»Ah, Heinrich Heine«, sagte der Wahrsager und schloss genüsslich die Augen.

»*Schattenküsse, Schattenliebe,*
Schattenleben, wunderbar!
Glaubst du, Närrin, alles bliebe
Unverändert, ewig wahr?
Was wir lieblich fest besessen,
Schwindet hin wie Träumerein,
Und die Herzen, die vergessen,
Und die Augen schlafen ein.«

Rae sah von seinem Notizbuch zu dem Wycca. »Ihr habt also Taschendiebe auf dem Fest, die mich bestohlen haben«, sagte er enttäuscht. Das Gedicht auf der letzten Seite, das er erst vor einigen Tagen dort hingekritzelt hatte, hatte der Wahrsager fehlerfrei zitiert. »Habt Ihr Euch Euer Geld bereits genommen?« Er blätterte durchs Buch, aber es schien alles an seinem Platz.

»Ich stehle nicht«, sagte der Wycca. »Doch es ist Euer gutes Recht, zu glauben, was Ihr möchtet, Majestät.«

Rae ließ sich nicht beirren. Er kannte solche Taschenspielertricks zur Genüge von Ty. »Also, Euer Preis?«

»Gebt mir den Schein auf der Seite mit dem Zitat von Kästner«, sagte er und hielt die Hand auf.

Mit zusammengepressten Lippen blätterte Rae, ehe er das Zitat fand, und gab dem Wahrsager sein Geld.

»Ihr habt eine Vorliebe für verstorbene menschliche Dichter des Kontinents.«

»Das ist kein Geheimnis.«

»Wohl wahr. Aber Eure Freundin sollte eines bleiben, richtig?«

Sofort stand Rae auf. Die Schüsseln auf dem Tisch wackelten gefährlich und der Geruch von Ingwer stieg ihm in die Nase. Wütend sah er auf den Wycca hinab. »Falls Ihr mich erpressen wollt«, sagte er und merkte gleichzeitig, wie sich die Luft in dem Wagen erhitzte, »überlegt Euch die Konsequenzen besser gut.«

Wenn dieser Kerl einen Blick in Raes Notizbuch geworfen hatte, war es kein Wunder, dass er von Azalea wusste. Immerhin bewahrte Rae ihre Briefe dort auf, obwohl es gefährlich war. Doch so hatte er stets das Gefühl, ein Teil von ihr wäre bei ihm.

Der Wahrsager schüttelte den Kopf. »Keinesfalls. Und ich wäre Euch dankbar, wenn Ihr die innere Heizung ausstellen würdet. Die Luft hier drin ist ohnehin nicht die Beste.«

»Was wollt Ihr?«, fragte Rae geradeheraus.

»Ich wollte Euch kennenlernen. Ist es Euch nicht aufgefallen? Ihr seid mein Spiegelbild aus einer anderen Welt.«

»Wie meint Ihr das?«

»Setzt Euch. Mit einer Kraft wie Eurer habt ihr nichts zu befürchten, das wissen wir beide.« Er wartete ab, bis Rae sich wieder auf die Polster sinken ließ. »Seht selbst«, fuhr er fort. »Eure silbernen Augen, meine goldenen. Ihr mit Eurem rabenschwarzen Haar, meines dagegen schneeweiß. Ist es nicht witzig, was die Zeit hervorbringt?«

Rae hatte keine Ahnung, wovon der Mann sprach und langsam ging seine Geduld zur Neige. »Das nennt man Gene.«

»Und was für welche.« Die Augen des Wahrsagers weiteten sich. »Aber liegt alles in unseren Genen? Was ist vorbestimmt und was nicht? Wie viel Einfluss haben wir?«

»Ich dachte, ich wäre hier, um Antworten zu bekommen. Nicht, um mir sinnlose Fragen anzuhören.«

Er lachte leise. »Das Temperament scheint auf jeden Fall genetisch veranlagt. Gut, Ihr wollt einen Blick in die Zukunft wagen. Aber ich muss Euch warnen. Sie ist ungewiss.«

Rae rollte mit den Augen. »Eine vage Aussage zur Zukunft«, murmelte er. »Wie überraschend.«

»Ich habe nicht behauptet, dass *meine Aussage* über die Zukunft ungewiss ist. Nur die Zukunft selbst«, erwiderte der Mann scharf. »Es sind zu viele involviert. Aber eines kann ich mit Sicherheit sagen: Haltet Euch an das Blackwall-Mädchen. Sie ist Eure Zukunft. Wenn sie Eure Dunkelheit sieht, wird sie es sein, die Euch rettet.«

Rae hatte genug gehört. Er stand auf und strich sich seine Kleidung glatt. Solche Gespräche waren zu gefährlich – es gab zu viele neugierige Ohren.

»Ich trage keine Dunkelheit in mir«, sagte er fest. Immerhin hatte er sich dagegen entschieden, die Biokinese zu seinem Vorteil einzusetzen. Und wer wusste mit Sicherheit, dass Zeke wirklich deshalb gestorben war? Vielleicht hatte sein Tod mit der mysteriösen Krankheit zu tun.

Eilig lief Rae zur Tür. Doch ehe er sie öffnen konnte, hörte er den Wycca sagen: »Ich wünschte, das wäre wahr. Aber denkt dran: Ihr seid mein Spiegelbild aus einer anderen Welt. Ich weiß, was in Eurer Seele lauert, Majestät. Das, was Ihr auf die Leinwand verbannt.«

Ein Schauer durchfuhr Rae. *Er rät nur*, redete er sich ein. *Er kann unmöglich wissen, was du zu Hause malst.* Kopfschüttelnd verließ er den Wagen und atmete dankbar die frische Luft ein.

»Ihr seht aufgebracht aus«, hörte er Neeris sagen, doch lief einfach an ihr vorbei. Er hatte genug von höflichem Small Talk. Sein Kopf dröhnte.

Schnellen Schrittes überquerte er das Fest, auf der Suche nach einer ruhigen Ecke. Irgendwo musste er allein sein. Am besten ohne Elektrizität, die seinen Schädel malträtierte.

Wenn sie Eure Dunkelheit sieht, wird sie es sein, die Euch rettet. Schnaubend wischte Rae sich über die verschwitzte Stirn.

Er wusste, dass die Macht in ihm missbraucht werden konnte. Doch mit jeder Herausforderung entschied er sich dagegen. Und so sehr er Azalea liebte und sie wollte – er würde niemanden brauchen, der ihn vor irgendeiner Dunkelheit bewahrte.

Er musste nicht gerettet werden.

Ganz egal, was in seiner Seele spukte. Er nutzte die Malerei nicht umsonst, um diese Dinge aus dem Kopf zu bekommen. Doch vor seinem inneren Auge leuchteten die Farben des Bildes, das er im Palast zurückgelassen hatte. Es war beinahe fertig gewesen, dennoch hatten weder Pray noch Ty erkannt, um was es sich handelte.

Wie sollten sie auch? Sie hatten so etwas nie gesehen. Nie dieses Gefühl gespürt.

Er schloss die Augen. Die gemalten Neuronen tanzten vor seinen Lidern. Er glaubte nicht, dass ein Biologe sie so darstellen würde. Doch das war die Version, die er vor sich sah, wenn er zurück an seine Begegnung mit Zeke dachte. Keine Gehirnverbindungen, die normal arbeiteten. Sondern welche, die befallen wurden, von einem fremden Gedanken.

Es mochte sich anhören wie eine Krankheit. Wie ein Pilz, der wütete. Doch so sah es für Rae nicht aus. Es erinnerte eher an Sterne, die heller strahlten, weil jemand ihnen die Kraft dafür gab.

Sein Herzschlag beschleunigte sich.

Das hieß nicht, dass er es wieder tun würde. Deshalb hatte er es auf der Leinwand verewigt. Damit dieses Gefühl nicht weiter in seinem Kopf herumspukte und ihn daran erinnerte, zu welcher Macht er fähig war.

Und zu welcher Dunkelheit.

KAPITEL 21

War das ein Klingeln? Ty erhob sich vom Sofa und spitzte die Ohren. Als er nichts weiter hörte, setzte er sich wieder. Tara, die eingerollt auf ihrem Sessel saß, warf ihm einen verwirrten Blick zu, den er ignorierte.

Schnell schaltete er den Fernseher lauter. So würde er das Telefon – sollte es klingeln – nicht hören und gar nicht erst in Versuchung kommen. Was sollte Blackwall denken, wenn er beim ersten Klingeln ranging?

Nicht, dass er sich bisher gemeldet hatte. Ty knirschte mit den Zähnen. Er hielt den Polizisten nicht für den Typ Wycca, der Tyresian aufgrund der Vorkommnisse von weiteren Ermittlungen ausschloss, dennoch sorgte er sich mit jedem Tag, der verging, mehr. Plante er etwas? Oder hatte Barrow sogar einen Verdacht? Ty hatte Coleus seit Tagen nicht am Hof gesehen. Bisher dachte er, es läge an ihrer letzten Begegnung, aber was, wenn etwas anderes dahintersteckte?

Wenn er in Gefahr war? Kurz erhob er sich wieder vom Sofa, nur im sich erneut hinzusetzen.

Blackwall konnte auf sich aufpassen, so viel war sicher.

»Nimm das weg«, maulte Yannis und stieß einen weißen Papierblock vom Tisch, an dem er bastelte.

»Lass das!«, beschwerte sich Morla und hob den Block wieder auf, um ihn sich an die Brust zu pressen. »Tyresian, welcher Tag ist heute?«

Ty atmete tief ein, um nicht die Fassung zu verlieren. »Der gleiche Tag wie vor zehn Minuten. Und wie zehn Minuten davor.«

Morla schob die Unterlippe vor und betrachtete ihren Kalender. Seitdem die anderen zur Akademie gingen, schleppte sie – zusätzlich zu ihrem Wolf – den Abreißkalender mit sich herum und fragte alle zehn Minuten, welcher Tag heute war. Ty hatte ihr erklärt, dass sie noch zwei Jahre warten müsse und das eine ziemlich lange Zeit sei, um die Tage an einem Kalender abzuzählen, doch davon hatte sie nichts hören wollen.

»Wie wäre es mit Ablenkung«, schlug er vor. »Schnapp dir Wren und spiel eine Runde Tischkicker.«

»Wren hat gesagt, wenn ich ihn noch einmal nerve, sorgt er mit seinem Wind dafür, dass ich nie wieder das Haus betreten kann.«

Ty schnaubte. »Wenn du Glück hast, kann er dir mit seinem Wind die Haare trocknen, mehr aber auch nicht.« Die meisten seiner Mitbewohner hatten zwar Kräfte entwickelt, aber keiner von ihnen besonders starke.

»Wren will ohnehin schlafen«, sagte Tara, ohne vom Fernseher aufzusehen.

Stirnrunzelnd sah Ty auf die Uhr. »Jetzt schon?« Es war gerade einmal später Nachmittag und Wren war nicht nur einer der Ältesten in seinem Haus, er bestand auch darauf, so behandelt zu werden. Dementsprechend war er immer einer der Letzten, die ins Bett gingen.

Tara zuckte mit den Schultern. »Ihm geht's nicht so gut.«

Sofort schoss Hitze durch Tys Körper. Er drehte sich zu Tara, doch seine Glieder fühlten sich ganz steif an. »Wieso? Was hat er?«

Wieder zuckte sie nur mit den Schultern.

Er stand auf und eilte die Treppe nach oben zu Wrens Zimmer. Da er selbst auf Privatsphäre bestand, klopfte er kurz an, doch niemand antwortete ihm.

»Wren?« Er steckte den Kopf durch die Tür und sofort drang ihm der Geruch von Schweiß in die Nase. Mit wild klopfendem Herzen lief er zum Bett, auf dem Wren vollständig bekleidet lag. Er hatte die Augen geschlossen, doch als würde er Tys Anwesenheit spüren, öffnete er schwerfällig die Lider. Sein Atem raspelte in seiner Lunge.

Entsetzen griff schwarz nach Tys Herzen.

»Tyresian«, flüsterte Wren. Schweiß glitzerte auf seiner dunklen Stirn und die weißen Augen schienen trüb. »Ich glaube, ich fühle mich nicht so gut.«

Ty müsste nicht nachsehen, doch er tat es trotzdem. Vielleicht, weil er einen Funken Hoffnung hegte. Aber als er Wrens dunkle Locken zur Seite schob, sah er sie ganz deutlich: die schwarzen Flecken auf seiner Haut.

Azaleas Lunge brannte, so schnell rannte sie durch das Labyrinth. Immer wieder stieß sie gegen die Spiegel, stützte sich mit den Händen an dem kalten Glas ab und hinterließ schweißfeuchte Abdrücke.

Die Schritte hinter ihr verebbten nicht mehr, kamen immer näher. Azalea stieß sich die Schulter an einem Spiegel, tastete sich nach links weiter, suchte die Abzweigung. Die Kopien in den Spiegeln taten es ihr gleich: Hunderte Azaleas, die mit panisch geweiteten Augen einen Ausweg suchten, die echte Azalea umzingelten.

Vielleicht war das ihre gerechte Strafe. Dass sie nun von sich selbst verfolgt wurde.

Die Schritte wurden lauter. Nein, jemand anderes verfolgte sie. Das hier war real.

Als sie eine Lücke fand, stolperte sie vorwärts, lief weiter. Sie trug keine Waffe bei sich. Niemand hatte sie je das Kämpfen gelehrt. Nun war sie hilflos.

Wieder stieß sie auf eine Sackgasse. Ihr Brustkorb zog sich zusammen.

Plötzlich trat zwischen den Spiegeln eine schwarz vermummte Gestalt hervor, positionierte sich hinter jeder Spiegel-Version von ihr.

»Was willst du?« Sie drehte sich um, blickte ihrem Angreifer ins Gesicht. »Wer schickt dich?«

Anstelle einer Antwort zog die Gestalt ein Messer und holte aus.

Azalea duckte sich. Das Eisen traf auf Glas und scheppernd zerbrach der Spiegel. Die Scherben fielen zu Boden.

Die Gestalt wirbelte herum, stach zu und ein flammender Schmerz loderte in Azaleas Arm auf. Blut spritzte auf die Spiegel. Schnell griff sie nach einer der Scherben, doch ihr Angreifer nutzte den Moment und zielte erneut. Sie riss den Arm hoch, rammte ihm die Scherbe in die Seite. Ohne abzuwarten, rannte sie los, ertastete sich den Weg, bis sie bemerkte, dass sie blutige Handabdrücke auf den Gläsern hinterließ.

In ihrem Nacken spürte sie den Atem ihres Verfolgers.

Sie hatte nur eine Chance. Ohne Vorwarnung blieb sie stehen, hieb mit der Scherbe auf alles ein, was sie zu fassen bekam. Doch die Gestalt packte ihren Arm und presste einen Finger auf die Wunde, bis Azalea schrie. Sie trat nach dem Angreifer, aber er hielt sie auf Armeslänge.

Sie war chancenlos.

Er war geschickt worden, um sie auszuschalten.

Wieder schlug sie mit der Scherbe nach ihm, erwischte dabei seinen Arm. Doch er ließ nicht los.

Im nächsten Moment wurde er von ihr weggerissen. Es schepperte so laut, dass sie sich automatisch die Hände auf die Ohren drückte. Ein schriller Ton zerriss ihr Trommelfell. Spiegel zersprangen, die unzähligen Azaleas zerfielen in Einzelteile, bis nur noch sie übrig blieb.

Sie und Rae, der schwer atmend über ihr aufragte. Sein Mund bewegte sich, doch das Piepen in ihren Ohren übertönte seine Worte. Benommen schüttelte sie den Kopf, sodass der Ton langsam einem dumpferen Rauschen wich.

»… du verletzt?« Raes Stimme drang zu ihr durch.

Sie konzentrierte sich. Auf seinen Mund. Die Hände an ihren Wangen. Seine Augen, die wie Messer funkelten.

Dann fiel ihr Blick auf ihren Angreifer. Er lag auf dem Rücken und eine riesige Scherbe ragte aus seinem Brustkorb.

Schwankend schloss sie die Augen.

Rae zog sie an sich, strich ihr beruhigend übers Haar.

»Es ist gut«, murmelte er. »Es ist alles gut.«

Vielleicht dachte er, dass der Anblick des Toten sie ängstigte. Aber das war es nicht. So würde sie niemals erfahren, wer ihn geschickt hatte.

Und das jagte ihr weitaus mehr Angst ein.

»Lass mich deinen Arm sehen.« Sanft nahm Rae ihre Hand, um die Wunde zu begutachten. Beim Anblick des Bluts verhärtete sich seine Miene. »Das muss genäht werden.«

»Woher wusstest du, wo ich bin?« Er war so plötzlich aufgetaucht.

»Ich wusste es nicht«, sagte er verwirrt. »Jemand sagte etwas von … Spiegeln. Und irgendwie hatte ich das Gefühl, herkommen zu müssen.«

Azalea legte eine Hand an seine Wange. Und obwohl sie dabei rote Schlieren hinterließ, hielt er sie nicht davon ab.

Rae senkte seinen Kopf, sodass seine Nase an ihrer Schläfe entlang strich. Sein Atem traf auf ihre Haut und sie erzitterte. »Wir haben keine Zeit«, murmelte er an ihrem Hals. »Du musst verschwinden. Niemand darf denken, dass du das Ziel warst.«

Sie drückte sich an ihn. »Was meinst du?«

Mit einer langsamen Bewegung – als würde sie ihm Schmerzen bereiten – rückte Rae von ihr ab. Er presste die Lippen aufeinander und schüttelte den Kopf. An seiner Seite ballte er immer wieder eine Hand zur Faust. »Es gibt nur einen Grund, weshalb es jemand auf dich abgesehen haben könnte, Azalea.« Er sprach ihren Namen mit einer solchen Sanftheit aus, dass ihre Wangen erhitzten. »Und diesen Grund darf niemand hier in Ashland erfahren.«

»Du meinst er«, ihr Blick streifte den Angreifer, »war hinter mir her, weil wir …«

Rae sah ebenfalls zur Seite. Es hatte jedoch den Anschein, als würde er ihren Anblick nicht ertragen. »Weshalb sonst sollte dich jemand töten wollen?« Er ließ sie los und fuhr sich mit beiden

Händen durchs Gesicht, verschmierte das Blut auf seinen Wangen. »Es ist meine Schuld. Es wird immer meine Schuld sein.«

Azaleas Haut kribbelte an der Stelle, an der Rae sie berührt hatte – wie eine offene Wunde, in die man Salz gestreut hatte. Ihre Kehle schmerzte.

Weshalb sonst sollte dich jemand töten wollen?

Natürlich könnte Raevan recht haben, aber …

Stimmen näherten sich.

»Lauf. Bevor dich jemand sieht.« Er nahm ihre Hände in eine von seinen und schob sie mit der anderen in Richtung vermuteten Ausgang. Seine Haare hatten sich aus dem Zopf gelöst, fielen ihm verschwitzt ins Gesicht. Blutige Schlieren zogen sich über seine Wange. Rotes Blut. Das ihres Angreifers, nicht seins.

Blutverschmiert, außer Atem, die silbernen Augen glänzend voller Schuldgefühle – Azalea war keine Künstlerin, doch wenn sie Raevan Tennyson malen sollte, würde sie sich für diese Version entscheiden.

»Rae.« Sie drehte sich zu ihm um, wehrte sich gegen seinen Griff. »Ich liebe dich.« Sie hatten keine Zeit, aber aus irgendeinem Grund war es ihr wichtig, das zu sagen. Dass er es hörte. »Ganz egal, wie viele von denen hinter mir her sind. Ich liebe dich.«

Seine Augen weiteten sich. Er ließ ihre Hand los und umfasste stattdessen ihre Wangen. Seine Hände waren so groß, dass die Fingerspitzen ihren Haaransatz berührten. »Ich will nur dich. Wollte dich seit dem Moment, in dem ich dich das erste Mal gesehen habe. Und wenn diese Welt im Flammen aufgeht und nur noch Asche übrig ist, werde ich dich noch wollen.«

Langsam senkte er seine Lippen auf ihre. Es war ein sanfter Kuss, der Hoffnung in ihr aufkeimen ließ. Doch zu schnell mussten sie ihn unterbrechen. Schritte näherten sich.

Aber Azalea wollte Rae nicht gehen lassen. »Auch, wenn ich blutgetränkt vor dir stehe?«

Er fuhr mit seinen Lippen an ihrer Schläfe entlang und zog dann den Kopf zurück, um sie anzusehen. Da lag so viel Feuer in seinem Blick, dass sie schlucken musste.

»Selbst, wenn du aussiehst wie ein Dämon. Du bleibst der wundervollste Dämon, den ich je gesehen habe.«

KAPITEL 22

Melia starrte auf das Haus mit dem blauen Balkon.

»Bist du dir sicher, dass du das willst?« Vorsichtig sah Pray zu ihr. Er war die vergangenen Tage mit Ty unterwegs gewesen, doch heute hatte er überraschenderweise vor ihrem Zimmer gestanden.

»Ich brauche dringend frische Luft«, hatte er gesagt und sie fragend angesehen.

Sofort hatte Melia sich ihre Sachen geschnappt und war ihm nach draußen gefolgt. Auf dem Weg in die Stadt hatte er ihr von seinen Sorgen um Tyresian erzählt, aber auch von den Beschränkungen, die der Blutrat im Namen des Königs veranlasst hatte. Größere Versammlungen waren verboten worden, denn die Krankenhäuser kamen an ihre Belastungsgrenze und man wollte verhindern, dass sich die Krankheit weiter ausbreitete. Die neuen Auflagen machten sich bemerkbar: Trotz des guten Wetters waren in der Stadt nur vereinzelt Leute unterwegs. Niemand von ihnen blieb für einen kurzen Plausch stehen. Unruhig sahen sie von links nach rechts, als fürchteten sie, dass die Krankheit sich heimlich an sie heranschlich.

»Die Beschränkungen gelten für alle«, schloss Pray seine Ausführungen im harten Tonfall. »Und wenn sie Schulen schließen, dann sowohl für Wycca als auch für Menschen.«

»Vielleicht sind sie sich nicht zu hundert Prozent sicher, dass die Krankheit nur Wycca befällt«, warf Melia ein. Mittlerweile hatte sie sich daran gewöhnt, dass Pray zwei Seiten besaß, wie eine Münze. Die eine Seite war die schillernde Variante mit dem ansteckenden Lächeln. Die andere reservierte sich den harten Tonfall, wann immer er Ungerechtigkeit witterte.

Zu der zweiten Seite wusste sie manchmal nichts zu sagen. Denn dann würde das Gespräch auf Raevan und Tyresian und Prays Freundschaft zu ihnen führen und Melia fürchtete, damit ein gefährliches Gebiet zu betreten. Eines, das Pray in weiter Ferne bereits erahnte, aber das er durch Schleichwege umging.

Irgendwann würde es jedoch keinen Ausweg mehr geben.

Manchmal fürchtete Melia, dass Pray nur so in ihrer Gegenwart sprach, weil er das wusste. Und weil er wollte, dass sie ihm jeden anderen Weg abschnitt, außer dem einen.

Doch das würde sie nicht tun.

Und so hatten sie das Thema gewechselt, bis sie schließlich vor dem blauen Balkon standen und Pray sie sorgenvoll ansah.

Kurz dachte sie über seine Frage nach. *Bist du dir sicher, dass du das willst?* Sie fühlte sich überhaupt nicht sicher. Eher, als stünde sie auf einer Insel, die langsam vom Meer verschluckt wurde. Sie zupfte an den Ärmeln der Strickjacke, die sie trotz der sommerlichen Luft übergeworfen hatte, zog sie tiefer über ihre Hände.

Dennoch nickte sie. »Es hilft nichts, davonzulaufen.« Sie sah Pray an, denn dieser Ratschlag galt auch ihm. Doch er zuckte nur mit den Schultern. Melia holte tief Luft. Wenn sie länger wartete, würde sie einen Rückzieher machen. Und möglicherweise gab es hier ohnehin nichts für sie. Vielleicht würde sie das Gebäude in wenigen Minuten wieder verlassen, genauso schlau wie jetzt.

Ohne sich weiter mit diesen deprimierenden Gedanken zu beschäftigen, trat sie durch die Glastür. Eine leise Glocke ertönte und kühle Luft aus einer Klimaanlage strömte ihnen entgegen.

Melia sah sich um. Der kleine Laden war gut ausgestattet, mit teuer aussehenden Klamotten für Herren und Damen. An der linken Seite verlief ein Tresen mit der Kasse, hinter der sich eine Frau an einer Kassenbonrolle zu schaffen machte.

»Bin gleich bei euch!«, rief sie, während sie die Kasse öffnete und die Rolle austauschte. Melia und Pray hatten beschlossen, die

Frau nicht auf das Ereignis von neulich anzusprechen. Wahrscheinlich war der Mann, der von dem Wycca angegriffen worden war, ihr Ehemann gewesen.

Pray nickte Melia aufmunternd zu. Doch plötzlich kam sie sich unglaublich lächerlich vor. Ja, der blaue Balkon kam ihr bekannt vor. Mehr aber auch nicht. Was, wenn es viele solcher Balkone in Avastone gab? Und was sollte die Verkäuferin darüber wissen?

Trotzdem. Sie war hergekommen. Und jetzt würde sie nicht kneifen. Ihre Beine fühlten sich merkwürdig weich an, als sie zur Kasse ging und wartete, bis die Frau aufsah.

Als sie es tat, blinzelte sie verwirrt.

»Oh«, sagte sie. Dann schüttelte sie den Kopf und lächelte verklärt. »Tut mir leid. Ich … Du erinnerst mich nur an jemanden. Aber das kann nicht sein. Kann ich euch weiterhelfen? Wir haben gerade neue Ware bekommen und –«

»Nein!« Die Frau wollte in Richtung der Ladenfläche gehen, da griff Melia nach ihrem Arm. Sie zuckte zurück und Melia ließ sofort los. »Entschuldigung«, sagte sie und trat einen Schritt zur Seite. »Aber ich brauche Hilfe. Bitte.«

Die Frau rieb sich das Handgelenk und sah erschrocken zu Melia.

Na toll. Jetzt würde sie ihr sicher mit Begeisterung helfen. Schnell steckte sie ihre Hände in die Taschen. Wie sie es hasste, keine Kontrolle über diese unerwünschte Nebenwirkung von Becks Experimenten zu besitzen.

»Sie haben gesagt, Melia erinnert sie an jemanden«, mischte Pray sich ein und sah ebenfalls zur Verkäuferin. »Können Sie uns sagen, an wen?«

Unsicher blickte die Frau zwischen ihnen hin und her und rieb sich noch immer das Handgelenk. »Du erinnerst mich an eines der Mädchen, die hier gewohnt haben. Aber das kann nicht sein. Seitdem ist eine Menge Zeit vergangen. Du müsstest älter sein.«

Pray und sie wechselten einen Blick. »Können Sie uns sagen, wen sie meinen?«

»Sie wohnten damals hier über dem Laden. Aber das ist eine Ewigkeit her.«

Melias Herz klopfte schneller. »Wissen sie, wie die Mädchen hießen?«

Die Verkäuferin schüttelte den Kopf. »Ich habe erst im Nachhinein erfahren, dass der Nachname und die Ausweise, die sie mir gaben, gefälscht waren. Aber da war es schon zu spät.«

»Wie meinen sie das?«

»Die Ältere der beiden verschwand von einen auf den anderen Tag spurlos. Danach wurde es da oben … nun ja. Es war nicht mehr tragbar und ich habe dem zweiten Mädchen gesagt, dass es so nicht weitergehen kann.«

»Was bedeutet, es war nicht mehr tragbar?«

Plötzlich verengte die Frau die Augen. »Seid ihr Freunde der zwei? Sie schulden mir noch Geld für die Miete.«

Melias Brustkorb krampfte sich zusammen. Sie besaß kein Geld. Ihr Besitz beschränkte sich auf die Klamotten, die Azalea ihr geschenkt hatte.

Mit geschürzten Lippen betrachtete Pray die Frau, holte aber seine Brieftasche hervor. »Wie viel ist es?«

Melia schüttelte den Kopf. »Du musst das nicht tun«, sagte sie leise.

Pray sah die Frau nur abwartend an und sie nannte ihm eine Summe, bei der Melia zusammenzuckte. Pray reichte ihr mit neutraler Miene das Geld.

»Dafür, dass es beinahe vierzehn Jahre her ist, können Sie sich gut an die Summe erinnern«, bemerkte er trocken.

Die Frau ging nicht darauf ein. Kurz betrachtete sie die Scheine, ehe sie sie einsteckte. »Dann könnt ihr auch gleich die restlichen Sachen mitnehmen. Ich hätte sie wegschmeißen sollen, aber ich befürchtete, dass sie jemand im Müll entdecken könnte.«

»Haben Sie die Wohnung danach nicht wieder vermietet?«, fragte Melia.

»Ist nicht so einfach, nach dem, was da oben passiert ist. Und nachher glaubt noch jemand, die Sachen gehören mir«, fügte sie kopfschüttelnd hinzu.

Vor Aufregung kribbelten Melias Hände, als sie ihr die Treppe in den zweiten Stock folgten. Möglicherweise gab es weitere Dinge, die ihre Erinnerungen weckten. Gemeinsam betraten sie ein Zimmer mit Dachschrägen und Pray zog den Kopf ein. Auf der einen Seite gab es eine Kochnische und auf der anderen führte eine Tür hinaus auf den blauen Balkon. Die Sonne fiel durch die Scheibe und Staub wirbelte durch die Luft. Melias Nase kribbelte. Spärlich verteilte Möbel standen verloren auf einem geblümten Teppich, der dringend gesaugt werden musste, und eine Holztür deutete einen angrenzenden Raum an.

Als könnte sie so die Zahnräder in ihrem Kopf zum Arbeiten zwingen, besah Melia jedes Möbelstück, jede Zimmerecke mit besonderer Intensität. Sie atmete tief ein, sog die Luft durch die Nase, in der Hoffnung, so die Erinnerungen an die Oberfläche zu locken.

Nichts. Anders als beim blauen Balkon kam ihr hier nichts bekannt vor. Es war eine normale Zwei-Zimmer-Wohnung, die schon eine Weile leer stand.

»Hier, in der Abseite«, sagte die Frau und öffnete eine kleine Tür. Sofort verstärkte sich der muffige Geruch. Pray bückte sich und zog einen Karton hervor.

»Das ist alles, was sie hiergelassen haben. Abgesehen von Matratzen und Kleidung, aber das habe ich schon lange weggeworfen. Ich muss runter in den Laden. Ihr könnt das Zeug durchwühlen und mitnehmen, was ihr wollt. Wenn ihr den Rest entsorgt, sind wir quitt.«

Melia bezweifelte, dass sie *quitt* waren, nachdem Pray ihr ein halbes Vermögen bezahlt hatte, erwiderte aber nichts. Bevor die Frau wieder zur Treppe ging, fragte sie: »Das andere Mädchen, das noch hier war – wissen Sie, wo sie hingezogen ist?«

Kurz zuckte ein überraschter Ausdruck über das Gesicht der Frau, ehe sie die Augenlider zusammen kniff. »Ich dachte, ihr wärt Freunde.«

»Sind wir auch«, sagte Melia schnell. »Aber wir haben keinen Kontakt mehr.«

»Dann tut es mir leid, euch das sagen zu müssen. Nachdem das eine Mädchen verschwunden war und nicht wiederkam, dauerte es nur wenige Monate. Deshalb will hier auch niemand wohnen – so etwas lässt sich schwer geheim halten. Ich habe ihre Leiche gefunden. Erhängt, das arme Ding. Hat es wohl nicht ausgehalten. Ohne ihre Schwester.«

Ty brachte Wren sofort in den Krankensaal des Palastes. Doch als er dort ankam, hatte der Junge bereits das Bewusstsein verloren.

Sobald er mit ihm auf dem Arm durch die Flügeltür preschte, umringte ihn das medizinische Personal. Die Chefärztin bellte Befehle und Wren wurde aus seinen Armen gerissen, in ein Bett gelegt und an mehrere Schläuche angeschlossen.

Gelähmt sah Ty zu, wie die Ärztin seine Temperatur maß, die Haut an seinem Nacken untersuchte und seine Reflexe prüfte. Danach kam sie mit undurchdringlicher Miene auf ihn zu.

»Es ist wie bei den anderen. Schwarzer Schweiß.«

Kurz schloss Ty die Augen, atmete tief ein. Er hatte es befürchtet, aber bis zur letzten Sekunde auf ein anderes Urteil gehofft. Nun fühlte er sich, als würde man eine Schlinge um seinen Hals zuziehen. »Meine Mitbewohner«, krächzte er. »Sie … sie leben alle zusammen.«

Der Doc sog die Unterlippe zwischen die Zähne und wandte sich an einen ihrer Mitarbeiter. Danach sah sie wieder zu Tyresian.

»Ich schicke jemanden, der alle untersucht. Sie müssen die nächsten Tage zu Hause bleiben, falls sich Symptome zeigen sollten.«

Ty nickte. Er war zu schwach, um passende Worte zu finden.

»Lord Joyce«, sagte die Ärztin vorsichtig. »War das Euer erster Kontakt?«

Dieses Mal schüttelte er den Kopf.

»Gut. Dann seid Ihr hoffentlich immun. Ihr dürft nach Hause, wenn Ihr wollt.«

Alarmiert sah er sie an. »Ich muss hierbleiben. Wren …« Seine Kehle wurde trocken. »Er hat sonst niemanden.«

»In Ordnung. Aber nur, bis wir den Platz brauchen.« Besorgt ließ sie ihren Blick wandern und auch Tyresian stellte fest, dass weitaus mehr Betten belegt waren als das letzte Mal.

»Wie schlimm ist es?«, fragte er leise, obwohl niemand der Patienten bei Bewusstsein war. Doch es herrschte Grabesstimmung, bei der es unangemessen schien, lauter als nötig zu sprechen.

»Es werden immer mehr. Und bisher ist niemand wieder aufgewacht.«

»Und die Toten?«

Sie presste die Lippen aufeinander. »Werden auch immer mehr.«

Ty unterdrückte ein Fluchen. Mit einem Kloß im Hals sah er zu Wren, der in dem Krankenhausbett unter all den Schläuchen jünger wirkte. »Er wird wieder aufwachen«, sagte er, mehr zu sich selbst. Dabei gelang es ihm nicht einmal, Gewissheit in seine Stimme zu legen. »Wren ist stark. Der überlebt alles.« Trotz seiner Worte fühlte er sich ausgehöhlt, als gäbe es nichts in seinem Körper, das ihn am Leben hielt.

Ich hatte eine Schwester. Melias Kopf raste und sie versuchte, ihre Gedanken in eine geregelte Bahn zu lenken. Sie stießen gegeneinander, versanken in den Untiefen ihres Verstandes wie Kieselsteine, die man ins Wasser warf.

Wie konnte es sein, dass sie sich nicht an ihre Schwester erinnerte? Nicht an ihren Namen, nicht an das *Gefühl*, jemanden gehabt zu haben, der einem nahestand.

Eine Schwester. Die sich hier, in diesem Zimmer, erhängt hatte.

Wegen ihr?

»Alles in Ordnung?« Prays sanfte Stimme drang zu ihr durch. »Willst du dich setzen?«

Sie schüttelte den Kopf. Sicher dachte er, sie trauerte. Aber ihr war nur … schwindelig. Als bekäme sie zu wenig Sauerstoff. Die Geräusche waren gedämpft, als wäre sie unter Wasser.

»Lass uns die Sachen durchsehen und schauen, ob wir etwas gebrauchen können«, sagte sie und hockte sich zu dem Karton.

Pray regte sich nicht und als sie aufsah, begegnete sie seinem besorgten Blick. In dem Moment wünschte sie sich, er könnte sie in den Arm nehmen. Nur für einen Augenblick, sodass sie sich nicht so allein fühlte.

Aber das war unmöglich.

Also öffnete sie den Karton. Sofort kam ihr eine Staubwolke entgegen und sie musste niesen. Pray setzte sich neben sie und gemeinsam sahen sie die Hinterlassenschaften durch.

Was immer sie erwartet hatte – das war es nicht. »Reagenzgläser und Mikroskope.« Melia klopfte mit dem Fingernagel gegen eines der Gläser, in dem angebrannte Reste klebten. »Das meint die Frau wohl mit *nicht mehr tragbar*. Scheint, als hätte sie hier oben Experimente durchgeführt.«

Pray öffnete eine Schatulle, stieß einen erstickten Laut aus und schloss sie direkt wieder. »Fragt sich nur, welche«, sagte er hustend.

»Was ist da drin?«

»Es *war* mal irgendein Lebewesen. Was es jetzt ist, willst du nicht wissen.«

Am Boden der Kiste fand sie zwei Notizbücher. Eines war ein einfaches, in schwarzes Leder gebundenes Buch, das andere besaß verspielte Verzierungen und war mit einem Schloss gesichert. Sie reichte Pray das Lederbuch und wühlte weiter, auf der Suche nach einem Schlüssel.

»Oh.«

Sofort unterbrach Melia ihre Suche und sah zu Pray, der stirnrunzelnd in dem Büchlein blätterte. Seine Stirn furchte sich immer tiefer. »Deshalb wollte die Verkäuferin es nicht wegschmeißen.« Er schaute zu Melia auf. »Das waren nicht einfach nur Experimente. Hier war Magie im Spiel.«

»Was?« Sie nahm ihm das Buch aus der Hand und blätterte ein paar Seiten durch. Darin waren Forschungsergebnisse, Aufzeichnungen über Experimente und Formeln, die sie nicht verstand.

»Guck hier.« Pray legte einen Finger auf eine der Seiten und fuhr über die Schrift. Kurz war Melia abgelenkt, weil er ihr so *nahe* war. Sie roch seinen Zitrusduft und spürte beinahe die Härchen seiner Arme an ihrer Haut. »Wycca-Blut wird als Zutat genannt.«

»Meinst du, sie war eine Wycca?«

»Nein. Dann hätte sie sich nicht erhängen können.«

»Stimmt.« Melia biss sich auf die Lippe und gab das Buch wieder Pray. »Hier, behalt du es. Vielleicht kann Ty etwas damit anfangen.«

»Hast du den Schlüssel für das andere gefunden?«

Enttäuscht schüttelte sie den Kopf.

»Das Schloss ist nur am Einband befestigt. Wenn du willst, mache ich es ab«, bot er an.

»Ich … Lass uns die Sachen erst einmal mitnehmen«, sagte sie ausweichend. Es fühlte sich nicht richtig an, das Schloss aufzubrechen.

Pray schien das zu verstehen. Er nickte und nahm den Karton auf den Arm.

Schweigend verließen sie das Zimmer, doch bevor sie zum Ausgang gingen, wandte Melia sich erneut an die Verkäuferin.

»Wissen Sie, wo das Mädchen beerdigt ist?«

Als sie den Kopf schüttelte, sackten Melias Schultern nach unten und ihr Brustkorb engte ihre Lunge ein, erschwerte ihr das Atmen.

»Sie hatte wohl keine Angehörigen mehr. Ich nehme an, man hat sie in einem der anonymen Urnengräber beigesetzt.«

Schwer schluckend verließ Melia den Laden. Sie war hergekommen, um etwas über ihre Vergangenheit zu erfahren. Aber jetzt wünschte sie sich beinahe, sie hätte es nicht getan.

KAPITEL 23

Wren wachte nicht wieder auf. Nicht am nächsten Tag und auch nicht an dem darauffolgenden. Das Bett neben ihm war mittlerweile belegt und Ty schlief auf einem wackligen Plastikstuhl.

Pray tauchte regelmäßig auf, brachte ihm Essen und Trinken. Beides rührte er nicht an. Eine Zeit lang blieb Pray bei ihm sitzen und versuchte, ihn zum Essen zu bewegen. Aber Ty hatte keinen Hunger.

Als er das nächste Mal aufwachte, saß jemand anderes auf dem Stuhl an der gegenüberliegenden Seite des Bettes.

Ty rieb sich übers Gesicht und strich sich die strähnigen Haare aus der Stirn. »Wie lange sitzt du schon hier?«

Coleus Blackwall zuckte mit den Achseln. »Eine Weile.« Er trug wie immer seine ordentlich gebügelten Klamotten, doch die braunen Haare waren leicht zerzaust, als hätte er es eilig gehabt.

Misstrauisch sah Ty ihn an. Blackwall sagte nichts weiter. Was wollte er hier? Gab es etwas Neues? Doch er war zu erschöpft, um irgendeine dieser Fragen zu stellen.

»Iss ruhig meinen Scone«, murmelte er gähnend. Ein paar Minuten später war er wieder eingeschlafen.

Das nächste Mal weckte ihn das Geräusch von plätscherndem Wasser. Er öffnete die Augen und musste ein paarmal blinzeln, ehe er sich sicher war, nicht zu träumen.

Coleus stand über Wren gebeugt mit einem Waschlappen in der Hand, den er in einer Schüssel tränkte. Dann wischte er damit die Stirn des Jungen ab, seinen Hals und seine Arme.

»Was tust du da?« Tys Stimme klang wie Nägel, die über eine Tafel fuhren, und er verübelte es Coleus nicht, dass dieser zusammenzuckte.

»Vielleicht hilft es«, murmelte er und wusch Wrens nackten Brust.

Ty schluckte. Er hatte einen widerlichen Geschmack im Mund, weil er so lange nichts gegessen hatte. »Du kennst ihn doch gar nicht.«

Coleus sah nicht auf, führte seine Arbeit weiter fort. »Aber ich kenne dich.« Er wrang den Waschlappen aus und wischte erneut über Wrens Stirn. »Und dir liegt etwas an ihm.«

Als Ty erneut erwachte, war die Waschschüssel verschwunden und er war sich nicht sicher, ob er all das geträumt hatte. Doch Coleus Blackwall saß noch immer auf dem Stuhl gegenüber. Dieses Mal hatte er die Augen geschlossen.

»Musst du nicht arbeiten?«, sagte Ty gerade laut genug, dass er ihn hören konnte.

Der Wycca öffnete die Lider und blinzelte ihn verschlafen aus violetten Augen an. »Ich ermittle am Hof«, sagte er und streckte erst seine Arme und dann die langen Beine. »Mehr muss niemand wissen.«

Weshalb bist du hier?, würde Ty gern fragen, aber die Worte verhedderten sich in seinem Mund. Er stützte den Kopf auf die Hand und kaute auf dem Fingernagel.

Coleus stand auf und ließ die Gelenke im Nacken knacken. »Komm.« Er nickte in Richtung Ausgang und steckte beide Hände in die Hosentaschen. »Du musst mal raus.«

Ty schüttelte den Kopf. Er konnte nicht gehen. Wenn er Wren allein ließ und dieser starb …

»Deine Mitbewohner dürfen ab heute wieder das Haus verlassen. Lass uns ihnen einen Besuch abstatten.«

Die Worte sandten ein flatterndes Gefühl durch seinen Magen. Er versuchte nachzuzählen, wie viele Tage er in diesem Dämmerzustand an Wrens Bett verbracht hatte – und an wie vielen davon Coleus Blackwall bei ihm gesessen hatte. Doch seine Erinnerungen verschwammen zu einer grauen Masse.

»Nun steh auf«, forderte Coleus schärfer. »Niemand von ihnen ist krank und sie machen sich gleich auf den Weg zur Schule. Du könntest sie vorher sehen.«

Natürlich waren sie alle gesund. Ty hatte sich zwischenzeitlich immer wieder bei Doc Christie erkundigt. Doch woher wusste Coleus so gut Bescheid?

»Sie werden auf ihn aufpassen«, sagte er sanfter als eben. »Und ich werde sofort informiert, sollte etwas sein.«

Ty rieb sich übers Gesicht. Er musste wirklich dringend raus und sich die Beine vertreten. Also folgte er Coleus aus dem Krankensaal. Stumm stiegen sie in dessen Wagen und schwiegen, bis sie an der alten Villa ankamen.

Auf dem Vorplatz parkten sie neben dem schwarzen Bus, der seine Mitbewohner täglich zur Schule und zurückbrachte. Das Knirschen der Kieselsteine unter Tys Stiefeln und der Geruch der wuchernden Wildpflanzen dämpfte seine nagende Sorge um Wren und er atmete tief ein.

An der Haustür wartete der Fahrer des Busses und schnippte die Asche von seiner Zigarette. Ty ignorierte dem Drang, ihn dazu zu nötigen, einen Aschenbecher zu benutzen. Im restlichen Teil der Welt durften die Leute seinetwegen ungestraft alles verwüsten – aber vor seiner Haustür herrschte Rauchverbot, vielen Dank auch.

Die Tür war angelehnt und die Stimmen seiner Mitbewohner drangen zu ihnen durch. Rufe, wer vorne sitzen dürfte, gepaart mit »Heys« und »Auas«, wenn sie sich beim Anziehen anrempelten. Automatisch breitete sich ein Grinsen auf Tys Gesicht aus und als er die Tür öffnete, stürmten sie auf ihn zu.

Und an ihm vorbei zu Coleus.

Ty fehlten die Worte. Er blinzelte ein paarmal, doch die Szene vor ihm änderte sich nicht.

»Cole, wie findest du meine Brosche?« Tara deutete auf einen goldenen Anstecker an ihrer Uniform. »Wir dürfen ein Accessoire tragen und ich hab die hier ausgesucht.«

»Sie steht dir ausgezeichnet«, sagte Coleus und klatschte Randi ab, die an ihm vorbeilief. »Wo ist Morla?«, fragte er sie.

Randi umklammerte die Träger ihres Rucksacks und sah von Coleus zum Bus, als fürchtete sie, dass er ohne sie losfuhr. Mit dem Kinn deutete sie nach oben. »Die hat sich beleidigt auf ihr Zimmer verzogen, weil sie nicht mit darf.«

»Seid ihr so weit?« Der Fahrer steckte seinen Kopf durch die Tür. »Wir müssen los.« Er tippte auf sein Handgelenk, obwohl er nicht einmal eine Uhr trug.

Sofort stürmten sie an ihm vorbei zum Auto.

»Tschüss, Tyresian. Bis nachher, Cole.«

»Ciao, Cole.«

»Bis später!«

»Ich sitz vorn!«, rief Randi. Und dann: »Wir sehen uns heute Abend, Cole.«

Stirnrunzelnd sah Ty ihnen hinterher, wie sie ins Auto stiegen und losfuhren. Er hob eine Augenbraue und strich sich die Haare zurück. »Wow. Wie es aussieht, wurde ich ersetzt. *Bis später*?«, fügte er fragend hinzu und wandte sich an Coleus.

Dieser schloss die Tür und Ty erhaschte einen Blick auf seine dunklen Wangen. Das Grinsen auf seinem Gesicht wuchs an, ohne dass er etwas dagegen unternehmen konnte.

»Ich habe die Tage ein paarmal nach ihnen gesehen«, sagte Coleus und strich über die Türklinke, als müsse er sichergehen, dass sie wirklich geschlossen war – wobei er noch immer sein Gesicht verbarg.

»Weshalb?« Tys bunte Augen blitzten auf, als er die Frage stellte. Das Lächeln umspielte seine Lippen, während er wartete und den Raum mit seiner unausgesprochenen Herausforderung erfüllte.

Coleus' Griff um die Klinke wurde fester, sodass die Sehnen auf seinem Handrücken hervortraten, ehe er losließ und sich umdrehte.

Seine Wangen waren dunkel, doch er fixierte Ty mit diesen violetten Augen, bis dieser das Gefühl hatte, unter Muskelschwund zu leiden. War der Hausflur schon immer so schmal gewesen? »Wie gesagt: Dir liegt etwas an ihnen.« Ohne ein weiteres Wort verschränkte er die Arme und lehnte sich gegen die Haustür.

Ty öffnete den Mund, schloss ihn gleich darauf aber wieder. In seinem Kopf hallte Stille wider. Nicht als friedliche Ruhe, sondern als das verblüffte Schweigen eines Geistes, der von Gefühlen überwältigt wurde. Sein Verstand war wie ein leeres Blatt und aus irgendeinem Grund hatte er den Drang, es mit neuen Worten zu füllen, die allesamt von Coleus handelten.

Schnell schüttelte er den Kopf. So ein Schwachsinn. Er verbrachte zu viel Zeit mit Rae und seinen sinnlosen Gedichten. »Ich werde ein paar von Wrens Sachen einpacken.« Noch während er sprach, wandte er sich ab und umfasste das Treppengeländer. Sein Nacken kribbelte, doch er widerstand dem Drang, sich umzusehen, als er die Stufen hochstieg.

In Wrens Zimmer konzentrierte er sich auf das, was vor ihm lag: Er nahm einen Rucksack und packte das Comicbuch ein, das auf Wrens Nachttisch lag. Dann ging er zum Kleiderschrank, um Wechselwäsche rauszusuchen. Als er die Türen öffnete, stieß er genervt den Atem aus. Im Schrank herrschte eine grobe Unordnung und Ty musste zwei von Wrens Schuluniformen, die auf dem Berg Klamotten lagen, erst einmal zur Seite räumen, um an den Rest ranzukommen. Er ließ sich Zeit und aus irgendeinem Grund hatte er ein Gespräch mit Pray im Kopf, das sie vor Monaten in Orlenas Arena geführt hatten.

»Du bist ein Arschloch«, hatte Pray ihm vorgeworfen.

»Das wusstest du von Anfang an.«

»Richtig. Aber mir war nicht klar, dass du auch ein Feigling bist.«

Mit der Hand, die den Rucksack umklammerte, ballte er eine Faust. Er war sich nicht sicher, weshalb er jetzt daran denken musste.

Aber ihm war klar, dass es etwas mit dem Wycca auf sich hatte, der unten auf ihn wartete.

Irgendwann konnte er es nicht länger hinauszögern und lief die Treppe hinab.

Als Coleus ihn kommen hörte, sah er auf. »Hast du alles?«

Er nickte und gemeinsam stiegen sie wieder ins Auto. Nach einiger Zeit fiel Ty auf, dass Coleus mit den Fingern auf dem Lenkrad tippte. Er wollte ihn fragen, ob ihn etwas beschäftigte, da ertönte ein Rauschen und direkt danach eine Stimme aus der Funkanlage des Polizeiautos.

»Code sechs zwei sechs«, sagte die Stimme durch das Rauschen, gefolgt von einer Adresse. »Alle verfügbaren Einsatzkräfte werden dorthin beordert. Code sechs zwei sechs.«

Tys Herz krampfte sich zusammen. Er kannte die Adresse.

Die Akademie. Als würde alles Blut seinen Körper verlassen, griff Kälte nach ihm.

»Scheiße.« Fluchend wendete Coleus den Wagen und fuhr in die andere Richtung, direkt auf die genannte Adresse zu.

Ty krallte sich mit kalten Fingern am Sitz fest. Sein Brustkorb zog sich zusammen. So musste Rae sich fühlen, kurz bevor er das Eis aus seinem Inneren frei ließ. »Was ist Code sechs zwei sechs?«, fragte er, obwohl er die Antwort fürchtete.

Coleus raste durch die Straßen, hupte andere Autofahrer aus dem Weg und flog um die Kurven. »Code sechs zwei sechs«, antwortete er durch zusammengebissene Kiefer, »beschreibt einen Anschlag mit möglicherweise mehreren Toten.«

Ty krallte seine Hände in den Sitz unter sich und unterdrückte den Brechreiz, der ihn zu überwältigen drohte.

KAPITEL 24

Als sie an der Akademie ankamen, standen mehrere Rettungsfahrzeuge und Polizeiwagen kreuz und quer. Bremsspuren auf dem Asphalt zeugten von ihrer eiligen Ankunft. Tys Herz fühlte sich ähnlich an – als wäre ein Laster mit quietschenden Reifen darüber gebrettert. Ein Polizist sperrte das Gelände weitläufig ab. Noch hatte niemand außerhalb des Polizeifunks etwas mitbekommen, aber schon bald würde es hier von Reportern und Schaulustigen wimmeln. Coleus fuhr so dicht wie möglich ans Gebäude. Als er das Auto abstellte, langte er über Ty zum Handschuhfach, von wo er seine an einer Kette befestigten Marke holte und sie sich um den Hals hing.

»Bleib dicht bei mir«, sagte er und stieg aus dem Auto.

Die Sonnenstrahlen fanden ihren Weg vereinzelt durch die Wolken, betonten den Unterschied zwischen dem Schatten, den der aus gelben Ziegelsteinen errichteten Gebäudekomplex warf, und dem Rest der Umgebung. Sofort folgte Ty Coleus, konnte jedoch seinen Blick nicht von dem Gebäude abwenden. Von hier ließ sich nicht erahnen, was im Inneren vor sich ging. Er hatte erwartet, dass Polizisten die Akademie stürmten, doch die Schule lag wie verlassen da. Hatten sie die Schüler rausgebracht? Außer der Polizisten schien niemand auf dem Gelände zu sein.

Ty atmete tief ein, gleichzeitig tauchten schwarze Punkte in seinem Sichtfeld auf, als würde nicht genug Sauerstoff sein Gehirn erreichen. Es herrschte Windstille und lediglich der Motorenlärm der Autos der entfernten Straßen, das Rauschen der Funkgeräte sowie die leisen Stimmen der Polizisten drangen zu ihnen.

Tys Brustkorb verengte sich.

Niemand hielt sie auf, als sie an der Absperrung vorbeiliefen. Coleus ging ohne Umschweife zu einem Konvoi aus schwarzen SUVs, bei dem sich mehrere Polizisten versammelt hatten.

Sie sahen auf und öffneten sofort ihren Kreis, als sie Coleus entdeckten.

»Was ist passiert?« Blackwalls Stimme ließ keine Nervosität erahnen.

Warum auch?, dachte Ty bitter. *Das hier ist sein Job. Er hat da drinnen niemanden, der ihm wichtig ist.*

Sofort straffte eine Wycca mit einer Reihe Abzeichen ihre Schultern. »Es gab einen Notruf. Jemand berichtete, dass plötzlich alles dunkel wurde und er Schreie gehört hatte. Kurz darauf brach der Kontakt ab. Wir müssen davon ausgehen, dass der Anrufer verletzt oder getötet wurde, und wissen nicht, ob der Angreifer noch im Gebäude ist. Es ist alles voller Rauch.«

Die Worte bohrten sich mit der Präzision von rostigen Nägeln in Tys Schädel und er ballte die Hände zu Fäusten, zwang sich, ruhig zu atmen. Was ist, wenn der Anruf von einem seiner Mitbewohner gekommen war?

Mit zittrigem Atem sah er zur Akademie, konnte hinter den Fenstern aber nichts als Schwärze erkennen. Waren sie dort? Tara und die anderen? Versteckten sie sich verängstigt in einer Ecke und warteten, dass es vorbei war?

Oder war es das bereits?

Schwindel griff mit kalten Fingern nach Tys Nacken, ließ ihn taumeln. Seine Wangen fühlten sich taub an.

Coleus sah ebenfalls zum Gebäude. »Kam schon jemand raus?«

Die Wycca schüttelte den Kopf. »Bisher nicht. Wir warten auf die Sondereinheit.«

Es dauerte einen Moment, ehe ihre Worte den Weg durch Tys schwarze Gedanken fanden. Dann ruckte sein Kopf so schmerzhaft in ihre Richtung, dass sein Nacken knackte. »Wir müssen *jetzt* rein.«

Mit gerunzelter Stirn musterte sie ihn. »Und Sie sind?«

Auch die anderen wandten sich zu ihm, als würde ihnen Tys Anwesenheit erst jetzt bewusst.

Bevor er etwas durch seine zugeschnürte Kehle hervorbrachte, mischte Coleus sich an. »Er ist mit mir hier. Im Auftrag des Königs.«

Leicht fasste er Ty am Arm, doch der spürte die Berührung gar nicht. Wie in einem Film sah er nur Coleus' Finger, die sich um seinen Unterarm legten und ihn ein Stück abseits drängten.

»Ty«, sagte er in einem leisen, eindringlichen Ton. »Die Sondereinheit hat Schutzausrüstungen. Wir wissen nicht, was uns da drin erwartet. In dem Gebäude sind Lehrer. Erwachsene Wycca. Sie werden die Kinder beschützen.«

Kurz sorgten die Worte für Erleichterung, sodass er einen tiefen Atemzug nehmen konnte, der seine Lunge füllte. Dann bemerkte er den Blick der Polizistin, den sie mit einem Kollegen wechselte.

Coleus schien dieser stumme Austausch ebenfalls nicht entgangen zu sein. »Was ist?«

Die Polizistin kaute auf ihrer Unterlippe, sog sie zwischen ihre Schneidezähne. »Es gab heute früh eine Versammlung. Die meisten der Lehrer waren vor Schulbeginn in dem Nebengebäude.«

Fluchend ließ Coleus Tys Arm los und sah mit geweiteten Augen in die Runde. »Das heißt, im Gebäude sind beinahe ausschließlich Kinder?«

Niemand sagte etwas. Sie trauten sich nicht einmal, zu nicken.

So muss es sich anfühlen, dachte Ty dumpf, *wenn Raes Eiskräfte einen erwischten.* Kälte überzog seinen gesamten Oberkörper und seine Fingerspitzen wurden taub.

Schreie ertönte aus dem Inneren der Akademie und das Eis in Ty zerbrach. Ein Zucken durchfuhr die Menge wie ein Blitz und alle sahen erschrocken zum Gebäude. Doch es folgte kein weiteres Geräusch. Gespenstische Stille senkte sich über sie.

Der Schrei hallte in Tys Kopf nach, zerrte wie ein Tier mit gelben Zähnen an seiner Selbstbeherrschung.

Er konnte die Kinder nicht sterben lassen. Es blieb keine Zeit, zu warten. Auf die Polizei war ohnehin kein Verlass, das wusste er.

Wenn er nicht handelte, tat es niemand. Ohne auf die empörten Ausrufe zu achten, sprintete er los, an den verdutzten Polizisten vorbei, auf die Eingangstür zu. Er war nur einmal hier gewesen, als er seine Mitbewohner an dieser verfluchten Akademie angemeldet hatte.

Sie waren hier, weil er es so gewollt hatte.

Alles, was geschah, würde seine Schuld sein.

Mit Wucht riss er die Tür auf. Sofort brannten seine Augen und eine Welle aus Dunkelheit überrollte ihn, schnürte ihm die Luft ab. Der Rauch war so fest, dass Ty ihn auf seiner Haut spüren, auf der Zunge *schmecken* konnte. Er verschleierte seine Sicht und seine Augen tränten, obwohl er in der offenen Tür stand. Das war kein normaler Rauch.

Hustend stürzte er ins Gebäude. Doch bevor die Tür hinter ihm zuschlagen konnte, legte jemand eine Hand auf seine Schulter. Ty wirbelte herum, atmete dabei den Rauch ein, der in seiner Kehle kratzte.

»Was sollte das, verdammt?« Coleus' Umrisse zeichneten sich in der Finsternis ab. Einen Arm hielt er schützend über seine Augen. Ty tat es ihm gleich und spuckte aus. Seine Kehle brannte.

»Ich warte nicht auf irgendeine Sondereinheit. Ich muss sie finden.« Der Rauch legte sich auf seine Lunge, aber dafür gewöhnten sich seine Wycca-Augen langsam an die Dunkelheit. Sie standen in einer breiten, von mächtigen Säulen gestützten Eingangshalle. Gegenüber von ihnen ging ein weiter Korridor ab.

»Scheiße.« Coleus verschränkte die Arme hinter dem Kopf, sah zur Tür und wieder zu Ty. Seine violetten Augen glänzten entschlossen. »Dann komm.«

Tys angespannte Muskeln zuckten verwirrt, als Coleus loslief, direkt auf den angrenzenden Korridor zu. Er folgte eine Sekunde später, hielt Ausschau nach den Schülern. Oder dem Angreifer. Ihm war in diesem Moment beides recht. Seine Sicht wurde nicht nur vom Rauch eingeschränkt, sondern auch von der heißen Wut in seinem Magen, die seinen Körper in ein Messer verwandelte. Wer hierfür verantwortlich war, würde bezahlen müssen.

Die ersten Klassenzimmer tauchten auf und Coleus rüttelte an den verschiedenen Türen. »Verschlossen.«

»Sie haben Angst. Lass mich.« Ty drängte sich an ihm vorbei und zog eines der Messer hervor, die er bei sich trug. Schnell knackte er das Schloss. Angespannte Leere schlug ihnen entgegen – die Art, die entstand, wenn man einen verlassenen Ort sah, an dem normalerweise Trubel herrschte. Gänsehaut kroch Tys Nacken empor und er schüttelte sich. »Weiter«, drängte er.

Der Rauch biss in seine Haut, legte sich wie Teer auf seine Organe. Die einzigen Geräusche waren Coleus' und seine Schritte und ihr angestrengter Atem. Beides drang unangenehm laut in Tys Ohren, als befände sich sein Kopf in einer Glaskugel, gegen die jemand mit der Faust schlug. Ob das eine Nebenwirkung des mysteriösen Rauchs war? Oder lag es an seinem fanatisch schlagenden Herzen, das Adrenalin wie Feuer durch seine Adern spie? Sie liefen weiter, doch der Rauch ließ jede Abzweigung, jeden Gang gleich erscheinen. Nach wenigen Minuten hatte Ty das Gefühl, in einem Albtraum gefangen zu sein, bei dem er nicht von der Stelle kam.

»Was ist das?« Coleus' Flüstern kroch wie der Umhang einer Banshee über den Boden: eine Todesfee, die den Lebenden einen nahen Tod verkündet.

Mit dröhnendem Puls sah Ty zu der Stelle, auf die Coleus deutete. Langsam näherte er sich. Das rauschende Blut in seinen Ohren überdeckte das Geräusch seiner eigenen Schritte. Ein Pfeifen setzte ein, als er den Körper erkannte, der bäuchlings auf dem Boden lag.

Alles in ihm erstarrte zu Eis. Die Blutlache, die sich unter dem Brustkorb bildete, wäre nicht nötig. Es war eindeutig, dass dort kein Leben mehr weilte. Der Junge hatte die Arme verdreht, das Gesicht flach auf dem Boden. So lag niemand, der schlief.

Es konnte nicht viel Zeit vergangen sein, seitdem sie das Gebäude betreten hatten, doch in dem Moment fühlte es sich an, als hätte Ty schon immer hier gestanden. Gefangen in dem Augenblick, der ihn drängte, die Leiche umzudrehen, um Gewissheit zu haben.

Doch er konnte sich nicht regen.

Stattdessen trat Coleus vor und fasste den Jungen sanft an der Schulter. Die Uniform wies ihn eindeutig als Schüler der Akademie aus. Ein Junge, etwa in Wrens Alter.

Niemand, den Ty kannte. Er fuhr sich mit zitternder Hand über den Mund, endlich wieder in der Lage, seine Gliedmaßen zu bewegen. Seine weichen Knie gaben vor Erleichterung beinahe nach, gleichzeitig biss er sich auf die Lippen und wandte den Blick ab. Er sollte keine Erleichterung spüren.

»Jemand hat ihn erstochen. Mitten ins Herz.« Aus dem Augenwinkel sah Ty, wie Coleus den Jungen sanft wieder auf den Boden legte. Dann stand er auf, strich sich mit beiden Händen durch die Haare und straffte die Schultern. »Lass uns weiter. Wir dürfen keine Zeit verlieren.«

Es war, als wären sie von der Außenwelt abgeschnitten. War die Spezialeinheit bereits eingetroffen? Wie viel Zeit war vergangen, seitdem sie das Gebäude betreten hatten? Drei oder vier Minuten? Tys Herz hatte in dieser Zeit so viele Schläge hinter sich gebracht wie noch nie.

Der Rauch verflog entgegen seiner Erwartung nicht, sondern schien sich zu verdichten. Schwer atmend kamen sie an eine Gabelung. Coleus überlegte nicht lange.

»Wir teilen uns auf.«

Ty nickte ruckartig. Es behagte ihm nicht, allein durch die verdunkelten Flure zu streifen, doch die Zeit rann ihnen durch die Finger. Ohne sich umzusehen, lief er den rechten Gang entlang.

Nach wenigen Metern verschluckte der Rauch jegliche Schritte von Coleus. Ty war allein.

Er lauschte auf Geräusche, doch bis auf seine angestrengten Atemzüge war nichts zu hören. Obwohl er wusste, dass jede Sekunde zählte, wurde er langsamer. Der Rauch war so dicht, dass er nur eine Armlänge weit sehen konnte, und ohne Coleus hatte er niemanden mehr, der seine Seite schützte. So erschrak er, als seine Stiefelspitze auf einen Widerstand traf.

Er stolperte zurück, ehe er die zusammengesunkene Gestalt an der Wand lehnend ausmachen konnte. Schnell hockte er sich hin, und ein Kribbeln der Hoffnung schoss durch seine Finger, als er die warme Wange des Mädchens ertastete. Doch dann sackte ihr Kopf leblos zur Seite und er entdeckte die Einstichstelle über der Brust, aus der schwarzes Blut quoll. Ein Stich direkt ins Herz. Wahrscheinlich war es vor Angst geweitet gewesen. Mit einem Filzstift angemalte Strähnen fielen dem Mädchen in die Stirn.

Ty fuhr sich durchs Gesicht, stieß seinen zittrigen Atem aus. Als er hinter sich Schritte hörte, wischte er sich schnell über die Augen und drückte den Rücken durch. Wenn Coleus seinen Gang bereits abgesucht hatte, musste er länger vor dem Mädchen gesessen haben als gedacht.

Als er aufstand und sich umdrehte, erstarben die Schritte. Sofort setzte ein Klingeln in Tys Kopf ein, schärfte seine Sinne. Langsam schob er die Hand in die Tasche, tastete nach einem Messer, ohne ein Geräusch von sich zu geben.

Ein Schatten stürzte auf ihn zu, brachte ihn aus dem Gleichgewicht. Ty stolperte rückwärts und das Messer fiel klirrend zu Boden. Sofort setzte die Gestalt hinterher – ein schwarzer Wirbel, der ihn nach hinten stieß. Dabei blitzte das vermummte Gesicht vor ihm auf. Tys Kopf knallte gegen die Wand und Schmerz schoss durch seinen Schädel. Er blinzelte, konnte nicht ausmachen, ob der Rauch oder der Schlag auf den Kopf eine klare Sicht verhinderte. Die Gestalt wirbelte umher, schneller als ein Schatten, und rammte Ty einen Ellbogen gegen das Kinn. In der freien Hand hielt sie ein Langschwert, dessen nadeldünne Spitze bläulich glänzte.

Das Blau hinterließ einen schimmernden Schweif in der Luft, als der Schatten das Schwert in Sekundenschnelle herumwirbelte und vorschnellen ließ. Dieses Mal war Tyresian vorbereitet. Er duckte sich, sodass der Angreifer ins Leere schlug und das Gleichgewicht verlor. Ty erlaubte sich einen tiefen Atemzug, in dem er Kaida hervorholte und seinen Gegner von unten aufschlitzen wollte. Ehe er dessen Haut berührte, packte dieser jedoch sein Handgelenk und verdrehte es, bis Ty aufschrie und das Messer fallen ließ.

Die Gestalt hielt ihn fest, drückte ihn gegen die Wand und fixierte Ty mit einem Unterarm an dessen Kehle. Die Kraft, die auf seinen Körper wirkte, war vollkommen neu. Dabei war der Angreifer einen halben Kopf kleiner als er. Tys Sicht verschwamm. Immer weniger Sauerstoff erreichte seine Lunge. Hilflos kratzte er mit der freien Hand über den Arm seines Gegenübers, doch seine Muskeln fühlten sich an, als wären sie aus Gummi.

Er hatte keine Chance.

»Tyresian!« Beim Klang von Coleus' Stimme sah der Angreifer sich um.

Sofort riss Ty sich los und stieß den Fremden von sich. Er taumelte zurück, sein Blick huschte in die Richtung der sich nähernden Schritte. Auch Ty sah dort hin. Als er zurücksah, blickte ihm dunkler Rauch entgegen.

Die Gestalt war verschwunden.

Hustend sank Ty gegen die Wand.

»Alles in Ordnung?« Besorgt musterte Coleus ihn, doch Ty winkte ab und bückte sich stattdessen, um seine Messer aufzusammeln. Seine Kehle brannte wie Feuer. Als er aufsah, begegnete er Coleus' violetten Augen, die jeden Zentimeter von Tys Körper abzutasten schienen. Hitze kribbelte in seinen Wangen.

»Hast du das gesehen?«, fragte er und musste sich räuspern. Seine raue Kehle brannte.

Coleus nickte. »Meinst du, davon laufen noch mehr rum?«

Ty biss sich auf die Lippe und starrte auf den Fleck, an dem die Gestalt verschwunden war. Wenn hier mehr von ihnen waren, wären sie chancenlos. »Lass uns einfach hoffen, dass deine Spezialeinheit bald kommt. Was ist da drüben?« Er deutete auf den Gang, aus dem Coleus gekommen war.

Sein Gesicht verhärtete sich. »Weitere Leichen.«

Tys Herz verkrampfte. War sein Angreifer geflohen oder machte er sich auf die Suche nach weiteren Opfern?

»Aber ich glaube, ich habe was gehört, bevor du geschrien hast«, sagte Coleus und biss sich auf die Lippe. »Ich kann dich aber erst einmal rausbringen und –«

»Vergiss es.« Ty richtete sich auf. »Mir geht's gut.«

Blackwall wirkte nicht überzeugt, doch Ty setzte sich in Bewegung, sodass ihm keine andere Wahl blieb. Als sie den Flur betraten, räusperte sich Coleus.

»Pass auf, wo du hintrittst.«

Tys Blick fiel auf die herumliegenden Körper – an der Wand zusammengesunken oder mitten auf dem Gang liegend. Sofort hockte Ty sich hin, um das Gesicht der ersten Leiche anzusehen, da spürte er eine Hand auf der Schulter.

»Es ist niemand von ihnen.« Coleus' Stimme ließ ihn aus irgendeinem Grund freier atmen. Doch er schüttelte den Kopf.

»Das kannst du nicht wissen.«

»Ich habe sie mir angesehen. Vertrau mir.« Sanft drückte er Tys Schulter.

Ihm fiel wieder ein, dass Coleus in den letzten Tagen bei ihm zu Hause gewesen war, um nach seinen Mitbewohnern zu sehen. Er kannte sie. Sorgte er sich deshalb?

Was auch immer der Grund war, Ty glaubte ihm. Mit schweren Gliedern stand er auf und folgte dem Polizisten weiter durch den düsteren, von Leichen gesäumten Gang.

»Hier.« Coleus drückte seine flache Hand gegen eine der verschlossenen Türen.

Ty hielt den Atem an. »Sicher?« Er hörte kein Geräusch, doch Coleus nickte.

Mit dem Messer rüttelte er im Schloss herum, bis die Tür aufsprang. Er wechselte einen Blick mit Coleus und gemeinsam stießen sie die Tür auf. Auch hier stieg ihnen Rauch entgegen. Ty hob die Klinge und der Polizist seine Hände, um sich zu wappnen.

Doch niemand griff an. Langsam lichtete sich die Dunkelheit, und die Konturen eines Musiksaals mit mehreren, an die Wand geschobenen Instrumenten, eröffneten sich ihnen. Nur wenige Schritte vor Ty stand eine einzelne Gestalt, die Hände erhoben, bereit zum Angriff.

»Tyresian!« Die Gestalt stürzte sich auf ihn und erleichtert fing er sie auf, ließ dabei das Messer fallen.

»Tara, verdammt.« Er drückte sie kurz an sich. Dann sah er in den Raum und aus der Dunkelheit tauchten weitere Umrisse auf. Etwa zwanzig Kinder hatten sich hinter Tara versammelt und ängstlich zwischen den Tischen und Stühlen versteckt. Mit einem Kloß im Hals suchte er die Reihen ab und bekam wieder etwas Luft, als er immer mehr bekannte Gesichter entdeckte.

»Kommt, wir müssen hier raus.« Coleus trat auf die Kinder zu und bedeutete ihnen, ihm zu folgen. Sie schauten erst ängstlich, aber als die ersten auf ihn zutraten – darunter Randi und weitere seiner Mitbewohner – trauten sich auch die restlichen.

Ty fasste Tara bei den Schultern. »Sind alle von uns hier?«, fragte er eindringlich.

Sie nickte und seine gesamte Körperspannung schien sich aufzulösen. Kurz schloss er die Augen, atmete dankbar den Sauerstoff ein, der wieder einen Weg in seine Lunge fand.

»Nur Wren nicht«, fügte Tara hinzu.

Stirnrunzelnd öffnete Tyresian die Augen und zog die Brauen tief zusammen. »Wren ist im Krankensaal.« Doch automatisch ließ er Tara los und suchte den Raum ab. Wren war natürlich nicht hier.

»Das dachte ich auch.« Tara verschränkte die Arme – nicht aus Trotz. Sie bohrte ihre zitternden Hände in ihre Haut und ihr

Blick huschte hin und her. Ty musste sie und die anderen schleunigst hier rausbringen. »Aber Mr Defoe sagte heute Morgen, dass Wrens Marke zum Schulbeginn eingelesen wurde.«

Ihre Worte nagten an seinen Eingeweiden und er biss sich auf die Lippe, während seine wirren Gedanken übereinander stolperten. *Beruhige dich,* befahl er. Gleichzeitig beschwor er das Bild von Wren herauf, der bewusstlos im Krankenbett lag. Befallen von der Krankheit, jedoch in Sicherheit vor dem Horror, der sich hier ereignete.

Es war ausgeschlossen, dass er aufgewacht und hierhergekommen war.

»Das muss ein Missverständnis sein«, sagte er und lotste Tara in Richtung Ausgang, wo Coleus die anderen Kinder anwies, ihm zu folgen.

»Seht nicht nach links und rechts. Nur auf mich, verstanden?«, fragte der Polizist streng und wartete, bis sie gehorsam nickten.

Ty bildete die Nachhut und gab sich Mühe, sich ebenfalls an die Anweisungen zu halten. Coleus hatte extra einen anderen Weg Richtung Ausgang genommen, sodass sie nicht an den vielen Leichen vorbeiliefen. Doch auch hier lagen Körper verteilt und als Blackwall endlich eine große Doppeltür öffnete und Licht in den Gang fiel, bemerkte Ty, dass Taras gesamter Körper vor ihm zitterte. Sofort beschleunigte sie ihre Schritte und automatisch passte Ty sich ihrem Tempo an.

Bis er stolperte.

»Was zum …« Er sah auf den Boden, auf etwas, das auf den ersten Blick aussah wie ein Stoffbündel.

Sein Herz blieb stehen.

Der Wagen der Schulkinder, der unbeaufsichtigt auf dem Hof stand, tauchte vor seinem inneren Auge auf. Ebenso Wrens unordentlicher Schrank und die scheinbar wahllos hingeworfenen Uniformen. Er dachte an Wrens eingelesene Schulmarke, obwohl er sicher im Krankensaal lag.

Und er dachte an Morlas Kalender der Ungeduld.

Am liebsten würde er die Augen schließen und wegrennen. Auf den rettenden Ausgang zu, das Licht, das von dort einfiel.

Aber er blieb in der Dunkelheit und musste mit ansehen, wie seine Hand sich gegen seinen Willen ausstreckte. Seine zitternden Finger hoben den Stoffwolf vom Boden auf, über den er gestolpert war.

Etwas bahnte sich in seiner Kehle zusammen, doch sein Körper fühlte sich fern an – zu weit weg, um eine Regung zuzulassen. Er strich mit dem Daumen über das schwarze Blut, das das Fell an der Pfote verklebte.

Dabei fiel sein Blick auf die winzige Gestalt, ein paar Meter entfernt.

Das Licht vom Ausgang war so nah, doch Tyresian wusste, dass er es niemals erreichen würde. Beim Anblick von Morlas regungslosem Körper stürzte er in eine Dunkelheit, die ihn zu ersticken drohte.

Er tauchte nicht wieder auf.

KAPITEL 25

Es gab eine Zeit, in der hatte Pray Raevan beneidet. Kurz nachdem er an den Hof gekommen – dort ausgesetzt worden – war, träumte er davon, dass die Königsfamilie erkannte, dass er gar kein fremder Bauernjunge, sondern der lange verschollene dritte Sohn der Tennysons wäre. Er stellte sich vor, dass er irgendwann eine Krone trug, mit wichtigen Leuten speiste und Feste ausrichtete.

Spätestens zu dem Zeitpunkt, als Raev *wirklich* die Krone trug, erkannte Pray, dass es nichts gab, worum man den König beneiden sollte. Denn die Krone war ein Käfig.

Aber es gab nicht nur Käfige, in die andere einen sperrten. In manche begab man sich freiwillig, aus unterschiedlichen Gründen.

Prays Käfig bestand aus Liebe. Er liebte Raev wie einen Bruder und hatte er sich vor Jahren in einen Käfig begeben, der ihn an den Hof kettete und an die Gegebenheiten dort. Normalerweise bestanden seine Gitterstäbe aus den Sticheleien der Wycca gegenüber ihm und anderen Menschen. Doch seitdem Raev in Ashland war, war es ein anderer Käfig, der ihn festhielt.

Loyalität. Er musste für Raev da sein und das tun, was dieser in seiner Abwesenheit nicht konnte. Und dazu gehörte, sich die grausamen Berichte von Coleus Blackwall anzuhören, als dieser von dem Attentat auf die Wycca-Akademie berichtete.

Gemeinsam mit dem Blutrat saß er an dem großen Tisch, an dem er Raevs Platz eingenommen hatte. Der Rat war nicht vollständig – Ty hatte sich seit Morlas Tod nicht aus dem Bett bewegt. Selbst die offizielle Trauerfeier hatte er verpasst. Pray hatte mit Melia daran teilgenommen, doch auch sie schien in den Tagen, seitdem sie ihre Vergangenheit entdeckt hatten, abgelenkt. Wann immer Pray sie in den Tagen danach sah, war sie tiefer in Gedanken versunken, als es vorher der Fall gewesen war.

Die Trauerfeier war ohnehin nicht groß gewesen, da Ansammlungen aufgrund der Krankheit begrenzt wurden. Auch hatte man die Schulen und andere Einrichtungen geschlossen. Die Feier zum Jahrestag der Herzenskriege, die in den nächsten Tagen stattfinden sollte, war ebenfalls abgesagt worden. Noch immer war es den Ärzten ein Rätsel, wie der Schwarze Schweiß sich ausbreitete und welche Folgen er für diejenigen hatte, die nicht direkt starben. Die Krankenhäuser waren gefüllt mit schlafenden Wycca, die beatmet werden mussten, und keine Besserung zeigten.

Coleus Blackwall sprach von dem Schrecken, der in der Akademie gelauert hatte. Von dem Gas, das für eine undurchdringbare Sicht gesorgt hatte und von einem vermummten Unbekannten, dem es gelungen war, Ty zu entwaffnen, und Dutzende getötet hatte.

Die anderen sahen ebenso erschlagen aus, wie Pray sich fühlte. Doch er bezweifelte, dass ihnen dasselbe Sorge bereitete wie ihm.

Er hatte Tyresian Joyce kämpfen sehen. Und wenn es jemanden gab, der ihn entwaffnen konnte, dann musste dieser Jemand unglaublich stark und gut trainiert gewesen sein.

Als Blackwall seinen Bericht beendet hatte, saßen sie für einen Moment schweigend da. Natürlich hatte die Polizei ihnen direkt nach dem Vorfall alles erzählt, doch die Details zu hören, war weitaus erschreckender. Einundzwanzig Wycca waren getötet worden.

Jugendliche. Kinder.

Morla.

Prays Herz verkrampfte sich.

»Also sind wir uns einig«, sagte Sunara, als die Stille länger andauerte. »Es muss ein Wycca gewesen sein.«

Pray sah zu Coleus, betrachtete dessen verschlossene Miene. Er hob den Kopf, legte die Hände zusammen und stützte sein Kinn darauf. »Ich habe keine andere Erklärung. Der Rauch war so dicht, dass ich kaum sehen konnte. Ein Mensch wäre blind gewesen. Und dass es dem Unbekannten gelungen ist, Tyresian Joyce zu überwältigen, zeigt, dass er kräftig war.« Sein Blick richtete sich auf Pray. »Du kennst ihn besser. Aber ich habe nicht den Eindruck, dass er schwach ist.«

»Er ist der beste Kämpfer, den wir haben«, bestätigte Pray sofort.

Coleus nickte, als hätte er das angenommen. »Wir wissen nicht, welches Motiv dahinter steckt. Warum ein Wycca das tun sollte. Aber wir verfolgen alle Spuren.«

»Derjenige hat keine Kräfte eingesetzt«, wandte Landon ein.

»Was uns vermuten lässt, dass er den Anschein erwecken wollte, er wäre ein Mensch«, erwiderte Coleus ernst.

Ein Wycca, der andere Wycca tötete. Und außerdem eine mysteriöse Krankheit, die dasselbe tat. Waren das Zufälle oder hingen diese Ereignisse miteinander zusammen?

Pray fühlte sich von dem Gedankenkarussell in seinem Kopf so erschlagen wie nie zuvor. Nach einiger Zeit leerte sich der Raum, doch er hatte nicht die Kraft, aufzustehen. Coleus schien es ähnlich zu gehen. Er blieb sitzen, bis alle gegangen waren. Dann richtete er seine violetten Augen auf Pray.

»Es gab schon einmal eine Wycca, die andere ihrer Spezies töten ließ, um Menschen die Schuld daran zu geben«, sagte er und Pray hatte das Gefühl, dass der Polizist jede Regung in seinem Gesicht genaustens beobachtete. Deshalb hob Pray lediglich fragend eine Augenbraue.

»Raevan Tennyson hat den Hinrichtungsbefehl nicht unterschrieben. Rebecah Tennyson lebt. Denkt Ihr, sie könnte da mit drin hängen?«

Irgendwie hatte Pray mit der Frage gerechnet. Gleichzeitig fühlte er sich, als würde er in ein Loch im Boden fallen. Dachte er das? Er hatte keine Ahnung, was er dachte. War es richtig, dass

Raev seine Cousine am Leben ließ? Wenn sie für die Tode dieser Jugendlichen verantwortlich war, würde er das sicher bereuen.

Er wollte Raev wegen seiner Entscheidung kein schlechtes Gewissen machen. Alles in ihm sträubte sich, darüber zu urteilen. Das war nicht seine Aufgabe. Er war nicht der König.

Aber da Coleus auf eine Antwort wartete, blieb ihm keine Wahl. »Sie hatte viele Verbündete«, sagte er vage.

Der Wycca nickte, wobei sein Kopf, der auf seinen Händen lag, langsam nach unten rutschte, bis er mit den Fingern über die Seiten seiner Nase strich.

»Ich würde gern mit ihr reden«, sagte er.

Auch das hatte Pray geahnt. »Ich werde dem Blutrat Bescheid geben und ein offizielles Treffen –«

»Nein«, unterbrach er ihn und überraschte Pray damit. »Keine offizielle Befragung. Wenn rauskommt, dass die Cousine des Königs etwas mit all dem zu tun hat, werden die Menschen und Wycca da draußen Raevan Tennyson die Schuld geben.«

Pray schluckte. Coleus hatte recht. Und gab es etwas, das in Prays DNA gebrannt war, dann das: Bürde Raevan keine Last auf. Die Frage war nur … »Weshalb kümmert Euch das?«

Coleus stand auf und strich sich die Klamotten glatt. »Vielleicht bin ich ein Patriot.«

»Vielleicht?«, hakte Pray nach und erhob sich ebenfalls. Wenn er dem Blutrat nicht Bescheid geben konnte, mussten sie einen anderen Weg finden, um in die Schwarze Festung zu gelangen.

Coleus ging zur Tür und hielt sie Pray auf. »Vielleicht«, bestätigte er. Als Pray an ihm vorbeiging, fügte er hinzu: »Oder ich will nicht, dass andere, denen der König am Herzen liegt, unter einer solchen Situation leiden müssen.«

Azalea, dachte Pray. *Er spricht von seiner Schwester.*

Und er hatte recht. Wenn Rae ins Kreuzfeuer geriet, würde das auch sie treffen.

So wie sie alle.

Dadurch, dass Pray von Raevan alle Vollmachten erhalten hatte, war es einfacher als gedacht, einen Weg in die Schwarze Festung zu finden. Gemeinsam mit Coleus setzte er über den Fluss, bis sie zum schwarzen Turm gelangten, wo ihnen eine Wächterin Rebecahs Gemächer aufschloss.

Raves Cousine saß mit dem Rücken zu ihnen auf einem Stuhl am Fenster. Als sie sich umdrehte, runzelte sie beim Anblick von Coleus und Pray die Stirn.

»Oh.« Moment lang stand ihr Mund offen, als wollte sie noch etwas hinzufügen. Doch dann schloss sie ihn und erhob sich. Mit abgehackten Bewegungen strich sie ihre Kleidung – eine einfache Hose und ein langärmliges T-Shirt – glatt. Aus ihren geflochtenen Haaren hatten sich zerzauste Strähnen befreit, als wäre die Frisur schon ein paar Tage alt.

»Entschuldigt«, sagte sie und straffte die Schultern. »Ich hatte nicht mit Besuch gerechnet, solange Raevan in Ashland ist.« Sie deutete auf die wenigen rumliegenden Klamotten und auf diverse Bücher, die einen kleinen Kaffeetisch bedeckten, also würde sie sich an der Unordnung stören.

Pray fragte sich, ob Rebecah bewusst war, wie viel sie mit dem Satz preisgegeben hatte – oder ob sie das bezweckte. Wenn sie wusste, dass Raev außer Landes war, bedeutete das, jemand spielte ihr Informationen zu. Und was sollte das überhaupt heißen? *Kein Besuch, solange Raev in Ashland war …*?

»Du siehst gut aus, Pray«, sagte Rebecah und riss ihn damit aus seinen Gedanken. »Irgendwie … gefasster.«

Was auch immer *das* bedeuten mochte. Er ließ seinen Blick über sie schweifen. Rebecah war nur wenige Jahre älter als er und sie waren gemeinsam im Palast aufgewachsen. Früher hatten sie zusammen gespielt, doch diese Phase hatte nur angedauert, bis Rebecah beschlossen hatte, dass sie zu alt dafür wäre. Danach war sie nur Raevs Cousine für ihn gewesen. Eine Wycca, die hart trainierte, um sich ihren Platz am Hof zu erkämpfen.

Insgeheim hatte Pray sie bewundert – für ihre Zielstrebigkeit, die keine Kompromisse zuließ. Und dafür, dass sie trotz dessen nie andere niedertrampelte, um ihren Weg zu gehen.

Bis sie sich irgendwann geändert hatte, ohne dass es Raev oder ihm aufgefallen war.

Jetzt beäugte er sie skeptisch. Ihr eingefallenes Gesicht wirkte ausgehöhlt, die aufgekratzten Arme rot, als hätte sie einen nervösen Tick entwickelt. Doch ihre Augen leuchteten entschlossen. Er fragte sich, ob sein vorheriger Gedanke der Wahrheit entsprach. Hatte Rebecah sich geändert? Oder hatten sie einfach all die Jahre übersehen, wer sie wirklich war?

»Rebecah, das hier ist Detective Chief Inspector Coleus Blackwall«, stellte Pray vor. Er wollte diesen Besuch so schnell wie möglich hinter sich bringen. »Er würde dir gern einige Fragen stellen.«

Rebecah legte den Kopf schräg, als Coleus näher kam. »Man erkennt die Ähnlichkeit zu Eurer Zwillingsschwester«, sagte sie und nickte, wie zu sich selbst.

»Ich möchte Euch fragen, was Ihr über den Anschlag an der Wycca-Akademie wisst.« Coleus war offenbar kein Freund von Small Talk.

Rebecah strich an ihren aufgekratzten Arm lang. »Weniger als Ihr, befürchte ich. Meine Informationen kommen stückchenweise.«

»Würdet Ihr mir die Wahrheit sagen, wenn es anders wäre?«

»So wie Ihr ganz offen mit mir sprecht?« Aus ihrem anklagenden Tonfall hörte er die alte Rebecah heraus, die er von früher kannte. Das Mädchen, das ihnen stundenlange Vorträge über die Unrechtmäßigkeit des Regelverstoßes hielt – obwohl es nur ums Versteckspiel ging. »Fragt mich doch einfach, was Ihr wirklich wissen wollt, Blackwall.«

Coleus presste die Lippen aufeinander und zuckte anschließend mit den Schultern. »Gut. Seid Ihr für den Anschlag verantwortlich?«

»Ihr überschätzt meinen Einfluss in diesem Gefängnis bei Weitem. Außerdem wüsste ich keinen Grund, weshalb ich jugendliche Wycca töten lassen sollte.«

»Immerhin hast du deinen Vater umgebracht.« Die Worte stolperten aus Prays Mund, bevor er sie stoppen konnte. Vielleicht, weil er so lange darüber nachgedacht hatte. Denn er verstand Raev. Verstand, warum er den Hinrichtungsbefehl von Rebecah nicht unterschrieb, weil sie sich gegen ihn gewandt und intrigiert hatte.

Raev glaubte, dass sie bis zu einem gewissen Punkt im Recht war. Weil er sich immer für alles die Schuld gab. Pray verstand ihn, auch wenn er nicht mit ihm einer Meinung war.

Doch die Tatsache, dass Rebecah Enyas getötet hatte, änderte das. Und er hätte gedacht, dass dies auch für seinen Freund ein ausreichender Grund gewesen wäre, um dem Ganzen ein Ende zu setzen. Denn trotz allem, was geschehen war, hatte Raevan Enyas geliebt – und das hatte nichts damit zu tun, dass er sein Vater gewesen war.

Rebecah richtete ihre Augen auf Pray. Sie blinzelte, als wäre sie verwirrt von seinen Worten. Erst einen Moment später erkannte er, dass es Tränen waren, die sie versuchte zu verbergen.

»Du hast recht.« Sie ließ sich gegen die Fensterbank hinter sich sinken und sah zur Seite. »Ich habe es getan, weil mir zu dem Zeitpunkt kein anderer Ausweg richtig erschien. Weil ich sah, wie dieses Land langsam zerbrach.«

»Wegen dir«, erinnerte Pray sie. »Du hast Zwietracht gesät.«

Doch Rebecah schüttelte den Kopf. »Ich mag das Feuer angefacht haben. Aber es brannte schon vorher. Und seien wir ehrlich – wenn jemand Benzin es mit begießt, dann mein Cousin.«

»Was meinst du?«

Sie zog die Augenbraue hoch. »Das Verbot für Waffen jeglicher Art? Kein schlauer Schritt in Zeiten wie diesen.«

Verwirrt schüttelte Pray den Kopf. »Das Schusswaffenverbot gilt seit Jahrhunderten.«

»Davon spreche ich nicht. Hat es dir niemand gesagt?« Ihr Blick huschte zu Coleus. »Er muss es wissen, immerhin ist er bei der Polizei. Das Tragen von *allen* Waffen steht nun unter Strafe.«

Pray sah ebenfalls zu Coleus, der sich in den letzten Minuten zurückgehalten und ihr Gespräch verfolgt hatte. »Stimmt das?«

Der Polizist nickte ruckartig. »Es gab vermehrt Fälle von Angriffen von Menschen auf Wycca. Und das in der Akademie … Es war nur eine Frage der Zeit.«

Pray dachte an den Vorfall in der Einkaufsstraße. An den Mann, der sich wehren wollte, gegen einen Wycca, der keine Waffe brauchte, weil er selbst eine war.

Rebecahs leises Lachen holte ihn zurück in die Gegenwart. Aufmerksam sah sie ihn an. »Du weißt, welche Konsequenzen das haben wird, nicht wahr, Pray? Die Wycca trifft dieses Verbot nicht. Auch wenn es für die Allgemeinheit formuliert ist, sind es die Menschen, die darunter leiden werden.«

Er wollte nicht auf sie hören und doch wusste er, dass sie recht hatte. Die Menschen waren den Wycca ohnehin unterlegen. Auf diese Weise wurde ihnen der letzte Schutz genommen, den sie hatten.

»Also, falls ihr euch noch fragt, ob ich für irgendetwas da draußen verantwortlich bin: Die Antwort lautet Nein. Ich kann nur hier sitzen und aus dem Fenster zusehen, wie alles in Flammen aufgeht.« Wieder kratzte sie sich über ihre Arme, bis die verkrusteten Wunden aufrissen und schwarze Blutstropfen austraten.

Pray hätte noch länger dort gestanden, unfähig, sich zu bewegen, wenn Coleus ihn nicht mit sich genommen hätte. Gemeinsam verließen sie die Schwarze Festung. Erst als sie mit der Barke über die Mandalay gefahren waren, und niemand in Hörweite war, traute Pray sich, zu sprechen.

»Ich kann nicht glauben, dass Raev dieses Gesetz bewilligt hat.«

Coleus sah kopfschüttelnd zum Himmel. Dunkle Wolken sammelten sich dort – es würde später regnen. »Er hatte keine Wahl. Nicht nach dem, was in der Akademie geschehen ist.«

»Aber das war ein Wycca!« Seine Stimme schreckte die Krähen auf, die aufgebracht von der Mauer flogen.

»Ein Wycca mit einem Schwert.«

Das Argument überzeugte Pray nicht. »Das ist ein weiterer Schritt, um die Menschen zu diskriminieren.«

»Du klingst wie meine Schwester«, stellte Coleus fest und klang dabei überrascht. »Hör zu, Pray«, fügte er hinzu und benutzte zum ersten Mal seinen Vornamen. »Ich weiß, dass es sich beschissen anfühlen muss. Aber so funktioniert Politik. Soweit ich gehört habe, war der König nicht begeistert, als man ihn deswegen anrief. Aber am Ende hat er bei so etwas wenig Mitspracherecht. Ihm blieb keine andere Wahl, als das Gesetz zu unterschreiben.«

Wut keimte in Pray auf und er sah ebenfalls zum Himmel, in der Hoffnung, dass sie beim Anblick der Weite abkühlte. Nein, Raev hatte keine andere Wahl gehabt. Die hatte er selten. Er wollte, dass es den Menschen und Wycca in diesem Land gut ging.

Und doch endetet es wieder damit, dass die Menschen litten. Und nie schien es irgendwer zu beabsichtigen.

Immer blieb am Ende keine Wahl.

Pray sog die Luft ein, aber sie kühlte sein Innerstes nicht. Er war es so leid.

»Hey, Kumpel.«

Schläfrig öffnete Ty die Augen. Doch sobald die Erinnerungen auf ihn einprasselten, wünschte er sich, er hätte es nicht getan. Schnell schloss er sie wieder und tastete auf seinem Nachttisch nach den Pillen.

»Da wirst du nichts finden.«

Jetzt riss Ty die Augen auf. Tatsächlich war sein Nachttisch leer.

»Wo sind sie?« Er stützte sich auf den Ellbogen.

»In der Toilette. Runtergespült«, sagte Pray, als erwarte er, dass Ty sich ansonsten hinterher stürzen würde.

Zum ersten Mal seit einigen Tagen spürte er so etwas wie Verärgerung. »Das war nicht deine Entscheidung.«

»Nein, wenn es meine gewesen wäre, hätte ich dir gar nicht erst erlaubt, dir von *Kindern* illegale Pillen aus der Sternengasse besorgen zu lassen. Ich dachte immer, du ziehst bei ihnen eine Grenze.«

Ty schnaubte und ließ sich wieder ins Bett sinken. »Die haben schon weitaus Schlimmeres getan, glaub mir. Und die Pillen haben mir beim Schlafen geholfen.«

»Mag sein. Aber jetzt hast du genug geschlafen. Steh auf.«

Er ließ sich nicht zu einer Antwort herab, sondern starrte an die Decke. Wann immer er ohne die Pillen die Augen schloss, sah er Morlas lebloses Gesicht vor sich. Sie hatte sich eine von Wrens viel zu großen Uniformen gestohlen und das weiße Hemd unter dem blauen Blazer hatte sich mit schwarzem Blut vollgesogen.

Sofort krallte er die Fingernägel in seine Armbeuge, um sich von dem Schmerz abzulenken.

Morla hatte sich rausgeschlichen. Er hatte nicht aufgepasst. Und nun war sie tot.

»Nicht wieder abtauchen.« Pray setzte sich zu ihm ans Bett. »Ty.«

Hätte er doch nur schon begriffen, als er die durchwühlten Uniformen gesehen hatte. Oder als Morla nicht zur Tür kam, sobald Coleus und Ty am Haus auftauchten. Aber er war zu beschäftigt gewesen.

Wie seine Eltern, denen es immer nur um die Sternengasse gegangen war. Doch wenigstens hatten die mit ihrem eigenen Leben dafür bezahlt. Und nicht mit dem eines Kindes.

»*Ty*«, wiederholte Pray mit Nachdruck. »Sieh mich an.«

Er spürte eine Berührung an seinem Handgelenk und sah hinab. Pray umfasste seinen Arm.

»Du kannst nicht wieder darin versinken«, sagte er und sah ihm fest in die Augen. »Ich lasse dich nicht zurück in diese Dunkelheit, verstanden?«

»Wie willst du das anstellen?« Seine Stimme war rau und hinter seinen Lidern brannte es.

Pray drückte sein Handgelenk fest. »Ich bin dein Freund. Schon vergessen? Ich werde für dich da sein. So lange du mich brauchst.«

Ty schloss die Augen, um die Tränen aufzuhalten, und Pray wartete ab, bis er sich wieder gefasst hatte. Als er die Lider öffnete, sah sein Freund ihn aus diesen braunen Augen an.

»Wovor fürchtest du dich?«

»Vor dem Einschlafen.« Ohne die Pillen, das wusste er, würde er wieder durch den dunklen Korridor laufen und jede Leiche auf seinem Weg hätte Morlas Gesicht.

»Dann lass ich dich ab jetzt nicht mehr allein schlafen.«

Bei Prays Worten kribbelte es zum ersten Mal seit langer Zeit in Tys Mundwinkel. Die Erinnerung eines Lächelns.

»Hättest du mir von Anfang an sagen können, dass ich dich *so* in mein Bett kriege«, sagte er, obwohl seine Stimme noch immer nach Tränen klang und er außerdem schon seit Monaten nicht mehr auf diese Weise an Pray dachte.

»Ich habe sogar noch bessere Nachrichten für dich«, sagte Pray und stand vom Bett auf. »Wren ist heute Morgen aufgewacht.«

KAPITEL 26

Bis Ty im Krankensaal ankam, war er sich sicher, dass das Ganze eine Lüge von Pray war, um ihn aus seinem Zimmer zu bekommen. Doch als er durch die Flügeltür trat, bemerkte er die veränderte Atmosphäre.

Zuerst hörte er die Stimmen. Die letzten Tage waren sie gedämpft gewesen, niedergedrückt von Hoffnungslosigkeit. Jetzt summten sie durch den Raum wie aufgeregte Bienen.

Tys Blick fiel sofort auf Wren und erst, als er mit eigenen Augen sah, dass er aufgerichtet im Bett saß, konnte er es glauben.

»Du kleiner Mistkerl«, stieß Ty aus und stürmte auf ihn zu. »Du hast mir einen verdammten Schrecken eingejagt.«

Wrens Gesicht schimmerte noch immer besorgniserregend blass, doch die Atemgeräte waren nicht mehr angeschlossen und neben ihm stand eine leere Schüssel, die nach Brühe roch.

»Sorry.« Wren grinste schwach. »Die Ärztin sagte, ich war ziemlich lange weg.«

»Hauptsache, dir geht's besser.«

Pray neben ihm schlenderte zu einem der anderen Betten und Ty stellte erleichtert fest, dass Mary-Ann dort saß und sich mit einem der Ärzte unterhielt. Offenbar war Wren nicht der Einzige, der wieder wach war. Auch ein paar der weiteren Patienten schienen auf dem Weg der Besserung, obwohl neue Betten belegt waren. Wie war das möglich?

»Ist es zu viel verlangt, dass die anderen mich besuchen kommen?«, fragte Wren. »Ich verstehe ja, dass sie sich nicht anstecken sollen, aber wenn sie bisher nicht krank geworden sind, werden sie es sicher nicht mehr, oder?«

Ty gab sich Mühe, die sorglose Maske aufrechtzuerhalten. Wren hatte keine Ahnung von dem von dem Anschlag. Er wusste nichts von Morla. Ty würde derjenige sein müssen, der dem Jungen davon erzählte. Aber erst, wenn es ihm besser ging.

Und am besten, nachdem er denjenigen bestraft hatte, der für all das verantwortlich war. Zusammen mit den Pillen war auch das Delirium weggespült worden, in dem Ty sich befunden hatte. Mit jeder Minute, die verging, zeichnete sich das Bild in seinem Kopf schärfer ab, schnitt wie gebrochene Kanten in seinen Verstand. Nur mit Mühe blieb die Hand, mit der er Wrens Bettdecke zurecht zog, ruhig.

»Zu viel Trubel ist nicht gut«, sagte er ausweichend. »Aber ich sorg dafür, dass du so schnell wie möglich hier rauskommst«, versprach er. »Ich muss einiges klären, kommst du bis dahin zurecht?« Bei dem Gedanken spannten sich seine Muskeln an.

Wren zuckte mit den Schultern. »Viel kann man hier ja nicht anstellen.«

Ty nahm das als Ja und wollte gerade die Krankenstation verlassen, als Pray ihn abfing.

Sein Freund fasste ihn am Arm. »Wo willst du hin?«

Sofort entzog Ty sich dem Griff. Die Anspannung in seinem Körper ließ seine Arme und Beine Kribbeln. »Ich muss mit Blackwall sprechen. Ich will wissen, wer für den Anschlag verantwortlich ist.«

»Cole weiß nichts – niemand weiß etwas.«

Bei dem Spitznamen verzog Ty den Mund. »Cole?«, hakte er nach. »Seid ihr jetzt beste Freunde?«

Pray rollte mit den Augen. »Ich habe gemeinsam mit ihm Rebecah befragt und in den letzten Tagen haben wir viel Zeit miteinander verbracht.«

»Oh, wie herzallerliebst.« Die Hitze fand einen Weg aus seinem Rachen auf seine Zunge, ließ die Worte vor Spott triefen. »Seid ihr gemeinsam durch die Clubs gezogen, oder was?«

»Willst du mich verarschen?« Pray stieß ihm eine Hand vor die Brust. »Während du dich vollgedröhnt hast, war Cole jeden beschissenen Tag bei Wren und hat nach ihm gesehen. Oder hat sich um deine Mitbewohner gekümmert.«

Ty blinzelte. Die Worte stoben wie Sand über die Hitze in seinen Eingeweiden. Verwirrt starrte er Pray an. »Er war hier?«

Ruckartig nickte sein Freund. »Hier«, sagte er und deutete auf den Krankensaal, »oder bei dir.«

In Tys Wangen kribbelte es. »Coleus war in meinem Zimmer?« War er so weggetreten gewesen, dass er es nicht mitbekommen hatte? Er erinnerte sich daran, zwischenzeitlich aufgewacht zu sein, doch um seine Gedanken nicht ertragen zu müssen, hatte er – während er darauf wartete, dass die Pillen wirkten – den Fernseher eingeschaltet. Meistens war dort Coleus zu sehen gewesen, der Pressekonferenzen abhielt. Man hatte ihn nach den Vorkommnissen in der Akademie geehrt und mit einer Medaille ausgezeichnet.

»Natürlich«, sagte Pray und sah Ty an, als wäre dieser ein Kind, das gerade seine liebste Vase zerbrochen hatte. »Was glaubst du, woher ich wusste, was das für Pillen sind? Das Wasser an deinem Bett, das Essen? Woher kam das deiner Meinung nach?«

Mit den Zähnen nagte Ty auf seiner Unterlippe, kratzte sich im Nacken. »Entschuldigung, dass ich dachte, mein bester Freund hätte sich um mich gekümmert.« Tatsächlich hatte er die Schüsseln mit Essen einfach weggeschoben und war davon ausgegangen, dass Pray sie dort hingestellt hatte.

»Das hätte ich getan«, erwiderte Pray. »Wenn Coleus mir nicht zuvorgekommen wäre. Und wahrscheinlich würdest du noch immer im Delirium schweben, wenn er mir nicht gesagt hätte, was für Pillen das waren.«

»Und er hat mich nicht verhaftet?« Immerhin waren es nicht nur Drogen gewesen, sondern welche, die magisch hergestellt wurden. Doppelt verboten.

Pray presste die Lippen aufeinander. »Offensichtlich nicht.« Er musterte Ty. »Wenn ich du wäre, würde ich mich schleunigst bei ihm bedanken.«

Tys erster Impuls war zu fragen, weshalb. Immerhin hatte er Blackwall um nichts gebeten. Doch die Wut, die er eben noch verspürt hatte, war verflogen. Seine Gedanken wirbelten umher – eine Mischung aus den scharfen Kanten von vorhin und etwas Sanfterem, das neu war. Er presste die Handflächen an die erhitzten Wangen. Coleus hatte sich bereits um Wren gekümmert, als dieser krank gewesen war. Und nun hatte er dasselbe für Tyresian getan. Er war sich sicher, dass er ahnungslos geblieben wäre, hätte Pray nichts gesagt.

Wieder legte Pray ihm eine Hand auf den Arm, dieses Mal jedoch sanfter. »Vielleicht«, sagte er langsam und zog das Wort in die Länge, »solltest du dich fragen, was du willst.«

Tys Mund wurde trocken. Pray kannte ihn zu gut. In seinem Kopf stießen verschiedene Bilder durcheinander: Cole, der grinsend und in schillernden Klamotten seine Bühnenshow abzog; wie er mit durchgedrücktem Rücken vor der gläsernen Garde stand; wie er sich zu Morla hockte und anbot, ihr bei den Feuerkräften behilflich zu sein. Tys Kehle zog sich zusammen.

Zum Schluss blieb kein Bild, sondern nur eine Empfindung: Coles Lippen auf seinen. Für eine Sekunde.

Das Gefühl benetzte seine Gedanken angenehm kühl wie Tauwasser. Deshalb brauchte er einen Moment, ehe er die passende Antwort hatte.

»Und wenn das, was ich will, bereits verschwunden ist?«

Coles Haut kribbelte empfindlich, als hätte sie jemand mit einem rauen Stein bearbeitet. Der Abend hatte ihn in vielerlei Hinsicht an seine Grenzen gebracht und in diesem Moment wünschte er sich nichts weiter, als die Augen zu schließen und wegzudämmern. Nur, damit all die Gedanken in seinem Kopf schwiegen.

Doch auch im Schlaf fand er keine Ruhe. Immer wieder schlichen sich Bilder der toten Kinder aus der Akademie in seine

Träume. Oder er beobachtete seinen Boss dabei, wie dieser angekettete Menschen quälte.

Manchmal wachte er auch auf, weil er Tyresians Schrei im Ohr hatte.

Die letzten Tage hatte er zwischen seiner Arbeit und dem Palast jongliert. Er wollte helfen, auch wenn er unsicher war, was er tun konnte. Und so hatte er sich Tyresian versorgt und sich um seine Mitbewohner. Bis er die Pillen entdeckt hatte. Für einen Moment war er wütend gewesen – das waren keine harmlosen Schlaftabletten, sondern starke, mit Magie hergestellte Narkotika. Doch dann hatte er wieder Tyresians Anblick vor Augen, als dieser aus der Akademie gestolpert kam.

Seine Kleidung war verschmiert vom schwarzen Blut und der Anblick hatte Coles Lunge punktiert. Er hatte geglaubt, das viele Blut stammte von Ty.

Doch es war nicht seines.

Auf dem Arm trug er ein Mädchen. Ihre blonden Haare wippten auf und ab. Auf ihrer Brust lag der Stoffwolf.

Tyresian sank auf die Knie und Morlas Kopf sackte zur Seite. Statt des bunten Funkelns lag in seinen Augen eine Schwärze, die Cole Gänsehaut bescherte. Ty weinte nicht. Mit verkrampften Schultern starrte er auf das tote Mädchen in seinen Armen. Cole fuhr sich über die Wangen, über die Ohren, als könnte er so alles ausblenden. Doch die Übelkeit, die sich mit blutigen Krallen seine Kehle hochkämpfte, bewies, dass es kein Entkommen gab.

Nun summte seine Türklingel und riss ihn aus dem Dämmerzustand, in dem er die letzten dreißig Minuten auf dem Sofa verbracht hatte. Er atmete tief durch und überlegte, wer es sein könnte. Azalea kam ihn häufiger besuchen, aber die war in Ashland. Blieben nur die paar Arbeitskollegen, denen er seine Privatadresse verraten hatte. Möglicherweise Finnley. Er war einer der wenigen, die Cole als *Freund* bezeichnen würde, weshalb er ihm von seinem Plan erzählt hatte. Die letzten Tage hatte er darüber gebrütet, wie er Barrow zur Strecke bringen konnte, bis ihm einfiel, dass Finnley der Leiter der Abteilung für Organisierte Kriminalität war.

Vielleicht hatte er Fragen zu dem Einsatz.

Ächzend erhob sich Cole, als die Klingel ein zweites Mal summte. Auf dem Weg in den Flur fiel ihm ein, dass er nur seine Jogginghose trug und weiter nichts, doch da klingelte es ein drittes Mal und er drückte den Türöffner, um Finnley hineinzulassen. Seinen Freund würde der Aufzug nicht stören und irgendwo im Wohnzimmer lag noch ein Shirt herum, dass er sich überziehen konnte.

Nur war es nicht Finnley, der auftauchte.

Sondern Tyresian.

Sofort schlug Coles Herz schneller. Ein Umstand, den er verfluchte. Es war eindeutig, dass Tyresian Joyce keinerlei Interesse an ihm hegte. Doch er konnte das Flattern in seinem Bauch nicht unterdrücken.

Er hatte damit gerechnet, dass der Wycca ihn aufsuchen würde, aber nicht mehr heute Abend. Dennoch straffte er die Schultern und trat zur Seite.

»Komm rein«, sagte er, ohne eine Begrüßung.

Falls Tyresian das unhöflich fand, ließ er sich nichts anmerken. Stattdessen betrachtete er aufmerksam den großzügigen Flur, die modernen Lampen an den weißen Wänden und den grauen Läufer, der ins Wohnzimmer führte. Dann sah er zu Cole und sein Blick blieb an dessen nackter Brust hängen.

Hätte er sich doch bloß das T-Shirt übergezogen. Aber wen interessierte das schon? Tyresian war nur aus einem einzigen Grund hier und je schneller sie es hinter sich brachten, desto eher konnte Cole die angespannten Muskeln in einer Schulter lockern und vielleicht endlich etwas Schlaf bekommen.

»Hier lang«, sagte er und ging voraus. »Ich habe alles im Wohnzimmer zusammengesucht.« Er deutete auf die Aktenberge, die seinen Esstisch beanspruchten.

Anstatt sich direkt darauf zu stürzen, blieb Tyresian mitten im Raum stehen und betrachtete die Einrichtung. Als würde er sich alles genau einprägen, sah er von dem grauen Ecksofa zu dem flachen Fernseher an der Wand und begutachtete die wenigen Bilderrahmen, die Fotos von Azalea und Juncus zeigten. Sein kleiner Bruder war in den vergangenen Monaten, die Cole auf dem Kontinent verbracht hatte, gewachsen. Manchmal hatte er Schwierigkeiten, den Jungen, der ihm nun bei den gelegentlichen Familienessen gegenübersaß, mit dem in Verbindung zu bringen, den er vor Monaten zurückgelassen hatte.

Tyresian sagte noch immer nichts. Nervös nestelte Cole am Bund seiner Jogginghose. Er zwang seine Finger zur Ruhe und nahm sich stattdessen eine der Akten vom Tisch, um sie aufzuschlagen.

»Hier steht alles drin, was ich in Erfahrung bringen konnte. Es ist nicht viel, aber ein Anfang.«

Jetzt zeigte Tyresian eine Regung: Er runzelte die Stirn. »Was ist das?«

Die ersten Worte, die er sprach, seitdem er Coles Apartment betreten hatte. Seine Stimme war rauer als sonst und frei von jeglicher Belustigung, die so häufig darin mitschwang. Jetzt traute Cole sich, Tyresian genauer zu betrachten. Die dunklen Augenringe lagen tief und die Farbe seiner Haarspitzen war ausgewaschen, sodass Cole zum ersten Mal das Gefühl hatte, den *richtigen* Tyresian vor sich zu sehen, ohne irgendeine Show.

»Alles, was ich seit dem Anschlag herausgefunden habe«, sagte Cole und umklammerte die Akte mit beiden Händen, weil seine Arme sich zittrig anfühlten. Auch Tyresians Blick huschte dorthin. Sofort umfasste er das Papier fester. »Deshalb bist du gekommen, oder nicht?«

Seit dem Anschlag war ihm klar gewesen, dass Tyresian irgendwann vor seiner Tür stehen würde. Vorher – in den Tagen *bevor* alles dermaßen aus dem Ruder gelaufen war – hatte er sich andere Dinge ausgemalt. Vorstellungen davon, wie Ty in dem Apartment stand, geisterten in seinem Kopf herum. Und das, obwohl ihm bewusst war, dass es nicht so weit kommen würde.

Immerhin hatte er es versucht. Und Tyresians erster Impuls war es gewesen, zu verschwinden.

Ich schlafe nicht mit einem Wycca. Cole hatte die Worte unzählige Male aus allen Winkeln betrachtet und je länger er darüber nachdachte, desto wütender machten sie ihn.

Angefangen bei der Tatsache, dass Tyresian nach dem Kuss sofort *davon* ausgegangen war. Als wäre das einzig Erstrebenswerte, das man bei Cole erreichen konnte, mit ihm zu schlafen.

Dabei hatte er, als er Ty geküsst hatte, nicht einmal daran gedacht. Was ihm verdeutlichte, dass zwischen ihnen nicht nur ein moralischer Unterschied bestand – immerhin war Tyresian ein Verbrecher, wenn vielleicht auch ehemalig –, sondern einer, der mit Erfahrung zusammenhing.

Möglicherweise war ihm das bei dem unbeholfenen Kuss aufgefallen und er ist deshalb abgehauen. Schon da hätte Cole es besser wissen müssen. Seine Vergangenheit hatte gezeigt, dass die Dinge meistens schlecht für ihn endeten. Jeder gesunde Verstand würde alles Geld darauf wetten, dass es wieder so kam.

Immerhin hatte er Tyresians Blick vor Augen, mit dem dieser am Abend des Clubbesuchs Pray bedacht hatte.

Cole kannte sich nicht mit vielen Dingen aus. Anders als Azalea war er nicht in allem begabt, sondern hatte seine wenigen Stärken. Er war ein exzellenter Polizist. Er hatte Ahnung von Musik und konnte verschiedene Instrumente spielen.

Und er verstand Eifersucht. Besser, als ihm lieb war.

Aber davon durfte niemand etwas sehen. Weshalb er angestrengt die Akte in seinen Händen betrachtete.

Bis er den Geruch von Lavendel und Pfeffer in der Nase hatte.

Als er aufsah, stand Tyresian so dicht vor ihm, dass er die einzelnen Farbpigmente in dessen regenbogenfarbenen Iriden erkennen konnte. Er war lautlos wie ein Raubtier an ihn herangetreten. Einen Moment lang begegneten sich ihre Blicke und in Coles Brust kribbelte es, als hätte jemand ein Feuerwerk entzündet. Tyresian sah auf Coles zitternde Hände, dann schaute er fragend hoch. Langsam streckte er die Hand aus. So langsam, als wartete er darauf, dass Cole einen Rückzieher machte. Doch er sah ihn nur schweigend an, bis Ty sein Handgelenk umfasste.

»Wie machst du es eigentlich«, fragte er mit einer Stimme, die Cole Gänsehaut bescherte, »dass du sowohl in spießigen Polizeiklamotten als auch in einer tief sitzenden Hose ohne Oberteil wirkst, als hättest du alles unter Kontrolle?«

In diesem Moment fühlte er sich nicht, als hätte er irgendetwas unter Kontrolle. Nicht einmal sich selbst. Ansonsten würde er den Mund halten.

»Schutzmechanismus.« Seine heisere Stimme kratzte in der Kehle.

Ty nickte, ließ sein Handgelenk aber nicht los. »Wie wärst du ohne diesen Schutzmechanismus?«

Ein Wrack. Reiß dich zusammen. Er drückte die Schultern durch und entzog Tyresian seine Hand. Anstelle einer Antwort drehte er sich zum Tisch und suchte nach einer weiteren Akte. Seine Sicht verschwamm.

»Das in deinem Büro. Warst das du, ohne Schutzpanzer?«

Die Frage schabte über sein ohnehin wundes Gemüt. Sie brachte ihm wieder in Erinnerung, was Tyresian gesagt hatte. Wie er den erstbesten Menschen nach dem Kuss mit auf sein Zimmer genommen hatte. Mit beiden Händen stützte er sich auf dem Tisch ab, sodass die Akte unter seinen Fingern zerknitterte, und stieß die Luft durch die Nase aus. Fieberhaft starrte er auf die Buchstaben, die vor seinen Augen durcheinanderwirbelten.

»Du hättest mir übrigens von Anfang an sagen können, dass du in Pray verliebt bist. Dann hättest du dir diese *Ich-schlafe-nicht-mit-Wycca-Ausrede* sparen können.«

»Das war keine Ausrede«, erwiderte Tyresian. »Und ich bin nicht in Pray verliebt.«

Schnaubend sah Cole auf die Tischplatte. »*Bitte.* Ich bin Polizist. Ich kann Gefühle in den Gesichtern der Leute lesen wie in einem Buch. Und ich habe die Eifersucht gesehen, als du uns auf der Bühne beobachtet hast.«

»Du hast recht.« Bei Tys Worten verkrampfte sein Brustkorb. »Und dann auch wieder nicht. Ich war in Pray verliebt. Jetzt ist er mein bester Freund und über diese Entwicklung bin ich mehr als glücklich. Aber es stimmt, ich *war* eifersüchtig.«

Sein Brustkorb verengte sich immer weiter. Warum musste er nach den letzten anstrengenden Tagen ein solches Gespräch führen? Müsste es nicht Grenzen geben, die das Universum festlegte?

»Aber nicht wegen ihm. Sondern wegen dir.«

Bei den Worten erfasste Cole eine Hitze, die er sonst nur mit seinen Kräften in Verbindung brachte. Ohne es zu wollen, sah er auf.

»Was?«

»Obwohl ich wusste, dass ihr eine Show abzieht, war ich eifersüchtig. Ist das nicht lächerlich?« Ty zog einen Mundwinkel hoch und für einen Augenblick erkannte Cole seine eigene Unsicherheit widergespiegelt in den bunten Augen des Wycca vor ihm.

»Aber warum? Ich … ich habe dich geküsst. Du hättest nur …«

»Ich habe nicht gelogen«, unterbrach Ty sein Gestammel. »Ich fange nie etwas mit einem Wycca an.«

»Was tun wir denn hier?«

»Meine Regeln brechen.«

Ty überwand die letzten Zentimeter zwischen ihnen und dann lagen seine Lippen auf Coles. Überrumpelt stand er da, hörte für einen Moment nur sein fanatisch schlagendes Herz, bis er die Augen schloss. Plötzlich war Ty *überall*. Cole spürte den sanften Druck seiner Lippen, roch Tys Parfüm, diese Mischung aus Pfeffer und Lavendel, und genoss die Körperwärme an seiner nackten Brust.

Als Ty den Mund öffnete und seine Zunge gegen Coles stieß, schmeckte er dessen Atem. Ein Kribbeln durchlief seinen Körper. Tys Hände fuhren seine Arme hinauf bis zu seinem Brustkorb, malten Kreise nach unten zu seinem Hosenbund.

Sofort versteifte Cole sich. Das warme Gefühl erlosch und zurück blieb eine angespannte Kälte, wie ein gefrorener See, als er einen Schritt von ihm weg trat. Sein Herz schlug gegen seinen Brustkorb, doch es hatte nichts von dem angenehmen Flattern von eben. Er strich sich über die Arme und wünschte sich mehr denn je, einen Pullover zu tragen, dessen Ärmel er bis zu den Händen ziehen konnte. Schwer atmend begegnete er Tys Blick.

Seine bunten Augen funkelten, doch dazwischen hatte sich eine Falte gebildet. Mit einem Finger rieb er sich über die Unterlippe, die eben noch auf Coles Mund gelegen hatte. »Es tut mir leid«, sagte er und lehnte sich mit einer Hand auf die Tischplatte, um sich abzustützen. »Ich wollte nicht …«

»Schon gut«, unterbrach Cole ihn. Sein Mund war trocken und er wünschte, er hätte ein Glas Wasser hier.

»Ich wollte dich nicht in Verlegenheit bringen.«

»Hast du nicht«, sagte er schnell.

Ty nickte, sah aber weiterhin skeptisch aus. Er leckte sich über die Lippen und schaute kurz zur Seite, ehe er wieder Cole ansah. »Hast du noch nie …«

Hitze stieg ihm ins Gesicht. »Nein. Ich meine, doch«, verbesserte er sich. Gleichzeitig hatte er Calvins Stimme im Ohr.

Wenn du nicht so fixiert auf deine Karriere wärst, hättest du vielleicht Zeit zum Üben gehabt. Dann müsste ich das nicht tun.

Im selben Moment sah er Tyresian mit dem fremden Menschen in seinem Zimmer vor sich.

Sein ganzer Körper verkrampfte. »Du solltest besser gehen«, stieß er hervor. »Ich lasse dir die Akten in den Palast bringen.«

Er wandte sich ab und begann, die Papiere neu zu ordnen, obwohl er wusste, dass sie alle am richtigen Platz lagen. Er machte weiter, bis seine Augen nicht mehr brannten. Kurz sah er auf, doch Ty stand noch immer an derselben Stelle. »Geh«, sagte er mit Nachdruck. »Ich werde morgen einen Bericht an dich schicken, in dem alles steht, was ich über die Vorkommnisse in der Akademie weiß.«

Bei den toten Dichtern, warum musste seine Stimme bei dem letzten Wort brechen?

Anstatt zu gehen, kam Ty einen Schritt auf ihn zu. »Deshalb bin ich nicht hier. Und deshalb habe ich dich auch nicht geküsst.«

Trotz allem – der Zurückweisung, seiner Vergangenheit – machte Coles Herz bei diesen Worten einen Satz. »Und warum dann?«

Ty sah ihn mit einer solchen Intensität an, dass Cole sie in seinem Blut spürte wie Adrenalin. »Weil ich springen will, obwohl ich nicht weiß, ob es einen Boden gibt.«

Er hatte keine Ahnung, was das bedeutete. Unsicher fuhr er sich mit der Hand durchs Gesicht und anschließend durch die Haare, überlegte, was er sagen sollte.

Doch Tyresian kam ihm zuvor. »Hör zu, wenn du nicht willst, dass ich dich küsse, ist das in Ordnung. Ich verstehe das. Aber beantworte mir eine Frage.«

Cole sog die Lippen zwischen die Zähne. Natürlich wollte er Ty küssen. Das eben hatte sich angefühlt, als könnte er es den ganzen Tag – sein gesamtes Leben lang – tun. Aber das änderte nichts. Er war sich sicher, dass Ty bei dem Kuss nicht dasselbe empfunden hatte. Dennoch nickte er. »Welche?«

»Wovor fürchtest du dich?«

Cole schluckte, weil automatisch Worte seine Kehle hochkrochen und darum kämpften, freigelassen zu werden. »Was ist das für eine Frage?«

»Beantworte sie.« In Tys Stimme lag keine Härte. Stattdessen betrachtete er Cole mit einem sanften Zug um den Mund.

Diese Sanftheit allein war es, die es ihm erlaubte, die Worte auszusprechen. »Ich will keine Lächerlichkeit sein.« Sofort tauchte das Bild von Calvin vor seinem inneren Auge auf und die Erinnerung ließ seine Muskeln zittern – Fluchtinstinkt.

Ty runzelte weiter die Stirn, sah Cole an, als wäre er eine Mathegleichung, die er unbedingt lösen wollte. »Damit schienst du im *Artist* auf der Bühne kein Problem zu haben.«

»Das war anders«, sagte er ausweichend und fuhr sich mit den Fingern über die Stirn, in Erinnerung an den blauen Glitzer, der ihn noch tagelang unter der Dusche überrascht hatte. »Das habe ich mir ausgesucht. Wie ich aussehe, kann ich kontrollieren. Das …« *Beherrsche* ich, hätte er beinahe gesagt, hielt sich aber zurück. »Ohne all das bin da nur ich.«

In dieser Form hatte er diese Worte noch vor niemandem geäußert. Früher hatte er mit Azalea über seine Ängste gesprochen, die ihm daraufhin eine Tasse mit dem Schriftzug *I ♥ me* geschenkt hatte. *Ich wünschte, du würdest dich selbst so sehr lieben, wie ich dich liebe*, hatte sie gesagt und ihn umarmt.

Nun machte Ty noch einen Schritt auf ihn zu und hob langsam die Hand. Kurz wartete er auf Coles Erlaubnis. Als dieser nickte, strich er ihm über die Stirn und dann über die Wange. Cole schloss die Lider, genoss das Gefühl.

»Mir gefällt, was darunter ist. Ohne Glitzer. Ohne deine Rüstung«, sagte Ty und Cole öffnete die Augen. In Tys Blick lag kein Zweifel. Nicht einmal die Vorsicht, die er sonst vor sich hertrug wie ein Schild. Traurigkeit funkelte in den bunten Augen und Cole befürchtete, dass es eine lange Zeit dauern würde, ehe diese verschwand. Und darunter lag rohe Offenheit. Er wich seinem Blick nicht aus.

»Komm.« Ty nahm Coles Hand, sanfter, als dieser es für möglich gehalten hatte, und zog ihn aufs Sofa. Dort setzte er sich im Schneidersitz hin und zwinkerte ihm zu, gewährte Cole damit einen Blick auf den Ty, den er im *Artist* kennengelernt hatte, als Pray zu ihnen gestoßen war. »Ich bin nicht nur ein guter Dieb, sondern auch ein guter Zuhörer.«

Das entlockte Cole ein Lachen, bei dem sich Tys Blick sofort auf seinen Mund richtete und ein sehnender Zug um seine Augen trat. In Coles Magen rumorte es. Er ließ sich aufs Sofa sinken und lehnte den Kopf gegen die Wand dahinter.

»Es gibt nicht viel zu erzählen«, sagte er und starrte zur Decke. Er fühlte sich seltsam entblößt, obwohl er dieselbe Kleidung trug wie den ganzen Abend. »Ich hatte einen Freund. Calvin.« Bei dem Namen auf seinen Lippen verzog er den Mund. Es war Ewigkeiten her, dass er das letzte Mal über Calvin gesprochen hatte, und doch war das unangenehme Brennen in seinem Brustkorb direkt parat.

Aus dem Augenwinkel sah er, wie Tyresian ihn aufmerksam betrachtete. »War er dein Erster?«

Dein Erster. Das implizierte so viel: der erste Freund, der erste Kuss, die erste Liebe, das erste Mal. Der erste Verrat, der erste Herzschmerz. Calvin war all das gewesen, weshalb Cole nickte, ohne von der Decke wegzusehen.

»Ich musste in der Schule hart für die besten Noten arbeiten. Anders als meiner Schwester fiel mir nicht alles leicht. Da blieb keine Zeit für – nennen wir es *außerschulische Aktivitäten*.«

Ty lachte leise bei Coles Wortwahl und irgendwie war es dieses Lachen, das ihm den Mut gab, weiterzusprechen. Wenn Ty nach all dem, was er durchgemacht hatte, über eine solche Kleinigkeit lachen konnte, dann würde Cole ihm ein Stück aus seiner Vergangenheit preisgeben können, oder?

»Ähnlich verhielt es sich mit der Polizeiausbildung. Mein Vater war einer der besten Polizisten – und das als *Mensch*. Ich wollte mindestens genauso gut sein. Dann lernte ich Calvin kennen.« Er atmete tief durch, als er an seinen Ex-Freund dachte. Der Wycca war drei Jahre älter gewesen und Cole war überzeugt, sich glücklich schätzen zu können, dass jemand wie Calvin ihn überhaupt wahrnahm. »Die Kurzform: Ihm hat nicht gefallen, dass ich so … unerfahren war. Nach ein paar Monaten habe ich ihn mit einem anderen erwischt. Er meinte, wäre ich nicht so versessen auf meine Ausbildung gewesen und hätte häufiger mit ihm geschlafen, hätte er das nicht tun müssen.«

Er merkte selbst, dass seine Stimme monoton klang. Damals hatte er beschlossen, es nicht an sich ranzulassen, Calvin nicht nachzutrauern. Erst jetzt wurde ihm klar, dass er sich bei den Erinnerungen zwar eine Maske zulegen konnte, diese aber nichts an dem brennenden Gefühl der Lächerlichkeit in seinem Inneren änderte.

Er erwartete, dass Ty »Was für ein Arschloch« oder etwas ähnliches sagen würde. So hatte Azalea reagiert und heute wusste

Cole, dass sie recht hatte. Dadurch hatte er sich jedoch nie besser gefühlt.

Ty sagte nichts. Stattdessen zog er ein Knie an, legte seinen Kopf darauf und drehte sich ganz zu Cole. Die blonden Haare fielen ihm ins Gesicht, aber er strich sie nicht weg. Sein Kiefer mahlte, als würde er auf irgendwelchen Worten herumkauen, die in seinem Kopf spukten.

Je länger die Stille anhielt, desto unruhiger wurde Cole und er begann an seinem Hosenbund zu nesteln.

Als Ty schließlich sprach, wirkte er nachdenklich. »Manche Leute«, sagte er und seine Stimme nahm einen tiefen Klang an, »benutzen die Schwachstellen anderer, um ihre eigenen Fehler zu rechtfertigen. Niemand hat das Recht, dich so fühlen zu lassen.«

Verblüfft starrte Cole ihn an. »Das klingt ja richtig weise.«

Mit einem Zwinkern zog Ty einen Mundwinkel hoch. »Was hast du denn erwartet?«

Er zuckte mit den Schultern, konnte sich ein leichtes Grinsen aber nicht verkneifen. »Azalea hat damit gedroht, Calvin zu kastrieren.«

Ty stieß einen überraschten Lacher aus. »Klingt nach deiner Schwester, ja. Wenn es dir hilft: Mein erster Impuls war es ebenfalls, diesem Scheißkerl eine zu verpassen.«

Cole lächelte schwach. »Nicht nötig. Ich bin drüber hinweg.«

»Aber ich vielleicht nicht.«

»Wie meinst du das?« Er furchte die Stirn.

»Eben – als ich dich geküsst habe – da hast du an ihn gedacht, richtig?«

Mit den Fingern knetete Cole seine Unterlippe, ehe er nickte. »Aber nicht, weil ich noch in ihn verliebt bin«, erklärte er. »Sondern weil … ich Angst hatte.« Es war das erste Mal, dass er es zugab. Und irgendwie nahmen diese Worte ein Gewicht von seiner Brust, von dem er bisher nicht wusste, dass es dort lastete.

»Du warst seitdem nie wieder mit jemandem zusammen?«, wollte Ty wissen.

Cole verzog seinen Mund zu einem sarkastischen Grinsen. »Schwer vorstellbar für dich, was?«

Doch Ty sah weder belustigt noch mitleidig oder überlegen aus. Stattdessen legte er den Kopf schräg, den er auf sein Knie stützte. Mit einer ruhigen Bewegung streckte er seine Hand aus und fuhr mit den Fingerspitzen über Coles Wange, bis er an seinem Mundwinkel innehielt.

Cole war so überrascht, dass er sich nicht regte. Wie ein Kaninchen vor der Schlange saß er gelähmt da. Als Tys Finger seine Lippe berührte, schloss er genussvoll die Augen.

»Woran denkst du jetzt?«, flüsterte Ty. Sein Atem traf auf Coles Haut und er bekam eine Gänsehaut.

»An nichts. An das hier.« Die Gedanken in seinem Kopf wirbelten durcheinander wie Blätter in einem Sturm. Tys Berührung hinterließ ein brennendes Verlangen in ihm.

Mit geschlossenen Augen spürte er, wie Ty eine Linie über seine Lippen zog, mit dem Finger an seiner Wange entlangstrich, seine Augenbrauen nachfuhr. Cole traute sich nicht, die Lider zu öffnen, aus Angst, dass die Szenerie vor ihm verschwand wie ein Traum.

»Ich mag dich, Coleus Police Chief Star Officer Blackwall. Ich mag dich«, wiederholte Ty, als würde es ihn überraschen. »Und zwar nicht nur, weil du verdammt sexy in dieser Hose aussiehst.«

Coles Herz drückte schmerzhaft gegen seinen Brustkorb. »Ich mag dich auch, Tyresian Meisterdieb Joyce.«

Er hörte, wie Stoff übers Sofa schabte und die Polster sich bewegten.

»Dann lass mich dich küssen.« Tys Stimme war so nah, dass Cole glaubte, dessen Lippen an seiner Haut zu spüren. »Wir gehen so weit, wie du zulässt. Und wenn es nur dabei bleibt, ist das alles, was ich will. Aber solltest du mehr wollen …« Er sprach nicht weiter und Cole war klar, worauf er wartete. Also öffnete er die Augen. Ty saß direkt vor ihm, eine Hand noch immer an seiner Wange. Aus bunten Augen schaute er ihn eindringlich an, sein Mund nur Millimeter von seinen eigenen Lippen entfernt. Cole schluckte, hielt Tys Blick jedoch stand.

»Solltest du mehr wollen«, wiederholte Ty ernst, »dann schwöre ich dir, lass ich dich dieses Arschloch vergessen.«

Bei den Worten wurde Coles Mund ganz trocken. Er nahm all seinen Mut zusammen und hob seine eigene Hand, um sie an Tys Wange zu legen. »Bist du dir sicher?«

»Wenn du springst, springe ich auch.«

Und so sprang Cole.

KAPITEL 27

Der Abgrund vor Rae sah an diesem Abend mehr als vielversprechend aus. Ob ein Sturz aus dieser Höhe ihn töten würde? Vermutlich nicht. Die Kanten und Zacken der zerklüfteten Bergwand unter ihm erinnerten an sein eigenes Innerstes. Nach den vergangenen Tagen eine Feier abzuhalten, fühlte sich an, als würde sein Körper an der Felsformation zerschellen.

Einundzwanzig tote Wycca. Darunter achtzehn Kinder.

Morla.

Wie oft hatte Rae Tyresian den Namen sagen hören? Jedes Mal, wenn Rae ihn besucht hatte, hatte das Mädchen aufgeregt auf ihn eingeplappert, nachdem es endlich die Schüchternheit abgelegt hatte.

Nun war sie tot.

Die letzten Tage hatte Rae hauptsächlich am Telefon verbracht, jedes Mal bis tief in die Nacht. Ein grausames Gespräch jagte das nächste. Niemand konnte ihm sagen, wer den Anschlag auf die Akademie verübt hatte. Es gab keine Spuren, keine Verdächtigen.

Gleichzeitig fürchtete er um Azaleas Leben. Die Stuarts schienen Raes Geschichte, dass der Attentäter hinter *ihm* her gewesen war, zu glauben. Immerhin hatten sie sich bei ihm entschuldigt und waren seitdem zuvorkommender, als er erwartet hatte. Doch er wusste es besser. Der Angreifer hatte es auf Azalea abgesehen. Aber weshalb? War sie ein willkürliches Opfer gewesen, wie sie selbst vermutete?

Das erschien Rae wie ein merkwürdiger Zufall. Viel eher

glaubte er, jemand ahnte, welche Rolle sie für ihn spielte. Doch warum wollte dieser Jemand dann Azalea töten?

Er hatte das Gefühl, eine Hand voll Puzzleteile vor sich liegen zu haben, ohne einen Schimmer davon, was das Bild am Ende ergab.

»Ihr seht nicht glücklich aus.«

Für einen Moment zuckte Raes Fuß, als würde er wirklich überlegen, die Klippe hinunterzuspringen. Auf dem Plateau gab es nirgends eine Absperrung. Vielleicht aus diesem Grund. Damit einem die Flucht aus dem Leben leichter fiel.

Doch er riss sich zusammen und sah stattdessen zu Neeris. Die Prinzessin konnte nichts für sein Unglück. Sie war ebenso ein Spielball wie er. »Ihr wisst, was die vergangenen Tage in Lyzara geschehen ist.«

»Ich habe davon gehört. Aber immerhin heißt es, dass die ersten Kranken wieder erwachen.«

Das stimmte. Nur konnte niemand erklären, woran das lag. Rae hatte mit Doc Christie telefoniert, doch das Gespräch war wenig aufschlussreich gewesen.

»Es gibt Hoffnung. Wir arbeiten daran. Ich berichte Euch alles, sobald ihr zurück seid.«

Sie hatte so schnell aufgelegt, dass er nicht einmal nachfragen konnte, was *Wir arbeiten daran* bedeutete. Der Doc war schlau. Ahnte sie, dass man das Telefonat abhörte, und wollte deshalb nicht mehr sagen?

Rae sog die Unterlippe zwischen die Zähne. »Die Situation ruft einfach nicht unbedingt Partylaune hervor.« Wie er es hasste, in diesem Moment nicht zu Hause zu sein. Nicht im Palast – in seinem Land. Lyzara. Selten hatte er sich so verbunden mit seinem Volk gefühlt wie in den letzten Tagen, seitdem er in der Fremde war.

Er wandte sein Gesicht ab, damit Neeris ihm seine Gefühle nicht ansah. Der Abgrund erwiderte tiefschwarz Raes Blick. Die Zacken der Felsen leuchteten jedoch im Schein der Lampen und des Himmels in Rot- und Orangetönen, sodass es an einen aufgerissenen Mund erinnerte. Ein riesiger Schlund mit scharfen Zähnen.

»Das habe ich meinen Eltern auch gesagt.«

Überrascht zuckte Rae zusammen – kurz nahm er an, Neeris antwortete auf seine Gedanken. Dann begriff er, dass sie sich auf die nicht vorhandene Partylaune bezog. Zweifelnd sah er sie an. »Ach ja?«

Sie nickte. »Doch die Feier war bereits geplant. Sie wollten sie nicht ausfallen lassen. Aber wenn Ihr fliehen möchtet«, zögernd sah sie nach rechts, wo mehrere Treppenaufgänge von hier wegführten, »werde ich Euch nicht verraten.«

»Das würdet Ihr für mich tun?«

»Ich glaube, dass Euch tatsächlich etwas an dem Frieden liegt. Und wie ich schon sagte: In meinen Augen habt Ihr kein Verbrechen begangen. Was immer meiner Schwester zugestoßen ist, war nicht Eure Schuld.«

Er schluckte. »Danke.«

Sie zuckte mit den Schultern. »Also?«

Doch in diesem Moment entdeckte er etwas hinter ihr. Das Aufblitzen von blassgelbem Tüll und Seide. Sofort schlug sein Herz schneller. Azalea bahnte sich einen Weg durch die Menge. Ihr Kleid wirbelte im leichten Wind auf und erinnerte Rae an eine gelbe Rose. Fackeln erhellten mit ihr zitterndem Licht die Party, warfen tanzende Schatten auf die Steinwände um sie herum.

»Ich bleibe wohl besser«, sagte er schnell. »Ich will Eure Eltern nicht verärgern. Bitte entschuldigt mich.« Er wandte sich von Neeris ab und wollte gerade auf Azalea zugehen, als ihn jemand an der Schulter fasste.

»Eure Majestät«, sagte Swier. »Eine Nachricht ist für Euch eingetroffen.«

»Kann das bis nachher warten?«

Swier schüttelte den Kopf. »Sie stammt von Eurem Rat, Eure Majestät.«

Rae atmete tief durch. Sicher gab es Neuigkeiten zum

Anschlag. Das konnte nicht warten. Er folgte Swier an den Rand der Menge und übernahm den Umschlag.

Neben dem Brief segelte ein kleiner Notizzettel zu Boden. Überrascht hob Rae ihn auf. Die Handschrift kam ihm vertraut vor.

Keine Ahnung, wessen Herz von ihnen du erweicht hast, schrieb Ty. Aber herzlichen Glückwunsch.

Verwirrt nahm Rae sich den Brief vor. Mit jedem Wort schlug sein Herz heftiger.

Eure Majestät. Aufgrund der aktuellen Ereignisse hielten wir es für wichtig, Euch die Nachricht schnellstmöglich zu übermitteln. Der Blutrat hält Azalea Blackwall für eine geeignete Gemahlin und Königin. Die Familie genießt hohes Ansehen, besonders nach den jüngsten Ereignissen.

Hochachtungsvoll, der Blutrat.

Darunter waren die Unterschriften der drei Menschen des Rates neben ihren blutigen Fingerabdrücken.

Rae konnte nicht glauben, was er da gelesen hatte. Wieder überflog er die Zeilen. Noch einmal, um sicherzugehen.

Er hatte sich nicht verlesen. *Die Familie genießt hohes Ansehen.* Am Ende hatte er es also Coleus Blackwall und seinem Einsatz bei der Rettung der Kinder an der Akademie zu verdanken. Seine Handflächen kribbelten.

Er würde Azalea heiraten dürfen. Sie hatten die offizielle Genehmigung vom Blutrat erhalten.

Er war frei.

Sie beide waren es.

»Alles in Ordnung, Majestät?«, fragte Swier.

Rae sah von dem Brief auf in das Gesicht des alten Mannes. Am liebsten hätte er ihn abgeknutscht. Die Luft knisterte vor Spannung, als sein Herz wild gegen die Grenzen seiner Brust pochte. Ein hektischer Pulsschlag, der das Tempo des aufregenden Moments einzufangen versuchte. Vor ihm lag die ersehnte Zukunft, ein unsichtbares Band, das ihn mit Azalea verbinden würde.

Die offizielle Genehmigung des Blutrates, ein Stück Papier mit tiefgreifender Bedeutung, wog schwer in seinen Händen.

»Alles ist großartig, Swier«, sagte er überschwänglich. »Findet Ihr nicht auch?« Er klopfte dem Mann auf die Schulter und steckte den Brief in sein Jackett. Er musste dringend Azalea finden. »Genießt die Feier«, sagte er zum Abschied und machte sich sofort auf den Weg.

Der süßliche Geruch von Alkohol zersetzte die frische Luft der Nacht, als er sich seinen Weg durch die Feiernden bahnte. Eine Gruppe Männer hatte sich Zigarren angezündet und Rauch verschleierte Raes Sicht. In den letzten Minuten waren mehr Leute eingetroffen und er fürchtete, Azalea unter ihnen nicht ausfindig machen zu können.

Doch dann entdeckte er sie.

Wie er vermutet hatte, war er nicht der Einzige, der ihre Gesellschaft genoss. In dem gelben Kleid war sie leicht zu erkennen, auch inmitten der vielen Menschen, die mit ihr sprachen. Für einen Moment beobachtete Rae sie. Mehrere Männer und Frauen hatten sich dort versammelt und unterhielten sich angeregt mit ihr. Wenn man Azalea ließ, würde sie eine gute Anführerin für diese Menschen sein. Als Königin an seiner Seite hätte sie die Chance dazu. Sein Herz schwoll an.

Gleichzeitig würde es immer diejenigen geben, die ihr das Leben schwer machten. Hier, in Ashland, war sie nur von Menschen umgeben. In Lyzara würde es ein ewiger Kampf sein, den die Wycca ihr boten. Doch das war es, was sie wollte, richtig?

Bevor Rae zu ihr gehen konnte, ertönte ein Klopfen und die Menge verstummte. Rae sah sich um und entdeckte Carlisle Stuart, der das Wort ergriff.

»Vielen Dank, dass Sie heute alle mit uns gemeinsam feiern«, sagte er und sprach anschließend von Ehre und Anstand, Treue und Familie und weiteren nichtssagenden Dingen. Gerade, als Rae annahm, dass er fertig war, entdeckte er ihn jedoch. »Kommt zu mir«, sagte er und bedeutete Rae, sich zu ihm zu stellen. Dieser legte ein Lächeln auf, bei dem seine Mundwinkel schmerzten, und schritt auf ihn zu.

»Was in Lyzara geschehen ist, ist schrecklich. Aus diesem Grund sichere ich hier und jetzt die Hilfe Ashlands zu. Da unsere Familien bald wieder vereint sind, wird Ashland sich an der Suche nach den Schuldigen beteiligen.«

Applaus brandete auf. Rae musste überrascht aussehen. Zumindest fühlte er sich so. Die Kosten waren nicht gering und die Suche nach den Schuldigen würde viel Geld und Zeit in Anspruch nehmen.

Wenn er Neeris heiratete.

Was er nicht vorhatte.

Carlisle Stuart klopfte ihm auf die Schulter und eröffnete dann mit seiner Frau den ersten Tanz. Weitere Feiernde schlossen sich ihnen an. Und ehe Rae sich versah, war auch Azalea auf der Tanzfläche und tanzte ausgelassen mit einer Frau in einem dunkelroten Kleid. Sie wirkte losgelöst und Rae kam nicht umhin, sich zu fragen, ob er sie an seinem Hof jemals so erlebt hatte.

So frei.

Er hatte gedacht, dass die Erlaubnis ihn zu heiraten, für sie Freiheit bedeutete. Aber das stimmte nicht. Eine Ehe mit ihm würde sie an ein Land fesseln, das immer offener gegen Menschen hetzte.

Hier in Ashland konnte sie sein, wer sie war. Sie konnte heller leuchten, als es in Lyzara jemals möglich wäre.

»Würdet Ihr mit mir tanzen?« Natürlich war es Neeris, die ihn das fragte.

Er hatte keine Möglichkeit, höflich abzulehnen, also nickte er und führte sie zu den anderen, wo sie sich nahtlos einreihten.

»Sie ist wirklich hübsch.«

Sofort wurde Raes Gesicht heiß. »Wovon sprecht Ihr?«

»Ihr müsst es nicht verstecken«, sagte Neeris. »Ich bin nicht meine Schwester. Ich weiß, dass unsere Ehe einem Zweck dienen würde.«

»Ihr kennt die Gesetze meines Landes wohl nicht«, erwiderte er mit verschlossener Miene.

»Oh, natürlich. Ihr habt es selbst initiiert, richtig? Eine Geliebte ist Euch verboten. Aber mich und meine Schwester unterschied nicht nur der Stolz. Ich bin nicht halb so aufmerksam wie sie. Mir entgeht eine ganze Menge.« Sie lächelte ihn verstohlen an.

Rae hob die Augenbraue. »Das glaube ich kaum.«

»Ich will Euch nur versichern«, sprach Neeris unbeirrt fort, »dass mir klar ist, was eine Ehe zwischen uns bedeuten würde. Und dass ich ohnehin niemals damit gerechnet habe, aus Liebe zu heiraten.«

Rae war verblüfft. Sie schlug ihm gerade tatsächlich eine Art offene Ehe vor? Unweigerlich huschte sein Blick zu Azalea.

»Ich muss Euch enttäuschen«, sagte er zu Neeris und während er sprach, wurde ihm klar, wie viel Wahrheit in seinen Worten lag. »Ich bin nicht halb so ein Lebemann, wie Ihr annehmt.«

»Dann gibt es für Euch nur eine Frau?«

Er wandte seinen Blick von Azalea und sah Neeris in die Augen. »Das wird immer so sein.« Abrupt löste er sich von ihr. Er würde seine Maske keine Sekunde länger mehr aufrechterhalten können. »Ich brauche eine Pause«, murmelte er und schritt von der Tanzfläche. Kurz sah er sich um. Nirgends gab es hier einen Ort, an dem er allein sein konnte.

Allein, um über das nachzudenken, was geschehen war.

Er entdeckte eine Felsformation, die ihn vor den neugierigen Augen abschirmen würde. Schnell lief er darauf zu, in der Hoffnung, für ein paar Minuten durchatmen zu können.

Sobald er sich von der anderen Seite gegen die kühlen Felsen lehnte, schwirrte sein Kopf weniger.

Doch das half nicht.

Er hatte die Erlaubnis, Azalea zu heiraten, ja. Aber würde er ihr damit einen Gefallen tun? Und was war mit seinem Land? Wenn er die Biokinese nicht einsetzte, würde Ashland eine Gefahr bleiben, besonders, sollte er die Hochzeit ausschlagen. Sicher, am Ende hatte der Blutrat das letzte Wort, doch falls er sich bereit erklärte, Neeris zu heiraten, würden sie dem nicht widersprechen.

Das wusste Carlisle. Würde er wütend sein, wenn Rae die Hochzeit abblies? Er glaubte, die Antwort zu kennen.

Ashland war ein mächtiger Verbündeter. Bereits in der Vergangenheit hatten sie gemeinsam Feinde besiegt. Und die Freundschaft mit dem Land war auch ein Signal an die Menschen in Lyzara.

Eine Hochzeit mit Azalea hatte nur einen Zweck: ihn glücklich zu machen. Selbst Azalea wäre auf lange Sicht besser dran, wenn sie nichts mit ihm zu tun hätte. Vielleicht würde sie sogar hier in Ashland leben wollen.

Rae legte die Hände auf den kühlen Stein in seinem Rücken. Konnte er so egoistisch sein und Azalea heiraten?

»Bei der Wissenschaft«, knurrte jemand und Rae zuckte zusammen. Doch die Stimme kam von einer Person hinter den Steinen. »Ich kann diesen arroganten Jungen nicht mehr ertragen.«

Zwischen dem Lärm der Feiernden und dem tobenden Wind war es schwer auszumachen, doch Rae beschlich eine Ahnung, wem die Stimme gehörte.

Dem König von Ashland.

»Ihr braucht Geduld, Majestät.«

Rae runzelte die Stirn. War das nicht Swier?

»Und Ihr glaubt, er lehnt die Verlobung jetzt ab?«, fragte Carlisle.

»Ich habe den Brief gelesen. Sein Blutrat hat der Hochzeit mit der Mätresse zugestimmt. Er wird nicht lange warten wollen.«

Raes Herz schlug schneller.

»Ist das sicher?«

»Der Blutrat wusste nichts von Eurem Heiratsangebot. Aber wenn das Volk erfährt, dass der König eine Verbindung mit Ashland ausschlägt, um seine Mätresse zu heiraten, wird es zu Aufständen kommen. Das müssen wir ausnutzen. Besonders, solange das Land ohne Führung in einem solchen Chaos versinkt, wie es dann der Fall ist.«

»Gut. Ich will, dass er leidet. Stehen die Truppen bereit?«

»Sie ziehen in diesem Moment nach Süden, Eure Majestät.«

»Hervorragend. Ich begreife nicht, wie dieser arrogante Bastard eingebildet genug sein kann und glaubt, ich lasse zu, dass er eine weitere Tochter von mir heiratet.«

»Unterschätzt den König von Lyzara nicht, Majestät.«

»Das tue ich nicht. Ich habe seine Kraft gesehen. Nicht die Vorführung im Schloss. Das Feuer war eine hervorragende Idee. Aus diesem Grund ist es auch wichtig, dass er hier ist, sobald der Angriff startet.«

»Hat die Prinzessin Euch verziehen?«

»Sie weiß nicht, dass wir das Feuer gelegt haben. Vielleicht ahnt sie es, weil ich ihr auftrug, in den Wald zu gehen. Aber sie war nie wirklich in Gefahr.«

Swier murmelte noch etwas. Doch Rae hatte eine Kälte ergriffen, die jedes weitere Zuhören erschwerte.

Ashland würde Lyzara angreifen.

Die Truppen waren bereits auf dem Weg.

Swier hatte ihn verraten.

Er musste dringend hier weg.

Mit einem tiefen Atemzug wandte er sich um. Nur um im nächsten Moment einen heftigen Schlag auf den Kopf zu bekommen. Seine Sicht verschwamm und alles wurde schwarz.

KAPITEL 29

Mit wild klopfendem Herzen saß Cole in dem Einsatzfahrzeug und umklammerte das Funkgerät. Es war Finnley, seinem Freund von der Organisierten Kriminalität, zu verdanken, dass er dabei sein durfte. Finnley wusste nur, was Cole ihm verraten hatte – eine abgewandelte Version der Wahrheit. Dass er bei seinen eigenen Ermittlungen auf den VIP-Club gestoßen war, wo ihm die angeketteten Menschen aufgefallen waren. Er konnte weder etwas von den Fotos sagen noch von dem Medaillon der Königin. Dann hätte er Tys Einbruch zugeben müssen.

Bei dem Gedanken an Ty kribbelte Coles Magen, trotz der angespannten Situation. Sie hatten die gesamten letzten Tage zusammen verbracht, entweder im Palast bei Wren – dem es gut genug, sodass er bald nach Hause durfte – oder bei den anderen Kindern. Die Zeit hatte sich angefühlt wie ein Rausch, vor allem, weil Tyresian seit ihrem Gespräch wie verändert war. Er hatte einen Funken dieses Mannes gesehen, damals im Club. Aber niemals hatte er damit gerechnet, dass aus dem Funken ein Inferno anwachsen würde.

Wenn Ty sich nicht, wie im Palast, beobachtet fühlte, lachte er so offen, dass Cole in manchen Momenten die Luft wegblieb. Außerdem berührte er ihn ständig, als wäre es das Normalste auf der Welt: Wenn Cole ihnen eine Kanne Tee kochte, legte er beiläufig eine Hand auf dessen Rücken; liefen sie zum Auto, streifte er seine Schulter; abends, wenn sie sich ins Bett legten, küsste er ihn so sanft, dass Cole schwindelig wurde.

Dabei hielt Ty sich an sein Versprechen – er ging nie weiter.

An diesem Abend hatte er eine Übung mit der Garde angesetzt. Erst hatte Cole überlegt, zuzusehen, doch dann hatte Finnley sich gemeldet.

Er hatte die Genehmigung für die Razzia erhalten. Sie würden heute um zweiundzwanzig Uhr zuschlagen.

Cole starrte hinaus in die Dunkelheit und dann zur anderen Seite, wo die blinkenden Lichter des *Artist* schrien. Er versuchte, ruhig zu atmen.

Das Funkgerät meldete sich.

»Wir gehen rein.« Finnleys Anweisung, kurz und deutlich.

Cole atmete tief ein. In wenigen Minuten würde es vorbei sein. Wenn Ty recht hatte, wurden da unten Menschen gefangen gehalten – von einem Mann, der geschworen hatte, *alle* Bürger zu beschützen.

Er dachte an Azalea. Seit Jahren sprach sie davon, dass sich etwas ändern müsste, und Cole hatte ihr zugestimmt, aber insgeheim gedacht: *So schlimm ist es nicht.* Seine Schwester hatte die gleiche Ausbildung genossen wie er. Sie hätte zur Polizei gehen können.

Eine Zeit hatte er geglaubt, dass es vielleicht an den Menschen selbst lag – dass sie ihre Chancen nicht ergriffen. Mittlerweile war er lange genug bei der Polizei, um zu wissen, dass das nicht stimmte. Es gab Menschen, die ergriffen ihre Chance und siegten. So wie Azalea, und Cole war unglaublich stolz auf sie.

Aber es gab auch Menschen – und das war die Mehrheit –, die ergriffen ihre Chance, nur um von den Wycca so klein gehalten zu werden, dass sie irgendwann aufgaben.

Und wenn es so weit war, hörte man überall nur: »Sie haben nicht das Durchhaltevermögen. Sie sind nicht wie wir Wycca, egal wie sehr sie es versuchen. Sie sind selbst schuld.«

So war es bei Natalia gewesen. Die Auszubildende, die von einen auf den anderen Tag gekündigt hatte.

Wieder knisterte das Funkgerät. »Cole?«, erklang Finnleys Stimme. Ehe er etwas sagen konnte, fuhr er fort. »Das solltest du dir ansehen.«

Sofort sprang er aus dem Wagen und raste aufs Gebäude zu. *Sie hatten etwas gefunden. Sie würden es Barrow nachweisen können.*

Ohne Umschweife lief er direkt durch die offen stehende, silberne Tür nach unten, ignorierte das ungewohnt grelle Licht, das die Polizisten angeschaltet haben mussten, und die aufgeschreckten Gäste. Er wusste: Wenn sie etwas gefunden hatten, dann im Keller. Er stolperte über seine eigenen Füße, als er die Treppe hinunter rannte. Der Raum sah genauso aus, wie Ty ihn beschrieben hatte. Nur dass er jetzt voll von Polizisten war. Cole hielt Ausschau nach Finnley, bis er diesen an einem schmalen, dunklen Gang entdeckte, der aus dem runden Raum führte.

Zu Barrows Büro.

Finnley sprach gerade in sein Funkgerät. Als er Cole sah, winkte er ihn mit zusammengepressten Lippen zu sich. Cole schluckte. Er musste die Fotos gefunden haben.

»Was habt ihr?«, fragte Cole.

Finnley deutete zur einzigen Tür im Gang. »Sieh selbst.« Er ging vor und Cole folgte mit großen Schritten. Seine Handflächen kribbelten und er wischte sie an der Hose ab, bevor er in ein winziges Büro trat.

Neben dem Schreibtisch stand Barrow. Kälte durchfuhr Cole.

Stockend blieb er stehen. Was tat sein Boss hier? Er war sichergegangen, dass Barrow Nachtschicht hatte, bevor sie sich auf den Weg gemacht hatten.

Der Polizeichef dürfte nicht hier sein.

Der Wycca hob die Augenbrauen, als wäre er überrascht, ihn zu sehen. Doch der Rest seines Gesichts regte sich nicht.

Coles Magen zog sich zusammen. Die Glühbirne der Lampe über ihm surrte, ansonsten herrschte Stille.

»Blackwall«, sagte Barrow in seiner tiefen Stimme und beendete das Schweigen. »Ich hatte wohl vergessen, dass ich Sie für diese Einheit eingeteilt habe.«

Er weiß es, schoss es durch Coles Kopf. *Er weiß, dass das hier deine Idee war.* Das Surren der Lampe zerrte an seinen Nerven und er wischte sich erneut die schweißnassen Hände an der Hose ab.

»Stell dir mal unsere Überraschung vor«, sagte Finnley und ersparte Cole damit eine Antwort, »als wir das Gebäude gestürmt haben und in diesem Büro den Polizeidirektor fanden.« Sein trockener Tonfall stand im Kontrast zu dem enttäuschten Blick, den er Cole zuwarf. Offenbar hatte er eins und eins zusammengezählt und beschlossen, dass *Zwei* bedeutete, dass man ihn hintergangen hatte. Das ungute Gefühl in seinem Magen wandelte sich zu einem Brennen.

»Ich hatte einen anonymen Tipp erhalten«, sagte er ausweichend. »Was tun Sie hier, Boss?«

»Das ist mein Club. Nun ja, zumindest auf dem Papier. Die Barrows haben eine weit zurückreichende Geschichte, was die Geschäfte in der Diamantenstraße angeht. Ich habe mich für einen anderen Weg entschieden, doch faktisch gehört dieses Etablissement mir. Darf ich erfahren, wie der Tipp lautete? Was wird mir vorgeworfen?«

Nun sah Finnley auffordernd zu Cole und auch Barrow sah ihn an. Das Surren der Lampe schien zuzunehmen, überschattete alle anderen Geräusche.

Cole schluckte. »Systematische Gewalt an Menschen.« Sein Kiefer schmerzte, als er die Worte hervorpresste.

Erneut ließ Barrow seine Augenbrauen hochwandern. »Das sind schwere Anschuldigungen.«

»Korrekt.« Er biss die Zähne zusammen.

»Ihr könnt gern die Menschen, die in diesem Club arbeiten, verhören«, bot Barrow an. »Sie werden euch bestätigen, dass sie großzügig entlohnt und respektvoll behandelt werden.« Seine Augen funkelten und er lächelte.

Lügner, dachte Cole und ballte die Hände zu Fäusten. Fragend sah er zu Finnley.

»Ich habe mit meinen Leuten gesprochen«, sagte dieser. »Sie haben die Menschen, die hier waren, verhört. Alle bestätigen die Worte des Direktors.«

»Das ist unmöglich«, platzte es aus Cole raus.

Finnleys Augen weiteten sich. »Wie bitte?«

»Finn, hör zu«, sagte Cole drängend und ignorierte Barrows Miene der Unwissenheit. »Diese Menschen trugen Ketten …«

Barrow lachte leise und Coles Kopf zuckte in seine Richtung. »Da hat dein Informant wohl voreilige Schlüsse gezogen«, sagte er belustigt. »Die Ketten gehören zur Show. Alles freiwillig.«

Cole ballte die Hände zu Fäusten, und seine Gesichtszüge verhärteten sich als Hitze aus seinem Magen in seine Kehle stieg.

Finnley griff nach dem Funkgerät. »Ich muss meine Leute abziehen.«

»Durchsuch seinen Schreibtisch.« Die Worte kamen ohne Erlaubnis aus seinem Mund, getrieben von der Hitze.

»Wie bitte?«

»Seinen Schreibtisch. Habt ihr ihn durchsucht?«

»Nein, natürlich nicht.« Finnley warf Barrow einen entschuldigenden Blick zu. Dieser lächelte ihm beschwichtigend zu. Doch Cole entging nicht, wie sein Auge zuckte.

Er war nervös.

Ohne den Blick von Finnley zu nehmen, verschränkte er die Arme vor der Brust. »Durchsucht ihn«, forderte er erneut auf und ignorierte Barrow dabei. »Nur, um sicherzugehen.«

»Cole«, sagte Finnley drängend. »Du steigerst dich da in was rein, Mann.«

Mit aller Mühe öffnete Cole seine Fäuste, um nicht wie ein trotziges Kind zu wirken. »Wenn es nichts zu verbergen gibt, hat Polizeidirektor Barrow sicher keine Einwände. Korrekt?«

Seufzend wandte Finnley sich an ihren Boss. »Sir, wenn sie mir erlauben würden?«

Barrow machte einen Schritt zur Seite und versperrte so den Durchgang zum Schreibtisch. Sein freundliches Gesicht verhärtete sich und der Kiefer zuckte. »Langsam wird es albern.« Er straffte die Schultern. »Ich denke, Blackwall ist übermüdet.«

Finnley atmete schwer aus. »Sir«, wiederholte er. »Lassen Sie uns einfach in die Schubladen sehen und wir verschwinden von hier.«

»Soweit ich informiert bin, brauchen Sie dafür einen Durchsuchungsbefehl.«

Finns Augen verengten sich zu schmalen Schlitzen, während er den Polizeidirektor durchdringend ansah. Er runzelte kaum wahrnehmbar die Stirn. Sein Griff um das Funkgerät wurde fester und er schürzte die Lippen. »Nicht bei hinreichendem Verdacht.« Er sprach die Worte langsam aus, als würde er selbst nicht wissen, worauf der Satz hinauslief. »Und den hat uns Coleus Blackwalls Informant geliefert.«

Barrow mahlte mit dem Kiefer.

Jetzt haben wir dich, du Arschloch, dachte Cole triumphierend. Sein Herz schlug schneller.

Mit einem Seitenblick zu Barrow kaute Finnley auf seiner Unterlippe, ehe er die Schultern straffte. Noch immer umklammerte er das Funkgerät, sodass die Sehnen an seiner Hand hervortraten. »Ich muss Sie bitten, zur Seite zu treten, Sir.«

Die beiden starrten sich an. Barrow besaß die Fähigkeit, das Eis zu kontrollieren und kurz glaubte Cole, seine Hände zucken zu sehen und einen Hauch Kälte zu spüren.

Dann trat Barrow zur Seite, nur ein winziges Stück, sodass Finnley sich an ihm entlang quetschen musste, um zum Schreibtisch zu gelangen.

»Das wird ein bitteres Nachspiel haben.« Barrow fixierte Cole. »Für Sie beide.«

Cole wandte seinen Blick von ihm ab und sah zu Finnley, der die erste und anschließend die zweite Schublade durchwühlte. Als er fertig war, schüttelte er den Kopf. Doch Cole bedeutete ihm mit einem Fingerzeig, weiterzumachen.

Als Finnley an der dritten Schublade zog, sah er auf.

»Abgeschlossen.« Er blickte zu Barrow, der die Lippen kräuselte.

»Dafür braucht man wohl den hier.« Er holte einen Schlüssel aus der Hosentasche und hielt ihn hoch.

Finnley straffte die Schultern. »Oder wir brechen die Schublade auf«, sagte er fest.

Barrow betrachtete ihn eine Zeit lang mit verhärteter Miene. Er schluckte und sein Adamsapfel zuckte. Mit einer kontrollierten Bewegung streckte er den Arm aus, reichte Finn den Schlüssel.

Als dieser aufschloss, schlug Coles Herz heftiger. Ein Kribbeln ergriff ihn und er verschränkte die Hände fest vor dem Körper. Diese Sache war größer als alles, was er bisher getan hatte.

Unwillentlich huschten seine Augen zu Barrow, der mit verschlossener Miene den Schreibtisch anstarrte. Doch als würde er Coles Blick spüren, hob er den Kopf. Cole kannte diesen Moment aus seinen Ermittlungen – die Schuld zeigte sich immer in den Augen, wenn man kurz davor war, aufzufliegen.

Er sah Barrow fest ins Gesicht, auf der Suche nach Unsicherheit.

Stattdessen zuckten die Mundwinkel des Polizeidirektors.

Coles Kehle zog sich zusammen. Er blinzelte, als würde er gegen die Sonne starren, während der Rest seines Gesichts erschlaffte. Kälte, die wie ein rasender Fluss durch seine Adern tobte, ersetzte das aufgeregte Kribbeln.

Sie würden nichts finden. Die Gewissheit fiel ihn an wie ein Raubtier, noch bevor Finnley verkündete, dass in der Schublade lediglich ein Stapel Bargeld lag.

»Sie haben meine Ersparnisse gefunden«, sagte Barrow und lehnte sich gegen die Wand. Sein Blick wechselte träge von einem zum anderen. »Außerordentliche Polizeiarbeit.«

»Tut mir leid, Sir, dass wir Sie belästigt haben.« Schwarzes Blut stieg in Finnleys Wangen und er senkte den Kopf.

»Ich kann nicht behaupten, dass ich das wieder vergessen werde«, sagte Barrow steif.

Jetzt färbten sich auch Finns Ohren dunkel. »Ich gebe meinen Leuten Bescheid«, murmelte er und wandte sich zum Gehen.

Die Kälte in Coles Körper brachte ihn beinahe zum Zittern. Er wollte Finnley folgen, doch eine Hand auf seiner

Schulter hielt ihn auf. Er erstarrte in der Bewegung und biss fest die Zähne zusammen, kämpfte gegen den Drang, die Hand abzuschütteln.

»Kopf hoch, Blackwall.« Barrow klopfte ihn auf den Rücken. »Sie haben ja immer noch eine Zukunft im Showbiz, wenn ihre Karriere bei der Polizei ihr verdientes Ende findet.« Damit drängte er sich an ihm vorbei und verschwand.

Mit klopfendem Herzen blieb Cole zurück. Der Polizeidirektor musste ihn an dem Abend im *Artist* gesehen haben. Möglicherweise hatte er ihn danach beschatten lassen. Oder er hatte die Schublade auf gut Glück ausgeräumt.

Egal, wie es sich verhielt – sie hatten verloren.

Schmerzhaft knirschte mit den Zähnen und lief nach draußen. Er musste dringend Finnley einholen und mit ihm sprechen. Sein Freund gab gerade einer Polizistin Anweisungen und eilte anschließend zurück zum Auto.

Coleus ignorierte die Blicke der anderen und lief zu ihm. »Die Tänzer sind nie und nimmer freiwillig hier, Finn«, sagte er und joggte neben ihm her. »Wir müssen noch einmal mit ihnen reden. Druck machen.«

Finnley wirbelte herum, schnitt ihm so den Weg ab und drückte ihm schmerzhaft den Zeigefinger gegen die Brust. Erschrocken wich Cole zurück. »Du wusstest, dass der Schuppen Barrow gehört.«

Es hatte keinen Zweck, zu leugnen. Er rieb sich über den Mund. »Da drinnen geht etwas vor sich. Glaub mir.«

Schnaubend schüttelte Finnley den Kopf. »Meine Leute haben mit den Tänzern gesprochen. Niemand belastet Barrow.«

»Das bedeutet nicht, dass es ihnen gut geht.«

Frustriert warf Finn die Hände in die Luft. »Na und? Sie sind freiwillig dort, Cole. Sie können jederzeit gehen. Wenn es ihnen nicht gefällt, warum tun sie das dann nicht?«

Die Worte erinnerten ihn an seine Gedanken. *Sie sind selbst schuld.* Finnley deutete sein Schweigen als eingestandene Niederlage. Er murmelte »Eben« und wandte sich ab.

Cole packte ihn an der Schulter. »Das da drinnen sind Opfer«, sagte er eindringlich. »Vielleicht sind sie freiwillig hergekommen. Aber sag mir nicht, dass sie aussehen, als würden sie auch freiwillig bleiben. Nur, weil sie nicht in einen Käfig gesperrt sind, sind sie nicht frei.«

Doch Finnley nahm Coles Hand von seiner Schulter und rieb sich die Schläfen, als bekäme er Kopfschmerzen. »Nicht mein Problem, wenn sie so naiv waren, sich in diese Situation zu bringen und nun zu schwach sind, um da wieder rauszukommen.«

Ungläubig starrte Cole ihn an. Er hatte gedacht, Finnley wäre sein Freund. Einer der Wenigen auf dem Revier, die dachten wie er. Die etwas verändern wollten. Am Ende waren sie alle gleich. Niemand von ihnen kümmerte das Schicksal einer Handvoll Menschen.

Azalea hatte recht. Sie würde immer recht behalten.

»Entschuldige mich.« Finnley strich sein Hemd glatt. »Ich muss dafür sorgen, dass ich meinen Job nicht verliere.« Ohne ihn noch einmal anzusehen, stolzierte Finn davon.

Benommen sah Cole zu, wie die anderen Polizisten der Einheit in die Wagen stiegen und wegfuhren. Barrow nahm ebenfalls eines der Fahrzeuge. Als er an Coleus vorbeiging, tippte er sich an den Kopf, lüftete einen imaginären Hut. Cole krallte die Finger so fest in seine Armbeuge, dass der Schmerz zuckend durch seinen Körper fuhr.

Erst als Stille einkehrte, fiel ihm ein, dass er ebenfalls zum Revier zurückmusste. Mittlerweile waren alle Polizeiwagen verschwunden und mit steifen Schritten machte er sich auf den Weg. Nach wenigen Minuten setzte ein Nieselregen ein und die Tropfen fanden ihren Weg zwischen den Stoff in seinem Nacken und liefen kalt seinen Rücken hinab.

Beim Betreten des Reviers schlug ihm warme Luft gegen die tauben Wangen und die Blicke der anderen bohrten sich wie Nadeln in seine Haut.

»Cole.« Ackles, einer der diensthohen, älteren Polizisten, die schon mit seinem Vater zusammengearbeitet hatten, trat auf ihn zu. Er kratzte sich am Nacken, ehe er die Hand ausstreckte. Alle anderen auf dem Revier regten sich nicht, als hätte jemand die Stopptaste gedrückt. »Ich muss dich bitten, mir deine Marke auszuhändigen.«

Die Kälte des Regens breitete sich in Coles gesamten Körper aus. Ackles Worte hallten in seinem Kopf wider, ordneten sich zu alternativen Sätzen an, die ebenso wenig Sinn ergaben wie das Original.

»Wie bitte?« Blinzelnd starrte er Ackles' ausgestreckte Hand an.

Ackles sah sich um, kratzte sich erneut am Nacken. »Lass uns das hier nicht unangenehmer machen, als es ohnehin ist, Junge«, sagte er leise und trat einen Schritt dichter, neigte den Kopf. »Anweisung von ganz oben.«

Barrow hatte wirklich keine Zeit verschwendet. Ein Lachen baute sich in Coles Kehle auf und drohte, auszubrechen. Fest biss er die Zähne zusammen.

»Das könnt ihr nicht machen.«

Seufzend bewegte Ackles die Finger der noch immer ausgestreckten Hand. »Das ist sicher nur ein Missverständnis, in ein paar Tagen …«

»In ein paar Tagen hat Barrow alle Beweise vernichtet!«, fiel Cole ihm ins Wort. Die Umstehenden warfen sich Blicke unter hochgezogenen Augenbrauen zu.

»Cole.« Nachdrücklich deutete Ackles auf seine Marke und hielt ihm dann wieder die geöffnete Handfläche entgegen. »Bitte.«

Hilfesuchend sah er sich um. Sofort senkten seine Kollegen den Kopf. Niemand erwiderte seinen Blick. Im Türrahmen zu einem der Büros lehnend entdeckte er Finnley mit verschränkten Armen. Ein Muskel in seinem Kiefer zuckte.

Cole hatte alles auf eine Karte gesetzt.

Und verloren.

Wie sollte er Raevan Tennyson erklären, dass er nicht mehr im Mordfall der Königin würde ermitteln können?

Und, flüsterte eine ängstliche Stimme in seinem Hinterkopf, *wie willst du Ty beichten, dass es keine Möglichkeit mehr gibt, etwas über den Anschlag auf die Akademie herauszufinden?*

Er machte einen Schritt nach vorn, wobei er leicht taumelte, als würde er das Gleichgewicht verlieren. Ruckartig riss er sich die Kette mit der Marke vom Hals und warf sie neben Ackles' ausgestrecktem Arm zu Boden.

»Barrow kann das alles nicht allein tun«, sagte er und besah jeden Einzelnen im Raum. »Und solange ihr schweigt, seid ihr mitschuldig.« Er ging zum Ausgang, hatte aber das Gefühl, als würden seine Beine nicht zu ihm gehören. Die Welt schwankte. Vor seinem inneren Auge sah er seine Marke auf dem Boden liegen.

Obwohl er wusste, dass er das Richtige getan hatte, stach ihm dieses Bild tiefer ins Herz, als er für möglich gehalten hätte.

KAPITEL 30

Raevans Schädel dröhnte. Schwerfällig hob er die Hand an seine Stirn. Doch mitten in der Bewegung bremste ihn etwas. Blinzelnd öffnete er die Augen. Schwarze Umrisse starrten ihm entgegen und es dauerte einen Moment, ehe er sich an die Dunkelheit gewöhnt hatten. Kahle Steinwände umzingelten ihn, durchbrochen von einer schmalen, mit Eisen verstärken Holztür und …

Sofort wollte er vorwärts stürmen, doch wieder wurde er zurückgehalten. Seine Hände steckten in einer massiven Metallvorrichtung, die in die Wand in seinem Rücken eingelassen war.

»Azalea.« Ihr Name verließ flehend seine Lippen.

Sie hing an der gegenüberliegenden Wand, ebenfalls in Ketten, wenn auch nicht in einer solch speziellen Vorrichtung wie bei Rae. Ihr Kopf war auf ihre Schulter gesackt. Noch immer trug sie das gelbe Kleid, das sie auf der Feier angehabt hatte.

Sie zeigte keine Regung. Wieder zerrte Rae an seinen Ketten und ein unangenehm vertrauter Schmerz schoss durch seine Adern, bohrte sich wie Eiszähne in seine Haut. Die Kälte lähmte ihn, ließ alles erstarren. Sofort fühlte er sich zurückversetzt in den Kerker bei Beck, als man ihn mit einem neuartigen Cruas gefesselt hatte.

Aber das konnte nicht sein. Wie sollte dieses Cruas nach Ashland gelangt sein?

Ein leises, schmerzverzerrtes Stöhnen ließ ihn aufatmen. Azalea blinzelte und öffnete die Augen.

»Bist du okay?«, fragte Rae, ehe sie sich orientiert hatte.

Benommen sah sie ihn an, schluckte und atmete angestrengt aus. »Wo sind wir hier?«

»Keine Ahnung. Das Letzte, an das ich mich erinnern kann, ist, dass man mich niedergeschlagen hat.« Schnell berichtete er ihr von dem Gespräch, das er zwischen Swier und Carlisle Stuart mit angehört hatte.

Er erwartete, dass sie fluchen oder ihn zu dem geplanten Angriff befragen würde. Doch stattdessen blickte sie ihn eindringlich an.

»Das heißt, wir haben die Erlaubnis? Wir dürfen heiraten?«

Beinahe hätte er laut aufgelacht, doch seine Kehle war zu trocken. »Wenn wir hier jemanden haben, der uns traut, obwohl wir in Ketten liegen – ja.«

Azaleas blaue Augen glühten entschlossen. »Wir finden einen Weg.«

In dem Moment schwoll sein Herz trotz der Schmerzen, die das Cruas verursachte, an. Azalea berichtete ihm ihrerseits von der Feier und ihrer Suche nach ihm, nachdem er verschwunden war. Jemand hatte ihr von hinten ein Tuch vor den Mund gehalten. Dann war sie hier aufgewacht.

Wenigstens hatte man sie nicht verletzt, dachte Rae erleichtert. Sie würden hier rauskommen. Gemeinsam.

Er riss an den Ketten, aber anstatt, dass sie sich lösten, bohrten sich unzählige Widerhaken in seine Haut. Er stöhnte, als sie sich mit der Magie in seinen Adern vermischten und durch seinen Körper rasten.

»Rae!« Azalea musste ihm die Schmerzen ansehen. Auch sie warf sich in ihre Ketten, doch es war ausweglos.

»Schon gut.« Seine brüchige Stimme strafte ihn Lügen. Er schluckte und holte tief Luft. »Ich hole uns hier raus.«

Nach ein paar Stunden verwässerte Sorge diesen Gedanken. Mit dem Rücken und den Ellbogen tastete Rae sich durch die kühle Dunkelheit, doch er fand nichts außer der rauen Textur der Steinmauern. In einem verzweifelten Versuch schlug er mit der Metallvorrichtung um seinen Händen dagegen. Die Wucht des Aufpralls hallte durch seine Knochen und wieder zog ein brennender Schmerz durch seine Adern, lodert heiß auf. Keuchend sank er zu Boden.

Azalea zerrte an ihren Ketten, bis ihre blutigen Hände keinen Halt mehr fanden. Danach starrte sie die Mauer an – ihr Blick bohrte sich in das Dunkel, als suchte sie eine unsichtbare Schwachstelle.

Mit jedem gescheiterten Versuch zogen sich die Schatten enger um sie. Die Zeit fror ein.

Rae lehnte sich erschöpft gegen die Steinwand und sah zu Azalea, die die Beine eng an den Körper zog und seinen Blick erwiderte. Ihre Konturen verschwammen in der Dunkelheit. Trotz der Schmerzen streckte er die Hand aus und Azalea tat es ihm gleich. Der letzte Ankerpunkt in der Kälte. Aber sie saßen zu weit auseinander.

Der Kerker, ein Labyrinth aus ausweglosen Schatten, verschlang jeden Funken von Hoffnung.

Azaleas Augen fielen zu und auch Rae überkam die Müdigkeit. Als sie wieder aufwachten, hatte sich nichts verändert. Rae fragte sich, wie lange es dauern würde, bis sie jemand vermisste.

Und als aus den Stunden Tage wurden, erkannte er, dass es nicht allzu bald sein würde.

KAPITEL 31

Es fühlte sich an wie eine Ewigkeit, als Geräusche an der Tür ertönten. Rae schaute zu Azalea. Ihre blauen Augen blitzten in der Dunkelheit auf.

Carlisle Stuart trat ein. Er war allein und für einen Moment witterte Rae eine Chance. Doch sobald er sich bewegte, schoss das Cruas von den Fesseln in sein Blut, verhinderte jeden Zugang zu seiner Magie. Sein Körper schmerzte wie eine offene Wunde.

Der König von Ashland schloss die Tür hinter sich und stützte die Hände auf einem langen Holzstab ab, der am Ende in einer geschwungenen, mit schwarzen Mustern versehenen Axt mündete. Die Erschöpfung hatte Rae in einem festen Klammergriff, sodass er bei dem Anblick nur schwach blinzelte. Doch gleichzeitig beschleunigte sich sein Puls.

»Ihr seid wach«, sagte Stuart mit Blick auf Rae. »Das ist gut.«

Raevan kräuselte die Lippen und sein Herzschlag polterte durch seinen Körper. »Gab es je die Chance auf Frieden?« Am liebsten würde er sich selbst ohrfeigen, dafür, dass er daran geglaubt hatte.

Stuart drehte die Axt, sodass die Klinge eine Spur im Sand auf dem Boden hinterließ. »Frieden mit dem Mann, der für den Tod meiner Tochter verantwortlich ist?«

Spottend stieß Rae die Luft aus. »Bei den toten Dichtern, ich habe Katleem nicht getötet.«

»Nicht mit eigenen Händen. Ihr Blut klebt dennoch an Euch, nicht wahr? Glaubt Ihr, wir wüssten nichts von Euren Plänen mit der Mätresse?« Sein Kopf zuckte in Azaleas Richtung. Bei ihrem

Anblick sah er sofort wieder weg, hob stattdessen schwungvoll die Axt. »Mit der hier ließ einer Euer Vorfahren den Monarchen Ashlands hinrichten – wie passend, dass ich Euch heute damit das Herz herausschneide.«

Trotz der Schmerzen in seinem Körper gelang es Rae, eine Augenbraue zu heben, als er die scharfe, jedoch wenig präzise Klinge, betrachtete. Nichts an ihr deutete darauf hin, dass sie mit Cruas verstärkt war. Der Puls, der in seinen Ohren dröhnte, sang nicht von Furcht. Rae ließ seine Zähne aufblitzen – er schmeckte den Hass auf seiner Zunge wie ein bitteres Medikament. »Viel Glück«, knurrte er. »Ich hoffe, Ihr habt die Geduld, mein Herz zu finden.«

Die Augen des Königs verhärteten sich und plötzlich sah Rae sich in seiner Erinnerung Katleem gegenüber. Bei ihrem letzten Gespräch hatte sie ihn ebenso angesehen – als wüsste sie etwas, was er nicht weiß.

»Richtig«, sagte Carlisle gedehnt und bei seinem Tonfall durchfuhr Rae Kälte. »Der König ohne Herz. Es heißt, Ihr wärt ein Poet. Vielleicht solltet Ihr damit beginnen, nicht alles wörtlich zu nehmen. Seht es als …« Er hob die Axt an, betrachtete sie von allen Seiten. »Metapher.«

Verwirrt starrte Rae ihn an. Möglicherweise war der Alte verrückt. Aber dann setzt er sich in Bewegung – und ging auf Azalea zu.

»Nein!« Der Schrei entwich ihm, zerriss seine Kehle. Er warf sich nach vorn, aber die Ketten hielten ihn zurück. Stacheln aus Metall bohrten sich in seine Haut, doch ihm war es gleichgültig. Erneut zerrte er an den Fesseln und Schmerz raste wie Blitze durch seinen Körper.

Stuarts Mund wandelte sich zu einem Lachen. Er hielt nicht inne, löste mit einem Schlüssel Azaleas Ketten von der Wand und packte ihren Arm, um sie in der Mitte des Kerkers auf den Boden zu schubsen.

»Rühr sie nicht an.« Die Worte wurden von Raes rasenden Puls begleitet, der in seinen Ohren hämmerte. Das laute, pochende Geräusch seines eigenen Herzschlags übertönte das Klirren der Ketten, wandelte sich zu einem Rauschen. Dumpf nahm er den Schmerz wahr, doch er verlor den Kampf gegen den schneidenden Terror in seinem Körper. Schwarze Flecken tanzten vor seinen Augen.

»Auch wenn Ihr kein Herz in der Brust tragt«, sagte der König schwer atmend und starrte auf Azalea herab, »so wird es ein Leichtes sein, es zu zerschmettern.«

»Nein!« Der Schrei brannte in seiner Kehle und Schwindel brach über ihn herein. Der Kerker vor Raes Augen verschwand in einem Wirbel aus schwarzen Schleiern. »Lasst Azalea gehen. Lasst sie frei und ich tue, was Ihr verlangt.«

»Schon gut, Rae«, sagte Azalea und strich sich mit dem Ellbogen die Haare aus dem Gesicht. Mit dem anderen stützte sie sich auf dem sandigen Boden ab, hob den Kopf. »Siehst du es nicht? Dieser Mann hat seine Entscheidung längst getroffen.« Sie legte ihre Hände – gefesselt und verbunden durch eine massive Kette – auf den Schoß.

»Es hätte anders ausgehen können«, sagte Stuart mit einem kurzen Blick auf Azalea. »Aber Ihr habt Euer Los gezogen.«

Rae zerrte an seinen Ketten, ignorierte den Schmerz in seinem Brustkorb. Seine Sicht verengte sich auf einen Punkt: Azalea. »Was wollt Ihr? Lyzaras Thron? Nehmt ihn. Nur tut ihr nicht weh.«

»Euer Thron gehört ohnehin mir, sobald das hier vorbei ist. Aber fleht nur. Ich höre es gern.«

Wild wirbelten Raes Gedanken umher, verschwammen zu einer grauen Masse. Er würde alles tun, um Azaleas Leben zu retten. »Bitte.« Seine Stimme brach. »Lasst sie gehen.«

Von seiner Axt sah Carlisle Stuart auf, schaute Rae in die Augen. Seine Stirn furchte sich. »Euch liegt so viel an ihr? Dass Ihr dafür Euren Thron hergebt? Euer Land?«

»Ich gebe mein Leben für sie«, erwiderte er, ohne zu zögern. »Bitte.«

Stuart ließ die Axt ein Stück sinken und Sauerstoff strömte in

Raes Lunge. »Ihr tretet als König ab. Nach einem öffentlichen Geständnis, dass *Ihr* meine Tochter getötet habt. Lyzara wird zu Ashland gehören. Damit wärt Ihr einverstanden?«

»Rae, das ist Irrsinn«, sagte Azalea mit zittriger Stimme und ballte die Hände zu Fäusten.

Doch Rae konzentrierte sich nur auf Carlisle Stuart. Er musste ihr Leben retten – egal, was es kostete. »Einverstanden.«

Langsam nickte er. »Das wäre eine Möglichkeit.« Seine Augen blitzten auf. »Doch die andere gefällt mir besser.«

Mit enormer Geschwindigkeit ließ er die Axt hinabsausen.

KAPITEL 32

»Du siehst aus, als könntest du einen Schluck vertragen.« Pray ließ die Flüssigkeit in seinem Glas hin und her schaukeln. »Hoppla.«

Ty verdrehte die Augen, betrachtete seinen Freund im Badezimmerspiegel vor sich. Nebenbei griff er nach einem der Handtücher und warf es über die Schulter. »Hier, wisch das auf.«

Pray bückte sich, wobei er noch immer das Glas in der Hand hielt und erneut seinen Gin verschüttete. Die weißen Fliesen waren mittlerweile gut desinfiziert.

»Bist du dir sicher, dass du an dem Fest teilnehmen willst?«, fragte Ty vorsichtig.

Sofort spannte Prays Körper sich an. »Ja.« Mit mechanischen Bewegungen wischte er den Boden an einer Stelle, die nicht einmal nass war. Er sagte nichts weiter und auch Ty schwieg. Er wusste, dass es keinen Zweck hatte, mit Pray darüber zu diskutieren. Schon zu Normalzeiten hatte er an vielen Feiern, Reden und Essen teilgenommen, aber seitdem Rae in Ashland war, hatte sich die Anzahl verdoppelt.

Der Jahrestag der Herzenskriege fand aufgrund der veränderten Krankheitslage nun doch statt. Die Feier war wichtig und dennoch zweifelte Ty keine Sekunde daran, dass ein Wort von Pray ausreichen würde, und Rae würde ihn von dieser Verpflichtung befreien.

Doch wie immer schwieg Pray.

Ty hasste, mit anzusehen, wie er sich für diese Veranstaltungen Mut antrinken musste. Aber sobald er das Thema anschnitt, machte Pray komplett dicht.

»Ich kann dir auch eins einschenken«, bot sein Freund an und hängte das Handtuch wieder auf. »Für die Nerven.« Lächelnd setzte er sich auf den Badewannenrand und verschränkte die Beine.

»Meinen Nerven geht es hervorragend.«

»Und deshalb fängst du einen Streit mit dieser Haarsträhne da an, ja?«

Ty ließ die Hände sinken und starrte in sein Spiegelbild. Pray hatte recht. Seit einer halben Stunde störte ihn diese Strähne, weil sie von seinem Hinterkopf abstand. Es machte ihn noch wahnsinnig.

»Das hängt nicht zufällig damit zusammen, dass du eine romantische Bootsfahrt mit deinem Freund planst?«

Bemüht, ihn nicht anzusehen, wusch er sich die Hände. »Keine Ahnung, wovon du sprichst.«

»Klar.« Er hörte das Grinsen aus Prays Stimme. »Hattest du eigentlich schon einmal einen festen Freund?«

»Im Bett? Ja. Aber da war es nicht meiner.«

»Und jetzt verbringt ihr den Jahrestag der Herzenskriege zusammen«, fuhr Pray fort, als hätte Ty nichts gesagt. Er sprang vom Badewannenrand auf und legte Ty von hinten einen Arm um die Schultern, um ihn zu drücken. »Ich bin so *stolz* auf dich.«

Ty schüttelte ihn grummelnd ab, nicht ohne die Alkoholfahne zu riechen, die von Pray ausging.

»Komm, lass uns gehen«, sagte er stattdessen und schaltete das Licht im Badezimmer aus. »Wir sind ohnehin spät dran.«

Pray leerte sein Glas in einem Zug und stellte es beim Rausgehen auf den Beistelltisch neben dem Sofa.

Hoffentlich kommt Rae bald wieder, dachte Ty und öffnete die Tür zum Flur. Da die Veranstaltung heute im Freien stattfand, hatte er sich für eines der dickeren Hemden und eine Weste entschieden. Die Abendluft war mittlerweile mild, sodass er keine Jacke brauchen würde.

»Kommt Melia auch?«, fragte Ty, als sie aus der Eingangshalle traten und in den Wagen stiegen, der für sie bereitstand.

»Im Dunkeln auf der Mandalay entlangfahren, die direkt an der Sternengasse vorbeiführt? Ich denke eher nicht.«

»Also wird es ein romantischer Abend für dich und irgendeinen Lord, der dir das Ohr abkaut?« Der Höhepunkt des Feiertages war die Bootsfahrt in den kleinen Gondeln über die Mandalay.

»Ich denke nicht, dass ich mich in so eine Nussschale setze. Aber es gibt ein Treffen der hiesigen Lords, nach der Wappenzeremonie. Daran nehme ich teil.«

»Um für Rae Augen und Ohren offenzuhalten.«

»Richtig.«

Ty verbiss sich einen weiten Kommentar.

Als sie am Hafen ankamen, war die Sonne bereits hinter den Häusern verschwunden und die Wappenzeremonie im vollen Gang. Gemeinsam gesellten sie sich zu den Zuschauern.

Zum Jahrestag der Herzenskriege wurden feierlich auf großen Holztafeln all die Wappen der Familien zur Schau gestellt, die bei den Kriegen eine entscheidende Rolle gespielt hatten. Es war das erste Mal, dass Ty dabei zusah und für einen Moment war er überrascht, das Wappen der de Wildes zwischen den anderen zu entdecken. Doch es war kein Geheimnis, dass seine Vorfahren an der Seite der Tennysons gekämpft hatten.

Natürlich war der Platz vor dem Wappen leer, so wie wohl jedes Jahr. Offiziell existierten keine de Wildes mehr, denn seine Familie trug den Namen Joyce bereits seit Jahrzehnten.

Bei den Wappen der anderen hingegen standen verschiedene Anzahlen der Familienmitglieder und ließen sich vom Zeremonienmeister eine rot-schwarze Rose als Zeichen der Dankbarkeit überreichen. Die Rosen wurden extra für diesen Tag gezüchtet und symbolisierten die Einheit von schwarzem und rotem Blut.

Ty entdeckte die Doyles, die Swifts, Brontës und Austins. Außerdem Wappen von menschlichen Familien, die alte Sentry-Namen trugen. Ayrton, Somervile, Curie und schließlich Blackwall. Sein Herz schlug automatisch schneller, als er Cole sah, der – wie immer in perfekter Haltung – vor dem Familienwappen Position bezogen hatte und die Rose entgegennahm. Neben ihm stand ein älterer Mann, etwas kleiner, aber nicht weniger aufrecht. Das musste sein Vater sein.

Im Anschluss an die Zeremonie wurde der Platz freigegeben. Sofort stürmten Kinder zu den Wappen, schossen Fotos und bekämpften sich gegenseitig mit Holzschwertern. Ty fragte sich insgeheim, wie viel Zeit nach einem Krieg vergehen musste, damit es als allgemein akzeptabel galt, ihn mit Vergnügen zu verbinden. Die Ersten liefen zu den Booten, um sich die neueren Gondeln zu sichern. Pray klopfte ihm auf die Schulter.

»Ich werde mich mal auf den Weg machen, um nichts zu verpassen. Du kommst klar?«

Ty deutete auf Cole, der auf sie zukam. »Mehr als das.«

Grinsend verabschiedete Pray sich.

Cole schien in Gedanken versunken, als er auf Ty zuging. Seitdem er suspendiert worden war, schottete er sich häufiger ab, auch wenn er Ty versicherte, dass es in Ordnung wäre. Er wolle ohnehin nicht für Barrow arbeiten. Doch Ty wusste, wie viel ihm der Job bedeutet hatte.

Als er Tys Blick begegnete, lächelte er. »Komm schon«, sagte er anstelle einer Begrüßung. »Bevor nur noch die schimmligen Boote übrig sind.« Er wollte nach Tys Hand greifen, aber im letzten Moment drehte er sich um, als hätte er ein Geräusch gehört.

»Alles in Ordnung?«

Als suchte er etwas – oder jemandem –, ließ Cole den Blick schweifen. Dann sah er wieder zu Ty. »Klar. Nun los.« Er ging vor, auf die am Ufer stehenden Gondeln zu und stieg in die erstbeste ein. Ty folgte ihm und ließ sich gegenüber auf dem unbequemen Holzsitz nieder. Noch einmal sah Cole zum Hafen.

Ty glaubte zu wissen, weshalb er so lange zurückschaute. »Ist es merkwürdig, die Zeremonie ohne Azalea durchzuführen?« In den letzten Jahren hatten die Zwillinge immer gemeinsam daran teilgenommen.

»Merkwürdig, ja. Aber auch mal ganz nett, sich nicht eine halbe Stunde ihre Tiraden über die zu wünschen übrig lassende

Wertschätzung der menschlichen Familien anzuhören.« Er grinste. »Sie ist ziemlich gut darin, solche Reden zu schwingen.«

Ty erwiderte das Grinsen. »Ist mir aufgefallen.«

Sie ließen den Elektroantrieb der Gondel an und fuhren gemeinsam mit den anderen auf die Mandalay hinaus. Das sanfte Plätschern des Wassers umspielte das Boot, das in der Dunkelheit des Flusses dahinglitt. In der Ferne drangen die Klänge der Feier an Tys Ohr. Trommeln pulsierten im Rhythmus der Nacht, begleitet von einem schwachen Lachen und jubelnden Menschenmassen, die am Ufer standen und immer kleiner wurden, je weiter sie sich entfernten. Die Lichter Avastones malten ein Spiel aus Schatten und Glanz auf der Wasseroberfläche, zitterten leicht. Laternen säumten die Brücken, tauchten die Gondel in ein weiches Licht.

Ty sah zum Himmel. »Morla hätte das gefallen.« Seine Kehle schnürte sie zu und er blinzelte, um das Brennen hinter seinen Augen zu vertreiben.

Cole griff nach seiner Hand, drückte sie, aber Ty schaute weiterhin zum Himmel, atmete zittrig ein. Die vergangenen Tage waren so stressig gewesen – der Einsatz, Coles Suspendierung –, dass es Ty gelungen war, den Gedanken an die Akademie zu verdrängen. Doch er hatte nicht vergessen, was er sich vorgenommen hatte. Der Schuldige musste bestraft werden.

»Was glaubst du, hätte sie gemacht?«, wollte Cole wissen. »Vor einem der Wappen posiert?«

Das entlockte Ty ein Lachen. Trotz des Brennens hinter seinen Augen sah er zu Cole. »Du unterschätzt sie. Morla ist ein Langfinger – sie taucht in der Menge unter und wenn sie später an Land gespült wird, sind ihre Hände voll mit glitzernden Dingen. Sie *war* ein Langfinger«, korrigierte er sich und sofort verblasste das Lachen.

Cole legte seine zweite Hand auf Tys, umfasste seine. »Es ist okay, sie zu vermissen.«

Mit einem Kloß in der Kehle zwang Ty sich zu einem Lächeln. War es wirklich okay? Ty hatte Morla nie auf ein solches Fest gebracht, aber wenn er das hätte, dann um Gewinn zu machen. Doch was, wenn Morla lieber eines der Wappen angemalt hätte?

Bevor sie bei Tyresian eingezogen war, hatte sie auf der Straße gewohnt. Bisher dachte er, er täte den Kindern damit einen Gefallen. Aber waren sie ohne ihn nicht besser dran?

Für Morla war es zu spät.

»Du hast da was.« Cole ließ seine Hand los und fasste sich grinsend an seinem Kopf an die Stelle, von der Ty wusste, dass dort bei ihm die verhasste Strähne abstand. Ihm war klar, dass Cole ihn ablenken wollte.

Eitel, wie er war, funktionierte es.

Missmutig drückte er seine Haare platt. »Besser?« Er nahm die Hand weg und Coles Grinsen wurde breiter.

Kopfschüttelnd beugte er sich vor. »Lass mich mal.« Er stand auf, doch in diesem Moment schwappte eine Welle gegen die Gondel und brachte ihn aus dem Gleichgewicht. Lachend fiel er nach vorn, direkt auf Ty, sodass sie beide in dem Bauch der Gondel lagen.

Kurz blieb ihm der Atem weg, dann lachte er ebenfalls.

»Ich dachte, du wolltest es langsam angehen«, sagte er grinsend.

Cole, der noch etwas verdutzt aussah, hob den Kopf an. »Hast du dir wehgetan?«

»Mir ging es nie besser.« Ty streckte eine Hand aus und fuhr mit den Fingerspitzen über Coles Schläfe. Wieder traf eine Welle aufs Boot und ließ ihre Körper erzittern. Bei der Berührung stockte Ty der Atem. Er wollte vorschlagen, wieder aufzustehen – immerhin *hatte* er versprochen, es langsam angehen zu lassen – doch in Cole senkte seine Lippen auf Tys und alles andere war vergessen.

Seine Hände fuhren unter Tyresians Hemd, ertasteten seinen Bauch und Ty umschlang seinen Körper, zeichnete mit dem Finger die Linien in seinem Nacken nach. Kurz hob Cole den Kopf, um ihren Kurs zu checken.

»Leicht nach links«, murmelte er an Tys Mund und dieser

streckte sich, um den Hebel hinter sich zu bewegen und die Richtung zu korrigieren. Dabei rieb seine Hüfte an Coles Körper und dieser zog scharf die Luft ein.

»Wir können aufstehen«, bot Ty außer Atem an.

Doch Cole fuhr mit seinen Händen über seine Hose und auch Tys letztes bisschen Blut schoss nach unten. »Wag es nicht«, flüsterte er an seinem Ohrläppchen.

Ty gab sich ihm hin, genoss das Gefühl ihrer Körper aneinander und Coles Hände, die seine Haut erkundeten. Irgendwann sah er nach oben, anstatt in Coles Gesicht und entdeckte die schwebenden Lichter.

»Du verpasst was«, keuchte er und deutete zum Himmel. Auch in ihrer Gondel lag eines der Lichter, die sie entzünden sollten, damit sie gemeinsam mit den anderen in die Luft aufstiegen.

Cole nahm seinen Blick nicht von ihm. »Glaube ich nicht.«

Viel zu schnell für Tys Geschmack war die Fahrt vorbei. Zurück am Hafen, stieg Cole aus und hielt Ty seine Hand hin. Zwar brauchte er keine Hilfe, ließ sich aber dennoch hochziehen und grinste, als Cole auch anschließend seine Hand nicht losließ. Von hier aus hatte Ty den perfekten Blick auf die Mandalay, die sanft im Licht der Laternen schimmerte.

»Ich glaube«, sagte Cole und lächelte, »das war bisher meine liebste Zeremonie zum Jahrestag.«

Ty wollte etwas erwidern, doch in dem Moment ließ Cole plötzlich seine Hand los und machte einen Schritt zur Seite.

Stirnrunzelnd drehte er sich um, bis er den grauhaarigen Mann sah, der auf sie zukam.

»Coleus«, sagte er, sobald er bei ihnen ankam. Ty ignorierte er komplett. »Ich habe mit James gesprochen. Er ist bereit, deine Suspendierung aufzuheben, wenn du dich in aller Öffentlichkeit entschuldigst und bereit erklärst, eine Zeit lang im Innendienst zu arbeiten.«

Coles Schultern wurden steif. »Danke. Aber das ist nicht nötig.«

»Sei nicht stur. In wenigen Monaten ist die Sache vergessen.«

Cole steckte die Hände in die Hosentaschen und schluckte. Feiernde liefen an ihnen vorbei und grölten. Doch die Stille zwischen ihnen dauerte an. Ty verlagerte sein Gewicht von einem Fuß auf den anderen. Sofort richtete Lord Blackwall seinen Blick auf ihn.

»Vater«, sagte Cole und räusperte sich. »Kennst du Lord Joyce, Duke von Aquell?«

Lord Blackwall musterte ihn kurz und sah dann wieder seinen Sohn an. »Ich weiß bereits alles über *Lord* Joyce.« Er trat dichter an Cole ran, sodass er mit dem Rücken zu Tyresian stand. »Du musst einsehen, dass du einen Fehler begangen hast, Coleus. Ein Fehler, den James bereit ist, zu verzeihen, wenn du ihn lässt.«

»Fehler?«, schnaubte Ty und streckte die Hand nach Coles Arm aus. »Cole hat –« Doch die Worte zerfielen auf seiner Zunge, als Cole ein Stück zur Seite trat.

Weg von Tys Berührung.

»Ich würde es begrüßen«, sagte sein Vater, ohne ihn anzusehen, »wenn wir das allein klären könnten.«

Mit hochgezogenen Augenbrauen sah Ty Cole an, der jedoch den Blick senkte und nickte.

»Bitte lasst uns einen Moment Zeit, Lord Joyce«, murmelte er.

Ty fühlte sich, als wäre er gerade in die kalte Mandalay gestürzt. Die Worte brannten wie eine Backpfeife. Sofort trat er einen Schritt zurück.

»Mit Vergnügen, *Lord Blackwall.*« Ohne sich umzusehen, marschierte er davon.

KAPITEL 33

Azalea wusste, dass es dazu kommen würde. Zu lange hatte sie gewartet. Der Attentäter auf dem Volksfest war Beweis genug. Die Heiratserlaubnis, ein Anflug von Glück, der ihr vergönnt gewesen war.

Alles fügte sich zu diesem Bild: Der König von Ashland vor ihr, die Axt in seinen Händen wie ein Damoklesschwert, von dem sie wusste, dass es sie einholen würde.

So oft hatte sie sich eingeredet, dass sie diejenige war, die handeln würde. Diejenige, die die Welt veränderte.

Aber am Ende war sie nichts weiter als ein Spielball. Ein Ärgernis, das es aus dem Weg zu räumen galt.

Immer war sie gerade so davongekommen, mit der Hilfe anderer. Als sie vor ihrer Reise in Ashland angegriffen worden war, hatte Rae sie retten müssen. Ebenso im Spiegellabyrinth.

Nun war sie allein. Raes Hände waren gebunden.

Sie war es so leid.

Die Augen des menschlichen Königs blitzten auf und er holte aus. Er würde kein Risiko eingehen. Sie würde sterben, bevor sie ein Wort sagen konnte.

Raes Schrei brannte in ihren Ohren, als die Axt auf sie hinabfiel.

Ein ohrenbetäubendes Klirren ertönte. Azalea hatte ihre Arme erhoben und anstatt auf ihren Schädel, traf die Axt auf die Kette zwischen ihren Händen. Der Schlag vibrierte durch ihren gesamten Körper – das Metall war weiterhin intakt.

Überrascht weiteten sich die Augen des Königs. Azalea

schlang die Kette mit einer raschen Bewegung um den Griff und entriss seinen Händen die Axt, schleuderte sie zur Seite. Sie sprang auf die Beine, schlang die Kette von hinten um den Hals des Königs und zog zu. Würgend tastete er nach den Gliedern, zog daran, um sie von seiner Luftröhre fernzuhalten. Doch sie drückte fester zu, bis seine Hände schlaff nach unten sanken und seine Beine nachgaben. Erst dann ließ sie von ihm ab.

Als sie sah, wie sich sein Brustkorb bewegte, zögerte sie kurz. Ihr Blick fiel auf die Axt. Schnell sammelte sie sie vom Boden auf und wandte sich an Rae, der sie aus riesigen, silbernen Augen anstarrte.

Sie starrte zurück. Schluckte. Ihr Körper zitterte und in ihrem Kopf rauschte es. Rae regte sich nicht und Azalea wusste, dass es nun so weit war.

Sie hatte die Grenze überschritten. Rae und die anderen hatten ein Ritual – sie fragten einander, wovor sie sich fürchteten.

Azalea hatte geahnt, dass irgendwann ihr Name Raevans Antwort auf diese Frage sein würde.

Ihre Glieder wurden schwer, schmerzten vor einer unsichtbaren Last.

»Du«, sagte Rae und ergeben schloss sie die Augen, »bist der schönste Dämon, der mir je begegnet ist.«

Überrascht öffnete Azalea die Lider. Sie suchte in seinem Gesicht Anzeichen der Furcht oder des Misstrauens. Aber allein Gewissheit blickte ihr entgegen.

Schwer atmend holte sie aus und hakte mit der Axt auf Raes Metallfesseln ein, bis diese sich von der Wand lösten. Als seine Hände frei waren, übergab sie ihm die Axt, sodass er dasselbe für sie tun konnte. Sofort schloss er sie in die Arme.

»Ich dachte, ich verliere dich«, murmelte er mit dem Gesicht in ihren Haaren vergraben.

Sie schluckte hart und legte ebenfalls ihre Arme um seinen starken Körper. Seine Umarmung wurde fester und Azalea musste die Tränen zurückhalten, die sich ihren Weg freikämpfen wollten.

»Wirst du nicht«, versprach sie und zum ersten Mal, seit sie sich kannten, war sie sich dessen sicher. »Versprochen.« Schluss damit, anderen das Handeln zu überlassen. Azalea wusste, was sie tun musste.

Rae legte seine Hände auf ihre Schultern, um sie ein Stück von sich wegzuschieben. Dann umfasste er ihr Gesicht, strich sanft mit den Daumen unter ihren Augen entlang. Die Berührung sandte Schockwellen durch ihren Körper, ließ ihre Knie weich werden. Er betrachtete sie mit einer solchen Intensität, dass ihr schwindelig wurde.

»Habe ich dir schon gesagt, dass ich ohne dich nicht leben kann?«, fragte er mit glitzernden Augen. »Dass ich dich liebe?«

In ihrem Hals formte sich ein Kloß. »Ich liebe dich auch.« Vorsichtig legte sie eine Hand auf seine Brust. »Und es stimmt nicht, was sie alle sagen. Ich *weiß*, dass du ein Herz besitzt.« Sie spürte es deutlich unter ihrer Berührung schlagen.

Er lächelte, berührte mit seiner Stirn ihre. »Wir müssen nach Hause. Die anderen warnen.« Mit einem Seitenblick sah er zu Carlisle Stuart, der benommen am Boden lag, sich aber langsam regte.

»Dann los.« Azalea bückte sich, um die Axt aufzuheben. Rae nahm ihre freie Hand und führte sie zur Tür.

»Lauft nur.« Die kratzige Stimme von Carlisle Stuart ließ Azalea erstarren. »Ihr werdet keine Chance gegen unsere Truppen haben. Sie sind in wenigen Tagen da – sie werden euch überrennen.«

Rae ignorierte ihn, wandte sich nicht einmal um. Kopfschüttelnd öffnete er die Kerkertür, um einen Blick nach draußen zu werfen. Scheinbar war niemand zu sehen, denn er zog Azalea vorwärts.

»Ihr seid eine Monstrosität, Raevan Tennyson!« Stuart hustete keuchend. »Ein dunkles Loch, das alles Leben auslöschen wird, das mit Euch in Kontakt kommt. Ein Ungeheuer der Natur.«

Mitten in der Bewegung hielt Rae inne und seine Schultern versteiften sich. Er ballte die Hand zur Faust und Schmerz zog über sein Gesicht hinweg wie ein Gewitter. Kurz schloss er die Augen. Dann ging er weiter, ohne auf den schimpfenden König zu achten.

Er ignorierte dessen Worte, die sein Herz trafen, weil er fürchtete, dass sie der Wahrheit entsprachen.

Nicht so Azalea. Hitze fraß sich durch ihren Körper und ihr Griff um die Axt versteifte sich. Sie ließ die Hitze gewähren, entriss Rae ihre Hand. Sein Protest ging in dem Rauschen unter, das sich ihren Körper bemächtigte.

Azalea wirbelte herum, zu Carlisle Stuart, der sich, mit den Händen auf den Boden gestützt, aufsetzte. Sein Mund war verzogen, Spuckefäden hingen zwischen seinen Lippen, während er Rae ein Monster nannte.

Die Axt schien federleicht in ihrer Hand. Geschmeidig hob sie sie in die Luft.

Mit einem präzisen Schlag trennte Azalea den Kopf des Königs von Ashland von seinem Körper.

KAPITEL 34

Die Lords umringten Pray wie Raben, die auf einen Adler mit gebrochenem Flügel hinabblicken. Je weiter die Dunkelheit sich ausbreitete, desto lauter wurden die Stimmen der Umstehenden. Pray hob sein Glas an die Lippen, verfehlte jedoch und ließ es wieder sinken.

»Gibt es etwas Neues zum Anschlag auf die Akademie?«

Es dauerte einen Moment, ehe Pray begriff, dass der Kerl mit ihm sprach. Blinzelnd schaute er ihn an. Lord Truham? Er war sich nicht sicher, hatte sich die Namen der austauschbaren Höflinge nie merken können.

»Woher soll er das denn wissen?«, mischte sich einer der anderen ein.

»Immerhin ist er der Ersatz-König«, sagte Truham und bellte lachend. Die anderen fielen ein.

Pray zwang sich, einen Mundwinkel zu heben. Mit den Lords zu streiten war zwecklos. Doch seine Hand zitterte, als er das Glas erneut hob.

Ein Lord, schlaksig und mit einem Spottlächeln, klatschte Pray auf die Schulter. »Du machst deinen Freund stolz, nicht wahr?«

Schmerz zuckte durch seinen Körper, weil er sich so fest auf die Zunge biss. *Ertrag es*, wiederholte er in Gedanken sein Mantra. *Für Raev. Ertrag es. Sei keine Bürde.* Er ignorierte den Stich und trank statt einer Antwort einen Schluck.

»Pray Lucent?« Die Stimme erklang so unerwartet, dass er sich überrascht umdrehte.

»Doc?« Beim Anblick von Doc Christie schlug sein Herz schneller. »Ist etwas passiert?« Er hatte mit der Ärztin noch nie außerhalb des Palastes gesprochen.

Doch der Doc lächelte beruhigend, auch wenn Sorgenfalten ihre Augen zierten. »Kann ich Euch für einen Moment entführen?«, fragte sie. »Es geht ganz schnell.«

Sie dürfen mich auch liebend gern für den Rest des Abends in die Mandalay werfen, dachte er und ignorierte die neugierigen Blicke der anderen. *Alles besser als das hier.*

»Sicher doch«, sagte er stattdessen. »Sollen wir …« Er deutete etwas abseits.

Doc Christie nickte. Gemeinsam gingen sie ein paar Schritte an der Mandalay entlang, wobei Pray sich große Mühe geben musste, *gerade* zu laufen. Hätte er gewusst, dass er noch mit der Ärztin sprechen müsste, hätte er sich die letzten Gläser gespart.

Im Schein einer Straßenlaterne blieb sie stehen. Pray stellte unbeholfen sein halb leeres Glas auf die Mauer neben sich und steckte die Hände in die Hosentaschen, damit dem Doc nicht auffiel, dass sie zitterten.

»Was gibt es?«

Doc Christie sah sich einen Moment um, kaute dabei auf ihrer Unterlippe. »Gehe ich richtig in der Annahme, dass Ihr mit dem König im Kontakt steht, Lord Lucent?«

»Ich bin kein Lord«, sagte er automatisch. »Sagen Sie Pray. Bitte.«

»Pray«, wiederholte der Doc nickend.

»Es ist ein paar Tage her, dass ich mit dem König gesprochen habe.«

»Ist es …« Sie zögerte, sah sich wieder um. Hatte sie Angst, dass jemand das Gespräch mit anhörte? »Kann man mit Seiner Majestät offen sprechen? Solange er in Ashland ist?«

Also fürchtete sie tatsächlich, dass ihnen jemand zuhörte. »Ich glaube nicht«, sagte Pray leise, »dass das ratsam ist.«

Doc Christie biss sich auf die Lippe und schluckte. »Das habe ich mir gedacht. Aber Ihr habt eine Möglichkeit?«

Er nickte. »Der König und ich kennen uns schon lange. Er … versteht mich. Auch wenn andere es nicht tun. Geht es um den Schwarzen Schweiß? Gibt es neue Todesfälle?« Die Ersten waren doch gerade genesen – war es schlimmer geworden, ohne dass die Öffentlichkeit davon wusste.

»Ich habe etwas, das er wissen muss. Da wir nicht sagen können, wie lange er noch in Ashland bleibt, erachte ich es als wichtig, dass er im Bilde ist.«

»Ich kann ihm Nachrichten überbringen«, sagte Pray fest. »Verschlüsselt.«

Sie sog den Atem ein, straffte die Schultern. »Die Genesenen. Sie sind nicht einfach so aufgewacht. Es gibt ein Heilmittel.«

Pray starrte sie blinzelnd an. Der Alkohol rauschte durch sein Blut und er war sich nicht sicher, dass er richtig verstanden hatte. Das war doch gut, oder nicht? Warum sah sie sich dann um, als würde sie Pray geheime Staatsdokumente übergeben?

»Reicht das Mittel nicht für alle?«

»Doch. Und es wirkt auch bei den meisten. Wir brauchen lediglich eine Weile, um genügend herzustellen.«

»Okay.« Pray zog das Wort in die Länge. Das hätte sie Raev auch sagen können, wenn Ashland zuhört. Aber gut. »Ich werde dem König –«

»Das ist es nicht«, unterbrach sie ihn und senkte die Stimme. »Das Heilmittel … Es stammt nicht von uns.«

Er hob die Augenbrauen. »Sondern?«

»Wir haben eine anonyme Nachricht erhalten. Ein Zettel mit einer Anleitung für ein Gegenmittel.«

Die Worte der Hofärztin drangen durch Prays betrunkenen Nebel. Seine Augen weiteten sich, und er nickte, während er versuchte, nüchtern zu wirken. Langsam dämmerte es ihm, worauf sie hinaus wollte. Und warum Ashland nichts davon wissen durfte. »Kann es sein, dass jemand etwas Gutes tun wollte, aber anonym bleiben möchte?«, fragte er, merkte aber selbst, dass er nicht überzeugend klang.

»Möglich.« Aber sie glaubte nicht daran, dass machte ihre gefurchte Stirn deutlich. »Wahrscheinlicher ist jedoch, dass jemand ein schlechtes Gewissen hatte. Das Gegenmittel ist genau auf den Schwarzen Schweiß abgestimmt. Wer immer es entworfen hat, hat umfangreiche Kenntnis über die Krankheit.«

»Sie glauben, derjenige hat die Krankheit entwickelt«, sprach Pray es aus.

»Es deutet alles darauf hin.«

Ein Pochen setzte hinter seiner Stirn ein. Mit Daumen und Zeigefinger massierte Pray seinen Nasenrücken.

»Es ändert nichts daran, dass das Mittel wirkt. Aber ich bin überzeugt, dass der König davon wissen muss.«

Pray nickte, hörte jedoch schnell wieder damit auf. Ihm wurde schwindelig.

»Ihr sagt es ihm?«, hakte der Doc nach.

Was blieb ihm denn für eine Wahl?

»Ich habe im Palast nach dir gesucht. Und bei dir zu Hause.«

Tys Schultermuskeln spannten sich an, als er Coles Stimme hörte, doch er drehte sich nicht um.

»Dann habe ich mir gedacht, dass du hier bist.«

Er wollte nichts sagen. Konnte nicht. Stattdessen betrachtete er die dunkle Fahne mit dem Mond und dem einzelnen Stern. Sein Zuhause. Zumindest war die Sternengasse das einmal gewesen. Jetzt konnte er sie nicht betreten, ohne seinen Tod zu riskieren. Doch er war noch immer ein Teil von ihr, und die Gasse war ein Teil von ihm.

Deutlich hatte er gehört, wie Coleus' Vater den Lordtitel ausspuckte, als er von ihm sprach. Am Ende hatte er recht.

Er war kein Lord.

Und er würde sich nicht verbiegen.

»Lass uns reden«, bat Cole.

Ty schüttelte den Kopf. »Nicht nötig.«

»Ich will dir erklären, was vorhin passiert ist.«

»Ich mag zwar kein richtiger Lord sein«, sagte Ty und hörte selbst, wie bitter seine Stimme klang, »aber ich bin nicht blöd.«

»Mein Vater ist schwierig. Ich bin der einzige Wycca seit Jahrhunderten in dieser Familie. Mein Vater erwartet, dass ich jemanden heirate, der ...« Er zögerte. »Der vom gleichen Stand ist.«

»Dein Vater«, sagte Ty und drehte sich nun doch um, »ist mir egal. Was mir nicht egal ist, ist, dass du große Reden geschwungen hast. *Die Garde respektiert dich nicht, du verstellst dich, ich bin immer ich selbst*«, wiederholte er Coles Worte aus dem Gedächtnis und dieser zuckte zusammen. »Dabei bist du der größte Heuchler. Was? Darf Daddy nicht wissen, dass du einen Jungen aus der Sternengasse triffst? Das ist erbärmlich.«

»Mein Vater ist egal«, sagte Cole drängend.

»Und wenn wir am Hof sind?«, fragte Ty herausfordernd. »Darf ich dich da küssen?«

»Natürlich«, sagte Cole viel zu schnell und biss sich auf die Lippe.

»Lügner«, spuckte Ty aus. »Vergiss es einfach. Ich habe mich lange genug wegen meiner Herkunft geschämt. Ich habe keine Lust, das zu wiederholen.« Er setzte sich in Bewegung, direkt auf die Sternengasse zu.

»Wo willst du hin?«, rief Cole ihm hinterher.

»Ganz egal. Nur weg von dir.«

Pray wusste, dass er übertrieben hatte. Nachdem Doc Christie gegangen war, musste er wieder zurück zu den anderen. Spätestens zu dem Zeitpunkt hätte er aufhören sollen, zu trinken. Aber die endlosen Sticheleien ließen ihn nicht los, sodass er sich wieder und wieder ein Glas nachschenkte.

Nun bekam er die Quittung. Lautstark erbrach er sich in die Toilettenschüssel und lehnte sich anschließend gegen die Badewanne, deren Fliesen seine erhitzte Haut kühlten.

Erschöpft strich er sich die Haare aus dem Gesicht. Er musste dringend die Zähne putzen, fürchtete aber, dass es noch nicht vorbei war.

»Pray?«

Bei den Sternen, bloß das nicht. Eilig drückte er auf die Klospülung, konnte sich aber nicht aufraffen – noch immer drehte sich alles. Als er hörte, wie die Türklinke runtergedrückt wurde, griff er blindlings nach der Duschbrause in der Badewanne.

Melia stand in der Tür und sah ihn stirnrunzelnd an. »Was tust du da?«

»Haare waschen.« Benommen betätigte er den Wasserhahn – viel zu spät und natürlich floss das Wasser nicht aus der Brause, sondern aus dem großen Hahn in die Wanne. *Vollidiot.*

»Du warst so lange weg.« Melia schloss die Tür hinter sich. »Ich habe mir Sorgen gemacht.«

»Alles bestens.«

Ihr Blick huschte über seine zusammengesunkene Gestalt. Er musste erbärmlich aussehen.

»Was ist los?«

Das Wasser rauschte in die Wanne und Pray umklammerte die Brause.

»Gar nichts. Mir geht's gut.«

»Pray«, sagte sie eindringlich und kam dichter. »Das ist nicht das erste Mal, dass du *so* von einem Treffen zurückkommst.«

Er schluckte und bereute es sofort – der Geschmack von Säure breitete sich in seinem Rachen aus.

»Da wird halt getrunken«, log er, obwohl er wusste, dass es keinen Zweck hatte. Wenn Melia ihn beobachtet hatte, wusste sie Bescheid. »Davon abgesehen, habe ich einige der Landbesitzer überreden können, die Versammlungen auf ihrem Grundstück zu verbieten.« Wenn er sich richtig an die Unterhaltung erinnerte. Wovon er nicht zu hundert Prozent überzeugt war.

»Du meinst die Versammlungen, auf denen gegen Raevan gewettert wird?«

Er nickte. Er hatte im Palast davon erfahren und gewusst, dass er handeln musste. Seit dem Besuch im *Artist* wusste er, dass die Furcht vor Rae sich weiter ausbreitete. Aber solange Raev nicht anwesend war, hatte er dem nichts entgegenzusetzen, weshalb

Pray zumindest diese Versammlungen stoppen musste. Dafür hatte er die Feier heute genutzt.

Melia ließ sich mit etwas Abstand neben ihn gegen die Badewanne sinken und schaltete den Wasserhahn aus. »Ich wusste nicht, dass das zu deinem Job gehört.«

»Mein Job ist es, Raevan den Rücken freizuhalten.«

»Und dafür musst du dich betrinken.«

Er schnaubte. »So schlimm ist es nicht.« Endlich ließ er die Brause los und umfasste stattdessen seine Knie. »Ich ... Raevan verlässt sich auf mich. Und ja, ich trinke, wenn ich mit ihnen zusammen bin. Aber es hilft. So kann ich die Version sein, die sie sehen müssen, um das zu bekommen, was ich will.«

»Aber du zerbrichst daran.«

Er zuckte mit den Schultern. »Dann bewundern diese eingebildeten Esel die glitzernden Scherben, na und? Am Ende gewinne ich.«

»Bist du dir da sicher?«

Erschöpft stieß er die Luft aus. »Ich versuche es zumindest. Raev ist nicht da und Ty hat genügend Sorgen«

»Ich denke nicht, dass Raevan das verlangen würde, wenn –«

»Ich will keine Bürde für ihn sein.« Die Worte stolperten aus seinem alkoholgetränkten Mund.

Er erwartete, dass Melia etwas erwiderte, wie *Das bist du nicht.* Stattdessen beobachtete sie ihn einen Moment, ehe sie sagte: »Jeder darf mal die Bürde seines Freundes sein.«

Pray schüttelte den Kopf. »Nein, du verstehst das nicht.«

Sie sah ihn von der Seite an. »Dass du denkst, er verlässt dich, sobald du Probleme bereitest?«

Ihre Worte punktierten seine Lunge. Mit einem Mal fühlte er sich komplett ... leer. Am liebsten würde er das, was sie gesagt hatte, aufschreiben, um es von allen Seiten zu betrachten. Abwesend beobachtete er, wie seine Fingernägel über die Fugen strichen.

»Raev würde mich nicht verlassen«, sagte er und schmeckte die

Worte auf der Zunge, weil sie mehr Wahrheit enthielten, als alles, was er je gesagt hatte. Er wusste es. Und doch …

»Etwas mit Sicherheit zu wissen, ändert manchmal nichts an den eigenen Ängsten.«

Pray stieß die Luft aus. Er dachte an all die Treffen, die er absolviert hatte, weil er Raevan nicht sagen wollte, dass ihn jedes einzelne davon ein Stückchen umbringt. An seine Weigerung, Geld anzunehmen. An die alten Möbel in seinem Zimmer, die er nie ersetzt hatte. Ja, er hatte Raev nicht noch mehr aufbürden wollen. Aber hatte er das wirklich um seines Freundes Willen vermieden?

»Raevan hat mir von deinen Eltern erzählt.« Melia betrachtete ihn aufmerksam.

»Es ist kein Geheimnis.« Der gesamte Hof wusste davon.

»Was sie getan haben, war grausam.«

Pray zuckte mit den Schultern. »Ist schon ewig her.«

»Das macht es nicht weniger grausam.«

»Ich erinnere mich kaum an sie.« Zumindest versuchte er mit aller Kraft, sie zu vergessen – war das dasselbe?

»Was weißt du noch von ihnen?«

Vorsichtig bettete er seinen Kopf auf den Rand der Badewanne, genoss die Kälte, die von ihr ausging. Aus dem Augenwinkel betrachtete er Melia. Sie hatte keine Erinnerungen mehr an ihre Eltern. Nicht, weil sie nicht wollte. Sondern weil man sie gezwungen hatte, zu vergessen. »Mein Dad, er war groß. Riesig. Aber wahrscheinlich kommt das jedem Kind so vor. Meine Mom … ihre Hände rochen immer nach Seife.« Er schluckte. »Sie hat mir abends vorgesungen. Und wenn ihre Stimme heiser wurde, ich aber noch nicht eingeschlafen war, hat sie die Melodie gepfiffen.« Das hatte er bisher niemandem erzählt. Für Raev waren seine Eltern die Verkörperung alles Bösen. Er hasste sie – vielleicht so sehr, weil er wusste, dass Pray es nicht konnte.

»Wie ging die Melodie?«

Pray schloss die Augen. Nicht, weil es schwer war, sich zu erinnern. Sondern, weil der Gedanke an all die Abende ihn überwältigte. Sein Pfeifen war nicht halb so melodisch, wie das, was er in Erinnerung hatte. Nach ein paar Takten musste er aufhören. Er öffnete die Augen.

Melia lehnte sich ebenfalls gegen die Badewanne, drückte ihre Wange an den Fliesen platt. »Das klingt schön.«

Eine ganze Weile saßen sie schweigend da, bis Prays Magen sich langsam wieder beruhigt hatte. Obwohl das kühle Porzellan guttat, breitete sich eine Gänsehaut auf seinen Armen aus.

»Hier.« Melia lehnte sich nach vorn und zog ihre Strickjacke aus. Pray wollte protestieren, doch die Worte blieben ihm in der Kehle stecken. Im hellen Badezimmerlicht zeichneten sich weißschimmernde Narben auf Melias Armen und Schultern ab.

Sie hielt ihm die Jacke hin, die Lippen fest aufeinander gepresst. Es war das erste Mal, dass er sie ohne die schützende Kleidung sah. Ihre braunen Augen blickten entschlossen, als wollte sie ihn auffordern, etwas zu sagen.

Langsam nahm er die Jacke, legte sie über seine Schultern. Er schluckte. »Bitte«, flüsterte er, »lass mich ihn töten.« Es stand außer Frage, dass die Narben aus ihrer Zeit mit Beck stammten.

Sie lächelte schwach. »Ich bin drüber hinweg.«

Ungläubig starrte er sie an.

»Wirklich. Ich … will nicht an ihn denken. Ich will mich einfach nicht mehr vor mir selbst fürchten müssen.« Sie streckte ihre Handflächen aus, obwohl der Strom, der durch ihre Adern floss, ihre gesamte Haut einschloss.

Pray schluckte, kämpfte gegen die Wut an, die sich in seinem Magen zusammenbraute. Er sprach es nicht aus, aber er schwor sich: Wenn er die Gelegenheit bekam, würde Beck dafür zahlen müssen.

»Ich habe das Tagebuch aufgebrochen«, sagte Melia irgendwann. Und als Pray nichts erwiderte, fügte sie hinzu: »Das von meiner Schwester.«

»Schon klar. Und? Was steht da drin?«

»Offenbar hatten wir die Forschung gemeinsam begonnen. Sie schreibt nicht, weshalb. Nur, dass sie es für nötig hielt, etwas zu unternehmen. Wogegen hat sie nicht geschrieben.«

Pray konnte sich denken, wogegen Melias Schwester etwas hatte unternehmen wollen. Das Buch mit den Forschungsnotizen sprach von Tränken, die man einsetzen konnte, um Wycca-Magie zu blockieren. Unter den Wimpern warf er Melia einen Blick zu. Sie kaute auf der Innenseite der Wange herum und Pray ahnte, dass sie nicht die gesamte Wahrheit erzählte.

»Es gab viele Experimente in dem Notizbuch«, sagte er vorsichtig. »Die meisten, um Wycca außer Gefecht zu setzen.«

Sie strich sich durchs Gesicht und ihre Finger blieben an ihrem Mund liegen. »Dann ist es wahr?«, flüsterte sie. »Ich habe es vermutet, aber …« Kopfschüttelnd brach sie ab und holte tief Luft. »Im Tagebuch erzählt meine Schwester von mir. Davon, dass ich von einem gemeinsamen Feind spreche. Dann war es das? Ich wollte etwas gegen die Wycca unternehmen?«

»Für mich sieht es aus.« Die Experimente verrieten zwar keine Gefühle, doch sie sprachen für sich.

Mit einem Schnauben zog Melia ihre Beine an den Körper. »Dann ist es gut, dass ich mein Gedächtnis verloren habe«, sagte sie fest und sah Pray dabei in die Augen. »Sieh, was dieser ganze Hass mir eingebrockt hat.« Ausladend wedelte sie mit den Händen, schloss so ihren gesamten Körper ein, und sah mit verzogenem Mund an sich hinab.

Prays Mund wurde trocken, als er daran dachte, dass er Melia niemals auf diese Art ansehen würde.

»Aber was Beck mit dir gemacht hat«, begann Pray, um von seinen Gedanken abzulenken.

»Sollte meinen Hass wiederbeleben?«, riet sie. Pray zuckte mit den Schultern. »Er ist eine bedauerlich gescheiterte Existenz. Ich mache ihn verantwortlich, nicht seine Spezies. Dieser Hass, von dem das Tagebuch spricht, ist vergeudete Lebenszeit.«

Automatisch verzog sich Prays Mund zu einem Lächeln. Trotz allem, was Melia durchgemacht hatte, schien sie niemals ihre

Freundlichkeit zu verlieren. »Steht darin etwas über den Tag, als du verschwunden bist?«

»Das ist es ja. Ich bin nicht verschwunden. Sondern sie. Meine Schwester. Sie brauchte Zutaten für die Experimente und ist dafür in die Sternengasse gegangen.«

Pray zog scharf die Luft ein. »Sie wurde gefasst?«, riet er. Er erinnerte sich gut an die Nacht, als er wie eine menschliche Trophäe versteigert wurde. Hätte Ty ihn nicht befreit, hätte er genauso gut in einem Käfig wie dem von Melia enden können.

»Geschnappt und versteigert«, bestätigte Melia seine Gedanken. »Beck wollte sie, weil sich rumgesprochen hatte, dass sie mit Magie experimentiert. Ebenso wie er.« Abwesend strich sie sich über den Arm, als würde sie die Magie, die dank solcher Experimente in ihren Adern floss, spüren. Vielleicht war es so. »Aber offenbar konnte ich sie befreien. Doch nur im Tausch mit … mir.«

»Sie hat dich dort zurückgelassen?«, fragte Pray entsetzt. Er konnte sich nicht vorstellen, dass er Raevs oder Tys Leben jemals gegen seines eintauschen würde.

Melia schüttelte den Kopf. »Du verstehst nicht. Ihr Tagebuch nach dieser Nacht ist … ein Ort der Albträume. Sie hat mich nicht dort gelassen. Ich habe ihr gesagt, ich wäre genau hinter ihr. Aber als sie sich umdrehte, war ich verschwunden. Ich habe sie gezwungen, zu fliehen. Und danach wurde sie … Ich glaube, sie wurde verrückt.«

»Das ist nicht deine Schuld. Du hast ihr Leben gerettet.«

»Nur damit sie sich ein paar Wochen später umbringen konnte.« Melia wischte mit beiden Händen unter ihren Augen entlang, obwohl sie nicht weinte. »Hast du etwas in dem Notizbuch gefunden?«

Pray war klar, dass sie das Thema wechseln wollte. »Ich glaube, nachdem sie aus der Sternengasse kam, hat sie versucht, etwas zu entwickeln, das ihr dabei hilft, dich zu befreien. Ihr ist ein Trank gelungen, der Magie blockiert, aber das war ihr größter Erfolg. Damit allein wäre sie nicht weit gekommen.« Er erwähnte nicht die Forschung davor, die in einer anderen Handschrift verfasst worden waren: Wege, um Wycca außer Gefecht zu setzen. Offenbar war ohnehin nichts davon gelungen. »Ansonsten Verschiedenes: Ein Trank, der jemanden dazu bringen kann, zu sehen, was man ihm einredet, zumindest für kurze Zeit. Nebel, der bei Wycca Juckreiz auslöst. So etwas.«

Melia nickte. »Das passt zu ihrem Tagebuch. Sie schreibt, dass sie mich befreien will. Doch mit der Zeit werden die Einträge kürzer. Hoffnungsloser. Bis zu ihrem Letzten.«

»Was steht dort?«

Sie presste die Lippen aufeinander und zog einen zusammengefalteten Zettel aus der Hosentasche, dem sie ihm reichte.

Ich kann nicht mehr weitermachen. Ich habe es versucht, aber es ist sinnlos. Es tut mir leid, dass ich dich im Stich gelassen habe. Sie sagen, dass Menschen in der Sterngasse nur wenige Tage überleben. Ich habe gehofft und gehofft. Aber mittlerweile … hoffe ich, dass es vorbei ist. Dass du keine Schmerzen hast.
Dass du auf der anderen Seite auf mich wartest.
Bitte vergib mir.
– T

»Also hat sie sich wirklich das Leben genommen«, flüsterte Pray und strich über das *T* unter dem Text. Dann gab er Melia den Zettel zurück. »Helfen dir die Einträge? Erinnerst du dich an irgendetwas?«

Plötzlich schimmerten ihre Augen zum ersten Mal, seitdem sie davon sprachen, und Pray bereute seine Frage.

»Das ist es ja. Ich erinnere mich nicht an sie.« Mit Tränen in den Augen sah sie Pray an. »Sie ist wegen mir gestorben. Und

Pray«, als sie seinen Namen so voller Trauer aussprach, zuckte sein ganzer Körper zusammen, »sie wartet auf der anderen Seite auf mich. Und ich kenne nicht einmal ihren Namen. Sie wartet auf der anderen Seite auf mich, ohne zu wissen, dass ich dort niemals sein werde.« Die Tränen füllten ihre Augen, liefen ihre Wange hinunter.

Pray wollte sie trösten, doch er wusste nicht wie. Er konnte sie nicht in den Arm nehmen, ihr nicht die Tränen von der Wange streichen. Er konnte sie nur hilflos ansehen.

Und ihr stumm versprechen, dass er alles dafür tun würde, Beck für das bezahlen zu lassen, was er ihr angetan hatte. Doch von den dreißig Tagen blieb nur noch eine Woche. Und sie hatten den Penny nicht in ihrem Besitz.

Er musste handeln.

KAPITEL 35

Rae und Azalea rannten. Das Gefängnis, in dem man sie eingesperrt hatte, lag am Hang des Berges, auf dem der Palast stand und so mussten sie sich ihren Weg durch die Bäume bahnen. Es war düster, sodass er fürchtete, ein falscher Schritt würde sie den Abhang hinunterstoßen.

Hinter ihnen ertönten Rufe und Hundegebell. Man hatte ihre Flucht bemerkt.

Mit einem Blick auf Azalea rannte Rae weiter, in Richtung der geparkten Autos. Sie standen noch immer auf dem kleinen Sandplateau, auf dem sie nach ihrer Ankunft hatten parken müssen.

Schritte kamen näher und die Rufe wurden lauter. Endlich erreichten sie den Sandplatz. Rae zögerte nicht, legte seine Hand auf die Scheibe eines der Autos und ließ seine Eiskräfte aus dem Körper fließen. Mit einem anschließenden Stoß seines Ellbogens zerschmetterte er das gefrorene Glas und öffnete die Tür von innen.

»Rae«, sagte Azalea drängend. Er hörte es auch – die Schritte kamen dichter.

Er hatte keinen Schlüssel, aber dank Tyresian wusste er, wie man ein Elektroauto kurzschloss. Nebenbei öffnete er die Beifahrertür von innen, sodass Azalea einsteigen konnte. Gerade rechtzeitig – auf dem Pfad zwischen den Tannen tauchten die ersten Menschen auf.

Rae schaltete das Auto ein.

Nichts passierte.

»Was zum …« Er kontrollierte die Drähte. Der Wagen müsste anspringen. Er hatte alles richtig gemacht. Außer …

»Wir müssen hier weg!« Er riss seine Tür auf. Azalea lief zum nächsten Auto, doch Rae packte sie an der Schulter. »Sie haben die Autos lahmgelegt«, sagte er und sah sich um. »In der Nacht, als wir auf dem Balkon waren.«

Azalea fluchte und Rae konnte ihr nur recht geben. Ashland hatte nie geplant, ihn wieder gehen zu lassen. Es war von Anfang an ein abgekartetes Spiel gewesen.

Die Schritte ihrer Verfolger näherten sich. Rae packte Azaleas Hand und sie rannten den Abhang hinunter, suchten Schutz zwischen den dichten Tannen.

»Wir müssen es zur Grenze schaffen«, stieß Rae hervor.

Azalea keuchte. »Das sind knapp hundert Kilometer.«

Ein dumpfer Knall durchbrach die Stille. Zischend zog Azalea die Luft ein.

»Keine Angst.« Rae zog sie weiter. »Sie feuern blind.« In der Dunkelheit konnten sie sie unmöglich sehen. Am Fuß des Abhangs bedeckte der Wald die Landschaft wie ein riesiger Teppich. Sie mussten es bis dorthin schaffen und in der Weite untertauchen.

Stolpernd rannten sie weiter, bis der Boden unter ihnen endlich nicht mehr absank. »Hier lang.« Rae führte sie Richtung Osten – sie mussten einen Bogen schlagen, um zur Grenze zu gelangen.

Die Äste der Bäume schlugen gegen Raes Haut, als sie tiefer in die Schatten eintauchten. Laub schwängerte die Luft mit einem modrigen Geruch und der Boden bebte unter ihren hastigen Schritten. Raes Herzschlag vermischte sich mit dem Knirschen der Blätter und Azaleas angestrengtem Atem.

Die Blätter über ihnen rauschten bedrohlich und ein scharfer Geruch von feuchter Erde hing in der Luft.

Noch immer hörten sie die Schritte ihrer Verfolger, die Hufschläge wie Trommelschläge. Rae warf einen flüchtigen Blick über die Schulter, konnte aber niemanden sehen. Schweigend huschten sie durch den Wald wie Schatten auf der Flucht vor dem Tageslicht. Irgendwann waren die gelegentlichen Rufe der Eulen und das Knacken toter Äste die einzigen Geräusche, die sich mit ihren erschöpften Atemzügen mischten.

»Sie haben unsere Spur verloren.« Azaleas Stimme drang rau durch die Dunkelheit. Sie hielt sich die Seite und strich die verschwitzten Haare von ihrer Wange.

»Für den Moment«, sagte Rae und atmete tief ein. »Aber wenn sie wissen, was wir getan haben, wird das ganze Land hinter uns her sein. Wir müssen uns an die Wälder halten.« Er sah sich um. Im Dunkeln wirkte alles gleich, doch solange sie die Sterne und den Mond durch das Dickicht sehen konnten, wussten sie immerhin, in welche Himmelsrichtung sie laufen mussten.

Azalea nickte und marschierte voran. Sie trug noch immer ihr gelbes Kleid, das mittlerweile vor Dreck strotzte, am Saum zerrissen war und so ihre Unterschenkel entblößte. Vom Laufen musste Matsch aufgewirbelt worden sein, denn dunkle Flecke klebten an ihrer Haut.

Kein Matsch, erkannte Rae beim näheren Hinsehen. *Blut*.

Sofort griff er nach ihrem Arm. »Warum, bei den verdammten Dichtern, sagst du nichts?«, knurrte er und hockte sich hin, um ihr Bein zu inspizieren. Selbst hier hörte er, wie sie die Zähne zusammenbiss.

»Ist nicht schlimm.«

Er ignorierte sie und tastete ihr Bein ab. Sie zuckte zusammen. Die Seite ihrer Wade war zerfetzt und Blut floss unaufhörlich aus der Wunde. »Das muss verbunden werden.«

Sie entzog ihm ihr Bein. »Blödsinn. Wir müssen hier weg.« Sofort setzte sie sich wieder in Bewegung.

Rae ließ sie nicht weit kommen. Er machte einen Satz und schlang von hinten die Arme um sie, zog sie so dicht an sich, wie er sich bei der Wunde traute. Sie protestierte schnaubend, aber er nahm ihre Handgelenke und fixierte sie vor ihrem Oberkörper. Dann fuhr er mit dem Mund an ihren Haaren entlang, bis zu ihrem Ohr.

»Hör zu, mein kleiner Dämon«, raunte er. »Du wirst dich jetzt auf diesen Baumstamm dort setzen und mich dich verarzten lassen, ob du willst oder nicht. Denn ich bin egoistisch genug, um hier mit dir zu sterben und Lyzara seinem Schicksal zu überlassen.« Er drückte sie ein wenig fester an sich. »Verstanden?«

Sie drehte ihren Kopf ein Stück zur Seite, sodass seine Lippen die Haut an ihrem Kiefer berührten und ihn ein Stromschlag durchfuhr. »Verstanden«, sagte sie außer Atem.

Rae ließ sie los und führte sie zu dem umgekippten Baum, wo er sein Hemd auszog, um damit die Wunde zu verbinden. Danach knöpfte er sein Jackett über der nackten Brust zu, um nicht zu frieren. Sicherheitshalber tastete er Azaleas Bein ab, doch die Verletzung schien nicht allzu schlimm. Er sah zu ihr auf, wollte ihr die guten Neuigkeiten mitteilen, da erwischte er sie dabei, wie sie sich mit dem Handrücken über die Augen fuhr. Feuchtigkeit verwischte den Dreck auf ihrer Wange.

Alarmiert legte Rae seine Hände an ihre Hüfte. »Hey«, sagte er sanft, während sie blinzelnd in die Blätter starrte. »Tut es weh?«

Sie schüttelte den Kopf, sah ihn noch immer nicht an. Er richtete sich auf, strich ihr über die Arme und umfasste ihre Wangen.

»Azalea«, sagte er sanft und wischte mit seinen Fingern die Schliere aus ihrem Gesicht. »Bitte rede mit mir. Was soll ich tun?«

Zittrig atmete sie ein. »Du solltest mich hier lassen.«

Beinahe hätte er aufgelacht, aber er riss sich zusammen. »Rede keinen Unsinn. So schlimm ist es nicht, du wirst wieder.«

Doch sie schluckte nur hart und starrte weiterhin in die Bäume, blinzelte die aufkommenden Tränen weg. »Das meine ich nicht, Rae«, sagte sie und in der Art, wie sie seinen Namen aussprach, lag so viel Schmerz, dass sich sein Brustkorb zusammenzog. »Ich habe den König von Ashland getötet. Was glaubst du, werden sie tun, wenn ich mit dir zurück an den Hof gehe?«

»Das war Notwehr«, sagte er sofort. »Er wollte uns zuerst töten.«

»Aber nicht, als er am Boden lag.« Wieder schluckte sie und senkte langsam den Blick, begegnete seinem.

Es gab selten Momente, in denen Azalea diese Art von Verletzlichkeit zuließ. Und wenn es so weit war, wurde Rae wieder daran erinnert, weshalb sie sich zueinander hingezogen fühlten. Weil da eine Dunkelheit in ihnen beiden lauerte, die jeden – und sie selbst – das Fürchten lehrte. Nur den jeweils anderen nicht.

Deshalb umfasste er ihre Wange fester, zwang sie, seinem Blick standzuhalten. »Dich trifft keine Schuld.« Er wartete, bis er sich sicher war, dass sie ihm zuhörte. Als sie die Lippen aufeinanderpresste, sprach er weiter. »Du hast da drinnen gekämpft und unser beider Leben gerettet. Alles, was passiert ist, war seine Schuld. Hab keine Angst vor dem, was kommt. Ashlands Truppen standen bereit. Sie hätten uns ohnehin angegriffen. Du magst ihnen einen Vorwand gegeben haben, aber wir beide kennen die Wahrheit.«

Sie schloss die Augen und ihre Lippen bebten leicht, als sie einatmete. »Danke«, hauchte sie und legte ihre Stirn an seine.

Rae gab ihr einen Kuss auf die Wange. »Jederzeit.«

Sie gönnten sich einen Moment der Ruhe, ehe sie wieder aufbrachen.

Bis zum Morgengrauen liefen sie durch den Wald, der abrupt an einer Hauptstraße endete. Ihnen blieb keine Wahl, außer sich zu beeilen und mit gesenktem Kopf über die Straße und daran angrenzende Felder zu laufen, um in einen weiteren Wald zu gelangen. Dieser war weniger dicht bewachsen und durchzogen von mehreren Wanderwegen.

Es würde nicht mehr lange dauern, bis sie jemandem begegneten.

Immer wieder bot Rae Azalea eine Pause an, die sie ausschlug. Häufiger beobachtete er, wie sie sich an Bäumen abstützte. Ihr Tempo verlangsamte sich. Sie waren seit Stunden unterwegs und ohne etwas zu trinken, merkte selbst Rae die Reise in seinen Knochen.

Als die Dunkelheit nahte, schlichen sie durch ein kleineres Dorf. Die patrouillierende Polizei überraschte Rae nicht, sorgte jedoch dafür, dass sie einen Umweg nehmen mussten, um erneut ungesehen in den Wäldern weiterzulaufen. Azalea nickte nur stumm.

In der Finsternis blieb Rae immer wieder an Wurzeln oder Schlingpflanzen hängen, kämpfte sich weiter. Sie mussten es zur Grenze schaffen. Ansonsten wären sie verloren.

Azalea stieß mit der Schulter gegen einen Baum und strauchelte. Rae fing sie auf und als sie nicht protestierte, wurde ihm klar, wie ernst es war. Sanft hob er sie hoch, legte seinen Arm unter ihre Kniekehlen und trug sie. Ihre Augenlider flatterten.

»Halte durch«, flüsterte er. Seine Arme wurden schwer und seine Schritte langsamer. Er lief weiter, sah die Sonne erneut aufgehen und wusste, dass es keinen Sinn hatte.

Befand er sich noch auf dem richtigen Weg? Wie weit war die Grenze entfernt? Und wie sollte er in diesem Zustand ungesehen nach Lyzara kommen?

Sein Fuß blieb in einer Schlingpflanze hängen und er stolperte, schirmte Azaleas Fall mit seinem Körper ab. Sie stöhnte, öffnete jedoch nicht die Augen. Rae hielt sie im Arm, wiegte sie sanft hin und her und schloss die Augen.

Er würde sie nicht sterben lassen. Und wenn er dafür die Hölle auf Erden lostreten musste.

Mit letzter Kraft konzentrierte er sich auf seine Gedanken, bis er spürte, wie sie als elektrische Impulse durch sein Hirn flossen. Bisher hatte er die Biokinese nur bei Menschen und Wycca angewandt, die in unmittelbarer Nähe waren.

Jetzt brauchte er mehr. Er ließ seinen Geist wandern und glaubte, zu fühlen, wie Hunderte, Tausende elektrische Fäden ihre Fühler nach ihm ausstreckten. Doch er suchte einen bestimmten Geist.

Den, dessen Innerstes er so gut kannte wie sein eigenes.

Es war, als würde er mit geschlossenen Augen sein Zimmer betreten. Der vertraute Teppich unter seinen Füßen. Der Geruch seines Shampoos, der in der Luft hing. Obwohl er nichts sah, wusste er, wo er sich befand.

Zu Hause. Im Geist der Person, die er sein Leben lang sein Zuhause genannt hatte.

Dann tat er, was er geschworen hatte, niemals zu tun.

Ich brauche deine Hilfe. Er dachte diese Worte mit einer solchen Intensität, dass er Kopfschmerzen davon bekam. Mit aller Macht visualisierte er seine Umgebung, ging seine Reise in Gedanken durch, besonders das letzte Dorf, durch das sie gelaufen waren. *Hilf mir.*

Die Worte wiederholte er so oft, dass sie in seinem Geist zu einer Einheit verschwammen. *Hilfmirhilfmirhilf.*

KAPITEL 36

Pray machte sich nicht die Mühe, den geheimen Gang zu nehmen, den Melia ihm gezeigt hatte. Dieses Mal kam er nicht zum Kerker als Eindringling. Sondern als Geschäftspartner.

Nachdem er die Nacht auf dem Boden seines Badezimmers verbracht hatte und mit einem quadratischen Abdruck auf der Wange aufgewacht war, hatte er einen Plan geschmiedet.

Einen Plan, der so riskant war, dass er nicht einmal Ty davon erzählt hatte. Geschweige denn Melia.

Aber es blieb ihm keine Wahl. In wenigen Tagen würde Beck seinen Preis einfordern. Und das konnte er nicht zulassen.

Angekommen bei der eisernen Tür, umklammerte Pray den Penny in seiner Tasche fester. Nachdem seinem Klopfen dauerte es nur wenige Sekunden, bis Beck das Sichtfenster öffnete.

»Passwort.« Als er Pray erkannte, stockte er. »Ach, du bist es.«

»Etwas mehr Freude hatte ich schon erwartet. Immerhin bringe ich Geschenke.«

Beck schnalzte mit der Zunge. »Ein menschengroßes Geschenk wäre mir lieber. Na gut, komm rein.« Er öffnete die Tür, sodass Pray den Kerker betreten konnte. Beck führte ihn durch den Gang, dieses Mal jedoch vorbei an den Räumen mit den Artefakten, direkt in ein gut eingerichtetes Büro.

Am Schreibtisch angekommen, wandte Beck sich mit glühenden Augen zu Pray um. »Gib ihn mir.«

»Zeig mir erst den Vertrag.«

Wieder schnalzte er mit der Zunge, öffnete aber seine Schreibtischschublade und zog das Pergament hervor. Pray nahm es und überflog die Zeilen erneut.

Vereinbarung zwischen Beck Stoker und Melia

Der genannte Wycca liefert die gewünschten Informationen über die gesuchte Person, im Gegenzug wird ihm der vermisste Penny, der aus der Sammlung entwendet wurde, zurückgebracht. Sollte dies nicht innerhalb von dreißig Tagen geschehen, begibt sich Melia freiwillig erneut in die Obhut des genannten Wycca.

Die Zeit war so gut wie um. Er fuhr mit dem Finger über Melias Namen. Kein Nachname. Dank Beck würde sie nie erfahren, wer sie in einem anderen Leben gewesen war.

Er atmete tief ein. »Ich habe, was du willst. Damit ist die Vereinbarung hinfällig?«

Beck nickte ruckartig. »Die Worte lösen sich auf, sobald der Vertrag erfüllt ist.«

»Gut.« Pray legte das Pergament auf den Schreibtisch und griff in seine Tasche. Scharf zog Beck die Luft ein und stolperte ein paar Schritte zurück.

»Du kannst ihn nicht mit bloßen Händen anfassen«, sagte er entgeistert.

Das hatte Pray bereits befürchtet, als er den Penny das erste Mal in der Akademie hatte hängen sehen. Die Macht des Artefakts war selbst durch die Glaswand spürbar gewesen.

»Ich weiß. Aber du bist nicht der Einzige, der geforscht hat.« Mit der anderen Hand holte er eines der Fläschchen hervor. »Ein Mittel, das Magie blockiert.«

Sofort trat ein gieriger Ausdruck in Becks Augen. »Das ist mir nie gelungen. Nur gebunden ans Neo-Cruas.«

Das bestätigte, was Pray seit dem Fund von Melias alten Besitztümern geahnt hatte. Die Schwestern waren geschult in dem, was sie getan hatten. Der Magieblocker allein könnte schon für Chaos sorgen, doch Pray hatte ihn bisher nur einmal angewandt – um den Penny aus der Schule zu holen. Es war kein Problem gewesen, Mikael und Tahnee um eine Führung zu bitten. Pray hatte es in Raes Namen getan, auch wenn dieser nichts davon wusste. Sie hatten ihn durch das Gebäude geführt, ihm die Klassenzimmer gezeigt, bis es ihm gelungen war, mit der Entschuldigung, das Bad aufsuchen zu müssen, zum Penny zu gelangen. Kurz hatte er gezögert. Immerhin hatte er keine Sicherheit, dass der Trank funktionierte. Doch es war seine einzige Chance.

Als er den Bilderrahmen herunternahm und die Rückwand löste, zitterte seine Hand. Mit der Fingerspitze berührte er das Artefakt.

Nichts geschah. Schnell steckte er es ein und ließ den Rest von Mikaels langweiliger Führung über sich ergehen.

Doch das war es wert gewesen.

»Das Mädchen, das statt Melia in der Sternengasse war. Ihre Schwester«, sagte Pray nun und beobachtete Beck. Erkennen blitzte in den Augen des Wycca auf. Also war wahr, was Melias Schwester in dem Tagebuch geschrieben hatte. »Sie war auf den Markt gekommen, um Zutaten zu kaufen. Für ihre Forschung.«

»Ich wusste, dass sie experimentiert. Dass Melia so lange überlebt hat, kann kein Zufall gewesen sein.«

»Ihre Experimente waren erfolgreich.« Pray öffnete seine Faust, offenbarte den Penny.

Becks Augen funkelten.

»Ich weiß, dass du nicht vorhast, mich gehen zu lassen«, sagte Pray und schloss die Hand wieder. Dass Beck niemand war, der Ehre besaß, war kein Geheimnis. »Ich bin nicht blöd. Aber ich biete dir einen Deal an. Du behältst den Penny und bekommst von mir den Trank, sodass du ihn analysieren kannst. Dafür lässt du mich gehen.«

»Ein Mensch ist viel wert.«

»Diese Forschung auch.«

»Gut. Gib mir den Trank. Und den Penny.«

»Ich gebe dir den Penny. Aber den Trank erst, wenn du unterschreibst.«

Beck verengte die Augen. »Ein ziemlich zäher Verhandlungspartner.«

Pray zuckte mit den Schultern. »Ich weiß, was ich wert bin.«

»In Ordnung. Leg den Penny auf den Schreibtisch. Wenn der Vertrag erfüllt ist, setze ich einen neuen auf.«

Vorsichtig ging Pray zum Tisch, leckte sich über die Lippen. »Eins noch«, sagte er und drehte sich zu Beck. »Welche Kräfte besitzt er?«

Beck rollte mit den Augen. »Das geht dich einen feuchten Dreck an.«

»Du willst ihn doch zurückhaben.« Sofort schloss er die Hand fester um das Artefakt. »Also wäre ich an deiner Stelle etwas freundlicher.«

Die Augen des Wycca funkelten. »Schön. Es wird behauptet, dass er seinem Träger einen Wunsch erfüllt.«

Pray runzelte die Stirn. »Warum hast du dich dann nicht freigewünscht?« Seit ihrer ersten Begegnung wusste er, dass Beck nichts weiter wollte, als diesen Kerker zu verlassen, an den er durch einen Fluch gekettet war.

Schnaubend verschränkte er die Arme. »Wenn es so einfach wäre«, murmelte er und verengte die Augen zu Schlitzen. »Man muss den Penny dreimal um sich selbst drehen. Da jede Berührung einem jedoch den sofortigen Tod beschert, gestaltet sich das als schwierig, *Mensch*.« Er spuckte das letzte Wort aus.

Prays Hand verkrampfte sich. Würde Beck in den Besitz des Artefakts gelangen, hätte er eine mächtige Waffe. Mithilfe des Magieblockers könnte er seinen Wunsch für unaussprechliche Dinge einsetzen. Doch wenn er den Vertrag nicht erfüllte, wäre Melia erneut eine Gefangene.

Ihm blieb nichts anderes übrig. Langsam öffnete er die Hand und legte das Artefakt auf den Tisch, schob es in Becks Richtung. Sein Herz schlug ihm bis zum Hals.

Ich übergebe den Penny, wiederholte er immer wieder in Gedanken. *Ich erfülle den Vertrag.* Nervös sah er zum Pergament, das daneben lag. *Los, mach schon.*

Kurz glaubte er, seine Sicht würde verschwimmen, weil er zu lange auf die Buchstaben starrte. Doch dann begriff er, dass es geschah. Die Tinte löste sich auf. Erleichtert stieß er den Atem aus und auch Beck schien zufrieden.

»Jetzt den Trank«, verlangte Beck.

Sofort schloss Pray die Hand ums Fläschchen. »Erst unterschreibst du einen Vertrag.«

Beck schüttelte den Kopf. »Nichts da. Wer weiß, was du mir da andrehst. Ich will probieren, ob er wirkt. Danach sehen wir weiter.«

»Wer sagt mir, dass du dir nicht den Trank nimmst und mich wegsperrst?«

»Da musst du wohl auf mein Wort vertrauen.«

Zögernd rollte Pray das Fläschchen zwischen den Fingern. Dabei sah er wieder das Funkeln in Becks Augen.

Er war ein Forscher. Er wollte diesen Trank.

»In Ordnung. Ein Schluck, um zu testen, ob er funktioniert«, sagte Pray und streckte den Arm aus.

Sofort griff Beck danach und berührte dabei Prays Hand. Ein unangenehmer Schauer durchfuhr ihn. Beck öffnete den Korken, schnupperte an der Flüssigkeit. Er nahm einen winzigen Schluck und gab Pray das Fläschchen wie abgesprochen zurück.

Schmatzend drehte er sich zum Schreibtisch und beäugte den Penny. »Dann wollen wir mal sehen«, murmelte er und streckte einen einzelnen Finger aus, ließ ihn über der Oberfläche des Geldstücks schweben. Pray erinnerte sich an das Knistern von Magie, das ihn dabei gekitzelt hatte.

Becks Augen weiteten sich. Mit der Fingerspitze berührte er den Penny.

Nichts geschah.

»Unglaublich«, hauchte er. »Ich habe jahrelang geforscht … «

»Dann können wir jetzt zum Geschäftlichen kommen?« Pray

gab sich große Mühe, seinen dröhnenden Herzschlag zu verbergen, und deutete auf das Pergament.

»Sicher.« Der Wycca nahm die schwarze Feder aus der Schublade und hielt sie ihm abwesend entgegen, während er auf den Penny starrte.

Schnell schnappte er sich das Schreibwerkzeug und schrieb die Worte in alle Eile. »Hier.« Er drehte das Pergament zu Beck, der nun mit zwei Fingern über die Oberfläche des Pennys strich. »Da steht, ich gebe dir das Fläschchen und dafür lässt du mich laufen«, sagte er eindringlich.

Beck sah auf, überflog den Vereinbarungstext. »Den Trank und dafür lasse ich dich laufen«, murmelte er und Prays Puls dröhnte lauter. »Gut.«

Schluckend schob Pray die Feder zu Beck. »Und es gibt keine Möglichkeit, Wortbruch zu begehen?«, fragte er, als dieser die Feder nahm. »Du musst dich daranhalten?«

Der Wycca lächelte das Lächeln, das Pray manchmal in seinem Schlaf verfolgte. »Es gibt eine weiße Feder, die den Vertrag rückgängig machen kann. Aber selbst ich habe keine Ahnung, wo sie sich befindet.« Schwungvoll setzte er seinen Namen unter den Text. Pray stieß die angehaltene Luft aus. Beck beachtete ihn nicht, sondern nahm den Penny zwischen seine Finger, betrachtete ihn.

Langsam trat Pray einen Schritt zurück. Dann noch einen.

»Nicht so schnell, hübscher«, sagte Beck und sah auf. »Ich habe unterschrieben, dass ich dich gehen lasse. Da steht nicht, in welchem Zustand. Und …« Sein Blick fiel wieder auf den Penny. Stirnrunzelnd rieb er ihn zwischen den Fingern und seine Gesichtszüge verhärteten sich. Mit voller Wucht schmiss er ihn auf den Boden. »Das ist eine Fälschung!«

Pray lächelte wacklig. »Ups.«

»Du wusstest es«, schnaufte Beck. »Dann ist der Trank eine Lüge. Aber wie … Der Vertrag? Er hat sich als erfüllt angesehen!«

Pray kratzte sich am Kopf. »Du solltest besser auf deine Wortwahl achten. Im Text stand nichts von dem Original. Nur von deinem entwendeten Besitz.«

»Du hast mich betrogen!«

»Das sah der Vertrag wohl anders.« Pray deutete auf das Pergament. »Immerhin hat er sich aufgelöst.«

»Wo ist das Original?«

»Das wird mir einen langersehnten Wunsch erfüllen.« Jetzt, da er wusste, was der Penny konnte, hatte er eine Ahnung, was er damit anstellten würde.

»Du Narr«, stieß Beck hervor. »Du hast keine Ahnung, welche Macht du entfesselst.«

Mit einem Schnauben tat Pray Becks Warnung ab. Der Kerkermeister war ein ziemlich schlechter Verlierer. »Wenigstens weiß ich, wie man Verträge richtig aufsetzt.«

»Das denkst du. Ich werde dich foltern, bis du deinen eigenen Namen nicht mehr weißt. Und ja, dann werde ich dich gehen lassen.«

Er streckte eine Hand aus und Funken rauschten in Prays Richtung. Automatisch schützte er sein Gesicht mit dem Arm. Der Gestank von verkohlter Kleidung stieg ihm in die Nase und seine Haut prickelte.

In einer Geschwindigkeit, die er nicht mit Beck in Verbindung gebracht hätte, stürzte sich dieser auf ihn, quetschte mit dem Unterarm Prays Luftröhre zusammen.

»Ich werde dafür sorgen, dass du dir *wünschst*, nie geboren worden zu sein.«

Pray schnappte nach Luft. Doch plötzlich ließ der Druck auf seinen Hals nach. Beck taumelte rückwärts und hob eine Hand ans Herz. Er hustete, verdrehte die Augen.

»Was ist das?«, keuchte er.

Pray räusperte sich, um das Druckgefühl auf seine Luftröhre loszuwerden. »Es sollte aufhören, wenn du nicht mehr daran denkst, mich zu foltern. Oder daran, andere unangenehme Dinge mit mir anzustellen.«

Beck würgte und klopfte sich auf die Brust.

»Ernsthaft«, riet Pray ihm. »Hör auf. Oder du stirbst.«

»Wie machst du das?«, krächzte er.

Pray hielt das Fläschchen hoch. »Es gibt einen Trank, der die Magie blockiert. Aber das hier ist er nicht. Der hier lässt dich Dinge sehen, die nicht da sind. Das stand zumindest in dem Notizbuch«, fügte er hinzu. »Ich hätte nicht gedacht, dass er so gut funktioniert. Die Wirkung müsste bereits nachgelassen haben. Sieh selbst.« Er deutete aufs Pergament.

Taumelnd ging Beck zum Schreibtisch, schaute immer wieder über seine Schulter, als fürchtete er, Pray würde ihn angreifen. Doch das war gar nicht nötig.

»Aber … da stand eben noch etwas anderes«, stammelte er.

»Dachtest du zumindest. Das, was du jetzt siehst, ist der wahre Vertrag. Und wenn du dagegen verstößt, stirbst du.« Pray steckte die Hände in die Hosentaschen und ging in Richtung Ausgang, während Beck ihn mit allerlei Flüchen bedachte.

»Du wirst schon sehen, was du davon hast!«, rief er. Pray ignorierte ihn. »Sie wird den Tod verbreiten. Und wenn es so weit ist, wirst du das alles bereuen.«

Er lachte über die verzweifelten Worte eines gedemütigten Mannes, während er sich bückte, um den falschen Penny einzustecken. Ohne sich umzudrehen, verließ er den Kerker, die Hand um den echten Penny geschlungen, der in seiner anderen Hosentasche verweilte.

Nur gut, dass er nicht geahnt hatte, wie tödlich das Artefakt war. Dann hätte er nicht so viel Vertrauen in den Trank gesteckt. Doch nun wusste er, was zu tun war.

Tyresians altes Haus war noch immer ein Haufen Schutt, der zwischen den anderen aufragte. Pray wunderte das nicht. Devon würde die Überreste des Gebäudes wegräumen lassen, wenn er die Sternengasse vergrößerte.

Doch dazu würde es nur kommen, wenn Beck sich irrte und der Penny nicht wirkte.

Pray holte ihn hervor und hielt das Geldstück in die ersten Sonnenstrahlen, die sich durch die Wolken stahlen. Er trug so viele Wünsche in seinem Herzen, dass es ihm nicht schwerfallen sollte, den passenden zu formulieren. Viele von ihnen hatten mit Melia zu tun; andere mit Lyzara; wiederum andere drehten sich um Rae und die Bürde seiner Krone oder Ty und dessen Dunkelheit, die ihn manchmal überkam.

Doch der Penny erlaubte nur einen Wunsch. Und so schien es richtig, ihn zu teilen.

Er drehte ihn dreimal zwischen den Fingern, wie Beck es ihm gesagt hatte. Dabei schloss er die Augen und sprach die Worte in Gedanken.

Als er fertig war, öffnete er die Lider und schaute auf seine Hand.

Der Penny war verschwunden.

Stattdessen hörte er eine Stimme in seinem Kopf, die ihm so vertraut war, dass er für einen Moment dachte, es wäre seine eigene.

Bilder stoben in seinen Gedanken umher, verdrängten alles andere. Und immer wiederholten sich die gleichen Worte.

Hilf mir. Hilf mir. Hilf mir.

KAPITEL 37

Als Rae erwachte, war der Platz neben ihm kalt. Ruckartig riss er die Lider auf und wurde vom Sonnenlicht geblendet. Bunte Punkte tanzten vor seinen Augen.

»Das letzte Mal, dass ich dich in einem solchen Zustand gesehen habe, war nach der Neujahrsfeier vor acht Jahren«, sagte eine vertraute Stimme. »Zum Glück hast du heute eine Hose an.«

Rae rieb sich über die Augen und stützte sich auf einem Ellbogen ab. »Pray«, sagte er erleichtert.

Sein Freund lächelte. »Hey, Kumpel.« Vorsichtig legte er einen Arm um Rae und drückte ihn.

»Was ist passiert?« Blinzelnd sah er sich um.

Pray ließ ihn los und hob eine Braue. »Sag du es mir.« Obwohl er lächelte, verengten sich seine Augen und sofort braute sich ein ungutes Gefühl in Raes Inneren zusammen. Er erinnerte sich an seine letzten Gedanken, bevor ihn die Erschöpfung niedergerissen hatte.

Gedanken, die er in Prays Kopf gepflanzt hatte. Offenbar erfolgreich, sonst läge er noch immer in einem Wald in Ashland. Bei der Erinnerung spannte sich sein Körper an.

»Azalea.« Sofort machte er Anstalten, aus dem Bett zu klettern, doch Pray hielt ihn zurück, obwohl das gar nicht nötig gewesen wäre. In dem Moment, als er sich erhob, sah er sie. Zugedeckt lag sie auf einem Bett an der Wand hinter Pray. Auf einem Stuhl daneben saß Coleus Blackwall, der aussah, als wäre er am liebsten ganz woanders. »Geht's ihr gut?«

»Die Ärzte haben ihre Wunde versorgt«, sagte Coleus und

strich eine dunkle Haarsträhne von Azaleas Stirn. »Sie wird wieder.«

Raes Muskeln schmerzten, als er sich zurücksetzte und gegen die Wand lehnte. Am liebsten würde er aufspringen und zu Azalea laufen, doch das schien ihm in Anbetracht der Umstände unpassend, während ihr Bruder an ihrem Bett wachte.

»Sie hat Schmerzmittel bekommen und wird sicher länger schlafen«, ergänzte Pray.

Coleus schnaubte. »Da kennst du meine Schwester schlecht. Schmerzmittel hin oder her – sie ist bald wieder wach.«

Automatisch lächelte Rae, weil er dasselbe dachte.

Die Tür wurde geöffnet und noch ehe er jemanden sah, hörte er zwei leise Stimmen, die sich eindringlich unterhielten.

»Und wenn du willst, dass er den Mund hält, erinnere ihn einfach daran, wie er mit nackten Schenkeln an den Ledersitzen seines geliebten Ferrari – oh, du bist wach.« Ty ließ sich aufs Bett fallen und wuschelte Rae durch die Haare, was dieser nur über sich ergehen ließ, weil er die Erleichterung in Tys bunten Augen erkannte.

Melia, die mit ihm zusammen das Zimmer betreten hatte, lächelte schüchtern. Sofort stand Pray von seinem Stuhl auf, um ihn ihr anzubieten.

»Raev wollte gerade erzählen, wie es kommt, dass er und Azalea angeschossen in einem Wald in Ashland gelandet sind«, sagte er und sah Rae auffordernd an.

Dieser seufzte. Er wünschte, Azalea wäre bereits wach. Nicht nur, weil sie ihm helfen könnte, die Geschichte zu erzählen, sondern auch, weil er wesentlich beruhigter wäre, wenn sie die Augen öffnete. Er sah rüber zu dem anderen Bett, doch noch regte sie sich nicht. Coleus saß ebenfalls steif auf seinem Stuhl und hatte sich nur etwas in Raes Richtung gedreht, sodass er am Gespräch teilnehmen konnte.

»Vielleicht sollten wir das lieber allein besprechen und nicht in Anwesenheit von anderen«, sagte Ty. Obwohl er offenbar von Coleus sprach – die beiden hatten sich also in Raes Abwesenheit trotz der gemeinsamen Ermittlungen nicht angefreundet – vermied er jeden Blick auf den Wycca. Scheinbar mit aller Kraft, denn die Sehnen in seinem Hals stachen unnatürlich stark hervor.

Coleus' violette Augen verdunkelten sich, aber sein Gesicht blieb ausdruckslos. Nicht wütend – eher traurig. Rae fiel auf, dass er zum ersten Mal, seitdem er den Polizisten kannte, zerknitterte Kleidung trug. Auch die Augenringe waren neu. Lag das an der Sorge um seine Schwester?

»Nicht nötig«, winkte Rae ab und nickte Coleus zu. »Du solltest es ebenfalls hören.« So berichtete er ihnen von ihrer Zeit in Ashland, dem vermeintlichen Heiratsangebot und von dem Abend, als er von Swiers Verrat und der gemeinsamen Sache zwischen ihm und Ashland erfahren hatte.

»Solche Arschlöcher«, stieß Ty hervor. »Es ging ihnen nie um den Frieden?«

»Schon am ersten Abend haben sie unsere Autos manipuliert, wahrscheinlich für den Fall, dass wir abhauen wollen. Sie haben uns hingehalten.«

»Aber warum?«, fragte Pray und schüttelte leicht den Kopf, während er auf seiner Unterlippe kaute. »Was wollten sie damit erreichen?«

Doch ehe Rae antworten konnte, mischte Coleus sich ein. »Offenbar wollten sie den König von seinem Land fernhalten. Stimmt's?«

Rae nickte und hatte den unangenehmen Verdacht, dass Coleus mit seinem geschulten Verstand viel früher hinter diese Intrige gekommen wäre, als es bei ihm der Fall gewesen war.

»Aber um was zu tun?«, fragte Pray.

»Sie wollten mich aus dem Weg haben. Um Lyzara anzugreifen.«

Die Stille, die folgte, hätte man in Flaschen abfüllen und daraus Dunkelheit brauen können. Melias Augen wurden riesig, während Pray und Ty einen grimmigen Blick wechselten, und Coleus die Hand zur Faust ballte.

»Aber sie können doch nicht einfach einen Krieg erklären«, sagte Melia schließlich und sah unsicher von einem zum anderen. »Auf welcher Grundlage?«

Rae strich sich die langen Haare aus dem Gesicht und überlegte. »An dem Abend der Feier habe ich die Erlaubnis vom Blutrat bekommen, Azalea zu heiraten«, verriet er ihnen.

»Das war, nachdem man *ihn*«, Ty deutete mit dem Kopf auf Coleus, »wegen der Vorkommnisse in der Akademie geehrt hatte. Er ist jetzt scheinbar der Liebling der Nation.«

»Das hättest du ebenso sein können«, sagte Coleus und drehte sich nun ganz in Tys Richtung, um ihn mit einem wütenden Blick zu besehen. »Aber du hattest es ja vorgezogen, im Drogendelirium zu schweben.«

Stirnrunzelnd sah Rae zu Ty. »Drogen?«, fragte er perplex.

Ty richtete seinen Oberkörper auf, beachtete Rae aber gar nicht, sondern fixierte Coleus. »Mir ist es vielleicht nicht so wichtig, was andere von mir denken.«

Schnaubend schüttelte Coleus den Kopf. »Na sicher. Wenn du –«

»Kann mir jemand sagen«, mischte Rae sich lauter als geplant ein, »warum ihr Drogen in meinen Palast schmuggelt? Und worüber ihr überhaupt redet?« Er hatte das Gefühl, einen wichtigen Teil dieser Unterhaltung verpasst zu haben.

»Vergiss es einfach«, murmelte Pray. »Es geht hier weder um Drogen noch um irgendwelche Ehrungen, sondern um gebrochene Herzen.«

Überrascht musterte Rae Ty, dessen Wangen sich dunkel färbten. Ertappt. Offenbar hatte er mehr verpasst, als geahnt. Doch momentan gab es Wichtigeres.

»Wie auch immer«, sagte er schnell, bevor Ty die Messer, die ohne Zweifel auf seiner Zunge lagen, auf Coleus abfeuern konnte. »Auf jeden Fall wollten sie die Tatsache nutzen, dass ich das Heiratsangebot von Ashland ausgeschlagen hätte – und damit die Garantie auf Frieden –, weil ich Azalea zur Frau genommen hätte. Das, gepaart mit dem vermeintlichen Mord an Katleem, wäre Grund genug.«

»Aber das können sie nicht mehr vorschieben«, sagte Pray energisch. »Nicht, nachdem man euch *so* aus dem Land vertrieben hat.« Er fuchtelte mit den Händen und deutete auf Azaleas Zustand. Dann runzelte er die Stirn. »Wie kam es überhaupt dazu?«

Rae holte tief Luft. Das war der Teil der Geschichte, den er am liebsten verschwiegen hätte. Doch er musste es ihnen sagen. Wenn sie es bisher nicht wussten, hatte Ashland noch keine Zeit gehabt, den Tod von Carlisle Stuart öffentlich zu machen. Was bedeutete, dass Rae nicht lange bewusstlos gewesen sein konnte.

»Richtig«, sagte er und blies langsam die Luft zwischen seinen Lippen aus. »Sie wollten Lyzara still und heimlich angreifen und Katleems Tod und die Kränkung durch die ausgeschlagene Hochzeit vorschieben, während sie mich in Ashland wussten. Lyzara wäre überrannt worden.«

»Aber das können sie jetzt vergessen, oder nicht?«, fragte Pray.

Rae biss sich auf die Wange. »Sie haben einen anderen Grund gefunden, uns den Krieg zu erklären«, sagte er vorsichtig und sah auf seine Hände, die er in der Bettdecke vergrub. Gleichzeitig spürte er, dass vier Augenpaare auf ihn gerichtet waren.

»Welchen?«, fragte Pray, als er nicht weiter sprach.

Doch Raes Kehle war trocken. Er konnte nicht antworten.

»Den Tod von Carlisle Stuart«, ertönte eine Stimme hinter Coleus.

Sofort schnellte Raes Kopf in Azaleas Richtung. Sie setzte sich langsam auf und die verschwitzten, dunklen Haare aus ihrer Stirn. Ihr Gesicht war blass, doch ansonsten schien sie – bis auf die Wunde an ihrem Bein – unversehrt.

Die anderen wollten direkt zu ihr, aber Azalea hob eine Hand, hielt sie auf Abstand. Ihre eisblauen Augen glänzten hart und sie schluckte schwer.

»Ashland wird uns den Krieg erklären«, sagte sie mit zittriger

Stimme und starrte einen Punkt auf der gegenüberliegenden Wand hinter Rae an. »Weil ich ihren König getötet habe.«

Die Spannung im Raum hätte auch von Rebecahs Kräften stammen können, so aufgeladen fühlte sich die Luft an.

»Du hast …«, begann Coleus und starrte seine Schwester an. »Carlisle Stuart ist tot?«

Azalea zog die Knie unter der Bettdecke an den Körper und schlang ihre Arme darum. Langsam nickte sie. »Er hielt uns gefangen, nachdem Rae von ihrem Plan erfahren hatte. Wir konnten uns befreien und …«

Kurz schloss Rae die Lider und sah die Szene wieder vor sich. Azaleas Gesicht, das sich bei den Worten des Königs von Ashland verhärtet hatte. Wie ihre Augen aufgeblitzt hatten und sie herumgewirbelt war, die Axt erhoben über ihrem Kopf.

Sein Dämon, der die Klinge schwang, um ihn zu rächen.

»Dann hat er uns erneut angegriffen«, sagte Rae, ehe Azalea weitersprechen konnte. Er spürte die Blicke der anderen auf sich, sah jedoch nur sie an. Sie öffnete den Mund, wollte protestieren, doch er ließ sie nicht zu Wort kommen. »Azalea hat ihn getötet – in Notwehr. Es spielt ohnehin keine Rolle. An diesem Punkt war ihnen jeder Grund für einen Krieg recht. Ohne dich säßen wir noch in dem Verlies.« Er bedachte sie mit einem ernsten Blick. Rae meinte, was er sagte. Azalea traf keine Schuld. Ashland hatte diesen Krieg begonnen, bevor sie ihre Räume in dem Schloss bezogen hatten.

»Warum haben sie es nicht öffentlich gemacht?«, fragte Coleus.

Rae zuckte mit den Schultern. »Ihre Truppen waren ohnehin schon unterwegs. Sie hatten auf den Vorteil der Überraschung gehofft und können nicht sicher sein, dass wir es bis hierher geschafft haben, um die Geschichte zu erzählen.« Fragend sah er zu Pray. »Wie *haben* wir es überhaupt nach Lyzara geschafft?«

»Das hast du größtenteils den beiden zu verdanken«, erwiderte er und zeigte auf Ty und dann zu Cole. »Ich war nur der Nachrichtenempfänger.«

Sofort brannten Raes Eingeweide. »Pray, ich –«

»Lass uns da ein anderes Mal drüber reden«, unterbrach er ihn. »Wir haben Wichtigeres zu tun.«

Langsam nickte Rae, auch wenn das Gefühl nicht verschwand. Er wusste, dass er eine Grenze überschritten hatte.

»Es gibt ein paar Stellen am Grenzübergang, die unbewacht sind«, sagte Coleus und legte seine Hand auf Azaleas, die dankbar lächelte. »Als Pray uns sagte, dass ihr in Gefahr seid, sind wir dorthin. Doch sie mussten mit eurer Flucht gerechnet haben, denn es wurde überall patrouilliert.« Er zögerte kurz, ehe er von seiner Schwester weg und zu Ty sah. »Tyresian hat jedoch einen Weg gefunden.«

Es war dieser eine Satz, der Raevan bewies, dass – was immer zwischen Coleus und Ty vorgefallen war – keineswegs vorbei sein konnte. Denn in Coleus' Blick lag so viel Bewunderung, vermischt mit einer eigenartigen Trauer, dass es Rae die Kehle zuschnürte.

»Ty findet immer einen Weg«, bestätigte er und sah zu seinem Freund.

Dieser schnalzte mit der Zunge. »Meistens.«

Okay, vielleicht würde es doch nicht so einfach werden.

»Dann finde bitte einen Weg, den Blutrat so schnell wie möglich zusammenzutrommeln«, sagte Rae zu Ty. »Wir müssen herausfinden, wo sich Ashlands Truppen befinden und schnellstmöglich handeln. Und die gläserne Garde alarmieren.«

Ty stand auf und nickte. »Ich spreche zuerst mit der Garde, damit sie die anderen Truppen informieren können.« Die Garde im Palast diente als Eliteeinheit der Wycca im Land. Ihnen untergeordnet waren alle weiteren und unterstanden ihrem Befehl – und damit indirekt Tys.

»Dann suche ich nach den Mitgliedern des Blutrats«, sagte Pray. »Wir dürfen keine Zeit verlieren.« Er sah zu Melia, die entschlossen nickte und ihm folgte.

Zu dritt gingen sie aus dem Zimmer und hinterließen Stille. Unbehaglich schob Rae die Decke endgültig von sich und rutschte an die Bettkante. Doch ehe er gehen konnte, räusperte sich Coleus.

»Ich würde gern etwas sagen.« Unsicher drehte er sich auf dem Stuhl zu Rae. »Wenn Ihr erlaubt, Majestät.«

Augenrollend kam Rae auf die Beine. »Ich denke, das *Majestät* können wir uns sparen.«

Coleus stand ebenfalls auf und Rae sah, wie Azalea ihm von hinten einen fragenden Blick zuwarf. Offenbar hatte sie keine Ahnung, was er wollte.

»In Ordnung«, sagte er, wirkte aber immer noch unsicher. »Ich habe in den letzten Tagen viel Zeit mit Tyresian verbracht und auch mit Pray. Und ich habe die Gerüchte gehört, die kursieren.«

Rae verschränkte die Arme und sah ihn auffordernd an, weiterzusprechen. Er war zwar nicht im Land gewesen und hatte nicht viel mitbekommen, konnte sich aber denken, worum es ging.

»Mir ist klar, dass ein Teil dieser Gerüchte stimmt. Spätestens als Pray uns mitteilte, dass ihr in Gefahr seid.« Er warf Azalea einen kurzen Blick zu, als würde er sicherstellen, dass es ihr nun gut ging. »Aber ich habe auch gesehen, wie deine Freunde für dich einstehen, ohne es zu hinterfragen. Und ich vertraue auf Azaleas Wort. Spätestens, als ich euch im Wald gesehen habe, war mir klar, dass es keinen Platz für Zweifel gibt.« Er streckte eine Hand nach hinten zu seiner Schwester aus, die sie ergriff. Er drückte sie einmal und sah sie an. »Weißt du, wie wir euch vorgefunden haben? Ich hatte dich zuerst gar nicht gesehen. Raevan hat dich mit seinem Körper abgeschirmt, obwohl er selbst nicht mehr bei Bewusstsein war.«

»Ich würde sie immer beschützen«, sagte er ernst. »Mit meinem Leben.«

»Das glaube ich dir. Und ich glaube dir, dass du dasselbe für Lyzara tun würdest.«

Er nickte fest. »Deshalb bin ich hier.«

»Dann lass mich dir eines versichern: Egal, was kommt, ich werde an deiner Seite stehen. Nicht als Polizist. Zum einen, weil sie mich gefeuert haben. Aber vor allem, da ich nicht für dich kämpfe, weil es mir irgendeine Marke vorschreibt. Wenn es zum Krieg kommt, dann kannst du auf mich zählen.«

Rae schluckte schwer. Coleus' bedeutungsvolle Worte hatten seine Kehle zugeschnürt. Er wollte etwas erwidern, doch in dem Moment ging die Tür auf und Ty stürmte hinein.

»Ich musste die Garde gar nicht alarmieren«, sagte er außer Atem. »Es läuft überall im Fernsehen.« Seine bunten Augen leuchteten ängstlich auf, als er Rae fixierte. »Sie sagen, du hättest Carlisle Stuart getötet. Ashland hat uns offiziell den Krieg erklärt. Ihre Truppen sind wenige Kilometer von der Grenze entfernt.«

Dann war es so weit.

Sie zogen in den Krieg.

KAPITEL 38

Tyresian hatte die Arbeit mit der gläsernen Garde nie als Spaß angesehen – im Gegensatz zu manchen von ihnen. Doch nun, da ein Krieg bevorstand, musste das Training so viel mehr sein. Vor ihm reihten sich die Wycca mit den stärksten Fähigkeiten des Landes auf – abgesehen von Rae. Und sie waren der Schild, der zwischen Ashland und den Menschen von Lyzara stand.

Doch sein Schild, das erkannte er nun, hatte Löcher.

»Scheiße«, spuckte er aus und raufte sich die Haare. »Wollt ihr, dass wir alle draufgehen?« Er sah von einem zum anderen. »Ihr seid diejenigen, die die Truppen in die Schlacht führen sollen. Ihr müsst ihnen Anweisungen geben. Aber dabei könnt ihr nicht mal selbst welche ausführen.«

»Wir müssen unsere Kraft trainieren«, sagte Piama mit verschränkten Armen. »Und nicht diesen Schwachsinn.« Sie deutete auf die Zielscheiben.

»Solange ihr nicht –«

Doch Piama ließ ihn nicht ausreden. Stattdessen wandte sie sich an die anderen. »Lasst uns zu dem Schotterplatz gehen und üben«, sagte sie und erntete zustimmendes Gemurmel.

Entsetzt sah Ty zu, wie sie sich von ihm abwandten und in Richtung des Trainingsplatzes liefen. *So eine verfickte Scheiße.* Ihnen blieb nur wenig Zeit, um eine Strategie zu entwickeln und genau jetzt entschlossen diese Idioten sich dazu, ihm den Gehorsam zu verweigern.

Das haben sie nicht erst jetzt beschlossen, flüsterte eine Stimme in seinem Kopf, die weniger nach ihm, sondern viel eher nach Cole klang. *Sie haben dir nie vertraut.*

Aber ich bin ihr Befehlshaber, dachte Ty fest.

Und was hast du nun davon?

Offenbar Selbstgespräche, die er mit der Stimme seines Ex-Freundes führte, und eine Garde, die ihn ignorierte.

Dafür hatte er die Sternengasse aufgegeben. Vor seinem inneren Auge tauchte Morlas Gesicht auf. Wäre er niemals von zu Hause fortgegangen, um am Hof den reichen Lord zu spielen, würde sie noch leben.

In dem Moment traf Ty eine Entscheidung. Er überlegte nicht lange, sondern stürzte sich von hinten auf Piama, warf sie zu Boden.

»Verdammte Scheiße!«, fluchte Piama und wandte sich unter ihm, sodass sie ihre Hände gegen seinen Brustkorb stoßen konnte. »Was soll das?«

»Schüttle mich ab«, knurrte Ty und drückte sie wieder zu Boden.

Die anderen waren stehen geblieben, einige von ihnen machten unsicher einen Schritt auf die beiden Kämpfenden zu. Doch Piama schüttelte den Kopf.

»Nicht.«

Anders als auf Ty, hörten sie auf die Wycca. Kurz darauf zuckte ein Stromschlag durch Tys Körper, der ihm die Kontrolle über seine Muskeln raubte. Piama nutzte den Moment, um ihn von sich zu stoßen, und einen Blitz in seine Richtung zu schicken.

Doch Ty war schneller. Er wich aus und warf sein Messer, das neben Piama im Boden stecken blieb.

Sie schnalzte mit der Zunge. »Daneben.« Wieder zielte sie mit einem Energieball auf Ty, der sich nach vorn mit den Füßen zu Boden warf und über den Rasen schlitterte. Dabei sammelte er das Messer ein und streckte gleichzeitig den anderen Arm aus, um Piama zu Fall zu bringen. Mit einer fließenden Bewegung richtete er die Messerspitze auf ihr Herz. Unter seinem Griff hob und senkte sich ihr Brustkorb angestrengt, sodass sich ihre Haut gegen die Spitze drückte, und ihre Augen schielten erschrocken in Richtung der Klinge.

»Ich könnte dich töten«, sagte Ty rau und außer Atem, »und allen hier zeigen, wer von uns stärker ist.«

Wieder huschte ihr Blick ängstlich in Richtung des Messers.

»Aber was hätte ich davon?« Er sprang auf, verstaute die Klinge in seiner Jacke und streckte seine Hand aus. »Komm hoch.«

Einen Moment befürchtete er, dass Piama sein Friedensangebot ausschlagen würde. Doch dann ergriff sie seine Hand und ließ sich in die Senkrechte ziehen. Verlegen klopfte sie sich den Dreck von den Trainingsklamotten.

»Ich weiß, ich habe keine Kräfte«, sagte Ty und sah dabei Piama an, obwohl er mit der gesamten Garde sprach. Doch es war leichter, sich auf nur eine Person zu konzentrieren. »Das habe ich nie abgestritten. Aber was ich euch nicht gesagt habe, ist, dass ich nicht einmal einen Lordtitel besessen habe, bevor ich herkam. Ich war ein Niemand – ein Verbrecher aus der Sterngasse, der sich darauf etwas eingebildet hat. Ein Verräter. Ein Auftragsmörder.« Nun sah er auf und starrte in erschrockene Gesichter. Doch er relativierte seine Aussage nicht. »Es war mir unangenehm, das zuzugeben, aber das war ein Fehler. Ich will nicht länger vorgeben, jemand zu sein, der ich nicht bin. Und ich will auch keinen Teil von mir verstecken. Denn dieser Teil aus meiner Vergangenheit kann euch helfen. *Ich* kann euch helfen, besser zu werden. Den Krieg zu überleben. Wenn ihr mich lasst.«

Er schaute zu jedem Einzelnen von ihnen, wartete ihre Reaktion ab. Noch nie hatte er sich so verwundbar gefühlt, wie in diesem Moment.

Sie sehen dich, schoss es durch seinen Kopf. *Sie sehen, wer du wirklich bist.*

Und wenn sie beschließen, dass das, was ich bin, nicht ausreicht?

Die Stille wurde immer unangenehmer. Doch dann straffte Piama die Schultern.

»Scheiße, ich wurde noch nie besiegt«, stieß sie hervor und sah sich kurz zu den anderen um. »Wir haben vielleicht nur noch wenige Tage zu leben. Ich für meinen Teil will jede Chance nutzen, die sich uns bietet.« Dieses Mal war sie es, die ihre Hand ausstreckte.

Ty schlug ein, ohne zu wissen, worauf er sich da einließ.

»Wir haben Euch unterschätzt, Lord Joyce«, sagte sie und betonte seinen Titel dabei wie jedes andere Wort. »Zeigt mir, wie man jemanden so tötet, und ich mache Euch zum Anführer meiner neuen Religion.« Piama lachte und Ty erwiderte das Grinsen.

»Nur allzu gern.«

Zur Abwechslung hatte Ty nach dem Training ein gutes Gefühl – selbst, wenn man bedachte, dass sie sich dieses Mal für den Ernstfall wappneten.

Das Gefühl verschwand jedoch, als ihm einfiel, was ihm noch bevorstand. Unruhig trat er von einem Fuß auf den anderen, nachdem er an der Tür geklopft hatte. Möglicherweise war sie nicht da. Oder sie schlief. Vielleicht sollte er es einfach auf sich beruhen lassen. Seine Füße drängten ihn dazu, schnellstmöglich wieder zu verschwinden, da wurde die Tür vor ihm geöffnet.

»Ty.« Azalea wirkte überrascht, trat aber sofort zur Seite, um ihn in ihre Zimmer zu lassen. »Was tust du hier? Geht es um Coleus?«

Als sie den Namen ihres Bruders aussprach, fuhr ein Stich durch seinen Brustkorb. Sofort schüttelte er den Kopf und folgte ihr ins Zimmer, wo sie sich auf einen dunkelroten Sessel niederließ und ungelenk ihr verletztes Bein ausstreckte.

»Wie geht's dir?«, fragte er und deutete auf die Wunde.

Sofort winkte Azalea ab. »Ich merke schon beinahe gar nichts mehr.«

Kurz kniff Ty die Lippen zusammen, denn ihre Bewegungen verrieten anderes. Aber er wusste, dass es sinnlos war.

»Setz dich«, bot sie an. »Willst du etwas trinken?«

»Nein, ich …« Er zögerte, wusste jedoch, dass er es schnell hinter sich bringen musste, damit er nicht kniff. »Ich habe etwas gefunden. Etwas, das dir gehört.«

Verwirrt runzelte Azalea die Stirn. »Okay?«

Er stieß den Atem aus und griff in seine Hosentasche, um das Foto hervorzuholen, das er bei Barrow in der Schublade gefunden hatte. Beim Anblick des Papiers wirkte Azalea noch immer ahnungslos, weshalb er davon ausging, dass sie von der Existenz des Fotos nichts wusste. Mit einem Kloß im Hals reichte er es ihr.

Ihre schlanken Finger drehten es so, dass sie erkennen konnte, was darauf zu sehen war. Ty sah sich währenddessen in ihrem Zimmer um, wollte ihr einen Moment Zeit geben, das Abgebildete zu verarbeiten. Als sie nach mehreren Minuten nichts sagte, schaute er zu ihr. Sie starrte auf das Foto, die Knöchel ganz weiß.

»Ich kann gehen, wenn du willst.«

Sofort schüttelte sie den Kopf, sah jedoch nicht auf. »Nein. Bleib. Ich … Woher hast du das?«

»Es lag bei Barrow in der Schublade. Zusammen mit unzähligen anderen solcher Art.«

Sie schluckte hart. »Ich wusste nicht, dass er ein Foto davon gemacht hat.«

Ihre Worte ließen in Ty eine Hitze aufsteigen, die ihm bisher unbekannt war. Das Foto zeigte Azaleas nackten, mit Brandblasen übersäten Rücken. Sie sah darauf über die Schulter, ihr Gesichtsausdruck gequält, als wollte sie das Angerichtete inspizieren.

»Wann ist das passiert?« Ihre Gesichtszüge auf dem Bild waren deutlich weicher.

»Vor einiger Zeit.« Keine genaue Antwort. Ihre Finger um das Papier verkrampften weiter. »Hast du«, begann sie zögerlich und schaute zu Ty auf. »Hast du es jemandem gezeigt?«

Schnell schüttelte er den Kopf. »Nein. Niemand weiß davon.«

Azalea blies den Atem aus. »Danke.«

Zögerlich machte er einen Schritt auf sie zu. »Aber … Meinst du nicht, du solltest mit jemandem darüber sprechen?«

Geschäftig faltete sie das Bild einmal in der Mitte und legte es auf die Armlehne neben sich. »Keine Sorge. Rae weiß davon. Ich verlange nicht von dir, ein Geheimnis vor ihm zu hüten.«

»Das meinte ich nicht«, sagte er, obwohl ihn diese Worte erleichterten. »Ich denke nur nicht, dass du damit allein sein solltest.«

Sie lächelte, doch ihre eisblauen Augen blickten noch immer ernst. »Bin ich nicht. Du musst dir wegen mir keine Sorgen machen.«

»Tue ich aber. Du bist meine Freundin.« Die Worte strömten ohne Erlaubnis aus seinem Mund und er kam sich komisch dabei vor, das auszusprechen. Hitze kroch seine Wangen entlang.

Azaleas Augenbrauen zuckten und mit einem Mal wandelte sich das vorsichtige Lächeln von eben zu einem richtigen. Sie stand auf und ehe er sich versah, legte sie die Arme um ihn. Etwas unbeholfen erwiderte er die Geste.

»Danke«, hauchte sie. »Dafür, dass du das Foto niemandem gezeigt hast. Dass du mein Freund bist. Und dass du es eingesteckt hast.«

Ty legte die Hände auf ihre Schultern und sah sie ernst an. »Ja? War das wirklich richtig? Ich wusste nicht, ob du das wollen würdest.« Aber er hatte das Bild nicht einfach in der Schublade liegen lassen können, sodass Barrow sich möglicherweise noch daran ergötzte.

Entschlossen nickte sie. »Es war richtig. Danke«, wiederholte sie.

»Das ist es also?« Pray sah auf die weitläufige Fläche vor sich hinab. Vom Hügel, auf dem sie standen, konnte man kilometerweit in die Ferne blicken. Er schirmte sein Gesicht mit einer Hand ab. Offenbar hatte die Sonne beschlossen, dass es nun, da ein Krieg bevorstand, an der Zeit war, den Sommer einzuläuten.

Krieg.

Pray hatte nicht erwartet, dass es wirklich dazu kommen würde.

»Hier haben wir den größten Vorteil«, sagte Ty und warf einen Blick über die Schulter. Auf dem Hügel baute man bereits die Einsatzzelte auf. »Wir haben Truppen so an der Grenze postiert, dass Ashland nichts anderes übrig bleibt, als diesen Weg zu wählen.«

»Wo wir sie erwarten werden.« Für einen Moment glaubte Pray, in der Ferne Gestalten aufblitzen zu sehen, doch als er blinzelte, waren sie verschwunden. Sein Gehirn spielte ihm einen Streich. Wegen der Hitze? Der Angst? Oder wegen dem, was Raev mit ihm gemacht hatte?

Dieser steckte die Hände in die Hosentaschen und kaute auf der Innenseite seiner Wange herum. »Sie sind uns zahlenmäßig weit überlegen. Barrow weigert sich, seine Polizisten mitkämpfen zu lassen. Und ich kann nichts dagegen tun – sie sind für den Schutz der Zivilisten verantwortlich, nicht für den des Landes. Cole hat versucht, ihn umzustimmen, aber es war sinnlos. Die gläserne Garde wird die anderen Truppen anführen, doch selbst, wenn wir sie alle zusammentrommeln, sind wir wenige. Ashland hingegen wird dieses Feld überfluten.«

Das ließ sich nicht leugnen. Ihre Späher hatten bestätigt, was sie geahnt hatten – Ashlands Armee war weitaus größer als die von Lyzara. Das war allein schon der Tatsache geschuldet, dass nur Wycca ausgebildet wurden und die Anzahl der Kämpfenden damit begrenzt war.

»Dafür können sie nur mit Nahkampfwaffen kämpfen. Oder Pfeilen. Ihre Technologie nützt ihnen nichts«, sagte Ty, wirkte aber ebenso besorgt.

Pray schluckte bei dem Gedanken an das mögliche Blutbad, das ihnen bevorstand. Ashland würde sie zahlenmäßig vernichten. Doch die Wycca hatten ihre eigenen Kräfte. Sie würden die Menschen verbrennen, ihnen einen tödlichen Stromstoß verpassen, sie erfrieren lassen oder ihnen mit einem Windstoß das Genick brechen.

Oder sie könnten …

Der Satz stieß gegen eine Mauer in seinen Gedanken. Ein Teil von ihm wollte es zulassen – die Worte vergessen, die sich in ihm auftürmten. Vergessen, was geschehen war. Er war sich nicht einmal sicher, ob das wirklich *seine* Gefühle waren. Seit Kurzem fühlte er sich, als wäre er nicht mehr Herr darüber. Genau genommen seit dem Tag, an dem sich fremde Bilder in seinen Kopf geschlichen hatten.

Aber dann dachte er an die leeren Alkoholflaschen in seinem Zimmer. An das brennende Gefühl in seinem Magen, wann immer er unter den Wycca am Hof war. Hatte er wirklich Raev nichts weiter aufbürden wollen und deshalb wortlos all das getan?

Oder hatte ihn die Furcht getrieben? Furcht davor, dass Raev ging, sobald Pray schwierig wurde?

Er schluckte. »Hast du vor, die Biokinese einzusetzen?«

Raev ballte die Hände in den Hosentaschen zu Fäusten. »Ich könnte sie alle töten. Tausende Menschen.« Er schüttelte den Kopf. »Das kann ich nicht riskieren. Ich muss zu Neeris – so wie ich sie einschätze, wird sie in der Schlacht sein. Ihr Vater hat sie benutzt, genau wie mich. Wenn ich mit ihr sprechen kann, gelingt es mir vielleicht, ein Blutbad zu verhindern. Damit wäre allen geholfen.«

Erleichtert nickte Pray.

»Und wenn du es unter Kontrolle hättest?«, fragte Ty und sah Raev von der Seite an. »Es wäre einfacher für dich –«

»Hört zu«, unterbrach Pray ihn. »Ihr wisst nicht, wie es sich anfühlt.«

»Ich hätte es nicht gemacht, wenn ich eine andere Möglichkeit gesehen hätte«, sagte Raev.

»Das glaube ich dir. Und ich bin froh, dass du es getan hast. Weil du mein Freund bist. Mein Bruder. Aber als diese Bilder in meinem Kopf auftauchten …« Pray nagte an seiner Unterlippe, versuchte das, was er erlebt hatte, in Worte zu fassen. »Da war ich nicht mehr ich selbst. Für einen Moment wurde alles – mein ganzes Ich – überschattet von diesen Bildern, diesen Worten. Es war, als hätte man meinem Verstand Ketten angelegt. Mich all dessen beraubt, was *ich* bin. Und ich konnte nur zusehen.« Während er sprach, sammelte sich Schweiß auf seinen Handflächen und er wischte sie an seiner Hose ab. »Dabei waren mir deine Gedanken nicht fremd.« Er blickte jetzt nur noch Raev an. Sah in dessen silbrig glitzernde Augen und den vertrauten Schmerz darin. Doch dieses Mal konnte er ihm den nicht nehmen. Egal, wie die Folgen waren – dieses Mal würde Pray für sich einstehen. »Es war *deine* Stimme. Und es dauerte nur wenige Sekunden an. Dennoch hallt es nach und ich habe das Gefühl …« Er schluckte, ehe er weitersprach. »Es fühlt sich in manchen Momenten an, als wäre da was Fremdes in mir. Ich sehe etwas und bin mir nicht sicher, ob es real ist. Ich denke und frage mich, ob es wirklich *meine* Gedanken sind. Diese Kraft – sie ist nichts, wovon der Körper sich leicht erholt. Wenn das überhaupt möglich ist. Dazu kommt, dass sie nicht sicher ist. Zeke ist der beste Beweis. Was ist, wenn du einen Fehler begehst und all diese Menschen auf einen Schlag tötest?«

»Ich wollte nie –«

»Kannst du es ausschließen?«, unterbrach Pray ihn. »Denn wenn nicht, lass mich dir eines sagen: Man stirbt besser als man selbst, als dass man jemand anderes ist. Und sobald du deine Fähigkeit einsetzt, verliert man sich.«

Raevs Gesicht verzog sich gequält. »Ich wollte dir das nicht antun.«

»Schon gut.« Pray lächelte halb. »Dafür hab ich jetzt einen Teil von dir in meinem Kopf. Vielleicht werde ich jetzt etwas geschickter im Umgang mit Worten.«

Ty schnaubte. »Oder du versinkst in einem tiefen, schwarzen Kessel voller Schuld.«

Ihrer aller Blicke fielen erneut auf die Wiese vor sich. Pray spürte, wie Raev ihm eine Hand auf die Schulter legte und sah aus dem Augenwinkel, dass er das gleiche bei Ty tat.

»Ich wünschte, ich könnte euch davon überzeugen, nicht mitzukämpfen«, sagte er traurig. Ehe einer von ihnen etwas erwidern konnte, schüttelte er den Kopf. »Schon gut, ich weiß, es ist nicht meine Entscheidung.« Er holte tief Luft und sah zum Horizont. »Wenn wir das hier überleben, erinnert euch an diesen Moment. Wie wir hier standen und wussten, dass übermorgen alles anders sein wird.«

Das entsprach der Wahrheit. Egal, wie es ausging. Der Krieg würde sie verändern. »Seit den Herzenskriegen gab es so etwas nicht mehr. Das Ende einer Ära.«

»Und der Beginn einer Neuen«, sagte Ty.

KAPITEL 39

Gemeinsam mit dem Blutrat und der gläsernen Garde traf Rae die letzten Entscheidungen. Sie wussten, dass sie zahlenmäßig unterlegen waren, weshalb es umso wichtiger war, dass die Truppen der Wycca mit aktiven Kräften einsatzbereit waren. Man hatte sie aus dem ganzen Land herbeordert und Ty hatte die Taktik bis in die Nacht mit ihnen besprochen. Morgen würden sie einen Tag lang Zeit haben, zu trainieren. Danach würden sie ihre Posten auf dem Hügel beziehen und auf den nächsten Tag warten.

Dann würde Ashland eintreffen.

Rae war klar, dass es sein Ende bedeuten könnte. Immerhin hatte er beschlossen, an vorderster Front zu kämpfen. Der Rat hatte protestiert, aber er hatte sich nicht davon abbringen lassen. Mit den Kräften, die er besaß, war er die wahrscheinlich stärkste Waffe. Er würde keinesfalls tatenlos zusehen. Außerdem musste er zu Neeris. Ihr Vater hatte das Feuer genutzt, um Rae aus der Reserve zu locken und dabei seine eigene Tochter in Gefahr gebracht. Wenn Neeris das erfuhr, wäre sie möglicherweise zu einem Gespräch mit Rae bereit.

Aber all das waren Spekulationen. Vielleicht waren dies seine letzten Tage auf Erden. Rae wusste, was er tun wollte, wenn sein mögliches Ende bevorstand.

Schon bevor er sich mit Pray und Ty getroffen hatte, hatte er dem Palastgärtner Bescheid gegeben, der verdutzt geschaut, sich aber an die Arbeit gemacht hatte. Danach hatte er die nötigen Anrufe getätigt und letzte Kleinigkeiten besorgt.

Als er Ty und Pray aus dem Schlaf riss, waren sie zunächst nicht begeistert, aber mittlerweile schienen sie in eine Art Trancezustand verfallen zu sein. Keiner von ihnen sprach, sie alle verrichteten ihre Arbeit.

Rae wusste, dass das, was er vorhatte, nicht unbemerkt bleiben würde. Doch das kümmerte ihn nicht mehr. Nicht, wenn Ashlands Truppen vor der Grenze standen. Nicht, wenn der Tod so nah war wie nie.

Als sie fertig waren, war es weit nach Mitternacht. Ty klagte über aufgeschürfte Knie und Pray pulte Dreck unter seinen Fingernägeln hervor.

»Den werde ich nie wieder los«, murmelte er.

Rae ignorierte sie und nannte ihnen Uhrzeit und Ort, wann und wo sie sich treffen würden. Dann lief er auf sein Zimmer, um sich umzuziehen. Als er fertig war, strich er kurz über die schwarze Kleiderhülle, die auf seinem Sofa lag, verließ er den Palast und wartete.

Hoffte, dass sie kommen würde.

Bei dem ersten Klopfen öffnete Azalea ihre Zimmertür. Als sie sah, wer es war, sackten ihre Schultern nach unten.

»Kein Grund, so enttäuscht auszusehen«, sagte Pray leise. Immerhin war es mitten in der Nacht.

Sie hatte stundenlang vor der Tür gesessen und gewartet. Eigentlich war sie sich sicher gewesen, dass Rae in ihr Zimmer kommen würde, sobald der Palast schlief.

Doch die Stunden vergingen, und irgendwann war sie sitzend an der Tür im Halbschlaf versunken.

Bis zu dem Klopfen.

Nun sah sie Pray stirnrunzelnd an.

»Du solltest rausgehen«, sagte er zwinkernd. »Die Luft ist schön.« Und mit diesen Worten verschwand er, als hätte er es eilig.

Verwirrt sah sie ihm hinterher. Aber ihre Neugierde siegte. Also zog sie sich schnell eine Strickjacke über. Die Wachen an der Eingangstür warfen ihr misstrauische Blicke zu. In Ashland hatte sie kurzzeitig vergessen, welche Gerüchte über sie und Rae in Lyzara kursierten. Sie alle glaubten zu wissen, wer sie war.

Mit zusammengebissenen Zähnen und erhobenem Kopf lief sie an ihnen vorbei. Sobald sie vor die Tür trat, roch Azalea frische Erde, als hätte jemand in den Blumenbeeten gewütet. Tatsächlich entdeckte sie im Dunkeln kleine Büsche, die die Palastseite schmückten. Sie war sich sicher, dass die gestern noch nicht da gewesen waren.

Hatte jemand mitten in der Nacht Blumen gepflanzt?

Verwirrt warf sie einen Blick zurück zum Palast. Normalerweise leuchteten nachts Lampen, die das weiße Gemäuer erhellten, doch heute waren sie ausgeschaltet.

Sie konnte nicht erkennen, um welche Art von Pflanzen es sich handelte, entdeckte stattdessen zwischen den Büschen einen Holzpfeil, der sie um den Palast herum lotste. Ihr Herzschlag beschleunigte sich. So etwas konnte sich nur Rae ausdenken. Mit einem Lächeln folgte sie dem Pfeil, bis sie auf der Hinterseite des Gebäudes ankam und dort ruckartig stehen blieb.

Hier waren die Lampen am Palast eingeschaltet, warfen Halbkreise auf das weiße Gemäuer und erhellten den Rasen davor schwach.

Den Rasen und die frisch gepflanzten Blumen. Nun erkannte sie auch, worum es sich handelte. Der Geruch wurde zwar von dem der frisch umgegrabenen Erde überdeckt, doch im Lichtschein zeichneten sich die vertrauten Formen der Blüten in verschiedensten Farben ab.

Der Palast lag in einem wilden Meer aus Azaleen.

Ein Räuspern ließ sie zusammenfahren. Sie hatte Rae nicht bemerkt, der ein paar Schritte entfernt unbewegt inmitten der frisch gepflanzten Blumen stand.

»Ich hatte befürchtet, dass du mir einen einzelnen Strauß Rosen vor die Füße werfen würdest.«

Ein Lachen schlich sich ihre Kehle hoch, doch wurde erstickt von den anderen Gefühlen, die sich in ihr tummelten. Überraschung. Freude. Und auch Furcht.

»Da hast du recht.«

Rae lachte leise. Das Geräusch stimmte etwas in ihr an, als wäre sein Lachen ein Finger, der eine Saite an ihrem Herzen zum Klingen brachte. Sofort beschleunigte sich ihre Atmung. Mit vorsichtigen Schritten kam Rae auf sie zu, als hätte er Angst, dass sie die Flucht ergriff.

Er schien etwas in ihrer Stimme zu hören, denn er legte den Kopf schräg. »Aber?«

Seufzend sah sie sich um. Ein Meer aus Azaleen, das den Palast umgab. »Rae«, sagte sie vorsichtig, »was sollen die anderen denken?« Sie balancierten ohnehin auf einem schmalen Seil.

Doch anders als sonst, schien Rae dieses Mal nicht der Besonnene zu sein. Er griff nach ihren Händen, hielt sie fest. Azalea genoss das Gefühl der Sicherheit, das er ihr gab, wusste aber, dass es trügerischer nicht sein könnte.

»Mir reicht das nicht mehr, Azalea«, sagte er und klang dabei beinahe gequält. »Du lebst nur ein paar Zimmer weiter und ich fühle mich, als könnte ich nicht atmen. Heirate mich. Zieh bei mir ein. Ich verspreche dir, wenn du mich für dich da sein lässt, willst du nie wieder gehen.«

Ihr Herz schlug schneller. »Meinst du das ernst?«

»Du hast mich gefragt, ob du mir vertrauen kannst. Willst du wissen, was der alte Wahrsager auf dem Volksfest zu mir gesagt hat? *Halte dich an das Blackwall-Mädchen. Sie ist deine Zukunft*. Das ist es, was ich in dir sehe. Die Zukunft. Ich weiß nicht, wie lange diese Zukunft andauern wird, mit Ashland direkt vor den Toren. Aber ich bin mir sicher, dass ich die verbliebene Zeit mit dir verbringen will. Nicht versteckt hinter geschlossenen Türen. Ich verspreche dir, ich werde nie wieder ein Geheimnis vor dir haben. Du kannst mir vertrauen.«

»Du willst mich heiraten? Habe ich das richtig verstanden?«

»Ich liebe dich. Und jeden Tag denke ich, es war noch nie so schlimm wie heute. Doch dann kommt der nächste Tag und belehrt mich eines Besseren.«

»Wir werden niemals eine Hochzeit arrangieren können, bevor Ashland eintrifft.«

»Ist das ein Ja?«

»Rae –«

Ein Schatten legte sich über sein Gesicht. »Ist es das Leben in diesem Palast? Ein Wort von dir und ich brenne ihn nieder und baue uns ein neues Leben weit weg.«

Azalea entzog Rae ihre Hände und sofort weiteten sich seine Augen und sie las die Panik in dem Silber. Schnell legte sie ihm eine Hand auf die Brust, wo sie seinen fanatischen Herzschlag spürte. Mit der anderen führte sie seine Hände zu ihrem eigenen Herzen.

»Natürlich heirate ich dich«, sagte sie fest und sah ihm in die Augen, um sicherzugehen, dass sie mit ihren Worten die Furcht vertrieb. »Wie kannst du noch immer zweifeln? Ich habe dir gesagt, dass ich freudig mein Leben geben würde, um bei dir zu sein.«

»Du sagst Ja?«, fragte er heiser nach.

Sie lächelte zittrig. »Ich sage Ja.«

Und dann küsste er sie. Azalea spürte die Hitze, die von ihm und seiner Kraft ausging. Doch sie wusste, er hatte es unter Kontrolle.

Als er sich von ihr löste, lagen ihrer beider Hände über dem Herzen des anderen. Rae lehnte seine Stirn an ihre und atmete schwer.

»Ich hasse es, dich jetzt von mir wegzuschicken«, sagte er. »Aber in meinem Zimmer liegt etwas für dich. Ich werde dem Fahrer Bescheid geben, dass er dich in einer halben Stunde vor dem Eingangstor abholt.«

Verwirrt sah sie ihn an. »Und wo gehst du hin?«

»Keine Sorge.« Er küsste sanft ihre Stirn. So sanft, dass sie das Gefühl hatte, zu schwanken. »Der Fahrer weiß, wo es hingeht. Ich warte dort auf dich.«

Obwohl sie nur eine halbe Stunde hatte, nahm Azalea sich einen Moment Zeit, sich im Spiegel in Raes Zimmer zu betrachten. Das goldene Kleid floss wie ein seidiger Wasserfall an ihr hinab.

In Gold hatten die Sentry geheiratet. Ihre Hand, die das A ihrer Kette umklammerte, zitterte leicht. Dass Rae ihr Sentry-Erbe damit würdigte, brachte ihren Körper zum Beben. Gold, die Farbe der Sentry.

Es wird alles gut werden, beruhigte sie sich.

Sie hatte keine Zeit, viel mit ihren Haaren anzustellen, also kämmte sie sie nur ordentlich durch und ließ die schweren Locken offen ihren Rücken hinabfallen.

Mit leichter Verspätung eilte sie zum Palastausgang. Die Wachen zogen bei ihrer neuen Kleidung nur eine Augenbraue hoch. Azalea ignorierte sie.

Draußen stand, wie versprochen, ein Wagen bereit. Als sich die Fahrertür öffnete, breitete sich ein Lächeln auf ihrem Gesicht aus.

»Du siehst wunderschön aus, Schwesterherz.«

Sie lief auf Cole zu, umarmte ihn. »Ich wusste nicht, dass du als Fahrer für Rae tätig bist«, sagte sie lachend.

»Jeder muss Geld verdienen«, erwiderte er zwinkernd. »Steig ein.« Er hielt ihr die Tür auf und gemeinsam fuhren sie durch die Nacht, raus aus Avastone. Cole verriet ihr nicht, wohin es ging oder wie lange es dauern würde. Stattdessen grinste er unentwegt.

Irgendwann hielt er am Fuß eines kleinen, begrünten Hügels und half ihr beim Aussteigen. Nach einigen Schritten nahm er ihre Schuhe, sodass die Absätze nicht in der Erde versanken und sie barfuß weiterlief. Oben angekommen, erstreckte sich eine weitläufige Fläche, überwuchert mit hohem Gras, Schlingpflanzen und Unkraut. Doch in der Mitte standen die Überreste einer Ruine. Einzelne Steinsäulen ragten in die Luft und bildeten in einem Halbkreis von Efeu berankte Rundbögen. Rechts zog sich eine zerfallene Mauer entlang, an der weiße Wildblumen wuchsen.

Im Inneren der Ruine warteten vier Gestalten auf sie. Azalea schluckte.

»Bist du bereit?«, flüsterte Cole und stieß sie sanft mit dem Ellbogen an. Auffordernd hielt er ihr die Schuhe entgegen.

»Lass sie ruhig hier«, erwiderte sie und lächelte. Barfuß würde sie eher in diese von der Natur zurückeroberten Idylle passen.

Cole ließ die Schuhe fallen und hielt ihr seinen Arm entgegen. Sie hakte sich unter und er führte sie in die Ruine.

Melia und Pray bemerkten sie zuerst. Sie standen an einer der zerfallenen Wände und als Melia sie sah, winkte sie Azalea zu. Pray lächelte. Auch Ty, der auf der niedrigen Mauer saß, grinste. Sein Blick huschte jedoch direkt zu Cole.

Letztes Rae drehte sich zuletzt um. Er stand unter den Rundbögen und bei ihrem Anblick verschleierte sich sein Blick, als würde er träumen. Sein Mund öffnete sich und Azalea schluckte, sah die brennende Sehnsucht in seinen silbernen Augen.

Der dunkle Anzug schmiegte sich an die Dunkelheit und seine offenen Haare lockten sich unter den Ohren. Ihre Finger zuckten vor dem Verlangen, durch die samtigen Strähnen zu streichen.

Cole gab ihr einen Kuss auf die Wange und setzte sich – mit etwas Abstand – zu Ty.

Rae streckte eine Hand nach ihr aus und sie ergriff sie, ließ sich den letzten Meter von ihm zu sich ziehen.

»Gefällt es dir?«, fragte er leise.

Azalea betrachtete die Schlingpflanzen, die weißen und rosafarbenen Blüten, die an Ranken von den verbliebenen Streben über ihnen auf sie herabfielen. Dann grinste sie.

»Es ist perfekt.«

»Das ist die Kapelle, in der der erste Tennyson-König und seine Sentry-Frau geheiratet haben sollen. Obwohl ich mir nicht sicher bin, ob die Legende stimmt. Aber sieh mal.« Er deutete auf einen Rundbogen hinter Azalea. Die anderen waren leer, als wären dort einmal Fenster gewesen. Doch dieser wurde von einer abgebröckelten Steinwand ausgefüllt, auf dem in schwachen Farben eine Malerei zu erkennen war. Azalea erkannte

Wolken und Sterne, die über zwei verschwommene Gestalten wachten.

Der Himmel beschützt uns. Alte Worte der Sentry.

Ihr stiegen Tränen in die Augen.

»Hey, nicht weinen«, sagte Rae entsetzt und wischte mit seinem Daumen die Nässe von ihren Wangen. Ihre Freunde hinter ihnen lachten leise.

»Geh lieber zu ihnen«, hörte sie Ty sagen, »bevor sie es sich anders überlegt.«

Ehe sie begriff, was er meinte, stand Pray auf und stellte sich vor sie.

»Wenn ihr bereit seid«, sagte er, »können wir anfangen.«

Überrascht sah Azalea auf. »Du traust uns? Ist das legal?«

»Als bester Freund des Königs genießt man Privilegien«, sagte er zwinkernd. »Dazu gehören auch Beziehungen zu Juristen, die einem nötige Papiere ausstellen.«

Pray sprach die Worte, die schon Hunderte vor ihm gesprochen hatten, und Raevan und Azalea versprachen sich, was Hunderte vor ihnen einander versprochen hatten. Dennoch fühlte es sich so einzigartig an, dass ihr zwischenzeitlich der Atem stockte und ihre Augen erneut prickelten.

Für eine kurze Zeit war vergessen, dass Krieg drohte, dass Unrecht jeden Tag auf diesen Straßen geschah und dass in Rae etwas schlummerte, das jederzeit ausbrechen könnte. Azalea tat, worum er gebeten hatte: Sie vertraute ihm. Vertraute darauf, dass sie eine Lösung finden würden.

Dass es ein Happy End gab.

Pray erklärte sie zu Mann und Frau und sie küssten sich, bis sich Cole protestierend räusperte und die anderen lachten. Raes Augen schimmerten und er sah sie an, als könnte er nicht glauben, dass sie vor ihm stand.

Und in dem Moment konnte auch Azalea nicht glauben, dass es wirklich so weit gekommen war.

KAPITEL 40

Rae fühlte sich benommen, als Pray in die Hände klatschte und verkündete: »Und nun auf in eure Flitterwochen! Kommt.«

»Du weißt, dass wir nicht wegkönnen, oder?«, fragte Rae vorsichtig. »Ashland könnte jederzeit eintreffen.«

Pray ließ sich nicht beirren. »Steigt alle ins Auto, ich fahre.«

Zu viert quetschten sich Melia, Ty, Cole und Rae auf die Rückbank, während Pray und Azalea vorne saßen und Pray sie zielsicher nach Avastone fuhr.

»Was wird das?«, fragte Ty misstrauisch, als Pray sie durch immer engere Straßen navigierte. Rae kam die Umgebung merkwürdig vertraut vor, auch wenn er nicht sagen konnte, wo sie sich befanden. Im Gegensatz zu Ty. »Pray«, sagte er mit Nachdruck und Rae bemerkte ein Zittern in seiner Stimme.

»Gleich«, erwiderte dieser nur.

Als er das Auto parkte, erkannte Rae im Licht der nahenden Dämmerung, wo sie waren. Eine Querstraße weiter befand sich die Sternengasse. Und vor ihnen lagen die Überreste von Tyresians einstigem Zuhause.

Nur, dass das Grundstück anders aussah.

»Wann wurde der denn gebaut?«, fragte Rae überrascht, als sie auf den riesigen Brunnen zugingen, der anstelle der Trümmer dort stand, wo einst die Villa gewesen war.

Pray schwieg und führte sie alle zu dem Brunnen, der aus einem gewaltigen Becken bestand, in dessen Mitte fünf Brunnenschalen emporragten, aus denen Wasserfontänen plätscherten.

Rae hielt seine Hand ins Wasser, fuhr mit den Fingern über die Oberfläche. Neben ihm verschränkte Ty die Arme und sah sich mit hochgezogenen Schultern um.

»Noch ist das hier nicht die Sternengasse«, sagte Pray beruhigend. »Du hast jedes Recht, hier zu sein.«

»Verrätst du uns jetzt, was hier los ist?«, fragte Azalea.

Pray lächelte. »Ich habe mir etwas gewünscht. Und scheinbar ist mein Wunsch in Erfüllung gegangen.«

Verwirrt sahen sie ihn an.

»Und jetzt noch einmal deutlich?«, fragte Cole.

»Genau so, wie ich es gesagt habe.«

»Das wäre Magie. Du bist ein Mensch.«

»Danke für die Erinnerung. Und ja, vielleicht hatte ich Hilfe.«

»Dir ist aber bewusst, dass Devon den hier plattmachen wird, sobald er die Gelegenheit bekommt?«, fragte Ty zweifelnd und warf wieder einen Blick in Richtung Sternengasse. Sehnsucht glänzte in den bunten Augen. Da die Sonne bereits auf dem Weg war, würde der Markt mittlerweile in den letzten Zügen sein und bald schließen.

»Das ist ja das Schöne«, erwiderte Pray. »Mein Wunsch beinhaltete eine dauerhafte Lösung. Ich glaube nicht, dass er in der Lage sein wird, den Brunnen zu zerstören. Und falls doch«, sagte er und trat auf den niedrigen Rand des Beckens, »haben wir vorher wenigstens unsere Wünsche formuliert. Ich mach es euch mal vor.«

Er holte tief Luft und mit einem Mal sprang er rückwärts in das Becken, sodass es laut platschte. Pray stand lachend bis zu den Knien im Wasser und stapfte bis zu den Schalen in der Mitte. Selbst von hier aus konnte Rae sehen, wie das Spritzwasser seinen Rücken benetzte.

»Ihr nehmt einen Penny«, sagte Pray lauter, um das Tosen des Wassers zu überstimmen, und holte ein paar Münzen hervor, von der er sich eine raussuchte. »Werft ihn rein und überlegt euch eine Angst, die ihr loslassen wollt. Und im Anschluss formuliert ihr einen Wunsch.« Er warf den Penny vor sich in den Brunnen, schloss die Augen und bewegte die Lippen. Das Rauschen des Wassers machte es unmöglich, die Worte zu verstehen.

Als er fertig war, stieg er aus dem Becken. »Okay. Wer will als Nächstes?«

»Muss man unbedingt ins Wasser steigen?«, fragte Ty und zog eine Augenbraue hoch.

»Mein Brunnen, meine Regeln. Hier.« Er warf Ty einen Penny zu, den dieser auffing. »Leg los.«

Seufzend stampfte Ty ins Wasser und sog zischend die Luft ein. »Scheiße, das ist kalt.« Doch er ging bis zur Mitte, um seine Angst und seinen Wunsch zu formulieren. Wieder hörte Rae nicht, was er murmelte. Seine Haare waren mittlerweile klitschnass und er strich sie beim Rausgehen glatt, mied dabei demonstrativ Coles Blick, der ihn ansah, als wäre er eine Märchengestalt.

»Also gut.« Rae lief als Nächstes in den Brunnen und konnte Ty nur recht geben: Es *war* kalt. In der Mitte angekommen, schloss er die Augen, warf seinen Penny und murmelte: »Ich habe Angst, dass ich versage und sie nicht alle retten kann. Und ich wünsche mir, dass die Vorhersage des alten Mannes wahr ist.«
Halte dich an das Blackwall-Mädchen. Sie ist deine Zukunft.

Das Wasser benetzte seinen Rücken und seinen Hals und als er raus stieg, tropften seine Haare.

»Jetzt die Braut«, sagte Pray und schickte Azalea los. Als sie in dem goldenen Kleid in dem Brunnen stand, erinnerte sie Rae an eine Statue, so regungslos verharrte sie, während sie ihren Wunsch sprach. Er fragte sich, wie er wohl lautete.

Danach waren Melia und Cole an der Reihe. Völlig durchnässt standen sie anschließend am Brunnen und lachten über Tys Haare, die sich von der Feuchtigkeit kräuselten. Azalea streckte ihre Finger nach ihnen aus und Ty schüttelte sich wie ein nasser Hund. Lachend sprang sie aus dem Weg.

Mittlerweile glitzerten die ersten Sonnenstrahlen auf dem Kopfsteinpflaster vor ihnen. Der Tag war angebrochen.

Und Ashland rückte näher.

»Wir sollten aufbrechen«, sagte Rae seufzend.

»Einen Moment noch.« Ty holte sein Messer hervor und erntete überraschte Blicke.

»Du nimmst ein Messer mit zu einer Hochzeit?«, fragte Azalea.

»Du wirst jetzt aber nicht wieder versuchen, mich zu töten?«, fragte Rae.

»Dir ist klar, dass Messer für Privatpersonen mittlerweile verboten sind?«, fügte Cole zweifelnd hinzu.

Ty verdrehte die Augen. »Ich weiß ja nicht, wie es euch geht«, sagte er und hockte sich hin, sodass er direkt vor dem Brunnenbecken saß. »Aber wenn wir in wenigen Tagen draufgehen, will ich, dass alle sehen, dass wir gelebt haben.« Mit zackigen Bewegungen ritzte er ein T in den Stein und hielt ihnen dann das Messer hin. »Wem geht es auch so?«

Cole war der Erste, der vortrat. Wieder mied Ty seinen Blick und Rae fragte sich, was zwischen ihnen vorgefallen war. Cole nutzte die Chance und ritzte sein C direkt neben Tys Buchstaben. Anschließend hielt er Rae das Messer entgegen.

Sie alle hinterließen ihre Initialen im Stein und Rae betrachtete sie einen Moment.

T C
R A
P M

Er wusste, er sollte sich fürchten. Der Krieg war unvermeidbar.

Mit einem Kloß im Hals betrachtete er die Familie, die er gefunden hatte, und schwor sich eines: Er würde sie nicht verlieren.

Rae fuhr mit seinen Fingern über Azaleas Haut, malte die einzelnen Linien auf ihrer Handfläche nach. Seine Hand war noch immer kühl von der Nachtluft und seine Wangen dunkel. Aus seinem Zopf lösten sich die ersten Locken. Ein wohliger Schauer durchfuhr Azalea.

Sie standen vor ihrer Zimmertür, genossen die letzten Momente der Ruhe, ehe der Morgen anbrach.

»Du musst müde sein«, sagte Rae und räusperte sich, seine Stimme rauer als sonst. Sein Blick tastete ihr Gesicht ab, suchte nach Anzeichen von Erschöpfung. »Wenn du möchtest, sorge ich dafür, dass dich niemand stört, bis es an der Zeit ist.« Unsicher biss er sich auf die Unterlippe.

Sie runzelte die Stirn. »Kommst du denn nicht mit rein?«

Seine Augen leuchteten auf und in dem Moment begriff Azalea, was hinter seiner Frage steckte.

Unsicherheit.

Trotz allem wusste er nicht, dass sie ihn reinbitten würde.

»Ist das denn in Ordnung?«, fragte er auch jetzt.

Azalea schlang ihre Finger um seine Hand, unterbrach damit seine nervöse Geste. Fest sah sie ihm in die Augen. Dem Mann, der Hunderte auf einen Schlag töten könnte.

Dem Mann, der sie hatte morden sehen, und sie dennoch betrachtete, als wäre sie das einzige Licht auf dieser Welt.

Dem Mann, der ihre Gefühle und Gedanken manipulieren könnte, um sie zu besitzen.

Dieser Mann starrte sie nun an, kaute auf der Innenseite seiner Wange, und schien mit jeder verstrichenen Sekunde nervöser zu werden.

Azaleas Brustkorb drohte, zu bersten. Das, was in diesem Moment durch ihren Körper rauschte, war zu mächtig, um es in ihrem Inneren einzusperren.

Sanft legte sie eine Hand an seine Wange. »Wir sind verheiratet«, sagte sie und genoss, wie die Worte klangen, als sie ihre Lippen verließen. »Sie können uns nichts mehr anhaben. Niemand kann das.«

»Und du willst das wirklich?«, fragte Rae. »Du willst *mich*?« Er sprach das letzte Wort aus, als wäre es ein Ding der Unmöglichkeit.

Sie wusste, dass er das dachte. Dass womöglich viele seiner Meinung waren.

Dass sie zu Beginn derselben Meinung gewesen war. Denn immerhin war er Raevan Tennyson – der König ohne Herz.

Mittlerweile wusste sie es besser.

»Ich will dich«, sagte sie und drängte sich an ihn. Seine harte Brust drückte sich gegen ihre. Und weil er noch immer keine Anstalten machte, wiederholte sie: »Ich will dich.«

Da umfasste er ihren Hinterkopf und sah mit glänzenden Augen zu ihr hinab. »Du hast mich schon lange.«

Seine Lippen senkten sich auf ihre und in ihrem Rücken spürte sie, wie er die Tür hinter ihnen öffnete und sie ins Zimmer drängte. Dort drehte er sich um, schloss die Tür wieder, doch Azalea ließ ihn nicht los. Sie fuhr mit ihren Händen seinen Hals hinab, bis zu seiner Brust, drückte ihn gegen das Türblatt und küsste ihn, öffnete ihren Mund.

Er wurde hart an ihrem Körper und sie stöhnte auf, genoss das Gefühl der Hitze, die in ihr aufstieg.

Bei ihrem Stöhnen vertiefte Rae den Kuss – die letzte Unsicherheit, die er noch hegte, verbrannte. Mit einer fließenden Bewegung nahm er Azalea auf den Arm und trug sie zu ihrem Bett. Sie erinnerte sich, dass sie schon einmal an diesem Punkt gewesen waren. Doch dieses Mal gab es niemanden, der sie stören würde.

Keine Verbote.

Nur Raes heißen Körper an ihrem.

Er beugte sich über sie, drang mit der Zunge tief in ihren Mund und sie umfing ihn mit ihren Beinen, hielt ihn dichter. Seine Zunge glitt aus ihrem Mund an ihren Lippen entlang, zu ihrem Hals und dort biss er sanft in die empfindliche Haut. Azalea drückte ihren Rücken durch, beugte sich ihm entgegen.

Wie Federn streiften seine Hände über ihren Körper, schoben das goldene Kleid an ihren Beinen hoch und zogen es ihr über den Kopf. Sie streckte die Arme aus, wollte ihm ebenfalls das Hemd ausziehen, doch er hielt sie auf.

»Einen Moment«, hauchte er und sein Blick verdunkelte sich vor Verlangen, als er an ihrem Körper hinabsah. Unter dem

Kleid hatte sie keinen BH getragen und nun strich er an der Außenseite ihrer Brüste entlang. »Lass mir nur einen Moment, um mir das hier einzuprägen.«

Sie hielt still, während er sie streichelte, zuerst mit den Fingern und dann mit seinen Lippen. Sanft biss er ihr in die Brustwarze und Azalea entfuhr ein Raunen.

»Du bist schöner als jedes Gemälde, jedes Gedicht der Welt«, sagte er und knabberte leicht mit den Zähnen an ihrer Haut. Er drängte seine Hüften gegen ihren Körper und entzog Azalea damit jede Kontrolle über ihren Verstand. Sie musste ihn ebenfalls berühren, dichter bei sich spüren.

Im Gegensatz zu ihm hatte sie nicht die Geduld, sanft zu sein. Sie zerrte Rae das Hemd von den Schultern, sodass sich die Knöpfe lösten und zu Boden fielen. Gleich darauf folgte seine Hose. Fanatisch glitt sie mit ihren Händen über seine Haut, die geschmeidigen Muskeln, das Mondphasentattoo an seinem Arm. Ihre Finger standen in Flammen.

Als sie den Saum seiner Boxershorts erreichte, hielt Rae mit seinen Küssen an ihrem Hals inne. Sie spürte, wie sich sein Mund zu einem Grinsen verzog.

»Ich denke«, sagte er gedehnt und drängte sich enger an sie, sodass sie aufkeuchte, »du solltest mir den Vortritt lassen. Immerhin ist es kein Geheimnis, dass ich mich zuerst in dich verliebt habe.«

Sein Lächeln an ihrer Haut forderte sie heraus. »Und woher nimmst du dieses Wissen?« Ihre Stimme klang außer Atem, als wäre sie kilometerweit gerannt.

»Weil es sich anfühlte«, sagte er und drückte zwischen den Worten weitere Küsse auf ihre Haut, »als würde ich fallen. In dem Moment, als du durch die Saaltür gestürmt bist und mir vorgeworfen hast, meinen Job nicht ordentlich zu erledigen, war ich verloren. Du bist in mein Leben gestürmt und seitdem falle und falle ich. Genau so fühlt es sich an – weil es kein Zurück mehr gibt. Für mich gibt es kein Zurück mehr. Nur noch dich.«

Sie wollte etwas erwidern, doch Rae raubte ihr mit seiner nächsten Berührung alle Worte. Er ließ seine Hand zu ihrer Hüfte fahren, zog ihr den Stoff über die Beine, sodass sie nackt vor ihm lag.

Seine Lippen waren Millimeter von ihrer Mitte entfernt. Sie spürte seinen Atem an ihrer Haut, der sie erzittern ließ.

»Und deshalb«, sagte er, »habe ich das Vorrecht.«

Sie könnte nicht protestieren, selbst wenn sie wollte. Rae berührte sie mit seiner Zunge und setzte damit ihren gesamten Körper in Brand. Sie stemmte sich gegen ihn und er hielt ihre Hüfte fest, ließ seine Zunge mit genüsslichen Bewegungen eindringen.

Azalea suchte Halt, ihre Hände gruben sich in die Matratze, als sie aufstöhnte. Rae sog an der empfindlichen Stelle und ließ seine Finger in sie gleiten, verstärkten den Druck in ihrem Inneren, bis sich eine Welle in ihr aufbaute. Sie drückte sich gegen ihn und ließ sich von der Welle erfassen, schwer atmend mitreißen, Raes Namen auf ihren Lippen.

Er küsste sie weiter, doch es war nicht mehr genug. Azalea brauchte ihn. Mit den Händen tastete sie nach seinem Kopf, seinen Wangen, bis er aufsah.

»Bitte«, war alles, was sie hervorbrachte.

Er grinste, dieses teuflische Grinsen, das sie so liebte. Ihr Herz flatterte aufgeregt, als sie ihn zu sich hochzog, sich aufsetzte, um die Boxershorts über seine Hüften zu streifen. Er nahm sie auf seinen Schoß und seine Härte drängte sich gegen sie. Alles verengte sich auf einen Punkt.

Sie bekam keine Luft, konnte nicht mehr denken. Nur an das Gefühl von seiner Hitze an ihrer. Sanft drang er in sie ein und sie warf den Kopf in den Nacken, nahm ihn ganz in sich auf.

Immer wieder sagte Rae ihren Namen und sie wusste, dass das hier echt war: keine Manipulation, kein Hirngespinst. Niemand hatte sie hierhergeführt, außer ihr eigener Wille.

Es fühlte sich so viel mächtiger an als alles, was sie jemals erlebt hatte.

Und als ihrer beiden Bewegungen drängender wurden, baute sich erneut eine Welle in ihr auf. Wieder stürzte Azalea sich hinein. Aber dieses Mal fielen sie gemeinsam.

Sie verbrachten noch eine Weile im Bett, bis die Sonne so deutlich durch ihre Fenster drang, dass es nicht mehr zu leugnen war.

Der Tag des Krieges war angebrochen.

Rae zog seine Klamotten über – die Hose locker auf seinen Hüften, das zerknitterte Hemd falsch zugeknöpft – und strich Azalea die dunklen Strähnen aus dem Gesicht.

»Der Wagen steht in dreißig Minuten bereit. Melia wird dich begleiten.«

Er hatte ihr schon gestern gesagt, dass es im Palast zu gefährlich für sie wäre. Sollte ihm etwas zustoßen, wäre dies der erste Ort, an dem Ashland auftauchen würde. Deshalb würde Azalea sich gemeinsam mit Melia auf Tys Anwesen verstecken.

In Raes Augen leuchtete der Schmerz, als er ihr einen Kuss auf die Stirn gab und sich umdrehte.

Doch sie hielt ihn an den Handgelenken zurück. Er wollte keinen Abschied, das verstand sie. Das hieße sich einzugestehen, dass dies das letzte Mal sein könnte, dass sie einander sahen.

Sofort riss sie den Gedanken nieder wie einen Angreifer. Es würde alles gut werden. Rae war der mächtigste Wycca, den es gab. Sie würden gewinnen. Er würde heimkehren.

Doch die Sorge fraß sich wie ein Schatten durch das Licht ihrer Hoffnung, sodass ihre Kehle eng wurde.

»Sag es nicht«, bat Rae und biss sich auf die Lippe. »Bitte.«

»Nur eines«, versprach Azalea und wartete, bis er nickte. »Ich glaube an dich. Du tust das Richtige.«

Er schloss die Augen für einen Moment. Als er sie wieder öffnete, glitzerten sie schwach. Er schluckte. »Ich bin bald zurück.«

Sie ließ seine Hand los und er wandte sich um, ging mit steifen Schritten zur Tür. Dort hielt er kurz inne, als würde es zu sehr schmerzen, weiterzugehen. Doch dann riss er ruckartig an der Klinke und verschwand im Flur.

Azalea blieb mit klopfendem Herzen zurück.

Am liebsten hätte sie ihm von ihrem Plan erzählt. Ihm versprochen, dass sie wohl und sicher in Tys Villa auf ihn warten würde.

Doch sie wollte ihn nicht anlügen.

KAPITEL 41

Ein weißes Rauschen hatte sich in Raes Kopf festgesetzt, sodass die Geräusche um ihn herum verschwammen. Es hüllte ihn ein, ließ ihn allein mit seinen Gedanken, eingehüllt in deren nagende Vorwürfe: Es geschah unter seiner Herrschaft, dass der erste bewaffnete Konflikt seit der Herzenskriege ausgetragen wurde.

Und es war seine Schuld. Er wusste nicht, an welcher Stelle seines Lebens er den ersten Dominostein angestoßen hatte, der nun zur Folge hatte, dass er das weitläufige Feld allein und unbewaffnet betrat, und darauf wartete, dass Ashland zuschlug.

War es der Moment gewesen, als er entschieden hatte, sich von Katleem scheiden zu lassen? Hatte das alles in Gang gesetzt? Oder war sein Schicksal schon früher besiegelt worden, als er die Biokinese zum ersten Mal eingesetzt hatte und ein Dutzend Menschen starben?

Vielleicht war es nichts davon gewesen, dachte er, als er die Mitte des Feldes erreicht hatte und dort stehenblieb. In seinem Rücken spürte er die Blicke der Truppen; die gläserne Garde als deren Vorhut, mit Tyresian als Anführer. Möglicherweise stand Raes Schicksal – und damit das dieser Tausenden Wycca und Menschen Lyzaras und Ashlands – seit seiner Geburt fest.

Und damit wäre es nur Pech, dass sie ausgerechnet zum selben Zeitpunkt lebten wie Raevan Tennyson.

Er wischte sich seine Hände an der schwarzen Hose ab. Sie war, ebenso wie das langärmlige Shirt, aus einem eng gewebten, robusten Material gefertigt, das einfachen Angriffen von Stichwaffen standhielt. Der Blutrat hatte ihn dazu drängen wollen, eine Rüstung zu tragen, doch damit käme er sich lächerlich vor. Immerhin kämpfte die Garde ohne das altmodische Metall, da es die Bewegungsfreiheit massiv einschränkte. Als Kompromiss hatte er zugestimmt, direkt über seinem Herzen eine eingenähte Eisenplatte zu tragen – solange auch Lyzaras Truppen damit versorgt wurden. Leider hatte die Zeit nicht ausgereicht, um alle auszustatten, aber immerhin war die gläserne Garde geschützt.

Nun hieß es warten.

Die Späher hatten Ashland ein paar Kilometer nördlich entdeckt. Sie waren sowohl auf Pferden als auch mit robusten Fahrzeugen der Truppen angereist. Wie vermutet besaßen sie keine Schusswaffen, da diese beim Kampf gegen die Wycca hinderlich wären. Eine Kugel konnte ihnen nichts anhaben. Ein präziser Stoß mit einem Dolch oder einem Schwert, verstärkt mit Cruas, hingegen schon.

Raes Leute hatten die Zeit genutzt, Avastones Bevölkerung zu warnen und größtenteils in Sicherheit zu bringen. Die Hauptstadt mit der Mandalay war der wichtigste Handelspunkt und Rae war sich sicher, dass Ashland auch hier angegriffen hätte, wäre es nicht der Sitz der Regierung.

Außer, sie hatten es direkt auf *ihn* abgesehen. Das ließ sich nicht ausschließen. Sein Blutrat hatte dafür gestimmt, dass Raevan die Stadt ebenfalls verließ. Selbst Mary-Ann hatte ihre Stimme aus dem Krankensaal abgegeben. Nur Ty hatte sich enthalten und ihn mit einem wissenden Blick bedacht. Seinem Freund war klar, dass Raes Entscheidung nicht vom Blutrat abhing. Nicht dieses Mal. Ty wusste, dass ihn nichts davon abbringen konnte, für Lyzara zu kämpfen. Außerdem musste er mit Neeris sprechen. Sie sollte wissen, was Carlisle Stuart getan hatte.

Und das ging nur, wenn Raevan an vorderster Front, noch vor der gläsernen Garde kämpfte. Als er das verkündete, hatte selbst Landon die Stimme erhoben.

Der Wycca war aufgesprungen und hatte die Hände auf den Tisch geknallt. »Unmöglich. Das werde ich nicht zulassen.«

Rae hatte sich mit verschränkten Armen zurückgelehnt. »Es ist meine Entscheidung.«

»Dein Onkel hätte dem niemals zugestimmt.«

Da Enyas der Einzige aus dem Blutrat gewesen war, der – abgesehen von Ty – Raes wahre Kräfte kannte, widersprach Rae Landon in Gedanken. Doch das konnte er nicht laut sagen.

»Mein Onkel ist tot. Und auch er hatte keine Entscheidungsgewalt über mich. Ashland gibt mir die Schuld am Tod ihres Königs«, erinnerte er den Rat. »Nachdem sie mich und Lady Azalea eingesperrt und hintergangen haben, besitzen Neeris und ihre Mutter die Frechheit, mich nicht nur für Katleems Tod verantwortlich zu machen, sondern auch für den Krieg, den *sie* angezettelt haben. Ich werde mich nicht hinter den Mauern des Palastes verstecken.«

»Wenn Ihr sterbt, Eure Majestät –«, begann Mikael vorsichtig.

Doch Rae hielt eine Hand hoch, um ihn zu unterbrechen. »Dann findet ihr in der Schatulle auf meinem Nachttisch weitere Anweisungen.« Anweisungen, die Azalea betrafen, die in dem Fall alleinige Königin von Lyzara sein würde. Doch das Thema wollte er nun nicht anschneiden. »Außerdem bleibt der Rat im Falle meines Todes beschlussfähig.« Anhand der verkniffenen Mienen sah er, dass sie etwas erwidern wollten, aber er ließ sie nicht zu Wort kommen. »Das ist meine Entscheidung, keine Diskussion.«

Jetzt ertönten aus der Ferne Geräusche: Hufgetrappel, schwere Schritte, Motorenlärm. Rae leckte sich über die Lippen, spannte seinen Körper an und horchte in sich hinein. Mit Muskelkraft käme er nicht weit – seine Fähigkeiten waren die Waffen, die zwischen Ashland und seinem Volk standen. Er hatte alles dafür getan, dass die Regierung selbst bei seinem Tod überlebte. Azalea war in Sicherheit auf Tys Landsitz. Der Blutrat war auch ohne Tyresian beschlussfähig und hatte sich in der Schwarzen Festung verbarrikadiert. Sollte Rae den Kampf nicht überleben, mussten seine Truppen gewinnen, um Lyzara zu schützen.

Und wenn sie versagten, würde auch der Blutrat nichts mehr ausrichten können. In diesem Fall, das hatte er Azalea eingetrichtert, musste sie mit Melia fliehen. Das Land verlassen, so wie es einst Prays Eltern getan hatten.

Nur dann wäre sie in Sicherheit.

Ein Geräusch ließ ihn herumfahren. Sofort hob er die Hände, riss die Hitze aus seinem Magen hoch, bis sie auf seine Haut floss.

Der Mann vor ihm stolperte zurück.

»Scheiße.« Pray spuckte aus. Er roch nach verbrannten Haaren. »Willst du mich umbringen?«

Raes Augen weiteten sich bei seinem Anblick und ein ungutes Gefühl beschlich ihn. »Kommt drauf an, was deine Anwesenheit hier zu bedeuten hat«, sagte er vorsichtig. Sein Blick fiel auf das kurze Breitschwert an Prays Seite und das ungute Gefühl nagte stärker an seinen Eingeweiden.

»Wie hat dein Vater immer gesagt?« Pray zog das Schwert aus seinem Gürtel und packte es mit beiden Händen. »Stell keine Fragen, auf die du keine Antwort willst.«

Sofort schüttelte Rae energisch den Kopf. »Es war abgemacht, dass du da oben bleibst«, sagte er und deutete auf den Hügel, wo sich Tys Truppen versammelt hatten. »Und außerdem: ein *Schwert*? Das sind Menschen. Du kannst mit richtigen Waffen gegen sie kämpfen.«

Pray zuckte unbekümmert mit den Schultern. Er war in den dunklen Klamotten und mit dem Band in den Haaren, das seine Locken zurückhielt, kaum wiederzuerkennen. Bei der Kleidung handelte es sich um den gleichen Stoff wie bei seinem. Doch darunter war Pray nur ein Mensch, ohne magisches Blut ungeschützt.

»Ich dachte mir, du könntest jemanden gebrauchen, der dir den Rücken stärkt.« Kurz wirkte sein Blick verschwommen, als würde er über etwas nachdenken. »Und wenn diese Menschen mit Schwertern kämpfen, werde ich sie nicht mit einem Maschinengewehr abknallen.«

Raes Kehle schnürte sich zusammen. Was Pray sagte, war leichtsinnig. Mit einem Gewehr hätte er so viel bessere Chancen. Die Wycca auf dem Schlachtfeld besaßen ihre Kräfte und waren nicht auf Waffen angewiesen, aber er schon. Es war dumm und naiv, der Fairness halber darauf zu verzichten.

Dumm, naiv und nobel.

Mit festem Druck massierte Rae sich die Schläfen. Sie standen ungeschützt auf diesem Feld, Ashland war nur wenige Minuten entfernt. Sein Herz verkrampfte bei Prays Anblick. »Bitte geh«, flehte er. »Es ist zu gefährlich.«

Pray drehte seinen Kopf in Raes Richtung, sodass sie einander fest in die Augen sahen. In dem Moment wurde Rae klar, dass es sinnlos war. Pray blickte ihm entschlossen entgegen.

»Wo du hingehst«, sagte er und presste die Lippen für einen Moment fest zusammen, »da gehe ich auch hin. Und außerdem«, fügte er mit einem Lächeln hinzu, »erinnere ich mich an ein Versprechen deinerseits. Dementsprechend mache ich mir keine Sorgen.«

Rae runzelte die Stirn. »Was meinst du?«

»Erinnerst du dich? Du hast mir versprochen, dass du nicht zulässt, dass mir jemand ein Haar krümmt.«

Das war kurz nach der Beerdigung seiner Familie gewesen, direkt bei der Statue, an der Pray und er sich getroffen hatten. Das Ganze schien eine Ewigkeit entfernt.

Doch er war noch immer entschlossen, das Versprechen einzuhalten.

Er nickte Pray zu, drückte die Schultern zurück und stellte sich an seine Seite. »Dann kämpfen wir.«

Pray spannte ebenfalls die Schultern an. »Dann kämpfen wir«, wiederholte er. Stumm sahen sie in Richtung der Bäume, zwischen denen sich etwas zu regen schien.

Mit klopfendem Herzen besah Ty die Wycca vor sich. Seine gläserne Garde stand vorn, direkt bei ihm. Die Soldaten dahinter kamen aus verschiedenen Teilen des Landes, wurden unabhängig voneinander in ihren Fähigkeiten trainiert. Sie alle dienten der Verteidigung Lyzaras, doch seit den Herzenskriegen war die Gefahr nie real gewesen. Ty konnte an ihren Mienen ablesen, dass sie nicht damit gerechnet hatten, dass es so weit kommen würde.

Er war mit ihnen die Strategien durchgegangen, hatte ihr Vorrücken besprochen. Doch je länger er in ihre Gesichter sah, desto stärker erkannte er, dass bei vielen nicht der Kampfeswille überragte, sondern Angst.

Bevor er ihnen Mut zusprechen konnte, ertönte das Schlachthorn.

Ty, der am obersten Punkt des Hügels stand, drehte sich um. In der Weite sah er Ashlands Front vorrücken. Sie strömten aufs Schlachtfeld, mit glitzernden Waffen und Schildern. Manche beritten, andere zu Fuß.

Und da, inmitten der leeren Wiese, zwischen beiden Fronten, entdeckte er zwei einzelne Gestalten.

Pray und Raevan, Seite an Seite. Bereit, Ashland allein aufzuhalten, wenn es sein müsste. Sein Mund wurde trocken.

So weit würde es nicht kommen.

Er drehte sich um und holte tief Luft. »Es geht los!« Sein Ruf wurde erwidert. Er sah jedem Einzelnen seiner Gardisten in die Augen. »Ausschwärmen.«

Und auf sein Kommando hin rannten sie los.

Melia war gerade dabei, das Kaminbesteck in ihrer Hand zu wiegen, als Waffe zu testen, da klopfte es. Yumi schreckte vom Sofa hoch und sprang kläffend auf. Schnell legte sie das Kaminbesteck zurück und eilte zur Tür, wo sie Yumi auf den Arm nahm. Die Hündin hatte die Angewohnheit, bei der erstbesten Gelegenheit durch offene Türen zu flitzen, und heute hatte Melia nicht die Zeit, um sie wieder einzufangen.

Der Wagen, der sie und Azalea auf Tys Landsitz bringen sollte, stand sicher schon bereit. Doch Melia hatte nicht vor, sich zu verstecken.

Als sie die Tür öffnete, war es jedoch kein Fahrer, sondern Azalea, die vor ihr stand.

»Ashland ist eingetroffen«, sagte sie anstelle einer Begrüßung. Sie trug Jeans und ein T-Shirt und hatte ihre Haare zu einem hohen Zopf gebunden.

Yumi auf Melias Arm strampelte und streckte sich in Richtung Azalea. Vorsichtig setzte Melia sie ab und sofort sprang der Hund an Azaleas Beinen hoch. Sie hockte sich hin, um Yumis Ohren zu kraulen.

»Ich weiß.« Melia hatte am Fenster gestanden, bis das Schlachthorn ertönt war. In dem Moment hatte sie gewusst, dass sie unmöglich in Tys Villa fahren konnte, um sich zu verkriechen. Sie musste handeln. »Pray will es nicht, aber ich muss dort hin.« Ihre Kehle schnürte sich zu, aber sie presste die nächsten Worte hervor. »Ich kann ihn nicht sterben lassen. Du musst allein in dieses Auto steigen.«

Azalea hob Yumi hoch und übergab sie wieder Melia. Langsam verschränkte sie die Finger vor ihrem Körper. »Der Wagen hätte uns schon vor Stunden wegbringen sollen.«

Melias Hand, die über Yumis Kopf strich, hielt inne. »Wie meinst du das?«

»Ich habe den Fahrer weggeschickt. Außer du willst, dass er zurück kommt.«

Sofort schüttelte sie den Kopf. »Das heißt, wir kämpfen?«, fragte sie hoffnungsvoll.

»Wenn wir aufs Schlachtfeld gehen«, sagte Azalea langsam und rieb sich übers Schlüsselbein, »sterben nicht nur wir. Sie würden alles tun, um uns da rauszuholen.«

Aus dem Mund eines jeden anderen hätte es abwertend geklungen. Doch Melia wusste, was Azalea meinte: Sie waren keine Krieger. Nicht, weil sie Menschen waren oder Frauen – oder beides. Sondern weil man sie zu etwas anderem geformt hatte. Azaleas Waffe war ihre scharfe Zunge und ihr Verstand. Und Melia … zu was hatte Beck Melia gemacht? Sie war sich nicht sicher.

»Ich kann hier nicht untätig rumsitzen.«

»Begleite mich«, sagte Azalea sofort, als hätte sie auf diese Worte gewartet. »Nicht nur Ashland ist der Feind.« Sie steckte ihre Hände in die Hosentaschen, ballte sie zu Fäusten – weil sie nicht wollte, dass Melia das Zittern bemerkte oder weil sie dort etwas umklammerte? Die blauen Augen ihrer Freundin funkelten entschlossen. Selbst wenn Melia sich weigerte, würde Azalea in den ihr noch unbekannten Kampf ziehen.

Doch das hatte sie gar nicht vor.

»Sag mir, was du planst.«

Skeptisch sah Melia zu dem Club. »Ich dachte, hier wurde schon alles durchsucht.« Nach ihrem Besuch mit Pray und den anderen war sie nicht mehr im *Artist* gewesen und hatte auch kein Bedürfnis danach verspürt.

»Ich weiß. Aber wir müssen mit den Tänzern sprechen. Ich muss beweisen, was Barrow für ein Mensch ist.« Energisch zog sie an dem Türknauf, doch die Tür war verschlossen.

Die Straßen um sie herum waren wie leer gefegt. Diejenigen, die es sich leisten konnte, hatten Avastone verlassen und die anderen hatten sich in ihre Häuser zurückgezogen.

»Meinst du, sie sind hier?«, fragte Melia vorsichtig, während Azalea an den Gittern vor den Fenstern rüttelte.

»Etwas anderes würde er nicht erlauben«, sagte sie bestimmt.

»Hier, lass mich mal.« Melia zog ein Stück Draht hervor und machte sich am Schlüsselloch des Türknaufs zu schaffen. Nach einem Moment sprang die Tür auf.

»Woher kannst du das?«, fragte Azalea beeindruckt.

»Beck hatte verschiedene Käfige, in die er mich gesperrt hat. Er hat sich einen Spaß daraus gemacht, zu sehen, wie schnell ich entkomme.« Sie drückte die Tür auf und ließ Azalea den Vortritt. Der Club war wie erwartet leer, ansonsten sah alles aus wie bei ihrem letzten Besuch. Selbst das Drahtseil hing noch immer gespannt von einer Wand zur anderen.

»Ty hat erzählt, die Tänzer leben unten«, sagte Azalea und sah sich suchend um.

Melia deutete auf die Tür, die zum VIP-Bereich führte. »Da lang.« Erneut benutzte sie den Draht, um die Tür zu öffnen. Sofort sprang die rote Lampe darüber an, vor der Camille Pray an jenem Abend gewarnt hatte. Doch da sie allein waren, ignorierten sie das Leuchten. Aus dem Keller drang ihnen der Geruch nach Tabakqualm und verschüttetem Alkohol entgegen.

»Hallo?«, rief Azalea in die Dunkelheit hinein. »Ist hier jemand?«

Es blieb still. Sie liefen die Treppe bis nach unten und sahen sich um.

»Vielleicht sind sie doch geflohen«, flüsterte Melia, obwohl sie niemand hören konnte.

Azalea schüttelte den Kopf und lief durch den Raum. »Glaub mir«, sagte sie in normaler Lautstärke – Melia nahm an, dass sie nie die Stimme senkte –, »selbst wenn dieses Gebäude in Flammen stehen würde, würde Barrow sie nicht gehen lassen.«

Sie öffnete einen Vorhang auf der linken Seite. »Du kannst hier warten, falls du willst.«

Doch Melia folgte ihr. Sie würde Azalea in diesem Club nicht allein lassen. Der Gang führte zu einer weiteren, ebenfalls verschlossenen Tür. Wieder machte Nelia sich ihren Draht zunutze.

Als die Tür aufschwang, drang der Geruch nach verschiedenen Parfüms und ungewaschener Wäsche in ihre Nase. Sofort erkannte sie, woher er stammte: Drei Männer und zwei Frauen saßen in einem engen Raum auf Matratzen und sprangen bei ihrem Anblick auf.

»Wer seid ihr?«

Melia ließ ihren Blick schweifen. Es war offensichtlich, dass die Menschen hier wohnten. Der Raum erinnerte sie an ihr eigenes Gefängnis, obwohl sich links ein langer Tresen entlang zog, auf dem Schminkutensilien verteilt lagen. Rechts reihten sich mehrere Kleiderständer mit Kostümen aneinander.

»Wir wollen mit euch reden.« Azalea betrat den Raum und sah einen nach dem anderen an. »Über Barrow.«

»Wir haben schon mit der Polizei gesprochen«, meldete sich eine der Frauen zu Wort. »Es gibt nichts weiter zu sagen.«

»Wir können euch hier rausholen.« In dem Moment, als Melia es aussprach, wusste sie, dass sie das Falsche gesagt hatte. Die Miene der Frau verschloss sich.

»Wir können gehen, wann wir wollen.«

»Und deshalb war die Tür abgeschlossen?«, fragte Melia mit hochgezogener Augenbraue.

»James Barrow bezahlt für unsere Arbeit. Wir sind nicht angekettet. Es gibt keinen Grund für eure Anwesenheit«, sagte der Mann, der bei ihrem Eintreten aufgesprungen war. Doch sein Blick huschte unsicher zu den anderen.

»Nur weil es keine Ketten gibt, heißt das nicht, dass ihr keine Gefangenen seid«, sagte Azalea und fixierte den Mann. »Ich kenne Barrow. Und ich kann mir vorstellen, warum ihr nicht flieht.«

Zu Melias Überraschung zog sie sich das T-Shirt über den Kopf, unter dem sie nur einen blassrosafarbenen Sport-BH trug. Doch sie schien kein Problem damit zu haben, sondern drehte sich um und deutete auf ihren Rücken.

»Das war Barrow.«

Im hellen Licht der Deckenlampe war leicht zu erkennen, was sie meinte. Azaleas Rücken sah aus, als wäre die Haut dort geschmolzen und wieder getrocknet worden.

Melia hatte geahnt, dass Azalea ihre eigenen Gründe hatte, um den Club aufzusuchen. Doch dass es so persönlich war, hatte sie nicht vermutet. Ob Rae davon wusste? Pray zumindest hatte nie etwas gesagt.

Azalea zog sich das T-Shirt wieder über. »Das liegt schon zu lange zurück, als dass ich es beweisen könnte«, sagte sie. »Aber ihr könnt gegen ihn aussagen. Wir müssen ihn stoppen. Ihr wisst, dass wir nicht die Einzigen sind, denen er Leid antut.«

Melia dachte an die Fotos, von denen Ty erzählt hatte. Der Polizeidirektor machte sich einen Spaß daraus, Menschen zu quälen.

»Wenn er etwas davon rausbekommt …«, sagte der Mann zweifelnd.

Doch sofort mischte sich eine der Frauen ein. »Dex«, zischte sie warnend. »Nicht.«

»Wenn ihr jetzt nicht mit mir kommt«, sagte Azalea mit verschränkten Armen, »wird es keine weitere Chance geben.«

»Und wo sollen wir hin?«, fragte Dex. »Er ist der verdammte Polizeidirektor. Wo sollen wir Schutz suchen?«

»Wir lassen uns was einfallen«, sagte nun auch Melia.

Dex sah zu den anderen. »Ich will nicht weiter hier in Angst leben. Lilah, das kannst du nicht wollen.«

Die anderen nickten zustimmend. Nur die Frau – Lilah – sah skeptisch aus. Dex hielt ihr eine Hand hin. »Komm schon«, sagte er.

Sie presste die Lippen aufeinander, ließ sich jedoch von ihm hochziehen.

Erleichtert atmete Melia auf. Sie wollte unbedingt von hier verschwinden. »Los, kommt.«

Sie und Azalea gingen vor, zurück in den runden Raum. Doch noch bevor sie die Treppe betrat, schlug ihr jemand etwas Hartes auf den Hinterkopf.

Dann wurde alles schwarz.

KAPITEL 42

Raes Brustkorb hob und senkte sich schmerzhaft. Sie standen ungeschützt auf dem Feld, warteten auf Ashlands Ankunft. In seinen Händen hielt er nichts.

Er war Waffe genug.

Pray umklammerte sein Kurzschwert.

»Noch ist Zeit, um abzuhauen«, erinnerte Rae ihn.

Doch Pray schwankte nicht. »Der Zeitpunkt ist schon lange vorbei. Ich bin bei dir. Komme, was wolle.« Dennoch spannten sich seine Schultern beim Blick in die Ferne an. »Versprich mir nur eines«, sagte er und seine Stimme zitterte vor der Mischung aus Furcht und Witz, mit dem er Erstere zu verbergen suchte. »An dem Tag, an dem ich sterbe – und ich sage nicht, dass das heute sein wird«, fügte er schnell mit erhobener Hand hinzu, als Rae ihn unterbrechen wollte, »schmeißt du besser eine Party als eine langweilige Beerdigung. Alles klar?«

Rae sah seinen Freund von der Seite an. Dieser mied seinen Blick und starrte stattdessen aufs offene Feld. Also riss Rae sich zusammen, schluckte seine Angst hinunter und nickte. »Versprochen.«

Auch wenn Rae sich fürchtete, war er froh, Prays Schulter an seiner zu spüren. Dennoch bebte er.

Nein, nicht er. Die Erde bebte. Wurde in Schwingungen versetzt, von Tausenden Stiefeln, die über den Boden liefen.

In der Ferne erkannte er die ersten Gestalten. Und es wurden mehr.

»Denk dran«, sagte Rae und bemühte sich, die Stimme ruhig

zu halten. »Wir sind diejenigen, an die man sich erinnern wird. Egal, wie es ausgeht. Sie können vorgeben, das hier für den Frieden zu tun. Aber wir wissen, dass sie Heuchler sind.«

»Sie werden sich an uns erinnern«, bestätigte Pray und ging in Stellung. Mehr Gestalten tauchten auf, Schilde glitzerten im Licht der Sonne.

Das Schlachthorn ertönte. Ty war bereit.

Die Geräusche wuchsen an und die Truppen Ashlands waren keine weit entfernten Gestalten mehr, sondern Menschen, die Gesichter hatten, die auf sie zustürmten.

»Dann entfessle mal deine Macht«, sagte Pray.

Und das tat Rae.

Zuerst sandte er einen gewaltigen Luftstoß auf die Front zu. Die Soldaten wurden zurückgeworfen, ihre Formatierung bröckelte. Aber er erwischte nicht alle und links und rechts von ihnen liefen ihre Gegner vorbei. Doch Ty würde dafür sorgen, dass sie nicht weit kamen.

Gemeinsam mit seiner Garde griff Ty an. Brüllend rannten sie aufs Schlachtfeld, auf die Soldaten zu, die es an Raevan und Pray vorbei schafften. Er wusste, dass Rae gehofft hatte, dass er die Armee Ashlands mit seiner Kraft allein so beeindrucken konnte, aber dem war nicht so.

Ashland war bereit zu töten.

Und das mussten sie auch sein.

Seine Garde setzte ihre Kräfte ein und Ty zückte zwei Messer. Ein Soldat rechts von ihm zielte mit einem mit Cruas versetzten Speer auf ihn, doch er kam ihm zuvor und rammte seine Klinge unter dessen Rippenbogen. Röchelnd ging er zu Boden. Der Nächste folgte direkt. Ty ignorierte die Nässe auf seiner Hand, das schmatzende Geräusch seiner Stiefel auf dem blutgetränkten Feld, als er einen Soldaten nach dem anderen zur Strecke brachte.

Er war schon immer gut darin gewesen, den Teil in ihm abzuschalten, der beim Töten etwas fühlte.

Doch nach einiger Zeit schafften es mehr ihrer Gegner an ihnen vorbei, durchbrachen ihre Formation. Die Armee nahm kein Ende. Die Menschen strömten auf sie zu, überrannten sie.

Ein Messer traf Ty in der Seite und ein stechender Schmerz raste durch seinen Körper. Er zog es raus und schleuderte es auf seinen Angreifer, verfehlte aber. Die nächste Klinge traf seinen Unterarm und er ließ seine eigene Waffe vor Schmerz fallen. Seine Garde erwischte mit ihren Kräften mehrere Menschen auf einmal und kurz konnte Ty durchatmen und sich nach dem Messer bücken.

Neben ihm schlug ein Pfeil ein. Er stolperte zurück, schaute zu der Waffe, die Lios Brustkorb durchschlug. Tys Atem kratzte wie Nägel in seiner Kehle, als er einen Schrei ausstieß. Er griff nach Piamas Arm, die auf Lio zustürmte, hielt sie zurück.

»Zu spät«, keuchte er und drängte sie in die andere Richtung.

»Formatiert euch!«, rief an alle. Seine Garde gab den Befehl an die anderen Einheiten weiter. »Vorrücken!« Seine Worte hallten von überall her wider und gemeinsam drängten sie Ashland zurück.

Rae konzentrierte sich nicht mehr darauf, seine Kraft auf eine größere Fläche auszuweiten, sondern richtete härtere Schläge gegen Einzelne. Doch schon bald musste er einsehen, dass der Wind nicht ausreichte. Weitere Soldaten schafften es vorbei und plötzlich ragte einer von ihnen vor Pray auf und schlug sein Schwert gegen das seines Freundes.

Rae riss seinen Arm hoch und sandte eine Flamme in die Richtung des Angreifers. Er taumelte zurück, seine Haut warf Blasen. Erschrocken starrte Rae ihn an. Er hatte ihn nur mit einer Hitzewelle vertreiben wollen.

»Raev!«

Er sah gerade noch rechtzeitig auf, bevor eine Soldatin ihm ein blau-glänzendes Messer zwischen die Rippen stechen konnte. Flammen schossen aus seiner Hand hervor und auf die Frau zu.

Schwarz verkohlt ging sie zu Boden. Schwer atmend starrte Rae auf ihre Überreste. Doch es blieb keine Zeit für Reue. Immer mehr stürmten auf sie zu, griffen ihn und Pray an.

Pray verteidigte sich mit seinem Schwert, streckte zwei Angreifer nacheinander nieder. Rae konzentrierte sich aufs Eis, wollte die Soldaten am Boden festfrieren, doch sobald er es versuchte, schmolz es wieder.

»Sie wehren mein Eis mit irgendetwas ab«, knurrte Rae und sandte erneut eine Flammenwand auf die Gegner.

»Konzentrier dich auf die anderen Kräfte«, stieß Pray aus und keuchte, als eine Soldatin mit einem Speer ihn zur Seite trieb. Er machte eine Drehung und rammte ihr die Schwertspitze in den Bauch.

Die Armee von Ashland nahm kein Ende. Sie waren ihnen zahlenmäßig so weit überlegen, dass Raes Herz sich schmerzhaft zusammenzog. Als eine neue Front auf sie zustürmte, sammelte er sein Feuer, das sich in seinem Magen zusammenbrodelte. Er wartete ab, bis sie nah genug waren, dann schoss er die Flammen von sich.

Doch Ashlands Armee war vorbereitet. Unisono rissen sie ihre Schilder hoch und blockten Raes Feuerwand ab.

Entsetzt starrte er auf die Armee, die immer dichter kam. Wieder sandte er Flammen in ihre Richtung. Ein paar hoben ihre Schilder nicht schnell genug. Sie gingen sofort zu Boden, der Geruch von verbranntem Fleisch vermischte sich mit dem nach Blut.

Doch noch immer schafften es zu viele zu ihnen, griffen direkt mit ihren Waffen an. Pray wehrte sie ab und Rae schützte sie durch Feuer, Eis und Luft, aber er spürte, wie seine Kräfte schwanden.

Wieder sammelte er das Eis aus seinem Inneren. Er könnte die Armee am Boden festfrieren und ihnen so einen Vorteil verschaffen – und Leben verschonen.

Aber wieder zeigte das Eis keine Wirkung.

Ashland war auf seine Fähigkeiten vorbereitet.

In der Nacht im Wald hatte er sie ihnen vorgeführt. Um Neeris zu retten.

Jetzt begriff er, dass es eine Falle gewesen war.

Er hatte helfen wollen. Und deshalb würden sie alle sterben.

KAPITEL 43

Neu formatiert rückten sie wieder vor, kämpften sich ihren Weg durch die Soldaten Ashlands. Ty ignorierte die Leichen auf dem Boden, blendete den Geruch aus, den sie ausstießen, das Blut unter seinen Stiefeln. Er marschierte vorwärts, gemeinsam mit den anderen.

Ein Pfeilhagel ging auf sie nieder und entsetzt musste Ty zusehen, wie die Wycca um ihn herum zu Boden sackten. Panik machte sich breit und wieder verteilten seine Leute sich viel zu weit.

»Zusammenbleiben!«, rief er. Doch nicht alle hörten ihm zu.

Sein Blick fiel auf ihre linke Flanke, die komplett frei war. »Sie müssen vorrücken!«, rief er dem nächsten Mitglied seiner Garde zu. Es war Piama. Sie nickte und gab den Befehl weiter. Doch nichts geschah.

»Scheiße.« Ty beobachtete, wie Ashland ihre ungeschützte Seite bemerkte, und sofort sammelten sich dort die Soldaten, schlugen unbarmherzig zu. »Wenn sie da durchkommen, haben sie freie Bahn zum Lager. Und zum Palast.«

Piama straffte den Rücken. »Ich regle das.« Sofort sprintete sie los, sandte Blitze über das Feld vor sich und schaltete einen Großteil der sich nähernden Soldaten aus. Sie erreichte ihre eigenen Truppen gerade rechtzeitig, bevor die Gegner sich nähern konnten, und gab Tys Befehle weiter.

Neben ihm explodierte eine Granate. Die Schreie zerrissen Tys Trommelfell. Schmerz schoss durch seine Gliedmaßen. Es war, als würde sein Blut sich weigern, weiter durch seinen Körper zu fließen. Er kannte diesen Schmerz. Das war kein normales Cruas.

Entsetzt sah er, wie ein Teil der Soldaten, die Piama gerade angewiesen hatte, fielen. Die anderen hatten ebenfalls welche der Neo-Cruas Splitter abbekommen und wandten sich vor Schmerzen, ignorierten die Befehle, die Piama ihnen zurief.

Piama wollte weitere Blitze aussenden, doch ihre Hände blieben leer. Das Neo-Cruas blockierte die Magie.

Ein Soldat nutzte seine Chance und rammte ihr einen der gefallenen Pfeile ins Herz. Sie spuckte schwarzes Blut aus und Ty schrie.

Panik ergriff die übrigen Wycca. Die meisten von ihnen waren ohne ihre Fähigkeiten schutzlos ausgeliefert.

Wieder fielen Pfeile, zerstreuten seine Soldaten. Hilflos musste Ty zusehen, wie Weitere von ihnen getroffen wurden.

Sie würden alle innerhalb weniger Minuten sterben.

Sie mussten sich sammeln und das Cruas aus ihrem Blut entfernen.

In dem Moment erwischte ihn ein gewaltiger Schwall Hitze. Instinktiv schützte er sein Gesicht mit dem Arm. Doch die Flammen waren nicht auf ihn gerichtet. Er entdeckte Rae, der sich wie ein Feuerteufel im Kreis drehte und Flammen aussandte, Feinde in den Rücken traf, sie zu Asche verbrannte. Die Soldaten vor Ty fielen zu Boden, schrien vor Schmerz.

Niemals hatte Ty solch eine Kraft beobachtet.

Und dennoch würde es nicht ausreichen.

Aber für einen kurzen Augenblick verschaffte Rae ihnen damit Zeit.

»Rückzug!« Tys Befehl wurde weitergetragen und er deutete auf die Zelte auf dem Hügel. Sie mussten sich sammeln. Zumindest so lange, bis Ashland wieder auf die Füße kam oder Rae die Kraft ausging.

Sie rannten nach oben, wehrten auf dem Weg die einzelnen Soldaten ab, die Rae nicht erwischt hatte.

Bei den Zelten bellte Ty Befehle. »Ihr müsst die Splitter entfernen. Trinkt etwas. Atmet durch. Wir haben nur Sekunden.«

Er sah auf das Schlachtfeld und sein Herz sank. Schon strömten die Soldaten Ashlands wieder auf sie zu, direkt auf den Weg zu den Zelten.

»Wir müssen uns neu ordnen«, sagte Ty und sah zu seiner verbliebenen gläsernen Garde. Es waren nur noch sieben übrig. Der Trupp aus dem Norden soll nach links gehen und –«

»Wir haben niemanden mehr mit aktiven Kräften!«

»Dann muss der Trupp aus dem Süden unterstützen, um –«

»Die rechte Flanke ist weitaus ungeschützter.«

Ty fuhr sich schmerzhaft durchs Gesicht, ballte die Hände zu Fäusten. Sein Herz raste, sein Atem wurde flacher, und Schweißperlen bildeten sich auf seiner Stirn. Die weit aufgerissenen Augen suchten hektisch nach einem Ausweg, während sein Körper zitterte. Das Gefühl der Panik durchzog ihn wie ein elektrischer Schlag, und er konnte die bedrohlichen Gedanken nicht abschütteln, die seinen Verstand überfluteten. Er hatte keine Ahnung von Krieg, wusste nicht, wie man anführte. Darauf hatte ihn niemand vorbereitet.

Unten am Hügel explodierte etwas. Sie bewarfen sie mit Granaten. Seine Leute schrien auf, zuckten zusammen. Viele von ihnen waren jünger als er, hatten nicht damit gerechnet, jemals einen Krieg zu erleben.

Und es würde Tys Schuld sein, dass sie hier in diesen Zelten elendig verreckten.

Rae zog einen Splitter aus dem Arm, atmete den Schmerz weg.

Jegliche Wärme wich aus seinem Gesicht. »Sie besitzen Neo-Cruas.«

Pray sog zischend die Luft ein, ließ für einen Moment sein Schwert hängen. »Vielleicht ist es das, was deine Eiskräfte unbrauchbar macht. Wenn sie es in ihre Schuhe, ihre Kleidung, eingewebt haben …«

Entsetzt musste Rae einsehen, dass er recht hatte. Deshalb schmolz das Eis direkt wieder. Das Feuer und die Luft konnten sie so zum Glück nicht abhalten, aber die feuerfesten Schilde sorgten für das Übrige.

Die Leichenberge um sie herum wuchsen an, Wycca und Menschen, Rae erkannte keinen Unterschied mehr. Ashland oder Lyzara – tot sahen sie alle gleich aus. Wieder sammelte er das Feuer in sich, aber die Hitze versiegte langsam.

Da sah er sie. Am Rand des Feldes, hinter den Soldaten, leuchtete ihr blasses Gesicht. Neeris ritt auf einem Pferd, die Brust und den Kopf geschützt mit einer Rüstung, die ohne Zweifel Cruas enthielt. Obwohl sie so weit entfernt stand, hatte Rae das Gefühl, ihr genau in die Augen zu blicken.

Rae stieß das Feuer von sich, doch statt Flammen traf die Soldaten lediglich eine Hitzewelle. Dennoch taumelten sie zurück. »Sie ist da hinten«, rief er Pray zu. »Neeris. Ich muss zu ihr. Vielleicht kann ich es beenden.« Sie musste ihm zuhören. Das Töten musste ein Ende haben.

Pray schnaufte, als sein Schwert gegen das eines Soldaten traf. Rae wollte ihm zur Hilfe kommen, doch in dem Moment griff ihn ein Mann an und rammte ihm ein Messer in den Arm. Rae wehrte ihn mit einem Luftstoß ab.

Pray schrie auf. Blut strömte aus einer Wunde an seinem Oberschenkel, als die Klinge des Soldaten sein Fleisch durchdrang. Raes Hand flog zum Boden nach Prays Schwert, dessen Griff mit Schmutz und Blut bedeckt war. Er umklammerte es so fest, dass seine Knöchel weiß wurden, hob die Klinge, deren scharfe Schneide im Sonnenlicht glitzert. Mit einer schnellen Bewegung stieß er es in den ungeschützten Hals des Soldaten.

Er schob den toten Mann von sich, wandte sich an Pray. »Wie schlimm ist es?«

»Geht schon.« Doch sein Gesicht war blass und das Blut versiegte nicht.

»Ich bring dich hier weg.«

Pray schüttelte den Kopf. »Dafür haben wir keine Zeit. Ich gebe dir Deckung und wir kämpfen uns zu Neeris.«

Raevan sah sich um. Ashland schien die letzten Soldaten aufs Feld gebracht zu haben. Plötzlich hatte sich ihre Anzahl verdoppelt. Rae gab seinem Freund das Schwert zurück.

»Wir sind die, an die man sich erinnern wird«, stieß er hervor. »Vergiss das nicht.«

»Du wärst ein guter König«, sagte Pray. »Wenn sie dich nur lassen würden.«

Sie standen Rücken an Rücken, als Ashland sie weiter einkreiste.

KAPITEL 44

Blinzelnd öffnete Azalea die Augen, sah aber nichts als Dunkelheit. Sie brauchte nicht lange, um zu begreifen, was geschehen war. Das Biest Lilah musste ihr etwas auf den Hinterkopf geschlagen haben.

Noch ehe sie richtig sehen konnte, hörte sie ein leichtes Schwappen.

Weißes Licht blendete Azalea und mit einer Hand schirmte sie ihr Gesicht von dem einzelnen Spot ab, der eingeschaltet wurde und nun auf sie gerichtet wurde. Langsam gewöhnte sie sich an die Helligkeit und Konturen nahmen an Schärfe zu. Sofort wünschte sie sich, dass sie ihre Lider wieder schließen könnte. Doch sie war vor Angst wie erstarrt.

Sie saß auf einer Plattform. Eine Strickleiter hing an der Seite herab, aber sie bezweifelte, dass Barrow diesen Ausweg für sie geplant hatte. Schwindel ergriff sie und mit den Händen krallte sie sich am Holz der Plattform fest.

Schluckend wagte sie einen Blick nach unten und ihre Lunge zog sich zusammen bei dem Anblick, der sich ihr im schwachen Licht, das auf sie gerichtet war, bot.

»Wie gefällt es dir?«

Die Stimme ließ sie zusammenzucken. Mit rasendem Herzen sah sie auf. James Barrow stand im Club, die kräftigen Arme vor der Brust verschränkt.

»Das Aquarium ist eine Sonderanfertigung, ebenso die Hebevorrichtung. Ein Vorschlag einer alten Freundin.« Er zwinkerte Azalea zu und deutete auf eine Art Hebebühne, die das mit

Wasser gefüllte Becken von unter der Erde über den Boden des Clubs gehoben haben musste. »Ein Vorteil, wenn man es nur sporadisch braucht.« Während er sprach, ging er um das durchsichtige Becken, das sich unter Azalea befand, herum, auf eine Treppe zu, die zu der Bühne führte. Auch die musste über die gleiche Vorrichtung verfügen, denn als sie den Club betreten hatten, kam sie ihr nicht so hoch vor. Nun reichte sie bis zum Rand des gigantischen Wasserbeckens, dessen Inhalt gefährlich in der Dunkelheit unter Azalea schwappte.

Barrow erklomm eine Treppe an der Seite und stellte sich auf die Bühne. »Das Tier stammt ebenso von dieser Freundin. Wie ich hörte, hattet ihr Bekanntschaft gemacht.«

Azalea wagte einen weiteren Blick nach unten. Unter der Oberfläche bewegte sich etwas. Barrow betätigte einen Schalter und ein zweiter Spot sprang an, erhellte das Becken und offenbarte Azalea damit die Sicht auf ein grausiges schwarz-rotes Tier, das an eine gigantische Wasserschlange erinnerte. Sie krallte sich mit den Fingern an dem Holz unter sich fest und befahl sich, ruhig zu atmen. Es stand außer Frage, von welcher Freundin Barrow sprach. Es hatte nur eine Wycca gegeben, die solche Kreaturen züchtete.

Orlena.

Bis Azalea sie getötet hatte.

Barrow steckte seinen Finger ins Becken und wirbelte das Wasser auf, als wäre es nichts weiter als ein Swimmingpool für Kinder. »Sie nagt dir innerhalb von Minuten das Fleisch von den Knochen. Aber ihr wirklicher Spaß besteht darin, ihr Opfer zu zerpflücken und das Fleisch tagelang im Wasser schwimmen zu lassen, bis sie es verspeist. Ich glaube, sie war eine der Letzten, die Orlena verkauft hat, ehe man sie tötete.« Sein Blick richtete sich auf sie. »Und man munkelt, du seist daran nicht unschuldig, Azalea.« Er kam über die Bühne dichter zu ihr an die Plattform und sah hinauf. »Sag mir, warst du wieder ungezogen? Ich dachte, ich hätte dir Manieren beigebracht.«

Bei dem Tonfall und seinen Worten bekam sie eine Gänsehaut. Sofort fühlte sie sich in ihr fünfzehnjähriges Ich zurückversetzt, das tagelang in einer Zelle ausgeharrt hatte und diesem Mann vor sich ausgeliefert gewesen war. Das Foto, das in ihrer Hosentasche steckte, schien ein enormes Gewicht zu haben.

Als Ty es ihr gegeben hatte, konnte sie es kaum glauben. Sie hatte nicht mitbekommen, dass Barrow sie fotografiert hatte. Und dieser widerliche Kerl hatte das Foto all die Jahre aufbewahrt, zusammen mit vielen anderen. Der Gedanke verdrängte die Angst in die hinterste Ecke ihres Körpers und ließ stattdessen der Wut vortritt.

»Komm zur Sache, alter Mann«, zischte Azalea und richtete sich auf. Dabei schmerzte ihre Beinverletzung und sie zuckte zusammen. »Wir sind nicht alle unsterblich.«

Er lachte. »Nein, du ganz sicher nicht. Aber, wenn du so ungeduldig bist.« Er betätigte einen weiteren Schalter, sodass einer der Spots über der Bühne ansprang und sich auf die gegenüberliegende Wand von Azalea richtete. Mit Entsetzen erkannte sie Melia, die gefesselt auf einer ähnlichen Plattform hockte. Nur gab es dort keine Leiter. Ihre geweiteten Augen huschten ängstlich hin und her.

»Na los«, sagte Barrow. »Geh zu deiner Freundin und befreie sie.« Er leckte sich über die Lippen und sah auffordernd zu Azalea. Ein feines Grinsen lag auf seinem Gesicht.

Sie richtete sich mit zitternden Beinen auf, stützte sich an der Wand hinter sich ab. Auch ihre Hände bebten und sie konnte nicht unterscheiden, ob es an ihrer Höhenangst oder an der Wut auf Barrow lag. Er wusste von ihren Ängsten und das Lächeln bewies, wie er es genoss. Testweise setzte sie einen Fuß auf das Drahtseil. Sofort schwankte es wütend hin und her und sie wich zurück, presste sich an die Wand. Die Luft in ihrer Lunge rasselte. Sie hatte keinen Inhalator dabei.

»Um es spannender zu gestalten, habe ich mir etwas aufgehoben«, sagte Barrow von unten und schaltete einen weiteren Spot ein, der auf die Tanzfläche vor ihnen gerichtet war.

Es dauerte einen Moment, ehe Azaleas Augen sich an das

Licht gewöhnt hatten und sie erkennen konnte, welchen Schrecken er vorbereitet hatte. Auf drei Stühlen saßen gefesselt und geknebelt, mit weit aufgerissenen Augen, die Tänzer aus dem Keller. Daneben stand Lilah. Sie hatte die Lippen aufeinandergepresst, wirkte aber ansonsten gefasst, wenn auch blass um die Nase.

»Lilah war die Einzige, die sich bereitwillig gegen euch gestellt hat. Deshalb wird sie belohnt.« Barrow sah sie lächelnd an, dann wandte er sich um und holte etwas hinter dem Vorhang hervor.

Nicht etwas.

Jemanden.

»Von den anderen bin ich enttäuscht«, sprach Barrow weiter. »Doch am meisten von Dex. Um dir also einen Anreiz zu geben, meine hübsche Blume«, er sah zu Azalea hoch und zerrte den gefesselten Dex auf die Bühne, »zeige ich dir, welche Gefahr im Becken lauert.« Mit einer geschmeidigen Bewegung zückte er ein Messer. Ehe Azalea auch nur keuchen konnte, schnitt er Dex' Fesseln durch.

Und schubste ihn ins Becken.

Das leise Schnappen nach Luft, das folgte, stammte nicht von ihr, sondern von Lilah, die aschfahl wurde. Offenbar hatte sie nicht damit gerechnet, dass Dex ein solches Schicksal blühte. Zitternd krallte sie die Hände in die nackten Unterarme.

Azalea wandte den Blick ab und zum Aquarium. Dex tauchte prustend auf und schwamm zum Beckenrand. Erleichterung durchströmte Azalea, als er das Glas erreichte, mit beiden Händen den Rand umklammerte. Wasser platschte zu Boden. Unter ihm drehte die Seeschlange Kreise, schien sich nicht für den Menschen zu interessieren.

Mit einem drängenden Klopfen nach Hoffnung presste sich Azaleas Herz gegen ihren Brustkorb. Die Kreatur schien nicht so blutrünstig, wie Barrow gedacht hatte.

Dex stemmte sich auf den Beckenrand, drückte seine Füße ans Glas, um sich hochzuziehen. Doch seine Schuhe fanden keinen Halt und er rutschte ab. Wasser wirbelte auf.

Als hätten die aufkommenden Wellen sie gerufen, zuckte die Seeschlange mit dem Kopf in Dex' Richtung. Ihr schwarz-rot glänzender Körper schoss mit ungeahnter Geschwindigkeit durchs Wasser und Zähne wie Klingendraht blitzten auf. Azalea schrie so laut, dass ihr Trommelfell klingelte.

Doch ihr Schrei erstarb, als die Kreatur ihre Zähne in Dex' Hals versank und ihn mit einer fließenden Bewegung unter Wasser zog. Dort ließ sie von ihm ab, aber nur, um erneut zuzubeißen. Blutwolken wirbelten umher wie rote Tinte in einem Glas. Das aufgewühlte Wasser verbarg die Sicht, bis Dex' Kopf durch die Oberfläche brach und er nach Luft schnappte. Seine Augen huschten panisch hin und her und er ruderte in Richtung Beckenrand.

Wieder schoss die Schlange hervor. Die rasiermesserähnlichen Zähne gruben sich in seine Kehle, rissen die Haut mit einem grausigen Geräusch auf. Dex hob die Hände, aber genauso gut hätte er versuchen können, einen tobenden Fluss zu stoppen. Blut schoss hervor, färbte das alles rot. Bei dem Anblick weiteten sich seine Augen vor Entsetzen.

Das Monster umkreiste ihn, die glänzenden Schuppen stoben geschmeidig durchs Wasser. Wieder biss es zu und erwischte einen Oberschenkel. Dieses Mal ließ die Schlange jedoch nicht los, sondern zog ihn unter Wasser, hüllte ihn in die Blutwolke. In Sekundenschnelle schoss ihr Kopf wieder vor, so schnell wie ein Blitz aus Schwarz und Rot. Fleischstücke wirbelten umher, trieben an die Oberfläche. Der Anblick ließ Galle aus Azaleas Magen aufsteigen.

Sie betete zu den Wissenschaftlern, dass Dex bereits ertrunken war, dass das Zappeln seines Körpers von der Wucht der Schlange stammte und kein verzweifelter Versuch war, zu fliehen.

Sie war wie gelähmt.

Entsetzt sah sie zu, wie Dex zerfetzt wurde. Das Wasser hatte sich vollständig rot gefärbt und die Schlange ließ von dem Körper ab, rekelte sich, als genieße sie das Gefühl des Bluts auf ihrer Haut.

Langsam trieb die Leiche nach oben. Von dem Mann war nicht mehr viel zu erkennen. An einigen Stellen schimmerten weiße Knochen hervor. Azalea sank auf den Boden, umklammerte ihre Beine und biss die Zähne so fest zusammen, dass sie nicht klapperten.

»Wunderschön«, hauchte Barrow und sah zu der Wasserschlange, die eines der Fleischstücke verschlang.

Azalea würgte, doch brachte nichts hervor. Dabei drehte Barrows leises Lachen ihr erneut den Magen um.

Sein Blick fand ihren. »Jetzt bist du dran, meine Blume.« Er deutete auf das Drahtseil über dem blutigen Becken. »Wenn es dir gelingt, zu deiner Freundin zu balancieren und sie zu befreien, seid ihr frei. Vorausgesetzt, ihr schafft es wieder zurück.« Er ging zu Azaleas Plattform und zog an der Strickleiter. Kräftig genug, dass die Bretter unter ihr wackelten und sie sich am Rand festhielt.

»Richtig, du hast Höhenangst, nicht?« Wieder zog er an dem Seil, dieses Mal stärker und Azalea zog scharf die Luft ein. »Schäm dich nicht«, fuhr Barrow fort und ließ von der Leiter ab, um zur Mitte der Bühne zu gehen. »Solch eine Angst ist nur … *menschlich*.« Dabei verzog er die Lippen.

Seine Worte erinnerten Azalea an den Abend vor dem Veri, als sie mit Rae in der Baumkrone hockte, um Wünsche aufzuhängen. Und dann später, als sie gemeinsam auf das Palastdach geklettert waren. Rae, der ihre Hüfte umklammert hatte, weil er wusste, dass sie die Höhe fürchtete. Der sie voller Bewunderung angesehen hatte, als sie beschlossen hatte, sich ihrer Angst zu stellen.

Tief atmete sie durch, schloss die Augen, versetzte sich zurück in den Moment, als er ihre Hand genommen hatte. Er war sich sicher gewesen, dass sie es schaffen würde. Dass sie alles schaffen würde.

Höhenangst war eine Angst wie jede andere. Man konnte sie überwinden. Entschlossen öffnete sie die Lider, fixierte Melia auf der gegenüberliegenden Seite. Sie war wegen Azalea in dieser Lage. Und sie würde nicht zulassen, dass ihrer Freundin etwas zustieß.

Mit den Händen an der Wand hinter sich stand sie auf, zog ihre Schuhe und Socken aus und wagte sich bis an den Rand der Plattform. Vorsichtig setzte sie den ersten Schritt. Das Seil wackelte wild hin und her, als würde jemand daran zerren. Dabei verlagerte Azalea ihr gesamtes Gewicht noch immer nach hinten. Sie wartete, bis es sich beruhigt hatte, und ließ den zweiten Fuß folgen. Die Wunde an ihrem Bein brannte und sie biss die Zähne zusammen. Der Draht war nicht so nachgiebig, wie sie befürchtet hatte. Ihre nackten Füße fanden Halt, auch wenn ihr Herzschlag bis in ihre Ohren pochte. Mit ausgestreckten Armen bewegte sie sich vorwärts, beinahe ohne die Füße vom Seil anzuheben. Sofort schwankte ihr Oberkörper und sie ruderte mit den Armen, auf der Suche nach ihrem Gleichgewicht. Die Wasserschlange unter ihr schlug mit dem Schwanz aufs Wasser, als wüsste sie, was gleich passieren würde.

Doch Azalea fing sich. Stück für Stück kämpfte sie sich vorwärts, den Blick auf Melia gerichtet, die sie vom anderen Ende des Raums ansah. Sie würde sie nicht im Stich lassen. Sie und Pray hatten Melia nicht befreit, damit sie hier starb.

Schneller als erwartet schaffte sie es zur Mitte und schluckte. Es war machbar. Sie musste sich konzentrieren.

Mit einem Mal ertönte ein Platschen und automatisch sah sie runter. Die Welt schwankte. Bis zum Boden des Tanks schien es tiefer als ohnehin schon und Schweiß brach auf ihrer Stirn aus. Dazu kam der Übelkeit erregende Anblick von Dex' Leiche und den Fleischstücken, die im Wasser trieben.

Ihr Herzschlag drohte ihr Gleichgewicht zu brechen. Stockend kamen ihre Atemzüge hervor. Azalea wünschte sich nichts mehr, als sich zusammen zu kauern und die Augen zu schließen, um wieder normal Luft zu bekommen. Mit jedem Rasseln in der Lunge rief sie sich ihre Atemtechniken in Erinnerung.

»Ich wusste es.« Barrow lachte unter ihr. »Du warst schon immer feige.«

Sofort wurde das alles einnehmende Prickeln der Angst ersetzt durch Hitze. Sie packte diese Hitze fest wie ein Seil, hielt die Arme still, sammelte ihr Gleichgewicht. Sie hatte es so weit geschafft. Wenn sie lebend runterkam, würde sie Barrow höchstpersönlich für das, was er getan hatte, zur Strecke bringen. Deshalb war sie hergekommen.

Sie kämpfte sich weiter, bis sie Melias Plattform erreichte. Dabei hörte sie förmlich, wie Barrow mit den Zähnen knirschte. Sofort kniete sie sich hin und befreite ihre Freundin von den Fesseln.

»Alles okay?«, flüsterte sie.

Melia nickte und schüttelte ihre Hände aus. An den Gelenken hatten sich schon weiße Striemen gebildet, wo das Seil den Blutfluss abgedrückt hatte. Gemeinsam standen sie wieder auf und sahen zu Barrow hinab.

»Ihr solltet euch beeilen«, sagte er und sah demonstrativ auf seine goldene Armbanduhr. »Nicht nur mir wird langweilig.« Er deutete auf die Wasserschlange, die mit dem Schwanz peitschte, als hätte sie erwartet, dass Azalea bereits ihr Nachtisch wäre.

»Ich gehe vor«, sagte sie und setzte den ersten Fuß wieder aufs Seil. »Du folgst mir, sobald ich drüben bin.« Dieses Mal war sie schneller, weil sie wusste, wie sie die Füße setzen musste. Auch verbot sie es sich, noch einmal runter zu sehen, obwohl die Schlange wie wild im Wasser platschte.

»Habe ich dir eigentlich gesagt, dass ich sie trainiert habe?«, fragte Barrow plötzlich, als sie die Mitte erreicht hatte. »Möchtest du es sehen?« Sie war so auf ihren Balanceakt konzentriert, dass sie erst begriff, als Barrow rief: »Spring.«

Wasser platschte, Tropfen trafen auf Azalea und sie wurde zur Seite gerissen. Sie schrie oder Melia – alles war eins. Ihr Körper schabte an dem Draht entlang, ihre Haut stand in Flammen. Blind griff sie in die Luft, erwischte mit den Fingerspitzen das Seil. Ihr Herz schlug so heftig, dass es alles andere übertönte. Wieder schwappte das Wasser und dann schoss Schmerz durch ihr Bein, als die Rasiermesserzähne sich an ihrer Wade festbissen und ein Stück Fleisch rausrissen. Ihr Körper verkrampfte und beinahe hätte sie losgelassen.

Wieder lachte Barrow und in dem Moment wurde ihr klar, dass sie nie eine Chance gehabt hatte. Sie hätte ihre Angst zehnmal überwinden können – Barrow hätte sie ohnehin niemals laufen lassen.

Sie sah hinab zu der Schlange, die sich in dem Blut, das aus ihrer Wade ins Wasser fiel, suhlte.

Barrow würde sie an das Tier verfüttern, selbst wenn sie es bis zum anderen Ende schaffte. Niemand würde ihm etwas anhaben können. Sie hatte nicht einmal Rae erzählt, wohin sie gegangen war. Sollte er den Krieg gewinnen, würde er nicht wissen, was geschehen war.

Barrow würde sie töten. Einfach, weil er es konnte.

Weil er stärker war als sie.

KAPITEL 45

Ty sah die Verzweiflung in den Gesichtern seiner verbliebenen Truppen und ein Gefühl, als würde er in ein Grab schauen, überkam ihn. Als ein Dröhnen ertönte, schloss er ergeben die Augen. Das würde das Ende sein. Ashlands Soldaten kamen dichter und sie waren hilflos.

Doch das Dröhnen stammte nicht vom Feld unter ihnen. Es kam aus der anderen Richtung.

Sie kesseln uns ein.

Der Schock übermannte ihn, ließ ihn die Lider aufreißen und herumwirbeln.

Aber es waren keine Soldaten Ashlands, die auf sie zukamen. Stattdessen erkannte Ty die Uniform, die einige von ihnen trugen – das Symbol der Eule klar zu erkennen, gemeinsam mit den Buchstaben R und R.

Jemand führte sie im Schnellschritt auf die Kommandozelte zu.

Cole.

Sein Blick glitt über Tys ramponierte Gestalt und sein ernstes Gesicht wurde für einen Moment weich, als wäre er erleichtert. Gleich darauf besah er die anderen und das Feld unter ihnen. Beim Anblick der sich nähernden Soldaten verdunkelten sich seine Augen.

»Scheiße, was ist hier los?«, fragte er und fixierte Ty.

Der schüttelte den Kopf, fuhr sich übers Gesicht, durch die Haare. Wie sollte er erklären, dass sie versagt hatten? Dass *er* versagt hatte. Er war ihr Anführer, sollte ihnen Hoffnung schenken.

Doch er wusste nicht, wie. Am liebsten würde er einfach verschwinden. Nur Coles fester Blick hielt ihn gefangen.

»Wir werden überrannt«, sagte er und merkte selbst, wie monoton seine Stimme klang.

Cole presste die Lippen aufeinander. Dann straffte er die Schultern, sah sich um. Im Gegensatz zu den meisten anderen trug er keine Uniform oder Marke – immerhin hatte man ihn entlassen. Dennoch sammelten sich die Polizisten um ihn, als wäre er ein Magnet.

»Ihr«, bellte Cole und deutete auf den Trupp aus dem Süden des Landes, von dem nur noch die Hälfte übrig war. »Teilt die Soldaten in fünf Gruppen auf, sorgt dafür, dass überall gleich viele mit aktiven Kräften sind. Der Rest schnappt sich eine Waffe.« Cole zeigte auf mehrere Taschen, die die Polizisten schulterten. »Wenn sie nicht reichen, sammelt welche vom Schlachtfeld auf. Verstanden?« Sie nickten benommen, überrumpelt von den Befehlen. »*Sofort.*«

Eiligst sprangen sie auf und setzten sich in Bewegung.

»Wir teilen uns ebenfalls auf die Gruppen auf«, sagte Cole zu den Polizisten hinter sich. »Gleiche Regeln. Wer Kräfte hat, nutzt die. Ty, wo sind wir am anfälligsten?«

»Im Osten und Westen«, sagte er direkt. »Rae blockiert den Norden.«

»Dann brauchen wir dort doppelt so viele Leute. Wo sind Jack und Morgan?«, rief Cole und zwei Männer meldeten sich direkt zu Wort. »Ihr habt die stärksten Kräfte. Könnt ihr die Soldaten, die da auf uns zukommen, aufhalten, bis wir uns formiert haben?« Er wartete ihr Nicken nicht ab, redete einfach weiter. »Ty und ich helfen euch. Gemeinsam bilden wir die Vorhut.« Er sah in die Runde. Einige der Verletzten hatten sich provisorisch verbunden, andere waren verschmiert von Blut und Dreck. Doch darunter erkannte Ty etwas, das eben noch nicht da gewesen war. Hoffnung.

»Bereit?«

Die Soldaten brüllten.

Cole sah zu Ty, streckte eine Hand aus, als wollte er ihn an der Schulter berühren. Doch sie standen zu weit auseinander. Er schluckte und die violetten Augen glänzten. »Hast du eine Waffe?«

Mit einem Kloß im Hals hob Ty Kaida an, die im Gegensatz zu den Schwertern auf dem Schlachtfeld winzig wirkte. Doch das hatte nichts zu sagen. Die Klinge war eine Verlängerung seines Arms. Keine *Waffe*, sondern seine eigene spezielle Fähigkeit.

Cole nickte entschlossen. »Dann los.«

Gemeinsam stürmten sie aus dem Zelt, die zwei Wycca an ihrer Seite. Cole holte sofort aus, sandte eine Hitzewelle auf die ankommenden Soldaten, sodass sie zurücktaumelten. Jack und Morgan ließen Energiebälle folgen. Sie bahnten eine Schneise und die Truppen liefen den Hügel hinunter, um in Stellung zu gehen.

Ashlands Armee schien für einen Moment überrumpelt. Die aufkeimende Macht der Gegner hatten sie nicht kommen sehen.

»Jack, lauf nach Westen!«, rief Cole. »Morgan, nach Osten!«

Ohne zu zögern, taten die Wycca, was er ihnen befahl. Ty beobachtete, wie sie vorrückten, Ashland weiter zurückdrängten. Doch die Menschen gaben nicht auf. Kräfte trafen auf Schilder; Messer auf Schwerter. Wieder ging ein Pfeilhagel auf sie nieder, aber dieses Mal verließen sie ihre Position nicht.

Dennoch schafften es Soldaten an Pray, Raevan und den anderen vorbei.

Cole fasste Ty an der Schulter, drehte ihn zu sich. Sie mussten die Ausläufer ausschalten. Trotz des Chaos, des Blutes, des nahenden Todes, machte Tys Herz bei der Berührung einen Satz. Als fürchtete es, dass dies das letzte Mal sein könnte.

»Ich bahne uns den Weg«, sagte Cole. »Du schaltest sie aus.« Er ließ ihn los, wollte vorwärtsstürmen, doch Ty packte sein Handgelenk, hielt ihn auf. Überrascht sah Cole ihm in die Augen. Ob wegen der Berührung oder weil sie jederzeit von einem Pfeil niedergestreckt werden könnten, wenn sie weiter hier rumstanden, wusste er nicht.

»Wie hast du sie zum Kämpfen überredet?«

Cole verengte die Augen. »Ich musste sie nicht überreden«, sagte er und sah sich für einen Moment um, als wäre er selbst überrascht. »Ich habe sie gebeten und sie sind mir gefolgt.«

»Was ist mit Barrow? Wenn er das rausfindet, wirst du nie wieder als Polizist arbeiten können.«

»Es gibt Wichtigeres im Leben.«

»Du tust das alles für Rae?«

Cole schnaubte, halb verzweifelt, halb lachend. Mit der freien Hand umfasste er Tys Finger auf seiner Haut. »Nicht für ihn. Nicht einmal für Lyzara. Ich will dein Für Immer sein, Tyresian Joyce. Auch wenn du mich von dir stößt, ändert das nichts daran. Ich tue das für dich. Falls wir das hier überleben, dann lass ich mich nie wieder von dir wegschicken.«

Das Gebrüll, die Schreie und die Explosionen schienen kilometerweit entfernt. »Falls wir das hier überleben«, wiederholte Ty, »werde ich einen Teufel tun und dich noch einmal gehen lassen.«

Cole lächelte. »Dann streng dich an. Denn im Moment stehen unsere Chancen schlecht.«

Pray konnte mittlerweile nicht mehr an den angreifenden Soldaten vorbei sehen. Sie hatten sie so eng umkreist, dass ein Durchkommen unmöglich war. Selbst sein Kurzschwert war zu lang für den Nahkampf, den sie führten. Einzig die Tatsache, dass Raev und er Rücken an Rücken standen, hielt ihn aufrecht. Ansonsten hätte sein verletztes Bein nachgegeben.

Doch er spürte, dass auch Raevs Kräfte schwanden. Das Feuer wurde immer schwächer, die Windböen langsamer.

Sie waren umzingelt. Zu Neeris würden sie es niemals schaffen.

Raev keuchte auf und schwankte. Pray hatte keine Zeit, nachzusehen, denn der nächste Angreifer hieb mit einem Schwert nach ihm. Er wirbelte sein Eigenes herum, traf ihn aber nur am Arm. Plötzlich stach der Schmerz in seinem Oberschenkel erneut zu und er stolperte, kam auf dem Boden auf. Blut schoss aus der

Wunde. Jemand hatte ein Messer nach ihm geworfen und das Fleisch bis zum Knochen aufgerissen.

Bei seinem Schmerzensschrei brüllte Raev auf und sandte eine Schockwelle aus, die ihre Angreifer zurückstolpern ließ, sodass der Kreis um sie herum sich vergrößerte. Raev wollte ihn wieder auf die Beine ziehen, aber der Schmerz verhinderte jede Bewegung.

»Du musst verschwinden«, bat Pray seinen Freund. »Sie werden dich töten.«

Raevs Augen glitzerten. »Ich lass dich nicht allein.«

»Dann sterben wir beide.« Denn sie hatten verloren. Es war zu spät. Ashland hatte eine zu große Armee.

Raev schüttelte den Kopf und schleuderte die ankommenden Soldaten erneut mit solcher Kraft weg, dass Pray ihre Genicke brechen hörte. Doch das konnte nicht ewig so weitergehen.

»Tu es«, presste Pray hervor.

Raves Augen wurden groß.

»Tu es«, wiederholte er und ballte die Hände zu Fäusten.

»Aber du hast gesagt –« Das Flehen in Raevs Stimme ließ Prays Augen kribbeln.

»Du hilfst allen anderen. Hilf dir selbst.«

Wenn Raev die Biokinese einsetzte, würde es kein Zurück mehr geben. Nicht nur wüssten dann alle Bescheid, sie würden auch eine Grenze überschreiten.

Aber Pray konnte nicht zulassen, dass Raev starb, nur weil ihn sein Gewissen zurückhielt.

»Tu es.«

Raevs Gesicht verschloss sich. Er nickte ruckartig und sah auf. Die sich nähernden Soldaten hielten nicht inne.

Bis er die Augen schloss.

Einen Moment später stoppten die Bewegungen der Angreifer. Nicht stolpernd. Nicht graduell.

Sie liefen und dann standen sie.

Wie Marionetten.

Tausende Menschen, deren Leben an Raevs Gedanken hing.

Pray schloss die Augen. Auch wenn es sein Vorschlag war, pochte sein Herz mit Schuld bis zum Hals. Dies war etwas anderes als der Kampf. Dort waren die Menschen Feinde, die angriffen.

Jetzt waren sie Fliegen, gefangen in einem Glas, unfähig, sich zu wehren.

Er wappnete sich für den Moment, wenn alles vorbei sein würde.

»Legt die Waffen nieder.«

Bei Raevs Stimme öffnete er die Augen. Sein Freund stand aufrecht, hob die Hände wie ein Dirigent.

Die Soldaten ließen ihre Waffen fallen. Und wieder war es nicht einer nach dem anderen, sondern alle gleichzeitig.

Tausende, die willenlos auf ihn hörten.

»Geht auf die Knie.« Rae musste seine Stimme nicht erheben. Die Menschen reagierten auf seine Gedanken. Doch es fiel ihm leichter, wenn er sie aussprach.

Er war verbunden mit ihnen. Mit jedem Einzelnen. Goldene Drahtseile, fein wie Spinnweben. Er glaubte zu wissen, was er bei Zeke falsch gemacht hatte. Er hatte ihm seine eigenen Gedanken aufgezwungen, anstatt seine zu formen.

Auch jetzt wäre es einfach. Am einfachsten sogar, wenn er sie ausschaltete. An den Fäden festzuhalten, erforderte enorme Anstrengung. Niemals hätte er diese Kontrolle *vor* der Schlacht ausüben können. Das Blut. Die Toten. Pray, der kurz vor dem Ende war. All das war nötig gewesen, damit Rae begriff, dass es niemals aufhören würde, wenn er nicht alles dafür tat.

Dass es Kraft und Anstrengung brauchte, das Richtige zu tun.

Dass man manchmal aufgeben muss, allen anderen helfen zu wollen. Um sich selbst zu helfen.

Mit nur einem Gedanken könnte er sie töten. Es wäre wie ein gespanntes Seil loszulassen.

Ashlands Armee – ausgelöscht. Das Land würde Jahrhunderte brauchen, um sich davon zu erholen.

Ein Teil von ihm wollte es tun. Sie für das bestrafen, was sie seinen Leuten angetan hatten. Für die Toten, die sie umzingelten.

Doch als König wusste er nur zu gut, dass es nicht die Schuld all dieser Menschen war.

Sie hörten auf Befehle.

Und deshalb würden sie jetzt seine befolgen.

Über die Masse hinweg sah er Neeris auf ihrem Pferd sitzen. Sie hatte sich hinter ihnen versteckt. Sie in eine Schlacht geführt. Sue sterben lassen.

»Ergebt euch. Weigert euch, je wieder einen Krieg auszutragen.« Dieses Mal ging er nicht mit Gewalt vor. Er formte die Gedanken der Menschen vor sich, ließ sie in ihren eigenen Gehirnen Wurzeln schlagen.

»Geht«, sagte er. »Geht nach Hause.«

Und einen Herzschlag später standen sie auf und drehten sich um.

KAPITEL 46

Hinterhältig. Barrows leuchtendes Gesicht verriet, dass er nie etwas anderes geplant hatte, als sie auf diese Weise zu töten.

Skrupellos.

Aber das konnte Azalea ebenfalls sein.

Wieder schoss die Schlange in die Höhe. Ob auf Kommando oder von allein, vermochte sie nicht zu sagen. In ihrem Kopf rauschte es. Mit aller Kraft schwang sie nach vorn, entwich den Zähnen der Kreatur um Haaresbreite. Wasser spritzte hoch, benetzte ihre Hände. Noch länger und sie würde fallen.

Sie krümmte die Finger, suchte besseren Halt, schwang vor und zurück. Würde sie es weit genug nach vorn schaffen, um am Becken vorbei auf die Bühne zu springen? Dann müsste sie zum Ausgang rennen. Lilah war nicht gefesselt, aber Azalea war sich sicher, es mit der Frau aufnehmen zu können.

Das hieße, Melia zurückzulassen.

Wieder schwang sie vor, machte sich für den Absprung bereit. Die Schlange schoss in die Höhe, biss nach ihrem Fuß, verfehlte jedoch.

Jetzt.

Sie stieß sich ab, verlagerte all ihr Gewicht vor und kam hart mit dem Rücken auf der Bühne auf. Der Aufprall presste die Luft aus ihrer Lunge.

Sofort ragte Barrow über ihr auf. Kurz wirkte er erschrocken, doch schnell wandelte sich seine Miene in Belustigung. Er musste damit gerechnet haben, dass sie diesen Ausweg wählte.

»Wer schummelt, ist disqualifiziert, das ist dir klar, oder?«

Sie stützte sich auf die Ellbogen. Von hier konnte sie die Wasseroberfläche sehen, die blutig rot hinter Barrow auf und ab schwappte.

Sie schluckte, presste die Worte zwischen ihren angestrengten Atemzügen hervor. »Glaubst du wirklich, ich gewinne immer, weil ich ehrlich bin?«

In Sekundenschnelle hakte sie ihre Füße um Barrows Knöcheln und zog die Beine an. Er schwankte, stolperte ein paar Schritte rückwärts. Azalea sprang auf und stieß ihn mit beiden Händen gegen die Brust, direkt ins blutige Wasser.

»Nein!« Der Schrei kam von Lilah, die auf die Bühne rannte.

Doch aus dem Becken ertönte kein entsetztes Keuchen oder das Geräusch der blutrünstigen Schlange. Stattdessen spuckte Barrow das rote Wasser aus. Es tropfte wie blutige Tränen von seinem Gesicht.

»Du warst schon immer schlecht darin, zuzuhören«, sagte er. Langsam schwamm er zum Beckenrand, hielt sich am Glas fest. Anstatt aus dem Wasser zu fliehen, hob er eine Hand und strich sich durchs Gesicht, verschmierte das wässrige Blut. Für einen Moment besah er seine roten Finger. »Sie ist auf Menschenfleisch abgerichtet. Mir wird sie nichts tun.«

Azalea verfluchte sich, dass sie das nicht bedacht hatte. Solange Barrow lebte, würde sie diesen Club nicht verlassen. Er war schneller als sie. Stärker. Selbst wenn sie jetzt losrannte, hatte sie keine Chance. Jemand stieß ihr hart den Ellbogen in die Seite und sie taumelte zurück. Lilah lief an ihr vorbei, aufs Becken zu, um Barrow rauszuhelfen. Doch die Wasserschlange schien die Menschenfrau zu wittern. Aufgeregt schwamm sie um Barrow herum, peitschte mit dem Schwanz und bespritzte Lilah dabei mit Wasser.

Azalea sah zu Melia auf, die den Moment nutzte und trotz der Höhe von der Plattform sprang. Mit einem dumpfen Laut landete sie auf der Bühne. Azalea stützte sie, fing sich jedoch direkt einen Stromschlag ein. Kurz fragte sie sich, wie Barrow oder Lilah sie gefesselt hatten. Sicher hatten sie Handschuhe gebraucht.

Hinter ihr ertönte Barrows Stimme. »Glaubt nicht, ihr könnt fliehen. Die Tür ist verriegelt.« Selbstsicher griff er nach Lilahs Hand und ignorierte die Meerschlange, die sich um seine Beine wandte.

Natürlich. Sie saßen in der Falle. Barrow hätte ihnen nie einen Ausweg gelassen. Hätte Azalea es unbeschadet übers Seil geschafft, wäre es sicher noch ein Vergnügen für ihn gewesen, sie persönlich ins Becken zu werfen.

Lilah umfasste Barrows Arm mit ihren beiden Händen, zog ihn hoch. In wenigen Sekunden wäre er frei und Melia wusste, dass dies ihr Ende wäre.

Trotz der Magie in ihrem Körper würde es Barrow sicher gelingen, sie zu töten. Oder er würde sie an Beck verkaufen.

Sie dachte an Prays braune Augen. Doch in ihrer Vorstellung schauten sie nicht verständnisvoll, wie sie es kannte.

Er war wütend.

Weil sie aufgab.

Sie schluckte und ballte die Hände zu Fäusten. Sie hatte so viel Angst – vor dem, was Beck gemacht hatte. Aber vor allem, vor dem, was er *aus ihr* gemacht hatte. Sie fürchtete sich vor sich selbst. Was war sie?

Mit zusammengebissenen Zähnen besah Melia ihre Reflexion im Wasser. Es blieb keine Zeit, sich jetzt zu finden.

Aber sie durfte sich auch nicht verlieren.

Ihr Blick fiel auf das Becken. Lilah zog Barrow hoch, stemmte sich mit den Füßen gegen die Bühne. Melia trat vor, bückte sich hinunter, um ihre Hand ins Wasser zu tauchen.

Die Narben auf ihrem Handrücken schimmerten. Das hier hatte Beck aus ihr gemacht.

Aber es war an der Zeit, selbst darüber zu bestimmen.

Eine einfache Geste – sie legte Lilah die Hand auf den Rücken, als würde sie die Frau unterstützen wollen.

»Es tut mir leid.« Schon als sie die Worte sprach, versteifte Lilah sich.

Strom zuckte durch ihren Körper hindurch, verstärkt durch das Wasser. Melia nahm ihre Hand nicht weg und Lilah war gelähmt, während die Elektrizität durch ihren Körper peitschte. Ihre Hände um Barrow Arm verkrampften und seine Augen weiteten sich vor Schock. Es knisterte, roch nach verbranntem Fleisch. Barrows Körper im blutigen Wasser bebte. Selbst die Seeschlange war bewegungsunfähig, als mehrere Volt Strom, getrieben von Wycca-Magie, durchs Becken rasten.

Melia nahm ihre Hand zurück und Lilah fiel wie ein Stein ins Wasser.

Sie sah zu Barrow. Einen Moment war er regungslos. Dann sackte sein Oberkörper nach hinten und trieb leblos auf der blutigen Wasseroberfläche.

KAPITEL 47

»Sag mir«, begann Rebecah, ohne sich vom Fenster zu ihm umzudrehen, »wie viele meiner Gardisten sind gefallen?«

Rae schloss die Tür hinter sich und lehnte sich dagegen. »Es sind nicht mehr deine Gardisten.«

Rebecah krallte die Finger fester um die Fensterbank, bis ihre Knöchel weiß hervortraten. »Ich habe euch kämpfen sehen, von hier oben. Weißt du, wie grausam es ist, untätig dabei zusehen zu müssen, wie deine Freunde abgeschlachtet werden?«

Ein Schnauben entfuhr Rae. »Das fragst du mich hoffentlich nicht ernsthaft.« Kopfschüttelnd griff er hinter sich nach der Türklinke. Es war ein Fehler, hierherzukommen. Er konnte sich ja nicht einmal erklären, weshalb er es tat. Rebecah war ein Monster. Sie hatte Unschuldige getötet, darunter ihren eigenen Vater.

Noch immer stand sie mit dem Rücken zu ihm. Rae drückte die Klinke nach unten, ließ sie im nächsten Moment aber wieder los.

Rebecahs Schultern bebten.

Sie weinte.

»Wie viele, Raevan?« Nun hörte er die Tränen auch in ihrer Stimme.

»Sieben der gläsernen Garde.« Er schluckte. »Zweihundertzweiundachtzig insgesamt.«

Rebecah wirbelte herum und Funken stoben durch die Luft. Doch sie griff ihn nicht an. Stattdessen krallte sie sich noch immer an der Fensterbank fest. Ihre Augen schimmerten, als sie gegen die Tränen kämpfte. »Du hättest es verhindern können.« Ehe Rae ihr erklären konnte, dass die Biokinese im schlimmsten Fall *Tausende* getötet hätte, bedeckte Rebecah ihr Gesicht mit den Händen. »*Ich* hätte sie retten können.«

Rae erwiderte nichts. Er wusste nicht, ob die Garde mit Rebecah an ihrer Spitze bessere Chancen gehabt hätte. Ihre Kräfte waren stärker als die der meisten.

Sie wischte sich durchs Gesicht und sah blinzelnd ins Licht der Deckenlampe. »Geh.« Ihre Stimme brach. »Bitte.«

In dem Moment begriff er es. Als er sah, wie seine Cousine in seiner Gegenwart gegen die Tränen ankämpfte.

»Ich habe eine Antwort für dich.« Seit sie eingesperrt war, hatte sie ihm jedes Mal dieselbe Frage gestellt. Warum besuchte er sie? Nie konnte er es in Worte fassen.

Bis jetzt.

Rebecah ließ die Hände sinken, blinzelte die Tränen weg. Fragend sah sie ihn an.

»Du bist ein Monster«, sagte er schlicht, weil es keine anderen Worte für jemanden gab, der seinen unschuldigen Vater tötete.

Rebecah zuckte zusammen.

»Aber du bist noch immer … menschlich.« Ihm fiel kein besserer Begriff ein. Ihre Sprache hatte es versäumt, ein äquivalent für die Wycca zu finden. »In dir steckt Reue.«

»Ich habe von Zeke gehört.«

Beim Klang des Namens schloss Rae die Augen. »Also hast du tatsächlich einen Informanten.«

»Sie hat mir keine vertraulichen Dinge erzählt. Nur Gerüchte, die umgehen.«

»Sie?«

»Sei nicht sauer auf Mary-Ann. Sie wusste, dass ich all das tue, um ein Auge auf dich zu haben.«

Ein erstickter Laut entwischte aus Raes Kehle. Eine Mischung aus Lachen und Verzweiflung. Kopfschüttelnd sank er in die Hocke und vergrub die Hände in den Haaren. »Merkst du nicht, wie krank das ist?«, fragte er durch seine Finger hindurch. »Du wolltest mich töten. Du hast einen magisch veränderten Hai auf mich gehetzt.« Ein Lacher brach aus ihm heraus – bei den Sternen, jetzt wurde er wirklich verrückt! Doch er konnte sich nicht bremsen. »Wir haben gekämpft. Ich war bereit, *dich* zu töten. Und dennoch unterschreibe ich deine Hinrichtung nicht. Und du«, er sah auf, in Rebecahs regungslose Miene, »willst ein Auge auf mich haben?«

Sie ließ sich ihm gegenüber auf den Fußboden sinken. Dabei schlackerte ihre Hose um die Knöchel – sie war dünn geworden. »Wir tun grausame Dinge«, sagte sie und zupfte an der Haut an ihrem Unterarm. »Du und ich. Weil wir es für richtig halten.«

»Was weißt du über Zeke?«

»Mary-Ann hat mir von Gerüchten innerhalb der gläsernen Garde erzählt. Und nachdem du Ashlands Armee ohne jegliche Waffe handlungsunfähig gemacht hast, ist es mir klar geworden. Ich lese Bücher, weißt du? Biokinese kann unerwünschte Nebeneffekte haben.«

»Ich wollte ihm nichts antun.«

»Hast du aber. Willentlich.«

Er schluckte. Sie hatte recht. Er hatte das Risiko seiner Fähigkeit gekannt – Enyas hatte ihn gewarnt – und dennoch hatte er sie gegen Zeke eingesetzt.

Und bei Pray.

»Vielleicht ist das der Fluch.« Sie legte den Kopf schräg.

Stirnrunzelnd sah Rae sie an. »Was meinst du?«

»Der Fluch der Blutkrone. Du erinnerst dich an das Buch mit den Informationen zur Tennyson-Krone?«

»Die Informationen, die du mir absichtlich zugespielt hast, damit ich beweise, dass du den Thron erben solltest und nicht ich? Ja, ich erinnere mich.«

Rebecah ging nicht auf seinen wütenden Tonfall ein. »Auf der Seite war von dem Fluch die Rede. Ich musste den Teil übermalen, damit du ihn nicht lesen konntest.«

»Sehr nett von dir.«

Dieses Mal schien Rebecah seinen Tonfall zu bemerken. Ihre Augen blitzten auf. »Wieso«, sagte sie leise und sah dabei den Boden an, »kannst du Tyresian verzeihen, dass er dich töten wollte, aber mir nicht?«

Darüber hatte Rae nie nachgedacht. »Vielleicht, weil Ty mich nicht kannte. Es war nichts Persönliches.«

Doch Rebecah schüttelte den Kopf. »Das war es bei mir auch nicht. Nie. Es ging mir um Lyzara. Und wir sind uns beide einig, dass du niemals der beste Thronanwärter warst. Nur der Einzige, bei dem kein Bürgerkrieg ausbricht. Ich glaube eher, dass du mir nicht verzeihen kannst, weil ich bin wie du. Und das ängstigt dich.«

Rae zog die Knie an den Körper und schlang die Arme darum. »Ich bin nicht hier, um von dir therapiert zu werden.«

»Richtig. Der Fluch der Krone. Willst du ihn hören?«

»Sonst säße ich nicht hier.«

»In dem Buch stand, dass der erste Tennyson-König die Krone unwissentlich mit diesem Fluch belegt hat. Trägt man die Blutkrone unrechtmäßig, verliert man das, was man am meisten liebt.«

Rae runzelte die Stirn. »Was soll das mit Zeke zu tun haben? Ich gebe ja zu, sein Tod lässt mich nicht kalt, aber wir standen uns nicht besonders nahe.«

»Was glaubst du, passiert, wenn die Öffentlichkeit erfährt, dass du ihn auf dem Gewissen hast?« Rebecah sah ihn forschend an. »Die Anerkennung deiner Untertanen, Rae. Sag mir nicht, dass du sie nicht begehrst. Das wissen wir beide.«

»Und du glaubst, der Fluch geht so vor?« Zweifelnd kaute Rae auf der Innenseite seiner Wange. »Entschuldige, aber das überzeugt mich nicht.«

Rebecah zuckte mit den Schultern. »Vielleicht ist es ein Märchen. Aber dass die Krone existiert, ist wahr.«

Rae stand auf. Er hatte genug gehört. »War wie immer nett, mit dir zu sprechen.«

»Halt, warte. Stimmt es, was Mary-Ann sagt? Hatte Ashland dieses neuartige Cruas?«

Er musste dringend mit der Wycca sprechen. Solche Informationen waren zwar nicht geheim, aber sie musste ja nicht jedes Detail mit Rebecah besprechen. »Und wenn?« Er sah von oben auf sie herab.

»Woher haben sie es?«

Er zuckte mit den Schultern. »Von Swier? Was weiß ich?«

»Interessiert es dich denn gar nicht?«

»Ashland stellt keine Gefahr mehr da. Das ist alles, was zählt.« Und doch … Woher hatte Swier das Wissen über das Neo-Cruas? Beck hatte daran geforscht und jemand hatte diese Forschung erworben – aber eine Wycca, wenn man Beck Glauben schenkte. Warum sollte er gelogen haben?

»Was ist mit Katleem und ihrem Mörder?«

»Barrow ist tot.« Dafür hatte Azalea gesorgt.

»Aber warum hat er sie ermordet?«

Entnervt stieß Rae den Atem aus. »Rebecah, ehrlich, wenn ich den Geist irgendeines Verrückten entschlüsseln möchte, fange ich entweder mit *mir* oder mit *dir* an. Der tote Polizeichef ist da mein geringstes Problem.« Er klopfte an die Tür und hörte, wie auf der anderen Seite die Schlösser geöffnet wurden.

Rebecah setzte sich in den Schneidersitz und deutete mit dem Finger auf ihn. »Du hast Angst, Raevan. Davor, dass es nicht vorbei ist. Aber Verdrängung ist keine Lösung.«

Die Tür wurde geöffnet, doch Rae trat nicht durch. »Weißt du was, Rebecah? Vielleicht unterschreibe ich den Hinrichtungsbefehl jetzt. Einfach nur, weil du mir tierisch auf die Eier gehst.«

Noch als er auf dem Flur stand, hörte er das Lachen seiner Halbschwester.

Raevans Schritte hallten gespenstisch durch den beinahe leeren Eingangsbereich des Palastes. Die Wachen standen auf ihrer Position, aber ansonsten herrschte eine Stille, die hinter diesen

Mauern nur selten anzutreffen war. Rae streifte mit den Fingern über eine der antiken Vasen, genoss das kühle Porzellan und die Ruhe, die ihn umgab. So musste es sich anfühlen, allein zu leben. Etwas, das er nie in Gänze erfahren würde.

Nach den vergangenen Ereignissen hatte er einen Großteil des Personals in den Urlaub geschickt. Azaleas Krönung war vorbereitet und nachdem wochenlang Angst wegen der Krankheit und des Krieges mit Ashland geherrscht hatten, konnten sie alle eine Auszeit vertragen.

Noch immer lagen einige Wycca in den Krankensälen, doch mit jedem Tag, der verging, wurden es weniger. Doc Christie hatte ihm von der Nachricht erzählt, die es ihnen ermöglicht hatte, ein Heilmittel herzustellen. Ein weiterer Beweis dafür, dass jemand diese Krankheit wissentlich auf die Wycca losgelassen hatte.

Er nickte den Wachen zu, die ihm das Tor nach draußen öffneten und hinter ihm wieder schlossen. Trotz der späten Stunde war die Luft drückend warm. Überall um Rae herum zirpten Grillen und er roch den Duft der Azaleen, als er vom Palast wegging, in Richtung der Statue, die auf dem entfernten Hügel vom Weiten weiß leuchtete.

Er war spät dran, da er noch immer mit den Nachwirkungen des Krieges beschäftigt war. Sie hatten die Schlacht gewonnen, doch Ashland würde sich eines Tages erholen, dessen waren sie sich sicher. Neeris gab Rae die Schuld am Tod ihres Vaters und er konnte die Öffentlichkeit nicht mit der Wahrheit vom Gegenteil überzeugen, da das hieße, ihnen von den Ereignissen in Ashland zu erzählen. Swiers Verrat allein ließe Rae schon naiv dastehen. Aber die Gefangennahme und Azaleas Anteil am Tod von Carlisle Stuart konnte er keinesfalls öffentlich machen. Der Blutrat war ohnehin wütend über die heimliche Hochzeit, selbst wenn es nach ihrer Erlaubnis geschehen war. Rae hatte noch ihre Stimmen im Ohr.

»… wirkt wie zwei unreife Kinder, die durchbrennen.«

»Hätte man nicht warten können?«

»Die Öffentlichkeit hat ein *Recht* auf ein Spektakel.«

All das und mehr hatte Rae bereitwillig über sich ergehen lassen, bis Ty ihm irgendwann in die Seite gestoßen hatte.

»Du grinst wie ein Zwölfjähriger auf Drogen«, hatte er geflüstert.

Rae hatte sofort versucht, sich zusammenzureißen, doch das Grinsen wollte einfach nicht verschwinden. Das tat es selten, denn seitdem der Krieg vorbei war, konnte er nicht anders, als glücklich zu sein. Ja, sie wussten nicht, wie die Öffentlichkeit auf Azalea als Königin reagieren würde. Und auch die Gerüchte über Raes Biokinese verbreiteten sich schneller, als ihm lieb war, nachdem die Soldaten aus Ashland scheinbar ohne Grund ihre Waffen niedergelegt hatten.

All das war nebensächlich.

Sie hatten gewonnen. Azalea und er waren verheiratet und in wenigen Tagen stand ihre Krönung und damit ihrer und Raes erster öffentlicher Auftritt seit dem Krieg an.

Das Grinsen auf seinem Gesicht würde noch eine ganze Weile bleiben.

In Gedanken versunken hatte er den bekannten Weg zur Statue zur Hälfte zurückgelegt, als er ein Geräusch hörte. Ein leises Murmeln, gefolgt von einem Plätschern. Rae hielt inne und lauschte. Die Geräusche kamen von rechts, verborgen hinter den ordentlich gepflanzten Hecken. Stirnrunzelnd ging er darauf zu, bahnte sich einen Weg durch das Grün. Dahinter lag der Platz, auf dem regelmäßig der Nachtgottesdienst stattfand. Doch für heute war keine Zeremonie angesetzt.

Rae sah sich um, auf der Suche nach dem Geräusch, bis er den Mann in der Dunkelheit entdeckte, der am Rand des Platzes stand.

»Landon?«

Landon drehte sich um, wobei er leicht schwankte. In seiner Hand hielt er einen Flachmann, aus dem die letzten Tropfen zu Boden fielen. Das erklärte das Plätschern von eben.

»Was tust du hier?« Rae ging vorsichtshalber einen Schritt auf den Wycca zu, um ihn notfalls zu stützen. Doch als Landon ihn erkannte, wurde seine Haltung sicherer. Er rieb sich über die Stirn.

»Ihr solltet mich so nicht sehen, Majestät.«

»Schon gut.« Rae hatte weitaus betrunkenere Leute erlebt. Und Landon schien gar nicht so benebelt, wie es im ersten Moment den Anschein gemacht hatte. Zumindest lallte er nicht und auch jetzt schraubte er den Flachmann ohne Probleme wieder zu. Als Rae noch einen Schritt auf ihn zu machte, erkannte er, was Landon wirklich zum Taumeln gebracht hatte: Seine Augen waren gerötet und geschwollen. »Ist etwas passiert?«, fragte Rae vorsichtig.

Landon lächelte traurig und steckte den Flachmann in seine Tasche. »Nichts weiter. Es ist das Datum, Majestät.«

Verständnislos sah Rae ihn an.

»Enyas' Geburtstag«, klärte Landon ihn auf und sofort schoss Hitze Raes Wangen hinauf.

Natürlich. Er hatte nicht daran gedacht, nicht aufs Datum geachtet. So beschäftigt war er mit der Vorbereitung der Krönung gewesen, dass ihm entgangen war, dass Enyas heute Geburtstag hätte. Wenn Rebecah ihn nur nicht getötet hätte.

»Oh. Natürlich.« Er kam sich lächerlich dabei vor, so zu tun, als hätte er es gewusst.

Landon klopfte sich auf die Brust, dorthin, wo der Flachmann in der Tasche steckte. »Ich kam hierher, um auf meinen Freund zu trinken. Unter den Sternen habe ich das Gefühl, den Verstorbenen näher zu sein.«

Ein Kloß bildete sich in Raes Hals. Nicht aus Trauer, sondern weil er ein schlechtes Gewissen hatte. »Das hätte Enyas sicher gefallen.«

Landon hob einen Mundwinkel und schnalzte dann mit den Lippen. »Nun ja, ich sollte mich etwas zurückhalten. An Claudettes Geburtstag habe ich dasselbe getan und … sagen wir, übertrieben. Ich bin so starken Alkohol nicht mehr gewohnt.« Er seufzte und sah zum Himmel. »Hätte ich in der Nacht nichts getrunken, hätte ich es vielleicht verhindern können, wer weiß.«

»Was meint Ihr?«

Mit verkniffener Miene schaute Landon wieder zu Rae. »Es ist mir unangenehm«, sagte er. »Aber ich denke so oft darüber nach. Über den Tod der Königin«, fügte er hinzu, als Rae ihn verständnislos ansah. »Claudettes Geburtstag war am Tag, als die Königin ermordet wurde. Und anstatt im Palast war ich hier und habe mich maßlos betrunken. Immer wieder denke ich darüber nach, ob es anders gekommen wäre, falls ich nicht gegangen wäre. Wäre ich im Palast geblieben …«

Wieder wog eine Welle der Scham über Rae hinweg. Er hatte nicht einmal gewusst, dass an diesem Tag auch Claudettes Geburtstag gewesen war. Es war der Tag, an dem er Pray und Tyresian den Eid abgenommen und seine Scheidung erzwungen hatte. Hätte er damals gewusst, dass es Claudettes Geburtstag war, hätte er die Zeremonie sicher um einen Tag verschoben. Immerhin war Claudette zwar indirekt durch Rebecahs Hand, aber vor allem seinetwegen gestorben.

»Ihr hättet nichts ausrichten können«, versicherte Rae dem Wycca. »Katleem wurde unbemerkt in ihren Zimmern ermordet. Selbst wenn ihr im Palast gewesen wärt, hättet ihr nichts tun können.« Ermordet von Polizeichef James Barrow. Azalea hatte ihm von ihrem Sieg über Barrow berichtet, wobei Rae den Verdacht hatte, dass sie dabei eine ganze Menge ausgelassen hatte. Möglicherweise war das nicht verkehrt, wenn er nicht den Verstand verlieren wollte. Denn auch, wenn der Polizeichef tot war, hatte Rae mit dem, was dieser getan hatte, noch keinen Frieden gefunden. Am schlimmsten war, dass niemand außerhalb seines engsten Kreises von Barrows Taten wusste. Katleems Kette war verschwunden, ebenso die Fotos der menschlichen Opfer.

Im Tod schuldete er niemandem Rechenschaft. Rae behielt für sich, dass er sich wünschte, Azalea und Melia hätten Barrow am Leben gelassen. Dann hätte Rae ihn in die Finger bekommen …

Landon seufzte, als könnte er Raes Gedanken erahnen. »Ihr

mögt recht haben. Doch man fragt sich immer, ob es anders gekommen wäre.«

Da konnte Rae nur nicken. »Ihr solltet reingehen«, sagte er. »Euch hinlegen. Schlaf hilft in den meisten Fällen.«

Zustimmend murmelte Landon: »Weise, sehr weise, Majestät.« Etwas wacklig auf den Beinen ging er an ihm vorbei in Richtung des Palastes. Rae sah ihm einen Moment lang nach, bis er sich wieder auf den Weg zur Statue machte, wo die anderen auf ihn warteten.

Azalea kam ihm als Erstes entgegen, zusammen mit Yumi, die bellend auf ihn zu gerannt kam. Rae begrüßte sie kurz. Die Hündin hatte einen Narren an ihm gefressen und schlich sich, sobald Melia ihre Tür aufließ, häufig in Raes Zimmer. Nachdem er Yumis Ohren gekrault hatte, wandte er sich an Azalea. Lächelnd streckte sie ihre Hand nach Rae aus und er ergriff sie. Sofort regte sich die Feuerkraft in seinem Inneren, wärmte seine Brust und strahlte über seine Haut. Ohne auf die anderen zu achten, zog er sie an sich und küsste sie, bis ein Räuspern ertönte.

»Das ist immer noch meine Schwester«, sagte Cole.

Rae sah über Azaleas Schulter und zeigte auf Ty, der neben Cole auf dem Rasen saß und sich an dessen Seite schmiegte. »Und das da ist mein ehemaliger Auftragsmörder.«

Ty schnaubte. »Unglaublich, wie lange du darauf rumreitest.«

Rae grinste und zog Azalea mit sich, um sich auf dem Rasen neben Pray und Melia niederzulassen. Yumi drängte sich dicht zwischen sie. Zur Begrüßung klopfte Rae gegen die Marmorstatue, die ihn schon so lange auf diesem Hügel begleitete. Er war lange Zeit nicht hier gewesen. Stirnrunzelnd glitt er mit dem Finger über einen Riss im Marmor, von dem er schwören würde, dass er beim letzten Mal noch nicht dort gewesen war.

»Weshalb kommst du so spät?«, fragte Pray und lenkte Raevan damit ab. Er erzählte ihnen von seiner Begegnung mit Landon.

»Der Ärmste ist echt nicht mehr derselbe, seit Enyas' und Claudettes Tod«, sagte Pray.

»Wenn du mich fragst, wird er langsam gaga.«

»Gut, dass dich niemand fragt, Ty.«

Rae grub seine Finger in die kühle Erde. »Ich habe ihm versichert, dass er nichts hätte unternehmen können – selbst, wenn er nüchtern im Palast gewesen wäre. Aber ich weiß nicht, ob er davon überzeugt war. Vielleicht sollte ich ihm von Barrow erzählen. Wenn er wüsste, dass Katleems Mörder tot ist, hilft das sicher.«

»Ich weiß nicht«, sagte Cole. »Das würde einen langen Rattenschwanz nach sich ziehen.«

»Apropos«, begann Ty mit einem verdächtigen Grinsen.

Sofort hielt Rae warnend eine Hand hoch. »Nein«, sagte er fest. »Einfach: nein. Sag es nicht.«

Tys Grinsen vertiefte sich. »Was? Ich wollte *apropos Barrow* sagen.«

»Ist klar.«

»Wirklich. Also: apropos Barrow. Dank Azalea und Melia ist das Arschloch Geschichte.« Ty sah zu Cole. »Du könntest wieder bei der Polizei anfangen.«

Cole kaute auf seiner Unterlippe herum und zuckte mit den Schultern. »Vielleicht«, sagte er nach einer Weile. »Aber ich bin mir nicht sicher, ob ich das noch will.«

»Wieso nicht?«, fragte Azalea. »Das war immer dein Traum.«

»Träume verändern sich.«

»Und möglicherweise«, warf Rae ein, weil er Azalea kannte und eine langatmige Diskussion witterte, »gibt es ja andere Pläne für Cole.«

Dieser hob die Augenbrauen. »Ach ja?«

»Vertrau mir.«

Langsam nickte er und stieß lautstark die Luft aus. »Ich weiß nicht, wie es euch geht, aber ich könnte jetzt mindestens ein Jahr Ruhe vertragen. Ohne Krieg, merkwürdige Krankheiten oder aufständische Wycca und Menschen.«

Rae konnte ihm nur zustimmen. Und er fand, das hätten sie sich verdient.

KAPITEL 48

Sie hatten eine ganze Weile an der Statue unter den Sternen gesessen, bis Coles Gähnen die anderen ansteckte und sie beschlossen, heimzugehen. Cole und Ty fuhren zurück zur Villa und Azalea und Rae liefen zum Palast, während Melia einen Moment mit Yumi draußen bleiben wollte und Pray sich ihr anschloss.

Seit der Schlacht hatten sie nicht viel miteinander geredet. Ein Teil von ihm war wütend, weil sie sich bereitwillig in Gefahr begeben hatte, während ein anderer Teil wusste, dass diese Wut nur nackte Angst war, die sich in seinem Körper festgesetzt hatte. Er hatte sie sicher in Tys Villa vermutet. Und als er den Fahrer angetroffen hatte, war für einen Moment sein Herz stehen geblieben, als dieser ihnen mitteilte, dass weder Melia noch Azalea mit ihm gemeinsam das Gelände verlassen hatten.

»Alles ist gut«, sagte Melia irgendwann und wirkte gedankenverloren. »Warum habe ich dennoch das Gefühl, dass etwas nicht stimmt?«

Pray strich im Vorbeigehen über einen Hagebuttenstrauch. »Vielleicht, weil für die anderen alles gut ist, aber nicht für dich?«, erwiderte er, härter als geplant.

Melia bemerkte seinen Tonfall. Sie blieb stehen und runzelte die Stirn. »Wie meinst du das? Du hast Beck den Penny zurückgebracht – zumindest so, dass der Vertrag erfüllt wurde.«

»Aber seine Forschung ist verkauft. Wir werden nie erfahren, was er mit dir angestellt hat, solange wir nicht herausfinden, wer sie gekauft hat.«

»Ach, darum geht es.« Sie presste die Lippen aufeinander und sah ihn die Ferne. »Die Unsterblichkeit. Ich kann verstehen, dass du wissen willst, wie man sie erlangt, aber –«

»Moment«, unterbrach Pray sie und seinem Tonfall blieb selbst Yumi überrascht stehen und sah ihn aufmerksam an. »Du denkst, dass es mir darum geht? Dass *ich* unsterblich sein will?«

Sie zuckte mit den Schultern, hob fragend die Augenbrauen. »Nicht? Ich meine, ich verstehe es. Tyresian und Raevan leben ewig, nur du nicht.«

»Und für die beiden mag das in Ordnung sein«, stimmte Pray ihr zu. »Aber ich will die Forschung nicht für *mich*. Unsterblichkeit mag auf den ersten Blick aussehen wie das Paradies, doch das hat seine Schattenseiten.«

»Und warum willst du unbedingt Becks Forschung?«

»Weil ich weiß, dass ich nicht der Einzige bin, der so denkt.« Forschend sah er sie an, bis sie hart schluckte und seinem Blick auswich. »Ich habe dich beobachtet, wenn du in den Spiegel siehst, Melia. Ich kenne dich.«

Doch sie erwiderte nichts, wich nur weiter seinem Blick aus.

Pray schnaubte frustriert. »Sag mir, dass ich mich irre. Sag mir, dass die Unsterblichkeit für dich kein Fluch ist.« Denn er hatte sie zusammenzucken sehen, jedes Mal, wenn sie ihr unverändertes Spiegelbild sah. Hatte die Traurigkeit erkannt, die in ihrem Blick lag.

Ihr Kiefer mahlte und für lange Zeit starrte sie in die Ferne, beobachtete Yumi, die über den Rasen tollte. Doch Pray glaubte nicht, dass sie den Hund wirklich *sah*.

»Ich dachte nicht, dass es so offensichtlich ist«, sagte sie schließlich. Dann erwiderte sie seinen Blick. Ihre Augen glitzerten und sie hob die Hände, schien nicht zu wissen, was sie damit tun sollte. Mutlos ließ sie sie wieder sinken. »Ich weiß nicht einmal, wer ich bin, Pray. Dieses Tagebuch verrät mir, dass es mal eine Person gab, die so viel Hass in sich trug, dass sie zu all diesen Experimenten fähig war. Aber dieser Mensch bin ich nicht mehr. Ich habe keinen Nachnamen, keine Familie.

Keine Erinnerungen. Weißt du, was ich habe? Eine Ewigkeit, die mir dunkel und leer entgegen starrt. Ich werde für immer gefangen sein in diesem Körper, den Beck zerstört hat.«

»Du bist nicht zerstört«, widersprach er sofort. »Du hast überlebt. Hast *ihn* überlebt.«

»Manchmal«, sagte sie und sog zittrig die Luft ein, »weiß ich nicht, ob es das wert war.«

Die Worte schnitten tief in seine Eingeweide. Er machte einen Schritt auf sie zu, hätte am liebsten die Hände an ihre Wangen gelegt, um sie zu zwingen, ihn anzusehen. Doch das brauchte er nicht. Sie sah endlich in seine Richtung.

»Deshalb will ich die Forschung«, sagte er fest. »Nicht für mich. Ich will sie für dich. Damit wir herausfinden, wie wir all das wieder rückgängig machen. Es ging nie darum, unsterblich zu werden. Immer nur darum, dich zu heilen. Und dann«, fügte er hinzu, ehe sie etwas erwidern konnte, »werde ich dir zeigen, dass es all die Qualen wert war.«

Jetzt glitzerten Melias Augen noch mehr, doch ein feines Lächeln bahnte sich den Weg. »Danke«, hauchte sie. »Wirst du mir irgendwann verraten, wie du Beck ausgetrickst hast?« Sie hob einen Stock vom Boden auf und warf ihn für Yumi, die wie ein roter Blitz hinterher flitzte.

Bei der Erinnerung musste Pray trotz seiner düsteren Gedanken lachen. »Du hättest sein Gesicht sehen sollen.« Er erzählte Melia von dem Trank, den er nach der Anleitung ihrer Schwester zusammengebraut, und von dem Vertrag, den er aufgesetzt hatte.

»Und was stand wirklich drin?«

Pray griff in seine Hosentasche und holte den mittlerweile ausgefransten Zettel hervor, den er seither mit sich trug. Es war nicht der echte Vertrag, sondern der genaue Wortlaut, den er vorher vorbereitet hatte, damit er später keinen Fehler bei der Formulierung beging. Er faltete das Papier auseinander, um es Melia zu reichen.

»Vereinbarung zwischen Beck Stoker und Pray Lucent«, las sie vor. »Hiermit verpflichte ich mich, keine Handlung auszuführen, die nicht im Sinne von der Menschenfrau Melia ist. Sollte ich gegen diesen Grundsatz verstoßen, ist der Vertrag nichtig und die Folge ein qualvoller Tod.« Mit großen Augen sah sie zu Pray auf. »*Das* hat er unterschrieben?«

»Nicht mit Absicht. Aber ja, jetzt muss er sich daran halten.« Aus irgendeinem Grund machte ihn Melias eindringlicher Blick verlegen und er kratzte sich im Nacken. »Nur gut, dass es offenbar nicht in deinem Sinne ist, dass er mich zu Tode würgt. Als er das tun wollte, musste er von mir ablassen und wäre beinahe erstickt.«

Ihre sanften Augen wurden hart. »Er hat dich angegriffen?«

»Sicherlich zum letzten Mal.«

»Du hättest mich mitnehmen sollen.« Trotzig verschränkte sie die Arme vor der Brust.

»Und du hättest nicht einfach ohne mein Wissen zu Barrow gehen dürfen.«

»Das ist etwas vollkommen anderes.« Sicherlich hätte sie weiterhin die Arme verschränkt, wenn nicht Yumi an ihrem Hosenbein hochgesprungen wäre, um ihr den Stock zu reichen. Melia bückte sich und warf erneut.

»In dem Moment, als der Fahrer mir gesagt hat, dass er dich nicht in Sicherheit gebracht hatte und du nirgendwo im Palast zu finden warst, bin ich beinahe gestorben. Wenn dir etwas passiert, wüsste ich nicht, wie ich damit leben sollte. Also denke ich nicht, dass es etwas anderes ist.«

Das schien Melia die Sprache zu verschlagen. Pray merkte erst einen Moment später, was er da gerade gesagt hatte. Mit rasendem Herzen sah er sie an.

»Entschuldige«, sagte er schnell. »Ich wollte nicht –«

»Meinst du das ernst?«, unterbrach Melia ihn.

Sein erster Instinkt war es, zu lügen. Nein zu sagen. Doch er brachte es nicht über sich. »Natürlich«, sagte er atemlos. »Ich … Es tut mir leid. Du bist mir nichts schuldig und ich wollte nie, dass du das Gefühl hast, du müsstest irgendetwas von dem erwidern, was ich für dich empfinde.«

»Pray«, sagte sie sanft und streckte die Hand nach ihm aus, ließ sie aber sinken, als würde ihr erst da wieder einfallen, wie gefährlich ihre Berührungen waren. »Du bist der liebenswürdigste Mensch, den ich je kennengelernt habe. Und dass du trotz allem, was ich … wie ich …« Sie rang um Worte, holte tief Luft. »Dass du dennoch so etwas sagst, beweist das nur noch mehr. Und natürlich empfinde ich dasselbe«, fügte sie mit einem Lachen hinzu. »Wie könnte ich nicht?«

Sein Herz stolperte. »Meinst du das ernst?«

»Ich würde dich küssen, wenn es dich nicht umbringen würde«, erwiderte sie und lachte erneut auf.

»Und ich möchte dich küssen, *obwohl* es mich umbringen würde«, sagte er fest und streckte die Hände aus.

Sofort wich Melia zurück.

»Stopp«, sagte er sanft und machte einen langsamen Schritt auf sie zu. »Lass mich etwas testen. Nur … einmal.«

Mit großen Augen sah sie ihn an. Ihr Brustkorb hob und senkte sich schnell, als er dichter auf sie zu kam. Langsam hob er eine Hand, bis seine Finger direkt über ihrer Wange schwebten.

»Pray«, flüsterte sie so leise, dass sich seine Nackenhaare aufstellten. Eine Warnung oder eine Bitte?

Er legte sanft seine Fingerspitzen an ihre Haut. Wartete.

Nichts geschah.

Melia sog scharf die Luft ein. Vorsichtig hob sie ihre eigene Hand, ließ sie einen Moment über Prays schweben, ehe sie sie berührte. Auch jetzt spürte er keinen Schmerz.

»Wie ist das möglich?«, hauchte sie.

Obwohl er keinen Stromschlag bekam, kribbelte Prays gesamter Körper. »Der Trank, der Magie unterdrückt. Ich hatte so eine Ahnung …«

»Er wirkt gegen die Magie in meinen Adern?«, fragte sie verblüfft.

»Die Wirkung hält nicht lange an. Aber ich musste es zumindest versuchen.« Er schmiegte seine Hand dichter an ihre Wange, strich mit dem Zeigefinger über ihren Nasenrücken. »Nur für einen Moment.«

Melia schloss genussvoll die Augen, und der Druck ihrer Hand auf seiner verstärkte sich. Als sie die Lider wieder öffnete, funkelten ihre braunen Augen entschlossen. »Küss mich«, forderte sie. »Bevor uns keine Zeit mehr bleibt.«

Pray musste nicht über ihre Forderung nachdenken. Er senkte den Kopf, legte sanft seine Lippen auf ihre. Melia drängte sich an ihn, öffnete ihren Mund, sodass er ihren Atem auf seiner Zunge schmeckte. Ein Zittern fuhr durch seinen Körper. Erst als das Zittern stärker wurde, begriff er, dass das Kribbeln auf seiner Haut nicht allein vom Kuss ausgelöst wurde.

»Autsch.« Der nächste Stromschlag sirrte durch seinen Kiefer und er wich automatisch zurück.

»Tut mir leid«, sagte Melia zerknirscht. Etwas benommen fasste sie sich an die Lippen. »Wann hast du den Trank genommen?«

»Als wir von der Statue losgelaufen sind.« Er hatte nur wenige Minuten gehalten.

Melia seufzte und Pray konnte ihr nur zustimmen. Doch noch hatte er einen winzigen Schutz – immerhin waren Melias Stromschläge sonst viel stärker. Also ignorierte er den Schmerz und strich ihr sanft die Haare hinters Ohr und lehnte sich an sie, bis seine Lippen ihre Ohrmuschel streiften. »Ich werde einen Weg finden, wie das hier dauerhaft wird«, versprach er und atmete ihren sanften Duft ein. Vielleicht hätte er sich das vom Brunnen wünschen sollen, anstelle des Friedens zwischen Menschen und Wycca. Das Mondlicht und die Sterne ließen Melias Haut blass schimmern, sodass er die Sommersprossen auf ihrem Gesicht erkennen konnte. Er küsste ihre Wangen und ihren Hals, biss die Zähne gegen den Schmerz zusammen. An ihrer Schulter angelangt, strich er die Haare zur Seite, um sie dort zu küssen.

Überrascht zuckte er zurück.

Melia lachte atemlos. »Vielleicht solltest du aufhören. Bevor es wirklich schmerzhaft wird.«

Prays Herz schlug doppelt so schnell und er starrte sie sprachlos an.

»Oder war das schon zu stark?«, fragte Melia sorgenvoll, als er nichts sagte. »Pray?«

Benommen schüttelte er den Kopf. »Nein. Ich meine, ja. Der Trank scheint seine Wirkung verloren zu haben.« Sein Magen zog sich bei der Lüge zusammen, obwohl es nicht einmal die Unwahrheit war. Immerhin war der letzte Stromschlag heftiger gewesen und die Wirkung des Trankes begrenzt.

Aber das war es nicht, was ihn hatte zurückweichen lassen.

Vor seinen Augen tanzten die zwei schwarzen Flecke, die er auf Melias Hals entdeckt hatte. Oder hatte er sich geirrt? Vielleicht waren es Muttermale gewesen. Immerhin hatten sie nicht die intensive schwarze Färbung gehabt, die er von den erkrankten Wycca kannte. Doch irgendetwas sagte ihm, dass es auch keine Muttermale waren.

Was hatte Rae ihm erzählt? Mary-Ann war die Erste am Hof gewesen, die krank geworden war. Vielleicht die erste Wycca überhaupt. Mary-Ann – eine der wenigen, die mit Melia Kontakt hatten. Sie hatte auch Rebecah besucht, hatte Rae ihm verraten. Kurz darauf war einer der Wächter aus der Schwarzen Festung erkrankt.

Und plötzlich hatte er wieder Becks Stimme im Ohr. *Du wirst schon sehen, was du davon hast! Sie wird den Tod verbreiten. Und wenn es so weit ist, wirst du das alles bereuen.*

Damals hatte er die Worte ignoriert. Aber was war, wenn es nicht nur die leere Drohung eines Verzweifelten war?

Er schluckte bei dem Gedanken an den Zettel, der anonym an Doc Christie gereicht wurde. Eine Notiz. Aus einem Buch voller Forschung, die man gegen Wycca einsetzen konnte?

Was war, wenn Rae die ganze Zeit recht gehabt hatte und jemand die Krankheit mit voller Absicht auf sie losgelassen hatte – um ihn zu töten?

Was, wenn Melia die Waffe war, von der Jossum gesprochen hatte?

Die Waffe, um den König niederzustrecken.

KAPITEL 49

Vorsichtig nahm Ty Coles Hand von seiner Brust, platzierte sie im Bett neben sich. Dann setzte er sich auf, ohne dabei ein Geräusch zu machen. Die Stirn auf die Fäuste gedrückt, saß er einen Moment lang auf der Matratze, versuchte, sich zu zwingen, sich wieder hinzulegen.

Doch es hatte keinen Zweck.

Die Gedanken wirbelten in seinem Kopf hin und her, stachen in seine Schädelwand wie Nägel. Es waren Coles Worte, die das Chaos ausgelöst hatten. Und seit Wochen kam Ty nicht umhin, immer wieder daran zu denken.

Er warf einen Blick zurück auf seinen Freund. Seine Lider waren geschlossen und der Mund leicht geöffnet. Lippen, die Ty vor wenigen Stunden geküsst hatte, bis sie beide erschöpft eingeschlafen waren. Doch Tys Schlaf war nicht erholsam gewesen. Bilder tauchten auf – zu grell, als dass sie echt sein konnten, aber auch zu stechend, um sie zu ignorieren.

Bilder von Morla, die ihren Stoffwolf umklammerte. Wie sie ängstlich in der Ecke kauerte und eine große Gestalt auf sie zukam, das Schwert schwang … Sie schrie um Hilfe, rief Tyresians Namen, doch der konnte sich nicht von der Stelle bewegen.

Schweißgebadet war er aufgewacht.

Er wusste, er sollte sich wieder hinlegen. Möglicherweise könnte er Cole wecken. Er war sich sicher, dass dieser ihm die Angst nehmen konnte, wenigstens für die nächsten Stunden. Doch er traute sich nicht. Nicht, weil er fürchtete, dass Cole ihm nicht helfen könnte.

Im Gegenteil. Ty hatte Angst, dass sein Freund ihm ausreden könnte, was er vorhatte.

Und Ty war nicht bereit dafür.

Die vergangenen Wochen waren so überschattet von den Ereignissen gewesen, dass er keine Zeit hatte, um nachzudenken. Doch nun, da der Krieg gewonnen war, fraßen sich die Sorgen und Zweifel in seinen Verstand wie Feuer, das an einem Papier nagte.

Der Mörder, der in der Akademie gewütet hatte, war noch immer auf freiem Fuß. Ein Mörder, dessen Klinge mit Neo-Cruas versehen gewesen war, das auf Forschungen von Beck beruhte.

Und er kannte die Person, die diese Forschung gekauft hatte. Selbst wenn es nur im Auftrag eines anderen geschehen war.

Ty könnte darauf vertrauen, dass die Polizei etwas herausfand, aber dafür hatte jemand ihm auf den Kopf schlagen und seine Persönlichkeit austauschen müssen. Denn wenn er eines wusste, dann das: Die Polizei war der Sternengasse gegenüber machtlos.

Ebenso wie er selbst.

Es gab einen Grund, weshalb er die Gasse in den letzten Monaten gemieden hatte. Wenn Devon ihn dort sähe, würde er nicht zögern, ihn zu töten. Und trotz seines Trainings wusste Ty, dass seine Chancen gegen den Wycca schlecht standen.

Aber er konnte nicht hier liegen und so tun, als wäre alles in Ordnung. Er konnte nicht so tun, als wäre er jemand anderes. Das hatte er in den vergangenen Monaten getan.

Deshalb war Morla gestorben. Wäre er nicht so versessen darauf gewesen, ein Lord zu sein – seine Mitbewohner mit den gleichen Privilegien auszustatten –, wäre sie noch am Leben.

Cole hatte ihm gesagt, dass er nicht verbergen durfte, wer er war. Doch er war sich nicht einmal sicher, ob Cole wirklich wusste, mit wem er es zu tun hatte. Er sah Tyresian als einen ehemaligen Verbrecher, dem es gelungen war, trotz seiner Herkunft etwas aus sich zu machen.

Er sah nicht, dass Ty ein Mörder war. Diebstahl – selbst

Waffenhandel – konnte man hinter sich lassen. Wenn man tötete, haftete die Schwärze an einem. Und damit meinte er nicht das Töten in einem Krieg, so wie es auch Cole getan hatte.

Er hatte in Devons Auftrag gemordet, hinterrücks und ohne jegliches Mitgefühl. Natürlich war es am Anfang anders gewesen. Doch mit der Zeit hatte er beim Töten keinerlei Emotionen mehr gespürt. Es war ein Teil von ihm geworden.

Unvermeidbar.

Und das Grausamste war: Es rief nach ihm. Dieser schwarze Teil in seinem Inneren lockte ihn mit Versprechungen, die einen unruhigen Sturm in ihm aufziehen ließen.

Tu es. Es wird dir besser gehen. Tu es und du kannst wieder ruhig schlafen.

Tu es.

Langsam stand er vom Bett auf und schlich sich aus dem Schlafzimmer, nicht ohne auf dem Weg ein paar Klamotten einzusammeln. An der Tür sah er zurück. Cole schlief tief und fest. Kurz zögerte er. Der Wunsch, den er beim Brunnen gesprochen hatte, klingelte in seinen Ohren.

Sei mein Für Immer.

Als Cole dieselben Worte benutzt hatte, war Tys Herz stehen geblieben. Da hatte er begriffen, dass es wirklich möglich war.

Er wusste, dass er mit seinem Ausflug alles gefährdete. Doch die Dunkelheit rief nach ihm.

Leise schloss er die Tür hinter sich und stieg die Treppe nach unten, verließ das Haus. Er traute sich nicht, zurückzusehen. Denn wenn er das täte, müsste er sich eingestehen, dass sich darin alles befand, was er sich je gewünscht hatte.

Alles, bis auf eine Sache.

Als er an der Sternengasse ankam, atmete er tief ein. Früher hatte er gedacht, dass es die Nacht wäre, die ihn zu sich rief. Doch jetzt ahnte er, dass es mehr war als das.

Die dunklen Versprechen, die dieser Ort mit sich brachte, lockten ihn. Ebenso das Gefühl der Zugehörigkeit – Dunkelheit, die er woanders verbergen musste, lauerte in Ty.

Er zog die Kapuze über und betrat die Sternengasse. Auf dem Weg verschwendete er keinen Gedanken daran, was geschehen würde, wenn Devon von seiner Anwesenheit wusste. Es hatte nie viel gebracht, zu grübeln. Stattdessen dachte er an Morla. Sein Gang wurde zielstrebiger.

Alles sah aus wie immer. Die Stände waren Tyresian ebenso vertraut wie die Gerüche und die Wycca, die von Zelt zu Zelt zogen. Als er an seinem alten Platz vorbeikam, würdigte er den verkohlten Überresten nur einen kurzen Blick, ließ das Stechen in seinem Herzen zu, während er weiterging. Natürlich hatte Devon die verbrannte Erde noch nicht neu vergeben. Wie hatte er einst gesagt?

Wusstest du, dass manche Tierarten ihre zerstückelte Beute an Orten liegen lassen, an denen ihre Artgenossen sie finden? Als Warnung.

Tyresian ahnte, wovor die anderen Wycca der Sternengasse gewarnt werden sollten. Vor dem Hochmut, es mit Devon aufnehmen zu können.

Er lief weiter, bis er zu einem der Zelte kam, das seinem alten ähnlich sah: pechschwarz und ohne Wachen davor. Tyresian kannte den Besitzer des gut genug, um zu wissen, wie er dachte. Er war wie Ty. Ein Dieb, ein Schatten. Das Messer in deinem Rücken.

Wachen zeigten nur, dass man nicht gut war in dem, was man tat.

Eines unterschied dieses neue Zelt jedoch von Tyresians altem. Es befand sich dichter an dem von Devon. Angewidert verzog er den Mund. Endlich hatte Devon wieder, was er so lange gewollt hatte. Jemanden, der ihm treu ergeben war. Anders als Ty.

Kurz horchte er, ob im Zelt Geschäfte gemacht wurden. Doch das schien nicht der Fall. Also trat er durch den Eingang und nahm im gleichen Moment seine Kapuze ab.

Matty, der hinter seinem Schreibtisch saß, sprang auf. Sofort wehte ihm ein schneidender Wind entgegen.

»Raus.«

Ty schüttelte den Kopf, hob beide Hände, um zu zeigen, dass er unbewaffnet war. »Ich will nur reden.«

Matty beäugte ihn misstrauisch. »Zieh den Mantel aus. Und die Schuhe.«

Langsam streifte Ty seinen Mantel ab, legte ihn außer Reichweite auf eine der am Rand stehenden Sitzbänke und tat dasselbe mit seinen Schuhen. Erst dann kam Matty auf ihn zu und tastete seinen Körper ab, während Tyresian die Arme erhoben hielt.

»Unbewaffnet, ja?«, fragte Matty, als er einen silbernen Dolch aus der Vorrichtung an Tys Rücken hervorholte.

»Den muss ich wohl vergessen haben.«

»Tz, tz.« Matty warf das Messer achtlos auf seinen Schreibtisch. »Hast du nicht gehört, dass es laut deinem neuen Freund verboten ist, Waffen jeglicher Art zu tragen?«

Tyresian verzog den Mund zu einem Grinsen. »Ist mir wohl entfallen.«

Matty ließ von Ty ab und trat einen Schritt zurück. »Das wird deinem Kumpel sicher nicht gefallen.«

»Deshalb bin ich hier.« Ty deutet mit dem Kopf zu seinen erhobenen Händen und sah Matty fragend an. Dieser nickte, sodass er die Arme sinken ließ. »Ich habe aufs falsche Pferd gesetzt. Der König verliert die Unterstützung seines Volkes. Ich will zurückkehren. In die Sternengasse.«

Schnaubend stieß Matty die Luft aus. »Und was willst du dann von mir?« Er wandte sich um, aber in dem schmalen Lächeln erkannte Ty, dass er sich trotz der Überheblichkeit geschmeichelt fühlte.

Tyresian folgte ihm und ließ im Vorbeigehen seine Finger über den Mantel streifen, der auf der Bank lag. »Wir waren einmal Freunde. Familie«, sagte er und legte Matty eine Hand auf den Rücken, verweilte kurz dort.

Mattys Rückenmuskulatur spannte sich an und er drehte sich wieder um, setzte sich auf den Schreibtisch, um Tyresian anzusehen. »Das klang bei unserer letzten Begegnung anders.«

»Dafür möchte ich mich entschuldigen.«

»Und jetzt? Willst du, dass ich bei Devon ein gutes Wort für dich einlege?«

»Er vertraut dir. So, wie er mir nie vertraut hat. Wenn du ihm sagen könntest, dass ich es bereue …«

Matty zuckte mit den Schultern, reckte jedoch das Kinn in die Höhe. »Das könnte ich tun«, sagte er gedehnt und musterte Tyresian. »Doch was hätte ich davon?«

»Ich habe in meiner Zeit am Hof viele Informationen über Raevan Tennyson und seine Vertrauten angesammelt. Ich würde sie mit dir teilen.«

Langsam kräuselte sich Mattys rechter Mundwinkel. »Einmal ein Verräter, immer ein Verräter.«

Ty tat die Worte mit einem Schulterzucken ab. »Ich dachte, er kann mir Schutz bieten. Aber dem ist nicht so.« Morlas Gesicht tauchte vor seinem inneren Auge auf.

Mit seinen schlanken Fingern trommelte Matty auf den Schreibtisch unter sich. »Du stündest in meiner Schuld.«

»Das weiß ich.«

Wieder musterte Ty ihn. Er musste sich längst entschieden haben und spielte nur Spielchen, doch wenn Tyresian etwas erreichen wollte, musste er das über sich ergehen lassen.

»In Ordnung, ich mach's«, sagte er und sprang vom Schreibtisch. »Unter einer Bedingung.«

Fragend hob Ty eine Augenbraue.

»Du schwörst mir Unversehrtheit.«

»Zu welchem Zweck?« Stirnrunzelnd sah er Matty an. »Solange ich mich in deinem Zelt befinde, kann ich dir ohnehin nichts anhaben.« Das waren die Regeln, die in der Sternengasse galten. Ty hatte sie einmal in seinem Leben missachtet, damals, als er Devon angegriffen hatte. Nur dem Besitzer der Sternengasse war es erlaubt, den Besitzer eines Zeltes innerhalb dessen zu töten. Ein Recht, von dem Devon selten Gebrauch machte. Aber es zeigte deutlich, dass er über allem stand – selbst über dem moralischen Gebot, das ungeschrieben herrschte. Du darfst nicht töten.

Alle anderen galten als ehrlos, wenn sie den Besitzer eines Zeltes dort ermordeten, und wurden aus der Sternengasse verbannt. Niemand wollte mit einem niederträchtigen Mörder Geschäfte machen.

Matty Unversehrtheit zu versprechen, war unnötig. Doch das schien dieser anders zu sehen.

»Wir wissen beide, dass ich deinen Platz eingenommen habe. Wenn ich dich zurückkehren lasse, will ich Gewissheit, dass es nicht zu meinem Nachteil geschieht. Gib mir dein Wort, dass ich dir trauen kann. Dass du mir nichts anhaben wirst. Und ich werde mich bei Devon für dich einsetzen.«

Ty leckte sich über die Lippen. »Du sorgst dafür, dass ich zurück kann?«

Er nickte. »Devon hört auf mich.«

»Gut. Dann schwöre ich bei den Sternen, dass dir von mir kein Leid zugefügt wird.«

Matty streckte eine Hand aus. »Die Sterne werden sich daran erinnern«, erwiderte er die übliche Formel.

Ty ergriff Mattys Hand und sie schlugen sich gegenseitig mit der freien auf den Rücken.

»Wenn ich …« Doch Mattys Worte ertranken in einem Keuchen. Seine Augen weiteten sich vor Schock und schwarzes Blut lief über seine Lippen.

Mit einem Ruck drehte Ty das Messer in Mattys Rücken um, ehe er es rauszog. Mit Abscheu betrachtete er den Wycca vor sich, der sich am Schreibtisch abstützte und dessen Wangen jegliche Farben verloren. Anschließend sah er zu Kaida in seiner Hand, die schwarz glänzte. Die Klinge, die er im Vorbeigehen aus seiner Manteltasche geholt und an Mattys Gürtel an dessen Rücken befestigt hatte.

Matty rutschte vom Schreibtisch ab und sank zu Boden. »Du hast es geschworen«, krächzte er und knallte mit dem Hinterkopf gegen das Tischbein. »Das Gesetz der Sternengasse … Verräter.«

Tyresian hockte sich zu ihm. Nicht, um ihm Trost zu spenden. Sondern um zu sehen, wie das Leben aus seinen Augen wich.

»Ich kann kein Verräter sein«, erklärte Tyresian ihm und wischte Kaidas Klinge an Mattys Hose ab. »Denn Verräter gewinnen nie. Und ich trage diesen Sieg davon.«

Das Licht in Mattys Augen erlosch und Ty erhob sich, zog seinen Mantel und die Schuhe wieder an und verstaute seine Messer. Ein Teil von ihm spürte Erleichterung. Er hatte zwar nicht Morlas Mörder getötet, dafür aber denjenigen, der Becks Cruas-Forschung an jemanden weitergegeben hatte, der mit Sicherheit für den Anschlag verantwortlich war.

Und denjenigen würde Ty auch noch finden.

Doch fürs Erste musste Mattys Tod ausreichen.

Er sah auf den Wycca hinab, der jahrelang bei ihm gewohnt hatte. Mit dem er sich eine Küche, ein Heim geteilt hatte. Matty hatte recht – Ty hatte gegen das Gesetz der Sternengasse verstoßen. Doch er verspürte keine Reue.

Er hatte schon immer Gesetze gebrochen. Es war nur anders, weil es das erste Mal eines war, das seine Vorfahren aufgestellt hatten.

Doch der Mord an Matty war ein Mord wie jeder andere.

Nur warum konnte Ty auch auf dem Weg nach Hause nicht Mattys erschrockenes Gesicht vergessen?

KAPITEL 50

»Bereit für den Heimweg, Kumpel?« Ty schulterte Wrens Tasche.

Sofort sprang der Junge aus dem Krankenbett. »Schon seit Tagen.«

»Da bist du!« Mary-Ann, die bereits entlassen worden war, kam in den Saal. »Ich dachte, ich erwische dich nicht mehr.« Sie lächelte Wren an und hielt ihm eine Hand zum Einschlagen hin. »Du solltest nicht gehen, ohne dich zu verabschieden. Hast du das Kartenspiel?«

Wren klopfte auf die Tasche, die Ty trug. »Alles dabei. Sobald du Zeit hast, will ich eine Revanche.«

Mary-Ann lächelte. »Lässt du mich kurz mit Tyresian sprechen? Dauert nicht lang.«

»Klar. Ich geh schon mal vor.« Wren ging zur Saaltür.

»Macht es dir was aus, wenn wir beim Reden laufen?«, fragte Ty und setzte sich in Bewegung. »Ich will ein Auge auf ihn haben.«

»Er steckt die Krankheit besser weg als ich«, sagte sie, lief aber neben ihm her. »An manchen Tagen bekomme ich noch immer schlecht Luft.«

Ty sagte nicht, dass er nicht *deshalb* ein Auge auf Wren haben wollte, sondern viel eher, weil er fürchtete, der Junge würde ansonsten die Dekoration aus der Eingangshalle mitgehen lassen.

»Ich habe von der Ansage gehört«, sagte sie schließlich. »Die der Polizist seinem Vater gemacht hat. Dein Freund«, fügte sie erklärend hinzu, als wüsste Ty nicht, wovon sie sprach.

Nicht zum ersten Mal sandten die Worte *dein Freund* Schockwellen durch seinen Körper. Er fragte sich, ob das je nachlassen würde. Insgeheim hoffte er, dass dem nicht so war. Erst gestern war Lord Blackwall an den Hof gekommen, um den Vorbereitungen für die Vereidigung seines Sohnes beizuwohnen. Zu Tys Überraschung hatte Cole ihm jedoch deutlich gemacht, dass sein Vater gern an der Zeremonie teilnehmen konnte – wenn er akzeptierte, dass dies an der Seite von Tyresian geschah. Und plötzlich stand Ty – der dachte, er würde die beiden unauffällig ein paar Meter entfernt beobachten – neben ihm, weil Cole ihn am Arm zu sich geholt hatte. Ty hatte sich gefühlt wie ein weißes Kaninchen, das aus dem Hut eines Zauberers gezogen wurde.

Sein Vater hatte zwar nicht erfreut ausgesehen, dafür aber zugestimmt und Ty sogar die Hand geschüttelt, auch wenn man ihm angesehen hatte, dass es ihn Überwindung kostete.

»Was hat das mit dir zu tun?«, fragte Ty verwirrt. Mittlerweile waren sie in der Eingangshalle angekommen und er beobachtete Wren, der sich arglos von einer Vitrine zur anderen bewegte.

»Das hat mir gezeigt, dass es falsch ist, eine Beziehung zu verstecken. Ganz egal aus welchem Grund. Dafür wollte ich mich bedanken.«

Ty, dem bei diesem unverdienten Dank etwas unwohl war, zuckte mit den Achseln. »Wenn du meinst.«

Sie lächelte. Doch vom einen auf den anderen Moment verschloss sich ihre Miene. Er sah über seine Schulter und entdeckte Sunara, die neben Mikael die Treppe hinunterstieg. Mikael grüßte sie im Vorbeigehen, aber Sunara blickte starr nach vorn, als würde sie gar nicht bemerken, dass Mary-Ann und Ty mitten im Weg standen.

Er zog eine Augenbraue hoch, während er Mary-Ann beobachtete, die Sunara mit ausdrucksloser Miene hinterher sah.

Daher wehte also der Wind. Jetzt verstand er auch, wovon sie gesprochen hatte, und erinnerte sich an Prays Worte über eine geheime Affäre.

»Wie gesagt«, Mary-Ann schüttelte den Kopf, als müsste sie ihn freibekommen, »manchmal ist es besser, etwas zu beenden, wenn man so unterschiedliche Auffassungen hat.« Vertraulich legte sie Ty eine Hand auf die Schulter. Er schüttelte sie nicht ab, aber nur, weil sie noch immer verloren Sunara hinterher sah. Das Gefühl kannte er nur allzu gut. »Und so bekomme ich dieses Mal wenigstens die Vereidigung zu sehen. Bei deiner Zeremonie hatte man mich währenddessen in eine dunkle Besenkammer gezerrt, um … Na ja, du weißt schon.« Sie lief dunkel an. »Ich dachte damals, das wäre romantisch. Aber was ist schon romantisch daran, sich eine ganze Nacht lang in einem stickigen, spinnenbesetzten Raum zu verkriechen, weil man Angst hat, erwischt zu werden? Nur für die Abstimmung zur Scheidung des Königs kamen wir kurz raus.«

Bevor Ty etwas erwidern konnte, stand plötzlich Wren neben ihm. »Können wir los? Mir ist langweilig. Und der alte Mann guckt mich komisch an.«

Ty folgte seinem Blick und begegnete Mikaels, der Wren vom anderen Ende der Halle beäugte. Wahrscheinlich hegte er dieselbe Vermutung wie Ty. Kurz sah dieser zu der Vitrine. Fehlte nicht das dort normalerweise ausliegende Goldbesteck?

»Ist das ein Freund von dir?«, wollte Wren wissen.

Mikael hatte mittlerweile den Blick abgewandt und war mit Sunara in den nächsten Flur verschwunden.

Ty schüttelte den Kopf. »Bei den toten Dichter, das nun wirklich nicht.«

Mary-Ann schnaubte zustimmend.

»Nun komm.« Er legte Wren eine Hand auf den Rücken und schob ihn zum Ausgang. Wren drehte sich noch einmal zu Mary-Ann um und winkte.

»Wenn er kein Freund ist«, sagte er zu Ty, als sie durch die Tür gingen, »was hat er dann bei unserem alten Haus gesucht?«

Ruckartig blieb Ty stehen. »Was meinst du?«

»Der alte Mann.« Wren deutete mit dem Daumen dort hin, wo Mikael eben noch gestanden hatte. »Ich hab ihn mal gesehen, wie er durch die Überreste unseres Hauses gestampft ist. Als er mich entdeckt hat, ist er abgehauen.«

Ty verengte die Augen. Er konnte sich gut vorstellen, was Mikael in den Ruinen der alten Villa gesucht hatte. Die Blutkrone. Er glaubte also nicht, was sie ihm hatten weismachen wollen – dass die Krone verschwunden war. Hatte er gedacht, Ty hätte sie in dem Schutt, der einst sein Zuhause gewesen war, zurückgelassen?

Wren schien sich nicht halb so sehr dafür zu interessieren wie er, denn er spazierte weiter. Schnell folgte Ty ihm.

»Vielleicht war es auch irgendein anderer alter Sack«, sagte Wren und kickte ein paar Steine aus dem Weg. »Ist schon ’ne Weile her und die sehen alle gleich aus.«

»Weißt du, wann das war?« Wenn Mikael noch immer nach der Krone suchte, musste er Rae warnen. Ohnehin fand er es unverantwortlich, dass der König die Krone in seinem eigenen Zimmer versteckte.

Schulterzuckend lehnte Wren sich gegen das Auto, das Ty aufschloss. »Ich sag's dir, wenn du versprichst, nicht auszuflippen.«

»Ich flippe nie aus«, sagte Ty und öffnete die Autotür. »Ich höre mir Fakten an und auf dieser Grundlage reagiere ich besonnen über.«

»Haha.« Wren stieg ein, während Ty die Tasche auf der Rückbank verstaute.

Als er sich auf den Fahrersitz setzte, deutete er auf Wren. »Anschnallen.«

Der Junge verdrehte die Augen, tat aber, was Ty sagte. »Das war an dem Abend, als ich eigentlich auf die anderen aufpassen sollte. Du weißt schon, weil Drea da noch nicht kam.« Drea war die Wycca, die sie engagiert hatten, um nach den Kindern zu sehen, wenn Ty beschäftigt war. »Als du diesen blöden Eid geschworen hast.« Mit todernster Miene legte Wren eine Hand auf seine Brust. »*Ich schwöre, dass ich dem König jeden Abend das Bett mache.* Oder so ähnlich.«

Stirnrunzelnd ließ Ty den Motor an und fuhr los. »Bist du dir sicher, dass es an dem Abend war?«

Wren nickte. »Ich wollte nachsehen, ob Devon alles plattgemacht hat.«

Interessant. Das war Monate her. Ob Mikael noch immer nach der Krone suchte oder bereits aufgegeben hatte?

Doch störte Ty an der Information, auch wenn er nicht genau festmachen konnte, was. Deshalb rief er noch am selben Abend Rae an und berichtete ihm von Wrens Worten. Rae versprach, besser auf die Krone achtzugeben, aber Ty bemerkte, dass er mit den Gedanken woanders war. Immerhin würde morgen die Krönung stattfinden. Also beschloss Ty, es gut sein zu lassen, und erzählte seinem Freund lieber den neusten Klatsch, den er von Mary-Ann erfahren hatte.

Rae erlebte die Krönung wie im Rausch. Er wusste, dass die Feier für die anderen den Höhepunkt seiner Anstrengungen darstellte. Azalea war seine Königin – nun auch offiziell.

Doch alles, woran er denken konnte, war die kleine Hochzeitsfeier mit seinen Freunden. Die Krönung war ganz anders – imposanter und aufreibender – und es schien, als wäre Lyzaras gesamtes Volk nach Avastone gereist, um die neue Königin zu sehen.

Azalea neben ihm saß aufrecht in der Kutsche, die Haare offen und das lilafarbene Kleid um sie herum ausgebreitet. Die Königinnenkrone schmiegte sich perfekt an ihren Kopf, als wäre sie dafür gemacht.

Er hatte sie letzte Nacht nicht gesehen, da es Tradition war, dass die Monarchen vor der Krönung in einem Gebäude der Schwarzen Festung schliefen. Natürlich nicht in denen, die für Gefangene vorbehalten waren, sondern in einem prunkvollen Nebengebäude, das seit mehreren Jahrhunderten diesem Zweck diente. Es war nur eine Nacht gewesen, aber Grund genug für Rae, die Krönung weitaus weniger zu mögen.

Nun legte er seine Hand auf ihre, blendete alle Umstehenden aus, konzentrierte sich nur auf dieses Gefühl.

Bis Azalea ihn leicht anstupste. »Sieh sie dir an«, flüsterte sie, obwohl ausgeschlossen war, dass jemand ihre Stimme über den Lärm hinweg hörte.

Rae folgte ihrem Blick und erwartete, dieselbe Menge zu sehen, die ihm immer begegnete: neugierige, jedoch misstrauische Blicke, die ihn taxierten.

Doch das war nicht der Fall. Es war sein erster Auftritt seit dem Krieg und insgeheim hatte er befürchtet, dass sich die Stimmung in Lyzara weiter verschlechtert hatte. Aber nun hörte er genauer hin, achtete auf die Worte, die sie ihm entgegenriefen.

»*Lang lebe König Raevan.*«

Er starrte in ihre Gesichter, die sich bei seinem Anblick aufhellten. Manche von ihnen rannten der Kutsche hinterher, in der sie saßen, winkten ihm zu. Benommen winkte er zurück. Es war anders als damals, als sie vor ihm knieten, nachdem er seine Windkraft demonstriert hatte. Damals hatten sie ihn respektiert, aber auch gefürchtet.

Heute leuchtete ihm Hoffnung entgegen, so strahlend, dass er sich fühlte, als würde er in die Sonne sehen.

»Majestät!«, rief einer der Männer, die neben der Kutsche herliefen. »Ist es wahr, dass Ihr Ashland mit der Kraft Eurer Gedanken besiegt habt?«

Bei den Worten schoss Hitze durch Raes Gesicht, ehe ihm klar wurde, dass der Mann ihm keinen Vorwurf machte. Er sah ihn mit glühenden Augen an. Ehe Rae etwas erwidern konnte, beschleunigte die Kutsche, sodass der Mann nicht mehr hinterherkam. Er blieb stehen und rief: »Ihr seid unsere Hoffnung, Majestät!«

Fassungslos starrte Rae zu dem Fleck, an dem der Mann stand, während die anderen Umstehenden ihm zujubelten.

»Siehst du«, sagte Azalea mit einem überlegenden Ausdruck zu ihm. »Sie lieben dich.« Sie sagte das, als hätte sie es die ganze Zeit gewusst.

Wärme strahlte in Raes Körper aus, die ausnahmsweise nichts mit seiner Kraft zu tun hatte. Zum ersten Mal fühlte er sich, als hätte er als König richtig gehandelt. Er hatte das Vertrauen seines Volkes verdient – obwohl er die Kraft genutzt hatte, von der Enyas behauptet hatte, sie sei eine Abnormalität.

Er nahm Azaleas Hand fest in seine, drückte sie und hob sie hoch – winkte mit ihr gemeinsam ihrem Volk zu, das jubelte und ihre Namen rief.

Sie fuhren durch ganz Avastone und als es vorbei war, konnte Rae noch immer nicht glauben, was geschehen war. Doch obwohl die Sonne langsam unterging, endete der Tag nicht. Stattdessen fuhren sie wieder zum Palast und betraten zum ersten Mal als König und Königin von Lyzara den Thronsaal, wo bereits die Vorbereitungen für die Vereidigung getroffen waren.

Coles Eid hätte noch ein paar Tage warten können, doch Rae war insgeheim froh, dass er heute stattfand. Er war die Feiern und Zeremonien leid und wollte einfach nur ein paar freie Tage mit Azalea genießen.

Außerdem brauchte seine Garde einen neuen Anführer.

Als Ty ihm mitgeteilt hatte, dass er die Position aufgeben wollte, war Rae nicht unbedingt überrascht gewesen. Immerhin war die gläserne Garde in der Schlacht stark dezimiert worden und Rae konnte sich vorstellen, dass ihr Anblick Ty nicht leichtfiel. Als Ty dann Cole als Nachfolger vorschlug, war Raevan für einen kurzen Augenblick enttäuscht. Er hatte gehofft, dass Azaleas Bruder sich für den Posten des Polizeidirektors bewarb – er könnte wirklich jemanden dort gebrauchen, dem er vertraute.

Doch als er mit der Garde und den anderen Truppen sprach, erkannte er, was ihm bis dahin verborgen geblieben war. Die Soldaten *verehrten* Coleus Blackwall. Er hatte sie durch die Schlacht geführt, als alles verloren schien. Und nachdem Raevan Cole seinen Vorschlag mitteilte, machte dieser sich direkt daran, eine Strategie auszuarbeiten, wie die verschiedenen Truppen des Landes im Ernstfall besser und koordinierter zusammenarbeiten konnten.

Da wusste er, dass es die richtige Entscheidung gewesen war.

Und so saß er, ein paar Monate nachdem Tyresian und Pray den Eid geleistet hatten, wieder im Thronsaal, um sich die gleichen Worte erneut anzuhören.

Doch dieses Mal hatte er Azalea an seiner Seite.

Während Cole vor ihnen kniete und den Eid sprach, dachte Rae daran, wie viel er in den letzten Monaten gewonnen hatte. Die chinesischen Ahornbäume über ihnen standen in voller Blüte, die verzweigten Äste streckten ihre Finger nacheinander aus, trafen sich in der Mitte. Ihre Wurzeln reichten so tief unter den Palast, dass die Geschichtsträchtigkeit dieses Saals in jeder Erschütterung, jedem Rascheln der Blätter spürbar war. Beim nächsten Veri würden sie alle gemeinsam ihre Wünsche und Ängste an die Zweige hängen und beobachten, wie sie lichterloh in Flammen aufgingen.

Raes Blick wanderte zu den einzelnen Monden, die Cole sich vor Kurzem auf die Finger hatte tätowieren lassen und er griff automatisch nach Azaleas Hand.

Er hatte nie damit gerechnet, dass alles ein gutes Ende nehmen würde.

Nicht, nachdem in der Nacht nach der letzten Vereidigung plötzlich alles implodiert war.

Die Nacht, in der Katleem von Barrow ermordet worden war.

Die Nacht, als …

Sein Herz schlug schneller, als er sich im Saal umsah. Im Kopf zählte er ab: *eins, zwei drei, vier, fünf.*

Der Puls in seinen Ohren rauschte.

Wie hatte ihnen das entgehen können?

KAPITEL 51

Nach den Ereignissen des Tages wäre Rae im Anschluss an die Zeremonie am liebsten ins Bett gefallen. Doch er wurde das nagende Gefühl in seinen Eingeweiden nicht los, dass etwas vollkommen verkehrt lief.

Nun schlich er durch die dunklen Flure der Akademie, die gespenstisch leer wirkten, obwohl irgendwo Elektrizität floss – Raes Kopf schmerzte.

Er kannte das Gebäude nur aus Prays Erzählung und so befürchtete er, sich zu verlaufen, doch dem war nicht so. Die Akademie für Menschenkinder war kleiner als erwartet.

Nachdem ihm klar geworden war, dass sie etwas übersehen hatten, war er so schnell wie möglich von der Feier verschwunden. Azalea wurde sofort von den anderen Lords und Ladys umringt, um sie persönlich zu beglückwünschen – oder sich bei ihr einzuschleimen.

Rae hatte sich dicht an ihr Ohr gebeugt. »Ich muss dringend etwas klären«, flüsterte er. »Ich erzähle dir alles später.«

Sie hatte genickt, ihm jedoch besorgt hinterher gesehen. Aber es blieb keine Zeit, auch nicht, um Pray oder Tyresian Bescheid zu geben. Er musste handeln, bevor sie etwas bemerkten.

Wenn stimmte, was sich in seinem Kopf von einzelnen Fäden zu einem Gesamtbild zusammen wob, war alles viel schlimmer, als sie bisher angenommen hatten.

Er erinnerte sich an Coles Worte bei der Sitzung, als sie Katleems letzten Abend rekonstruiert hatten.

»Danach suchte die Königin zu einem inoffiziellen Treffen den Blutrat auf, um über die bevorstehende Scheidung zu sprechen.«

Und an Tahnees Erläuterung. *»Sie war aufgelöst. Wollte es nicht glauben. Es dauerte mindestens eine halbe Stunde, in der sie an meiner Schulter geweint hat, ehe wir sie beruhigen konnten.«*

Das hatten die DNA-Spuren an Katleem belegt, bei denen es sich um Tahnees gehandelt hatte.

Aber was, wenn das Treffen nicht stattgefunden hatte?

Ty war an dem Abend nicht geladen gewesen. Bisher hatten sie angenommen, dass Katleem ihn nicht hatte dabei haben wollen.

Doch von Ty wusste er, dass auch Mary-Ann und Sunara nicht dort gewesen sein konnten, da sie diese Nacht zusammen verbracht hatten.

Dann war da Mikael, der auf der Suche nach der Blutkrone die Ruinen der de-Wilde-Villa durchsucht hatte.

Und zum Schluss Landon, der betrunken auf Claudettes Geburtstag angestoßen hatte.

Keiner von ihnen hatte zugeben wollen, dass sie an diesem Abend *nicht* an einer Sitzung teilgenommen hatten, weil sie ihre Geheimnisse hatten schützen wollen.

Was bedeutete, dass es nie ein Treffen gab.

Aber wie war Tahnees DNA an Katleem gekommen?

Er brauchte Beweise. Und er schätzte Tahnee nicht als so leichtsinnig ein, diese – wenn es welche gab – im Palast zu verstecken. Deshalb war er hierhergekommen. In die Akademie, die sie mit Mikael gemeinsam gegründet hatte.

Eine Akademie, in der Wycca der Zutritt verboten war.

Rae öffnete wahllos die Türen zu den Klassenzimmern, auf der Suche nach einem Büro oder ähnlichem. Doch nach ein paar Räumen wurde er stutzig. Er ging zurück, öffnete die letzte Tür erneut und trat ein. Leise lief er an den Sitzreihen entlang, besah die Tische, strich mit dem Finger darüber.

Staub. Er hatte richtig gerochen. Die Räume rochen unbenutzt, eingestaubt. Keiner der Tische war bemalt, eingeritzt. Nirgendwo klebte Kaugummi. Möglicherweise waren die Menschenkinder einfach gut erzogen, aber … Mit einem mulmigen Gefühl betrat er weitere Räume. Sie waren gleich aufgebaut und hatten alle den Geruch nach Staub gemeinsam.

Unbenutzt.

Dabei sollte die Akademie seit mehreren Monaten jeden Tag Kinder beherbergen.

Wenn dem nicht so war – was taten Tahnee und Mikael in diesem Gebäude?

Ein Geräusch ließ ihn zusammenfahren. Er sah hinter sich. Hier wurden seine Kopfschmerzen stärker – irgendwo floss Strom. Dann ertönte das Geräusch erneut und er erkannte, dass es aus einem der nächsten Räume stammte. Langsam schlich er sich zur angelehnten Tür. Je dichter er kam, desto heftiger pochte der Schmerz in seinem Schädel und die Stimmen wuchsen an.

Kinder.

Was hatten Kinder mitten in der Nacht in der Akademie zu suchen?

»Eindrehen und wegziehen«, hörte er einen Jungen sagen. Die Stimme schwankte, als wäre derjenige im Stimmbruch.

»Hab ich gemacht«, erwiderte ein Mädchen.

»Hast du nicht. Wenn du es so machst«, es ertönten ein paar Schritte und Rae hörte etwas, das klang wie ein Luftzug, »bist du zu langsam. Und dann tot.«

»Blödsinn.«

»Ich an deiner Stelle würde auf ihn hören«, sagte jemand anderes. »Immerhin ist er der Einzige von uns, der schon einmal Wycca getötet hat.«

Raes Herz schlug schneller. Waren das wirklich *Kinderstimmen*?

»Ihr alle habt es im Blut«, sagte der Junge von. »Wenn man einen tötet, wird es aktiviert.«

»War es schwer?«, fragte das Mädchen.

»Mit jedem wird es einfacher. Ihr werdet schneller. Eure Sinne schärfen sich. Und dann kommt es auch darauf an, wie alt sie sind und wie gut trainiert.« Er lachte leise. »Manche auf dieser Schule waren schwächer als Menschenkinder. Sie hatten gar kein Training. Da war ein Mädchen, das sich an einen *Stoffwolf* geklammert hat, als wäre es fünf. Erbärmlich.«

Hitze sammelte sich in Raes Gesicht. Das konnte nicht sein.

Morla.

Er sprach von Morla.

Ohne nachzudenken, trat Rae in den Raum. Dieses Mal handelte es sich nicht um ein Klassenzimmer, sondern einen langen Saal. Die eine Wand war vollständig verspiegelt. An der anderen hing wie eine Trophäe ein Schwert, dessen Spitze nadeldünn zulief und bläulich schimmerte.

Cruas.

Die Anwesenden keuchten erschrocken auf, als sie ihn erkannten. Ein paar saßen am Boden und kamen auf die Füße. Ihre Körper zuckten in Richtung Ausgang.

Mit einer Bewegung des Windes ließ Rae die Tür zuknallen.

Stumm betrachtete er die Ansammlung vor sich. Ein Junge stellte sich ihm in den Weg. Er war der Größte und sicherlich auch der Älteste.

Der, der davon gesprochen hatte, Wycca-Kinder zu töten.

»Jane, gib mir das Schwert«, sagte er und streckte eine Hand aus.

Ein Mädchen, etwa im Alter des Jungen, höchstens sechzehn, machte einen Schritt auf die Wand zu.

Doch Rae kam ihr zuvor. Mit einem Windstoß fegte er es von der Wand, sodass es vor ihm auf den Boden aufkam. Langsam hob er es auf. »Du meinst das hier?« Er fuhr mit dem Finger an der Spitze entlang. Sofort durchschnitt das Cruas seine Haut und schwarzes Blut quoll hervor. Gleichzeitig kribbelte es in seinen Adern.

Neo-Cruas.

Becks Forschung. Hier, in der Akademie. Und bei den Soldaten von Ashland.

Der Penny an der Wand. Gestohlen aus Becks Kerker.

Rae sah auf, betrachtete die Schüler. Sie trugen schwarze Leinenhosen und Tuniken. Die Kleidung der Sentry.

Ihr alle habt es im Blut.

Es gab schon seit Jahrhunderten keine Sentry mehr. Doch ihre Nachfahren lebten noch, untrainiert, als normale Menschen.

Offenbar hatte es sich jemand zur Lebensaufgabe gemacht, sie wiederzubeleben. Auf Kosten der Wycca-Kinder.

Morla.

Die Schüler vor ihm waren nicht viel älter. Der Junge vor ihm etwa sechzehn. Doch die anderen wirkten jünger, waren vielleicht vierzehn, fünfzehn.

Ein paar von ihnen zückten Messer, die eindeutig dem Trainingszweck dienten.

Rae wusste, was geschah, wenn Sentry töteten. Sie waren wie Haie. Hatten sie einmal Blut geleckt, konnten sie schwer aufhören. Jeder Tod nährte ihre Kraft.

Und dieser Junge vor ihm hatte nicht nur einen Wycca getötet. Er hatte unschuldige Kinder abgeschlachtet. Morla war gerade mal acht Jahre alt gewesen.

Rae schloss die Augen, nur für einen Moment. Wollte nachdenken. Durchatmen. Doch sofort spürte er einen Luftzug und die Wärme eines menschlichen Körpers, der sich ihm in rasender Geschwindigkeit näherte.

Als er die Augen wieder öffnete, schlug er zu.

KAPITEL 52

Das Blut tropfte von seinem Schwert, als Raevan sich schwer atmend auf den Griff stützte. Um ihn herum herrschte Totenstille.

Von draußen erklangen Schritte. Die Tür wurde geöffnet. Automatisch trat er zur Seite, aus dem Sichtfeld. Gleich darauf ertönte ein Keuchen, gefolgt von einem zweiten.

Tahnee und Mikael stürzten in den Raum, blieben jedoch bei Raes Anblick wie angewurzelt stehen.

Mit einer abgehackten Handbewegung schickte er den Wind, schloss die Tür.

Kreidebleich starrten sie ihn an. Rae sah sein eigenes Spiegelbild an der Wand vor sich. Er war von oben bis unten in rotem Blut bedeckt. Selbst seine Haare waren verkrustet. Seine Brust hob und senkte sich abgehackt.

»Was hast du getan?«, hauchte Mikael, dessen Blick auf die Körper fiel, die im Raum lagen.

Diese Worte vermischten sich mit der Hitze in Raes Magen. »Was *ich* getan habe?« Mit aller Mühe unterdrückte er ein Brüllen. »Was habt *ihr* getan?« Er deutete mit dem Schwert auf die Toten. »Seht hin! Das ist *eure* Schuld. Ihr habt mich dazu gezwungen.« Denn eines hatte er aus den Geschichten der Vergangenheit gelernt. Die Sentry durften nicht leben. Sie hatten die Wycca systematisch verfolgt und getötet. Seine Spezies hatte jahrelange Unterdrückung durchstehen müssen, bis sie verschwunden waren.

Bis heute.

In Tahnees Augen glänzten Tränen, doch das fachte Raes Wut nur weiter an.

»Wag es nicht zu weinen«, knurrte er. »Ihr habt das Todesurteil dieser Kinder unterschrieben, als ihr sie dazu ausgebildet habt, zu morden. Als ihr sie *losgeschickt* habt, um zu töten.«

Mikael hob die Hände. »Lasst uns das in Ruhe besprechen.«

»Sehr gern.« Rae ließ das Schwert fallen. Das Klirren hallte vom Boden wider. Erleichtert atmete Mikael aus. »Dann sagt mir in Ruhe, wer von euch Katleem getötet hat. Oder wart ihr es beide?«

»Wir haben nicht –«

Bevor sie ihn anlügen konnten, brachte er sie mit der Biokinese zum Schweigen. Ihre Augen weiteten sich vor Panik.

»Sag mir, was an dem Abend passierte«, befahl er Tahnee.

Ihr Gesicht lief rot an. Rae spürte die Weigerung und drückte fester zu.

»Sie hat mir den Brief geschickt«, spuckte Tahnee aus und Mikaels Augen quellten fast hervor. »Wollte ihre Meinung ändern. Doch zu spät. Sie wusste zu viel. Deshalb musste sie sterben.«

»Du hast die Königin umgebracht?«

»Sie war nicht einmal mehr eine richtige Königin. Die Scheidung war so gut wie rechtlich bindend.«

»Was wusste sie? Wofür war es zu spät?«

Tahnee schüttelte den Kopf. Sie biss sich so fest auf die Lippe, dass es blutete.

»Sag es mir!«

Ihr Kiefer mahlte immer heftiger. Plötzlich würgte sie und spuckte einen Schwall Blut aus. Mit Entsetzten stellte Rae fest, dass sie sich die Zunge abgebissen hat.

Doch er verspürte kein Mitleid. »Du magst dich für schlau halten«, sagte er und machte einen Schritt auf sie zu. »Aber damit bist du für mich nicht weiter von Nutzen.«

Es war mittlerweile so leicht. Mit einer fließenden Bewegung ließ er die Eiskristalle aus seiner Brust auf seine Fingerspitzen gleiten. Dann holte er aus und durchbrach ihren Brustkorb mithilfe der messerscharfen Splitter, schloss die Hand um ihr fanatisch pochendes Herz. Der Herzschlag ging in seinen eigenen Körper über, als wären sie ein einziges Monster.

Tahnee ist Mikaels Kreatur, hörte er Enyas' Stimme in seinem Kopf. *Das war sie schon seit dem Moment, als er sie damals aufnahm. Sie tut, was immer er will.*

Rae blickte zu Mikael. »Das alles«, sagte er langsam, »geht auf dein Konto.« Mit einem Ruck zog er seine Hand wieder hervor und warf Tahnees Herz vor dem alten Mann zu Boden. Kurz darauf sackte sie zusammen.

Er ließ den Griff um Mikaels Neuronen los. Er schrie beim Anblick seiner toten Ziehtochter auf. Rae ging auf Mikael zu, bis er direkt vor ihm stand.

»Ich werde dir nichts sagen«, presste Mikael hervor. »Auch nicht, wenn du mich mit deiner abnormalen Fähigkeit folterst.«

Damit hatte Rae gerechnet. Wenn Tahnee stark genug war, ihm Widerstand zu leisten, dann Mikael erst recht.

Abnormal. Das Wort hallte in seinem Kopf wider. Wenn die Fähigkeit so abnormal war, weshalb hatte sein Volk ihn dann heute gefeiert? Er hatte mit ihr eine Schlacht beendet – einen Krieg, der unzählige Leben gekostet hätte. Doch es hatte keinen Sinn, mit Mikael darüber zu streiten. Dafür gab es etwas anderes, das Rae wissen musste.

»Hat es dir irgendein perverses Vergnügen bereitet, mit meinem Glück zu spielen?«, fragte er. »Am Ende hast du der Hochzeit mit Azalea zugestimmt. Wofür? Für deine Machtspiele?«

Er erinnerte sich an die endlosen Treffen mit dem Blutrat und an Mikaels unschuldig wirkende Frage an jedem Ende: Hatte Rae einen Weg gefunden, das Problem zu umgehen, um sich scheiden lassen zu können? Und die Monate der Warterei, ob es ihm erlaubt wäre, Azalea zu heiraten.

Wofür hatte dieser Mann sich die Mühe gemacht?

Doch Mikael schüttelte den Kopf. Seine Augen huschten ängstlich zu Tahnees Leichnam.

Rae würde von ihm nichts erfahren. Aber er hatte bereits genug gehört. Vor ihm standen Katleems Mörder. Diejenigen, die für den Tod unschuldiger Kinder verantwortlich waren.

Langsam hob er die Hand, in der er eben noch Tahnees Herz gehalten hatte und wischte das Blut an Mikaels Wange ab.

»Das, was du hier vor dir siehst«, sagte er ruhig. »Ist, was ihr aus mir gemacht habt. Ich wollte das nicht. Ich wollte immer nur Frieden zwischen den Menschen und Wycca. Aber ihr zwingt mich dazu.«

Dann legte er Mikael die Hand auf die Brust und verbrannte ihn zu Asche.

Es dauerte Stunden. Stunden, in denen Rae auf dem Boden hockte, die Beine umklammerte und wie verrückt zitterte. Stunden, in denen er seine Wut herausschrie. Immer, wenn er aufstehen wollte, packte ihn erneut eine Welle des Zorns. Er krallte die Hände in die Haare, brüllte, wiegte sich vor und zurück.

Stunden, bis ihm einfiel, dass jemand auf ihn wartete.

An den Weg zum Palast erinnerte er sich nicht mehr. Die Wachen mussten ihn gesehen haben – das Blut, das in seinem Gesicht, an seinen Klamotten und den Händen klebte. Niemand hielt ihn auf. Oder sie versuchten es und er bekam es nicht mit.

Er drückte die Türklinke herunter, betrat seine Zimmer mit mechanischen Schritten. Azalea stand am Fenster, mit dem Rücken zu ihm und betrachtete das bunte Feuerwerk, das noch immer zur Feier ihrer Krönung am Himmel leuchtete. Beim Klang der zuschlagenden Tür drehte sie sich um. Das Lächeln auf ihrem Gesicht verblasste.

Rae konnte sich nicht länger auf den Beinen halten. Er sackte zusammen, schlug mit dem Kopf gegen das Türblatt und ging zu Boden. Der Druck hinter seinen Augen explodierte in seinem Kopf. Azalea kniete vor ihm, öffnete den Mund, doch schien unfähig, zu sprechen.

Dafür türmten sich die Worte in Rae auf, pressten sich gegen seinen Schädel, kratzten in seiner Kehle. »Ich habe sie getötet«, flüsterte er. »Ich habe sie alle getötet.«

Obwohl Azalea nicht wissen konnte, wovon er sprach, wurde ihr Gesicht kreidebleich. Sie hob eine Hand, zögerte, ehe sie sie an seine blutverschmierte Wange legte.

»Was ist passiert?«

Doch er schüttelte den Kopf. Er konnte es ihr nicht erzählen. *Niemand* durfte es erfahren.

»Rae«, sagte sie sanft und strich die blutverkrusteten Haare aus seiner Stirn. »Du hast es mir versprochen. Keine Geheimnisse. Ich muss es wissen.«

Und plötzlich erinnerte er sich wieder an die Worte des Wahrsagers. Er hatte Azalea nicht den genauen Wortlaut wiedergegeben. Hatte etwas verschwiegen, aus Angst davor, dass es nicht wahr sein würde.

Halte dich an das Blackwall-Mädchen. Sie ist deine Zukunft. Wenn sie deine Dunkelheit sieht, wird sie es sein, die dich rettet.

Er hatte sich noch nie so tief in der Dunkelheit verloren gefühlt wie in diesem Moment.

Doch seine Rettung saß direkt vor ihm.

»Mikael«, krächzte er. »Tahnee.«

Azaleas Hand stockte. Aber dann strich sie weiter die Haare hinter seine Ohren. »Weshalb?«

»Sie waren es.« Der Druck hinter seinen Augen wurde unerträglich. »Sie waren es die ganze Zeit.« Seine Kehle schnürte sich zu. Wie hatte er so blind sein können? »Katleem. Die Schüler in der Akademie. Morla. Sie haben Sentry benutzt.« Er traute sich nicht, ihr zu sagen, dass es Kinder waren. Dass es ihr Blut war, das sie von seiner Wange wischte.

»Du hast sie getötet?«, fragte sie zittrig.

Er nickte ruckartig.

Azalea strich sich übers Gesicht und verteilte dabei das Blut, das an Rae klebte, auf ihrer Haut.

»Sie sind alle tot?«

»Jeder Einzelne von ihnen.«

»Haben sie …« Sie schluckte. »Haben sie gesagt, warum sie es getan haben?«

Sie wusste zu viel. Deshalb musste sie sterben. Doch Rae hatte keine Ahnung, was das bedeutete. Es war egal. Es war vorbei. Dafür hatte er gesorgt.

Er schüttelte den Kopf.

Azalea atmete zittrig ein. Dann streckte sie eine Hand nach ihm aus. »Komm. Du musst dich waschen.«

Er ließ sich von ihr hochziehen und ins Bad führen. Dort stieg er unter die Dusche und als er wieder rauskam, hatte sie ihm frische Kleidung zurechtgelegt. Mechanisch zog er sich an.

Im Wohnzimmer stand Azalea am Fenster. Als sie sich zu ihm umdrehte, explodierte hinter ihr ein grünschimmerndes Feuerwerk. Die Zeremonie kam Rae in diesem Moment weit weg vor, obwohl erst ein paar Stunden vergangen waren.

»Lass uns tanzen«, sagte sie plötzlich.

Rae fühlte sich, als hätte er ein außerkörperliches Erlebnis. Er wusste nicht, wo oben und unten war. Deshalb ergriff er ihre ausgestreckte Hand, in der Hoffnung, Halt zu finden.

»Warum?«, fragte er.

Azalea legte ihre Hände um seinen Nacken und automatisch umfasste er ihre Taille. »Nur so. Ein letzter Tanz. Nach einem langen Tag.«

Ob es daran lag, dass er zu ausgelaugt war oder weil er ihr ohnehin nichts ausschlagen konnte, wusste er nicht. Mit ihr im Arm tastete er nach der Anlage, schaltete einen ruhigen Song an, zu dem sie sich bewegten.

Draußen vor dem Fenster leuchtete vereinzeltes Feuerwerk, ließ ihre Schatten auf der Wand tanzen. Azalea trug ein einfaches Top zu einer Stoffhose und auch ihm hatte sie bequeme Kleidung rausgelegt. Ein Moment ohne Glanz, nachdem sie den ganzen Tag in prunkvollen Kleidern verbracht hatten.

Ohne Vorwarnung drängten sich die Bilder der leblosen Sentry in seinen Geist und er stolperte leicht.

Azalea hielt ihn fest, legte ihren Kopf an seine Brust. »Die Dinge geschehen, wie sie geschehen müssen«, flüsterte sie und drückte ihn enger an sich.

Er schluckte. »Ich weiß.«

Irgendwann war das Lied zu Ende und sie blieben stehen. Sanft legte Azalea ihre Hände an seinen Hinterkopf, zog ihn zu sich. »Du sollst wissen«, sagte sie dicht an seinem Mund, »dass ich dich liebe. Egal, was du tust. Ich liebe dich.«

Er schloss die Augen. »Ich liebe dich auch.«

Sanft küsste er sie und sie presste sich an ihn. Das Feuerwerk draußen erstarb.

Als sie ins Bett gingen, drehte sich Raes Kopf noch immer. Es dauerte eine halbe Ewigkeit, bis er so weit zur Ruhe kam, dass er nicht jede Minute seine Position ändern musste. Azalea schlief dicht neben ihm, ihr Atem wie Federschläge an seiner Wange.

Er sollte voller Zuversicht in die Zukunft sehen. Der Krieg mit Ashland. Nicht nur Katleems Mörder waren ausgeschaltet, sondern auch die der Wycca-Kinder.

Doch sein Atem wollte sich nicht beruhigen.

Wenn Tahnee Katleem getötet hatte, wie war dann ihr Medaillon bei Barrow gelandet? Er dachte an das Neo-Cruas an dem Schwert. Mittlerweile hegte er den Verdacht, dass Ashland die Anleitung dafür ebenfalls von Mikael und Tahnee hatte. Sie mussten mit der menschlichen Königsfamilie zusammengearbeitet haben. Wahrscheinlich war Swier nichts weiter gewesen als der Mittelsmann.

Er würde es nicht beweisen können, doch zu viel sprach dafür. Die Forschung für das Neo-Cruas hatte Beck besessen, bevor er sie an jemanden verkauft hatte. Offenbar an Mikael und Tahnee, die sie mit Ashland geteilt hatten.

Dabei war Tyresians ehemaliger Mitbewohner sicher gewesen, dass er den Auftrag für eine Wycca ausgeführt hatte. Doch Rae wusste, dass man sich irren konnte. Immerhin hatte er Pray auf den Schwarzmarkt der Sternengasse geführt, indem sie die dortigen Wycca mit Kontaktlinsen getäuscht hatten. Und so, wie es auch Wycca gab, die eine normale Augenfarbe besaßen – denn die Iriden konnten in *jeder* Farbe auftreten –, gab es Menschen mit außergewöhnlichen Augen.

Azalea zum Beispiel.

Er war im Halbschlaf versunken, als ihm der Gedanke kam. Sein Körper fühlte sich an wie gelähmt, sein Geist zu schwach, um zu verarbeiten, was in seinem Kopf vorging. Dennoch schlug sein Herz schneller.

Etwas kitzelte seine Wange, zerrte ihn aus dem Trancezustand, in dem er sich befand. Schwerfällig öffnete er die Lider.

Und blickte in ein Paar eisblauer Augen.

EPILOG

Als das Herz des Königs aufhören sollte zu schlagen, verblassten draußen die letzten Lichter des Feuerwerks.

Azalea wusste, dass ihr kein Ausweg blieb. Sie hatte darauf bestanden, abzuwarten. Es gab andere Wege, andere Lösungen.

Im Grunde seines Herzens, dachte sie immer, war Raevan Tennyson gut. Das hatte sie mit der Zeit gelernt.

Vielleicht hatte sie es sich aber auch eingeredet. Weil sie sich in ihn verliebt hatte. Sie hatte gewusst, dass er gefährlich war. Und spätestens, als er ihr von der Biokinese erzählt hatte, hatte sie es *begriffen*. Aber er hatte sich dagegen entschieden, die Monarchen Ashlands zu beeinflussen und ihren Tod zu riskieren. Hatte die Menschen der gegnerischen Armee verschont.

Alles Zeichen dafür, dass sie recht hatte und die anderen unrecht.

Trotz der immensen Macht würde er ein guter König sein. Und mit ihr an seiner Seite konnten sie das Unrecht, das den Menschen angetan wurde, wiedergutmachen.

Tahnee und Mikael hatten sie nicht verraten. Anders als Katleem, als diese drohte, zu einer Gefahr zu werden. Man hatte ihr das gleiche Angebot gemacht wie Azalea, als Mikaels Plan zu scheitern schien. Der Plan, den er seit Jahren hegte und der erst Gestalt angenommen hatte, als er Azalea auf dem Landsitz ihrer Eltern vor einigen Jahren wiedergesehen hatte.

Als eine Scheidung ausweglos schien, hatte er Katleem angeboten, sie zur alleinigen Herrscherin über Lyzara zu machen. Wenn sie ihren Ehemann tötete.

Aber zu Mikaels Entsetzen hatte die Königin abgelehnt und damit unwissentlich ihr eigenes Todesurteil unterschrieben. Azalea hatte nicht gewusst, was die anderen planten, ehe es zu spät gewesen war. Doch sie hätte ohnehin nichts unternehmen können. Ihr wurde lediglich der Auftrag gegeben, das Medaillon – den Beweis für den Mord an Katleem – zu vernichten, nachdem die Kette bei der Tat gerissen war.

Das war der erste Auftrag gewesen, den Azalea nicht ausgeführt hatte, wie es von ihr verlangt wurde. Sie hatte ihre Chance gewittert und dem zwielichtigen Wycca – den sie angeheuert hatte, um in Mikaels Namen die Neo-Cruas-Forschung von Beck zu kaufen – aufgetragen, das Medaillon in Barrows Büro zu verstecken. Sie hatte gehofft, dass es dort jemand finden würde, auch wenn sie nie damit gerechnet hätte, dass es sich dabei um Tyresian handeln würde.

Nach Katleems Tod hatte man den ursprünglichen Plan wieder aufgenommen. Die Waffe weiter geschmiedet, die dazu gemacht war, Raevan Tennyson zu töten.

Azalea Blackwall.

Mikael und seine Leute hatten den König jahrelang studiert, ehe man sie ausgewählt hatte. Sie ausgebildet hatte, den König zu verführen.

Ehe man sie in eine Waffe verwandelt hatte.

Doch dann hatte sie sich in Raevan verliebt. In einen Mann, der ihr dabei half, ihre Ängste zu überwinden. Der an ihrer Seite stehen wollte, um den Menschen zu helfen. Sie hatte sich bei Mikael rausgeredet, ihm weisgemacht, dass es noch nicht so weit war – dass Rae sie nicht genug liebte, um sein Herz zu weiten. Doch der alte Mann musste etwas geahnt haben. Immerhin hatte er die Erlaubnis für ihre Heirat nicht umsonst verzögert und gemeinsame Sache mit Ashland gemacht, ohne dass Azalea davon gewusst hatte. Erst als der Attentäter sie im Spiegellabyrinth angegriffen hatte, wurde ihr bewusst, dass Mikael ihre Hinhaltungstaktik durchschaut hatte. Sie wollten sie loswerden. So sehr, dass sie den König von Ashland dafür benutzt hatten.

Aber sie hatte sich befreien können und war Königin geworden. In dieser Position, so dachte sie, würde es ihr gelingen, einen anderen Weg zu finden, um ihre Ziele zu erreichen. Bis zuletzt war sie sich sicher gewesen, dass es nicht nötig wäre, Rae etwas anzutun.

Doch nun sah sie es selbst. Hatte es in seinen Augen gesehen, als er ihr beichtete, was er getan hatte.

Es waren Kinder.

In dem Moment wurde es ihr bewusst: Raevan Tennyson war ein Monster.

Ein Monster, das sie liebte. Aber das änderte nichts. Die Dinge geschahen, wie sie geschehen mussten.

Als er eingeschlafen war, griff sie nach dem Messer unter ihrem Kopfkissen. Ohne ein Geräusch zu machen, setzte sie sich auf, hockte ihre Beine links und rechts neben seinen Oberkörper und beugte sich vor.

Langsam hob sie das Messer an, hielt es direkt über die Stelle, an der sein Herz saß. In ihrer Gegenwart war es geweitet. Er liebte sie.

Der Gedanke ließ sie zögern. Doch dann dachte sie an die Sentry-Kinder in der Akademie. Er hatte sie getötet. Abgeschlachtet wie Tiere.

Ihre Haare streiften über seine Wangen, als sie sich vorbeugte. »Ich liebe dich«, flüsterte sie so leise, dass sie nicht sicher war, ob sie es wirklich aussprach oder nur dachte, »aber das ändert nichts.«

In dem Moment, als sie zustach, öffnete er die Augen.

Fortsetzung folgt …

Danksagung

Dank meines Autismus' bin ich froh über jede Beständigkeit in meinem Leben. Dazu gehören auch die Menschen, denen ich für jedes Buch danken muss. Mein Dank gilt also all denen, denen ich bereits in Teil 1 gedankt habe.

Bei Band 3 melde ich mich wieder mit interessanten Worten – versprochen.

THE TALE OF WYCCA: Memories

Der Soldatenkönig.
Der König der Menschen.
Der König der Verräter.
Der König ohne Herz.

Die Schlacht der vier Könige beginnt.

Das Finale der Wycca-Reihe

Veröffentlichung: 15. Mai 2024

DAS BRENNEN DER STILLE
GOLDENES SCHWEIGEN

Jedes Wort erscheint als Narbe auf der Haut. Die Elite regieren stumm, während die sprechende Bevölkerung als Abschaum gilt.

Folge uns auf:

Instagram: www.instagram.com/vajona_verlag
Facebook: www.facebook.com/vajona.verlag
TikTok: www.tiktok.com/vajona_verlag
Website: www.vajona.de
Shop: www.vajona-shop.de

A simplified family tree
showing the ancestry and connections of
KING EDWARD VII
&
QUEEN ALEXANDRA
(a broken line indicates illegitimate descent)

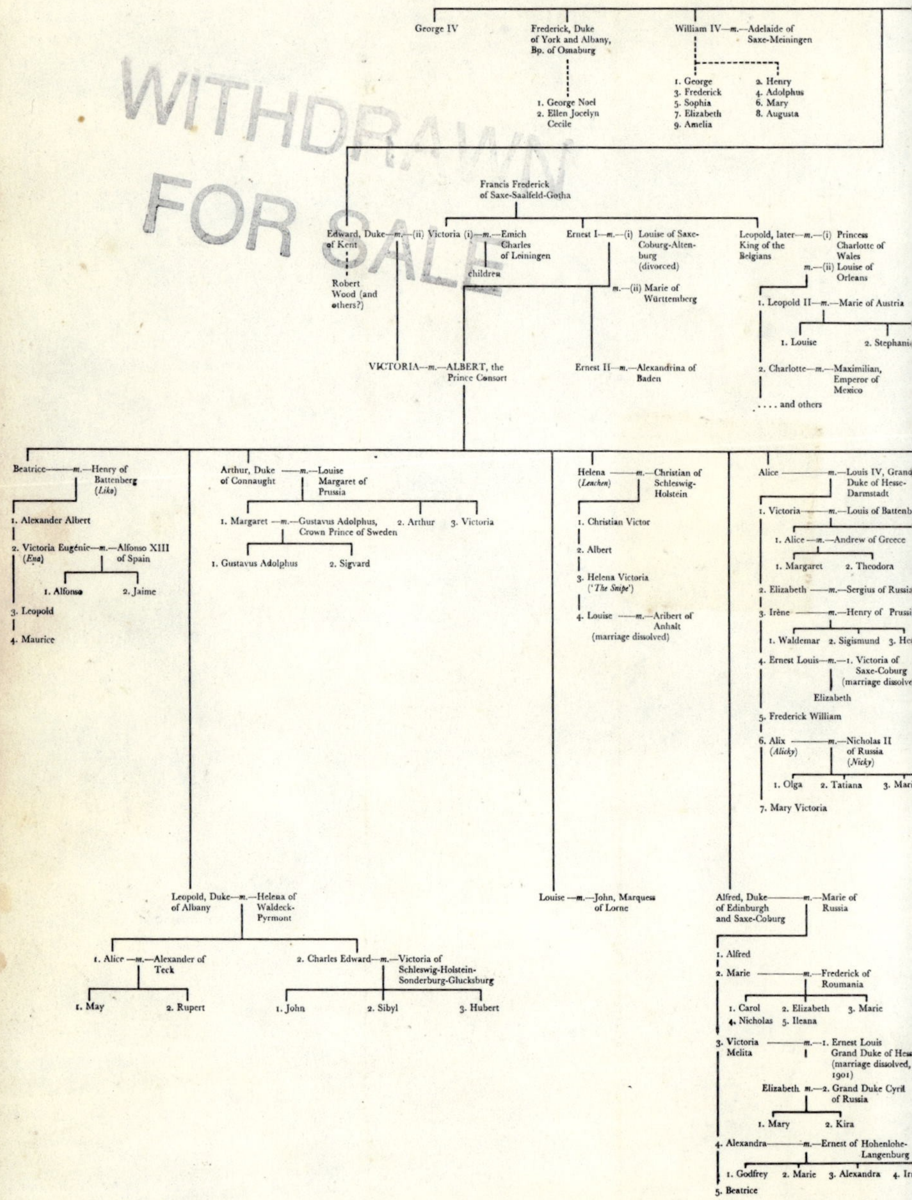